KB270154

바람과 함께 사라지다

바람과 함께 사라지다

바람과 함께 사라지다 중

Gone with the Wind

마거릿 미첼 장편소설 안정효 옮김

GONE WITH THE WIND
by MARGARET MITCHELL (1936)

이 책은 실로 꿰매어 제본하는 정통적인 사철 방식으로 만들어졌습니다.
사철 방식으로 제본된 책은 오랫동안 보관해도 손상되지 않습니다.

제21장

　멜라니의 아침 밥상을 올려 보낸 후에 스칼렛은 미드 부인을 데려오도록 프리시를 보내고는 자기도 아침을 먹으려고 웨이드와 함께 자리에 앉았다. 하지만 오늘 아침에는 입맛이 없었다. 멜라니의 해산이 가까웠다는 생각 때문에 불안한 데다가, 자기도 모르게 포성에 귀를 기울이며 긴장한 나머지, 그녀는 별로 식욕이 나지를 않았다. 그녀의 심장은 아주 묘하게 움직여서, 몇 분 동안 규칙적으로 뛰다가는, 다시 어찌나 빠르고 격하게 두근거리는지 배 속이 울렁거릴 정도였다. 옥수수를 빻아 만든 걸쭉한 죽이 아교처럼 목구멍에 달라붙었으며, 강냉이를 태우고 고구마를 갈아 섞어서 만든 커피 대용품이 이렇게까지 비위에 거슬렸던 적이 없었다. 그리고 단맛을 내려고 사용한 사탕수수 시럽도 별로 좋은 맛을 내지 못했기 때문에, 설탕이나 크림이 없으니까 가짜 커피는 쓸개즙만큼이나 썼다. 한 모금 마시고 난 다음에 그녀는 잔을 밀어 놓았다. 그녀는 크림을 진하게 풀고 설탕을 탄 진짜 커피를 마시지 못하게 되었다는 이유만으로도 양키들이 미워졌다.

　웨이드는 보통 때보다 조용했고, 빻은 옥수수 죽을 너무나 싫어했기 때문에 아침마다 칭얼거리더니 오늘만은 잠잠했다. 숟가락으로 떠서 입에 넣어 주니 그는 말없이 먹었고, 시끄럽게 물을 꿀꺽거리며 삼켰다. 보드랍고 갈색인 그의 눈은 커다랗고 동그란 동전처럼, 마치 그녀가 제대로 감추지 못한 두려움이 그에게 전달이라도 된 듯 어린애다운 멍청한 표정으로 스칼렛의 모든 동작을 일일이 지켜보았다. 웨이드가 식사를 끝내자 스칼렛은 그를 뒤뜰로 가서 놀라고 내보내고는, 무척 마음이 놓이는 듯 뒤엉킨 풀밭을 가로질러 놀이집으로 아장아장 걸어가는 아들을 지켜보았다.

그녀는 몸을 일으켜 어찌할 바를 모르고 층계 밑에 서서 머뭇거렸다. 위층으로 올라가서 멜라니 곁에 앉아 곧 닥쳐올 시련으로부터 관심을 돌리도록 해줘야 옳겠지만, 그럴 기분이 나지를 않았다. 하고많은 날 중에 하필이면 멜라니가 이런 날을 골라 아이를 낳다니! 그리고 하필이면 오늘 같은 날 죽는 얘기를 하다니!

그녀는 층계의 맨 밑 계단에 앉아 어제의 전황이 어떻게 돌아갔는지 궁금했고, 오늘의 전황은 어떻게 돌아가는지도 궁금해하면서, 마음을 진정시키려고 애썼다. 겨우 몇 킬로미터 떨어진 곳에서 큰 전투가 벌어지는데, 그 전투에 대해서 전혀 알 길이 없다니 얼마나 기가 막히는가! 복숭아나무 샛강에서 전투가 벌어지던 날과는 대조적으로, 한적한 이곳의 적막함이란 얼마나 이상한가! 피티 고모의 집은 애틀랜타의 북쪽 언저리였고, 전투는 멀리 남쪽 어디에선가 벌어지는 중이어서, 이곳에서는 황급히 이동하는 지원 병력이나 부상자 수송 마차나 부상을 입고 줄지어 비틀거리며 돌아오는 병사들이 눈에 띄지 않았다. 그녀는 혹시 그런 상황이 도시의 남쪽에서 지금 벌어지는지 궁금했고, 자기가 그곳에 있지 않아서 다행이라고 하느님에게 감사드렸다. 미드 댁과 메리웨더 댁을 제외한 모든 이웃들이 피난만 가느라고 이곳 북쪽 언저리 복숭아나무 거리에서 떠나지 않았더라면 얼마나 좋았을까! 그래서 스칼렛은 너무나 삭막하고 쓸쓸하게 느꼈다. 그녀는 소식을 알아 오라고 사령부로 보낼 피터 아저씨가 없어서 무척 아쉬웠다. 멜라니만 없다면 지금 당장이라도 시내로 가서 직접 알아봐도 되겠지만, 미드 부인이 도착할 때까지는 집을 비우면 안 되었다. 미드 부인은 왜 오지 않는가? 그리고 프리시는 어디로 갔을까?

그녀는 몸을 일으켜 앞쪽 포치로 나가 그들이 오지 않나 초조하게 둘러보았지만, 미드 댁은 거리의 그늘진 모퉁이를 돌아가야 나왔고, 그쪽에서는 아무도 눈에 띄지 않았다. 한참 후에야 마침내 프리시의 모습이 나타났는데, 그녀는 혼자였고, 치맛자락을 잡고 좌우로 살랑살랑 흔들면서, 심지어는 뒤꼭지의 모습이 어떤지도 확인해 가면서 세월이 어디 가느냐는 듯 한가하게 걸어왔다.

「너 같은 굼벵이는 처음 보겠구나.」 프리시가 대문을 열자 스칼렛이 야단을 쳤다. 「미드 부인이 뭐라고 그러든? 얼마나 빨리 오겠대?」

「집에 그 여자 없어요.」 프리시가 말했다.

「어딜 갔는데? 언제 집으로 돌아온대?」

「글쎄요, 마님.」 그녀가 하려는 말에 더 큰 의미를 부여하려는 듯 질질 끌면서 프리시가 기분 좋은 목소리로 대답했다. 「그 집 쿠키 그러는데 미드 마님 오늘 아침 일찍 어린 필 도련님 총 맞았다 소식 들었고, 미드 마님 탤벗 영감 벳시 함께 마차 타고 필 집에 테려온다 갔어요. 쿠키 그러는데 다친 거 심하고 미드 마님 여기 올 생각 못 한다 싶다는데요.」

스칼렛은 프리시를 때려 주고 싶은 충동을 느끼며 노려보았다. 흑인들은 나쁜 소식을 전할 때면 항상 유난히 잘난 체했다.

「얼간이처럼 그렇게 멀거니 서 있지 말라고. 메리웨더 부인 댁으로 찾아가서 부인더러 이리 오시든지 그 집 어멈을 보내 달라고 부탁해. 어서.」

「그 집 사람들 거기 없어요, 스칼렛 마님. 나 집 오는 길 어멈하고 시간 보내겠다 들렀어요. 그 사람들 없어요. 집 모두 채워 두었고요. 병원에 갔다 생각해요.」

「그래서 너 그렇게 오래 걸렸구나! 내가 어딜 보내면 넌 가라는 곳만 가고, 누구하고도 〈시간 보내려고〉 옆으로 새면 안 돼. 가서 ─」

그녀는 말을 멈추고 머리를 짜냈다. 도시에 남은 친구들 가운데 누가 도움이 될까? 엘싱 부인이 괜찮겠다. 물론 엘싱 부인은 요즈음 스칼렛을 전혀 좋아하지 않았지만, 멜라니는 옛날부터 좋아했다.

「엘싱 부인 댁으로 가서 사정을 아주 자세히 설명하고, 제발 이리 올라와 달라고 그래. 그리고, 프리시, 내 말 잘 들어. 미스 멜리가 아기를 낳을 테니까 지금 당장이라도 네가 필요하게 될지 몰라. 그러니까 곧장 서둘러 돌아오라고.」

「그래요, 마님.」 대답을 하고 프리시는 발을 돌려 달팽이 걸음으로 길을 거닐며 내려갔다.

「빨리 가, 굼벵이야!」

「예, 마님.」

프리시는 눈에 띄지도 않을 정도만큼만 걸음을 빨리했고, 스칼렛은 다시 집으로 들어갔다. 그녀는 또다시 잠깐 머뭇거린 다음에 멜라니가 있는 위층으로 올라갔다. 그녀는 왜 미드 부인이 못 오는지를 솔직하게 그대로 설명해야 하는데, 필 미드가 심한 부상을 입었다는 얘기를 들으면 멜라니가 불안해할지도 모른다. 그렇다면 거짓말을 해야 되겠구나.

그녀는 멜라니의 방으로 들어갔고, 입도 안 댄 아침 밥상을 보았다. 모로 누운 멜라니는 창백한 얼굴이었다.

「미드 부인은 병원에 갔어요.」 스칼렛이 말했다. 「하지만 엘싱 부인이 오실 거예요. 속이 좋지 않아요?」

「별로 심하지는 않아요.」 멜라니가 거짓말을 했다. 「스칼렛, 웨이드를 낳을 때는 얼마나 오래 걸렸어요?」

「눈 깜짝할 사이였어요.」 전혀 느끼지도 않는 즐거움을 표정에 보이며 스칼렛이 대답했다. 「난 마당에 나가 있었는데, 집으로 들어갈 여유도 별로 없었죠. 꼭 검둥이가 애 낳는 거 같다면서, 어멈은 기가 막힐 노릇이라고 그랬어요.」

「나도 그렇게 검둥이처럼 되었으면 좋겠어요.」 억지로 힘을 내어 미소를 지으며 멜라니가 말했지만, 고통으로 얼굴이 일그러지자 미소는 갑자기 사라졌다.

스칼렛은 멜라니의 자그마한 엉덩이를 내려다보고는 낙천적인 희망을 전혀 느끼지 못했지만, 안심을 시키느라고 말했다. 「정말 그렇게 고생스럽진 않아요.」

「아, 고생스럽지 않다는 건 나도 알아요. 보아하니 난 겁이 좀 많은가 봐요. 그런데 ― 엘싱 부인은 금방 오시나요?」

「그래요, 곧 오세요.」 스칼렛이 말했다. 「내가 밑으로 내려가 시원한 물을 좀 가져다 씻겨 줄게요. 오늘은 굉장히 덥군요.」

그녀는 물을 가지고 올라가는 시간을 가능한 한 오래 끌면서, 혹시 프리시가 오는지 보려고 자꾸만 앞문으로 달려갔다. 프리시의 모습은 전혀 보이지도 않았고, 그래서 스칼렛은 다시 위층으로 올라가 땀에 젖은 멜라니의 몸을 닦아 내고, 길고 검은 머리카락을 빗어 주었다.

한 시간이 지난 다음에야 스칼렛은 검둥이가 발을 질질 끌고 길거리를 내려오는 소리를 들었고, 창으로 내다보니 아까처럼 프리시가 몸을 까불며, 마치 흥미진진해하는 수많은 관중이 앞에 있기라도 한 듯, 몽상에 젖어 머리를 젖히고 천천히 돌아오는 모습이 눈에 띄었다.

〈나중에 저 어린년을 내가 채찍으로 치고 말겠어.〉 프리시를 만나려고 서둘러 층계를 내려가며 스칼렛은 표독하게 생각했다.

「엘싱 마님 병원 갔어요. 그 집 쿠키 말하는데, 아침 기차에 부상 군인 잔뜩 왔대요. 쿠키 거기 가지고 간다 국 만든대요. 쿠키 그러는데 ─」

「쿠키가 무슨 소릴 했는지는 듣고 싶지 않아.」 답답한 심정으로 스칼렛이 말을 가로막았다. 「널 병원으로 보낼 생각이니까, 깨끗한 앞치마를 두르도록 해. 미드 박사님한테 내가 편지를 써줄 테니까, 그분이 안 계시면 존스 박사나 다른 의사 선생님 아무한테라도 보여 드려. 그리고 만일 이번에도 네가 서둘러 돌아오지 않으면, 널 산 채로 껍질을 벗기겠어.」

「예, 마님.」

「그리고 아무라도 남자들을 만나면 전투 소식을 물어봐. 모른다고들 그러면 역으로 가서 부상병들을 태우고 들어온 기차의 기관사한테 물어보라고. 존즈버러 근처에서 전투가 벌어졌는지 알아봐.」

「하느님 맙소사, 스칼렛 마님!」 그러더니 프리시의 검은 얼굴에는 갑자기 심한 공포감이 서렸다. 「양키들 타라 들어갔다 아니죠, 안 그래요?」

「나도 몰라. 너더러 소식을 알아 오라고 그랬잖아.」

「하느님 맙소사, 스칼렛 마님! 그 사람들 엄마 어떻게 할까요?」

프리시는 큰 소리로 잉잉 울기 시작했고, 울음소리를 들으니까 스칼렛은 더욱 불안해졌다.

「질질 짜지 마! 미스 멜라니가 듣겠다. 어서 가서 앞치마를 갈아입어.」

찔끔해서 속도를 낸 프리시가 집 뒤쪽으로 서둘러 가는 사이에, 스칼렛은 집 안에서 찾아낸 종잇조각이라고는 그것뿐이어서, 지난번에 제럴드가 그녀에게 보낸 편지의 여백에다 황급히 전할 말을 휙휙 갈겨썼다. 그리고 그녀가 쓴 내용이 제일 위로 올라오도록 편지를 접던 그녀는 제럴드의 글이 눈에 띄었다. 〈너의 어머니…… 장티푸스…… 무슨 일이 나더라도…… 집으로 돌아오면…….〉 그녀는 흐느껴 울고 싶었다. 멜라니만 없다면 그녀는 끝까지 걸어가야만 하더라도 지금 당장 고향으로 출발하고 싶은 심정이었다.

프리시는 손에 편지를 움켜잡고 타박타박 총총걸음으로 가버렸고, 스칼렛은 다시 위층으로 올라가면서 왜 엘싱 부인이 오지 않았는지를 설명할 무슨 그럴듯한 거짓말을 짜내려고 애썼다. 하지만 멜라니는 아무 질문도 하지 않았다. 그녀는 고요하고 다정한 얼굴로 반듯하게 누워서 기다렸고, 그런 모습을 보자 스칼렛은 잠깐 동안이나마 마음이 가라앉았다.

그녀는 자리에 앉아 자질구레한 잡담을 이끌어 가려고 애썼지만, 타라 농장에 대한 걱정과 양키들에게 패배하리라는 생각이 가혹하게 그녀를 괴롭혔다. 그녀는 죽어 가는 엘렌과, 애틀랜타로 쳐들어와서 닥치는 대로 불태우고 죽이는 양키들을 생각했다. 그러는 동안 줄곧 둔탁하게 멀리서 우르릉거리는 포성이 그녀의 귓속에서 되울리며 끈질긴 공포의 파도를 몰고 왔다. 결국 스칼렛은 입을 다물었고, 창밖의 무덥고도 적막한 길거리를, 그리고 먼지로 뒤덮인 나무에 꼼짝도 않고 매달린 잎사귀들을 물끄러미 내다보기만 했다. 멜라니도 말이 없었지만, 조용한 얼굴이 가끔 한 번씩 고통으로 뒤틀렸다.

통증이 지나간 다음이면 멜라니는 〈정말 별로 심하지는 않았어요〉라고 말했지만, 스칼렛은 그것이 거짓말임을 알았다. 스칼렛은 조용한 인고(忍苦)보다는 요란한 비명이 차라리 좋았다. 스칼렛은 자기가 마땅히 멜라니를 불쌍하게 생각해야 함을 알면서도 웬일인지 한 치의 동정심도 생기지를 않았다. 그녀의 머릿속은 자신의 고뇌 때문에 찢어질 듯 아팠다. 심지어 그녀는 고통으로 일그러진 얼굴을 날카롭게 노려보면서, 하고많은 사람들 가운데 왜 하필이면 그녀가 — 멜라니와는 아무런 공통점도 없고 그녀를 미워했으며, 죽는 꼴을 보면 기뻐했을지도 모르는 그녀가, 이런 난처한 시기에 멜라니를 돌보게 되었는지 의아한 생각이 들기까지 했다. 그렇다, 어쩌면 스칼렛은 보고 싶던 그런 꼴을 오늘 하루가 다 가기 전에 보게 될지도 모른다. 그런 생각을 하자 싸늘하고 미신적인 공포가 그녀를 사로잡았다. 누가 죽기를 바라면, 어떤 사람을 저주할 때나 마찬가지로 액운을 불러왔다. 남을 해치려 하다가는 오히려 자신에게 화가 미친다고 어멈이 말했다. 스칼렛은 멜라니가 죽지 않게 해달라고 황급히 기도를 드렸고, 자기가 무슨 말을 하는지 의식도 못 하면서 정신없이 하찮은 얘기를 늘어놓기 시작했다. 결국 멜라니가 뜨거운 손을 스칼렛의 손목에 얹었다.

「억지로 얘기를 하려고 그러지 말아요, 스칼렛. 얼마나 걱정을 하는지는 나도 알아요. 이렇게 고생을 시켜서 난 얼마나 미안한지 모르겠어요.」

스칼렛은 다시 입을 다물었지만, 가만히 앉아 있기가 힘들었다. 의사나 프리시 두 사람 다 제시간에 오지 않는다면 어떻게 해야 하나? 스칼렛은 창가로 걸어가서 길거리를 내려다보고는, 되돌아와서 다시 앉았다. 그러더니 그녀는 몸을 일으켜 방의 다른 쪽으로 가서 창문으로 바깥을 내다보았다.

한 시간이, 그리고 또 한 시간이 흘러갔다. 한낮이 되었고 태양은 높이 솟아 뜨거워졌으며, 먼지로 뒤덮인 잎사귀들을 흔들어 놓을 바람 한 점 없었다. 이제는 멜라니의 진통이 더욱 심해졌다. 그녀의 긴 머리는 땀으로 흠뻑 젖었으며, 몸의 축축한 부분에 가운이 달라붙었다. 스칼렛은 말없이 그녀의 얼굴을 닦아 주었지만, 공포가 그녀를 끈질기게 괴롭혔다. 하늘에 계신 하느님이시여, 의사가 도착하기 전에 아기를 낳게 되면 어쩌나! 그녀는 어떻게 하나? 스칼렛은 산파 노릇이라면 전혀 깜깜했다. 여러 주일 전부터 그녀가 두려워했던 긴박한 사태는 바로 이것이었다. 그녀는 만일 의사를 데려올 수 없는 경우라면 프리시가 알아서 처리하도록 맡길 속셈이었었다. 산파 노릇이라면 프리시가 환히 안다고 했다. 프리시는 그런 소리를 여러 번이나 했다. 하지만 프리시는 어디로 갔을까? 왜 오지 않을까? 의사는 왜 안 오는가? 그녀는 창가로 가서 다시 내다보았다. 그녀는 열심히 귀를 기울였고, 이것이 단순히 그녀의 상상인지, 아니면 먼 곳의 포성이 잠잠해졌는지, 갑자기 의아해졌다. 더 멀어졌다면 그것은 전투가 존즈버러에 가까운 곳으로 옮겨 갔음을 의미했고, 그렇다면 —.

마침내 그녀는 걸음을 재촉해 길거리를 내려오는 프리시를 보고 창에서 몸을 밖으로 내밀었다. 위를 올려다본 프리시는 스칼렛이 눈에 띄자 소리를 지르려고 입을 벌렸다. 검고 작은 얼굴에 드러난 전율의 표정을 보자, 나쁜 소식을 큰 소리로 떠들어 멜라니가 놀라게 할까 봐 걱정이 된 스칼렛은, 황급히 손가락을 입술에 대고는 창가에서 물러났다.

「시원한 물을 가지고 오겠어요.」 멜라니의 움푹 들어간 검은 눈을 내려다보고 미소를 지으려 애쓰며 그녀가 말했다. 그러더니 그녀는 서둘러 방에서 나가 조심스럽게 문을 닫았다.

프리시는 거실의 맨 밑 계단에 앉아 숨을 헐떡였다.

「존즈버러 싸운데요, 스칼렛 마님! 사람들 그러는데 우리 편 진대요. 오, 하느님 맙소사, 스칼렛 마님! 엄마하고 돼지 어떻게 될까요? 오, 하느님 맙소사, 스칼렛 마님! 양키들 여기 오면 우리 어떻게 될까요? 오, 하느님 ──」

스칼렛은 징징거리는 프리시의 입을 손으로 틀어막았다.

「제발 입 닥쳐!」

그렇다, 양키들이 쳐들어오면 그들은 어떻게 되고, 타라는 어떻게 될 것인가? 그녀는 이 생각을 마음속 한쪽 구석으로 단단히 밀어내고는 훨씬 다급한 사태와 싸움을 벌였다. 그런 생각을 자꾸 하다가는 프리시처럼 그녀도 비명을 지르고 징징 울게 될지도 모른다.

「미드 박사님은 어디 계셔? 언제 오시겠대?」

「나 의사 선생님 통 안 봤어요, 스칼렛 마님.」

「뭐라고!」

「그래요, 마님, 의사 선생님 병원 안 계세요. 메리웨더 마님 엘싱 마님 역시 거기 안 계세요. 어떤 남자 나한테 그러는데 의사 선생님 방금 존즈버러 들어온 부상 군인들 같이 기차 세워 두는 곳 갔다 그러지만, 스칼렛 마님, 거기 막 사람들 죽기 때문에 나 무서워 간다 못 했어요. 나 죽은 사람 무서워서 ──」

「다른 의사들은?」

「스칼렛 마님, 하느님 맹세하는데, 나 한 사람 붙잡아 편지 읽으라 하기 힘들었어요. 사람들 병원에서 모두 미치광이 된 것처럼 일했어요. 한 의사 선생님 나한테 그랬어요. 〈무슨 한심한 소리! 여기 죽는 사람 수두룩 판에 아기 어쩌고 와서 떠들어 귀찮게 하지 마. 여자 구해 도와 달라 그래〉 그래서 나 여기저기 돌아다니고 마님 시킨 대로 소식 물었더니 모두 그러는데 존즈버러 싸우는 중이라고, 그래서 난 ─」

「미드 박사님이 역에 계시다고 그랬지?」

「예, 마님. 그분 ─」

「자, 내 말 잘 들어. 내가 미드 박사님을 모시러 갈 테니까 넌 꼼짝 말고 미스 멜라니 옆에 붙어 있다가 뭐든지 시키는 대로만 해. 그리고 만일 전투가 어디서 벌어지는지를 멜라니한테 귀띔이라도 했다가는 널 남쪽으로 팔아 보내겠어. 그리고 다른 의사들도 오지 않으려고 했다는 얘기도 멜라니한테 하지 마. 알겠지?」

「예, 마님.」

「눈물을 닦고 물병을 새로 채워 가지고 올라가서 멜라니의 몸을 닦아 줘. 나는 의사 선생님을 모시러 갔다고 그래.」

「해산한다 시간 가까웠나요, 스칼렛 마님?」

「나도 모르겠어. 그런 것 같지만, 난 모르겠어. 네가 보면 알겠지. 어서 올라가.」

스칼렛은 까치발 탁자에서 챙이 넓은 밀짚모자를 집어 머리에 눌러썼다. 그녀는 거울을 들여다보고 늘어진 머리카락 몇 가닥을 습관적으로 밀어 올렸지만, 자신의 모습은 눈에 들어오지 않았다. 그녀의 가슴속 깊숙한 곳에서 시작된 두려움의 싸늘하고 작은 파문이 밖으로 번져 나가 결국은 손가락까지 이르렀고, 온몸에서 땀이 줄줄 흘러내리는데도 뺨에 닿은 손가락들은 차가웠다. 그녀는 서둘러 태양의 열기 속으로 나갔다. 눈이 부실 정도로 뜨겁게 햇볕이 쨍쨍 내리쬐었고, 복숭아나무 거리를 바삐 내려가는 그녀의 관자놀이가 열기로 지끈거리기 시작했다. 길거리 아래쪽 멀리서 그녀는 여러 사람의 목소리가 커졌다가 작아지면서 아우성을 치는 것을 들었다. 라이든 댁이 시야에 들어왔을 무렵에는 스칼렛이 숨을 헐떡이기 시작했다. 아우성치는 소음이 점점 더 커졌다.

라이든 저택에서부터 파이브 포인츠까지의 길거리는 방금 무너진 개밋둑처럼 분주하게 움직이며 소란스러웠다. 겁을 잔뜩 먹은 흑인들이 길거리를 이리저리 뛰어다녔고, 포치에는 아무도 돌보지 않는 아이들이 나와 앉아서 울었다. 길거리는 군용 짐마차와 부상병을 가득 태운 긴급 수송 마차와 가구와 가방을 잔뜩 쌓아 올린 승용 마차들로 붐볐다. 말을 탄 사람들이 옆길에서 튀어나와 후드의 사령부를 향해 복숭아나무 거리를 정신없이 달려갔다. 보넬 댁 앞에서 승용 마차를 끄는 말의 머리를 잡고 서서 기다리던 에이머스 영감은 휘둥그레진 눈으로 스칼렛에게 인사를 했다.

「아직 안 떠났어요, 스칼렛 마님? 우리 지금 가요. 마님 가방 꾸린다 바빠요.」

「가다니? 어디로 가?」

「하느님 말고 누가 압니까, 마님. 어딘가 가요. 양키들 쳐들어와요!」

그녀는 작별 인사조차 제대로 못 하고 계속해서 길을 재촉했다. 양키들이 쳐들어온다! 웨슬리 교회에서 그녀는 숨을 돌리려고 멈춰 두근거리는 심장이 진정되기를 기다렸다. 마음을 가라앉히지 않는다면 그녀는 틀림없이 기절을 하리라.

몸을 지탱하려고 가로등 기둥을 움켜잡고 선 그녀는 파이브 포인츠 쪽에서 말을 타고 달려오는 장교를 보았고, 불쑥 길거리로 달려 나가 그에게 손을 흔들었다.

「아, 멈춰요! 제발 멈춰요!」

그가 어찌나 갑작스럽게 고삐를 당겼던지 말은 허공을 앞발로 긁어 대며 엉덩이로 주저앉았다. 얼굴에는 피로와 긴박감으로 깊은 주름이 잡혔지만, 장교는 너덜너덜한 회색 모자를 재빨리 벗었다.

「왜 그러시죠, 부인?」

「얘기해 봐요, 정말인가요? 양키들이 쳐들어옵니까?」

「그런가 봐요.」

「당신이 알기로는 그런가요?」

「네, 부인. 난 그렇게 알고 있어요. 존즈버러의 전투지에서 보낸 통신문이 반 시간 전에 사령부로 들어왔어요.」

「존즈버러요? 확실합니까?」

「확실해요. 듣기 좋은 거짓말을 해봤자 아무 소용도 없겠죠, 부인. 하디 장군[1]이 보낸 통신문의 내용은 이랬어요. 〈우리 부대는 전투에서 패배했고 전면 후퇴 중임.〉」

「아, 하느님 맙소사!」

지친 장교의 시커먼 얼굴은 아무런 감정도 없이 그녀를 내려다보았다. 그는 다시 고삐를 가다듬더니 모자를 썼다.

「아, 장교님, 제발, 잠깐만요. 우린 어떻게 해야 하나요?」

「부인, 난 지체할 시간이 없어요. 군대가 곧 애틀랜타에서 철수해요.」

「우릴 양키들에게 버려두고 떠난단 말이에요?」

1 William J. Hardee. 웨스트포인트 출신으로 남군에서 싸웠고 『소총과 경보술 전술 교본』을 썼다.

「어쩔 도리가 없군요.」

박차를 가하자 말은 용수철이라도 달린 듯 튀어 나갔고, 스칼렛은 붉은 먼지가 발목까지 잔뜩 피어오르는 길거리 한 가운데 남았다.

양키들이 쳐들어온다. 군대가 떠난다. 양키들이 쳐들어온다. 그녀는 어떻게 해야 하나? 그녀는 어디로 달아나야 하나? 아니다, 그녀는 도망치면 안 된다. 집에 가면 아기를 낳으려고 자리에 누워서 멜라니가 기다린다. 아, 왜 여자들은 아기를 낳아야 하는가? 멜라니만 없었더라면 그녀는 웨이드와 프리시를 데리고 양키들이 절대로 찾아내지 못할 숲 속으로 들어가 숨었으리라. 하지만 그녀는 멜라니를 숲으로 데리고 갈 수는 없었다. 아니다, 지금은 안 된다. 아, 그녀가 아이만 빨리 낳았다면, 어제 낳기만 했어도, 그들은 어쩌면 구급 마차를 구해 멜라니를 데리고 어디로 가서 숨어 버렸으리라. 하지만 지금 그녀는 꼭 미드 박사를 찾아내어 데리고 가야 한다. 혹시 의사가 아이를 빨리 낳게 해줄지도 모른다.

스칼렛은 치마를 챙겨 들고 길거리를 달려 내려갔고, 두 발은 〈양키들이 온다! 양키들이 온다!〉는 소리에 박차를 맞춰 뛰었다. 파이브 포인츠는 눈이 뒤집혀 이리저리 뛰는 사람들로 아수라장이었고, 부상병을 잔뜩 실은 승용 마차와 짐마차와 구급 마차와 달구지로 길이 미어졌다. 파도가 무너지는 듯한 아우성이 군중 속에서 일어났다.

그러더니 이상할 만큼 엉뚱한 광경이 그녀의 눈앞에서 벌어졌다. 여자들이 떼를 지어 어깨에 돼지고기 덩어리를 메고 철도 쪽으로 올라왔다. 그들의 옆에서는 어린아이들이 줄줄 흘러내리는 당밀을 물통에 담아 이고 비틀거리며 걸음을 서둘렀다. 어린 소년들은 옥수수와 감자가 담긴 자루를 질질 끌고 갔다. 어느 노인은 외바퀴 수레에다 작은 밀가루 통을 싣고 도망가느라고 쩔쩔맸다. 흑인이건 백인이건, 남자, 여자, 아이 들이 힘든 얼굴로 서두르고, 또 서두르며 먹을거리가 담긴 꾸러미와 자루와 상자를 운반했는데 — 스칼렛은 금년 내내 이트록 많은 식량을 한자리에서 본 적이 없었다. 마구 달려오는 승용 마차를 보고 갑자기 군중이 길을 비켜 주었고, 비켜 준 그 길을 따라 연약하고도 우아한 엘싱 부인이 한 손에는 고삐를 잡고 한 손에는 채찍을 든 채, 앞자리에 우뚝 서서 빅트리아 포장마차를 몰고 왔다. 그녀는 하얀 얼굴에 모자도 쓰지 않았고, 복수의 세 여신처럼 말에게 채찍질을 하는 동안 길고 허연 머리카락이 잔등으로 물결쳐 흘러내렸다. 마차의 뒷자리에서는 그녀의 흑인 유모 멜리시가 한 손으로는 베이컨의 기름기가 많은 쪽을 움켜쥐고 다른 손과 두 발로는 주변에 잔뜩 쌓아 올린 상자와 가방들을 누르고 버티면서 털럭거렸다. 자루 하나가 터져서 말린 콩이 길바닥으로 흩어졌다. 스칼렛이 그녀에게 소리를 질렀지만, 그녀의 목소리는 아우성치는 군중의 소음 속에 잠겨 들리지도 않았고, 마차는 미친 듯 털럭거리며 지나갔다.

잠깐 동안 그녀는 이런 사건들이 무엇을 의미하는지 이해가 가지 않았고, 그러자 병참 창고들이 철도 아래쪽에 있다는 사실을 기억한 스칼렛은, 양키들이 오기 전에 그나마 건질 물건이 있으면 가져가라고 군대가 사람들에게 창그를 열어 주었음을 깨달았다.

그녀는 재빨리 군중 사이로 밀고 나아가서, 파이브 포인츠의 공터에 잔뜩 모여든 발작적인 폭도를 헤치며, 있는 힘을 다해서 역으로 뻗어 나간 짤막한 구간을 빠른 걸음으로 내려갔다. 구름처럼 일어나는 먼지와 마구 한데 몰린 구급 마차들 사이로 그녀는 의사들과 들것 운반병들이 허리를 굽히고, 들어 올리고, 서둘러 오가는 모습을 보았다. 하느님, 감사합니다. 그녀는 곧 미드 박사를 찾게 되리라. 애틀랜타 호텔의 모퉁이를 돌아 역과 철도가 한눈에 보이는 곳으로 나오자 그녀는 기겁을 해서 우뚝 멈춰 섰다.

무자비한 땡볕 속에서 수백 명의 부상병이 어깨에 어깨를 나란히, 아니면 머리와 발을 마주 대고, 철도와 인도를 따라 차량 창고 밑에 끝없이 줄을 지어 땅바닥에 널브러졌다. 어떤 사람들은 반듯하게 누워 꼼짝도 하지 않았지만, 많은 사람들은 뜨거운 태양 밑에서 신음하며 몸부림을 쳤다. 어디를 봐도 파리 떼가 병사들의 위에서 맴돌고 날아다니거나 그들의 얼굴에서 기어 다니거나 윙윙거렸고, 어디를 봐도 피와 더러운 붕대와 고통스러운 신음 소리, 그리고 들것 운반병이 들어 올릴 때 병사들이 아프다고 욕설을 퍼붓는 고함 소리뿐이었다. 땀과, 피와, 씻지 않은 몸과, 배설물의 냄새가 물집이 생기게 할 정도로 심한 열기의 파도 속에서 솟아올랐고, 고약한 악취에 스칼렛은 구토가 날 지경이었다. 널브러진 몸뚱어리들 사이로 이리저리 서둘러 돌아다니는 구급 반원들은 빈틈없이 줄지어 늘어놓은 부상병들을 자칫하면 밟았고, 차례를 기다리다가 밟힌 사람들은 멍청하게 빤히 올려다보기만 했다.

그녀는 토할 듯한 기분이어서 손으로 입을 꽉 틀어막고는 흠칫 뒤로 물러섰다. 그녀는 더 이상 앞으로 나아갈 수가 없었다. 그녀는 여러 병원에서 부상병을 보았고, 샛강에서 전투가 벌어진 다음 피티 고모의 집 잔디밭에서도 부상병들을 보았지만, 이런 광경은 정말 처음이었다. 이글거리는 태양 아래 푹푹 찌는 더위에 시달리며 악취를 풍기고 피를 흘리는 몸뚱어리들이 우글대는 광경은 정말로 처음이었다. 이것은 고통과 악취와 소음의 지옥이었다. 서둘러, 서둘러, 서둘러! 양키들이 쳐들어온다! 양키들이 쳐들어온다!

그녀는 힘을 내어 어깨를 활짝 펴고는 부상병들 사이로 걸어 내려가면서, 미드 박사를 찾아내려고 꼿꼿하게 일어선 사람들의 모습에만 시선을 집중시켰다. 하지만 조심해서 걸음을 옮기지 않았다가는 어느 가엾은 병사를 밟기가 십상이어서, 의사를 찾기가 쉽지 않으리라고 깨달았다. 그녀는 치마를 치켜들고, 들것 운반병들에게 지시를 내리는 한 무리의 사람들을 향해 부상병들 사이로 한 발자국씩 걸음을 옮겨 보려고 했다.

그녀가 걸어가려니까 열이 나서 뜨거워진 손들이 치마를 움켜잡았고, 목소리들이 콜콜거렸다. 「아가씨, 물! 제발, 아가씨, 물! 물 달라니까요!」

붙잡고 매달리는 손들을 뿌리치고 치마를 끌어당기는 사이에 그녀의 얼굴에서는 땀이 줄줄 흘러내렸다. 만일 부상병을 한 사람이라도 밟았더라면 그녀는 당장 비명을 지르고 기절했으리라. 그녀는 죽은 병사들을, 피가 마른 상처에 찢어진 군복이 달라붙은 배를 두 손으로 움켜잡고 멍한 눈으로 누워 있는 병사들을 타고 넘어갔으며, 피로 범벅이 되어 수염이 뻣뻣해지고 턱이 부서진 병사들이 알아듣기 힘든 소리를 냈는데, 아마도 그들은 이런 말을 하는 듯싶었다.

「물! 물!」

미드 박사를 빨리 찾아내지 못한다면 스칼렛은 발작을 일으켜 비명이라도 지를 듯한 심정이었다. 그녀는 차량 창고 밑에 모인 사람들 쪽을 쳐다보고는 있는 힘을 다해서 소리쳤다. 「미드 박사님! 미드 박사님, 거기 계세요?」

그곳에 모인 사람들 중에서 한 명이 떨어져 나오더니 그녀 쪽을 쳐다보았다. 의사였다. 그는 저고리를 입지 않았고, 소매는 어깨까지 말아 올렸다. 그의 셔츠와 바지는 백정처럼 시뻘겋고, 눈처럼 하얀 수염의 끝에도 피가 엉겨 붙었다. 그의 얼굴은 피로와 맹목적인 분노와 타오르는 연민에 취한 사람 같았다. 그의 잿빛 얼굴에는 먼지가 뒤덮였고, 뺨에는 땀이 흘러내린 얼룩이 길게 남았다. 하지만 그녀를 부르는 그의 목소리는 침착하고 단호했다.

「하느님 감사합니다, 스칼렛이 왔군요. 그렇지 않아도 너무나 손이 모자라던 참이었어요.」

그녀는 얼이 빠져 치마를 놓고는 어안이 벙벙해서 잠깐 동안 그를 멀거니 쳐다보았다. 치맛자락이 부상병의 더러운 얼굴로 떨어졌고, 병사는 숨이 막히는 듯 치마를 피하려고 힘없이 머리를 돌리려고 했다. 의사의 얘기는 무슨 의미였을까? 구급 마차에서 그녀의 얼굴로 피어오른 먼지는 숨이 막힐 지경으로 건조했고, 부패의 악취는 더러운 액체처럼 콧구멍으로 파고들었다.

「어서, 스칼렛! 이리 와요.」

그녀는 치마를 치켜들고 줄줄이 누워 있는 몸뚱어리들 사이로 가능한 한 빨리 그에게로 갔다. 스칼렛은 그의 팔에 손을 얹었고, 피로 때문에 의사의 팔이 떨린다고 생각했지만, 얼굴에서는 나약한 표정이 눈에 띄지 않았다.

「오, 의사 선생님!」 그녀가 소리쳤다. 「꼭 오셔야 해요. 멜라니가 아기를 낳으려고 그래요.」

그는 스칼렛의 말이 머리에 얼른 전달이 되지 않은 듯한 표정이었다. 그녀의 발치에서 수통을 베개로 삼아 땅바닥에 누웠던 병사가 그녀의 얘기를 듣고는 친근하게 히죽 웃었다.

「애 낳는 거라면 시도 때도 가리지 않는단 말이야.」그가
유쾌하게 말했다.

그녀는 병사를 내려다보지도 않고 의사의 팔을 흔들었다.

「멜라니예요. 아기요, 의사 선생님, 꼭 가셔야 해요. 멜라
니는 — 아기는 —」지금은 체면을 차릴 때가 아니었지만,
수백 명의 낯선 남자들이 듣고 있는 곳에서 그런 말을 꺼내
기는 힘들었다.

「진통이 심해졌어요. 부탁이에요, 의사 선생님!」

「아기라고? 하느님 맙소사!」의사가 고함쳤고, 그의 얼굴
은 증오와 분노로, 그러나 어느 누구에게도 아니고 앞뒤를
가릴 줄 모르는 세상에 대한 분노로 갑자기 뒤틀렸다. 「미쳤
어요? 난 병사들을 두고 갈 처지가 아니라고요. 사람들이 수
백 명씩 죽어 가니까요. 난 거지 같은 아기 하나 때문에 이들
을 버리고 갈 수가 없어요. 어디서 여자 하나 구해서 도와 달
라고 그래요. 내 아내를 데리고 가요.」

스칼렛은 미드 부인이 왜 못 가는지 얘기를 하려고 입을
열었지만, 얼른 다물어 버렸다. 그는 자기 아들이 부상을 당
했다는 사실을 알지 못했다! 그녀는 만일 그런 사실을 알았
더라도 의사가 이곳에 그대로 있을까 궁금한 생각이 들었고,
마음 한구석에서 스칼렛은 비록 필이 죽더라도 그는 이곳에
남아서 한 사람이 아니라 많은 사람을 도와주리라고 믿었다.

「아니에요, 꼭 가셔야 해요, 의사 선생님. 멜라니가 고생할
거라고 선생님도 말씀하셨으니까 —」열기와 신음의 지옥
속에서 한껏 목청을 돋우어 가며 이런 끔찍하고도 고상하지
못한 얘기를 하는 사람이 정말로 그녀 스칼렛이었던가? 「선
생님이 안 가시면 죽는다고요!」

그는 스칼렛의 손을 사납게 밀쳐 버리고는, 마치 그녀의

얘기를 듣지도 못했다는 듯, 그녀가 한 말이 무슨 뜻인지를 모르겠다는 듯 말했다.

「죽어요? 그래요, 이 사람들도 모두 죽을 거예요. 붕대도 없고, 고약도 없고, 키니네도 없고, 클로로포름도 없으니까요. 오, 하느님! 모르핀이라도 조금만 있었으면 얼마나 좋을까요! 가장 심한 사람들을 위한 약간의 모르핀요. 클로로포름이 조금만이라도요. 하느님의 저주를 받아 마땅한 양키 놈들! 하느님의 저주를 받아야 할 양키 놈들!」

「녀석들 혼 좀 내주시구려, 의사 선생!」 땅바닥에 누운 병사가 수염 속에서 이빨을 드러내며 말했다.

스칼렛은 부들부들 떨기 시작했고, 눈에서는 두려움의 눈물이 솟아올랐다. 의사는 그녀와 같이 가려고 하지 않았다. 그녀는 멜라니가 죽기를 바랐었는데, 이제 멜라니는 정말 죽으리라. 의사는 가지 않는다.

「하느님의 이름으로 빌겠어요, 의사 선생님! 부탁이에요!」

미드 박사는 입술을 깨물었고, 턱이 굳어지며 얼굴이 다시 냉정해졌다.

「스칼렛, 나도 애는 써보겠어요. 약속은 못 하겠고요. 하지만 노력은 하겠어요. 병사들을 돌보고 난 다음에요. 양키들이 쳐들어오는 중이고 군대는 여기서 철수한대요. 부상병들을 그들이 어떻게 할지 난 모르겠어요. 기차는 하나도 없죠. 메이컨 노선은 적의 손으로 넘어갔고……. 하지만 애는 써보겠어요. 그러니까 어서 가요. 날 괴롭히지 말고요. 아기를 받아내는 건 대수롭지 않은 일이에요. 탯줄을 묶기만 하면…….」

그는 간호병이 팔을 건드리자 몸을 돌리고, 여기저기 부상병들을 손으로 가리키며 분주하게 지시를 내리기 시작했다. 그녀의 발치에 누운 병사가 처량한 눈으로 스칼렛을 올려다보았다. 의사가 그녀를 거들떠보지도 않았기 때문에 그녀는 돌아섰다.

그녀는 부상병들 사이를 골라 디디며 빠른 걸음으로 다시 복숭아나무 거리로 돌아갔다. 의사는 오지 않는다. 그녀가 직접 해결해야만 했다. 프리시가 산파 노릇에 환하다니 천만다행이었다. 그녀는 열기로 머리가 지끈거렸고, 땀으로 흠뻑 젖은 가슴 옷이 몸에 달라붙는 끈끈함을 느꼈다. 그녀는 머리가 어리벙벙했고, 악몽 속에서 도망치려고 기를 써도 몸이 말을 듣지 않을 때처럼, 두 다리가 마비되어 뻣뻣했다. 그녀는 걸어서 집으로 되돌아가야 하는 먼 길이 한없이 까마득하게만 느껴졌다.

그러자 〈양키들이 온다!〉는 말이 또다시 그녀의 머릿속에서 후렴처럼 울리기 시작했다. 그녀는 가슴이 두근거렸고, 팔다리에서는 새로운 생명력이 되살아났다. 그녀는 파이브 포인츠의 군중 속으로 서둘러 끼어들었는데, 이제는 어찌나 많은 사람이 몰렸는지 좁은 인도에는 빈틈이 없어서 마찻길로 걸어가야 했다. 먼지를 뒤집어쓴 기진맥진한 군인들이 긴 행렬을 이루고 지나갔다. 수염이 자라고, 온몸이 더럽고, 총을 어깨에 둘러멘 그들은 수천 명이나 되었다. 대포가 굴러 지나갔고, 마부들은 앙상한 노새를 긴 생가죽 채찍으로 마구 후려갈겼다. 찢어진 범포를 씌운 병참 마차들은 바퀴 자국이 깊이 파인 길을 따라 굴러갔다. 그녀는 한꺼번에 이렇게 많은 군인을 여태껏 본 적이 없었다. 후퇴! 후퇴! 군대가 철수를 하는 중이었다.

갈 길을 서두르는 행렬에 밀려 그녀는 다시 붐비는 인도로 올라갔고, 싸구려 옥수수 위스키 냄새가 났다. 디케이터 거리 근처의 군중 속에서는 화려하고 눈부신 옷과 화장이 짙은 얼굴에 왁자지껄한 휴일 분위기를 풍기는 야한 옷차림의 여자들도 눈에 띄었다. 그들 대부분은 술에 취했고, 그들의 팔에 매달린 군인들은 더 취했다. 스칼렛은 붉은 곱슬머리를 얼핏 보았는데, 비틀거리고 흐느적거리는 외팔이 군인에게 몸을 지탱하느라고 매달린 그녀는 벨 위틀링이라는 잡스러운 여자였고, 그녀의 날카로운 웃음소리는 술에 취했다.

파이브 포인츠를 지나 군중을 밀치고 헤치며 한 구간을 거슬러 올라간 다음에는 사람들이 약간 줄어들었고, 그녀는 치마를 들어 올려 손에 쥐고는 다시 뛰기 시작했다. 웨슬리 교회에 다다랐을 무렵에는 숨이 차고 어지러웠으며 배 속이 울렁거렸다. 코르셋이 갈빗대를 두 동강으로 잘라 버리는 듯싶었다. 그녀는 교회의 계단에 털썩 주저앉아서, 호흡이 한결 편해질 때까지 얼굴을 두 손에 파묻고 기다렸다. 단 한 번만이라도 배 속 깊숙이 심호흡을 할 수만 있다면 얼마나 좋을까. 가슴이 그만 울렁거리고, 그만 두근거리고, 날뛰기를 그치면 얼마나 좋을까. 광란의 도시에서 그녀가 의지할 사람이 누군가 있기만 하다면.

그렇다, 그녀는 평생 자기 혼자만의 힘으로 무엇 하나 스스로 했던 적이 없었다. 그녀 대신에 일을 하고, 그녀를 보살펴 주고, 그녀를 보호하고 안식처를 제공하고 응석을 받아 줄 사람이 항상 곁에 있었다. 그녀가 이런 곤경에 처하다니 믿어지지 않을 노릇이었다. 그녀를 도울 친구도 없고 이웃도 없었다. 친구와 이웃과, 기꺼이 응하는 노예들의 능숙한 손들이 항상 그녀를 곁에서 도와주었다. 그런데 가장 심한 곤경을 맞은 시기에, 지금은 그런 사람이 아무도 없었다. 그녀가 고향으로부터 멀리 떨어져 이토록 겁에 질리고, 철저하게 혼자라는 사실이 믿어지지가 않았다.

고향 집! 양키들이야 오건 말건, 고향으로 돌아가기만 한다면 얼마나 좋을까. 비록 엘렌이 병들었더라도 고향에 가기만 한다면. 그녀는 엘렌의 다정한 얼굴과, 그녀를 껴안아 주는 어멈의 힘찬 팔이 그리웠다.

그녀는 현기증을 느끼며 몸을 일으켜 다시 걷기 시작했다. 집이 저만치 보이자 스칼렛은 앞대문에 매달려 흔들흔들 장난치는 웨이드를 보았다. 스칼렛을 보자마자 그는 얼굴을 찡그리더니, 더럽고 다친 손가락을 내밀며 울기 시작했다.

「아파!」 웨이드가 울먹거렸다. 「아파!」

「쉬! 쉬! 조용해! 시끄럽게 굴면 엄마가 볼기를 때리겠어. 뒷마당으로 가서 흙으로 떡 만들고 놀아. 거기서 나오지 마.」

「웨이드 배고파.」 흐느껴 울면서 그는 다친 손가락을 입에 물었다.

「그래서 어쨌단 말이야. 뒷마당으로 가서 ——」

그녀는 위를 올려다브았고, 걱정과 두려움이 역력한 얼굴로 위층 창문에서 몸을 내민 프리시가 눈에 띄었지만, 그녀의 걱정스러운 표정은 스칼렛을 보자마자 안도감을 느껴서였는지 순식간에 사라졌다. 스칼렛은 그녀더러 밑으로 내려오라고 손짓해 부르고는 집으로 들어갔다. 현관으로 들어서니 정말로 시원했다. 그녀는 모자의 끈을 풀어 탁자로 집어던지고는 땀에 젖은 이마를 팔뚝으로 문질러 닦았다. 그녀는 위층 문이 열리는 소리를 들었고, 심한 고통에 시달려 쥐어짜듯 나지막이 통곡하는 듯한 신음 소리가 들려왔다. 프리시는 한 번에 세 개씩 계단을 내려왔다.

「의사 선생님 왔어요?」

「아냐, 못 오셔.」

「하느님 맙소사, 스칼렛 마님! 멜리 마님 심해요!」

「의사 선생님은 못 오셔. 아무도 올 수가 없어. 내가 도와 줄 테니까 아기는 네가 받아야 해.」

프리시는 입을 딱 벌리더니 혀를 옴찔거렸지만, 말이 나오지 않았다. 그녀는 곁눈질로 스칼렛을 쳐다보고 발을 비비적거리며 앙상한 몸을 비비 틀었다.

「그렇게 멍청하게 서 있지 마!」 그녀의 한심한 표정을 보고 울화가 치민 스칼렛이 소리쳤다. 「무슨 일이야?」

프리시는 슬금슬금 뒷걸음쳐 층계를 올라갔다.

「하느님 맙소사, 스칼렛 마님 ──」 휘둥그레진 그녀의 눈에는 두려움과 수치심이 넘쳤다.

「뭐야?」

「하느님 맙소사, 스칼렛 마님! 의사 선생님 꼭 와야 해요. 난 ── 난 ── 스칼렛 마님, 나 아기 받는다 하나도 몰라요. 엄마가 나 아기 낳는다 사람들 근처 절대로 얼씬 못 한다 했어요.」

겁에 질린 스칼렛은 땅이 꺼지도록 한숨을 지었고, 곧 분노가 그녀를 사로잡았다. 프리시는 도망치려고 몸을 구부린 채, 그녀 옆으로 빠져나가려고 냅다 뛰었지만, 스칼렛이 붙잡았다.

「깜둥이 거짓말쟁이, 너 그게 무슨 소리야? 넌 아기 받는 건 환하다고 그랬잖아. 어느 얘기가 진짜야? 말해 봐!」 스칼렛은 곱슬머리가 술 취한 사람처럼 흔들릴 정도로 그녀를 흔들었다.

「나 거짓말이에요, 스칼렛 마님! 나 어쩌다 그런 거짓말 했다 나도 몰라요. 나 아기 낳는 거 꼭 한 번 보았고, 엄마 그거 본다고 나 두들겨 팬다 했어요.」

스칼렛은 그녀를 노려보았고, 프리시는 몸을 빼내려고 잔뜩 움츠렸다. 잠깐 동안 그녀의 마음은 진실을 받아들이기를 거부했지만, 산파 노릇이라면 프리시도 자기보다 아는 바가 조금도 없다는 사실을 인식하게 되자, 분노가 불길처럼 치밀어 올랐다. 그녀는 지금까지 한 번도 노예를 때린 적이 없었지만, 지금은 지친 팔에 남은 힘을 다해서 검은 뺨을 후려갈겼다. 프리시는 아파서라기보다는 무서워서 소리를 바락바락 질렀고, 스칼렛의 손아귀에서 빠져나가려고 몸부림을 치며 강동강동 뛰었다.

그녀가 소리를 지르자 위층의 신음 소리가 멎었고, 잠시 후에 힘없이 떨리는 멜라니의 목소리가 들려왔다. 「스칼렛? 스칼렛이에요? 제발 이리 와요! 제발!」

스칼렛은 프리시의 팔을 놓았고, 계집아이는 징징 울면서 층계에 주저앉았다. 잠깐 동안 스칼렛은 꼼짝도 않고 서서 위를 올려다보며, 다시 시작된 나지막한 신음 소리어 귀를 기울였다. 그렇게 서 있으려니까 마치 그녀의 목덜미에 멍에가 무겁게 찍어 누르는 듯싶었고, 그 멍에는 걸음을 한 발자국도 옮기기 힘들 정도로 무겁게 느껴졌다.

스칼렛은 웨이드를 낳을 때 그녀에게 어멈과 엘렌이 어떻게 했는지를 생각해 보았지만, 출산의 고통을 망각하게 만드는 자비로운 몽롱함 때문에 거의 모든 기억이 희미하기만 할 따름이었다. 그래도 그녀는 몇 가지 생각나는 바가 있었고, 그래서 위엄을 갖춘 목소리로 프리시에게 빠른 말투르 지시했다.

「난로에다 불을 지피고 주전자로 뜨거운 물을 계속해서 끓여. 수건은 눈에 띄는 대로 모조리 가져오고, 노끈 타래도 올려 와. 그러고는 가위를 갖다 줘. 그런 거 못 찾겠다는 따위 소리 나한테 와서 할 생각 마. 어떻게 해서든지 찾아내고,

그것도 빨리 구해야 해. 어서.」

　그녀는 프리시를 벌떡 일으켜 세워서 부엌 쪽으로 밀어 버렸다. 그러고는 어깨를 펴고 층계를 올라가기 시작했다. 그녀와 프리시가 아기를 받으리라는 얘기를 멜라니에게 하기란 쉬운 일이 아니었다.

제22장

이처럼 기나긴 오후는 다시없으리라. 그리고 이처럼 무더운 오후도. 그리고 뻔뻔스럽고 집요한 파리들이 그토록 들끓던 오후도. 스칼렛이 아무리 끊임없이 부채질을 했어도 파리는 멜라니에게 몰려들었다. 그녀는 널찍한 종려나무 잎사귀를 흔들어 다느라고 팔이 아팠다. 아무리 애를 써도 소용이 없어서, 땀에 젖은 얼굴에서 쫓아 버리면 파리들은 멜라니의 끈적거리는 발과 다리에 달라붙어서, 멜라니가 힘없이 발을 흔들고는 애원했다. 「부탁해요! 발에요!」

열기와 눈부신 빛을 차단하려고 스칼렛이 창 가리개를 끌어내렸기 때문에 방 안은 침침했다. 창 가리개의 작은 구멍과 가장자리로 바늘 끝 같은 햇살이 뚫고 들어왔다. 방은 아궁이 속 같았고, 땀에 폭 젖은 스칼렛의 옷은 마르기는커녕 시간이 갈수록 더 축축하고 끈끈해졌다. 프리시도 한쪽 구석에 쪼그리고 앉아 땀을 흘렸고, 어찌나 역겨운 악취를 풍기던지 스칼렛은, 일단 시야를 벗어나기만 하면 도망을 칠까 봐 걱정만 되지 않았더라면, 계집아이를 벌써 방에서 내쫓았으리라. 멜라니는 스칼렛이 물을 엎지르고 땀이 밴 자리가 거무스레하게 젖어 얼룩이 난 홑이불을 덮고 침대에 누워서 괴로워했다. 그녀는 이쪽으로, 그러고는 저쪽으로, 왼쪽으로, 오른쪽으로, 그러고는 다시 방향을 바꿔 가며 끝없이 몸을 비비 틀었다.

가끔 그녀는 일어나 앉으려고 애를 쓰다가 다시 넘어지고는 또 몸을 뒤틀기 시작했다. 처음에 그녀는 소리를 지르지 않으려고 허물이 벗어질 때까지 입술을 깨물었고, 입술뿐 아니라 신경도 쓰라렸던 스칼렛은 목쉰 소리로 말했다. 「멜리, 제발 부탁인데, 용감하려고 애쓰지 말아요. 원한다면 소리를 질러요. 우리들 말고는 들을 사람도 없으니까요.」

오후 시간이 흘러감에 따라 멜라니는 용감하고 싶건 말건 신음을 했고, 때로는 비명도 질렀다. 그럴 때면 스칼렛은 머리를 두 손으로 잡고 귀를 막았으며, 몸을 뒤틀면서 차라리 자기가 죽었으면 좋겠다고 생각했다. 그런 고통을 목격하면서도 속수무책인 그녀의 처지처럼 괴로운 일은 또 없었다. 나오는 데 그토록 오랜 시간이 걸리는 아기를 기다리느라고 이곳에 묶여 버린 신세가 한없이 괴로웠다. 양키들이 사실상 파이브 포인츠까지 쳐들어왔을지도 모르는데 기다리기만 하고.

그녀는 출산에 관해서 유부녀들이 귓속말로 나누던 대화에 신경을 더 썼었더라면 좋았으리라고 후회가 막심했다. 찰 들어 두었더라면 얼마나 좋을까! 그런 일에 관심이 조금이라도 있었더라면 멜라니가 지금 얼마나 더 오래 걸릴지 어쩔지를 알았으리라. 그녀는 이틀 동안이나 진통만 겪다가 아이는 낳지도 못하고 죽었다던 친구에 관해서 피티 고모가 했던 어떤 얘기가 희미하게 기억났다. 만일 멜라니가 이런 식으로 이틀 동안 계속한다면 어쩌나! 하지만 멜라니는 너무나 연약했다. 그녀는 이런 고통을 이틀이나 견딜 기운이 없으리라.

아기가 빨리 태어나지 않았다가는 멜라니가 곧 죽고 만다. 그러면, 멜라니를 돌봐 준다고 약속까지 했던 그녀는 ── 만일 아직 그가 살아 있다면, 그녀는 도대체 어떻게 애슐리를 만나고, 멜라니가 죽었다는 말을 어떻게 하겠는가?

처음에 멜라니는 고통이 심할 때는 스칼렛의 손을 잡고 싶어 했는데, 어찌나 세차게 꽉 잡았는지 뼈가 으스러질 지경이었다. 그렇게 한 시간이 지나자 스칼렛은 손이 너무 부어오르고 멍이 들어 쥐었다 폈다 하기도 힘이 들었다. 그녀는 기다란 수건 두 개를 묶어 침대의 발치에 매두고는, 매듭을 지은 쪽 끝을 멜라니의 손에 쥐여 주었다. 멜라니는 생명선이라도 된다는 듯 그것을 잡고 매달려 힘을 주고, 팽팽하게 끌어당기고, 풀어 주었다가는 잡아 비틀기도 했다. 오후 내내 그녀의 목소리는 함정에 빠져 죽어 가는 동물의 소리처럼 계속되었다. 가끔 그녀는 수건을 놓고 힘없이 두 손을 비비고는, 고통스러워 엄청나게 커진 눈으로 스칼렛을 올려다보았다.

「나한테 얘기를 해줘요. 제발 나한테 뭔가 얘기를 해줘요.」 그녀가 나지막이 말했고, 스칼렛은 멜라니가 다시 매듭을 움켜잡고 몸부림을 치기 시작할 때까지 뭐라고 잡담을 늘어놓았다.

침침한 방은 열기와 고통과 윙윙거리는 파리 떼로 어지러웠고, 시간이 어찌나 느릿느릿 무겁게 흘러갔는지 스칼렛은 오늘 아침 일은 거의 기억이 나지 않았다. 그녀는 푹푹 찌고, 어둡고, 땀이 나는 이곳에서 평생을 지낸 기분이었다. 그녀는 멜라니가 비명을 지를 때마다 같이 소리를 지르고 싶은 심한 욕구를 느꼈고, 화가 치밀 지경으로 입술을 꽉 깨물고서야 그녀는 자제를 하고, 발작적인 신경질을 겨우 물리쳤다.

한번은 웨이드가 발돋움을 하고 층계를 올라와 문밖에 서
서 흐느껴 울었다.

「웨이드 배고파!」 스칼렛이 그에게로 가려고 했지만 멜라
니가 나지막이 말했다. 「날 버리고 가지 말아요. 제발 부탁이
에요. 스칼렛만 곁에 있으면 난 견딜 만해요.」

그래서 스칼렛은 아침 옥수수 죽을 데워 웨이드에게 먹이
라고 프리시를 내려보냈다. 그녀 자신은 오늘 오후 이후에는
절대로 다시는 식사를 못 하리라고 느꼈다.

벽난로 선반 위에 놓인 시계가 멈췄기 때문에 그녀는 시간
을 알 길이 없었지만, 방 안의 열기가 수그러지고 바늘 끝 같
은 환한 빛이 둔감해지자, 스칼렛은 창 가리개를 밀어 열었
다. 때는 늦은 오후였고 진홍빛 덩어리를 이룬 태양이 하늘
에서 훨씬 기울었음을 보고 그녀는 놀랐다. 웬일인지 그녀는
이글거리는 무더운 한낮이 영원히 계속되리라고 상상했었기
때문이었다.

그녀는 시내에서 무슨 일이 벌어지는지 속이 탈 정도로 궁
금했다. 군대가 이제는 모두 철수했을까? 양키들이 쳐들어
왔을까? 남군은 싸움 한 번 안 하고 물러가려는가? 그러자
그녀는 남군의 병력이 얼마나 소수이고, 반면에 셔먼의 병력
은 얼마나 많으며 그들이 얼마나 잘 먹는지를 생각하고는 배
속이 뒤집히는 기분이었다. 셔먼! 사탄이라고 해도 그녀는
셔먼의 절반만큼도 무섭지 않았다. 하지만 지금은 멜라니가
물을 달라고 소리치거나, 머리에 차가운 수건을 올려 달라거
나, 부채질을 하거나, 얼굴에서 파리 떼를 쫓아 달라는 부탁
을 자꾸 하는 바람에 차분히 생각할 겨를이 없었다.

석양이 깃들고 검은 생령(生靈)처럼 허둥대고 돌아다니던
프리시가 등잔에 불을 켰을 때는 멜라니의 힘이 매우 약해졌

다. 그녀는 혼수상태에 빠진 듯 자꾸만 애슐리의 이름을 불렀고, 끔찍할 정도로 단조로운 외침에 스칼렛은 베개로 그녀의 목구멍을 막아 버려 질식시키고 싶은 강렬한 욕망을 느꼈다. 어쩌면 결국은 의사가 올지도 모른다. 어서 빨리 왔으면! 희망이 머리를 들자 그녀는 프리시에게로 시선을 돌리고는, 빨리 미드 댁으로 뛰어가서 의사나 미드 부인이 집으로 돌아왔는지를 알아보라고 지시했다.

「그리고 의사 선생님이 집에 안 계시면, 미드 부인이나 쿠키더러 어떻게 하면 좋겠느냐고 물어봐. 와달라고 애원이라도 하라고!」

프리시가 수선을 떨며 밖으로 나갔고, 스칼렛은 한심한 흑인 아이가 서둘러 길거리를 달려 내려가는 모습을 지켜보았다. 한참 시간이 흐른 다음에 그녀는 혼자 돌아왔다.

「의사 선생님 하루 종일 집에 못 왔다 그래요. 군인들 따라간다 전갈 보냈대요. 스칼렛 마님, 필 도련님 죽었어요.」

「죽어?」

「예, 마님.」 으쓱한 기분에 어깨를 펴면서 프리시가 말했다. 「그 집 마부 탤벗 나한테 말했어요. 총 맞았는데 ―」

「그만해.」

「나 미드 마님 안 봤어요. 쿠키 그러는데 미드 마님 양키들 여기 오기 전 파묻는다 아들 씻고 손질한대요. 쿠키 그러는데 진통 너무 심해지면 멜리 마님 침대 밑에 칼 놓아두고 그럼 진통 두 동강 잘려 나간대요.」

한심한 조언을 듣고 스칼렛은 프리시의 뺨을 갈겨 주고 싶었지만, 멜라니가 커다란 눈을 부릅뜨고 나지막이 말했다. 「스칼렛, 양키들이 쳐들어왔나요?」

「아니에요.」 스칼렛이 씩씩하게 말했다. 「프리시가 거짓말을 했어요.」

「그래요, 마님, 나 진짜 거짓말쟁이예요.」 프리시가 열심히 맞장구를 쳤다.

「그들이 오는군요.」 멜라니가 속지 않고 나지막이 말했고, 얼굴을 베개에 파묻었다. 그녀의 목소리가 탁해졌다. 「불쌍한 내 아기, 불쌍한 내 아기.」 그러고는 한참 침묵을 지키다가 〈오, 스칼렛, 스칼렛은 여기서 지체하면 안 돼요. 웨이드를 데리고 떠나야 해요.〉

멜라니가 한 말은 스칼렛이 생각했던 바 그대로였지만, 실제로 그것이 말로 표현된 소리를 들으니까 스칼렛은 마치 그녀의 비겁한 비밀이 얼굴에 빤히 드러나기라도 한 듯 창피하고 화가 났다.

「바보 같은 소리 말아요. 난 안 무서워요. 내가 멜라니를 남겨 두고 떠날 여자 같아요?」

「그래도 괜찮아요. 어차피 난 죽을 테니까요.」 그러더니 그녀는 다시 신음하기 시작했다.

스칼렛은 늙은 여자처럼 앞을 더듬거리고, 고꾸라지지 않으려고 난간에 매달려 컴컴한 층계를 천천히 내려갔다. 피로와 긴장으로 두 다리가 무겁고 후들거렸으며, 온몸을 함빡 적신 끈끈한 땀으로 오한을 느껴 떨었다. 힘없이 그녀는 앞쪽 포치로 나가서 꼭대기 층계에 앉았다. 그녀는 포치 기둥에 몸을 기대고 축 늘어져서 떨리는 손으로 가슴의 단추를 반쯤 풀었다. 밤의 뜨거운 대기는 부드러운 어둠 속에 잠겼고, 그녀는 암소처럼 멍청하게 어둠을 응시하며 누웠다.

다 끝났다. 멜라니는 죽지 않았고, 새끼 고양이 소리를 내는 자그마한 사내 아기는 프리시가 첫 목욕을 시키는 중이었다. 멜라니는 잠이 들었다. 비명이 터져 나오는 고통과, 도움을 주기는커녕 더 아프게만 했을 무식한 산파의 악몽을 치르고 나서, 어떻게 멜라니는 마음 놓고 잠이 들었을까? 왜 그녀는 죽지 않았을까? 누가 스칼렛을 그런 식으로 다루었다면 자기는 죽었으리라고 그녀는 생각했다. 하지만 다 끝난 다음에 멜라니는 나지막이 고맙다는 말까지 했는데, 목소리가 어찌나 힘이 없었는지 그녀는 허리를 수그리고 나서야 겨우 무슨 소리인지를 알아들었다.「고마워요.」그러더니 그녀는 잠이 들었다. 어떻게 그녀는 잠이 올까? 스칼렛은 자기도 웨이드를 낳은 다음에 잠이 들었었다는 사실을 잊어버렸다. 그녀의 마음은 텅 비었다. 그녀의 머릿속은 진공 상태였고, 세상도 진공 상태였으며, 기나긴 오늘 하루 이전에는 아무런 삶도 없었고 앞으로도 마찬가지여서 ─ 오직 무겁고 무더운 밤, 오직 거칠고 지친 그녀의 숨소리, 오직 겨드랑이에서 허리로, 엉덩이에서 무릎으로 흘러내리는 땀, 끈끈하고 질퍽하고 싸늘하게 흘러내리는 차가운 땀뿐이었다.

그녀는 크고 고르던 자신의 숨소리가 발작적인 흐느낌으로 바뀌었음을 알았지간, 눈물이 나오지 않는 눈은 절대로 다시는 울지 않겠다는 듯 맹렬하게 타올랐다. 천천히, 힘겨운 듯, 그녀는 끙끙거리며 몸을 일으키고는 묵직한 치마를 허벅지까지 끌어올렸다. 그녀는 몸이 덥기도 하고 춥기도 하고 끈끈하기도 했으며, 팔다리에 와 닿는 밤공기의 감촉은 시원했다. 치마를 올리고 속곳을 드러낸 채 앞쪽 포치에 이렇게 널브러져 앉은 꼴을 보면 피티 고모가 뭐라고 할까 스칼렛은 무감각하게 생각했지만, 그것은 관심도 없는 일이었다. 그녀는 무엇에도 관심이 없었다. 시간이 멈추었다. 방금 해가 졌는지도 모르겠고, 어쩌면 자정이 되었는지도 모른다.

그녀는 알 길도 없었고 관심도 없었다.

그녀는 위층에서 돌아다니는 발소리를 들었고, 〈프리시에게 하느님의 저주나 내려라〉고 생각하고는 눈을 감았고, 졸음이 쏟아졌다. 그러고는 얼마나 시간이 흘러갔는지 모르겠지만, 프리시가 그녀 옆에서 신나게 떠들어 댔다.

「우리 굉장히 잘했어요, 스칼렛 마님. 내 생각에 우리 엄마 더 잘했다 못 했을 거예요.」

어둠 속에서 스칼렛은 너무 피곤해서 욕도 못 하고, 너무 피곤해서 야단도 못 치고, 너무 피곤해서 프리시가 잘못한 짓들을 — 경험도 없으면서 자랑을 하고 싶어 거짓말을 했고, 겁을 내고, 솜씨가 서툴고, 사태가 다급해졌을 때는 철저한 무능함을 드러내고, 가위를 잘못 댔고, 침대에다 물을 한 대야 쏟았고, 갓 태어난 아기를 떨어뜨린 실수 따위 잘못을 일일이 열거하지도 못하고 그냥 노려보기만 했다. 그런데 이제 와서 프리시는 자기가 얼마나 훌륭하게 해냈는지를 뽐냈다.

그런데도 양키들은 흑인을 해방시키겠다고 야단이었다! 어디 양키들더러 잘해 보라지.

그녀는 말없이 다시 기둥에 몸을 기댔고, 스칼렛의 기분을 눈치챈 프리시는 발돋움을 하고 포치의 어둠 속으로 물러났다. 한참 걸려 마침내 숨결이 조용히 가라앉고 정신을 가다듬은 다음, 스칼렛은 길 위쪽에서 나는 희미한 목소리들과 북쪽에서 내려오는 수많은 사람의 발소리를 들었다. 군인들이다! 어둠 속에서 아무도 못 보겠지만 그래도 치마를 끌어내리고 그녀는 천천히 일어나 앉았다. 몇 명인지 모르겠는 그들이 집까지 와서 그림자처럼 지나가려고 하자, 스칼렛이 불렀다.

「아, 여보세요!」

그림자 하나가 집단으로부터 벗어나더니 대문으로 왔다.

「떠나시는 거예요? 우리들을 버리고요?」

그림자는 모자를 벗는 듯싶었고, 조용한 목소리가 어둠 속에서 들려왔다.

「그렇습니다, 부인. 그럴 수밖에 없어요. 우린 이곳에서 북쪽으로 1.5킬로미터 떨어진 흉벽에 마지막으로 남았던 병력이죠.」

「당신들이 ─ 군대가 정말로 후퇴하나요?」

「그렇습니다, 부인. 아시겠지만, 양키들이 밀려오거든요.」

양키들이 쳐들어온다. 스칼렛은 그것을 잊고 있었다. 그녀는 갑자기 목구멍이 막혀 더 이상 아무 말도 나오지를 않았다. 그림자가 물러나더니 다른 그림자들과 섞였고, 발소리도 어둠 속으로 사라졌다. 〈양키들이 온다! 양키들이 온다!〉 그들의 발소리는 그런 소리를 냈고, 갑자기 울렁거리는 그녀의 심장이 두근거릴 때마다 그 소리가 되울렸다. 양키들이 온다!

「양키들 쳐들어온다 그래요!」 스칼렛에게 바싹 달라붙으며 프리시가 징징 울었다. 「오, 스칼렛 마님, 양키들 우리 도두 죽여요! 양키들 우리 배 총검으로 찌른다 그래요! 양키들 ─」

「아, 시끄러!」 일부러 떨리는 목소리로 다른 사람이 떠들어 대지 않더라도 그런 사태는 생각만 해도 끔찍했다. 다시금 그녀는 두려움에 휩싸였다. 그녀는 어떻게 해야 하나? 어떻게 도망을 하나? 누구에게 도움을 청하면 좋을까? 아는 사람들은 모두 그녀를 저버렸다.

불현듯 그녀는 레트 버틀러가 생각났고, 차분한 마음이 두려움을 몰아냈다. 머리가 잘려 나간 닭처럼 이리 뛰고 저리 뛰던 오늘 아침에 그녀는 왜 그가 머리에 떠오르지 않았을까? 스칼렛은 그를 증오했지만, 그는 힘도 세고 똑똑하며 양키들을 무서워하지 않았다. 그리고 그는 아직 시내에 머물렀다. 물론 지난번에 만났을 때 그가 한심한 말을 했기 때문에 스칼렛은 그에게 화를 냈었다. 하지만 이런 때라면 그런 일은 그냥 넘겨도 괜찮았다. 그리고 그에게는 말과 마차도 있었다. 오, 왜 진작 그를 생각하지 못했을까! 그는 저주를 받은 이곳으로부터 멀리, 양키들로부터 멀리, 어디론가, 아무 곳이라도 그들을 데리고 가리라.

그녀는 프리시에게로 시선을 돌리고는 다급하고 열띤 목소리로 말했다.

「너 버틀러 선장님이 거처하는 곳 ── 애틀랜타 호텔 알지?」

「예, 마님, 하지만 ──」

「좋아, 지금 당장, 있는 힘을 다해 빨리 그곳으로 뛰어가서 내가 만나고 싶어 한다고 말을 전해. 빨리 와주기를 바라고, 말과 마차를 가지고, 그리고 혹시 가능하다면 구급 마차를 하나 끌고 왔으면 좋겠다고 해. 아기 얘기를 선장님한테 하라고. 우리들을 이곳에서 피신시켜 주기를 바란다고 내가 그러더라고 말해. 그럼 가. 어서!」

그녀는 벌떡 일어나 앉아서 빨리 가라고 프리시를 밀었다.

「하느님 맙소사, 스칼렛 마님! 나 깜깜한 곳 혼자 돌아다닌다 하면 무서워요! 양키들 나 붙잡는다 하면 어떡해요?」

「너 빨리만 뛰어가면 아까 지나간 군인들을 따라잡을 거고, 그러면 군인들은 네가 양키들한테 붙잡히도록 그냥 내버려 두지는 않을 거야. 어서!」

「나 무서워요! 버틀러 선장님 호텔 안 계신다 하면 어째요?」

「그럼 어디로 갔느냐고 물어봐. 넌 그렇게도 머리가 안 돌아가니? 만일 호텔에 없으면 디케이터 거리의 술집들을 뒤져서라도 찾아내라고. 벨 워틀링의 집에도 가봐. 선장님을 찾아내란 말이야. 멍청아, 어서 서둘러 그를 찾아내지 못했다가는 틀림없이 우리 모두 양키들한테 붙잡혀 당하리라는 걸 모르겠니?」

「스칼렛 마님, 술집 겉보집 나 들어갔다 하면 엄마가 나 목화나무 가지로 녹초 되라 때려요.」

스칼렛이 비척거리며 일어섰다.

「좋아, 안 가겠다면 내가 대신 널 두들겨 패겠어. 길에 서서 소리를 질러 부르면 되잖아. 아니면 선장님이 안에 계시냐고 누구한테 물어보든지. 어서 가라니까.」

그래도 프리시가 미적거리며 발을 질질 끌고 투덜거리자 스칼렛은 프리시가 앞쪽 층계에서 거꾸로 굴러 떨어질 정도로 다시 떠밀었다.

「안 가겠다면 난 강을 내려가 너를 팔아 버리겠어. 넌 엄마나 아는 사람을 아무도 다시는 만나지 못하게 되고, 거기다가 난 너를 밭일을 하는 노예로 팔아 버리겠어. 어서 가!」

「하느님 맙소사, 스칼렛 마님 —」

하지만 단호하게 잡아끄는 여주인의 손에 끌려 그녀는 층계를 내려가기 시작했다. 앞문이 딸그락 열렸고 스칼렛이 소리쳤다. 「뛰어, 이 멍청아!」

스칼렛은 뛰어가는 프리시의 부산한 발소리를 들었고, 그러더니 그 소리는 부드러운 흙길에서 멀리 사라져 잠잠해졌다.

제23장

프리시가 간 다음에 스칼렛은 맥이 풀려 아래층 현관으로 들어가 등잔에 불을 붙였다. 집 안은 한낮의 열기를 모두 빨아들여 품은 듯, 찌는 듯이 무더웠다. 이제는 얼얼한 느낌이 조금 가셨고, 배 속은 먹어야 되겠다고 야단이었다. 그녀는 어젯밤에 옥수수 죽을 한 숟가락 든 이후에 전혀 아무것도 안 먹었다는 생각이 나서, 등잔을 집어 들고 부엌으로 들어갔다. 화덕 속의 불은 꺼졌지만 방은 숨이 막힐 지경으로 더웠다. 그녀는 큰 냄비 속에서 딱딱한 옥수수빵 반 토막을 찾아내 굶주린 듯 뜯어 먹으면서 다른 먹을거리를 찾으려고 여기저기 둘러보았다. 냄비에는 옥수수 죽이 조금 남았고, 그녀는 죽을 접시에 옮겨 담지도 않고 그냥 큼직한 요리 숟가락으로 퍼먹었다. 굉장히 싱거웠지만 너무 배가 고파서 소금을 찾아볼 생각도 하지 않았다. 네 숟가락을 먹고 났을 때는 방 안의 열기가 견디기 힘들어져서 한 손에는 등잔을 들고 다른 손에는 빵 조각을 든 채 거실로 들어갔다.

스칼렛은 위층으로 올라가 멜라니 곁에 앉아 지켜 줘야 한다는 생각이 들었다. 만일 무슨 일이라도 잘못되는 경우 멜라니는 소리쳐 부르지도 못할 정도로 기운이 없었다. 하지만 악몽 같은 너두나 긴 시간을 보냈던 방으로 돌아갈 생각만 해도 그녀는 속이 뒤집혔다. 멜라니가 죽는다고 해도 그녀는 방으로 다시는 올라가고 싶지가 않았다. 스칼렛은 그 방을 다시는 보고 싶지 않았다. 그녀는 창가의 촛대에 등잔을 놓고는 앞 포치로 되돌아갔다. 무더위 속에 밤이 잠겨 버리기는 했어도 그곳은 훨씬 시원했다. 그녀는 등잔 불빛이 비치는 희미한 동그라미 속 계단에 앉아 옥수수빵을 계속 뜯어 먹었다.

빵을 다 먹고 난 그녀는 어느 정도 기운을 되찾았고, 힘이 나니까 또다시 두려움이 밀어닥쳤다. 그녀는 멀리 길거리 아래쪽에서 윙윙거리는 소리를 들었지만 그것이 어떤 가능성의 전조인지를 깨닫지는 못했다. 그녀는 높아졌다 낮아지곤 하는 음향 이외에는 아무것도 분간할 수가 없었다. 그녀는 소리를 들으려고 앞으로 몸을 잔뜩 내밀었고, 잠시 후에는 팽팽하게 땅긴 근육이 아프다고 느꼈다. 스칼렛은 말발굽 소리가 들려오고, 무서워하는 그녀를 보고 웃어 대는 레트의 느긋하고 자신만만한 표정이 나타나기를 무엇보다도 갈망했다. 레트는 그들을 멀리, 어디론가 멀리 데리고 가리라. 어디로 갈지는 모른다. 그것은 알 바가 아니었다.

시내 쪽으로 귀의 신경을 곤두세우고 앉아서 기다리려니까 나무들 위로 희미한 불빛이 나타났다. 그녀는 어리둥절해졌다. 불빛이 점점 밝은 빛깔로 변했고, 그러다가 갑자기 나무들 위에서 거대한 혓바닥 같은 불길이 하늘로 높이 치솟아 오르는 광경을 그녀는 보았다. 스칼렛은 벌떡 일어섰고, 가슴은 또다시 속이 울렁거릴 정도로 쿵쿵거리며 뛰기 시작했다.

양키들이 쳐들어왔다! 그녀는 그들이 쳐들어와서 불을 질렀음을 알았다. 불길은 시내 중심지의 동쪽 부분에서 타오르는 듯싶었다. 불길은 점점 더 높이 치솟았고, 겁에 질린 그녀의 눈앞에서 시뻘겋게 타오르며 빠른 속도로 널리 퍼져 나갔다. 틀림없이 한 동네가 몽땅 불타고 있으리라. 미약하고 뜨거운 바람이 연기 냄새를 싣고 그녀에게로 불어닥쳤다.

그녀는 자기 방으로 층계를 달려 올라가서, 더 잘 살펴보려고 창가에 매달려 몸을 밖으로 내밀었다. 하늘은 음산하고도 무시무시한 빛깔이었고, 시커먼 연기가 거대한 소용돌이를 일으키며 비틀고 올라가 불길 위에 물결치는 구름처럼 걸렸다. 이제는 연기 냄새가 더 심해졌다. 그녀의 머릿속에서는 온갖 생각이 제멋대로 오갔으며, 그녀는 불길이 얼마나 빨리 복숭아나무 거리까지 번져 이 집을 태우려는지, 양키들이 얼마나 빨리 몰려와서 그녀에게 달려들려는지, 어디로 도망을 쳐야 하며, 무엇을 해야 할지를 두서없이 생각해 보았다. 지옥의 잡귀들이 귓전에 몰려들어서 소리를 질러 대는 듯싶었고, 머릿속에서 핑핑 돌아가는 혼란과 전율이 어찌나 힘에 겨웠는지, 그녀는 몸을 지탱하려고 창턱을 잡고 매달렸다.

「난 생각을 해야 해.」 그녀는 거듭거듭 혼잣말을 했다. 「난 생각을 해야 해.」

하지만 겁이 난 벌새처럼 온갖 생각이 그녀의 머릿속을 정신없이 들락날락하며 도망 다녔다. 그녀가 창턱에 매달려 있으려니까 지금까지 들어 본 어떤 대포보다도 더 요란하고 귀가 먹먹할 정도인 폭음이 귀청을 때렸다. 하늘이 거대한 불길로 갈기갈기 찢어졌다. 그러고는 또 폭음. 땅이 흔들리고 머리 위에서 창문의 유리가 떨리더니 그녀 주변으로 와르르 깨져 쏟아졌다.

귀청을 찢는 폭음이 연달아 터지자 세상은 땅이 흔들리고, 소음과 불꽃이 날뛰는 연옥으로 변했다. 불꽃들이 물기둥처럼 하늘로 치솟아 올랐다가는 핏빛 연기구름 속으로 천천히, 유유히 내려왔다. 스칼렛은 옆방에서 희미하게 부르는 소리가 났다고 생각했지만 그쪽에는 신경을 쓰지 않았다. 지금은 멜라니를 걱정할 틈이 없었다. 그녀의 눈에 보이는 불길만큼이나 빠른 속도로 핏줄을 타고 스며들어 너울거리는 공포 이외에는 무엇도 생각할 겨를이 없었다. 그녀는 미칠 지경으로 겁이 난 어린아이나 마찬가지였고, 엄마의 무르팍에다 머리를 파묻고는 이런 광경을 안 보게 되기를 바랐다. 여기가 고향이라면 얼마나 좋으랴! 어머니하고 고향 집에서.

전율의 소음 속에서 스칼렛은 또 다른 소리를, 누군가 겁에 질려 한 번에 세 계단씩 층계를 달려오는 소리를 들었고, 길 잃은 사냥개처럼 고함치는 목소리도 들었다. 프리시가 방으로 뛰어 들어왔고, 스칼렛에게로 달려가더니 마치 살점을 잡아 뜯으려는 듯 팔을 꽉 움켜쥐었다.

「저건 양키들이 ―」 스칼렛이 소리쳤다.

「아니에요, 마님, 우리 편 사람들 그래요!」 손톱으로 스칼렛의 팔을 깊이 파고들며, 숨을 몰아쉬며 프리시가 소리를 질렀다. 「우리 편 사람들 주물 공장하고 군대 보급 기지하고 창고들 불 막 지르고, 대포알하고 화약 실은 화물차 곳간 일흔 개 불 막 지르고, 맙소사, 우리 모조리 타 죽어요!」

프리시가 또다시 빽빽거리며 소리를 지르기 시작했고, 어찌나 힘을 주어 움켜쥐었던지 스칼렛은 아프고 화가 나서 소리를 지르고는 프리시의 손을 떨쳐 버렸다.

양키들은 아직 오지 않았다! 아직 도망갈 시간은 있었다! 그녀는 겁이 나는 중에도 정신을 가다듬고 기운을 냈다.

〈마음을 진정시키지 않았다가는 난 뜨거운 물을 뒤집어쓴 고양이처럼 비명을 질러 대고 말겠어!〉 그녀는 생각했고, 공포에 떠는 프리시의 한심한 꼴을 보니까 오히려 자신이 정신을 차리는 데 도움이 되었다. 스칼렛은 그녀의 어깨를 잡고 흔들었다.

「방정 그만 떨고 정신 차려서 애기를 해봐. 양키들은 오지 않았단 말이야, 이 바보야! 너 버틀러 선장님은 만났어? 뭐라고 그러던? 온다고 했어?」

프리시는 이제 빽빽거리는 소리를 지르지는 않았지만 이빨을 덜덜 떨었다.

「예, 마님, 나 멋지게 주인님 찾아냈어요. 말씀 그대로 술집에서요. 주인님은 ──」

「어디서 찾았다는 애기 따위는 안 해도 괜찮아. 오겠다고 그러던? 말을 끌고 오라는 애기도 했겠지?」

「하느님 맙소사, 스칼렛 마님, 주인님 그러는데 우리 편 사람들 주인님 말하고 마차하고 구급 마차 쓰겠다 몽땅 빼앗았대요.」

「큰일 났구나!」

「하지만 주인님 오신다 하고 ──」

「뭐라고 하던?」

프리시는 숨을 돌리고 어느 정도 정신을 차렸지만, 휘둥그레진 눈은 그대로였다.

「그랬어요, 마님, 말씀한 그대로 난 주인님 술집 가서 찾아냈어요. 나 바깥 서서 소리 질러 주인님 불렀고 주인님 밖에 나왔어요. 그리고 주인님 금방 나 보았다 하고 나 주인님한테 애기 시작하니까 군인들 디케이터 거리 창고 불 질러 막 타올라 하고, 그러니까 주인님 그러시는데, 그래 무슨 일이야? 빨리 애기해. 그래서 나 말해서 마님 그러는데, 버틀러 선장님, 빨리 오시라 말하고 마차하고 가지고 오시래요. 멜리 마님 아기 낳았고 주인님 여기서 도망친다 도와주셔야 해요. 그러니까 주인님 그러시는데, 그래 어디 갈 생각이야? 그래서 나 말했는데, 나 몰라요, 주인님, 하지만 양키들 여기 오기 전 주인님 어디 가실 거니까 마님 같이 간다 바라요. 그러니까 주인님 웃더니 말 군대 뺏어 갔다 했어요.」

마지막 희망이 사라지자 스칼렛은 마음이 납덩이처럼 무거워졌다. 후퇴를 하는 군대가 도시에 남은 차량과 우마(牛馬)를 모조리 징발하리라는 당연한 사실을 생각도 못 했다니, 그녀는 얼마나 바보인가? 잠깐 동안 스칼렛은 너무 얼이 빠져 프리시가 하는 얘기가 귀에 들리지도 않았지만, 정신을 가다듬고는 나머지 얘기를 들었다.

「그러니까 주인님 그랬는데, 스칼렛 마님 마음 푹 놔라 그래. 혹시 한 마리 남았다 하면 군대 방목장서 말 내가 훔친다. 그리고 주인님 말했는데, 나 전에도 말 훔쳤어. 나 총 맞아 죽더라도 말 훔친다 마님한테 가 얘기해. 그러더니 또 웃고 주인님 말했는데, 어서 집 빨리 가. 그리고 나 미처 떠나지 않았는데 꽈당 소리 요란해 나 그 자리 길바닥 엎드린다 그랬더니 주인님 말하는데, 화약 양키들 못 갖게 우리 편 군대 터뜨린다 하니가 별거 아냐 ─」

「오신다고? 말을 끌고 오신단 말이지?」

「그런다 말하셨어요.」

스칼렛은 길게 안도의 한숨을 쉬었다. 말을 구할 방법이 있기만 하다면 레트 버틀러는 틀림없이 구하고 말리라. 레트는 똑똑한 남자였다. 지금의 난처한 처지에서 그들을 구해주기만 한다면 스칼렛은 그가 저지른 어떤 잘못도 용서할 마음이었다. 탈출! 그리고 레트와 같이 간다면 그녀는 두려울 바가 없었다. 레트가 그들을 보호하리라. 레트가 온다니 하느님께 감사를 드려야 마땅한 일이다! 안전하리라는 희망이 보이자 그녀는 현실적이 되었다.

「웨이드를 깨우고 옷을 입힌 다음 우리들이 입을 옷들도 좀 챙겨. 작은 옷 가방에다 꾸려야 해. 그리고 미스 멜라니한 테는 우리들이 떠난다는 얘기를 하지 마, 아직은. 하지만 아 기는 두툼한 수건 두어 장으로 몸을 감싸 주고, 아기에게 입 힐 옷도 꼭 넣어.」

아직도 그녀의 치맛자락에 매달린 프리시는 눈이 흰자위 만 보일 정도로 뒤집혔다. 스칼렛은 그녀를 밀치고는 움켜잡 은 손을 폈다.

「어서.」 그녀가 소리쳤고, 프리시는 토끼처럼 뛰어갔다.

스칼렛은 들어가서 멜라니의 두려움을 진정시켜 줘야 했 고, 하늘을 환히 밝힌 불빛과 줄기차게 계속되는 천둥 같은 소리 때문에 멜라니가 정신이 나갈 정도로 겁이 났으리라는 사실도 알았다. 세상이 종말을 맞은 듯한 광경과 소리였다.

하지만 그녀는 아직도 방으로 다시 들어갈 마음이 내키지 를 않았다. 그녀는 메이컨으로 피난을 갈 때 미스 피티팻이 남겨 두고 간 사기그릇과 작은 은식기를 꾸려야 되겠다는 막 연한 생각으로 층계를 황급히 내려갔다. 하지만 식당에 이르 렀을 때는 손이 어찌나 심하게 떨리는지 접시를 세 개나 떨어 뜨려 깨뜨렸다. 그녀는 포치로 달려 나가 소리를 들어 보고 는, 다시 식당으로 들어가 은식기를 떨어뜨려 떨그렁거리는 소리를 냈다. 서두르는 바람에 그녀는 융단을 밟고 미끄러져 쾅 나가떨어졌지만, 어찌나 빨리 다시 일어났는지 아픈 줄도 몰랐다. 그녀는 위층에서 프리시가 들짐승처럼 뛰어다니는 소리를 들었고, 자기도 저렇게 정신없이 이리저리 뛰어다닌 다는 생각을 하니 화가 났다.

그녀는 열 번도 더 포치로 뛰어나갔지만, 이제는 일이 제대로 손에 잡히지도 않는데 짐을 꾸린답시고 헛수고를 하기가 싫어서, 안으로 들어가지는 않았다. 그녀는 주저앉았다. 짐을 꾸릴 엄두가 전혀 나지 않았다. 가슴이 방망이질을 하는 동안은 레트를 기다리는 이외에 아무것도 할 수가 없었다. 그는 몇 시간이 지난 다음에야 도착했다. 마침내 길 훨씬 위쪽에서 그녀는, 기름칠을 하지 않아 못 견디겠다는 듯 굴대가 삐걱거리고 눈치를 살피듯 천천히 땅을 골라 밟으며 오는 말발굽 소리를 들었다. 왜 그는 서두르지를 않는가? 왜 그는 말의 발걸음을 재촉하지 않는가?

소리가 더 가까워졌고, 그녀는 벌떡 일어나 레트의 이름을 불렀다. 그러자 그녀는 작은 마차의 마부석에서 내리는 그의 희미한 모습을 보았고, 그가 그녀에게로 오느라고 대문을 여는 딸그락 소리를 들었다. 그의 모습이 시야에 들어왔고, 등잔 불빛이 그를 환히 비추었다. 멋지게 재단한 하얀 아마포 저고리와 바지에 수를 놓은 회색 물결무늬 조끼를 곁들이고 셔츠의 가슴팍에는 약간 주름 장식을 단 그의 옷차림은 마치 무도회라도 가는 듯 산뜻했다. 널찍한 파나마모자는 머리 한쪽으로 보기 좋게 기울여 썼고, 바지의 허리띠에는 손잡이를 상아로 만들고 총신이 기다란 결투용 권총 두 자루를 꽂았다. 저고리 호주머니들은 탄약을 넣어서 묵직하게 축 늘어졌다.

그는 인디언처럼 탄력 있는 걸음걸이로 성큼성큼 인도를 걸어 올라왔고, 멋진 머리는 이교도 군주처럼 꼿꼿했다. 스칼렛을 전율로 몰아넣은 밤의 위험이 그에게는 마취제 같은 효과를 내는 듯싶었다. 그의 시커먼 얼굴에는 조심스럽게 절제한 잔인성이 드러났는데, 그것이 얼마나 무시무시한 무자비함인지를 파악할 만한 지각이 그녀에게는 없었다.

그의 검은 눈은 마치 모든 상황이 우습다는 듯, 마치 지축을 흔드는 소리와 무시무시한 불빛이 아이들에게 겁을 주는 장난에 지나지 않는다는 듯 빛났다. 그녀는 창백한 얼굴에 초록빛 눈을 이글거리며, 층계를 올라오는 그에게로 기우뚱거리며 다가갔다.

「안녕하십니까.」 손을 크게 휘둘러 모자를 벗으며, 말끝을 길게 뽑는 목소리로 그가 말했다. 「날씨가 대단히 좋군요. 듣자 하니 댁에서는 여행을 떠나신다고요.」

「만일 한마디라도 더 농담을 하시면 난 다시는 절대로 당신하고 말을 안 하겠어요.」 떨리는 목소리로 그녀가 말했다.

「무섭다는 뜻은 절대 아니겠죠!」 그는 일부러 놀란 체하고는, 그녀로 하여금 가파른 층계에서 그를 뒤로 떠밀어 버리고 싶은 충동을 느끼게 만드는 그런 미소를 지었다.

「그래요, 난 무서워요! 난 죽을 지경으로 겁이 나고, 하느님이 염소에게 내려 주신 지능 정도나마 가지고 있다면 당신도 역시 무서워해야 당연하죠. 하지만 우린 얘기를 할 시간이 없어요. 우린 여기서 나가야 해요.」

「분부대로 하겠습니다, 부인. 하지만 도대체 어디로 가실 생각인가요? 난 당신이 어디로 갈 계획인지 알고 싶은 마음에, 호기심이 생기기에 여기까지 찾아왔답니다. 당신은 북쪽이나 동쪽이나 남쪽이나 서쪽 어느 방향으로도 갈 수가 없어요. 양키들이 사방을 다 막았으니까요. 양키들의 손에 아직 넘어가지 않은 이곳을 벗어나는 길은 하나뿐인데, 지금 우리 군대가 그 길로 후퇴를 하는 중이에요. 그리고 그것도 머지않아 막혀 버릴 거예요. 군대가 탈출을 완료할 때까지 그 도로를 확보하려고 스티브 리 장군[2]의 기병대가 러프 앤드 레디에서 후방 경계 작전을 벌이고 있어요. 만일 군대를 따라 맥도너 도로를 내려간다면 당신은 말을 징발당할 텐데, 비록 별로 신통치 못한 놈이기는 해도 난 이 말을 훔치느라고 굉장히 고생을 많이 했어요. 도대체 어디로 갈 생각이신가요?」

설명을 들으면서도 그가 하는 말이 거의 귀에 들어오지 않던 그녀는 벌벌 떨기만 했다. 하지만 질문을 받자 그녀는 자기가 어디로 가야 하는지를, 비참했던 오늘 하루 내내 그녀가 어디로 가고 싶었는지를 갑자기 깨달았다. 갈 곳은 오직 한 군데.

「집으로 가겠어요.」 그녀가 말했다.

「집이라뇨? 타라 말인가요?」

「네, 그래요! 타라요! 오, 레트, 우리 서둘러야 해요!」

그는 마치 정신이 나갔느냐는 듯한 눈초리로 스칼렛을 쳐다보았다.

「타라요? 하느님 맙소사, 스칼렛! 존즈버러에서 하루 종일 전투가 벌어졌다는 걸 몰라요? 러프 앤드 레디에서 앞뒤로 15킬로미터에 걸쳐 전투가 치열했고, 존즈버러에서는 시가전까지 벌어졌어요. 양키들은 지금쯤 타라로 이동해서 카운티에 좍 깔렸을 텐데요. 그들의 현 위치가 어딘지는 아무도 모르지만, 어쨌든 타라 부근 어디쯤이겠죠. 집으로 갈 수는 없어요! 양키 군대를 정면으로 뚫고 지나가야 하니까요!」

「난 집으로 가겠어요.」 그녀가 소리쳤다. 「난 가겠어요! 난 가겠다고요!」

「이런 한심한 바보 같으니라고!」 그리고 그의 목소리는 급박하고 거칠었다. 「그쪽으로는 가면 안 돼요. 양키들하고 마

2 빅스버그에서 북군에게 잡혔다가 포로 교환으로 풀려난 장군.

주치지 않더라도 숲에는 양쪽의 낙오병과 탈주병이 득실거리죠. 그리고 수많은 아군이 아직도 존즈버러에서 후퇴를 하는 중이에요. 그들은 양키들만큼이나 서슴지 않고 당장 당신한테서 말을 빼앗을 겁니다. 한 가지 가능성이라면, 군대를 따라 맥도너 도로를 내려가며 어둠 속에서 그들이 당신을 못 보도록 기도를 드리는 것뿐이겠어요. 타라에는 못 가요. 비록 그곳에 도달한다고 해도 집이 아마 다 타버렸을지도 모르고요. 난 당신이 고향으로 돌아가게 그냥 내버려 두지는 않겠어요. 그건 미친 짓이니까요.」

「난 집으로 가겠어요!」 소리치는 그녀의 목소리가 갈라지더니, 더욱 높아져 비명처럼 들렸다. 「난 집으로 간다고요! 당신은 날 말리면 안 돼요! 난 집으로 가겠어요! 난 어머니한테 가고 싶어요! 날 말리려고 하면 난 당신을 죽여 버리겠어요! 난 집으로 가겠어요!」

오랜 긴장이 드디어 풀리자 두려움과 히스테리의 눈물이 그녀의 얼굴을 타고 흘러내렸다. 그녀는 두 주먹으로 그의 가슴을 치며 또다시 소리를 질렀다. 「난 가겠어요! 난 가겠어요! 여기서 집까지 걸어가야 한다고 해도 난 가겠어요!」

갑자기 스칼렛은 그의 품에 안겼고, 풀을 빳빳하게 먹인 그의 셔츠 주름 장식에 눈물로 젖은 뺨을 대고, 그의 가슴을 두들기던 두 손은 가만히 멈추었다. 그는 두 손으로 헝클어진 그녀의 머리를 얌전히 쓰다듬었고, 목소리도 부드러웠다. 어찌나 부드럽고, 어찌나 조용했는지, 그리고 조롱하는 기미라곤 전혀 없어서 그것은 전혀 레트 버틀러의 목소리 같지가 않았고, 그녀에게 제럴드를 연상시키기 때문에 마음을 포근하게 해주는 냄새인 브랜디와 담배와 말 냄새를 풍기는 어떤 힘센 낯선 이의 목소리 같았다.

「이런, 이런, 왜 이래요?」 그가 부드럽게 말했다. 「울지 말아요. 우리 용감한 꼬마 아가씨, 당신은 집으로 가게 될 테니까요. 당신은 집으로 가게 된다고요. 울지 말아요.」

그녀는 무엇이 머리카락을 스치는 감촉을 느꼈고, 뒤숭숭한 중에도 혹시 그것이 그의 입술이 아닐까 막연히 궁금하게 생각했다. 그는 무척이나 다정했고, 그녀의 마음을 어찌나 편하게 가라앉혀 주었는지, 그녀는 영원히 그의 품에 안겨 있고 싶었다. 그토록 힘찬 두 팔에 안기니까 아무것도 그녀를 해치지 못하리라는 기분이 들었다.

그는 호주머니를 뒤지더니 손수건을 꺼내 그녀의 눈을 닦아 주었다.

「자, 착한 아이답게 코를 풀어요.」 눈에 반짝이는 미소를 머금고 그가 말했다. 「그리고 내가 어떻게 해줬으면 좋겠는지 얘기해 봐요. 우린 시간이 없어요.」

그녀는 아직도 떨면서 시키는 대로 코를 풀었지만, 그에게 어떤 일을 부탁해야 할지는 얼른 생각이 나지 않았다. 그녀가 입술을 파르르 떨면서 어찌할 바를 모르고 올려다보자 그는 결정을 내렸다.

「윌크스 부인은 아기를 낳았죠? 그녀를 데려가면 위험해요. 고물 마차에 태워 40킬로미터나 끌고 가는 건 위험한 짓이죠. 미드 부인한테 맡겨야 되겠어요.」

「미드 내외는 집에 안 계세요. 그리고 난 멜라니를 버려두고는 못 가요.」

「좋습니다. 마차에 태우죠. 멍청이 꼬마 계집애는 어디 갔나요?」

「위층에서 옷 가방을 꾸리는 중이죠.」

「옷 가방요? 저 마차에는 옷 가방은 하나도 싣지 못해요.

당신들만 태우기에도 비좁을 지경이고, 따로 보태 주지 않더라도 바퀴들이 당장 빠질 기세죠. 계집애를 불러 집 안에서 가장 작은 깃털 이부자리를 찾아 마차에 실으라고 그래요.」

그래도 스칼렛은 꼼짝도 할 수가 없었다. 그는 스칼렛의 팔을 꽉 움켜잡았고, 그에게 생명력을 불어넣는 활력이 그녀의 몸으로도 흘러 들어오는 듯싶었다. 그녀도 레트만큼 느긋하고 침착하다면 얼마나 좋을까! 그는 스칼렛을 현관으로 밀고 들어갔지만, 그녀는 아직도 무기력하게 그를 쳐다보기만 했다. 그의 입술이 조롱하듯 밑으로 처졌다. 「하느님이나 인간을 다 두려워하지 않는다고 나에게 다짐했던 영웅적인 젊은 여자가 이러면 어떡해요?」

그는 갑자기 웃음을 터뜨리며 그녀의 팔을 놓았다. 기분이 상한 그녀는 증오하는 눈초리로 그를 노려보았다.

「난 안 무서워요.」 그녀가 말했다.

「아뇨, 그렇지 않아요. 잠시 후에 당신은 졸도라도 할 모양인데, 난 냄새 약을 가지고 다니지 않아요.」

그녀는 달리 어떻게 해야 할지 전혀 생각이 나지 않았기 때문에 발끈 화가 나서 무작정 발을 굴렀고 ─ 그러고는 아무 말도 없이 등잔을 집어 들고 층계를 올라가기 시작했다. 그는 스칼렛의 바로 뒤에 따라갔고, 그녀는 그가 혼자 조용히 웃는 소리를 들었다. 그의 웃음소리를 듣고 그녀는 등골이 오싹해졌다. 그녀는 웨이드의 아기방으로 가서, 옷을 반쯤 입고 프리시의 품에 달라붙어 앉아 조용히 딸꾹질을 하던 아들을 보았다. 프리시는 훌쩍거리며 흐느껴 울었다. 웨이드의 침대에 깔린 깃털 이불은 작았고, 그녀는 프리시더러 그것을 끌고 층계를 내려가 마차에 실으라고 지시했다. 프리시는 아이를 내려놓고 시키는 대로 했다. 눈앞에서 벌어지는 상황에 흥미를 느껴서인지 딸꾹질이 멎은 웨이드는 그녀를 따라 층계를 내려갔다.

「이리 와요.」 멜라니의 방으로 돌아서며 스칼렛이 말했고, 레트는 모자를 손에 들고 그녀를 쫓아갔다.

멜라니는 홑이불을 턱까지 올려 덮고는 조용히 누워 있었다. 그녀의 얼굴이 송장처럼 창백했지만, 눈자위가 시커멓고 푹 꺼진 눈은 평온했다. 침실에 나타난 레트를 보고 그녀는 조금도 놀란 표정을 보이지 않았고, 오히려 당연한 일로 받아들이는 듯싶었다. 그녀는 힘없이 미소를 지으려고 했지만, 미소는 미처 입가에 이르기도 전에 사라졌다.

「우린 집으로 가요, 타라로요.」 스칼렛이 재빨리 설명했다. 「양키들이 쳐들어오거든요. 레트가 우리들을 데리고 가기로 했어요. 다른 선택의 여지가 없어요, 멜리.」

멜라니는 힘없이 머리를 끄덕이는 시늉을 했고, 아기 쪽을 두 손으로 가리켰다. 스칼렛은 자그마한 아기를 안고 서둘러 두툼한 수건으로 감쌌다. 레트가 침대로 걸어갔다.

「고통스럽지 않게끔 하도록 해보겠습니다.」 그녀의 몸을 홑이불로 여미어 주며 그가 조용히 말했다. 「내 목을 껴안도록 하세요.」

멜라니는 시키는 대로 해봤지만, 힘이 없어서 팔이 축 늘어졌다. 그는 허리를 구부리고, 한 팔은 그녀의 어깨 밑으로 길어 넣고 다른 팔로는 무릎을 받쳐 멜라니를 살그머니 들어 올렸다. 그녀는 소리를 지르지 않았지만 입술을 깨물었고, 얼굴이 더욱 창백해졌다. 레트가 앞을 보기 쉽도록 스칼렛이 등잔을 높이 치켜들고 문을 향해 가려고 했더니, 멜라니가 힘없이 손으로 벽 쪽을 가리켰다.

「왜 그래요?」 레트가 나지막이 물었다.

「부탁이에요.」손가락으로 힘없이 가리키며 멜라니가 속삭였다. 「찰스요.」

그녀가 혼수상태에 빠졌다고 생각하는 듯한 표정으로 레트가 그녀를 내려다보았지만, 스칼렛은 이해를 했고, 짜증이 났다. 그녀는 멜라니가 칼과 권총 밑 벽에 걸린 찰스의 은판 사진을 가지고 가기를 원한다는 것을 알았다.

「부탁이에요.」멜라니가 다시 속삭였다. 「칼 말이에요.」

「아, 그래요.」스칼렛이 말했고, 조심스럽게 층계를 내려가는 레트의 길을 비춰 준 다음 그녀는 되돌아가서 칼과 권총 탄띠를 꺼냈다. 아기와 등잔뿐 아니라 칼과 권총을 가지고 가려면 힘이 들리라. 거의 죽어 가는 몸으로, 바로 뒤에서 쫓아오는 양키들은 아랑곳하지도 않고 찰스의 유물을 걱정하다니, 정말로 멜라니다운 짓이었다.

은판 사진을 내리던 그녀는 찰스의 얼굴을 얼핏 보았다. 그의 커다란 갈색 눈이 그녀와 시선이 마주쳤고, 그녀는 잠깐 멈추고는 호기심을 느끼며 사진을 들여다보았다. 그는 그녀의 남편이었고, 며칠 밤 그녀의 곁에 누워서 잤고, 그와 마찬가지로 부드러운 눈이 갈색인 아이를 낳게 해주었다. 그런데 스칼렛은 그에 대한 기억이 별로 없었다.

그녀의 품에 안긴 아기는 작은 두 주먹을 움직이며 나지막한 소리를 냈고, 스칼렛은 그를 내려다보았다. 처음으로 그녀는 이것이 애슐리의 아기임을 의식했고, 갑자기 그가 그녀의 아기, 그녀와 애슐리의 아기였기를 진정으로 간절히 바랐다.

프리시가 깡충깡충 뛰어 층계를 올라왔고, 스칼렛은 아기를 그녀에게 내주었다. 그들은 서둘러 내려갔고, 등불이 비추는 그들의 그림자가 벽에서 어른거렸다. 스칼렛은 거실에서 둥근 모자를 찾아 황급히 머리에 쓰고는 끈을 턱 밑에 묶었다. 그것은 멜라니가 상복에 쓰는 모자여서 스칼렛의 머리에는 맞지 않았지만, 스칼렛은 자기 모자를 어디 두었는지 생각이 나지를 않았다.

그녀는 집에서 나와, 등잔을 들고 군도가 다리에 부딪치지 않게 애를 쓰며, 앞쪽 층계를 내려갔다. 멜라니는 마차의 뒤쪽에 길게 누웠고, 그녀의 옆에는 웨이드와 수건으로 감싼 아기를 눕혔다.

마차는 아주 작았고, 옆에 붙인 널빤지들이 퍽 낮았다. 한 번만 굴러도 떨어져 나갈 듯 바퀴들은 안쪽으로 기울어졌다. 그녀는 말을 보고 가슴이 철렁했다. 몸집이 작고 앙상하게 야윈 말은 기운이 빠져서인지 머리를 두 앞다리 사이로 푹 수그리고 서서 기다렸다. 등에는 껍질이 벗겨진 상처나 마구에 스친 찰상투성이였고, 숨 쉬는 소리를 들어 보니 아무래도 온전한 말 같지가 않았다.

「신통치 못한 말이에요, 그렇죠?」 레트가 히죽 웃었다. 「보아하니 마차를 끌고 가다 말고 죽겠어요. 하지만 내 능력으로는 이 정도가 한계였어요. 나중에 기회가 나면 난 당신에게 미사여구를 곁들여 가며 어디서 어떻게 이놈을 훔쳤고, 총에 맞아 죽을 위기를 얼마나 아슬아슬하게 벗어났는지를 얘기해 주겠어요. 내 생애에서 이런 상황을 맞아 내가 말 도둑이 — 그것도 이따위 한심한 말을 훔치는 도둑이 된 까닭은 오직 당신에 대한 나의 헌신적인 마음 때문이었죠. 마차를 타도록 부축해 드리겠어요.」

그는 스칼렛에게서 등잔을 받아 땅바닥에 내려놓았다. 마부석도 마차의 양쪽에 걸쳐 놓은 좁다란 널빤지 한 장이 고작이었다. 레트는 스칼렛을 덥석 들어 마차에 올려놓았다.

남자가 되어 레트처럼 힘이 세다면 얼마나 좋을까, 널찍한 치마를 여미며 그녀는 생각했다. 레트가 옆에서 지켜 주니까 그녀는 아무것도, 불이나 소음이나 양키들까지도 무섭지 않았다.

그는 스칼렛 옆의 자리로 기어 올라가 고삐를 집어 들었다.

「아, 잠깐 기다려요!」 그녀가 소리쳤다. 「깜빡 잊어버리고 문을 잠그지 않았어요.」

그는 너털웃음을 터뜨리고는 말의 등을 고삐로 탁 쳤다.

「왜 웃어요?」

「당신 때문이죠. 양키들이 못 들어오게 문을 잠그려는 여자 말이에요.」 그가 말했고, 말은 마지못해서 천천히 출발했다. 길가에 놓아둔 등잔은 계속해서 타올랐고, 작고 노란 불빛의 동그라미는 그들이 마차를 타고 멀어지는 동안 점점 작아졌다.

레트는 발걸음이 느린 말을 복숭아나무 거리에서 서쪽으로 몰았고, 비틀거리는 마차가 바퀴 자국이 깊이 파인 샛길로 들어서며 어찌나 심하게 튀었던지 멜라니는 갑자기 짜내는 듯 숨 막히는 신음 소리를 질러 댔다. 시커먼 나무들이 머리 위에서 서로 뒤엉켰고, 길의 양쪽에서는 컴컴하고 조용한 집들이 흐릿하게 모습을 드러냈고, 울타리의 하얀 울짱들이 줄지어 늘어선 비석처럼 희미하게 빛났다. 좁다란 길거리는 침침한 굴속 같았지만, 머리 위에서는 잎사귀가 무성하게 가린 틈바구니를 통해 하늘의 흉악한 붉은 광채가 어렴풋이 뚫고 내려왔고, 어두운 길에서는 그림자들이 미친 유령들처럼 서로 꼬리를 물고 쫓아갔다. 연기 냄새가 점점 더 짙어졌고, 뜨거운 바람에 실려 고함 소리와, 무거운 군용 마차들이 둔탁하게 덜커덩거리는 소리, 끊임없이 저벅저벅 행군하는 발소리 따위의 어지러운 소음이 시내 한복판에서 들려왔다. 레트가 말의 머리를 휙 잡아당겨 다른 거리로 방향을 돌리자 또 다른 폭음이 귀가 먹먹할 정도로 대기를 찢어 놓았고, 거대한 불길과 연기가 서쪽에서 치솟아 올라왔다.

「저게 마지막 탄약 열차일 겁니다.」 레트가 차분하게 말했다. 「멍청한 자식들, 왜 오늘 아침에 끌어내질 못했는지 모르겠군요. 시간은 넉넉했을 텐데 말에요. 어쨌든 우리들만 곤란하게 됐군요. 난 시내 중심지를 피해 우회하면 우리들이 디케이터 거리의 술 취한 폭도와 불을 피해서 아무런 위험도 없이 도시의 남서쪽 방향으로 빠져나가게 되리라고 생각했었죠. 하지만 우린 매리에타 거리를 어디쯤에선가는 통과해야 하는데, 내 짐작이 틀림없다면 저 폭발은 매리에타 가까운 곳에서 터진 거예요.」

「우린 — 우린 꼭 불길을 뚫고 지나가야만 하나요?」 스칼렛이 떨면서 물었다.

「빨리만 간다면 그렇지도 않아요.」 레트가 말했고, 마차에서 얼른 뛰어내린 그는 컴컴한 어느 집 마당으로 사라졌다. 그는 손에 자그마한 나무토막을 들고 돌아와서, 상처가 난 말의 잔등을 무자비하게 갈겼다. 힘이 들어 숨을 헐떡이던 말이 휘청거리는 걸음으로 왈칵 뛰어나갔고, 마차가 출렁 흔들리며 앞으로 나가는 바람에 그들은 뜨거운 냄비 속의 옥수수처럼 튀어 올랐다. 아기가 울었고, 프리시와 웨이드는 마차의 옆 널빤지에 부딪쳐 아프다고 비명을 질렀다. 하지만 멜라니한테서는 아무 소리도 들려오지 않았다.

매리에타 거리가 가까워지자 나무들이 듬성듬성해졌고, 건물들 위로 요란하게 타오르는 높다란 불길은 대낮보다도 환하게 길거리와 집들을 비추었고, 거대한 그림자들은 태풍을 만나 침몰하는 배에서 찢어져 펄럭대는 돛처럼 너울거렸다.

스칼렛은 이빨이 덜덜거렸지만, 두려움이 어찌나 심했는지 그런 것은 의식도 못 했다. 불길의 열기가 벌써 얼굴에 뜨겁게 느껴졌지만, 그녀는 추웠고, 몸이 떨렸다. 이곳은 지옥이었고, 그녀는 지옥으로 들어왔으며, 떨리는 두 무릎을 가눌 힘만 있었다면 스칼렛은 마차에서 얼른 뛰어내려, 그들이 온 컴컴한 길을 거슬러 올라가, 피티팻 고모의 집으로 몸을 피하려고 비명을 지르며 달려갔으리라. 그녀는 레트에게 몸을 더 바싹 붙이고는 떨리는 손가락으로 그의 팔을 잡고 무슨 말을, 위로의 말을, 마음이 놓일 만한 무슨 애기를 해달라는 표정으로 그를 올려다보았다. 그들 주변을 온통 물들인 무시무시한 진홍빛 속에서 그의 시커먼 얼굴은 아름답고, 잔인하고, 퇴폐적인 모습으로, 고대 동전의 두상(頭像)처럼 뚜렷하게 두드러졌다. 그녀의 손길이 닿자 그가 시선을 돌렸는데, 그의 눈은 불길 못지않게 무서운 빛을 발산했다. 스칼렛에게는 그가 마치 눈앞에서 벌어지는 상황으로부터 강렬한 기쁨을 맛보는 듯, 마치 그들이 끌려 들어가는 지옥을 반기는 듯, 마치 신이 나서 깔보는 듯한 인상을 받았다.

「이거 말이에요.」 허리띠에 꽂은 총신이 긴 권총 한 자루에 손을 얹으며 그가 말했다. 「혹시 누가, 흑인이건 백인이건 간에, 당신이 앉은 쪽에서 마차로 기어 올라와 말에게 손을 대려고 하면, 따지는 건 나중에 따지기로 하고, 무조건 그놈을 쏴버려요. 하지만 하느님의 이름으로 빌겠는데, 흥분한 바람에 저 초라한 짐승을 죽이지는 말고요.」

「나도 ─ 나도 권총 가지고 왔어요.」 만일 죽음이 바로 눈앞에 닥치더라도 겁이 나서 방아쇠를 당기지 못할 줄을 빤히

670

갈면서, 무르팍에 놓인 무기를 움켜잡고 그녀가 나지막이 말했다.

「그래요? 어디서 구했죠?」

「찰스 거예요.」

「찰스요?」

「그래요, 찰스 ─ 내 남편요.」

「당신 정말르 남편을 두었던 적이 있나요, 우리 아가씨?」 그가 귓속말을 하고는 조용히 웃었다.

레트가 좀 진지하기만 하다면 얼마나 좋을까! 어서 갈 길이나 서둘렀으면 좋겠어!

「그럼 내가 어떻게 아들을 낳았겠어요?」 그녀가 사납게 소리쳤다.

「아, 남편이 없더라도 다른 방법이야 ─」

「입 다물고 길이나 서둘러 주시겠어요?」

하지만 매리에타 거리에 거의 다 이르렀을 때, 아직 불길이 옮겨붙지 않은 창고의 그림자가 진 곳에서 그는 갑자기 고삐를 당겼다.

「서둘러요!」 그녀의 머릿속에는 그 말 한마디뿐이었구. 「서둘러요! 어서요!」

「군인들이어요.」 그가 말했다.

장거리 도보 행군으로 기진맥진하고, 총은 아무렇게나 들고, 머리를 숙이고, 기운이 빠져 서두르지도 않고, 어찌나 지쳤는지 앞뒤에서 나무토막들이 무너져 내리거나 연기가 구름처럼 피어올라도 신경조차 쓰지 않으며, 병사들은 불타는 건물들 사이로 매리에타 거리를 걸어 내려왔다. 그들은 하나같이 누더기를 걸쳤는데, 어찌나 초라한 몰골인지 화환으로 둘러싼 C.S.A. 장식을 챙에다 핀으로 꽂은 모자가 띄엄띄엄 눈에 띨 뿐, 장교와 사병을 구별할 만한 아무런 표지가 없었다. 그들은 어느 쪽도 안 쳐다보고 지나갔는데, 어찌나 조용했는지 끊임없이 터벅거리는 발소리만 없었다면 그들은 유령의 군대처럼 보였으리라,

「저 사람들 잘 봐둬요.」 레트가 조롱하는 소리가 들려왔다. 「그래야 〈영광된 대의명분〉을 받들던 후위대(後衛隊)가 후퇴하는 모습이 어떠했는지를 당신이 본 그대로 나중에 손자들에게 얘기해 줄 수 있겠죠.」

갑자기 그녀는 그를 증오했고, 순간적으로 그녀로 하여금 두려움을 극복하고는 그 두려움이 가소롭고 하찮다고 여겨질 정도로 격렬하게 그를 증오했다. 그녀는 자신과 마차의 뒤에 탄 다른 사람들의 안전이 그에게, 오직 이 한 남자에게 달렸음을 알았지만, 저토록 초라한 대열을 보고 코웃음 치는 그를 한없이 증오했다. 죽은 찰스와, 죽었을지도 모르는 애슐리와, 얕게 판 무덤 속에서 썩어 가는 명랑하고도 용감했던 수많은 젊은이들을 그녀는 생각했고, 전에는 자기도 그들을 어리석다고 생각했었다는 사실을 잊어버렸다. 비록 그녀는 말로 표현하지는 않았지만, 그를 노려보는 그녀의 날카로운 눈초리에는 증오와 역겨움이 활활 타올랐다.

마지막 병사들이 지나가는 사이에, 뒷줄에서 소총의 개머리판을 땅바닥에 질질 끌고 가던 몸집이 자그마한 병사가 비틀거리더니, 걸음을 멈추고는, 심한 피로 때문에 몽유병자처럼 보이는 더럽고 멍한 얼굴로, 다른 병사들의 뒷모습을 물끄러미 쳐다보았다. 그는 스칼렛만큼이나 키가 작았고, 어찌나 작은지 소총이 그의 머리까지 올라왔고, 때가 낀 얼굴에는 아직 수염도 나지 않았다. 기껏해야 열여섯 살쯤인 그는, 향토 경비대 소속이었거나 학교에서 도망쳐 입대한 아이겠

구나, 스칼렛은 두서없이 생각했다.

그녀가 지켜보는 동안에 소년은 천천히 무릎을 꿇더니, 흙바닥으로 쓰러졌다. 한마디 말도 없이 마지막 줄에서 두 남자가 떨어져 나와 그에게로 되돌아 걸어갔다. 허리띠까지 늘어진 검은 수염을 기르고, 키가 크고, 가냘픈 한 남자가 그의 소총과 소년의 총을 다른 사람에게 넘겨주었다. 그러더니 허리를 굽혀 손으로 마술을 부리듯 힘도 안 들이고 소년을 끌어올려 어깨에 메었다. 무거운 체중에 눌려 어깨를 구부린 그는 퇴각하는 대열을 따라 천천히 쫓아가기 시작했고, 어른들이 놀려 약이 오른 아이처럼 화가 난 힘없는 소년이 소리를 질렀다. 「날 내려놓아요! 날 내려놓아요! 난 걸어가겠어요!」

수염을 기른 남자는 아무 말도 하지 않고 길이 구부러진 곳을 돌아 터벅거리며 시야에서 사라졌다.

레트는 고삐를 느슨하게 두 손으로 잡은 채, 거무튀튀한 얼굴에는 묘하게 침울한 표정을 짓고, 꼼짝 않고 앉아서 그들의 뒷모습을 지켜보았다. 그러자 근처에서 요란한 소리를 내면서 나무토막들이 떨어졌고, 스칼렛은 그들이 잠시 안전하게 피난처로 삼았던 옆쪽 창고의 지붕 위로 가느다란 혓바닥처럼 넘실거리는 불꽃을 보았다. 그러더니 전장의 깃발과 창기(創旗) 모양의 불길이 그들의 머리 위 하늘로 힘차게 치솟으며 활활 타올랐다. 그녀는 연기 때문에 콧구멍이 따가웠고 웨이드와 프리시는 기침을 하기 시작했다. 아기는 나지막한 재채기 소리를 냈다.

「하느님의 이름으로 빌겠어요, 레트! 당신 미쳤어요? 서둘러요! 어서요!」

레트는 아무 대꾸도 없이 나뭇가지를 꺾어 만든 몽둥이로 잔인할 정도로 세차게 말의 잔등을 때렸고, 말은 펄쩍 앞으로 뛰쳐나갔다. 말이 있는 힘을 다해서 속력을 냈고, 그들은 덜컹거리고 펄쩍펄쩍 뛰며 매리에타 거리를 가로질러 달려갔다. 그들의 앞에서는 철도를 향해 뻗어 내려간 짧고 좁다란 길거리를 따라 양쪽에 늘어선 건물들이 맹렬하게 타올라서 불의 굴다리를 이루었다. 그들은 불타는 굴속으로 뛰어들었다. 10여 개의 태양을 합쳐 놓은 것보다도 눈부신 빛에 그들은 눈앞이 어른거렸고, 타오르는 열기에 살갗이 얼얼하게 그을렸으며, 탁탁 튀고 무너져 내리는 요란한 소음이 그들의 귀에는 고통의 파도처럼 울렸다. 영원한 시간처럼 여겨지는 한동안 그들은 불길의 고통 속 한가운데 갇혔고, 그러다가 갑자기 그들은 다시 어두컴컴한 곳으로 나왔다.

길거리를 질주해 내려가고 덜컹거리며 뛰어 철로를 지나가는 동안, 레트는 정신없이 채찍질을 했다. 그는 여기가 어디인지도 잊어버린 듯, 굳어 버린 얼굴은 멍한 표정이었다. 딱 벌어진 어깨를 꼽추처럼 앞으로 수그리고, 머릿속에서 오가는 생각이 불쾌해서인지 턱은 앞으로 잔뜩 내밀었다. 열기로 이마와 두 뺨에서는 땀이 줄줄 흘러내렸지만, 그는 씻을 생각도 하지 않았다.

그들은 샛길로, 그러고는 또 다른 샛길로 접어들었고, 그러고는 좁다란 골목 여기저기로 구부러지고 계속해서 방향을 바꾸다 보니, 스칼렛은 지금 그들이 어디쯤을 달려가는지도 전혀 모르게 되었고, 불길이 타오르는 요란한 소음은 어느새 그들 뒤로 사라졌다. 아직도 레트는 입을 열지 않았다. 그는 규칙적으로 채찍질만 계속할 따름이었다. 하늘의 붉은 광채가 이제는 희미해졌고, 길은 너무나 캄캄했고, 너무나 무서웠다. 스칼렛은 그가 무슨 말을 해주기를 바랐고, 그가 아무 애기라도 심지어는 모욕적이고 코웃음을 치는 말이나, 협박을 주는 말이라도 그녀에게 하면 마음이 한결 놓일 듯싶었다. 하지만 그는 말을 하지 않았다.

비록 침묵을 지키기는 했어도 스칼렛은 그가 곁에서 지켜 준다는 편안한 마음이 들어 하늘에 감사드렸다. 남자가 옆에서 지켜 주면, 그에게 바싹 몸을 기대고는 불끈거리는 단단한 팔의 감촉을 느끼면, 비록 잠자코 앉아 그가 빤히 허공을 응시하기만 할지언정, 미지의 공포를 가로막고 그녀를 보호한다는 사실을 알면, 이렇게 마음이 편안했다.

「오, 레트.」그의 팔을 꽉 움켜잡으며 그녀가 속삭였다. 「당신이 없었더라면 우린 도대체 어떻게 되었을까요? 당신이 군대에 가지 않았다는 게 정말로 기뻐요!」

그는 머리를 돌려 그녀를 노려보았는데, 그의 눈초리에 흠칫하여 스칼렛은 잡았던 팔을 놓고 몸을 움츠리며 물러났다. 지금은 그의 눈에서 장난기가 보이지를 않았다. 그의 눈에는 감정을 숨기려는 기미가 없었고, 분노와 당혹 비슷한 어떤 표정이 담겼다. 입술이 일그러져 내려오며 그는 머리를 돌렸다. 한참 동안 그들은 나지막이 아기가 울고 프리시가 훌쩍거리는 소리 이외에는 아무것도 깨뜨리지 않는 침묵 속에서 털럭거리며 나가갔다. 훌쩍거리는 소리를 듣기가 싫어진 스칼렛은 몸을 돌려 훌쩍거리는 그녀를 독살스럽게 꼬집었고, 프리시는 한껏 냅다 비명을 지른 다음에야 겁에 질려 잠잠해졌다.

마침내 레트는 말 머리를 완전히 옆으로 방향을 꺾었고, 얼마 후에 그들은 훨씬 넓고 평탄한 길로 나섰다. 희미한 집들의 윤곽이 좀점 더 간격이 멀어졌고, 계속해서 연결된 숲이 양쪽에 벽처럼 흐릿하게 드러났다.

「우린 이제 도시를 벗어났어요.」고삐를 당기며 레트가 짤막하게 말했다. 「러프 앤드 레디로 가는 큰길로 나섰으니까요.」

「서둘러요. 멈추지 마세요!」

「말도 숨을 좀 돌리게 해줘야죠.」그러더니 그녀에게로 시선을 돌리며 그가 느릿느릿한 말투로 물었다. 「스칼렛, 당신 아직도 이렇게 미친 짓을 계속할 작정인가요?」

「무슨 미친 짓이오?」

「아직도 타라까지 밀고 나가겠느냐고요. 그건 자살이나 마찬가지예요. 당신하고 타라 사이에는 스티브 리의 기병대와 양키 군대가 가로막고 있으니까요.」

아, 하느님 맙소사! 그토록 끔찍한 하루를 그녀가 겨우 견뎌 낸 다음인데, 지금 그는 그녀를 집으로 데려다 주기를 거부하려는 수작일까?

「오, 그럼요! 그럼요! 부탁이에요, 레트, 우리 서둘러 가요. 말은 지치지 않았어요.」

「잠깐 내 말 들어요. 당신은 이 길을 따라 존즈버러로 가면 안 돼요. 기찻길을 따라 가면 안 된다고요. 그들은 러프 앤드 레디에서부터 남쪽으로 철도변을 따라 여기저기서 하루 종일 전투를 벌였어요. 러프 앤드 레디나 존즈버러를 거치지 않고도 갈 만한 좁은 마찻길이나 샛길 따위 다른 길은 하나도 모르나요?」

「오, 그렇죠.」마음이 놓여 스칼렛이 소리쳤다. 「러프 앤드 레디 근처까지만 간다면 난 존즈버러의 큰길을 벗어나 몇 킬로미터 우회해서 구불구불 뻗어 나간 마찻길을 알아요. 아빠하고 내가 자주 다녔던 길이죠. 그 길은 곧장 매킨토시 댁 근처로 나가는데, 거기서 타라까지는 1.5킬로미터밖에 안 돼요.」

「좋아요. 어쩌면 당신은 무사히 러프 앤드 레디를 지나가게 될지도 몰라요. 후퇴를 지원하도록 엄호하기 위해 스티브 리 장군이 오후 내내 거길 지켰으니까요. 양키들이 아직 그곳에 다다르지 못했을지도 몰라요. 만일 스티브 리의 부하들에게 말을 빼앗기지만 않는다면 당신은 그곳을 무사히 통과하겠죠.」

「내가 — 내가 무사히 통과한다고요?」

「그래요, 당신요.」 그의 목소리는 거칠었다.

「하지만 레트, 당신은 — 당신이 — 우리들을 데려다 주는 거 아니에요?」

「아니에요. 난 여기서 당신과 헤어지겠어요.」

그녀는 뒤쪽의 납빛 하늘과, 형무소의 담처럼 양쪽에서 그들을 가둬 놓고 막아선 시커먼 나무들과, 마차의 뒷전에 탄겁에 질린 사람들의 모습을 돌아보았고, 그녀 주변을 미칠 듯한 기분으로 둘러보았고, 그리고 마지막으로 그를 쳐다보았다. 그녀가 정신이 이상해졌는가? 그녀는 그가 하는 말도 제대로 듣지 못하게 되었는가?

그는 히죽 웃었다. 스칼렛은 희미한 빛 속에서 하얀 이빨을 보았고, 몸에 밴 조롱하는 태도가 다시 그의 눈에서 드러났다.

「우리들하고 헤어진다고요? 어딜 — 어딜 가려고요?」

「난, 우리 아가씨, 군대를 따라가겠어요.」

그녀는 안도감과 짜증을 동시에 느끼며 한숨을 지었다. 하필이면 왜 이런 때 그는 농담을 하는가? 레트가 군대에 가다니! 웅변가들의 용감한 연설과 요란하게 울리는 북소리에 홀려 끌려가서 목숨을 버리는 어리석은 바보들, 현명한 사람들이 돈을 벌게 하려고 스스로 죽어 가는 바보들에 대해서 그토록 온갖 소리를 다 늘어놓았던 그가 말이다!

「오, 나한테 그렇게 겁을 주다니 난 당신 목이라도 조르고 싶어요! 어서 가요.」

「농담이 아니에요, 우리 귀여운 아가씨. 그리고, 스칼렛, 내 사내다운 희생을 당신이 그렇게도 알아주지 않다니, 마음이 아프군요. 당신의 애국심, 우리들의 영광된 대의명분에 대한 당신의 사랑은 어디로 갔죠? 내가 방패를 들고 돌아오느냐 아니면 그 위에 실려 오느냐[3] 어떤 모습으로 돌아오기를 바라는지 당신이 나한테 말해 줄 기회는 바로 지금이죠. 하지만 난 전쟁터로 떠나기 전에 씩씩한 연설을 해둘 시간을 갖기를 바라니까, 빨리 말해요.」

말끝을 느릿느릿 끄는 그의 목소리가 그녀의 귓전에서 비웃었다. 그는 스칼렛을 야유했고, 어쩐지 그녀는 레트가 자신도 비웃는다는 생각이 들었다. 그가 한 말은 무슨 의미였을까? 애국심, 방패, 씩씩한 연설이라니? 그가 진담으로 그런 얘기를 할 리는 없었다. 죽을지도 모르는 여자와, 갓 태어난 아기와, 바보 같은 검둥이 계집아이와, 겁에 질린 아이와 함께 이곳 컴컴한 길에다 그녀를 버려두고 떠나면서, 전투와 낙오병과 양키와 불과 온갖 난관이 기다리는 위험한 곳을 몇 킬로미터나 그들을 이끌고 탈출해 나가라고 그녀를 버려두고 떠나면서, 이토록 유쾌하게 그가 지껄여 대다니, 정말로 도저히 믿어지지 않는 일이었다.

그녀가 여섯 살이었을 때 언젠가, 스칼렛은 나무에서 떨어져 땅바닥에 엎어졌었다. 그녀는 호흡이 다시 이어지기 전까지 잠깐 동안 속이 뒤집히는 듯싶었던 기다림의 순간이 아직

3 기사가 죽으면 시체를 방패에 실어 나르는 장례 풍습을 두고 한 말. 그러니까 죽느냐 아니면 살아서 영광되게 돌아오느냐 하는 뜻이다.

도 생생하게 머리에 떠올랐다. 지금 레트를 쳐다보면서 스칼렛은 그때나 마찬가지로 숨이 막혔고, 정신이 빠지고 구토가 나는 듯한 기분을 느꼈다.

「레트, 당신 농담하는군요!」

그녀는 레트의 팔을 움켜잡았고, 겁에 질린 눈물이 팔목에 떨어져 튀는 감촉을 느꼈다. 그는 스칼렛의 손을 들어 올리더니 가볍게 입을 맞추었다.

「끝까지 자기 생각만 하는군요, 안 그래요, 우리 아가씨? 자신의 소중한 목숨만 생각하고, 훌륭한 남부 동맹은 아랑곳하지도 않는군요. 이렇게 아슬아슬한 마지막 순간에 내가 나타난다면 아군 병사들이 얼마나 사기가 드높아지는지를 생각해 보라고요.」 그의 목소리에는 짓궂은 부드러움이 담겼다.

「오, 레트.」 그녀가 울부짖었다. 「나한테 어쩌면 이러시나요? 왜 당신은 나를 버려두고 가시려고 그러나요?」

「왜냐고요?」 그가 쾌활하게 웃었다. 「그 까닭은, 아마도, 우리 남부인들의 마음속에서 숨 쉬는 고약한 감상주의 때문인지도 모르죠. 어쩌면 ─ 어쩌면 나는 수치심을 느꼈는지도 몰라요. 누가 알겠어요?」

「수치심요? 당신은 수치심 때문에 죽어야 마땅해요. 무기력한 우리들을 홀로 이곳에 버려두고 ─」

「우리 귀여운 스칼렛! 당신은 무기력하지 않아요. 당신처럼 이기적이고 집념이 강한 사람이라면 누구라도 절대 무기력하지 않아요. 하느님이 도와주시기 전에는 양키들이 절대로 당신을 붙잡지 못해요.」

그는 갑자기 마차에서 내려섰고, 당황해서 정신이 멍해진 그녀가 지켜보는 사이에 마차를 돌아 그녀가 앉은 쪽으로 갔다.

「내려요.」 그가 명령했다.

스칼렛은 그를 빤히 쳐다보았다. 그는 거칠게 손을 위로 뻗어 겨드랑이를 잡더니 번쩍 들어 그녀를 땅으로 내려놓았다. 그녀를 꽉 움켜잡고 그는 마차에서 몇 발자국 떨어진 곳으로 끌고 갔다. 그녀는 신발로 쓸려 들어간 흙과 돌멩이 부스러기 때문에 발이 아프다고 느꼈다. 고요하고 뜨거운 어둠이 꿈처럼 그녀를 감쌌다.

「난 당신한테 이해해 달라거나 용서해 달라고 애원하지 않겠어요. 내가 왜 이런 멍청한 짓을 하는지 나도 절대로 나 자신을 이해하거나 용서하지 못하게 될 테니까, 난 당신이 뭐라고 생각하든 관심도 없어요. 난 내 마음속에 아직도 이토록 돈키호테 기질이 강하게 남아 요동친다는 걸 의식하고 나 자신이 역겨워졌어요. 하지만 우리들의 아름다운 남부는 남자라면 마지막 한 사람까지도 다 필요로 합니다. 우리 용감하신 브라운 주지사께서 바로 그런 말씀을 하시지 않았던가요? 뭐 상관없는 일이지만요. 나는 전쟁터로 떠나갑니다.」 그는 갑자기 웃었고, 거침없이 낭랑하게 웃는 그의 목소리에 컴컴한 숲이 깜짝 놀라 메아리가 되울렸다.

「〈명예를 더욱 사랑하지 않았던들, 그대여, 나는 그대 또한 사랑하지 못했으리라.〉[4] 딱 들어맞는 말이로군요, 안 그래요? 분명히 내 실력으로는, 지금 이 순간에, 그보다 멋진 말은 절대로 생각해 낼 능력이 없겠죠. 그 까닭은, 스칼렛, 지난달 그날 밤 포치에서 비록 내가 그런 소리를 하기는 했어도, 난 당신을 정말로 사랑하기 때문입니다.」

말끝이 느릿느릿한 그의 말은 마음을 흐뭇하게 했으며, 힘

4 17세기 시인 토머스 러브레이스의 사랑의 시에 나오는 구절.

차고 따뜻한 그의 두 손은 노출된 그녀의 팔을 타고 미끄러져 올라갔다. 「이봐요, 우리 두 사람은 다 독특한 종자들이고, 이기적인 악당들이라는 점에서 서로 워낙 비슷하기 때문에, 스칼렛, 난 당신을 사랑해요. 우리들만 안전하고 편하면 온 세상이 무너지건 말건 우리 두 사람은 다 털끝만큼도 신경을 안 쓰는 사람들이니까요.」

그의 목소리가 어둠 속에서 계속되었고, 스칼렛은 그의 말이 귓전에 들려오기는 해도 아무런 의미가 머리까지 전달되지를 않았다. 지쳐 버린 그녀의 이성은 양키들과 맞서라고 그녀를 홀로 이 곳에 남겨 두고 그가 떠나리라는 가혹한 진실만 납득했다. 그녀의 이성이 말했다. 〈그는 나를 버리고 떠난다.〉 하지만 아무런 감정의 동요도 일어나지 않았다.

그러자 그의 팔이 스칼렛의 허리와 어깨를 휘감았고, 그녀는 자기 몸에 닿는 단단한 그의 허벅지 근육과 젖가슴을 누르는 저고리 단추의 촉감을 느꼈다. 두렵고도 어리둥절하게 간드는 뜨거운 감정의 파도가 그녀를 휩쓸어 머릿속에서는 시간과 장소와 주변에 대한 감각이 사라졌다. 그녀는 헝겊으로 만든 인형처럼 기운이 빠지고, 화끈거리고, 흐물흐물하고, 무기력한 기분이었고, 몸을 떠받쳐 주는 그의 팔이 무척이나 쾌적했다.

「내가 지난달에 했던 말에 대해서 당신은 마음을 고쳐먹을 의사는 없나요? 위험과 죽음처럼 자극을 돋우는 힘은 또 없겠죠. 애국심을 발휘해요, 스칼렛. 죽으러 가는 병사에게 아름다운 추억을 간직하고 떠나도록 해주겠다는 생각을 해보라고요.」

그는 이제 그녀에게 키스를 했고, 콧수염이 그녀의 입을 간질였고, 마치 밤새도록 걸려도 좋다는 듯 한가하게 뜨거운

입술로 천천히 그는 스칼렛에게 키스를 했다. 찰스는 한 번
도 이런 식으로 그녀에게 키스를 했던 적이 없었다. 탈턴 댁
이나 캘버트 댁 청년들과 나눈 키스는 그녀로 하여금 이렇듯
화끈거리고 오싹하고 마음이 떨리게 했던 적이 한 번도 없었
다. 그는 스칼렛의 몸을 뒤로 젖혔고, 그의 입술은 돋을새김
브로치를 단 부분으로, 그러고는 가슴 옷을 여민 곳까지 목
을 타고 내려갔다.

「감미로워요.」 그가 속삭였다. 「감미로워요.」

그녀는 어둠 속에서 희미한 마차를 보았고, 떨며 칭얼거리
는 웨이드의 목소리를 들었다.

「엄마! 웨이드 무서워!」

비틀거리고 어둡던 그녀의 마음속으로 싸늘한 이성이 황
급히 되돌아왔고, 그녀는 잠깐 망각했던 사실을 ─ 그녀도
역시 무서웠으며, 못된 불한당 레트가 자신을 버려두고 떠나
리라는 사실을 기억했다. 그리고 무엇보다도, 그는 기가 막
힐 지경으로 뻔뻔스럽게 이곳 길 한복판에 서서 추잡한 구애
를 함으로써 그녀를 모욕했다. 그녀의 마음속에서 분노와 증
오심이 분출했고, 허리를 꼿꼿하게 편 스칼렛은 한 번 몸을
비틀어 그의 품에서 빠져나왔다.

「오, 당신은 비열한 남자예요!」 그녀가 소리쳤고, 그를 욕
해 줄 훨씬 심한 말을, 아버지가 링컨 대통령이나 매킨토시
집안이나 움직이지 않고 버티는 노새를 욕할 때 소리치던 말
을 생각해 내려고 했지만, 생각이 나지를 않았다. 「당신은 천
박하고 비겁하며 못되고 더러운 인간이에요!」 그리고 속 시
원히 그를 욕해 줄 말이 하나도 생각나지를 않았기 때문에
스칼렛은 팔을 뒤로 당겼다가, 힘껏 그의 입을 후려갈겼다.
그는 손을 얼굴로 올리며 뒷걸음질 쳤다.

682

「아.」 그가 조용히 말했고, 잠깐 동안 그들은 어둠 속에서 서로 마주 쳐다보았다. 스칼렛은 그가 씨근거리는 숨소리를 들었고, 그녀 자신의 숨소리는 열심히 달리기라도 한 듯 헐떡였다.

「사람들 얘기가 맞아요! 그들의 말이 옳았어요! 당신은 신사가 아니에요!」

「우리 귀여운 아가씨.」 그가 말했다. 「정말 어딘가 부족한 표현이로군요.」

스칼렛은 그가 웃고 있음을 알았고, 그래서 화가 치밀었다.

「어서 가요! 어서 당장 가라고요! 난 당신이 어서 가버렸으면 좋겠어요. 난 다시는 당신을 보고 싶지 않아요. 난 대포알이 당신 머리 위에 직통으로 떨어지길 바라요. 난 대포알이 당신을 수백만 조각으로 갈기갈기 찢어 놓기를 바라요. 난 ─」

「나머지는 생략해도 되겠어요. 그만하면 대충 무슨 생각을 하고 계시는지 충분히 알겠으니까요. 내가 조국을 위해 죽은 다음에 당신이 양심의 가책을 받기만 바랍니다.」

스칼렛은 그가 돌아서더니 마차를 향해 되돌아 걸어가며 웃는 소리를 들었다. 그녀는 레트가 마차 옆에 선 모습을 보았고, 그가 하는 말을 들었는데, 그는 목소리가 달라져서, 멜라니에게 얘기를 할 때면 항상 그렇듯이, 공손하고 존경심을 나타내는 그런 음성이었다.

「윌크스 부인?」

겁에 질린 프리시의 목소리가 마차에서 대답했다.

「하느님 맙소사, 버틀러 선장님! 멜리 마님 저쪽 뒤 아까 기절했어요.」

「죽지는 않았지? 숨은 쉬냐?」

「예, 주인님, 숨 잘 쉬어요.」

「그렇다면 그냥 내버려 두는 게 더 좋을지도 몰라. 만일 의식이 깨어난다면 지금의 고통을 제대로 이겨 낼지 의문이 가는구나. 잘 돌봐 드려라, 프리시. 이거 몇 푼 안 되지만 너 가져. 지금보다도 더 멍청한 바보 노릇은 하지 않도록 노력하고.」

「예, 주인님. 고맙습니다, 주인님.」

「잘 가요, 스칼렛.」

스칼렛은 그가 그녀를 향해서 돌아섰음을 알았지만, 대답을 하지 않았다. 증오심 때문에 그녀는 말문이 완전히 막혀 버렸다. 어둠 속에서 희미하게 드러난 자갈길을 따라 멀어져 가는 레트의 커다란 어깨를 그녀는 물끄러미 지켜보았다. 그러더니 그는 사라졌다. 스칼렛은 얼마 동안 그의 발소리를 들었고, 그러고는 소리도 멀리 사라졌다. 그녀는 무릎이 떨리는 걸음으로 천천히 마차로 돌아갔다.

왜 그는 암흑 속으로, 전쟁으로, 패배한 대의명분을 찾아, 미쳐 버린 세상으로 가버렸을까? 술과 여자에게서 얻는 즐거움과, 좋은 음식이나 폭신한 침대가 마련해 주는 편안함을 버리고 왜 그는, 고운 아마포와 훌륭한 가죽의 감촉을 사랑했던 그는, 남부를 증오하고 남부를 위해 싸우는 바보들을 비웃었던 레트는 왜 떠나갔을까? 이제 그는 굶주림이 집요하게 괴롭히고, 아픔과 피로와 마음의 상처가 울부짖는 늑대처럼 날뛰는 험난한 길을 가려고, 광택을 낸 구두를 신은 발을 내디뎠다. 그리고 그가 가는 길의 끝에서는 죽음이 기다렸다. 그는 꼭 가야 할 필요가 없었다. 그는 안전하고, 부유하며, 편안했다. 하지만 그녀가 고향으로 가는 길을 양키 군대가 가로막았고, 앞이 안 보일 정도로 캄캄한 밤에 스칼렛을 이곳에 홀로 남겨 두고, 그는 가버렸다.

이제야 그녀는 레트에게 퍼부어 주고 싶었던 온갖 못된 욕설이 생각났지만, 너무 늦었다. 그녀는 머리를 수그린 말의 목에다 얼굴을 대고 울었다.

제24장

나무들 사이로 쏟아져 내려오는 현란한 아침 햇살에 스칼렛은 잠이 깨었다. 잔뜩 쪼그리고 잤기 때문에 온몸이 뻐근해진 그녀는 잠깐 동안 여기가 어디인지 생각이 나지를 않았다. 햇빛 때문에 눈이 부셨고, 깔고 누운 마차의 딱딱한 널빤지 바닥이 몸에 배겼으며, 무언가 그녀의 다리를 묵직하게 짓눌렀다. 일어나 앉으려던 스칼렛은 그녀의 무릎에 머리를 얹고 누워 잠든 웨이드를 보았다. 멜라니의 맨발이 그녀의 얼굴에 닿았고, 마차의 마부석 밑에서는 프리시가 검정고양이처럼 웅크렸으며, 그녀와 웨이드 사이에는 자그마한 아기가 틀어박혔다.

그러자 그녀는 기억이 되살아났다. 그녀는 벌떡 일어나 앉아서 황급히 사방을 둘러보았다. 양키가 한 명도 눈에 띄지 않으니, 하느님 감사합니다! 그들이 숨어서 밤을 보내는 동안 아무에게도 발각이 되지를 않았다. 레트의 발소리가 사라진 다음의 악몽 같은 강행군, 끝없는 밤, 그들이 털거덕거리며 지나온 바위와 깊게 파인 바퀴 자국투성이였던 시커먼 길, 마차가 미끄러져 들어가던 길 양쪽의 깊숙한 도랑, 미칠 지경으로 두려움에 사로잡혀 그녀와 프리시가 마차 바퀴를 도

광에서 밀어 올릴 때 솟구치던 힘, 이제는 모든 기억이 되살아났다. 그녀는 군인들이 가까이 오는 소리를 들으면 그들이 아군인지 적인지 확인할 겨를도 없이, 싫다고 버티는 말을 밭이나 숲으로 얼마나 여러 번 몰아대었는지를 기억하고는 부르르 떨었고 — 기침 소리, 재채기 소리, 웨이드가 딸꾹질을 하는 소리 때문에 지나가던 병사들에게 들키지나 않을까 조바심을 하던 일도 생각났다.

오, 유령처럼 지나가던 병사들, 잠잠해진 목소리, 브드러운 흙을 밟는 숨죽인 발소리와 희미하게 덜그럭거리는 말굴레, 그리고 가죽끈을 힘껏 당겨 삐걱거리는 소리만 들려오던 캄캄한 길! 그리고, 오, 병든 말이 버티는 바람에 그들이 어둠 속에서 숨을 죽이고 앉아 기다리던 곳에서, 기병대와 경포(輕砲)가 덜커덩거리며 어찌나 가깝게 지나가는지 손을 뻗으면 닿을 지경이고, 병사들의 몸에서 나는 퀴퀴한 땀 냄새가 날 정도였던 끔찍한 순간!

마침내 그들이 러프 언드 레디에 가까워졌을 때는 퇴각 명령을 기다리던 스티브 리의 마지막 후위대가 피워 놓은 몇 개의 화톳불이 보였다. 그래서 불빛이 보이지 않을 때까지 그녀는 갈아엎은 밭을 1킬로미터나 우회해야 했다. 그러다가 그녀는 어둠 속에서 길을 잃었고, 그토록 잘 알았던 마찻길을 찾아내기가 힘들어지자 울음을 터뜨렸다. 그러다가 마침내 길을 찾았을 때는 말이 바퀴 자국에 빠져 좀처럼 움직이지를 않았고, 그녀와 프리시가 재갈을 잡아당겨도 일어날 생각조차 하지 않았다.

그래서 그녀는 마구를 말에게서 풀어 주고, 기진맥진한 몸으로 마차의 뒤쪽으로 기어 들어가 피로감으로 쑤시는 두 다리를 뻗었다. 그녀는 졸려서 눈꺼풀이 무겁게 내려오기 직전에, 부탁을 할 때조차도 사과하는 듯한 힘없는 목소리로 멜라니가 하던 말이 희미하게 기억났다. 「스칼렛, 물 좀 주겠어요?」

스칼렛은 〈물이 한 방울도 없어요〉라고 말하고는, 미처 그 말이 입에서 떨어지기도 전에 잠이 들었다.

이제는 아침이었고, 세상은 고요하고 평온하며, 햇빛으로 얼룩져 초록빛과 황금빛이었다. 그리고 어디를 봐도 군인들은 눈에 띄지 않았다. 그녀는 배가 고프고 갈증으로 목이 탔으며, 온몸이 쑤시고 아팠지만, 지극히 푹신한 침대에서 아마포 이부자리 속에서가 아니면 전혀 휴식을 취하지 못하던 그녀 스칼렛 오하라가 딱딱한 널빤지 위에서 밭일꾼처럼 잠을 잤다는 사실이 신기하기만 했다.

햇빛 때문에 눈을 깜박이던 그녀의 시선이 멜라니에게서 멎었고, 스칼렛은 공포감으로 숨이 막혔다. 멜라니가 어찌나 꼼짝도 않고 창백한 얼굴로 누웠는지, 스칼렛은 틀림없이 그녀가 죽었다고 생각했다. 그녀는 죽은 사람처럼 보였다. 얼굴이 핼쑥하고, 검은 머리가 얼굴에 제멋대로 뒤덮여 헝클어진 그녀는 늙어서 죽은 여자 같았다. 그러자 스칼렛은 얕은 숨을 쉬느라고 미세하게 오르락내리락 움직이는 그녀의 가슴을 보고는, 멜라니가 죽지 않고 밤을 넘겼음을 알고 마음이 놓였다.

스칼렛은 손으로 햇빛을 가리고는 주변을 둘러보았다. 모래와 자갈을 깐 마찻길이 앞으로 뻗어 나가 삼나무 길 밑으로 구불구불 사라진 것을 보니 그들은 누군가의 집 앞마당 나무 밑에서 밤을 지낸 모양이었다.

「이런, 여긴 맬러리 댁이로구나!」 아는 사람들의 도움을 예상하며 기뻐서 설레는 마음으로 그녀는 생각했다.

688

하지만 농장에는 정적이 죽음처럼 뒤덮였다. 잔디밭의 관목과 풀은, 흙이 파헤쳐질 정도로 미친 듯 말발굽과 바퀴와 사람의 발이 이리저리 돌아다니며 짓밟아서, 수천 군데나 찢겨 나갔다. 집 쪽으로 시선을 돌린 그녀의 눈에는, 스칼렛에게 그토록 낯이 익었던 하얗고 해묵은 목조 건물 대신에, 긴 직사각형을 이룬 시커먼 화강암 주춧돌과, 새까맣게 불에 타 버린 나무들과, 연기로 그을린 벽돌 더미 뒤쪽 죽은 잎사귀들 사이로 높다랗게 솟아오른 두 개의 굴뚝만 보였다.

그녀는 부르르 몸을 떨면서 숨을 깊이 들이마셨다. 타라도 이렇게 완전히 무너지고 시체처럼 조용한 폐허가 되어 버렸을까?

「난 조금도 그런 생각을 하면 안 돼.」 그녀는 황급히 자신에게 타일렀다. 「난 그런 생각을 하면 안 돼. 그런 생각을 하면 나는 또다시 겁이 날 테니까.」 하지만 자기도 모르게 그녀는 심장의 고동이 빨라졌고, 심장이 뛸 때마다 천둥이 울리는 소리가 났다 「고향으로! 어서! 고향으로! 어서!」

그들은 다시 집을 향해 출발해야만 했다. 하지만 우선 그들은 식량과 물, 특히 물을 구해야 했다. 스칼렛은 일어나라고 프리시를 쿡쿡 찔렀다.

「하느님 맙소사, 스칼렛 마님. 나 다시 잠 깨면 천당 갔다 알았는데요.」

「넌 거기 가려면 아직 멀었어.」 헝클어진 머리카락을 가다듬어 쓸어 넘기며 스칼렛이 말했다. 그녀는 얼굴이 축축했고 몸은 벌써 땀으로 젖었다. 그녀는 몸이 더럽고, 지저분하고, 홍건한 기분이었고, 악취까지 나는 듯싶었다. 그냥 입고 잤기 때문에 옷이 구겨지고 짓눌렸으며, 이토록 몸이 쑤시고 심한 피로를 느끼기는 평생 처음이었다. 자기 몸에 붙어 있는 줄도 몰랐던 근육들까지도 어젯밤의 생소한 고생으로 아팠고, 움직이기만 하면 날카로운 통증을 느꼈다.

그녀가 내려다보니까 멜라니가 검은 눈을 떴다. 그녀의 눈은 병들고 열이 나서 이상한 광채를 냈으며, 눈자위는 시커멓고 축 늘어졌다. 그녀는 입을 열더니, 갈라진 입술로 애원하듯 속삭였다. 「물.」

「일어나, 프리시.」 스칼렛이 명령했다. 「우물로 가서 물을 길어 와야 해.」

「하지만, 스칼렛 마님! 거기 가면 귀신 나온다 몰라요. 누가 거기 죽었다 하면 어떡해요?」

「마차에서 내리지 않으면 내가 널 귀신으로 만들어 놓겠어.」 입씨름을 벌이고 싶은 기분이 아니었던 스칼렛이 절름거리고 땅으로 내려서며 말했다.

그러자 그녀는 말이 생각났다. 하느님 맙소사! 혹시 말이 밤을 못 넘기고 죽었다면 어쩌나! 그녀가 마구를 풀어 주었을 때 말은 당장이라도 죽을 듯한 몰골이었다. 그녀는 마차를 돌아 달려갔고, 옆으로 자빠진 말을 보았다. 만일 말이 죽었다면 그녀는 하느님을 저주하고 같이 죽으리라. 성서에서도 누군가 바로 그런 짓을 했었다. 하느님을 저주하고 죽었지.[5] 스칼렛은 그의 기분이 어땠을지 진심으로 이해가 갔다. 하지만 말은 죽지 않았고, 병든 눈을 반쯤 감은 채 숨을 몰아쉬었지만, 살기는 살았다. 그렇다, 물을 좀 주면 기운을 차릴 듯싶었다.

프리시는 잔뜩 우는소리를 하며 마지못해 마차에서 기어내려와 스칼렛을 따라 머뭇거리며 길을 올라갔다. 폐허 뒤에

5 하느님을 저주하고 훼방하는 것은 가장 큰 죄로서 죽음을 초래한다고 했음. 「레위기」 24장 11~15절과 「욥기」 2장 9절 참조.

는 하얀 도료를 바른 노예 막사가 버림받은 채 나무가 우거진 밑으로 말없이 줄지어 늘어섰다. 연기에 그은 주춧돌과 각사들 사이에서 그들은 우물을 찾아냈고, 우물 지붕은 아직 갈쩡했으며, 두레박은 저 아래 물 밑으로 내려가 잠겼다. 두 사람이 줄을 감아 올렸고, 컴컴하고 깊은 곳에서 시원하고 반짝이는 물이 담긴 두레박이 올라오자, 스칼렛은 그것을 입술로 기울이고는 요란하게 빨아들이는 소리를 냈고, 온몸에 엎질러 가며 물을 마셨다.

스칼렛은 프리시가 뿌루퉁해서 〈봐요, 마님, 나 또 같이 목말라요, 스칼렛 마님〉 하는 말을 듣고 나서야 다른 사람들의 갈증이 머리에 떠올랐고, 그때까지 계속해서 벌컥벌컥 마셨다.

「매듭을 풀어 두레박을 마차로 가지고 가서 다른 사람들에게도 물을 좀 줘. 그리고 나머지는 말이 마시게 하고. 미스 겔라니가 아기한테 젖을 먹일 때가 되지 않았니? 아기가 굶어 죽겠다.」

「맙소사, 스칼렛 마님, 멜리 마님 젖 안 나오고, 앞으로도 끝까지 안 나와요.」

「네가 어떻게 알아?」

「나 젖 없다 하는 여자 많이 봤어요.」

「너 내 앞에서 절대로 허풍 떨지 마. 어제 보니까 넌 아기게 관해선 쥐뿔도 모르더구나. 어서 서둘러. 난 먹을 걸 찾아볼 테니까.」

스칼렛은 헛수고만 하다가 겨우 과수원에서 사과 몇 개를 찾아냈다. 그녀보다 앞서 군인들이 이곳을 거쳐 갔고, 나무에 달린 사과는 하나도 남지를 않았다. 땅바닥에서 그녀가 찾아낸 사과는 대부분 썩었다. 스칼렛은 그나마 먹을 만한 것들을 골라 치마에 담아 가지고 푹신한 흙을 밟으며 가로질러 마차로 돌아왔고, 그러는 사이에 덧신 속으로 작은 돌멩이들이 들어갔다. 왜 어젯밤 그녀는 보다 튼튼한 신발을 신고 오지 않았던가? 왜 그녀는 햇빛을 가리는 모자를 가지고 오지 않았을까? 왜 그녀는 먹을거리를 가져오지 않았을까? 그녀는 바보처럼 행동했었다. 하지만 물론 그녀는 레트가 그런 문제들을 해결하리라 기대했었다.

레트! 이름만 생각해도 입맛이 떨어져서 그녀는 땅에다 침을 뱉었다. 그녀는 그를 끔찍이도 미워했다! 그는 얼마나 경멸을 받아 마땅한 인간이었던가! 그런데 그녀는 길 한복판에 서서 그가 키스를 하도록 그냥 내버려 두었고, 심지어는 그의 키스를 좋아하기까지 했다. 어젯밤 그녀는 미쳤었다. 그는 얼마나 비열한 인간인가!

마차로 돌아온 그녀는 사과를 나눠 주고 나머지는 뒤쪽에 던져 넣었다. 이제는 말이 일어섰지만 물을 마셔도 별로 기운을 차리는 눈치가 아니었다. 환한 곳에서 보니 말의 몰골은 어젯밤보다 훨씬 엉망이었다. 엉덩이뼈는 늙은 암소처럼 튀어나왔고, 갈비뼈는 빨래판처럼 드러났으며, 잔등은 벗겨진 상처투성이였다. 그녀는 마구를 채우면서 말을 건드리지 않으려고 몸을 움츠렸다. 입에다 재갈을 집어넣던 그녀는 말이 사실상 이빨이 하나도 없다는 사실을 알았다. 그야말로 늙어 꼬부라진 말이었다! 이왕 말을 훔칠 바에야 레트는 왜 번듯한 놈을 훔치지 못했을까?

그녀는 마부석으로 올라가 호두나무 몽둥이로 말의 등을 때렸다. 말이 씨근덕거리며 출발했지만, 그녀가 눈에 익은 길로 방향을 돌려 몰고 들어갔을 때는 어찌나 걸음이 느렸는지, 차라리 천천히 걸어가더라도 그보다는 훨씬 빨리 가리라

692

는 생각이 들었다. 오, 멜라니와 웨이드와 아기와 프리시만 거추장스럽게 짐이 되지 않는다면! 그녀는 얼마나 빨리 집으로 걸어갔을까! 그렇다, 그녀는 집으로 달려가겠고, 한 발자국 뛰어갈 때마다 그녀는 타라와 어머니에게 그만큼 더 가까워지리라.

그들이 집까지 가려면 20킬로미터밖에 안 남았지만, 늙고 형편없는 말이 쉬게끔 자꾸 멈춰야 할 테니까 이런 속도로는 하루 종일 걸리리라. 하루 종일! 그녀는 대포 바퀴와 구급 마차들이 지나가서 깊이 파인 시뻘건 흙을, 햇볕이 쨍쨍 쬐는 길을 내려다보았다. 여러 시간이 지난 다음에야 스칼렛은 타라가 무사히 그대로 남았는지, 그리고 엘렌이 그곳에 있는지를 알게 되리라. 찌는 듯한 9월의 태양 밑에서 그녀가 여행을 끝내려면 몇 시간이 더 지나야 하리라.

그녀는 뒤에 누워서 햇볕 때문에 병든 눈을 감은 멜라니를 보고는, 쓰고 있던 둥근 모자의 끈을 휙 당겨 풀어서 프리시에게 던져 주었다.

「그걸 얼굴에다 덮어 줘. 그러면 햇빛을 가릴 테니까.」 그러고는 노출된 머리에 햇빛이 내리쬐자 그녀는 생각했다. 〈난 오늘 하루가 다 가기 전에 꿩의 알처럼 주근깨가 얼굴에 잔뜩 앉겠구나.〉

그녀는 모자나 베일을 쓰지 않고 햇볕에 나갔던 적이 평생 한 번도 없었고, 옴폭옴폭 들어간 손의 하얀 피부를 보호할 장갑을 끼지 않고 고삐를 잡았던 적이 없었다. 하지만 지금 그녀는 한심한 말이 끄는 한심한 마차를 타고 햇볕에 그냥 노출된 채로, 땀이 흐르고, 굶주리고, 더럽고, 무기력한 몸으로 버림받은 땅을 지나 달팽이걸음으로 터벅터벅 한없이 나아가는 수밖에는 별도리가 없었다. 그녀가 안전하고 편안하게 지내던 때가 겨우 몇 주일 전이었는데! 애틀랜타는 절대로 함락되지 않으며 조지아는 절대로 침공을 당하지 않으리라고 그녀와 다른 모든 사람들이 생각했던 때가 바로 엊그제 같은데. 하지만 넉 달 전 북서쪽에 나타났던 작은 구름은 거센 폭풍으로 변해 불어닥쳤고, 그러고는 격렬한 선풍(旋風)이 되어 그녀의 세계를 휩쓸어 버렸고, 보호를 받는 삶으로부터 그녀를 휩쓸어 끌어내서는 적막하고 음산한 폐허의 한가운데로 던져 버렸다.

타라는 아직 그대로일까? 아니면 타라는 조지아를 가로질러 휩쓸던 바람과 함께 사라졌을까?

그녀는 지친 말의 등을 채찍으로 때려 갈 길을 재촉했고, 바퀴가 비틀거리는 바람에 그들은 술에 취한 듯 이리저리 흔들렸다.

하늘에는 죽음의 기운이 감돌았다. 늦은 오후의 햇빛 속에서 낯익은 들판과 숲은 푸르고 고요했으며, 낯선 세상처럼 조용한 적막감이 스칼렛의 마음속에서 공포감을 불러일으켰다. 포탄으로 무너지고 텅 비어 버린 집과 연기로 시커멓게 그을린 폐허 위로 파수병처럼 솟아오른 앙상한 굴뚝을 지나칠 때마다 그녀는 더욱 겁이 났다. 그들은 어젯밤 이후로 살아 숨 쉬는 사람이나 짐승은 하나도 보지 못했다. 죽은 사람과 죽은 말, 그렇다, 그리고 죽은 노새들이 길가에 쓰러진 채로 퉁퉁 부어올라 파리 떼가 새까맣게 뒤덮였지만, 살아 있는 생명체는 하나도 없었다. 멀리서 우는 소들도 없었고, 노래를 부르는 새들도 없었고, 나무들이 흐느적거리도록 불어 주는 바람도 없었다. 지친 말이 터벅터벅 걸어가는 말발굽 소리와 멜라니의 아기가 힘없이 우는 소리만이 적막을 깨뜨렸다.

　시골 풍경은 무슨 끔찍한 요술에 걸린 듯싶었다. 아니면 그보다도 더 무서운 일이었지만, 죽음의 고뇌를 치르고 난 다음 마침내 조용해진 아름다운 어머니, 사랑스럽고 낯익은 어머니의 죽은 얼굴 같다고 생각하며 스칼렛은 전율을 느꼈다. 그녀는 한때 다정했던 숲에 이제는 유령들만이 우글거린다는 기분이 들었다. 존즈버러 부근의 전투에서는 수천 명이 죽었다. 그들은 친구들이고 적이고를 가리지 않고 이곳에서, 비스듬히 쏟아지는 오후의 햇살이 움직이지도 않는 잎사귀에 반사하여 괴이하게 반짝이는 으스스한 숲 속에서, 피와 시뻘건 흙으로 범벅이 되어 앞이 보이지 않는 눈으로 — 반짝거리고 음흉한 눈으로, 삐걱거리는 마차를 타고 가는 그녀를 지켜보았다.

　「어머니! 어머니!」 스칼렛이 속삭였다. 엘렌에게 가기 위해서라면 그녀는 무슨 고생이라도 마다하지 않으리라! 하느님의 기적에 힘입어 만일 타라가 온전히 그대로 남았고, 그래서 그녀가 나무들이 길게 줄지어 늘어선 길을 따라 마차를 타고 올라가서, 집으로 들어가 상냥하고 다정한 어머니의 얼굴을 보고, 두려움을 잠재우던 부드럽고 믿음직한 어머니의 두 손을 다시금 만져 보고, 엘렌을 부둥켜안고 치마폭에 얼굴을 파묻게만 된다면 얼마나 좋으랴. 어떻게 해야 할지를 어머니는 잘 알리라. 어머니는 멜라니와 아기가 죽도록 그냥 내버려 두지는 않으리라. 어머니는 「조용해라, 조용허라」라고 가만히 말하면서, 모든 유령과 두려움을 쫓아 버리리라. 하지만 어머니는 병이 들었고, 어쩌면 곧 죽을지도 모를 노릇이었다.

　스칼렛은 지친 말의 엉덩이를 채찍으로 때렸다. 그들은 더

빨리 가야 한다! 그들은 무덥고도 긴 오늘 하루 내내, 끝날 줄 모르는 길을 따라 여기까지 기어 왔다. 머지않아 밤이 오겠고, 그들은 죽음이나 다를 바 없는 폐허 속에 남으리라. 그녀는 부르튼 두 손으로 고삐를 더 꽉 움켜잡고는 말 잔등을 세차게 고삐로 철썩 때렸고, 그랬더니 휘두른 팔이 쿡쿡 쑤실 지경으로 아팠다.

타라와 엘렌의 포근한 품에 다다라서, 그녀의 여린 두 어깨로 감당하기에는 너무나 무거운 짐을 벗어 버리고 —— 하나같이 그녀에게서 힘과 지도력을 요구하고, 하나같이 그녀가 가지고 있지도 않은 용기와 벌써 오래전에 없어진 힘을 마부석에 앉은 그녀의 꼿꼿한 잔등에서 찾아내려고 하는 사람들 —— 사경을 헤매는 여자와, 기력을 잃은 아기와, 굶주리고 어린 그녀의 아들과, 겁에 질린 흑인을 돌봐야 하는 책임을 마침내 벗어나게만 된다면 얼마나 좋으랴.

지친 말은 채찍이나 고삐로 쳐도 반응을 보이지 않았지만, 그래도 발을 질질 끌면서, 작은 돌멩이에도 걸려 고꾸라지면서도, 당장이라도 무릎을 꿇을 듯 비틀거리고 비척거리며, 말은 계속해서 앞으로 나아갔다. 하지만 석양이 깃들 무렵에 그들은 마침내 긴 여행의 마지막 길로 접어들었다. 그들은 마찻길이 구부러진 곳을 돌아 큰길로 나갔다. 타라는 이제 2킬로미터도 채 안 남았다!

매킨토시의 땅이 시작되는 곳임을 나타내던 고광나무 숲 울타리가 시커먼 덩어리처럼 희미하게 모습을 드러냈다. 조금 더 가서 스칼렛은 앵거스 매킨토시 노인의 집으로 뻗어나간 떡갈나무 길 앞에서 고삐를 당겼다. 그녀는 어둑어둑해지는 땅거미 속에서 두 줄로 늘어선 고목들을 살펴보았다. 온통 컴컴했다. 집이나 막사에 켜놓은 불빛이 하나도 눈에 띄지 않았다. 어둠 속에서 눈의 신경을 곤두세운 스칼렛은 끔찍한 오늘 하루 동안 눈에 익어 버린 광경을 어렴풋이 알아보았는데 — 그것은 무너진 2층 위로 우뚝 치솟은 거대한 비석처럼 높다랗게 일어선 두 개의 굴뚝, 그리고 움직이지 않는 장님의 눈처럼 벽에 뚫린 구멍들, 부서지고 불을 켜지 않은 창문들이었다.

「여보세요!」 있는 힘을 다해서 그녀가 소리쳐 불러 보았다. 「여보세요!」

발광할 지경으로 겁에 질린 프리시는 그녀를 손으로 움켜잡았고, 시선을 돌린 스칼렛은 휘둥그레진 눈을 두리번거리는 그녀를 보았다.

「소리 지른다 마세요, 스칼렛 마님! 제발 다시 소리 지른다 마세요!」 떨리는 목소리로 프리시가 속삭였다. 「뭐가 소리 듣고 찾아온다 알 수 없어요!」

〈하느님 맙소사!〉 온몸을 부르르 떨면서 스칼렛은 생각했다. 〈하느님 맙소사! 저 애 말이 맞아. 저기선 뭐가 튀어나올지 모르겠어!〉

그녀는 고삐로 쳐서 말을 앞으로 몰았다. 매킨토시 집의 꼴을 보자 그녀에게 남았던 희망의 마지막 한 방울까지도 터져 버렸다. 오늘 그녀가 지나온 다른 여러 농장이나 마찬가지로 이곳도 불타서 폐허가 되고 버림을 받았다. 타는 군개가 지나간 통로의 한복판인 바로 이 길을 따라 1킬로미터간 가면 나왔다. 그리고 타라도 잿더미가 되었으리라. 그녀는 벽돌이 시커멓게 타고, 지붕이 없는 벽을 통해 빛나는 별이 보이고, 어디로 갔는지는 하느님이나 알겠지만 어머니와 아버지도 떠났고, 동생들도 떠났고, 어멈도 떠났고, 흑인들도 떠났으며, 음산한 정적만이 뒤덮은 광경을 보게 되리라.

왜 그녀는 상식을 저버리고, 멜라니와 그녀의 아기를 끌고, 이런 바보 같은 일을 떠맡아 이곳으로 왔을까? 불타는 태양과 덜컹거리는 마차에 하루 종일 시달리고 나서, 타라의 적막한 폐허 속에서 죽기보다는 차라리 애틀랜타에서 죽는 쪽이 그들에게는 더 좋았으리라.

하지만 애슐리가 멜라니를 돌봐 달라고 그녀에게 떠맡겼다. 「멜라니를 돌봐 줘요.」 오, 영원히 가버리기 전에 그가 작별의 키스를 해주었던 아름답고도 가슴 아팠던 날! 「당신은 멜라니를 돌봐 줄 거예요, 안 그래요? 약속해요!」 그리고 그녀는 약속했다. 왜 그녀는 그런 약속으로 자신을 속박했으며, 애슐리가 없음으로 해서 더욱 심하게 속박을 당해야 하는가? 지친 중에서도 그녀는 멜라니를 증오했고, 점점 희미해지면서도 정적을 갈라놓으며 앵앵거리는 아기의 목소리를 증오했다. 하지만 그녀는 약속을 했고, 웨이드와 프리시를 떠맡았듯이 이제 그들을 스칼렛이 떠맡아야 했으며, 기운과 목숨이 붙어 있는 한 그녀는 그들을 위해 투쟁하고 싸워야만 했다. 스칼렛은 그들을 애틀랜타에 남겨 두고, 멜라니를 병원에 처넣어 떼어 버렸어도 그만이었다. 하지만 만일 그랬다면 스칼렛은 이 세상이나 저세상에서 애슐리의 얼굴을 떳떳하게 쳐다보며 그의 아내와 아기를 낯선 사람들 속에서 죽게 내버려 두었다는 말을 차마 할 수가 없으리라.

오, 애슐리! 그의 아내와 아기를 데리고 으스스한 길을 내려오며 그녀가 고생을 하는 동안 그는 오늘 밤을 어디에서 보냈을까? 그는 살아서 록 아일랜드의 수용소에 갇힌 몸으로 오늘 그녀를 생각했을까? 아니면 몇 달 전에 마마로 죽어 수백 명의 다른 남군 장병들과 함께 어느 깊은 구덩이 속에 묻혀서 썩어 가는가?

그들 근처의 덤불 속에서 갑자기 소리가 나자 스칼렛의 팽팽하게 긴장한 신경은 터져 버릴 것만 같았다. 프리시는 아기를 밑에 깔고 마차 바닥으로 몸을 던지며 큰 소리로 비명을 질렀다. 손으로 아기를 찾느라고 더듬거리며 멜라니가 힘없이 몸을 움직였고, 웨이드는 너무 무서워서 울지도 못하고 눈을 가리고는 몸을 움츠렸다. 그러자 그들 옆의 덤불이 묵직한 발굽에 밟혀 갈라지고, 나지막하게 울부짖는 듯한 신음 소리가 그들의 귀에 들려 왔다.

「소를 가지고 뭘 그래.」 겁에 질려 거칠어진 목소리로 스칼렛이 말했다. 「바보처럼 그러지 마, 프리시. 넌 아기를 깔아 뭉개고 미스 멜리와 웨이드를 놀라게 했어.」

「유령이에요.」 뒤틀린 얼굴을 마차의 널빤지 바닥으로 숙이고 프리시가 우는 소리를 냈다.

천천히 몸을 돌린 스칼렛은 채찍으로 사용하던 몽둥이를 들어 프리시의 등을 후려갈겼다. 스칼렛은 겁이 나서 기운이 빠지고 지쳤기 때문에 다른 사람의 나약함을 보면 참을 수가 없었다.

「일어나 앉아, 바보야.」 그녀가 말했다. 「그러지 않으면 몽둥이가 다 닳아 없어질 때까지 널 두들겨 패겠어.」

프리시는 징징거리며 머리를 들었고 마차의 옆막이 너머로 눈길을 돌려, 커다랗고 겁먹은 눈으로 애원하듯 그들을 쳐다보고 서 있던 희고 붉은 짐승을, 진짜 소를 보았다. 소는 입을 벌리고 어디가 아픈지 다시 음매거렸다.

「다쳤나? 보통 소가 우는 소리와는 달라.」

「나 듣기에 젖 퉁퉁 부어 어서 짜준다 바라는 소리 같아요.」 마음을 어느 정도 진정시키고 프리시가 말했다. 「매킨토시 주인님 깜둥이들 소 숲으로 몰아넣었는데 양키들 잡아 못

갔다 싶어요.」

「우리들이 끌고 가자.」스칼렛이 당장 결정했다. 「그러면 아기에게 먹일 우유가 생겨.」

「우리들 어떻게 소 끌고 가요, 스칼렛 마님? 우리 소 데리고 간다 못 해요. 어쨌든 금방 젖 안 먹는다 하면 하나도 소용없어요. 젖통 부어올라 터진다니까요. 그래서 저 소 소리 지른다 하는 거예요.」

「너 그렇게 잘 알면 어서 속치마 벗어 찢어서 끈을 만들어 소를 마차 뒤에다 묶도록 해.」

「스칼렛 마님, 나 한 달 속치마 못 입었고, 만일 입었다 해도 절대 저 소 묶지 않아요. 나 소하고 절대로 가까이 지낸 적 없어요. 나 소 무서워요.」

스칼렛은 고삐를 내려놓고 치마를 치켜 올렸다. 밑에 받쳐 입은 레이스로 장식한 속치마가 그녀에게는 마지막 예쁜 옷 — 마지막 말짱한 옷이었다. 그녀는 허리의 납작 끈을 풀고는 발로 속치마를 벗어 내려 부드러운 아마포 주름을 두 손으로 마주 쥐었다. 레트가 마지막으로 봉쇄선을 돌파한 배편으로 아마포와 레이스를 나소에서 가져다 그녀에게 주었고, 스칼렛은 이 옷을 만드느라고 한 주일이 걸렸다. 단호한 마음으로 그녀는 속치마 자락을 쥐고 확 잡아당겨 입에 물고는, 헝겊이 끊어져 길게 찢어질 때까지 잘근잘근 씹었다. 그녀는 한참 씹어 댄 후 두 손으로 찢어 속치마로 긴 끈을 몇 개 만들었다. 그녀는 물집이 터져 피가 나고 피곤해서 떨리는 손가락으로 끝에다 매듭을 지었다.

「이걸 뿔에다 씌워.」그녀가 지시했다. 하지만 프리시는 말을 안 들었다.

「나 소 무서워요, 스칼렛 마님. 나 소 절대 안 가까이했어요.

나 마당 일 한다 깜둥이 아니에요. 나 집안일 깜둥이예요.」

「넌 바보 같은 깜둥이고, 평생 우리 아버지가 내린 결정들 가운데 가장 형편없는 건, 널 사오기로 했던 일이야.」너무 지쳐서 화도 못 내며 스칼렛이 천천히 말했다. 「그리고 나중에 내가 다시 팔을 쓸 힘이 생기면, 우선 이 몽둥이가 닳아 없어질 때까지 너부터 때려 주겠어.」

이런, 내가 〈깜둥이〉[6]라는 말을 했는데, 어머니가 알면 아주 싫어하시겠구나, 그녀는 생각했다.

프리시는 정신없이 눈알을 굴리며 처음에는 여주인의 딱딱한 표정을, 그러고는 처량하게 울어 대는 암소를 쳐다보았다. 둘 중에서는 스칼렛이 덜 위험해 보여서 프리시는 마차의 옆 널빤지를 움켜잡고는 그대로 버티었다.

뻣뻣한 몸으로 스칼렛은 마부석에서 내려왔는데, 움직일 대마다 고통스럽게 근육이 쑤셨다. 소를 무서워한 사람은 프리시뿐이 아니었다. 스칼렛은 옛날부터 소를 무서워했고, 아무리 순한 암소라도 그녀에게는 음흉해 보였지만, 보다 큰 두려움이 지금 그토록 집요하게 그녀를 괴롭히던 상황이었으므로, 하찮은 두려움 때문에 주눅이 들 때가 아니었다. 다행히도 암소는 순했다. 고통을 받는 처지였으므로 인간의 손길과 도움을 원했기 때문에 스칼렛이 속치마를 찢어 만든 끈의 한쪽 끝을 고리로 만들어 뿔에 걸었어도 소는 아무런 위협적인 시늉을 하지 않았다. 그녀는 끈의 다른 쪽 끝을 엉성한 솜씨로나마 마차 뒤쪽에다 단단히 묶었다. 그러고는 마부석으로 되돌아가려고 하던 그녀는 벅찬 피로감의 공격을 받고 어지러워서 비틀거렸다. 그녀는 넘어지지 않으려고 마차의 옆 널빤지를 움켜잡았다.

6 *nigger*는 경멸적이고 천박한 말이어서 점잖은 사람들은 쓰지 않았다.

멜라니가 눈을 떴고, 옆에 선 스칼렛을 보더니 속삭였다. 「스칼렛, 집에 다 왔나요?」

집이라고! 그 말을 듣고 스칼렛의 눈에는 뜨거운 눈물이 고였다. 집. 그들 주변에는 집이란 있지도 않았고, 삭막하고도 미쳐 버린 세상에 그들이 버림을 받았다는 사실을 멜라니는 알지 못했다.

「아직 못 왔어요.」꽉 잠긴 목이 허락하는 한 상냥한 목소리로 그녀가 말했다. 「하지만 곧 도착해요. 난 방금 암소를 한 마리 구했는데, 조금만 기다리면 멜라니와 아기가 마실 우유가 마련될 거예요.」

「가엾은 아기.」멜라니가 속삭였고, 아기 쪽을 힘없이 손으로 더듬었지만, 닿지를 않았다.

마차로 다시 기어 올라가기 위해서는 남은 힘을 모두 동원해야 했지만, 스칼렛은 마침내 겨우 올라가 고삐를 집어 들었다. 말은 기운이 빠져 머리를 푹 수그리고 서서 움직이려고 하지를 않았다. 스칼렛이 무자비하게 채찍질을 했다. 그녀는 지친 짐승을 괴롭히는 데 대해서 하느님이 용서해 주기만 바랐다. 하느님이 용서를 못 하시겠다면 섭섭한 일이었지만, 어쩔 수가 없었다. 어쨌든 타라는 바로 코앞이었고, 이제부터 몇백 미터만 더 간 다음에는, 말이 끌채에 묶인 채로 쓰러져 죽어도 그녀로서는 알 바가 아니었다.

마침내 천천히 말이 출발했고, 마차가 삐걱거렸고, 암소는 걸음을 옮겨 놓을 때마다 구슬프게 울었다. 괴로워하는 짐승의 목소리가 신경에 거슬린 스칼렛은 마차를 세우고 소를 풀어 주고 싶었다. 만일 타라에 아무도 없다면 암소가 도대체 무슨 소용이라는 말인가? 그녀는 젖을 어떻게 짜는지도 알지 못했고, 짤 줄 안다고 해도 소는 쓰라린 젖통을 건드리는 사람을 닥치는 대로 걷어찰지도 모른다. 하지만 모처럼 구한 암소는 이왕이면 데리고 가는 편이 좋으리라. 지금 그녀의 수중에는 가진 물건이 별로 없었다.

마침내 그들은 경사가 완만한 언덕 밑에 다다랐고, 언덕만 넘으면 타라였기 때문에 스칼렛의 눈에는 눈물이 글썽거렸다. 그러더니 그녀는 마음이 답답해졌다. 쇠약한 말은 마차를 끌고 도저히 언덕을 넘어가지 못하리라. 발이 빠른 암말을 타고 달려 올라가곤 하던 시절에는 비탈이 대수롭지 않고 무척 완만하게만 여겨졌었다. 그런데 지난번 보았을 때보다 이토록 가파르게 변했다니, 믿어지지가 않았다. 이렇게 무거운 짐을 끌고는 말이 절대로 넘어가지 못하리라.

기진맥진한 그녀는 마차에서 내려 말의 재갈을 잡았다.

「내려, 프리시.」그녀가 명령했다.「그리고 웨이드를 맡아. 안고 가든 걸리든 마음대로 해. 아기는 미스 멜라니 옆에다 눕히고.」

웨이드는 흐느껴 울기 시작했고, 그가 칭얼거리는 소리에서 스칼렛이 알아들을 만한 말은 〈어두워, 어두워, 웨이드 무서워!〉뿐이었다.

「스칼렛 마님, 나 못 걸어요. 나 발 부르트고 구두 발가락 나왔고 웨이드하고 나 안 무거우니까 우리 ―」

「내려! 안 내리면 내가 끌어내리겠어! 그리고 내 손으로 끌어내려야 하는 경우엔 여기 깜깜한 곳에다 너 혼자 남겨 두고 갈 거야. 그러니까 어서 내려!」

프리시는 우는소리를 내며 길의 양쪽을 막아선 시커먼 나무들을 둘러보았는데 ― 안전하고 편안한 마차를 벗어나기만 하면 나무들이 손을 뻗어 그녀를 움켜잡을 듯싶었다. 하지만 그녀는 아기를 멜라니 옆에 눕히고 땅으로 내려서서 손을 위로 뻗어 웨이드를 받아 내렸다. 어린아이는 흐느껴 울며 보모에게 바싹 달라붙었다.

「울지 못하게 해. 나 그 소리 못 참겠어.」 억지로 출발시키려고 말의 재갈을 잡고 끌어당기며 스칼렛이 말했다. 「씩씩한 남자답게 굴어야지, 웨이드, 울음을 그치지 않으면 내가 그쪽으로 가서 널 때려 주겠어.」

쓸모도 없고, 귀찮게 울기만 하고, 항상 보살펴 달라고 칭얼대고, 항상 거추장스러운 아이들을 하느님이 왜 만들어 냈을까 — 컴컴한 길에서 사납게 말을 끌어당기며 그녀는 야만스러운 생각을 했다. 지친 나머지 그녀는 프리시의 옆에서 타박거리고 걸어가며 그녀의 손을 끌어당기고 훌쩍이는 겁먹은 아이에게 연민을 느낄 만한 여유가 없었고, 그녀가 아이를 낳았다는 생각만 해도 — 그녀가 도대체 어떻게 찰스 해밀턴과 결혼했는지 생각만 해도 짜증이 앞설 따름이었다.

「스칼렛 마님.」 여주인의 팔을 움켜잡으며 프리시가 속삭였다. 「우리 타라 가지 말아요. 사람들 거기 없어요. 모두 떠났어요. 아마 사람들 — 엄마고 누구고 다 죽었다 또 모르고요.」

자기가 생각하던 바를 그대로 얘기하니까 화가 난 스칼렛은 그녀를 잡고 매달린 프리시의 손가락들을 떨쳐 버렸다.

「그럼 웨이드의 손을 이리 줘. 너는 여기 그냥 남고.」

「아뇨, 마님! 아뇨, 마님!」

「그럼 입 닥쳐!」

말이 너무나 느릿느릿 전진했다! 말이 질질 흘리는 침이 그녀의 손으로 뚝뚝 떨어졌다. 그녀의 머릿속에서는 언젠가 그녀가 레트와 함께 불렀던 노래의 한 구절이 스쳐 지나갔지만, 나머지는 생각이 나지 않았다.

며칠만 더 이 무거운 짐 나르면!

〈몇 걸음만 더.〉 그녀의 두뇌가 거듭거듭 되뇌었다. 〈몇 걸음만 더 이 무거운 짐을 나르면.〉

그러자 그들은 언덕 꼭대기에 올랐고, 그들의 앞에는 어둑어둑해지는 하늘을 배경으로 시커먼 덩어리를 이룬 타라의 떡갈나무 숲이 펼쳐졌다. 스칼렛은 어디 혹시 켜놓은 불빛이 없을까 해서 서둘러 살펴보았다. 불빛은 하나도 눈에 띄지 않았다.

〈모두들 떠났구나!〉 가슴속에 담긴 싸늘한 납덩이같은 그녀의 마음이 말했다. 〈떠났어!〉

그녀는 마찻길로 방향을 돌렸고, 머리 위에서 서로 맞닿은 삼나무들은 그들을 한밤중의 암흑 속으로 가둬 버렸다. 그녀의 눈에 정말로 보였는지 아니면 피곤한 눈이 장난을 쳤는지 모르겠지만 — 신경을 집중시키고 긴 어둠의 터널을 올려다본 그녀의 앞에는 — 흐릿하게 어른거리는 타라의 하얀 벽이 보였다. 집! 집이다! 정답고 하얀 벽, 커튼이 펄럭이는 창문들, 널찍한 베란다를 그녀는 보았는데 — 그녀는 정말로 그것들을 보았던가? 아니면 매킨토시 집처럼 참혹한 모습을 자비롭게 어둠의 환상이 가려 주었던가?

마찻길은 몇 킬로미터나 되는 듯싶었으며, 그녀의 손을 고집스럽게 뒤로 끌어당기고 저항하며 말은 점점 더 느린 걸음으로 터벅거렸다. 그녀의 눈은 열심히 어둠 속을 살펴보았다. 지붕은 말짱해 보였다. 그렇다면 혹시……? 그렇다면 혹시……? 아니, 그럴 리가 없다. 전쟁은 아무것도, 심지어는 5백 년 동안 견디라고 지어 놓은 타라까지도 그냥 남겨 두려고 하지를 않았다. 전쟁이 타라를 그냥 놓아두고 지나쳤을 리가 없었다.

그러자 시커먼 윤곽이 건물의 형태를 드러냈다. 그녀는 말을 더 빨리 끌어당겼다. 하얀 벽들이 어둠 속에서 정말로 보였다. 그리고 연기로 더럽혀지지도 않은 하얀 벽이. 타라는 피해를 면했다! 집! 그녀는 고삐를 놓았고, 얼마 남지 않은 거리를 뛰어가 두 팔로 벽을 껴안으려는 충동을 느끼며, 앞으로 달려 나갔다. 그러자 그녀는 침침한 속에서 그림자 같은 어떤 형체가 앞쪽 베란다의 캄캄한 곳에서 나와 층계의 꼭대기에 멈춰 서는 것을 보았다. 타라는 버림을 받지 않았다. 누군가 집에 남았다!

기쁨의 외침이 목구멍으로 올라왔지만, 거기서 멎었다. 집은 너무나 어둡고 고요했으며, 층계에서 멈춰 선 사람은 스칼렛을 부르거나 움직이지를 않았다. 무엇이 잘못되었나? 무엇이 잘못되었나? 타라는 말짱했지만, 그런데도 피해를 받은 시골 지역 전체를 뒤덮은 그런 괴이한 정적이 이곳에서도 감돌았다. 그러자 사람이 움직였다. 뻣뻣하게, 그리고 천천히, 그는 층계를 내려왔다.

「아빠?」 아버지라고 믿어지지가 않는 듯 그녀는 목쉰 소리로 속삭였다. 「저예요 — 케이티 스칼렛이요. 제가 돌아왔어요.」

뻣뻣한 다리를 끌고 몽유병자처럼 말없이, 제럴드는 그녀를 향해 다가왔다. 그는 스칼렛에게 가까이 오더니, 마치 그녀가 꿈의 한 부분이라고 생각하는 듯, 어리벙벙한 표정으로 쳐다보았다. 그는 손을 내밀었고, 손을 스칼렛의 어깨에 얹었다. 그의 떨리는 손을, 마치 아버지가 악몽에서 깨어나 현실을 반쯤 의식하는 듯, 그의 떨리는 손을 스칼렛은 느꼈다.

「내 딸.」 힘겨워하며 그가 말했다. 「내 딸이야.」

그러더니 그는 잠잠해졌다.

그렇다, 아버지가 — 한꺼번에 완전히 늙어 버렸구나! 스칼렛은 생각했다.

제럴드는 어깨가 축 늘어졌다. 희미하게만 보이던 얼굴에는 제럴드의 지칠 줄 모르던 생명력과 정력이 하나도 남지 않았고, 그녀의 눈을 들여다보는 그의 눈에서 스칼렛은 어린 웨이드의 눈에서와 거의 비슷한, 공포로 멍해진 표현만을 보았다. 그는 초라하게 좌절한 노인에 지나지 않았다.

그리고 이제, 미지에 대한 두려움이 그녀를 사로잡았고, 어둠 속에서 갑자기 스며 나온 공포가 그녀에게 덤벼들었으며, 스칼렛은 마구 쏟아져 나오려던 갖가지 질문이 입에서 떨어지지 않은 채 멀거니 서서, 물끄러미 아버지를 쳐다보기만 했다.

마차에서 우는 소리가 다시 희미하게 들려왔고, 제럴드는 정신을 차리려고 애를 쓰는 눈치였다.

「멜라니하고 아기예요.」 스칼렛이 얼른 나지막이 설명했다. 「몸이 아주 불편해서, 내가 집으로 데리고 왔어요.」

제럴드는 잡았던 딸의 팔을 놓고, 힘겨운 듯 허리를 폈다. 마차의 옆으로 천천히 걸어가던 그는 손님들을 맞아 주던 타라의 옛 주인을 닮은 유령 같은 인상을 주었으며, 제럴드는 마치 어두운 기억을 더듬는 듯 말했다.

「멜라니 사돈!」

멜라니가 뭐라고 중얼거렸지만, 무슨 말인지 알아듣기가 힘들었다.

「멜라니 사돈, 여기는 당신 집입니다. 열두 참나무 집은 타 버렸죠. 우리들하고 함께 여기서 지내야 되겠어요.」

멜라니가 여기까지 오느라고 한참 동안 힘들었으리라는 생각에 스칼렛은 당장 행동을 시작했다. 멜라니와 아기를 푹

신한 침대에 눕히고 자질구레한 일들을 보살펴 줘야 한다는
필요성, 현실이 다시금 그녀에게 되찾아왔다.

「멜라니는 들어서 옮겨야 해요. 혼자 걸을 힘이 없어요.」

발을 질질 끄는 소리가 났고, 시커먼 그림자가 하나 굴속
같은 앞쪽 포치에 나타났다. 그러더니 돼지가 갑자기 층계를
달려 내려왔다.

「스칼렛 마님! 스칼렛 마님!」그가 소리쳤다.

스칼렛은 그의 팔을 잡았다. 언제나 시원하던 복도와 벽
돌만큼이나 반가운 타라의 한 부분이요, 한 덩어리인 일꾼
돼지!「정말이지 돌아왔다 기뻐요! 정말이지 돌아왔다 ―.」
울먹이며 어색하게 돼지가 그녀의 손바닥을 토닥거리는 사
이에 그녀의 두 손으로 흑인의 눈물이 줄줄 흘러내렸다.

프리시는 울음을 터뜨리고 두서없이 떠들었다.「돼지! 돼
지, 반가워요!」그리고 어른들의 긴장감이 누그러지자 용기
를 얻은 웨이드도 덩달아 코를 훌쩍거리기 시작했다.「웨이드
목말라!」

스칼렛은 능숙하게 상황을 정리했다.

「미스 멜라니가 아기하고 마차에 있어. 돼지야, 멜라니를
아주 조심스럽게 위층으로 안고 올라가서 뒤쪽 손님방에다
눕혀. 프리시, 아기하고 웨이드를 안으로 데리고 들어가서
웨이드한테 마실 물을 줘. 어멈도 여기 있나, 돼지? 내가 오
란다고 해.」

그녀의 목소리에서 드러난 단호함에 감동한 일꾼 돼지는
갑자기 힘을 얻고 마차로 가서 뒷막이 널빤지를 더듬거렸다.
여러 시간을 누워서 보낸 그녀를 깃털 이부자리에서 돼지가
반쯤은 들어 올리고 반쯤은 끌어내리려니까, 멜라니가 몸이
뒤틀리는 듯 신음했다. 그리고 어느새 그녀는 돼지의 힘센

708

팔에 안겨 어린아이처럼 그의 어깨에 머리를 기대었다. 아기를 안고 웨이드의 손을 잡아끌며 프리시는 그들을 따라 널찍한 층계를 올라가서 컴컴한 복도로 사라졌다.

피가 나던 손가락으로 스칼렛은 아버지의 손을 더듬어 찾아서 잡았다.

「다들 병세는 어떤가요, 아버지?」

「동생들은 회복하는 중이야.」

침묵이 흘렀고, 그들의 침묵 속에서는 말로 표현하기에 너무나 무서운 어떤 생각이 형태를 갖추었다. 스칼렛은 묻고 싶은 말이 차마 입에서 나오지를 않았다. 그녀는 침을 삼키고 또 삼켰지만, 갑작스러운 칼칼함에 목구멍이 꽉 막힌 듯 싶었다. 타라를 뒤덮은 침묵의 수수께끼가 무엇이었는지를 설명하는 두려운 해답은 이것이었던가? 그녀의 머리에 떠오른 질문이 무엇인지를 눈치채고 미리 대답이라도 하려는 듯, 제럴드가 말했다.

「네 어머니는 ―」 그는 말문을 열었다가 다시 입을 다물었다.

「그럼 ― 어머니가요?」

「어제 죽었단다.」

스칼렛은 아버지의 팔을 꼭 잡고, 어둠 속에서도 그녀의 마음속만큼이나 환히 알았던, 널찍하고 컴컴한 거실 안을 손으로 더듬어 내려갔다. 그녀는 등받이가 높다란 의자와, 텅 빈 총걸이와, 까치발이 튀어나온 낡은 찬장을 피해 나아갔고, 엘렌이 하루 종일 앉아서 장부를 정리하던 집 뒤쪽의 작은 사무실로 향했다. 스칼렛이 방으로 들어가면 틀림없이 어머니가 지금도 그곳 책상에 앉아서, 깃털 펜을 멈추고 올려다보고는, 감미로운 향기를 풍기고 버팀살을 바스락거리며 몸을 일으켜, 지친 딸을 맞아 주리라. 비록 아버지가 그렇게 말했더라도, 〈엄마가 어제 죽었어, 엄마가 어제 죽었어, 엄마가 어제 죽었어〉라는 말 한 구절밖에 모르는 앵무새처럼 아버지가 거듭거듭 되풀이해서 말했더라도, 엘렌은 죽었을 리가 없었다.

이상하게도 스칼렛은 팔다리를 무거운 쇠사슬로 채워 놓은 듯한 피로감과 무릎이 후들거리는 배고픔 이외에는 아무것도, 아무것도 느끼지 못했다. 지금은 어머니를 생각하지 말아야 하고, 그러지 않았다가는 제럴드처럼 얼이 빠져 주저앉거나 웨이드처럼 울음을 터뜨리고 말리라 생각하며, 스칼렛은 마음을 가다듬었다.

돼지가 널찍하고 컴컴한 층계를 내려와서는 그들에게로 와서, 불을 찾아가는 추운 짐승처럼 서둘러 스칼렛 곁에 바싹 달라붙었다.

「불은 안 켜?」 그녀가 물었다. 「집이 왜 이렇게 어두워, 돼지? 양초를 가지고 와.」

「놈들 양초 다 가져갔다 했고, 스칼렛 마님, 하나만 남겨 놓았다 깜깜할 때 물건 찾는다 썼지만 그것 마찬가지 거의 다 없어졌어요. 캐린 아씨 수엘렌 아씨 간호한다 불 켜려고 어멈 돼지기름 그릇에 헝겊 담가 썼어요.」

「남은 양초 가지고 와.」 스칼렛이 명령했다. 「어머니가 계시던 — 사무실로 가지고 와.」

돼지가 터벅터벅 식당으로 들어갔고, 스칼렛은 칠흑처럼 캄캄한 작은 방으로 더듬고 들어가 소파에 털썩 주저앉았다. 아버지는 아주 어리거나 아니면 아주 늙은 사람처럼 무기력하게, 무작정 믿고 의지하며 애원하듯, 그녀의 팔에 아직도 매달렸다.

〈늙고 지치셨어, 늙으신 거야.〉 그녀는 다시 생각했고, 왜 그녀가 아버지에 대해서 아무런 별다른 감정을 느끼지 못하는가 막연하게 의아한 생각이 들었다.

반쯤 쓰고 남은 양초를 붙인 접시를 높이 들고 돼지가 들어서자, 방 안에서 불빛이 출렁였다. 컴컴한 굴속이 되살아났고, 그들이 앉은 축 늘어진 낡은 소파와, 천장을 향해 솟아오르려는 듯 높다란 책상과, 책상 앞에 놓인 공들여 조각한 어머니의 의자, 어머니의 깨끗한 글씨로 정돈된 서류들이 그대로 가득한 분류함, 낡은 융단 — 모두가, 모두가 그대로였지만, 레몬 향낭의 은근한 향기와 눈꼬리가 기울어진 눈에 담긴 다정한 표정과 더불어 엘렌은 그곳에, 엘렌은 그곳에 있지 않았다. 스칼렛은 깊은 상처로 마비되었다가 다시 감각이 돌아오려는 아픔, 어렴풋한 아픔을 마음속에서 느꼈드. 아픔을 겪어야 하는 시간은 앞으로 한평생 계속될 테니까, 그녀는 지금 그런 아픔이 그녀를 괴롭히게 그냥 내버려 두어서는 안 된다. 지금은 안 된다! 제발, 하느님, 지금은 안 됩니다!

그녀는 제럴드의 납빛 얼굴을 살펴보았고, 한때는 혈색이 불그레했었지만 이제는 면도를 하지 않아 은빛 수염이 꺼칠꺼칠 돋아난 모습을 평생 처음으로 보았다. 돼지는 촛대에다 양초를 올려놓고 그녀의 옆으로 갔다. 스칼렛은 만일 그가 개였더라면, 주둥이를 그녀의 무르팍에 얹어 놓고 머리를 상냥하게 쓰다듬어 달라고 낑낑거렸으리라는 상상을 했다.

「돼지야, 여기 검둥이가 몇 명이나 남았지?」

「스칼렛 마님, 쓰레기 깜둥이들 다 뺑소니쳤다 하고 양키들한테 넘어갔다 한 놈들 또 여럿이고 —」

「얼마나 남았냐니까.」

「나하고, 스칼렛 마님, 어멈요. 어멈 하루 종일 아씨들 간호했죠. 그리고 딜시 남았다 하는데, 지금 아씨들 같이 돌봐요. 우리 셋 남았다 해요, 스칼렛 마님.」

1백 명이 넘었었는데 〈우리 셋〉이란다. 목덜미가 쑤셔서 스칼렛은 머리를 들기도 힘들었다. 스칼렛은 자신의 목소리가 꿋꿋함을 유지해야 된다고 판단했다. 자신도 스스로 놀랄 정도였지만, 그녀의 목소리는 마치 전쟁은 아예 벌어지지도 않았으며, 손만 한 번 흔들면 집안 하인 열 명쯤은 당장 달려오리라는 듯 침착하고 자연스럽게 나왔다.

「돼지야, 나 배가 고파. 먹을 만한 거 뭐 없어?」

「없어요, 마님. 놈들 다 가져갔다 했어요.」

「그럼 밭에는?」

「놈들 거기 말 풀어 놨다 했었죠.」

「언덕 위 고구마 밭은?」

희미한 미소에 가까운 표정이 그의 두툼한 입술에 번졌다.

「스칼렛 마님, 나 고구마 잊어버렸다 했어요. 나 생각하는데, 그거 그대로 있어요. 양키 놈들 고구마 무엇이다 모르는 놈들 그냥 무슨 뿌리다 생각하고는 —」

「곧 달이 뜰 거야. 너 나가서 몇 개 캐다가 구워서 줘. 옥수숫가루 없나? 말린 콩도 없고? 닭고기는?」

「없어요, 마님. 없어요, 마님. 그나마 남은 닭 놈들 여기서 잡아먹고 남은 닭 안장 매달고 갔어요.」

놈들, 놈들, 놈들. 〈놈들〉이 저지른 짓에는 끝도 없는가? 불을 지르고 사람을 죽이는 짓만으로도 부족했다는 말인가? 그들이 폐허로 만들어 놓은 시골에서, 여자들과 아이들과 무기력한 흑인들까지도 굶어 죽게 해놓아야만 꼭 속이 시원하다는 말인가?

「스칼렛 마님, 어멈 집 밑 파묻었던 사과 좀 있어요. 우리 오늘 그거 먹었어요.」

「고구마를 캐러 가기 전에 그것부터 이리 가지고 오. 그리고 돼지야, 난 — 난 — 너무 기운이 없어. 나무딸기 술이라도 좋으니까, 지하실에 혹시 술 없어?」

「오, 스칼렛 마님, 놈들 뒤졌다 한 거 지하실 제일 먼저예요.」

허기와 수면 부족과 피로에다 얼얼할 정도의 충격이 울렁거리는 구토증과 겹쳐 갑자기 그녀를 덮쳤고, 스칼렛은 장미꽃을 조각한 의자의 등받이를 손으로 움켜잡았다.

「술이 없다고?」 지하실에 끝없이 줄지어 늘어서 있던 술병들을 기억하며 그녀가 멍청하게 말했다. 기억이 어른거리며 되살아났다.

「돼지야, 떡갈나무 통에 담아 아버지가 머루나무 초당 밑에다 묻어 두었던 옥수수 위스키는 어떻게 되었지?」

또다시 희미한 미소가, 기쁨과 존경심을 머금은 미소가 검은 얼굴을 밝혔다.

「스칼렛 마님, 확실히 우리 못 당한다 하겠어요! 거기 술 나 까맣게 잊어버렸다 했어요. 하지만, 스칼렛 마님, 거기 위스키 안 좋아요. 묻어 두었다 하고는 겨우 1년 안 되었고, 어쨌든 여자 술 마시면 안 좋아요.」

흑인들이란 얼마나 어리석은가! 그들은 누가 얘기해 주기 전에는 스스로 무엇을 생각해 내는 법이 없었다. 그런데도 양키들은 흑인을 해방시키겠다고 야단이었다.

「나하고 아빠한테는 그런 술이라도 괜찮아. 어서, 돼지, 묻어 둔 술을 파내고, 술잔 두 개와 박하하고 설탕을 좀 가져다주면 내가 줄렙[7]을 만들겠어.」

돼지가 못마땅한 표정을 지었다.

7 위스키나 브랜디에 설탕이나 박하 따위를 넣은 혼합 음료.

「스칼렛 마님, 아시겠다 하지만 타라 굉장히 오래 설탕 없어요. 그리고 놈들 말 박하나무 다 뜯어 먹고 놈들 술잔 다 깨뜨렸어요.」

〈만일 돼지가 《놈들》 소리를 한 번만 더 하면 난 소리를 지르겠어. 소리라도 지르지 않고는 견딜 길이 없으니까.〉 이런 생각을 하며 그녀는 말했다.「그래, 어서 서둘러 위스키나 빨리 가지고 와. 그냥 마실 테니까.」그러고는 그가 돌아서려니까,「기다려, 돼지. 할 일이 너무나 많은데 난 생각이 잘 안 나니까 ─ 아, 그렇지. 내가 말 한 마리와 소를 끌고 왔는데 암소는 어서 젖을 짜줘야 하고, 말은 마구를 풀고 물을 줘. 어멈한테 가서 소를 돌봐 주라고 그래. 어떻게 해서든지 소를 재울 곳도 마련하게 하고. 미스 멜라니의 아기는 무얼 못 먹으면 죽을지도 몰라 ─」

「멜리 마님 ─ 안 ─ 못 나와요?」일꾼 돼지가 눈치를 살피며 얼버무렸다.

「멜라니는 젖이 안 나와.」하느님 맙소사, 어머니가 이 말을 들었더라면 기절하셨으리라!

「좋아요, 스칼렛 마님, 우리 딜시, 미스 멜리 아기 돌본다 돼요. 우리 딜시 새로 아기 낳았다 하고, 둘 먹여 넉넉할 정도 나와요.」

「아기를 또 낳았어?」

아기들, 아기들, 아기들. 왜 하느님은 아기를 그토록 많이 만들어 낼까? 하지만, 아니다, 아기는 하느님이 만들지를 않는다. 어리석은 사람들이 만들지.

「예, 마님, 크고 통통하고 까만 아들요. 그 아긴 ─」

「가서 딜시더러 동생들은 그냥 놔두라고 해. 내가 돌봐 줄 테니까. 미스 멜라니의 아기에게 젖이나 먹이고, 미스 멜라니를 도와주라고 그래. 어멈더러 소를 돌봐 주고, 가엾은 말은 마구간에 넣으라 하고.」

「마구간 없어요, 스칼렛 마님. 놈들 부숴 장작 썼어요.」

「나한테 더 이상 〈놈들〉이 무슨 짓을 했단 얘기는 그만해. 딜시더러 돌봐 주라고 그래. 그리고 돼지야, 넌 가서 위스키를 파내고, 다음에는 고구마를 캐러 가.」

「하지만, 스칼렛 마님, 불 없다 어떻게 캐요?」

「장작에 불을 붙여 쓰면 되잖아, 안 그래?」

「장작 없어요. 놈들 ──」

「어떻게 해봐……. 무슨 짓을 하든 난 신경 쓰지 않겠어. 하지만 어서 파내도록 혜. 자, 서둘러.」

그녀의 목소리가 거칠어지자 돼지가 방에서 황급히 달려 나갔고, 스칼렛은 제럴드와 단둘이만 남았다. 그녀는 아버지의 다리를 찬찬히 쓰다듬었다. 전에는 승마를 한 근육으로 불끈거리던 허벅지가 얼마나 쪼그라들었는지를 그녀는 깨달았다. 스칼렛은 어떻게 해서든지 아버지를 무감각한 상태로부터 끌어내야 했지만 ── 어머니에 관한 얘기는 물어 볼 엄두가 나지 않았다. 어머니 얘기는 나중에, 스칼렛 자신이 견뎌 낼 만큼 기운을 차린 다음에 해야 한다.

「왜 양키들이 타라를 태우지 않았나요?」

제럴드는 그녀의 말이 안 들리는 듯 스칼렛을 한참 동안 빤히 쳐다보았고, 그녀는 되풀이해서 물었다.

「그야 ──」 그는 더듬거렸다. 「우리 집을 사령부로 썼으니까 그렇지.」

「양키들이 ── 여기에서요?」

정다운 벽들이 더럽혀졌다는 불쾌감이 그녀의 마음속에서 치밀어 올랐다. 이 집에, 엘렌이 살았던 곳이기에 성스러운 이곳에 그들이 — 그들이 — 이곳에서.

「그랬단다, 내 딸아. 그들이 오기 전에 우린 강 건너 열두 참나무 집에서 솟아오르는 연기를 봤어. 하지만 미스 허니하고 미스 인디아는 검둥이 몇 명과 함께 메이컨으로 피난을 갔기 때문에 거기 사람들 걱정은 하지 않았어. 우린 메이컨으로 갈 처지가 아니었단다. 애들이 — 너희 엄마하고 — 어찌나 병이 심했는지 우린 떠날 수가 없었지. 우리 집 검둥이들은 도망쳤는데 — 어디로 갔는지 난 모르겠구나. 마차하고 노새를 훔쳐 가지고 달아났어. 어멈하고 딜시하고 돼지 — 그들은 도망치지 않았어. 동생들하고 너희 엄마 — 우린 그들을 옮길 수가 없었어.」

「그래요, 그래요.」 제럴드는 어머니 애기를 하면 안 된다. 다른 애기는 다 괜찮지만. 심지어 셔먼 장군, 바로 그가 이곳을, 어머니의 사무실을 본부로 사용했다는 이야기일지라도. 어떤 다른 이야기라도.

「양키들은 철도를 차단하려고 존즈버러로 전진하는 중이었지. 그리고 그들은 — 수천 명이 대포와 말을 끌고 — 수천 명이 강에서 길을 따라 올라왔어. 난 앞 포치에서 그들을 만났단다.」

「오, 용감하고 사랑스러운 아버지!」 그의 앞이 아니라 뒤에 군대가 버티고 있기라도 한 듯 타라의 층계에서 적을 맞는 아버지를 상상하니 스칼렛은 가슴이 벅찼다.

「집을 태울 테니까 나더러 이곳을 떠나라고 그러더구나. 그래서 나도 함께 태우라고 했지. 네 동생들하고 — 너희 엄마하고 — 우린 떠날 수가 없으니까 —」

「그래서요?」 그는 꼭 엘렌 이야기를 꺼내야만 하나?

「집에 병자가, 장티푸스 환자가 발생했는데, 그들을 옮기면 죽게 된다고 난 그들에게 말했어. 그러니까 우리들을 안에 그대로 두고 몽땅 태워 버리라고 그랬지. 어쨌든 난 ― 난 타라를 떠나고 싶지 않았으니까 ―」

그는 말끝을 흐리고 잠잠해지더니 멍하니 벽을 쳐다보았고, 스칼렛은 이해를 했다. 제럴드의 등 뒤에는 너무나 많은 아일랜드 조상들이, 밭을 갈고 사랑을 나누며 자식을 낳고 살아온 고향을 떠나기보다는 차라리 끝까지 싸우겠다고, 손바닥만 한 땅이나마 악착같이 지키겠다고 싸우다가 죽어 간 사람들이, 제럴드의 등 뒤에서 버티고 있었다.

「죽어 가는 세 여자를 안에 남겨 둔 채로 집에 불을 지르려면 지르라고 난 그들에게 말했어. 그래도 우리들은 떠나지 않겠다고 말이야. 젊은 장교는 ― 신사였지.」

「양키더러 신사라고요? 무슨 말씀이에요, 아빠!」

「신사였어. 그는 말을 타고 달려가더니 잠시 후에 군의관인 대위하고 같이 돌아와서, 대위가 네 동생들하고 ― 엄마를 봐주었지.」

「나쁜 양키 놈이 방에 들어가게 하셨단 말이에요?」

「군의관은 아편을 가지고 왔어. 우리에겐 그게 없었지만. 그가 네 동생들의 목숨을 구했단다. 수엘렌은 출혈이 심했어. 군의관은 치료도 잘했지만, 마음도 착했어. 그리고 그들은 ― 병자가 발생했다고 군의관이 보고를 했더니 ― 집에 불을 지르지 않았어. 그러더니 어떤 장군하고 참모들이 몰려들어 왔단다. 그들은 환자를 수용한 방 하나만 빼놓고는 방마다 들이닥쳤어. 그리고 병사들은 ―」

그는 너무 피곤해서 얘기를 이어 가기가 힘들다는 듯 다시 잠깐 입을 다물었다. 수염이 희끗희끗 돋아난 턱이 가슴의 물렁물렁한 겹살 속으로 파고 들어갔다. 그는 힘들여 다시 말했다.

「그들은 집 주변 여기저기, 사방에, 목화밭이나 옥수수 밭에도 천막을 쳤어. 들판이 온통 그들 때문에 푸른 빛깔이었지. 밤에는 화톳불이 수천 개나 타올랐단다. 그들은 요리를 할 불을 지피려고 울타리와 헛간과 마구간과 훈제장을 닥치는 대로 허물었어. 그들은 소와 돼지와 닭을 — 심지어는 내 칠면조까지도 잡아먹었어.」 제럴드가 그토록 아끼던 칠면조. 그래서 칠면조들이 눈에 띄지 않았었다. 「그들은 물건들을 — 심지어는 사진들까지도 — 가구하고, 사기그릇도 집어 가고 —」

「은식기는요?」

「돼지하고 어멈이 은식기는 어떻게 손을 써서 — 우물에 넣었다든가 어떻게 했다는데 — 난 지금은 기억이 안 나는구나.」 제럴드의 목소리에는 불안감이 서렸다. 「그리고 그들은 여기서 — 타라를 근거지로 삼고 전투를 벌였는데 — 사람들이 말을 달려 올라오고 쿵쿵거리며 돌아다녀서 굉장히 시끄러웠어. 그리고 나중에는 존즈버러에서 포성이 천둥소리처럼 들려왔는데 — 몸이 아프다면서도 네 동생들은 포소리를 듣고는 자꾸 〈아빠, 저 요란한 소리 안 나게 해줘요〉라고 했단다.」

「그리고 — 그리고 어머니는요? 양키들이 집 안으로 들어왔다는 걸 어머니가 알았나요?」

「엄마는 — 끝까지 하나도 몰랐어.」

「하느님, 감사합니다.」 스칼렛이 말했다. 어머니는 그런 고통만은 벗어났다. 어머니는 전혀 몰랐고, 아래층 여러 방에서 돌아다니는 적군의 소리를 전혀 못 들었고, 존즈버러의 포성도 전혀 못 들었으며, 그녀의 마음에서 한 부분을 이루었던 땅을 양키들이 짓밟았다는 사실을 전혀 알지 못했다.

「난 네 동생들하고 너희 엄마하고 위층에서 지냈기 때문에 그들을 몇 명밖에 못 보았어. 난 젊은 군의관을 자주 만났지. 친절한 사람이었어. 스칼렛, 정말로 친절했단다. 부상병들을 하루 종일 돌보고 난 다음이면 그는 올라와서 우리 식구들을 돌봐 주었지. 심지어는 약도 좀 갖다 주고. 군의관이 말하기를, 그들이 떠날 때쯤이면 딸들은 회복이 되겠지만 너희 엄마는 ― 워낙 쇠약해졌다고 그랬는데 ― 너무 쇠약해서 이겨 내지 못하리라고 했어. 군의관 얘기로는 엄마가 지나치게 무리를 해서…….」

침묵이 뒤따랐고, 스칼렛은 마지막 기간 동안 어머니의 모습이 어떠했을지를, 다른 사람들이 편히 먹고 쉬도록 자신은 잠도 안 자고 먹지도 않으며 간호하고 일을 하던 어머니를, 연약하면서도 우뚝 솟은 타라의 힘을 상징하던 어머니의 마지막 모습을 머릿속에 그려 보았다.

「그러다가 그들은 떠났어. 그러다가 이동을 했지.」

그는 한참 동안 침묵을 지킨 다음 딸의 손을 더듬어 잡았다.

「네가 집으로 돌아와서 기쁘다.」 그는 단순하게 말했다.

뒤쪽 포치에서 무엇을 긁어 대는 소리가 났다. 집에 들어오기 전에는 꼭 신발을 닦으라고 40년 동안이나 훈련을 받았던 착한 일꾼 돼지는 이런 때에도 잊지를 않았다. 그는 바가지 두 개를 조심스럽게 들고 들어왔는데, 줄줄 흘러내리는 독한 술 냄새가 그보다 먼저 들어왔다.

「나 많이 엎질렀어요, 스칼렛 마님. 술통 마개 구멍서 표주박에 술 따른다 굉장히 힘들어요.」

「괜찮아, 돼지야, 그리고 고마워.」 독한 냄새가 역겨워 콧등을 찌푸리며 스칼렛은 그에게서 축축한 표주박을 받았다.

「이거 마시세요, 아버지.」 이상한 바가지에 담긴 위스키를 아버지에게 넘겨주고 두 번째 표주박을 돼지에게서 받으며 그녀가 말했다. 제럴드는 어린아이처럼 고분고분하게 바가지를 받더니 시끄러운 소리를 내며 꿀꺽꿀꺽 마셨다. 스칼렛이 물을 타서 마시라고 내주었지만, 아버지는 머리를 저었다.

그에게서 위스키를 받아 입으로 가져가려던 그녀는 못마땅한 표정으로 아버지의 눈이 자기를 지켜보고 있음을 알았다.

「숙녀는 술을 마시면 안 된다는 거 나도 알아요.」 그녀가 간단하게 말했다. 「하지만 난 오늘은 숙녀가 아니고, 아빠, 오늘 밤에는 할 일이 많아요.」

그녀는 표주박을 기울이고는, 심호흡을 한 차례 하더니 재빨리 마셨다. 화끈한 액체가 목구멍에서 배 속으로 타들어 갔고, 스칼렛은 숨이 막히고 눈물이 나왔다. 그녀는 다시 심호흡을 하고 바가지를 들었다.

「케이티 스칼렛.」 그녀가 돌아온 이후 그녀가 듣기로는 처음으로 위엄을 보이는 어조로 아버지가 말했다. 「그만하면 됐어. 넌 잘 모르겠지만, 술을 마시면 정신이 흐려져.」

「흐려진다고요?」 그녀가 웃었는데, 그것은 보기 흉한 웃음이었다. 「흐려져요? 나 술에 취했으면 좋겠어요. 난 술에 취해 정신이 흐려져서 이런 일 다 잊어버리고 싶어요.」

그녀는 다시 마셨고, 화끈한 기운이 천천히 혈관을 따라 타오르며 온몸으로 퍼져 나가더니, 나중에는 손가락 끝까지 짜릿짜릿했다. 얼마나 황홀한 기분이고, 얼마나 은혜로운 불길인가. 뜨거운 기운이 얼어붙은 듯한 그녀의 마음까지도 뚫고 들어갔으며, 그녀의 몸에서는 힘이 되살아났다. 어리둥절하고 언짢아하는 아버지의 얼굴을 보고 스칼렛은 다시 아버지의 무릎을 토닥거리고는, 그가 사랑했던 버릇없는 미소를 억지로 지어 보이려고 했다.

「술을 먹었다고 어떻게 내가 몽롱해지겠어요, 아버지? 난 아버지의 딸이잖아요. 난 클레이턴 카운티에서 가장 술이 센 아버지의 자식이 아니던가요?」

그는 스칼렛의 지친 얼굴을 보고 미소를 지으려고 했다. 제럴드도 역시 위스키 기운이 돌았다. 스칼렛은 술을 다시 아버지에게 넘겨주었다.

「이제 아버지는 한 잔만 더 드시고, 그러면 내가 아버지를 위층으로 모시고 올라가 잠자리를 봐드리겠어요.」

그녀는 입을 다물었다. 그렇다, 이것은 그녀가 웨이드에게 하는 말투였고, 아버지에게는 이런 식으로 얘기를 하면 안 되었다. 그것은 건방진 짓이었다. 하지만 그는 딸의 말을 순순히 따랐다.

「그래요, 아버지 잠자리를 봐드리겠어요.」 그녀는 경쾌하게 덧붙여 말했다. 「그리고 술을 더 드리겠는데, 아마 한 바가지 다 마시면 잠이 올 거예요. 아버지는 주무셔야 하고, 케이티 스칼렛이 여기 왔으니까 아무 걱정도 하실 필요가 없어요. 마시세요.」

그는 고분고분하게 다시 마셨고, 팔짱을 끼며 스칼렛은 아버지를 일으켜 세웠다.

「돼지야……」

돼지는 한 손으로 표주박을 받고 다른 손으로는 제럴드의 팔을 잡았다. 스칼렛은 환히 타오르는 촛불을 집어 들었고, 세 사람은 천천히 컴컴한 거실을 지나 제럴드의 방으로 나선형 층계를 올라갔다.

수엘렌과 캐린이 같은 침대에 누워 신음하며 몸을 뒤척이

던 방에서는, 돼지기름을 담은 접시에다 헝겊을 꼬아 심지로
써서 겨우 불을 밝힌 등잔에서 심한 악취가 풍겼다. 처음 문
을 열었을 때 스칼렛은, 창문이 닫힌 방 안을 가득 채운 후덥
지근한 공기 때문에 그리고 병실의 악취와 약 냄새와 고약한
기름이 뒤섞여 썩는 냄새 때문에 숨이 막혀 졸도라도 할 지
경이었다. 의사는 병실에 신선한 공기를 갈아 넣으면 생명이
위험하다고 그럴지도 모르겠지만, 스칼렛은 바람을 쐬지 못
하면 오히려 죽으리라는 생각이 들었다. 그녀가 창문 세 개
를 열었더니 떡갈나무 잎사귀와 흙냄새가 들어오기는 했지
만, 밀폐된 방에 여러 주일에 걸쳐 누적되었던 역겨운 악취를
몰아내는 데는 신선한 공기도 별로 효과가 없었다.

앙상하게 야위고 얼굴이 창백한 캐린과 수엘렌은 보다 행
복하고 좋았던 시절에 그들이 귀엣말을 나누던 침대에서, 높
직하고 기둥이 네 개인 그들의 침대에서 얕은 잠을 자다가
가끔 깨어나면, 멍한 눈을 휘둥그레 뜨고 헛소리를 했다. 방
의 한쪽 구석에는 어머니가 서배너에서 가지고 온 침대가, 머
리막이와 발막이가 곡선을 그리며 올라간 좁다란 프랑스 제
정 시대의 침대가, 주인을 잃고 텅 비었다. 엘렌이 누웠던 자
리였다.

스칼렛은 두 동생의 옆에 앉아 그들을 멍하니 쳐다보았다.
오랫동안 비었던 배 속에 위스키가 들어가니 그녀는 정신이
오락가락했다. 때로는 동생들이 멀리 떨어져 조그맣게 보였
으며, 횡설수설하는 그들의 목소리는 벌레들이 윙윙거리는
소리처럼 들렸다. 그러다가는 다시 그들은 커다랗게 변해서
번개처럼 빠른 속도로 그녀에게 왈칵 밀어닥쳤다. 그녀는 피
곤이 겹쳐 뼛속까지 얼얼했다. 그녀는 누워서 며칠 동안 푹
자고 싶었다.

그냥 누워 잠이 들어서, 어머니가 살그머니 팔을 흔들며 〈늦었구나, 스칼렛. 너 이렇게 게으르면 못써〉라고 말하는 소리를 들으며 잠에서 깨어난다면 얼마나 좋으랴. 하지만 다시는 그런 날이 돌아오지 않으리라. 스칼렛은 엘렌에게로, 그녀보다 나이도 많고 지칠 줄 모르는 누군가에게로, 그녀보다 훨씬 현명한 사람에게로 달려가고 싶었다! 누구인가의 무릎에 머리를 얹고, 누구인가의 어깨에 짐을 떠맡길 수만 있다면!

문이 가만히 열리더니 딜시가 멜라니의 아기를 가슴에 안은 채 위스키가 담긴 표주박을 손에 들고 들어왔다. 연기가 자욱하고 흐릿한 불빛 속에서 보니 스칼렛이 마지막으로 보았을 때보다 그녀는 훨씬 야윈 듯싶었고, 인디언의 피가 얼굴에 더욱 뚜렷하게 드러났다. 우뚝한 광대뼈는 더욱 튀어나왔고, 매부리코는 더욱 날카롭게 굽었고, 구릿빛 피부는 더욱 환한 빛깔로 반짝거렸다. 빛이 바랜 그녀의 사라사 옷은 허리가 터졌고, 커다란 청동빛 젖가슴은 그대로 노출되었다. 바싹 안겼던 멜라니의 아기는 어미의 배에서 따스한 털 속에 파묻힌 고양이 새끼처럼 보드라운 살을 자그마한 주먹으로 움켜쥐고, 장미꽃 봉오리 같은 하얀 입으로 시커먼 젖꼭지를 탐욕스럽게 빨았다.

스칼렛이 비틀거리며 겨우 몸을 일으켜 딜시의 팔에다 손을 얹었다.

「떠나지 않아서 고마워, 딜시.」

「아버님 그렇게 마음 좋아 나하고 우리 꼬마 프리시 샀고, 어머님 그렇게 친절하신데, 스칼렛 마님, 어떻게 나 그 쓰레기 깜둥이들 함께 달아나겠어요?」

「앉아, 딜시. 이제 아기는 배가 부르겠지? 그리고 미스 멜라니는 어때?」

「배고픈 거 말고 아이 하나도 탈 없고, 아기 배고파 한심하다 많이 먹어요. 그래요, 마님, 멜라니 마님 탈 없어요. 마님 안 죽어요, 스칼렛 마님. 그렇게 걱정한다 마세요. 백인하고 흑인하고 나 그런 여자 너무 많이 봤으니까요. 생각하니 마님 지치고 불안하다 그런데, 아기 때문이다 겁 많이 났죠. 하지만 나 마님 마음 진정시키고 바가지 남은 거 좀 마셔라 했더니 잠들었어요.」

그러니까 온 집안 식구가 다 옥수수 위스키를 마신 셈이로구나! 웨이드에게도 조금 마시게 하면 혹시 딸꾹질이 그칠지 모르겠다고 스칼렛은 엉뚱하게 생각했다. 그리고 멜라니도 죽지 않겠고 ── 그리고 애슐리가 고향으로 돌아오면, 혹시 그가 정말 고향으로 돌아오면……. 그렇다, 그녀는 애슐리 생각도 역시 나중에 하리라. 나중에 ── 생각해 봐야 할 일이 너무나 많았다! 해결해야 하고 ── 결정해야 할 일이 너무 많았다. 머리를 써야 할 시간을 영원히 뒤로 미루었으면 좋으련만! 규칙적으로 〈찌거-덕, 찌거-덕〉 삐걱거리는 소리가 바깥에서 정적을 깨뜨리자 그녀는 왈칵 정신이 들었다.

「아씨들 씻어 주겠다 어멈 물 길어요. 아씨들 목욕 굉장히 많이 한다 해요.」 책상 위 약병과 유리잔 사이에 표주박을 세워 놓으며 딜시가 설명했다.

스칼렛이 갑자기 웃었다. 기억도 까마득한 옛날에 매달아 놓은 우물의 도르래 소리를 듣고도 겁을 내다니, 그녀는 확실히 신경이 예민해진 모양이었다. 위엄과 엄격함으로 굳어진 얼굴로 그녀가 웃는 모습을 딜시는 빤히 쳐다보았지만, 스칼렛은 왜 웃었는지를 딜시가 이해했으리라고 믿었다. 그녀는 다시 의자에 푹 눌러앉았다. 몸에 꽉 끼는 코르셋과 목을 조르는 옷깃을 풀어 놓고, 모래와 작은 돌멩이가 잔뜩 들어가서 발에 물집이 생기게 하는 신발만 벗어 버린다면 얼마나 좋을까.

줄이 감겨 올라오면서 도르래가 천천히 삐걱거렸고, 삐걱거릴 때마다 두레박은 꼭대기로 가까이 올라왔다. 조금만 기다리면 어멈이 ― 엘렌을 돌봐 주었던 어멈이, 그리고 그녀를 돌봐 주었던 어멈이 올라오리라. 그녀가 말없이 멍하니 앉아 기다리려니까, 그만하면 젖을 배불리 먹었을 아기가, 고마운 젖꼭지가 없어졌다고 칭얼거렸다. 아무 말도 없이 딜시는 아기의 입을 다시 이끌어 젖을 물리고는 품에 안고 달랬으며, 스칼렛은 비척거리며 뒷마당을 천천히 가로질러 건너오는 어멈의 발소리에 귀를 기울였다. 밤의 대기는 얼마나 고요한가! 지극히 작은 소리도 그녀의 귀에는 요란하게 들렸다.

어멈의 육중한 몸집이 문으로 가까이 오자 위층 복도가 흔들리는 듯싶었다. 그러더니 묵직한 두 개의 나무 물통을 들어 어깨가 밑으로 처지고, 시커멓고 상냥한 얼굴에는 영문을 모르면서도 슬퍼하는 원숭이의 표정을 짓고, 어멈이 방으로 들어섰다.

스칼렛을 보자 그녀는 눈이 환히 빛났고, 물통을 내려놓는 그녀의 하얀 이빨이 반짝였으며, 스칼렛은 어멈에게로 달려가서, 흑인이건 백인이건 너무나 많은 사람이 머리를 기댔던 널찍하고 축 늘어진 젖가슴에 얼굴을 파묻었다. 믿음직한 무엇이, 변하지 않는 옛 삶의 무엇이 여기 남았구나! 스칼렛은 생각했다. 하지만 어멈이 한 첫마디 말은 그 환상을 쫓아 버렸다.

「어멈의 아기 돌아왔군요! 오, 스칼렛 마님! 이제 엘렌 마님 무덤 묻혔는데, 우리 어떡하나요? 오, 스칼렛 마님, 나 차라리 엘렌 마님 함께 죽었다 그러면 좋았겠어요! 엘렌 마님 안 계시다 하니 나 아무것 못 하겠어요. 이제 남았다 하는 거 비참한 거 골치 아픈 거 모두예요. 무거운 짐 전부예요, 무거운 짐 전부라고요.」

어멈의 젖가슴에 머리를 꼭 누르며 껴안았던 스칼렛은 〈무거운 짐〉이라는 두 마디 말을 듣고 정신이 번쩍 들었다. 그 말은 오늘 오후 내내 그녀의 머릿속에서 어찌나 단조롭게 윙윙거리며 울렸는지, 스칼렛은 속이 울렁거릴 지경이었다. 이제야 그녀는 노래의 나머지 내용을 기억했고, 그것을 기억하자 그녀의 마음이 무거워졌다.

며칠만 더 이 무거운 짐 나르면!
조금도 이 짐 가벼워지지 않아도 좋으니!
며칠만 더 지나면 길을 걷게 될지니!

〈조금도 이 짐 가벼워지지 않아도 좋으니!〉 ── 그녀는 그 말을 피곤한 마음속에서 되새겨 보았다. 그녀의 짐은 절대로 가벼워지지 않으려나? 타라의 고향 집으로 돌아온 것은 축복의 휴식이 아니라, 짊어져야 할 더 많은 짐을 의미했던가? 그녀는 어멈의 품에서 몸을 빼내더니 손을 위로 뻗어 주름진 검은 얼굴을 쓰다듬었다.

「저런, 이 손 뭐예요!」 어멈은 물집이 잡히고 피가 맺힌 작은 두 손을 잡더니 기가 막히다는 듯 못마땅한 표정으로 살펴보았다. 「스칼렛 마님 숙녀 손 보면 안다 자꾸 말하고 또 말했는데 ── 거기다가 얼굴 마찬가지 햇볕 탔어요!」

가엾은 어멈, 전쟁과 죽음이 방금 머리 위로 지나갔는데도 그런 하찮은 일들 때문에 아직도 까다롭게 잔소리나 하고!

이러다 보면 그녀는, 손 부르트고 주근깨 앉은 젊은 아가씨 절대 남편 못 구한다 한마디 할 기세였고, 그래서 스칼렛은 말문을 미리 막았다.

「어멈, 어머니 얘기를 듣고 싶은데요. 아버지가 하는 엄마 얘긴 차마 못 듣겠어서요.」

물통을 집으려고 몸을 수그린 어멈의 눈에서는 눈물이 흘러내리기 시작했다. 말없이 그녀는 물통을 침대 곁으로 가지고 가서, 홑이불을 젖혀 벗겨 내리더니 수엘렌과 캐린의 잠옷을 끌어올리기 시작했다. 펄럭거리는 희미한 불빛 속에서 동생들을 넘겨다보니, 캐린은 깨끗하지만 누덕누덕 기운 잠옷을 입었고, 수엘렌은 무겁게 주렁주렁 늘어지는 아일랜드 레이스가 달린 낡은 갈색 아마포 속옷 차림이었다. 헌 앞치마를 물수건 대용으로 써서 앙상한 몸을 닦아 주며 어멈은 소리 없이 울었다.

「스칼렛 마님, 엘렌 마님 죽었다 하는 거 슬래터리 사람들, 쓰레기 같다 쓸모 하나 없다 형편없다 가난뱅이 백인 슬래터리 사람들 탓이에요. 쓰레기 사람들 위해 일한다 조금도 안 좋다 나 말씀드리고 또 드렸지만, 엘렌 마님 태도 워낙 변함 없고 마음 워낙 착하서 부탁하는 사람 싫다 소리 절대 하실 줄 모르죠.」

「슬래터리 집안요?」 어리둥절해서 스칼렛이 물었다. 「그들이 무슨 관계죠?」

「그들 바로 이런 거 병 앓았어요.」 어멈이 발가벗은 두 여자를 물수건으로 가리키자 축축한 홑이불에 물이 뚝뚝 떨어졌다. 「슬래터리 할멈 딸 에미 이렇게 병 걸려 자리 눕고, 슬래터리 마님 무슨 일 잘못이다 할 때마다 늘 그렇지만 헉헉 여기 엘렌 마님 찾아왔어요. 왜 그 여자 제 손으로 딸 안 간호하는지요? 엘렌 마님 어쨌든 일 너무 많이 해 무리죠. 하지만 엘렌 마님 거기 찾아가 에미 간호했어요. 그런데 엘렌 마님 조금도 몸 안 건강했어요, 스칼렛 마님. 굉장히 오랫동안 어머니 마님 건강 안 좋다 했어요. 우리 농사지은 곡식 병참부 모조리 빼앗아 가고 여기 먹을 거 별로 없었어요. 그리고 어쨌든 엘렌 마님 먹는 음식 새처럼 조금이었죠. 그래서 나 마님께 그랬는데 백인 쓰레기 못 본 체하라 했지만, 마님 내 말 들은 체 안 했어요. 그래요, 마님, 에미 건강 좋아질 때 되니까 캐린 아씨 똑같다 병 걸려 누웠어요. 그래요, 마님. 장티푸스 냅다 길 따라 날아와서 캐린 아씨 덮쳐 그러고는 수엘렌 아씨 또 걸렸어요. 그래서 엘렌 마님 아씨들 또 살피고 간호했어요.

길 위쪽 싸움 막 벌어지고 양키들 강 건너고 우리 어떻게 된다 앞일 모르니까 밤마다 밭일꾼들 도망치고, 나 미친다 그랬어요. 하지만 엘렌 마님 끄떡 않는다 침착했어요. 약 못 구한다 아무것 못 구한다 그러니까 아씨들 때문에 미친다 걱정하긴 했지만요. 그리고 어느 날 밤 마님 나한테 그러는데, 아씨들 열 번쯤 닦아 주고 난 다음 마님 그랬어요. 〈어멈, 만일 내 딸 머리 얹어 줄 얼음 좀 준다 그러면 나 영혼 얼른 팔겠어요.〉

마님 제럴드 주인님 여기 못 들어온다 하고, 로자하고 티나하고 못 들어온다 하고, 나 장티푸스 앓았었다 때문에 나 말고 아무도 못 들어온다 했어요. 그러다가 마님 똑같이 걸렸고, 스칼렛 마님, 가망 없다 나 당장 알았어요.」

어멈은 허리를 폈고, 앞치마를 들어 흘러내리는 눈물을 닦아 냈다.

「마님 병 빨리 심해졌고, 스칼렛 마님, 착한 양키 의사 똑같이 별도리 없었어요. 마님 나중 아무것도 몰라 했어요. 나 마님 이름 부르고 얘기해도 마님 자기 어멈 똑같이 못 알아 봤어요.」

「어머니는 — 어머니가 혹시 한 번이라도 내 얘기 하거나 — 내 이름 불렀나요?」

「아뇨. 마님 서배너 사는 어린 처녀 때 생각 자꾸 했어요. 아무 이름 안 불렀어요.」

딜시는 몸을 꼼지락거리며 움직이더니 잠든 아기를 무릎에 내려놓았다.

「아니에요, 마님, 이름 불렀어요. 누구 확실히 불렀어요.」

「너 입 닥쳐, 인디언 깜둥이!」 어멈은 험악하게 위협하는 얼굴을 딜시에게로 돌렸다.

「조용해요, 어멈! 누구를 불렀어, 딜시? 아빠를?」

「아니에요, 마님, 마님 아버지 아니었어요. 그러니까, 목화 불 타던 밤이었는데 —」

「목화가 불에 타다니 — 어서 얘기해!」

「예, 마님, 홀랑 탔어요. 군인들 창고에서 굴려 꺼내 뒷마당 쌓아 놓고 〈조지아 제일 큰 봉화 여기 올린다〉 소리 지르고 불 싸질렀어요.」

3년 동안이나 모아 두었던 목화, 15만 달러어치의 면화가 모두 불에 타버리다니!

「그리고 불 대낮처럼 사방 환하다 밝히고, 우리 집까지 똑같이 탄다 겁났는데, 여기 이 방 어찌 환했는지 마룻바닥 떨어진 바늘 찾는다 할 정도였어요. 그리고 창문 빛 환할 때 보니 엘렌 마님 일어나 앉아 침대에 자꾸자꾸 큰 소리 질렀어요. 〈필리프! 필리프!〉 나 그런 이름 한 번 못 들어 봤지만, 이름 틀림없었고, 마님 그렇게 이름 불렀어요.」

어멈은 꼼짝 않고 서서 딜시를 흘겼지만, 스칼렛은 머리를 두 손에 파묻었다. 필리프, 그는 누구이고, 어떤 남자였기에 어머니는 죽어 가며 그의 이름을 불렀을까?

애틀랜타에서 타라까지의 먼 길은 끝났고, 엘렌의 품 안에서 끝났어야 하는 길은 텅 빈 벽에서 끝났다. 아버지의 지붕 밑에서 안전하게, 솜털 오리의 고운 깃털로 만든 이불처럼 그녀를 감싸 주는 어머니의 사랑으로 보호를 받으며, 어린아이로서의 스칼렛이 자리에 눕게 될 날은 다시는 오지 않으리라. 이제는 그녀가 의지할 안식처나 안전한 도피처가 없었다. 아무리 방향을 돌리고 몸을 비틀어도 그녀가 도달한 막다른 골목을 벗어날 희망은 없으리라. 그녀가 짐을 떠맡길 사람이 아무도 없었다. 아버지는 늙고 정신이 오락가락하는 상태였고, 동생들은 병을 앓고, 멜라니는 연약하고 힘이 빠졌으며, 아이들은 무기력했고, 흑인들은 엘렌의 딸이라면 엘렌처럼 믿음직한 도피처가 되리라고 믿어서 그녀의 치맛자락에 매달려 어린애 같은 눈으로 그녀를 올려다보았다.

창문 밖으로는 떠오르는 달이 쏟아 내리는 희미한 빛 속에서, 흑인들은 뿔뿔이 도망가 버리고, 넓은 땅은 황량하고, 헛간들이 무너진 타라 농장의 풍경은 피를 흘리는 시체처럼 그녀의 앞에, 천천히 피를 흘리는 그녀 자신의 시체처럼 그녀의 눈앞에 펼쳐졌다. 늙어서 팔다리를 떠는 노인, 질병, 굶주린 입들, 그녀의 치마를 잡아당기는 무기력한 손들, 이것이 여로의 끝이었다. 그리고 여로의 끝에는, 거기에는 아무것도 없었고, 어린아이를 둔 열아홉 살 미망인이 된 스칼렛 오하라 해밀턴, 그녀 이외에는 아무도 없었다.

이런 모든 상황을 그녀는 어떻게 처리해야 할까? 피티 고모와 메이컨의 버 댁에서는 멜라니와 아기를 맡아 줄지 도 모른다. 동생들이 회복되면 엘렌의 친정에서는 싫건 좋건 그들을 받아 줘야 하리라. 그리고 스칼렛과 제럴드는 큰아버지 제임스와 앤드루에게 의지하리라.

그녀는 흠뻑 젖어 물이 뚝뚝 떨어지는 시커먼 홑이불을 두르고 그녀 앞에서 뒤채는 야윈 몸뚱이들을 보았다. 그녀는 수엘렌을 좋아하지 않았다. 그녀는 그것을 지금 갑자기 뚜렷하게 의식했다. 그녀는 수엘렌을 좋아했던 적이 없었다. 그녀는 특히 캐린을 좋아하지 않았는데 ── 스칼렛은 나약한 사람이라면 아무도 사랑하지 않았다. 하지만 그들은 그녀와 같은 피를 나누었고, 타라의 한 부분이었다. 그렇다, 스칼렛은 그들이 가난한 친척의 신세가 되어 남의 집에서 더부살이를 하다가 죽도록 그냥 내버려 둘 수는 없었다. 오하라 집안 사람이 가난한 친척의 눈치를 보고 남의 밥을 얻어먹다니! 오, 절대로 그렇게는 안 된다!

지금의 막다른 골목을 벗어날 길은 없는가? 피곤한 그녀의 두뇌는 너무나 느릿느릿 돌아갔다. 그녀는 마치 하늘이 물로 가득 찼고, 그 속에서 허우적거리며 올라가기라도 하려는 듯 두 손을 머리 위로 치켜들었다. 그녀는 유리잔과 병 사이에 놓아둔 표주박을 집어 속을 들여다보았다. 바닥에 위스키가 조금 남았지만, 불빛이 밝지를 않아 얼마나 남았는지 보이지가 않았다. 독한 술 냄새가 이제는 역겹지를 않으니 참으로 이상한 일이었다. 그녀는 천천히 마셨지만, 이번에는 술이 화끈하게 쏘지를 않고, 미지근한 뒷맛만 느껴졌다.

그녀는 빈 표주박을 내려놓고 주변을 둘러보았다. 연기가 자욱하고 침침한 방, 앙상하게 야윈 동생들, 거대하고 뚱뚱한 몸집으로 침대 옆에 쭈그리고 앉은 어멈, 그리고 딜시의 시커먼 젖가슴에는 발그레하고 자그마한 아기가 마치 청동(靑銅) 조각품처럼 달라붙어 잠든 채 꼼짝도 하지 않았고 — 모두가 하나의 꿈, 모두가 꿈이어서, 그녀가 잠에서 깨어나기만 하면 부엌에서 튀기는 베이컨 냄새가 풍기고, 밭으로 나가는 마차들이 삐걱거리고, 흑인들이 웃어 대는 걸걸한 소리가 들려오고, 엘렌의 부드러운 손길은 그녀를 흔들어 깨우리라.

그러고는 정신을 차려 보니 스칼렛은 그녀의 방, 그녀의 침대에 옮겨 와 있었고, 희미한 달빛이 어둠을 뚫고 들어왔으며, 어멈과 딜시가 그녀의 옷을 벗겼다. 괴로운 코르셋은 더 이상 허리를 짓누르지 않아서 그녀는 폐와 배 속 깊숙이, 조용히, 마음껏 심호흡을 했다. 그녀는 양말이 살그머니 몸에서 벗겨져 나간다고 느꼈으며, 부르튼 발을 물로 씻어 주며 어멈이 알아듣지도 못할 위로의 말을 하는 소리를 들었다. 물이 무척이나 시원했으며, 어린아이처럼 푹신한 잠자리에 누웠더니 얼마나 기분이 좋은가. 그녀는 한숨을 짓고 긴장을 풀었으며, 1년인지도 모르겠고 1초인지도 모르겠는 시간이 흐른 다음에 그녀는 방 안에 혼자 남았고, 달빛이 침대를 가로질러 쏟아지자 사방이 훨씬 더 밝아졌다.

그녀는 자기가 취했음을, 피로와 위스키에 취했음을 깨닫지 못했다. 그녀는 다만 지친 육체를 벗어나 어딘가 공중으로, 고통도 없고 피곤함도 없으며 그녀의 두뇌가 사물을 비인간적일 정도로 선명하게 굽어보는 어떤 공간에서 떠다닌다고 느꼈다.

타라로 오는 머나먼 길 어디에서인가 소녀 시절을 뒤에 남기고 왔기 때문에 스칼렛은 지금 새로운 눈으로 세상을 보았다. 그녀는 이제 새로운 경험을 겪을 때마다 자취를 남길 만큼 마음대로 형태가 달라지는 미완의 상태가 더 이상 아니었다. 1천 년 동안이나 한없이 계속되던 흐름이 오늘 하루 어느 순간에 갑자기 굳어졌다. 그녀가 어린아이처럼 보살핌을 받는 시간도 오늘 밤이 마지막이었다. 그녀는 이제 성숙한 여인이었고, 젊은 시절은 다 흘러가 버렸다.

그렇다, 그녀는 제럴드나 엘렌의 가족에게 의지할 수가 없었고, 그러고 싶지도 않았다. 오하라 집안사람들은 자선을 받아서는 안 된다. 오하라 사람들은 스스로 자신을 돌보았다. 그녀의 짐은 그녀가 스스로 져야 했고, 짐을 질 만큼 어깨가 튼튼한 사람이라야 짐을 지게 마련이었다. 이렇게 높은 공중에서 밑을 굽어보던 그녀는, 자신에게 일어날 만한 최악의 사태를 이겨 냈으므로, 이제는 어떤 고난도 넉넉히 견딜 만큼 그녀의 어깨가 강해졌다고 생각했으며, 그것을 놀랍다고 여기지도 않았다. 그녀는 타라를 버릴 수가 없었고, 붉은 토지가 그녀의 소유라기보다는 오히려 그녀가 토지의 소유였다. 그녀의 뿌리는 핏빛의 흙 속으로 깊이 파고 들어갔으며, 목화나 마찬가지로 흙 속에서 생명력을 빨아올렸다. 그녀는 타라에 머물고 이곳을 지키며, 어떻게 해서든지 아버지와 동생들과 멜라니와 애슐리의 아이와, 흑인들을 지켜 나가리라. 내일 — 오, 내일! 내일, 그녀는 목에다 멍에를 만들어 채우리라. 내일은 할 일이 너무나 많으리라. 열두 참나무 집과 매킨토시 집으로 가서 버려진 밭에 혹시 무엇이 남았는지 보고, 강가의 늪지대로 가서 길을 잃고 헤매는 돼지나 닭을 몰아들이고, 엘렌의 보석을 가지고 존즈버러와 러브조이로 가서 — 그곳에는 무언가 식량을 파는 사람이 누구인가 틀림없이 있으리라. 내일 — 내일 — 태엽이 다 풀린 시계처럼 그녀의 두뇌는 천천히, 그리고 더 천천히 재각거렸지만, 선명한 시야는 변함이 없었다.

　아기였을 때부터 그녀가 들었던, 반쯤은 따분해하고 짜증을 느꼈지만 부분적으로는 납득을 하며 들었던, 집안에서 자주 들었던 얘기들이 갑자기 유리알처럼 선명해졌다. 제럴드는 한 푼의 돈도 없이 타라를 일으켜 세웠고, 엘렌도 어떤 미지의 슬픔으로부터 일어섰으며, 나폴레옹의 왕좌가 무너졌어도 외할아버지 로비야르는 쓰러지지 않고 비옥한 조지아 해안에서 다시금 재산을 모았고, 외증조부 프뤼돔은 아이티의 컴컴한 밀림에다 자그마한 왕국을 이룩했다가 그 왕국을 잃었고, 결국은 서배너에서 그의 이름이 영광을 누리는 날을 살아생전에 끝내 실현했다. 자유를 위해 아일랜드 의용대와 함께 싸우다가 보람도 없이 교수형을 당한 스칼렛 사람들도 있었고, 그들의 세상을 찾기 위해 싸우다가 보인 강변에서 죽어 간 오하라 사람들도 있었다.

　모두들 짓누르는 역경에 시달렸지만, 짓눌리지는 않았다. 제국들의 충돌과, 항거하는 노예들의 벌목도와, 전쟁과, 반란과, 추방과, 재산 몰수도 그들을 좌절시키지는 못했다. 모진 운명은 그들의 목을 부러뜨렸는지는 모르겠지만, 마음을 꺾어 놓지는 못했다. 그들은 우는소리를 하지 않았고, 그들은 싸웠다. 그리고 그들이 죽을 때는 기진맥진하기는 해도 목마름은 그대로 간직하고 죽었다. 그녀의 핏줄 속에는 그들의 피가 흘렀고, 그들의 그림자가 달빛이 어른거리는 방에서 소리 없이 떠돌아다녔다. 그리고 운명이 인간에게 내리는 최악의 상황을 받아들여 최상으로 두들겨 바꿔 놓았던 조상들을, 그들을 보았더라도 스칼렛은 놀라지 않았으리라. 타라는 그녀의 운명, 그녀의 투쟁이었으며, 스칼렛은 그것을 정복해야만 했다.

그녀는 잠에 취해서 모로 돌아누웠고, 느릿느릿 기어 오는 어둠이 그녀의 마음을 감쌌다. 그들은 정말로 여기까지 찾아와서, 말없이 그녀를 격려했을까, 아니면 이것은 그녀의 꿈을 이루는 한 부분이었던가?

「여기까지 오셨는지 어쩐지는 모르겠지만요.」 그녀는 잠결에 중얼거렸다. 「안녕히들 주무세요. 그리고 고마워요.」

제25장

　먼 거리를 걷고 털럭거리는 마차에 시달렸던 탓으로 스칼렛은 이튿날 아침, 어찌나 몸이 쑤시고 뻣뻣한지 조금만 움직여도 고통스러울 지경이었다. 얼굴은 햇볕에 타서 새빨갛고 물집이 잡힌 손바닥은 쓰라렸다. 혀는 깔깔했고 목구멍은 불에 그을린 듯 바싹 말라 아무리 물을 마셔도 갈증이 좀처럼 가시지를 않았다. 머리통이 퉁퉁 부어오른 기분이어서, 그녀는 눈을 돌릴 때도 조심스럽게 움직여야 했다. 임신 초기를 연상시키는 느글느글한 배 속 때문에 아침 식탁의 김이 무럭무럭 나는 고구마를 보니 그녀는 속이 뒤집혔고, 냄새조차도 참기가 힘들었다. 제럴드가 알았더라면 독한 술을 심하게 마신 첫 경험의 정상적인 후유증이라고 그녀에게 설명해 주었겠지만, 아버지는 아무 낌새도 눈치채지 못했다. 백발의 노인이 된 그는 식탁의 상석에 앉아 멍하고 흐릿한 눈을 문에 고정시키고는, 엘렌의 속치마가 부스럭거리는 소리나 레몬 향낭의 냄새를 맡으려고 가끔 머리를 약간 갸우뚱거릴 뿐이었다.

　스칼렛이 자리에 앉자 그가 중얼거렸다. 「오하라 부인을 기다려야 되겠어. 늦는 모양이야.」 그녀는 지끈거리는 머리를 들고, 깜짝 놀라 믿어지지 않는다는 표정으로 아버지를 쳐다보았고, 제럴드의 의자 뒤에 서서 애원하는 표정을 짓는 어멈의 눈과 시선이 마주쳤다. 손으로 목덜미를 감싸고 비틀거리며 자리에서 일어선 그녀는 아침 햇살을 받고 앉은 아버지를 내려다보았다. 그는 몽롱하게 딸을 올려다보았고, 스칼렛은 아버지의 손이 경련을 일으키고 머리가 약간 떨리는 것을 보았다.

지금 이 순간까지 스칼렛은 제럴드가 명령을 내리고, 그녀가 어떻게 해야 할지 지시해 주기를 자기가 얼마나 바랐었는지 깨닫지 못했었는데, 이제는 — 그렇다, 어젯밤에는 아버지가 거의 제정신인 듯싶었었다. 보통 때처럼 활기차고 고함을 지르는 일은 전혀 없었지만, 적어도 그는 앞뒤가 제대로 이어지는 얘기를 했는데, 지금은 — 지금은 엘렌이 죽었다는 사실조차 아버지는 기억하지 못했다. 양키들이 쳐들어오고 엘렌이 죽어 충격이 겹쳤기 때문에 그는 정신이 나가 버린 것이다. 스칼렛이 말을 하려고 입을 열었지만, 어멈이 세차게 머리를 흔들고는 앞치마 자락을 들어 시뻘게진 눈을 찍어 냈다.

〈아, 아버지가 정신이 이상해지신 것일까?〉 스칼렛은 생각했고, 그녀의 지끈거리던 머리는 긴장감이 심해지면서 깨져 버릴 듯한 기분이었다. 〈아냐, 아냐. 너무나 갑작스러운 일이라서 어리벙벙해졌을 뿐이야. 병이 난 셈이지. 이겨 내시겠지. 꼭 이겨 내셔야 해. 그러시지 못하면 나는 어떻게 하나? 그런 생각도 지금은 안 하겠어. 지금 난 아버지나 어머니나 다른 끔찍한 일을 하나도 생각하지 않겠어. 그래, 내가 견디어 내게 될 때까지는. 생각해야 할 다른 일이 — 나로서는 어쩔 도리가 없는 문제들까지 생각하지 않는다 해도, 당장

해결해야 할 일이 너무나 많아.〉

그녀는 식사도 하지 않고 식당에서 나와 뒤쪽 포치로 가서, 이제는 누더기가 된 그의 가장 훌륭한 제복을 걸치고 맨발로 층계에 앉아 땅콩을 까던 일꾼 돼지와 마주쳤다. 그녀는 머리가 망치질을 하듯 지끈거렸고, 환한 햇살이 눈을 따갑게 찔렀다. 그냥 자세를 꼿꼿하게 가누기만 하는데도 대단한 의지력이 필요했던 스칼렛은 흑인들 앞에서 사용하라고 어머니가 늘 가르쳤던 평상시의 언어 예절 따위는 무시하고 간단하게 요점만 따졌다.

그녀가 어찌나 무뚝뚝하게 질문을 하고 단호하게 명령을 내렸던지, 돼지는 의아해서 눈썹을 치켜 올렸다. 「엘렌 마님 누구한테도, 심지어 새끼 암탉 훔쳤다 수박 훔쳤다 하다가 들켰다 그래도 누구한테 저렇게 딱딱거린다 안 했는데.」 스칼렛은 다시 농장과 채소밭과 가축에 관해서 물었고, 그녀의 초록빛 눈에서는 돼지가 여태까지 한 번도 본 적이 없었던 단호하고 환한 광채를 뿜어냈다.

「그렇습죠, 마님, 말은 저기 묶었다 했는데 엎어진 물통 속에 코 처박고 쓰러져 죽었어요. 아닙죠, 마님, 소 안 죽었어요. 모르셨나요? 암소 어젯밤 새끼 낳았어요. 그래서 암소 그렇게 많이 울었다 했어요.」

「네 딸 프리시는 정말 훌륭한 송아지 산파가 되기도 하겠어.」 스칼렛이 쏘아붙였다. 「프리시 얘기로는 젖을 짜달라고 소가 그렇게 소리를 지른다고 그랬잖아.」

「아닙죠, 마님, 프리시 암소 산파 된다 안 해요, 스칼렛 마님.」 돼지가 발뺌을 하느라고 말했다. 「그런데 송아지 낳았다 하니까 암소 젖 많이 나온다 하고, 아씨들 많이 우유 필요하다 양키 의사 그랬는데, 우유 잔뜩 생겨 하니까, 좋은 일 놓고 야단친다 소용없어요.」

「좋아, 얘기 계속해. 가축은 안 남았나?」

「아닙죠, 마님. 늙은 암퇘지 한 마리 있고 그 새끼들 또 있고 그러고는 하나도 없어요. 양키들 쳐들어온다 하던 날, 나 돼지들 늪지대 몰아넣었는데, 어떻게 다시 꺼낸다 하느님 혼자 아실 노릇이죠. 암퇘지 성미 고약하거든요.」

「어떻게 해서든지 잡아 와야 해. 프리시하고 지금 당장 가서 암퇘지를 잡아 오라고.」

일꾼 돼지는 기가 막히고 화가 났다.

「스칼렛 마님, 그거 밭일꾼 한다 일이에요. 나 옛날부터 집안일 깜둥이예요.」

스칼렛의 두 눈이 독을 품었다.

「둘이서 암퇘지를 잡아 오든지 — 아니면 도망친 밭일꾼들처럼 집에서 나가.」

상심한 돼지의 눈에서 눈물이 글썽거렸다. 「오, 엘렌 마님 계신다 했더라면!」 마님은 그런 세심한 배려에 소홀하지 않아서, 밭일꾼의 의무와 집안일 깜둥이의 의무가 얼마나 거리가 먼지를 잘 알았다.

「나가라고요, 스칼렛 마님? 나 어디 나간다 하라고요, 스칼렛 마님?」

「난 모르겠고, 관심도 없어. 하지만 타라에서 일을 안 하겠다면 누구라도 양키들을 쫓아가도 좋아. 다른 사람들한테도 그렇게 전해.」

「알겠습죠, 마님.」

「자, 옥수수하고 목화는 어떻게 되었어, 돼지?」

「옥수수요? 맙소사, 스칼렛 마님, 놈들 옥수수 밭에 말 풀어 놓아 뜯어 먹어라 하고, 말들 못 먹고 안 망친 남은 옥수수 다 가지고 간다 했어요. 그리고 놈들 대포하고 마차하고 목화밭 잔뜩 끌고 다닌다 엉망 해놓고, 놈들 눈에 안 띈 샛강 바닥 몇 에이커 겨우 말짱해요. 하지만 그까짓 거 겨우 세 마차 나오니까 그렇게 조금 목화 놓고 고생한다 필요 없어요.」

세 마차라니, 스칼렛은 타라에서 해마다 거두어들였던 수십 마차의 목화를 생각했고, 머리가 더욱 아파졌다. 겨우 세 마차라니. 그것은 뱅충맞은 슬래터리 집안에서 재배하는 양보다 별로 많지도 않았다. 더욱 곤란한 문제는 세금이었다. 남부 동맹 정부는 돈 대신에 목화를 세금으로 받아 갔지만, 세 마차라면 세금조차 충당하기 어려운 양이었다. 하지만 밭일꾼들이 도망쳐 목화를 딸 사람이 아무도 없었기 때문에 이제는 스칼렛이나 남부 동맹에게 그것은 따질 문제가 되지도 않았다.

〈그래, 난 그건 생각하지 않겠어.〉 그녀는 속으로 다짐했다. 〈세금이란 어쨌든 여자가 상관할 일이 아니니까. 그런 문제는 아빠가 맡아서 처리해야 하지만 아버지는 ── 나는 아버지 생각은 지금 하지 않겠어. 남부 동맹에서는 세금을 내라고 악악거리겠지. 우리들에게 지금 시급한 건 먹을거리야.〉

「돼지야, 혹시 누구 열두 참나무 집이나 매킨토시 땅에 가서 그곳 밭에 뭐 남은 것 없는지 찾아봤어?」

「없습죠, 마님! 우리 타라 안 떠났어요. 양키들 우리 잡아간다 모르니까요.」

「딜시를 매킨토시 집에 보내겠어. 어쩌면 거기서 무언가 찾아낼지도 모르니까. 그리고 난 열두 참나무 집으로 가고.」

「누구하고요?」

「나 혼자서. 어멈은 동생들을 돌봐야 하고 제럴드 주인님은 꼼짝을 ──」

일꾼 돼지가 소리를 질러 대는 바람에 스칼렛은 화가 났다. 돼지는 열두 참나무 집에 양키들이나 못된 깜둥이들이 숨었다가 나타날지 모른다고 야단이었다. 그러니까 스칼렛은 혼자 가면 안 된다는 얘기였다.

「그만 입 닥쳐, 돼지. 딜시더러 당장 출발하라고 그래. 그리고 넌 프리시하고 가서 암퇘지하고 새끼들을 끌고 와.」 그녀는 짤막하게 말하고 돌아섰다.

낡고 빛이 바래기는 했지만 말끔한 어멈의 나들이 모자가 뒤 포치 나무 못판에 걸려 있었고 스칼렛은 어멈 모자를 쓰면서, 마치 다른 세상에서 벌어졌던 일처럼 아득하게, 레트가 파리에서 그녀에게 가져다주었던 초록빛 깃털이 꼬부라진 둥근 모자가 머리에 떠올랐다. 그녀는 떡갈나무를 쪼개 만든 커다란 바구니를 집어 들고 뒤쪽 계단을 내려가기 시작했는데, 걸음을 옮길 때마다 머리가 충격을 받아, 나중에는 척추가 두개골 꼭대기를 뚫고 나가려고 쑤셔 대는 듯 느껴졌다.

강으로 내려가는 길은 시뻘겋게 말라붙은 황폐한 목화밭들 사이로 뻗어 나갔다. 그늘을 던져 주는 나무가 한 그루도 없었고, 어멈의 나들이 모자는 묵직하게 누빈 무명이 아니라 얇은 모슬린으로 만들어서인지 햇볕이 꿰뚫고 내리쬐었으며, 땅에서 피어오르는 먼지가 그녀의 코와 목구멍으로 들어와서 입을 열었다 하면 바싹 말라 당장 막(膜)이 갈라질 것만 같았다. 무거운 대포를 말들이 끌고 지나갔던 길에는 울퉁불퉁 고랑이 파였고, 길 양쪽의 시뻘건 도랑은 바퀴 자국이 깊었다. 대포 때문에 좁다란 길에서 밀려난 기병과 보병들이 덤불을 헤치고 행군하다가 짓밟은 목화가 흙 속으로 파묻혀 으깨지고 곤죽이 되었다. 길과 들판 여기저기에 허리띠 장식과 마구의 가죽끈 토막들, 말발굽에 밟혀 납작해진 수통과 탄약차 바퀴들, 단추, 푸른 모자, 낡아 빠진 양말, 피가 묻은 헝겊 조각 따위, 행군하는 군대가 남긴 온갖 쓰레기가 흩어졌다.

그녀는 삼나무 숲을, 그러고는 가족 묘지를 표시하는 나지막한 벽돌담을 지나가며 세 명의 어린 남동생이 묻힌 자그마한 무덤 옆에 새로 생겨난 새 무덤을 생각하지 않으려고 애썼다. 오, 어머니 ─ 그녀는 슬래터리 집이 위치했던 자리에 남은 잿더미와 뭉툭한 굴뚝을 지나 먼지가 이는 언덕을 터벅거리며 내려갔고, 그 집안 식구가 모조리 잿더미의 한 부분이 되었으면 좋았겠다고 잔인하게 바랐다. 슬래터리 집안만 아니었더라면, 타라의 감독과 놀아나서 사생아 새끼를 배었던 못된 에미만 아니었더라면, 어머니는 죽지 않았으리라.

물집 잡힌 발이 날카로운 자갈에 찔리자 그녀는 신음 소리를 냈다. 그녀는 무엇을 하려고 이곳에 왔는가? 카운티에서 손꼽는 미녀였으며, 타라에서 자랑으로 삼아 아끼던 스칼렛 오하라가 왜 이런 험한 길을 변변한 신발도 없이 터벅거리며 걷는가? 그녀의 자그마한 발은 춤을 추는 발이지 절뚝거리라는 발이 아니었고, 자그마한 덧신은 눈부신 비단옷 밑으로 살그머니 내보이기 위한 것이지 날카로운 돌이나 먼지가 들어가라는 신발이 아니었다. 그녀는 응석을 부리고 남의 시중을 받는 몸으로 태어났는데, 이제는 병들고 누더기를 걸친 몸으로 굶주림에 쫓겨 이웃집 밭으로 먹을거리를 찾아 나섰다.

기나긴 언덕길 밑에는 강이 흘렀으며, 물 위로 뒤엉켜 늘어진 나무들은 참으로 시원하고 고요했다! 그녀는 나지막한 강둑에 주저앉아서, 닳아 빠져서 이제는 얼마 남지도 않은 덧신과 양말을 벗었고, 화끈거리는 발을 서늘한 물에 적셨다. 무기력한 타라 농장 사람들의 눈으로부터 멀리 떨어진

이곳, 잎사귀들이 바스락거리고 강물이 천천히 흐르며 졸졸
거리는 소리만이 정적을 깨뜨리는 이곳에 하루 종일 앉아 쉬
었으면 얼마나 좋으랴. 하지만 마지못해서 그녀는 다시 양말
과 덧신을 신고는 그늘진 나무 밑 이끼가 푹신한 강둑을 터
벅거리며 내려갔다. 양키들이 다리를 불태웠지만, 1백 미터
쯤 내려가면 강물이 좁아지는 곳에 통나무 다리가 나오리라
는 것을 그녀는 알았다. 스칼렛은 다리를 조심스럽게 건너
열두 참나무 집까지 1킬로미터쯤 되는 언덕길을 숨 가쁘게
올라갔다.

그곳에는 인디언 시절부터 자리를 지켜 온 열두 그루의 참
나무가 우뚝 치솟았지만, 잎은 불에 타서 갈색으로 시들었고
나뭇가지들은 바싹 말랐다. 참나무들이 둥그렇게 에워싼 터
안에 하얀 기둥이 장엄하게 언덕 꼭대기에서 솟아올랐던 웅
장한 저택이지만, 이제는 시커멓게 그은 존 윌크스 댁의 폐
허만 남았다. 지하실이었던 움푹한 구덩이, 들판에서 자연석
을 옮겨다 깔아 놓은 시커먼 주춧돌, 그리고 힘차게 솟은 두
개의 굴뚝이 옛 자취를 보여 주었다. 반쯤 불에 탄 높은 기둥
하나가 잔디밭으로 쓰러져 재스민 덤불을 뭉개 놓았다.

황량한 광경을 보고 너무나 속이 상해 더 이상 걸어갈 힘
을 잃은 그녀는 기둥을 깔고 앉았다. 이곳의 폐허는 여태까
지 스칼렛이 경험했던 무엇보다도 그녀의 마음에 충격을 주
었다. 윌크스 집안의 영광은 그녀의 발치에, 흙 속에 파묻혔
다. 언제나 그녀를 반겨 맞아 주던 집, 이곳의 여주인이 되어
보겠다고 그녀가 헛된 꿈을 키웠던 가문, 친절하고 예의 바
른 집안의 종말은 이러했다. 이곳에서 그녀는 춤을 추었고,
만찬에 참석했고, 남자들에게 애교를 떨었으며, 이곳에서 그
녀는 애슐리를 올려다보는 멜라니의 표정을 지켜보며 질투

로 마음이 아팠었다. 또한 이곳에서는, 시원한 나무 그늘에서 그녀가 결혼하겠다고 동의했을 때, 찰스 해밀턴이 황홀해서 그녀의 손을 꼭 잡았었다.

〈오, 애슐리!〉 그녀는 생각했다. 〈당신이 차라리 죽었으면 좋겠어요! 당신이 이런 광경을 본다면, 난 차마 견딜 수가 없어요.〉

애슐리는 그의 신부와 이곳에서 결혼식을 올렸지만, 그의 아들과 그의 아들의 아들은 절대로 신부를 이 집으로 데리고 오지 못하리라. 그녀가 너무나 사랑했고 군림하기를 갈망했던 지붕 밑에서는 더 이상 짝을 짓거나 아이를 낳는 일이 없으리라. 집은 죽었으며, 그래서 윌크스 집안 전체도 잿더미 속에서 함께 죽은 셈이라고 스칼렛은 생각했다.

「난 지금은 그런 생각을 하지 않을 테야. 그런 생각을 하면 난 지금은 견딜 수가 없어. 그 생각은 나중에 하겠어.」 시선을 돌리며 그녀는 큰 소리로 말했다.

그녀는 채소밭을 찾으려고, 윌크스 댁 딸들이 그토록 열심히 가꾸었지만 짓밟혀 못 쓰게 된 장미 꽃밭 옆을 지나, 뒷마당을 건너고, 훈제장과 헛간과 닭장의 잿더미 사이로, 폐허 속을 절름거리며 돌아다녔다. 채마밭 주변의 나무를 쪼개 만든 울타리는 무너졌고, 전에는 질서 정연하게 줄을 지어 자랐던 푸른 채소가 이곳에서도 타라의 채소와 똑같은 꼴을 당했다. 보드라운 흙은 말발굽과 무거운 바퀴로 상처가 났고, 채소는 짓이겨져 땅속에 파묻혔다. 그녀가 건질 만한 것은 하나도 없었다.

그녀는 마당을 가로질러 되돌아 걸어와서, 말없이 줄지어 늘어선 하얀 노예 막사의 오두막들을 향해 길을 내려가며 〈여보세요!〉라고 소리쳐 불렀다. 하지만 대답하는 목소리가 없었다. 짖어 대는 개 한 마리조차 없었다. 보아하니 윌크스 댁 흑인들은 도망을 쳤거나 양키들을 쫓아간 모양이었다. 노예들이 저마다 따로 채소 밭뙈기를 가꾸었다는 기억이 난 그녀는, 작은 밭들이 무사하기를 바라면서 막사로 향했다.

찾아온 걸음이 헛되지 않아서, 물이 모자라 시들기는 했어도 무와 배추, 그리고 누렇게 찌들었지만 겨우 먹을 만한 아욱콩과 꼬투리콩이 띄엄띄엄 눈에 띄었는데, 그녀는 워낙 지쳤던 터라 기쁨조차 느끼지 못했다. 그녀는 밭이랑에 앉아 떨리는 두 손으로 흙을 파헤쳤고, 바구니가 서서히 차올랐다. 채소에 곁들여 끓일 고기가 없기는 해도 오늘 밤 타라에서는 훌륭한 식사를 하게 되리라. 딜시가 불을 켜는 데 사용하던 돼지기름을 조금 넣어 맛을 내면 되리라. 잊지 말고 꼭 딜시더러 등잔에는 소나무 관솔을 사용하고 기름은 요리를 위해 남겨 두라고 일러 줘야 하겠다.

어느 오두막의 뒷계단 가까운 곳에서 그녀는 짤막하게 한 줄로 심어 놓은 무를 발견했고, 갑자기 시장기가 그녀를 괴롭혔다. 맛 좋고 톡 쏘는 무야말로 그녀의 배 속에서 기다리던 바였다. 치마에다 흙을 문질러 씻을 틈도 없이 그녀는 반 토막을 꽉 물어 황급히 삼켰다. 무는 쇠었고 뼈가 들었으며, 눈물이 날 지경으로 매웠다. 무가 목구멍을 넘어가자마자 빈 배 속이 뒤집혀 메스꺼워진 그녀는 폭신한 흙바닥에 엎드려 힘없이 토했다.

오두막에서 흘러나온 희미한 깜둥이 냄새는 구토증을 더욱 자극했고, 구토를 견뎌 낼 힘이 없었던 스칼렛은 오두막과 나무들이 그녀의 주변에서 빙글빙글 빠른 속도로 돌아가는 동안 비참하게 헛구역질을 계속했다.

한참 시간이 흐른 다음에, 깃털베개처럼 부드럽고 편안한 흙에 힘없이 얼굴을 대고 엎드려 있던 그녀는 정신이 흐릿해지며 오락가락했다. 스칼렛 오하라, 그녀는 흑인의 오두막 뒤에, 폐허의 한가운데서, 너무나 몸이 아프고 너무나 기운이 없어서 움직이지도 못하고 엎어졌지만, 세상의 어느 누구도 그런 사실을 알지도 못하고 신경도 쓰지 않았다. 저마다 나름대로 어려운 일이 많아 그녀를 걱정할 여유가 없었으므로, 혹시 알았다손 치더라도 신경을 쓸 사람은 아무도 없었으리라. 그리고 바로 이런 상황이 그녀에게, 집어 던진 양말을 마룻바닥에서 집거나 덧신의 끈을 맬 때도 손 한 번 까딱하지 않았던 스칼렛 오하라에게 ─ 골치가 조금이라도 아프거나 해서 성미를 부려도 지금까지 항상 누군가 응석을 받아 주고 귀여움만 독차지했던 스칼렛에게 벌어졌다.

추억이나 걱정거리를 맞싸워 쫓아 버릴 기력도 없이 땅바닥에 엎어진 그녀에게 온갖 잡념이 몰려들어, 죽음을 기다리는 콘도르처럼 그녀 주위를 맴돌았다. 그녀에게는 이제, 〈난 어머니와 아빠, 애슐리와 이곳 폐허에 대해서는 나중에 생각하겠어 ─ 그래, 나중에 내가 견디어 낼 힘을 되찾은 다음에〉라는 말을 할 기운조차도 없었다. 그녀는 지금 그것을 견딜 기운도 없었지만, 마음이 내키건 아니건 스칼렛에게서는 그런 생각이 떠나지를 않았다. 온갖 잡념이 허공에서 빙빙 돌다가 그녀에게로 내리꽂히고, 단숨에 덤벼들어 발톱과 날카로운 부리로 그녀의 머릿속을 파헤쳤다. 한없이 오랜 시간 동안 그녀는 흙에 얼굴을 파묻고, 뜨거운 햇살을 온몸에 받으면서, 꼼짝도 않고 엎드려, 죽어 간 사람들이나 지나간 일들을 회상했고, 영원히 사라져 버린 삶을 회상했으며, 어두운 미래의 가혹한 전망을 응시했다.

마침내 그녀가 몸을 일으켜서 머리를 높이 쳐들고 다시 열두 참나무 집의 시커먼 폐허를 보았을 때는, 그녀의 얼굴에서는 젊음과 아름다움과 부드러움의 가능성을 보여 주는 어떤 면모도 영원히 사라지고 없었다. 지나간 일은 지나간 일이었다. 죽은 자들은 죽었다. 옛날의 나태한 사치는 사라졌고, 절대로 되돌아오지 않으리라. 스칼렛이 묵직한 바구니를 팔뚝에 걸었을 때는, 그녀의 마음과 방향이 설정된 다음이었다.

다시 돌아가지 못한다면, 그녀는 앞으로 나아가야만 했다.

남부의 어느 곳을 가거나 이제부터 50년 동안 비탄에 젖은 여인들은, 죽어 버린 시절을 회상하고, 죽어 간 사람들을 회상하고, 과거를 돌이켜 보고, 아픈 마음으로 헛되이 옛일을 회상하면서, 그런 추억이나마 간직했기 때문에 뼈아픈 상처를 받은 자부심과 가난을 견뎌 낼 힘을 얻으리라. 하지만 스칼렛은 절대로 뒤를 돌아다보지 않으리라.

그녀는 시커멓게 그은 돌멩이들을 둘러보았고, 마지막으로 다시 한 번 그녀는, 한 가문과 생활 방식의 상징으로서 풍요하고 자랑스럽게 그녀의 눈앞에 우뚝 솟았던 열두 참나무 집의 옛 모습을 잠시 동안 머릿속에 그려 보았다. 그녀는 살을 파고들 정도로 무거운 바구니를 들고 타라로 뻗어 나간 길을 향해 내려가기 시작했다.

배고픔이 다시금 텅 빈 배 속을 괴롭히자 스칼렛은 큰 소리로 말했다. 「하느님께서 나의 증인이시지만, 하느님께서 나의 증인이시지만, 양키들은 나를 패배시키지 못해. 나는 역경을 이겨 내고, 지금의 역경만 이겨 내면 난 다시는 절대로 굶주리지 않겠어. 그래, 내 가족 어느 누구도 굶주리지 않게 하겠어. 도둑질을 하거나 사람을 죽이는 한이 있더라도, 하느님께서 나의 증인이시지만, 나는 절대로 다시는 굶주리지 않겠어.」

그로부터 얼마 동안 타라 농장은 크루소의 무인도라고 할 정도로 적막했고, 바깥세상과 완전히 단절되었다. 세상은 겨우 몇 킬로미터밖에 떨어지지 않았지만 타라에서 존즈버러와 파예트빌과 러브조이의 사이에는, 심지어 타라와 이웃 농장 사이에도 망망대해가 가로막은 듯했다. 늙은 말이 죽고 나니까 그들에게는 하나뿐이던 교통수단이 없어졌고, 멀고 먼 붉은 흙길을 걸어서 누군가를 찾아다닐 시간이나 힘도 없었다.

허리가 부러질 정도로 일을 하고, 식량을 구하기 위해 결사적인 투쟁을 벌이고, 병든 세 여자를 끊임없이 보살피고 걱정하던 무렵에, 때때로 스칼렛은 자기도 모르게 귀에 익은 소리가 ― 노예 막사에서 울리는 흑인 아이들의 찢어지는 듯한 웃음소리와, 밭에서 들어오는 마차들이 삐걱거리는 소리와, 제럴드의 말이 목초지를 가로질러 질주하는 천둥 같은 소리와, 마찻길에서 승용 마차의 바퀴가 덜커덩거리는 소리와, 오후에 잡담을 나누러 들른 이웃들의 즐거운 목소리가 혹시 들려오지 않을까 해서 귀를 기울이곤 했었다. 하지만 아무리 귀를 기울여 봐도 헛일이었다. 흙길은 버림을 받아 적막하기만 했고, 손님들이 찾아온다고 알리는 붉은 먼지구름은 전혀 일지 않았다. 타라는 굽이치는 푸른 산과 붉은 밭의 바다에 외롭게 뜬 하나의 섬이었다.

어디엔가는 사람들의 세상이, 그들의 집에서 안전하게 밥을 먹고 잠을 자는 가족들이 살았다. 어디에서인가는, 몇 주일 전에만 해도 스칼렛이 그랬듯이, 세 번 고쳐 만든 드레스를 입은 처녀들이 명랑하게 애교를 부리며 지금도 「이 잔인한 전쟁이 끝나면」을 노래하리라. 어디에서인가는 전쟁이 벌어지고, 포성이 울리고, 도시들이 불탔으며, 들척지근하고 역겨운 병원의 악취 속에서 병사들의 몸이 부패하리라. 어디에서인가는 누추한 수직물 군복을 걸친 맨발의 군대가 행군을 하고, 전투를 벌이고, 잠을 자고, 굶주리고, 희망이 사라진 다음에 찾아오는 나른함으로 지쳤으리라. 그리고 조지아의 어느 산에는 옥수수를 배불리 먹은 양키들이 배불리 먹인 미끈한 말을 타고 돌아다니겠지.

타라 너머에는 전쟁과 세상이 존재했다. 하지만 농장에서는 전쟁과 세상이라고 하면, 기진맥진한 순간에 왈칵 머리에 떠오를 때마다 싸워서 쫓아 버려야 하는 추억의 형태로만 전쟁과 세상이 존재할 뿐이었다. 바깥세상은 텅 비거나 반쯤 빈 배 속의 요구에 밀려 어디론가 물러갔고, 삶이란 식량과 그것을 어떻게 구하느냐 하는 두 가지 연관된 개념으로 바뀌었다.

먹을거리! 식량! 왜 배 속은 머리보다 기억력이 더 오래갈까? 스칼렛은 마음의 상처를 쫓아 버리기는 어렵지 않았어도, 배고픔은 그렇지를 못했고, 아침마다 잠이 덜 깬 상태에서 그녀는 빵을 굽고 베이컨을 튀기는 감미로운 냄새가 나기를 기다리며 몸을 기분 좋게 쪼그리다가는, 나중에야 전쟁과 굶주림의 기억이 되살아나곤 했다. 그리고 아침마다 그녀는 정말로 음식 냄새가 나는 듯싶어서 열심히 코를 킁킁거리다가 잠이 깨고는 했다.

타라의 식탁에는 사과와 고구마와 땅콩과 우유가 올랐지만, 이런 기본적인 식량조차도 넉넉하지를 못했다. 하루에 세 번, 빈약한 식탁을 볼 때마다 그녀는 옛날이, 옛날의 식사가, 촛불을 밝히고 향기가 방 안에 진동하는 식탁이 어느새 머리에 떠오르곤 했다.

그때 그들은 음식을 얼마나 소홀히 했으며, 얼마나 아까운

줄 모르고 낭비했던가! 롤빵과, 옥수수 머핀과, 비스킷과, 와
플과, 줄줄 흘러내리는 버터를 그들은 한 끼에 몽땅 다 먹어
치웠다. 식탁의 한쪽 끝에는 햄을 그리고 다른 쪽에는 닭튀
김을 놓았으며, 기름기가 무지갯빛 광채를 내는 냄비 속의
국에 먹음직스럽게 둥둥 뜬 스코틀랜드 양배추, 환한 빛깔로
꽃무늬를 박은 사기 쟁반에 수북하게 쌓아 놓은 콩, 튀긴 스
쿼시 호박, 삶은 아욱, 걸쭉한 크림소스에는 칼로 잘라야 할
정도로 큰 홍당무가 담겼고. 그리고 후식은 저마다 입맛에
따라 골라 먹으라고 세 가지가 나와서, 초콜릿 케이크와, 바
닐라 블랑망제와, 달콤하고 거품을 낸 크림을 얹은 파운드케
이크. 죽음과 전쟁을 생각할 때는 그렇지 않았으나, 입맛이
당기는 음식이 머리에 떠오르기만 하면 그녀는 눈물이 났고,
한없이 괴롭기만 하던 공복은 꾸륵꾸륵 소리만 내다가 멈추
지를 않고 이제는 헛구역질까지 일으켰다. 어멈이 항상 한심
하게 생각했던 그녀의 식욕, 열아홉 살 난 젊은 여자의 건강
한 식욕은 이제 전에는 전혀 알지도 못했던 힘들고 끊임없는
고된 일 때문에 네 곱절이나 왕성해졌다.

타라에서의 문제는 스칼렛 자신의 식욕뿐이 아니어서, 어
디로 눈을 돌려도 그녀는 백인이건 흑인이건 배고픈 얼굴과
시선이 마주쳤다. 캐린과 수엘렌은 머지않아 장티푸스 회복
기 환자의 만족할 줄 모르는 식욕을 드러내리라. 벌써부터
어린 웨이드는 끊임없이 칭얼거렸다. 「웨이드 고구마 싫어.
웨이드 배고파.」

다른 사람들도 투덜거렸다.

「스칼렛 마님, 나 먹을 거 더 못 먹는다 하면 두 애 다 젖
못 먹어요.」

「스칼렛 마님, 나 배 속 더 안 차면 장작 못 패요.」

「진짜 식사 같다 먹고 싶어요.」

「얘야, 우리 늘 고구마만 먹어야 하니?」

멜라니 한 사람만 불평이 없었는데, 그녀는 점점 더 얼굴이 야위고 창백해졌으며, 잠을 자는 동안에도 통증으로 안면에서 경련을 일으켰다.

「난 배고프지 않아요, 스칼렛. 우유는 내 몫을 딜시한테 줘요. 아기들에게 젖을 먹이려면 딜시가 우유를 먹어야 해요. 병든 사람은 전혀 배고픔을 안 느끼니까요.」

다른 사람들이 칭얼거리고 졸라 대는 목소리보다도 멜라니의 부드러운 강인함이 스칼렛에게는 더 짜증이 났다. 그녀는 다른 사람들이라면 냉혹하게 비꼬면서 윽박지를 수도 있었지만, 남들을 생각하는 멜라니의 태도 앞에서는 무기력했고, 무기력하면서도 못마땅했다. 멜라니는 나약하면서도 상냥하고 동정심이 많았지만, 요즈음의 스칼렛은 상냥하지도 않고 매정했기 때문에, 제럴드와 흑인들과 웨이드는 멜라니에게 의지하려고 했다.

멜라니의 방에 특히 자주 나타나는 사람은 웨이드였다. 웨이드는 어딘가 이상했지만, 그것이 무엇인지를 알아낼 여유가 스칼렛에게는 없었다. 그녀는 어린 아들에게 벌레가 들었다는 어멈의 말을 곧이 받아들여서, 흑인 아이들의 벌레를 없앨 때 엘렌이 항상 사용했던 말린 약초와 나무껍질을 섞어 만든 구충제를 아이에게 먹였다. 하지만 회충약을 먹은 아이는 얼굴이 더욱 창백해지기만 했다. 요즈음 스칼렛은 웨이드를 하나의 인격체라고 생각하는 일이 별로 없었다. 그는 또 하나의 걱정거리, 밥을 먹어야 하는 또 하나의 입에 지나지 않았다. 현재의 고난이 지나간 다음 훗날 언젠가는, 아들하고 같이 놀면서 그녀는 옛날 얘기도 해주고 알파벳도 가르치겠지만, 지금은 그럴 마음도 없었고, 그럴 시간도 없었다. 그리고 가장 피곤하고 걱정거리가 많을 때면 항상 아이가 발치에 걸리는 것 같아서, 스칼렛은 걸핏하면 그에게 심한 소리를 했다.

겁이 났을 때는 웨이드가 무척이나 순진해 보였기 때문에, 그녀가 급한 성격에 야단을 친 다음 아이의 동그란 눈에 서리는 심한 두려움을 보면, 당장 마음이 언짢아졌다. 어른으로서는 이해도 못 할 정도로 어린 아들이 너무나 심한 공포감과 더불어 살아간다는 사실을 스칼렛은 깨닫지 못했다. 웨이드는 두려움과 더불어 살았는데, 그것은 영혼을 뒤흔들어 밤중에 비명을 지르며 잠을 깨게 만드는 그런 두려움이었다. 그의 상상 속에서는 소음이나 심한 꾸중이 묘하게도 양키들과 뒤섞였고, 그는 프리시가 얘기하는 귀신보다도 양키들을 더 무서워했으므로, 예기치 않았던 어떤 소리나 가혹한 말을 들으면 무서워서 벌벌 떨었다.

공방전의 천둥소리들이 시작되기 전까지 그는 행복하고, 평온하고, 조용한 삶 이외에는 아무것도 알지 못했었다. 엄마가 그에게 별로 신경을 쓰지는 않았어도 그는 어른들이 어루만지는 손길과 상냥한 말밖에는 몰랐는데, 그러다가 어느 날 밤 누가 흔드는 바람에 잠을 깨어 보니 하늘이 온통 불바다였고, 귀가 먹먹할 정도로 폭음이 울려 댔다. 그날 밤 그리고 이튿날, 그는 어머니에게 처음으로 뺨을 맞았고, 어머니가 언성을 높여 심한 욕을 하는 소리를 처음 들었다. 그가 알았던 유일한 삶이, 복숭아나무 거리의 즐거운 벽돌집에서의 삶이 바로 그날 밤에 사라졌고, 그는 이런 상실감을 전혀 극복하지 못했다. 애틀랜타에서 도망칠 때도 그는 양키들이 자기를 쫓아온다는 사실 이외에는 아무것도 이해하지를 못했

752

고, 지금 그는 아직도 양키들이 그를 쫓아와 잡아서 갈기갈기 찢어 놓으리라는 공포 속에서 살았다. 야단을 치느라고 스칼렛이 언성을 높일 대마다 그는 어머니가 처음으로 그렇게 야단을 쳤을 때의 공포가 막연하고 어린애다운 기억 속에서 되살아났기 때문에, 겁에 질려 어찌할 바를 몰랐다. 이제는 양키들과 성난 목소리가 그의 기억 속에서 영원히 하나로 연결되었고, 그는 어머니를 무서워하기에 이르렀다.

스칼렛은 아이가 그녀를 피하기 시작했다는 기미를 자연히 깨닫게 되었고, 끝없는 일 속에 파묻혀 지내다가도 어쩌다 그런 생각이 들면, 굉장히 마음에 걸렸다. 그러면 그녀는 아들이 귀찮게 자꾸만 치맛자락에 매달릴 때보다도 속이 상했고, 그가 슬그머니 피해서 멜라니의 침대로 찾아가 멜라니가 제안한 놀이를 하거나, 그녀가 해주는 옛날얘기어 귀를 기울이는 모습을 보면, 스칼렛은 비위가 상했다. 웨이드는 목소리가 상냥하고 항상 미소를 짓는 고모를, 그러니까 〈시끄러워, 웨이드! 너 때문에 난 골치가 아파〉라든가 〈정말이지 너 그만하지 못해!〉라는 소리를 절대로 안 하는 〈아줌마〉를 좋아했다.

스칼렛은 웨이드를 귀여워해 주고 싶은 충동도 안 느꼈고 그럴 시간도 없었지만, 멜라니가 그렇게 하는 것을 보면 질투가 났다. 어느 날 아들이 멜라니의 침대에서 물구나무를 섰다가 고모의 몸 위로 쓰러지는 것을 보고 스칼렛은 웨이드의 뺨을 때렸다.

「너 아줌마가 아픈데 그렇게 꼭 흔들어 대야만 속이 시원하겠니? 어서 당장 마당에 나가 놀고, 다시는 이 방에 들어오지 마.」

하지만 멜라니가 힘없는 팔을 뻗어 우는 아이를 끌어당겼다.

「이런, 그렇지 않아, 웨이드, 넌 일부러 날 흔들어 댄 게 아냐, 안 그러니? 아이는 나한테 귀찮게 굴지를 않아요, 스칼렛. 나하고 같이 놀게 해줘요. 아이는 내가 돌볼 테니까요. 내가 건강을 회복할 때까지 해줄 만한 일이라고는 그것뿐이고, 스칼렛은 아이한테 신경을 쓰는 것 말고도 할 일이 너무나 많잖아요.」

「바보 같은 소리 말아요, 멜리.」 스칼렛이 잘라서 말했다. 「그러지 않아도 제대로 회복이 되지 않는 판인데, 거기다가 웨이드까지 배 위로 떨어져서 좋을 건 하나도 없어요. 자, 웨이드, 너 만일 고모의 침대에서 놀다가 또다시 나한테 들켰다가는 두들겨 맞을 줄 알아. 그리고 그만 훌쩍거려. 넌 걸핏하면 훌쩍거린단 말이야. 그만큼 자랐으면 나잇값을 해야지.」

웨이드는 훌쩍거리며 도망치더니 집 밑으로 들어갔고, 멜라니는 입술을 깨물고 눈물을 글썽거렸으며, 복도에 서서 이 장면을 처음부터 끝까지 지켜본 어멈은 숨을 식식거리며 얼굴을 잔뜩 찌푸렸다. 하지만 요즈음에는 아무도 스칼렛에게 말대꾸를 못 했다. 그들은 모두 그녀의 호된 욕을 두려워했고, 그녀의 내면에 자리를 잡은 새로운 성격의 여자를 모두들 무서워했다.

스칼렛은 이제 타라의 정상에 군림했고, 갑자기 권세를 잡은 대부분의 사람이 그렇듯이, 그녀의 천성에서 남을 못살게 구는 온갖 본능이 표면으로 드러났다. 그녀가 천성이 매정했기 때문은 아니었다. 자신의 처지가 너무나 두려웠고, 자신의 능력을 확실히 믿지 못했기 때문에, 남들이 그녀의 부족한 면을 알고 권위를 부정할까 봐, 스칼렛은 가혹할 수밖에 없었다. 그뿐 아니라 사람들에게 소리를 지르고 그들이 그녀를 두려워한다는 사실을 알게 되니, 조금은 기분이 좋아지기

도 했다. 스칼렛은 그러면 답답한 심정이 어느 정도 풀린다
는 것을 깨달았다. 그녀는 자신의 성격이 달라졌음을 모르지
는 않았다. 그녀가 무뚝뚝하게 명령을 내리고 돼지가 아랫입
술을 쑥 빼물거나 어멈이 〈요새 어떤 사람 꽤 잘났다 하시는
구먼〉이라고 투덜거리는 소리를 들으면, 때때로 스칼렛은
자신의 훌륭한 예절이 다 어디로 갔을까 의아한 생각이 들었
다. 엘렌이 애써 그녀에게 가르쳤던 예의범절과 상냥한 태도
가 싸늘한 가을의 첫 바람에 나무에서 떨어지는 낙엽만큼이
나 빨리 그녀에게서 떨어져 나갔다.

어머니는 거듭거듭 이렇게 말했었다. 「아랫사람들, 특히
검둥이들에게는 단호하면서도 상냥해야 한다.」 하지만 만일
그녀가 상냥하게 대해 준다면 검둥이들은 하루 종일 부엌에
들어앉아서, 집안일 깜둥이는 밭일꾼의 일은 하지 않아야 한
다는 원칙만 되뇌고, 좋았던 옛 시절 얘기를 끝없이 늘어놓
으리라.

「동생들을 사랑하고 아껴 줘야 한단다. 고난을 당하는 사
람들에게는 친절해야 하고.」 어머니는 말했었다. 「슬픔이나
고민에 빠진 사람들에게는 부드러움을 보이거라.」

스칼렛은 지금 동생들을 사랑할 마음이 없었다. 그들은 그
녀의 어깨를 짓누르는 무거운 짐에 지나지 않았다. 그리고
그들을 아끼라는 가르침이라면, 그녀는 그들에게 목욕을 시
키고, 머리를 빗겨 주고, 채소를 구하려고 날마다 몇 킬로미
터나 걸어서 돌아다니는 고생도 마다하지 않으면서 그들을
먹여 주지 않았던가? 무시무시한 뿔을 그녀에게 흔들어 대
면 항상 겁이 목구멍을 타고 치밀어 오르는 듯싶어도 그녀는
암소의 젖을 짜는 방법을 배우지 않았던가? 그리고 친절하
라는 얘기, 그것은 시간 낭비였다. 만일 스칼렛이 지나친 친

절을 보인다면, 그들은 아마도 잠자리에 더 오래 누워 게으름을 피울 텐데, 그녀는 네 사람의 도움이 필요했기 때문에 어서 빨리 그들이 일어나기를 원했다.

그들은 서서히 건강을 회복하는 중이어서, 앙상하고 힘없는 모습으로 침대에 누워 지냈다. 그리고 그들이 의식하지 못하는 사이에 세상은 달라졌다. 양키들이 왔었고, 검둥이들은 달아났고, 어머니는 죽었다. 믿어지지 않는 사건이 세 가지나 일어났지만, 그들의 마음은 현실을 받아들이지 못했다. 때때로 그들은 틀림없이 자기들이 지금도 혼몽한 상태이며, 이런 일은 전혀 일어나지 않았다고 믿는 듯싶었다. 스칼렛이 너무나 변했기 때문에 분명히 그녀는 진짜가 아니라고 그들은 믿었다. 스칼렛이 그들의 침대 발치에서 바장이며, 그들이 회복된 다음에 해야 할 일이 무엇인지 대충 설명을 할 때면, 그들은 고약한 도깨비라도 보는 듯한 눈으로 그녀를 쳐다보았다. 일을 대신해 줄 1백 명의 노예가 이제는 없다는 사실을 그들은 도저히 납득하지 못했다. 오하라 집안의 숙녀가 막일을 해야 한다는 현실을 그들은 도저히 납득하지 못했다.

「하지만, 언니.」 착하고 어린애 같은 얼굴로, 놀라서 멍해진 표정으로 캐린이 말했다. 「난 장작을 팰 수 없어! 그랬다가는 내 손을 망친다고!」

「내 손을 봐!」 물집이 생기고 못이 박인 손바닥을 내밀며, 스칼렛이 무서운 미소를 짓고는 대답했다.

「막내하고 나한테 이런 소리를 하는 언니가 난 미워!」 수엘렌이 소리쳤다. 「난 언니가 우리들에게 거짓말을 하고, 겁을 주려고 그런다는 생각이 들어. 어머니만 살아 계시다면 언니가 우리들한테 이런 소리를 하도록 그냥 내버려 두지 않으셨을 거야! 장작을 패라니, 기가 막혀!」

스칼렛이 이러는 까닭이 그냥 못된 성미 때문이라고만 느껴서 수엘렌은 막연한 혐오감을 느끼며 언니를 쳐다보았다. 수엘렌은 하마터면 병으로 죽을 뻔했고, 어머니를 잃었고, 외롭고 무서웠으며, 귀여움을 — 그것도 많은 귀여움을 받고 싶었다. 그러나 스칼렛은 날마다 침대 발치에서 넘겨다보고, 넌지시 굽어보고, 초록빛 눈에는 밉기만 한 새로운 광채를 띠고, 그들의 건강이 얼마나 좋아졌는지 눈치를 살피며 침대 정돈이라든가, 음식 만들기라든가, 물을 길어 온다든가, 장작을 패는 얘기를 늘어놓았다. 그리고 스칼렛은 그런 끔찍한 얘기를 즐기는 듯 보였다.

스칼렛은 사실 그럴 때면 즐거움을 느끼기도 했다. 스칼렛이 흑인들을 못살게 굴고 동생들의 감정을 상할 만큼 괴롭힌 까닭은 너무 걱정스럽고 긴장감에 휘말리고 피곤해서 그럴 수밖에 없었기도 하지만, 어머니가 인생에 관해서 해주었던 온갖 얘기가 틀렸다는 데 대해서 스칼렛 자신이 느꼈던 쓰라린 마음을 잊어버리게 하는 데 그것이 도움이 되었기 때문이기도 했다.

어머니가 그녀에게 남긴 가르침들 가운데 조금이나마 쓸모가 있었던 내용은 하나도 없었고, 스칼렛은 그래서 분개하고 당혹했다. 엘렌은 그녀가 딸들을 키울 당시의 문명이 붕괴되리라고는 예측하지 못했고, 딸들을 그토록 훌륭하게 훈련시켜서 등장시키려고 했던 사교적인 무대가 없어지리라고도 예기치 않았으리라는 점을 스칼렛은 깨닫지 못했다. 엘렌이 스칼렛에게 상냥하고 우아하며, 명예롭고 친절하며, 겸손하고 진실해야 된다고 가르쳤을 때는 그녀 자신의 삶이 거쳐 온 안일한 세월이 해마다 되풀이되는, 평화로운 미래의 나날을 어머니가 멀리 내다보았으리라는 사실도 스칼렛은 깨닫지 못했다. 그들이 그런 가르침을 따르면 세상이 여자들을 호의적으로 대우하리라고 엘렌은 말했었다.

스칼렛은 절망에 빠져 생각했다. 〈아무것도, 그렇다, 아무것도, 어머니의 어떤 가르침도 나에게는 전혀 도움이 되지 못한다. 친절해 봤자 지금 내가 무엇을 얻겠는가? 상냥함의 미덕은 무엇인가? 차라리 검둥이처럼 쟁기질을 하거나 목화를 베는 기술을 배웠더라면 훨씬 좋았으리라. 오, 어머니, 어머니의 애기는 옳지 않았어요!〉

질서 정연했던 어머니의 세계는 사라졌으며 잔혹한 세상이, 기준과 가치관이 한꺼번에 달라진 세상이 대신 찾아왔다는 생각을 스칼렛은 마음을 가다듬고 해볼 겨를이 없었다. 그녀는 다만 어머니의 애기가 옳지 않았다고만 믿었고, 그래서 그녀로서는 준비를 하지 못했던 새로운 세상을 맞기 위해 재빨리 변모했다.

타라에 대한 그녀의 감정만이 변하지를 않았다. 그녀는 일을 끝내고 들판을 건너 돌아와서, 널찍하게 자리를 잡은 하얀 집을 보면 전혀 피곤한 줄을 몰랐고, 마음은 집으로 돌아온다는 기쁨과 사랑으로 부풀어 오르지 않은 적이 없었다. 창문으로 푸른 풀밭과 붉은 밭과 높다랗게 마구 뒤엉킨 늪지대의 숲을 보면, 스칼렛은 아름답다는 인식으로 가슴이 뿌듯하지 않았던 적이 없었다. 눈부신 붉은 흙의 언덕들이 부드럽게 굽이치는 땅, 핏빛이고 석류석처럼 검붉은 빛깔이고 벽돌 가루 빛깔이고 주색(朱色)이었다가, 기적처럼 그토록 푸르게 초목이 우거지고, 하얀 입김의 송이들이 별처럼 박힌 들판으로 변하는 대지에 대한, 아름답고 붉은 흙에 대한 그녀의 사랑은 다른 무엇이 변했어도 달라지지 않았다. 세상 어느 곳을 찾아가도 이런 땅은 다시없었다.

타라를 둘러보면 그녀는 왜 자꾸만 전쟁이 일어나는지를 부분적으로나마 이해가 갈 듯싶었다. 돈을 위해 사람들이 전쟁을 벌인다던 레트의 말은 틀렸다. 그렇다, 쟁기로 부드럽게 이랑을 파놓은 광대하고 굽이치는 토지를 위해서, 몽땅한 농작물이 푸르게 자라는 들판을 위해서, 유유히 흐르는 누런 강물과 태산목(泰山木) 속에 들어앉은 시원하고 하얀 집을 위해서 그들은 싸웠다. 그들의 소유이며 자손들의 소유가 될 붉은 흙, 그들의 아들과 아들의 아들들을 위해 목화가 맺히는 붉은 흙, 오직 그것만이 싸울 가치가 있었다.

어머니와 애슐리가 가버린 지금, 제럴드는 충격을 받아 머리가 이상해졌고, 하룻밤 사이에 돈과 검둥이들과 안정된 생활과 지위가 사라져 버린 지금, 그녀에게 남은 것이라고는 짓밟힌 타라의 광활한 땅뿐이었다. 다른 세상에서 나누었던 아득한 얘기처럼, 스칼렛은 언젠가 땅에 관해서 아버지와 나누었던 대화가 머리에 떠올랐고, 세상에서 싸울 만한 가치가 있는 대상이라고는 오직 땅뿐이라고 한 아버지의 얘기가 무슨 의미인지 그때는 이해하지 못했던 자신이 얼마나 어리석었고, 얼마나 무식했는지 이제야 그녀는 깨달았다.

「세상에서 끝까지 남는 건 땅이 전부이기 때문이고…… 몸속에 아일랜드인의 피가 한 방울이라도 흐르는 사람이라면 누구나 다 그들이 살아가는 땅을 어머니로 생각하지…… 일할 가치가 있고, 싸울 가치가 있고, 죽을 가치가 있는 건 오직 땅을 위해서뿐이야.」

그렇다, 타라는 싸울 만한 가치가 충분했고, 스칼렛은 단순하게 그리고 아무 의문도 없이 그 싸움을 받아들였다. 아무도 타라를 그녀에게서 빼앗아 가지는 못하리라. 어느 누구도 그녀와 그녀 주변의 사람들로 하여금 친척의 자비심에 빌 붙어 살라고 뿔뿔이 흩어 버리지는 못하리라. 이곳에 사는 모든 사람의 허리를 부러뜨리는 한이 있더라도 그녀는 타라를 놓지 않을 각오였다.

제26장

　스칼렛이 애틀랜타에서 돌아와 타라에서 두 주일을 지내는 사이에, 발에 생겼던 가장 큰 물집이 곪기 시작해서 부어오르더니, 결국은 신발도 신지 못하게 되었고, 발뒤꿈치로 땅바닥을 딛고는 어기적거리며 돌아다닐 수밖에 없었다. 염증이 난 발가락의 상처를 볼 때마다 그녀는 기가 막혔다. 병사들의 상처처럼 썩어 들어가 의사도 없는 외딴곳에서 죽어야 한다면 어떻게 하나? 비록 지금은 참혹한 나날이기는 하지만, 그래도 스칼렛은 삶을 버릴 마음은 없었다. 그리고 혹시 그녀가 죽는다면 타라는 누가 돌본다는 말인가?

　처음 집으로 돌아왔을 때 그녀는, 아버지가 옛 기백을 되살려 진두지휘를 하게 되기를 바랐었지만, 지난 두 주일 동안에 그런 희망은 사라졌다. 제럴드가 꿈속의 사람처럼, 너무나 얌전히, 아무 말도 없이 꼼짝도 않고 그냥 가만히 앉아서, 너무나 무서운 모습으로 타라가 아닌 다른 곳에 존재했으므로, 이제 그녀는 싫건 좋건 간에 경험도 없는 두 손으로 농장과 그곳의 모든 가족을 떠맡아야 한다는 사실을 알았다. 어쩌다 조언을 바라고 간청을 하더라도 그는 항상 똑같은 대답만 할 따름이었다. 「네 생각에 제일 좋다고 생각되는

대로 하거라, 애야.」 아니면 그보다도 더 난처하게, 〈너희 어머니하고 상의하거라, 우리 아가씨.〉

그는 전혀 달라질 기미를 보이지 않았고, 이제 스칼렛은 진실을 깨닫고 그것을 아무런 감정도 없이 받아들이기로 했는데, 죽는 그날까지 제럴드는 언제나 엘렌을 기다리고, 아내가 언제 오려나 귀를 기울이리라. 그는 시간이 멈춰 전혀 흐르지도 않고, 엘렌이 언젠가는 옆방에서 나오리라면서, 어떤 몽롱한 세상에서 살아갔다. 아내가 죽었을 때 그의 존재에서는 가장 큰 동기가 박탈되었고, 그와 더불어 맥동하는 자신감과 오만과 끊임없는 활력도 그에게서 사라졌다. 엘렌은 제럴드 오하라가 그녀의 앞에서 거세게 몰아대며 연기를 벌였던 연극의 관객이었다. 이제는 막이 영원히 내려와 다시 오를 줄 몰랐고, 각광은 어두워졌고, 관객이 갑자기 사라졌는데, 어리둥절하고 늙은 배우는 텅 빈 그의 무대에 혼자 남아 다음 대사의 신호를 기다렸다.

오늘 아침에는 스칼렛과 웨이드와 병든 세 여자를 제외한 나머지 사람들이 암퇘지를 잡으려고 함께 늪지대로 갔기 때문에 집 안이 고요했다. 제럴드까지도 약간 기운을 차려서, 한 손으로는 일꾼 돼지의 팔을 잡고 다른 손에는 밧줄 한 다발을 들고, 밭고랑을 가로질러 성큼성큼 가버렸다. 수엘렌과 캐린은 어머니 생각이 날 때면 적어도 하루에 두 번씩은 그랬던 것처럼, 푹 꺼진 뺨에 슬픔과 나약함의 눈물을 줄줄 흘리며 울다가 잠이 들었다. 멜라니는 누덕누덕 기운 홑이불을 덮고, 머리카락이 솜털처럼 보드라운 아기의 머리를 한 팔로 꼭 껴안고, 다른 팔로는 까맣고 곱슬머리인 딜시의 아이를 살그머니 안고는, 오늘 처음으로 베개를 받치고 일어나 두 아기 사이에 앉았다. 웨이드는 침대 발치에 앉아서 옛날얘기에 귀를 기울였다.

애틀랜타에서 집으로 돌아오던 기나긴 하루 동안 그녀가 횡단했던 황량한 시골의 죽음 같은 적막감을 너무나 강렬하게 연상시켰기 때문에, 타라의 정적이 스칼렛에게는 견디기가 힘들었다. 암소와 송아지는 몇 시간째 아무 소리도 내지 않았다. 창밖에서 지저귀는 새도 없었고, 심지어는 심하게 부스럭거리는 태산목 잎사귀들 속에서 몇 세대에 걸쳐 살아온 시끄러운 앵무새 가족까지도 오늘만큼은 노래를 부르지 않았다. 그녀는 나지막한 의자를 침실의 열린 창문가로 바싹 끌어다 놓고는, 치마를 무릎 위까지 걷어 올리고 창턱에 포갠 팔에다 턱을 얹고 앉아, 앞쪽 마찻길과 잔디밭과 길 건너편의 텅 비고 푸른 들판을 내다보았다. 스칼렛은 우물에서 길어 온 물을 한 통 옆에 갖다 놓고는, 물집이 생긴 발을 가끔 한 번씩 물통에 집어넣고, 쑤셔 대는 통증에 얼굴을 찡그리고는 했다.

스칼렛은 짜증스럽게 팔뚝에 턱을 꼭 눌렀다. 하필이면 그녀에게 가장 기운이 필요할 때 발가락이 곪아 버리고 말았다. 바보들은 절대로 암퇘지를 붙잡지 못하리라. 그들이 돼지 새끼들을 한 마리씩 붙잡아 들이는 데 한 주일이나 걸렸고, 두 주일이 지난 지금까지 암퇘지는 아직도 제멋대로 돌아다녔다. 스칼렛은 만일 자기가 그들과 함께 늪지대로 가기만 했다면, 무릎까지 옷을 걷어붙이고 밧줄로 눈 깜짝할 사이에 암퇘지를 잡아 묶어 버렸으리라고 생각했다.

하지만 꼭 잡힐지도 모르겠지만, 비록 암퇘지를 잡았다고 해도 — 다음에는 어떻게 하나? 암퇘지와 새끼들을 잡아먹고 난 다음에는, 그다음에는 어쩌나? 삶은 계속되겠고, 식욕도 그러하리라. 겨울은 다가오는데 식량은 없고, 이웃 농장의 밭에서 주워 온 채소 찌꺼기마저도 떨어지리라. 그들에게는 말린 콩과, 사탕수수 엿물과, 굵게 탄 옥수숫가루와, 쌀과 — 그리고 — 오, 너무나 많은 먹을거리가 꼭 필요했다. 내년 봄에 심을 옥수수와 목화 씨앗, 그리고 새 옷도 필요했다. 그 것을 다 어디서 구하고, 무슨 돈으로 비용을 치를 것인가?

스칼렛은 몰래 아버지의 돈궤와 호주머니들을 뒤져 보았는데, 그녀가 찾아낸 돈이라고는 남부 동맹 채권 한 꾸러미와 남부 동맹 화폐 3천 달러뿐이었다. 남부 동맹 화폐가 아무 가치도 없어지다시피 한 지금, 그만한 돈이라면 한 끼 식사나 제대로 하겠는지 모르겠다고 그녀를 씁쓸하게 생각했다. 하지만 그녀가 실제로 돈을 마련하여 식량을 구했다고 해도, 그것을 어떻게 타라의 집까지 운반해 온다는 말인가? 왜 하느님은 늙은 말을 죽게 했나? 레트가 훔친 초라한 말이 아직 죽지만 않았더라도 그들의 생활은 크게 달라졌으리라. 오, 길 건너 목초지에서 뒷발질을 하던 훌륭하고 미끈한 노새들과, 승용 마차를 끄는 멋진 말들과, 그녀의 작은 암말과, 동생들의 망아지와, 이리저리 질주하며 잔디를 헤집어 놓던 아버지의 큼직한 종마 — 오, 그들 가운데 한 마리라도, 가장 말을 안 듣던 노새 한 마리라도 있었다면 얼마나 좋을까!

하지만 상관없는 일이어서 — 발만 아물면 그녀는 걸어서라도 존즈버러까지 가리라. 그녀로서는 평생 그토록 먼 길을 걸어 본 적이 없었지만, 그래도 걸어가고 말리라. 비록 양키들이 도시를 완전히 불태워 버렸다고 해도, 스칼렛은 어디를 가야 식량을 구하겠는지 알려 줄 사람을 틀림없이 찾아내리라. 웨이드의 바싹 야윈 얼굴이 그녀의 눈앞에 어른거렸다. 그는 고구마가 먹기 싫다는 말을 자꾸만 했고, 닭 다리와 쌀밥과 고깃국물을 먹고 싶어 했다.

앞마당의 눈부신 햇빛이 갑자기 침침해지더니, 나무들의 윤곽이 눈물로 흐릿해졌다. 스칼렛은 머리를 팔뚝에 파묻고는 울지 않으려고 애썼다. 지금 울어 봤자 아무짝에도 쓸모없는 짓이었다. 울어서 조금이라도 효과를 거둘 만한 경우라고는 호의를 베풀어 줄 남자가 곁에 있을 때뿐이었다. 그곳에 쭈그리고 앉아서, 눈물이 나오지 않도록 눈을 꼭 감았던 스칼렛은, 달려오는 말발굽 소리를 듣고 신경이 곤두섰다. 하지만 그녀는 머리를 들지 않았다. 그녀는 지난 두 주일 동안 밤낮으로, 엘렌의 치마가 바스락거리는 소리를 헛들었던 만큼이나 자주 말발굽 소리를 헛들었다. 그런 순간이면 늘 그렇듯이 그녀의 가슴은 방망이질을 했고, 그러면 그녀는 준엄하게 자신을 꾸짖었다. 〈어리석은 기대는 그만해야지.〉

하지만 발소리는 이상할 만큼 자연스럽게 속도가 늦어지더니, 천천히 걷는 박자로 바뀌었고, 자갈 바닥을 규칙적으로 밟는 소리가 와스락와스락거렸다. 그것은 분명히 말발굽 소리였으니 — 탈턴 댁 사람들, 폰테인 댁 사람들일까! 그녀는 얼른 머리를 들었다. 그것은 말을 탄 양키 기병대 병사였다.

스칼렛은 본능적으로 몸을 커튼 뒤로 숨기고는, 혼란에 빠지며 얇은 헝겊이 접힌 부분을 통해 그를 쳐다보았고, 놀라서 숨을 가쁘게 몰아쉬었다.

단추를 풀어 헤친 푸른 빛깔의 저고리 위로 지저분하고 검은 수염이 마구 흐트러진 남자가, 몸집이 뚱뚱하고 거칠어 보이는 군인이 안장에 올라앉아 거들먹거리며 이쪽으로 왔다. 강렬한 햇빛 때문에 이마를 찌푸린 그는, 미간이 좁고 작은 눈을 굴리며, 꼭 끼는 푸른 모자의 챙 밑으로 집을 느긋하게 살펴보았다. 그가 천천히 내려 말을 묶어 두는 가로 막대로 고삐를 집어 던지는 동안, 스칼렛은 아랫배를 주먹으로 한 방 얻어맞은 듯 고통스럽게 다시 숨을 몰아쉬었다. 양키, 길쭉한 권총을 엉덩이에 찬 양키! 그리고 집에는 병든 세 젊은 여자와 아이들하고 스칼렛뿐이었다!

군인이 총집에 손을 얹고는 음흉하고 작은 눈으로 이쪽저쪽을 살펴보며 느긋하게 산책 길을 올라오는 사이에, 끔찍한 온갖 장면이 그녀의 머리를 스쳐 지나가서 — 무방비 상태의 여자들에게 양키들이 덤벼들었다고 피티팻 고모가 귀엣말로 하던 얘기들과, 목을 자른다는 양키와, 죽어 가는 여자들을 집 안에 그냥 둔 채로 집에 불을 지른다던 양키와, 운다고 해서 총검으로 아이들을 찌른다던 양키 따위의 — 〈양키〉라는 이름과 연결된 끔찍한 장면들이 뒤죽박죽 뒤엉켜 만화경(萬華鏡)처럼 빙글빙글 돌아갔다.

겁에 질린 그녀가 가장 먼저 취하려던 행동은 벽장 속에 숨거나, 침대 밑으로 기어 들어가거나, 뒷계단으로 달려 내려가서 비명을 지르며 늪지대로 도망을 친다거나, 어쨌든 그를 피해야 되겠다는 생각이었다. 그러자 스칼렛은 앞 계단에서 나는 조심스러운 발소리와 침입자가 살그머니 현관으로 들어오는 소리를 들었고, 탈출하는 길이 차단되었음을 깨달았다. 겁이 잔뜩 나서 몸이 오싹해져 움직이지도 못하게 된 그녀는 아래층에서 그가 이 방 저 방으로 돌아다니는 소리를 들었고, 그러고는 아무도 눈에 띄지 않자 점점 대담해지고 커지는 발소리를 들었다. 방금 그는 식당으로 들어갔고, 잠시 후에는 부엌으로 가리라.

부엌 생각을 하자 스칼렛의 가슴속에서는 갑자기 가눌 수 없는 분노가 치밀었고, 칼로 찌르는 듯 날카롭게 그녀의 심장을 파고 들어간 분노 앞에서는 두려움도 순식간에 사라져 버렸다. 부엌이라니! 그곳에는 화덕 위에 두 개의 냄비를 올려놓아서, 하나는 스튜를 만들 사과가 가득 담겼고 또 하나는 열두 참나무 집과 매킨토시 집 밭에서 고생스럽게 뜯어 온 채소를 몽땅 집어넣고 잡탕을 만들 참이었는데, 두 사람이 먹기에도 부족하지만 이것은 허기진 아홉 명이 나눠 먹어야 할 저녁 식사였다. 다른 사람들이 돌아오기를 기다리며 몇 시간째 배고픔을 참았던 스칼렛으로서는 양키가 그들의 초라한 만찬을 먹어 치우리라는 생각을 하면 치가 떨릴 일이었다.

양키들에게 하느님의 저주를! 그들은 메뚜기 떼처럼 몰려와서 타라 사람들이 서서히 굶어 죽게 만들었고, 이제는 하찮은 찌꺼기마저 훔치겠다고 되돌아왔다. 그녀는 허기진 배 속이 꿈틀거렸다. 하느님에게 맹세컨대, 저 양키만큼은 절대로 아무것도 훔쳐 가지 못하리라!

그녀는 낡은 신발을 살그머니 벗고, 굶아 버린 발가락은 신경조차 쓰지 않으며 맨발로 재빨리 화장대로 달려갔다. 그녀는 소리 없이 꼭대기 서랍을 열고는 애틀랜타에서 가지고 온 묵직한 권총을, 죽은 남편 찰스가 휴대하기만 했었지 한 번도 쏘아 보지 못했던 무기를 집어 들었다. 그녀는 벽에서 그의 군도 밑에 매달아 놓은 가죽 상자 속을 더듬어 실탄을 꺼냈다. 스칼렛은 손을 떨지 않았고, 침착하게 탄알을 장전했다. 아무 소리도 내지 않고 재빨리, 그녀는 위층 복도로 달려 나가서, 한 손으로 난간을 잡고, 다른 손으로는 접힌 치마폭에 권총을 감춰 넓적다리에 바싹 붙이고는 층계를 내려갔다.

「누구야?」 긴장한 목소리가 들려왔고, 층계의 중간에서 걸음을 멈춘 그녀는 귓속에서 피가 어찌나 요란하게 고동치며 흐르는지 그가 한 말은 제대로 들리지도 않았다. 「움직이면 쏜다!」 침입자가 소리쳤다.

　그는 식당의 문간에 서서, 권총을 겨눠 들고 긴장해서 몸을 도사렸으며, 한 손에는 황금빛 골무와, 황금빛 손잡이가 달린 가위와, 금강사(金剛砂)가 담긴 도토리 모양의 자그마한 자단 바느질 상자를 들었다. 스칼렛은 두 다리가 무릎까지 싸늘해졌지만 얼굴은 분노로 화끈 달았다. 엘렌의 바느질 상자에 손을 대다니. 그녀는 〈그거 내려놔! 그거 내려놓으라고, 이 더러운 —〉이라고 소리를 지르고 싶었지만, 말이 나오지를 않았다. 그녀는 난간 너머로 그를 빤히 노려보기만 했고, 침입자의 얼굴에서는 냉혹한 긴장감이 풀리면서 반쯤은 경멸하면서도 반쯤은 환심을 사려는 듯 비굴한 미소가 떠올랐다.

　「그러니까 빈집은 아니었구먼.」 권총을 다시 총집에 꽂고 거실로 들어와 그녀의 바로 밑까지 와서 멈춰 서며 그가 말했다. 「혼자 집을 보나, 꼬마 아가씨?」

　그녀는 눈 깜짝할 사이에 무기를 난간 위로 넘겨 수염을 기른 침입자의 놀란 얼굴을 겨냥했다. 그가 미처 탄띠로 손을 가져갈 틈을 주지 않고 그녀는 방아쇠를 당겼다. 권총의 반동으로 그녀는 비틀거렸고, 요란한 총성으로 귀가 먹먹했으며, 매캐한 냄새가 코를 찔렀다. 병사는 마룻바닥에서 뒤로 벌러덩 자빠지더니, 가구가 흔들릴 정도로 요란하게 식당으로 밀려 들어가 널브러졌다. 바느질 상자가 손에서 데굴데굴 굴러 떨어져 속에 담긴 물건들이 그의 주변으로 쏟아졌다. 자신이 무엇을 하는지를 거의 의식하지도 못하면서 스칼렛은 층계를 달려 내려가 그를 굽어보고 서서, 수염 위쪽으로 얼굴에서 남은 부분을, 코가 날아간 자리의 피투성이 구멍과 화약으로 타버린 퀭한 눈을 멍하니 내려다보았다. 그녀가 지켜보는 가운데 두 줄기의 피가, 하나는 그의 얼굴에서 그리고 다른 하나는 뒤통수에서 쏟아져 나와서는 반들거리는 마룻바닥을 가로질러 느릿느릿 흘러갔다.

그렇다, 그는 죽었다. 의심할 나위가 없었다. 그녀가 사람을 죽였다.

연기가 천천히 천장으로 피어 올라갔고, 그녀의 발치에서는 시뻘건 흐름이 넓게 번졌다. 한참 동안 그녀는 얼어붙은 듯 꼼짝도 하지 않았고, 여름 아침의 적막하고 뜨거운 침묵 속에서 그녀의 심장이 북소리처럼 빠르게 고동치는 스리와, 태산목 잎사귀들이 약간 거칠게 부스럭거리는 소리와, 멀리서 들려오는 늪지대 새들의 처량한 소리와, 창밖의 꽃들이 풍기는 감미로운 향기 따위, 서로 아무 관계도 없는 갖가지 음향과 냄새가 저마다 점점 뚜렷해지는 듯싶었다.

사냥을 나가더라도 살생의 순간에는 절대로 끼어들지 않으려고 버티었던 그녀가, 도살장에서 돼지가 비명을 지르거나 덫에 걸린 토끼가 찍찍거리는 소리만 들어도 견디지 못했건 그녀가 사람을 죽였다. 살인! 그녀는 몽롱하게 생각했다. 내가 살인을 범했구나. 아, 나에게 이런 일이 벌어졌을 리가 없어! 그녀의 눈길은 마룻바닥에서 바느질 상자로 아주 가까이 뻗친 남자의 손, 털이 잔뜩 난 뭉툭한 손으로 옮겨 갔고, 갑자기 그녀의 몸에서는 다시 활기가 돌았고, 차분한 호랑이 같은 기쁨을 느껴 힘차게 환희했다. 그녀는 침입자의 코가 없어진 자리에 뻥 뚫린 상처를 발뒤꿈치로 짓이기고, 맨발에 닿는 그의 뜨거운 피에서 기쁨을 맛보고 싶은 충동까지 느꼈다. 그녀는 타라를 위해서 — 그리고 어머니를 위해서 복수의 일격을 가한 셈이었다.

위층 복도에서 황급히 서두르며 비틀거리는 발소리가 나더니 잠깐 멈추었고, 그러더니 이번에는 금속이 짤그랑거리는 소리에 곁들여 기운 없이 다리를 질질 끄는 소리가 들려왔다. 시간과 현실의 감각을 되찾은 스칼렛이 올려다보니, 잠옷 대신에 낡아 빠진 속치마를 걸친 멜라니가, 찰스의 군도를 들고는 힘없이 팔을 축 늘어뜨린 채로 층계의 꼭대기에 서서, 아래층에 전개된 광경을 내려다보았다. 시뻘건 피의 웅덩이 한가운데 쓰러진 푸른 군복의 시체, 그의 옆에 떨어진 바느질 상자, 맨발에 권총을 움켜쥔 채로 얼굴이 파랗게 질린 스칼렛이 한눈에 들어왔다.

침묵 속에서 그녀는 스칼렛과 시선이 마주쳤다. 보통 때는 온순하기만 하던 멜라니의 얼굴에서는 냉혹한 자부심의 광채가 빛났고, 그녀의 미소에는 스칼렛의 가슴속에서 격렬히 타오르는 불길과 맞먹는 세찬 환희와 공감이 드러났다.

〈그렇다, 그렇다. 멜라니도 나하고 마찬가지야! 내가 무엇을 느끼는지 이해를 하니까!〉 기나긴 한순간에 스칼렛은 생각했다. 〈멜라니도 나하고 같은 행동을 범한 셈이야!〉

반발과 경멸 이외에는 어떤 감정도 가져 보지 않았던 연약하고 비틀거리는 여자를 올려다보면서 스칼렛은 흥분감에 휩싸였다. 애슐리의 아내에 대한 증오심이 이제는 탄복과 동지 의식이라는 새로운 감정과 경쟁을 벌이며 솟구쳤다. 멜라니의 비둘기 같은 눈과 얌전한 목소리 밑에서는, 강철로 만든 얇은 칼날이 숨어서 번득인다는 사실을 스칼렛은 섬광처럼 짤막하고 선명한 한순간에, 어떤 하찮은 감정에 의해서도 때가 묻지 않은 순수함의 한순간에 깨달았고, 또한 멜라니의 조용한 핏속에서 휘날리는 용기의 깃발과 귓전에 울리는 진격의 나팔 소리에 감격했다.

「스칼렛! 스칼렛!」 나약하고 겁에 질린 수엘렌과 캐린이 울부짖었고, 웨이드도 〈고모! 고모!〉 소리를 질렀지만, 방문디 닫혔기 때문에 잘 들리지 않았다. 재빨리 멜라니는 스칼렛더러 조용하라고 입술에다 손가락을 대더니, 군도를 꼭대기 계단에 내려놓고는, 고통스럽게 위층 복도를 올라가 문을 열었다.

「무서워하지 말아요, 겁쟁이들 같으니라고!」 쾌활하게 놀리는 그녀의 목소리가 들려왔다. 「언니가 찰스의 권총에서 녹을 닦아 내다가 오발을 하고는 죽을 지경으로 기겁했지 뭐예요!」……「자, 웨이드, 엄마가 아빠의 권총을 쐈단다! 너도 크면 엄마가 권총을 쏘게 해줄 거야.」

〈거짓말 한번 천연스럽게 잘하는구나!〉 감탄을 하며 스칼렛은 생각했다. 〈나도 저렇게 즉석에서 둘러다 붙이지는 못할 텐데. 하지만 왜 거짓말을 할까? 내가 무엇을 했는지 그들도 알아야 하는데.〉

다시 시체를 내려다본 그녀는 분노와 두려움이 가라앉으면서 이제는 심한 역겨움에 사로잡혔고, 그러고는 뒤늦게 무릎이 후들후들 떨리기 시작했다. 멜라니는 꼭대기 계단으로 다시 몸을 끌고 와서, 파랗게 질린 아랫입술을 이빨로 꼭 깨물고 난간에 매달리며 내려오기 시작했다.

「침대로 돌아가요, 바보 같으니라고. 그러다가 죽고 싶어요?」 스칼렛이 소리쳤지만, 속옷 바람의 멜라니는 고통스럽게 아래층 거실로 내려왔다.

「스칼렛.」 그녀가 나지막이 말했다. 「저 사람을 여기서 끌고 나가 파묻어야 해요. 혼자 오지 않았을지도 모르는데, 만일 그들이 이곳에서 시체를 발견하면 ―」 그녀는 몸을 가누려고 스칼렛의 팔에 매달렸다.

「틀림없이 혼자 왔어요.」 스칼렛이 말했다. 「위층 창문에서 내가 보았을 때는 다른 사람이 하나도 없었으니까요. 탈주병인가 봐요.」

「아무리 혼자라고 해도 죽었다는 사실은 아무도 알면 안 돼요. 흑인들이 소문을 퍼뜨릴지도 모르는데, 그러면 그들이 와서 스칼렛을 잡아갈 테니까요. 스칼렛, 식구들이 늪지대에서 돌아오기 전에 우린 저 사람을 숨겨야 해요.」

멜라니의 다급하고 열띤 목소리에 무엇인가 행동을 취해야 한다고, 마음이 조급해진 스칼렛은 열심히 생각했다.

「정원의 초당 밑에 묻으면 되겠어요 — 돼지가 위스키 술통을 파낸 곳은 땅이 무를 테니까요. 하지만 어떻게 그곳까지 시체를 운반하죠?」

「우리 둘이서 다리를 한쪽씩 잡고 끌어내요.」 멜라니가 단호하게 말했다.

마음이 안 내키는 일이었지만, 스칼렛은 그녀에 대해서 더욱 탄복할 수밖에 없었다.

「멜라니는 고양이 한 마리도 끌어낼 힘이 없어요. 시체는 내가 끌고 가겠어요.」 그녀가 거칠게 말했다. 「멜라니는 침실로 돌아가요. 그러다가 죽지나 말고요. 섣불리 나를 돕겠다고 나서려고 하면 내가 멜라니를 강제로 끌고 위층으로 올라가겠어요.」

이해를 하겠다는 듯 다정한 미소가 멜라니의 창백한 얼굴에 떠올랐다. 「스칼렛은 정말로 마음이 착해요.」 그녀는 스칼렛의 뺨에다 가볍게 입술을 살짝 스치며 말했다. 감짝 놀란 스칼렛이 미처 정신도 차리기 전에 그녀는 말을 이었다. 「스칼렛이 시체를 혼자 끌고 나갈 수만 있다면, 식구들이 돌아오기 전에 내가 — 저 지저분한 걸 걸레로 닦아 놓겠고, 그리고 스칼렛 —」

「왜 그래요?」

「시체의 배낭을 뒤져 보는 건 옳지 못한 일일까요? 식량이 들었을지도 모르니까요.」

「옳지 못하긴요.」 자신이 그런 생각을 먼저 해내지 못했다는 사실이 못마땅해진 스칼렛이 말했다. 「호주머니는 내가 맡을 테니까 배낭은 멜라니가 뒤져요.」

역겨움을 느끼면서도 시체 위로 허리를 굽히고 스칼렛은 저고리의 몇 가 안 남은 단추를 푼 다음, 호주머니를 차례로 샅샅이 뒤지기 시작했다.

「하느님 맙소사.」 헝겊으로 둘둘 감싼 두툼한 지갑을 끄집어내며 그녀가 나지막이 말했다. 「멜리, 돈이 잔뜩 들었나 봐요!」

멜라니는 아무 대답도 하지 않고 갑자기 마룻바닥에 주저앉더니 벽에 몸을 기대었다.

「스칼렛이 열어 봐요.」 멜라니가 떨면서 말했다. 「난 갑자기 기운이 빠지는군요.」

스칼렛은 더러운 헝겊을 찢어 버리고는 떨리는 손으로 가죽 지갑을 펼쳐 보았다.

「봐요, 멜리 — 보라고요!」

멜라니는 지갑 속을 확인하더니 눈이 휘둥그레졌다. 합중국의 지폐와 남부 동맹 돈 한 뭉텅이가 뒤섞여 나왔고, 화폐 속에서는 반짝이는 10달러짜리 금화 한 닢과 5달러짜리 금화 두 닢도 나타났다.

「지금 그걸 헤아려 보느라 지체하면 안 돼요.」 지폐를 만지작거리는 스칼렛에게 멜라니가 말했다. 「우린 시간이 없어요 —」

「멜라니, 이 돈으로 우린 식량을 구하게 됐어요.」

「그래요, 그래요, 스칼렛. 나도 그건 알지만 지금 우린 시간이 없어요. 내가 배낭을 뒤질 테니까 스칼렛은 다른 호주머니들도 찾아봐요.」

스칼렛은 지갑을 내려놓고 싶은 마음이 없었다. 진짜 돈, 양키가 타고 온 말, 식량! 환한 희망이 그녀의 눈앞에 펼쳐졌다. 누가 뭐라고 해도 역시 하느님은 그녀의 편이었고, 비록 아주 묘한 방법이기는 했어도 하느님은 자비를 베풀었다. 그녀는 마룻바닥에 털썩 주저앉아 미소를 지으며 지갑을 물끄러미 쳐다보았다. 식량이 생겼어! 멜라니가 지갑을 그녀의 손에서 낚아챘다.

「어서요!」 그녀가 말했다.

바지 호주머니에서는 초 동강과 잭나이프와 씹는담배와 노끈 한 토막 이외에는 아무것도 나오지 않았다. 멜라니는 배낭에서 작은 커피 꾸러미를 꺼내 지극히 향기로운 향수라도 된다는 듯 킁킁 냄새를 맡아 보았고, 건빵도 꺼냈지만, 인공 진주로 장식한 황금빛 틀에 넣은 어린 소녀의 작은 초상화가 나왔을 때는 얼굴 표정이 달라졌다. 석류석 브로치와, 작은 금사슬이 매달린 널찍한 금팔찌 두 개와, 황금 골무와, 유아용 작은 은컵과, 자수용 금가위 그리고 다이아몬드 외알박이 반지도 나왔고, 귀고리에 달린 항아리 모양의 다이아몬드 펜던트는 아무리 경험이 없는 그들의 눈으로 봐도 1캐럿이 넘을 듯싶었다.

「도둑놈이에요!」 꼼짝도 않는 시체에서 물러서며 멜라니가 속삭였다. 「스칼렛, 틀림없이 이건 모두 훔친 물건이라고요!」

「그야 물론이죠!」 스칼렛이 말했다. 「그리고 우리들한테서도 또 무얼 훔치려고 여길 찾아왔어요.」

「스칼렛이 죽이길 잘했어요.」 온순하던 눈이 사나워지며 멜라니가 말했다. 「자, 어서 서둘러요, 스칼렛. 그리고 시체를 끌어내요.」

스칼렛은 허리를 숙여 죽은 남자의 군화를 잡고 끌어당겨 보았다. 그는 너무나 무거웠고, 그녀는 갑자기 기운이 빠지는 기분이 들었다. 몸을 돌려 시체로 등을 향하고 그녀는 양쪽 겨드랑이에 묵직한 군화를 하나씩 끼고는 힘껏 앞으로 당겼다. 시체가 움직였고, 그녀는 다시 힘껏 당겼다. 흥분한 바람에 잊어버렸던 쓰라린 발이 이제는 다시 쑤셔 대기 시작해서, 스칼렛은 이를 악물고 체중을 발뒤꿈치로 옮겼다. 끌어당기고 힘을 주며, 이마에 땀을 줄줄 흘리고 시뻘건 자취를 뒤에 남기면서, 그녀는 시체를 끌고 거실을 가로질렀다.

「마당을 지나는 동안에도 계속해서 피를 흘리면 우린 시체를 숨기기가 힘들어요.」 스칼렛이 숨을 몰아쉬었다. 「몸에 걸친 속치마를 이리 줘요, 멜라니, 그러면 그걸로 머리를 덮을게요.」

창백하던 멜라니의 얼굴이 새빨개졌다.

「한심하게 그러지 말아요. 쳐다보지 않을 테니까요.」 스칼렛이 말했다. 「내가 속치마나 속바지를 입었다면 난 내 옷을 벌써 벗었겠죠.」

벽 쪽으로 몸을 쪼그린 멜라니는 너덜너덜한 아마포 옷을 머리 위로 끌어당겨 벗어서 말없이 스칼렛에게 던져 주고는 두 팔로 몸을 가렸다.

〈맙소사, 내가 저 정도로 얌전하지 않으니까 천만다행이지.〉 짓이겨진 얼굴을 너덜너덜한 헝겊으로 감싸며, 당황한 멜라니가 거북해하는 모습을 눈으로 보지는 않아도 느낌으로 짐작한 스칼렛이 생각했다.

비척거리며 계속 힘껏 잡아당겨서 뒤쪽 포치로 시체를 끌고 거실을 내려간 스칼렛은, 잠깐 걸음을 멈추고 손등으로 이마를 닦으면서, 벌거벗은 젖가슴에 앙상한 두 무릎을 끌어당겨 안고 벽에 기댄 채로 쪼그린 멜라니를 힐끔 쳐다보았다. 이런 때 체면 따위에 신경을 쓰다니 멜라니는 얼마나 한심한가, 스칼렛은 짜증스럽게 생각했다. 그것은 스칼렛으로 하여금 항상 멜라니를 경멸하게 만드는 새침데기 천성의 한 부분에 지나지 않았다. 그러자 수치심이 그녀의 마음속에서 머리를 들었다. 뭐니 뭐니 해도 — 뭐니 뭐니 해도 멜라니는 아기를 낳은 지 얼마 안 되는 몸이면서도, 침대에서 기어 나와서는, 스칼렛이 들기에도 무거운 무기를 들고 그녀를 도와주려고 하지 않았던가. 그런 행동을 하려면 용기가 필요했고, 스칼렛으로서는 자신이 가지고 있지 못하다고 솔직하게 시인해야 하는 그런 용기가 필요했고, 애틀랜타가 함락되던 무서운 밤 그리고 집으로 돌아오는 먼 여행에서 멜라니의 인품을 두드러지게 잘 보여 주었던 얇은 강철처럼 강인하고 명주실처럼 질긴 용기가 필요했다. 그것은 스칼렛이 좀처럼 이해하지 못하면서도 마지못해서나마 찬사를 보내던 인품이었으며, 윌크스 집안사람들이 지녔던 바로 그런 용기, 눈에 보이지도 않고 요란하지도 않은 그런 용기였다.

「침대로 돌아가요.」 그녀는 어깨 너머로 한마디 던졌다. 「그러지 않으면 죽고 말겠어요. 시체를 묻은 다음에 이곳도 내가 치우겠어요.」

「낡은 융단 조각으로 내가 치우겠어요.」 속이 울렁거리는 듯한 얼굴로 피 웅덩이를 넘겨다보면서 멜라니가 작은 목소리로 말했다.

「좋아요, 그렇다면 난 신경 안 쓸 테니까, 그렇게 죽고 싶으면 어서 마음대로 죽어 봐요! 그리고 만일 내가 일을 끝내기 전에 식구들 가운데 누가 돌아오면 집 안에서 나오지 못하도록 하고는, 말이 그냥 어디서 불쑥 나타나 혼자 들어왔다고 그래요.」

멜라니는 아침 햇살을 받으며 덜덜 떨고 앉아서, 포치 층계를 내려가느라고 시쳬의 머리가 퉁퉁 튀는 역겨운 스리를 듣지 않으려고 귀를 막았다.

말이 어디서 나타났는지 물어본 사람은 아무도 없었다. 최근에 어디선가 벌어졌던 전투에서 길을 잃고 떠돌아다니는 말이리라는 사실이 너두나 빤했고, 그들은 말이 생겨서 무척 기분이 좋기만 했다. 양키는 스칼렛이 머루나무 초당 밑을 긁어낸 얕은 구덩이에 파묻었다. 굵직한 덩굴을 떠받친 버팀대는 푸석푸석하게 썩었고, 스칼렛은 밤에 나가서 부엌칼로 기둥을 찍어 쓰러뜨려서 마구 뒤엉킨 나무로 무덤을 잔뜩 덮어서 숨겼다. 기둥을 다시 세우는 보수 작업이 필요하다는 말은 스칼렛이 전혀 꺼내지도 않았는데, 어쩌면 흑인들이 이유를 알아냈는지도 모르겠지만, 어쨌든 그들은 기둥을 세우면서도 끝내 침묵을 지켰다.

너무 피곤해서 잠을 못 이루고 뜬눈으로 누워 지내는 기나긴 밤들이 계속되었어도 스칼렛을 괴롭히려는 유령은 초당 밑 얕은 무덤에서 한 번도 기어 나오지 않았다. 그 사건이 머리에 떠올라도 그녀는 아무런 공포나 후회의 감정에 시달리지를 않았다. 한 달 전만 하더라도 절대로 그런 짓을 하지 않았으리라는 사실을 잘 알았던 그녀는, 자신이 왜 이렇게 되었을까 의아한 생각이 들었다. 보조개가 들어가고, 귀고리를 달랑거리고, 하찮은 삶을 무기력하게 하루하루 살아오던 예쁘고 젊은 해밀턴 부인이 한 남자의 얼굴을 너덜너덜하게 날려 버리고, 그러고는 황급히 파낸 구덩이에다 묻어 버리다니! 그런 생각을 하면 그녀를 아는 사람들이 얼마나 기겁을 할까 생각하며 스칼렛은 조금쯤 비참한 미소를 지었다.

〈난 더 이상 그런 생각을 하지 말아야지.〉 그녀는 작정했다. 〈다 지나간 일이고, 얼간이가 아니라면 누구라도 그를 죽였어야 해. 내 생각엔 ─ 내 생각엔 집으로 돌아온 후에 틀림없이 내가 약간 사람이 달라지긴 했고, 그렇지 않고서야 그런 짓을 내가 어떻게 했겠어.〉

의식적으로 그런 생각을 하지는 않았지만, 이때부터 힘이 들거나 불쾌한 일이 닥칠 때마다 그녀의 마음 한구석에서는 힘을 북돋아 주는 한 가지 의식이 머리를 들고는 했다. 〈사람까지 죽인 내가 이까짓 일쯤 못 해낼 리가 없겠지.〉

스칼렛은 그녀가 스스로 알기보다 훨씬 달라졌고, 열두 참나무 집의 노예 막사 채소밭에 엎드렸을 때 그녀의 마음을 덮으며 형성되기 시작한 껍질이 이제는 견고하게 서서히 두꺼워지는 중이었다.

이제는 말까지 한 마리 생겼기 때문에 스칼렛은 이웃 농장들이 어떻게 되었는지 직접 찾아가서 알아볼 여유가 생겼다. 집으로 돌아온 이후로 그녀는 답답하고 궁금한 생각이 천 번은 들었었다. 〈카운티에 남은 사람이라고는 우리들뿐일까? 다른 사람들은 집이 불타서 다 떠나 버렸을까? 그들은 메이컨으로 피난을 갔을까?〉 열두 참나무 집과, 매킨토시 집과, 슬래터리네 판잣집의 폐허가 기억에 생생했던 그녀는 진실을 알아내기가 두려울 지경이었다. 하지만 그냥 궁금해하기보다는 최악의 사태라도 진실을 알아 두는 편이 나았다. 그리고 스칼렛이 폰테인 댁부터 먼저 찾아가기로 작정했던 까닭은 그들이 가장 가까운 이웃이었기 때문이어서가 아니라, 혹시 노의사 폰테인을 만나지나 않을까 싶어서였다. 멜라니에게는 의사가 필요했다. 그녀는 아직도 정상으로 회복이 되지를 못했고, 스칼렛은 창백하고 나약한 그녀의 모습을 보면 겁이 났다.

그래서 덧신만 신고도 견딜 만큼 발이 대충 아물자 그녀는 당장 양키의 말을 타고 길을 나섰다. 한쪽 발은 짧게 줄인 등자에 끼고, 다른 다리는 옆 타기를 할 때와 비슷한 자세로 구부려 안장 손잡이에 걸치고, 폰테인 농장이 홀랑 타버렸더라도 실망하지 않으리라고 단단히 각오를 하고, 그녀는 들판을 가로질러 미모사를 향해 떠났다.

놀랍고도 기쁜 일이었지만, 그녀는 미모사 나무들 한가운데서 옛날처럼 변함없는 모습 그대로, 빛이 바랜 노란 치장 벽토 건물을 발견했다. 눈물이 나올 지경으로 기뻐하는 그녀를 보고, 폰테인 댁 세 여자가 집에서 달려 나와 키스와 기쁨의 환성으로 스칼렛을 반겨 맞았다.

감격스럽게 한 차례 다정한 인사말을 주고받은 그들이 수선을 떨며 식당으로 줄지어 들어가 자리에 앉은 다음에야, 스칼렛은 어떤 썰렁한 기운을 느꼈다. 큰길에서 멀리 떨어졌기 때문에 양키들은 미모사까지 들이닥치지는 않았다. 그래서 폰테인 댁에는 아직도 가축과 식량이 남았지만, 타라를 엄습하던 침묵이, 이곳 시골 어디를 가나 엄습하던 이상한 침묵이 미모사에서도 느껴졌다. 양키들이 쳐들어온다니까 미모사에서도 집안일을 맡은 하녀 네 명을 제외하고는 겁이 나서 노예들이 도망쳐 버렸다고 했다. 겨우 기저귀 신세를 면한 샐리의 어린 아들 조를 남자로 칠 수는 없었으니까, 이곳 농장에는 남자가 한 명도 없는 셈이었다. 커다란 집에는 칠순 고령인 폰테인 할머니와, 비록 50줄에 접어들기는 했어도 여전히 〈젊은 마님〉이라는 명칭으로 통하는 폰테인 할머니의 며느리와, 겨우 스무 살이 된 샐리, 이렇게 세 여자만 남아서 함께 살았다. 그들은 이웃들로부터 멀리 떨어져 아무런 보호를 받지 못했는데, 속으로는 무서워했는지 어쩐지는 모르겠지만, 아무튼 그런 내색은 전혀 얼굴에 나타내지 않았다. 사기그릇처럼 연약해 보이면서도 꿋꿋하기 짝이 없는 노부인 할머니를 워낙 두려워하기 때문에 어떤 근심 걱정이 있어도 샐리와 젊은 마님이 감히 내색을 못 해서 그렇겠지, 외딴 생활이 아마 틀림없이 무섭기는 하리라고 스칼렛은 생각했다. 폰테인 할머니는 눈초리가 매서운 데다가 입심은 더욱 매서웠고, 스칼렛 자신도 과거에 그녀의 두 가지 매서움을 몇 차례 겪어 봤기 때문에, 노부인을 마찬가지로 어려워했다.

비록 혈연관계가 없고 서로 나이 차이도 많았지만, 세 여자는 그들을 하나로 단결시키는 경험과 가족 정신을 함께 겪은 사이였다. 세 여자는 하나같이 집에서 염색한 낡아 빠진 상복 차림이었고, 근심에 차고 슬퍼서 침울해하거나 불평을 늘어놓지는 않았더라도, 스칼렛은 그들의 미소와 반겨 맞아 주는 얘기에서 은근히 내비치는 쓰라림과 괴로움을 읽어 냈다. 그들이 거느렸던 노예들은 달아났고, 가진 돈은 쓸모가 없어졌고, 샐리의 남편 조는 게티즈버그에서 죽었고, 젊은 의사 닥터 폰테인도 빅스버그에서 이질로 죽었으므로 젊은 마님 역시 미망인의 몸이었다. 집안의 다른 두 아들 알렉스와 토니는 버지니아 어디론가 갔다고 하지만, 그들 또한 죽었는지 살았는지 알 길이 없었고, 노의사 폰테인도 휠러의 기병대와 함께 어디론가 떠나간 이후 소식이 없었다.

「그놈의 주책바가지 늙어 빠진 영감은 관절염으로 골골하면서도, 나이가 일흔셋인 주제에 젊은이처럼 행세하려고 난리를 친단 말이야.」 겉으로는 욕을 하면서도 남편이 은근히 자랑스러워 눈을 반짝이며 할머니가 말했다.

780

「혹시 애틀랜타 상황이 어떻게 돌아가는지 무슨 소식 듣지 못했나요?」그들이 편안하게 자리를 잡은 다음에 스칼렛이 물었다. 「우린 완전히 동떨어져 타라에 살기 때문에 아무것도 알지 못해요.」

「하느님 맙소사.」늘 그렇듯이 지금도 대화를 독차지해 가며 노마님이 말했다. 「우리 신세도 그곳 신세하고 똑같아. 셔먼이 드디어 도시를 점령했다는 소문 이외에 우린 아무것도 몰라.」

「그러니까 점령을 하기는 했군요. 지금은 셔먼이 무슨 일을 꾸민다고 하던가요? 전투는 어디서 벌어지고요?」

「편지나 신문을 못 받아 본 지도 벌써 몇 주일이나 되는데, 이곳 시골구석에 처박혀 홀로 사는 세 여자가 전쟁이 어떻게 돌아가는지 뭘 알겠어?」노부인이 코웃음을 치며 말했다. 「우리 검둥이 하나가 존즈버러에 갔었던 검둥이를 만난 어떤 검둥이한테서 얘기를 들었다는데, 그것 말고 우리는 아는 바가 하나도 없어. 검둥이들 얘기로는 병력과 말들이 휴식을 취하도록 양키들이 애틀랜타에 당분간 눌러앉기로 했다던데, 그게 사실인지 어쩐지는 나로서도 스칼렛만큼밖에는 판단할 능력이 없어. 그만큼 고전을 치렀으니까, 놈들도 휴식이 필요하리라라는 건 뻔한 이치겠지만.」

「스칼렛이 벌써부터 타라에 돌아와 지냈다는데 우리들이 몰랐다고 생각하면 기가 막혀요!」젊은 마님이 말을 가로막았다. 「오, 내가 말을 타고 찾아가서 알아보지 못했다는 게 정말로 미안하군요! 하지만 검둥이들이 다 도망쳐 버리고 나니까 여긴 할 일이 어찌나 많은지 짬을 낼 엄두가 나야죠. 그래도 난 어떻게 해서든지 시간을 냈어야 했어요. 하지만 물론 우린 열두 참나무 집이나 매킨토시 집이나 마찬가지로 양키들이 타라도 불태웠고, 그래서 당연히 메이컨으로 피난을 갔으리라고 생각했죠. 정말이지 우린 스칼렛이 집으로 돌아왔으리라고는 전혀 꿈도 꾸지 못했어요.」

「하기야 오하라 댁 검둥이들이 눈알이 튀어나올 지경으로 겁이 나서 이곳으로 도망쳐 와서는 양키들이 타라를 불태우리라는 애길 했으니, 뭐 달리 생각할 겨를이 있었겠어?」 할머니가 말참견을 했다.

「그리고 우리들이 알기로는 ─」 샐리가 설명하려고 나섰다.

「내가 얘기하겠다니까.」 노마님이 통명스럽게 말했다. 「그리고 검둥이들이 하는 소리를 들어 보니까 타라에는 온통 양키들이 우글거리고, 그곳 식구들은 메이컨으로 갈 차비를 한다고 그랬어. 그러더니 밤이 되자 타라 쪽에서 불길이 환하게 타오르는 걸 봤는데, 몇 시간이나 꺼지질 않으니까 바보 같은 우리 집 검둥이들은 어찌나 겁이 났는지 모조리 달아나고 말았지 뭐야. 뭘 그렇게 오래 태웠지?」

「우리 목화요 ─ 15만 달러어치를 몽땅요.」 스칼렛이 씁쓸하게 말했다.

「집을 태우지 않은 것만도 감사를 드려야지.」 지팡이로 턱을 받치며 할머니가 말했다. 「목화는 언제라도 재배하면 그만이지만, 집은 재배를 못 하잖아. 그건 그렇고, 거긴 모두들 목화를 따기 시작했나?」

「아뇨.」 스칼렛이 말했다. 「이제는 대부분 못 쓰게 되었어요. 멀리 떨어진 샛강 바닥의 밭에 그나마 세 마차 정도는 남은 듯싶은데, 그래 봤자 어쩌겠어요? 밭일꾼들이 달아나서 목화를 딸 사람이 아무도 없는걸요.」

「원 세상에, 밭일꾼이 달아나서 목화를 딸 사람이 아무도 없다니!」 할머니가 그녀의 말투를 흉내 내면서 비웃는 눈초

782

리로 스칼렛을 내려다보았다. 「예쁜 손은 두었다 어디에 쓰려고 그래? 그리고 동생들도 손이 없나?」

「내가요? 목화를 딴다고요?」 마치 할머니가 무슨 끔찍한 범죄를 제안하기라도 한 듯 질색하며 스칼렛이 소리쳤다. 「밭일꾼처럼 말이에요? 백인 쓰레기처럼요? 슬래터리 집 여자들처럼요?」

「백인 쓰레기 좋아하시는구먼! 하기야 지금 세대는 연약한 귀부인 행세를 하느라고 워낙 바쁘시니까! 한마디 해두고 싶은데 말씀이야, 내가 어렸을 때 우리 아버지가 가진 돈을 몽땅 날려 버려 앞날이 막막했던 시절 얘긴데, 난 아버지가 검둥이를 좀 더 사들일 돈을 넉넉히 마련할 때까지는, 난 조금도 잘난 체하지 않고 손으로 하는 일이건 밭에서 하는 일이건 정직한 일이라면 서슴지 않고 다 했어. 난 호미로 밭고랑 김도 매고, 내 손으로 목화도 따고 그랬는데, 꼭 해야 한다면 난 지금도 그런 일을 당장 하겠어. 그리고 보아하니 지금이 바로 그래야 할 처지라고. 백인 쓰레기 좋아하네!」

「오, 하지만, 어머님.」 노부인의 흥분을 진정시키도록 도와달라고 애원하는 눈짓을 젊은 두 여자에게 던지며 폰테인 할머니의 며느리가 소리쳤다. 「하지만 그건 아주 오래전 완전히 다른 시절 얘기이고, 지금은 세상이 달라졌어요.」

「정직한 일을 당연히 해야 할 경우가 닥치면 세상은 언제나 똑같아.」 누그러질 기미를 보이지 않으며 험악한 눈초리로 노부인이 잘라 말했다. 「그리고 마치 정직한 일을 하면 훌륭한 사람들이 백인 쓰레기가 된다는 듯 거기 버티고 서서 떠들어 대는 네 얘기를 들으니까, 스칼렛, 난 네 어머니가 부끄러워하리라는 생각이 들어. 〈아담이 땅을 파고 하와는 실을 잣고〉 ─」

스칼렛은 화제를 바꾸고 싶어서 황급하게 물었다. 「탈턴 댁과 캘버트 댁 사람들은 어떻게 되었죠? 그들도 집이 불타서 떠났나요? 메이컨으로 피난을 갔어요?」

「양키들은 탈턴 댁엔 근처에도 못 갔어요.」 샐리가 말문을 열었다. 「이곳하고 마찬가지로 큰길에서 멀리 떨어졌기 때문에 탈턴 집안은 안전했지만, 캘버트 댁은 달라서 놈들이 들이닥쳐 가축과 돈을 모조리 훔쳐 가고, 검둥이들더러 도망치라고 해서는 데리고 가 —」

할머니가 말을 가로막았다.

「흥! 놈들은 흑인 계집애들에게 비단옷과 금귀고리를 주겠다고 약속했어 — 약속했고말고. 그리고 캐슬린 캘버트의 얘기를 들으니까, 멍청이 계집들을 군인 몇 명이 안장 꽁무니에 태워 가지고 갔다더구먼. 아무렴, 그래 봤자 생길 거라곤 노랑 아기들뿐일 텐데, 난 양키 피가 혈통을 개량시키리라고는 믿지 않아.」

「어쩌면 그런 험한 말씀을, 어머님!」

「그렇게 놀란 얼굴은 하지 마라, 제인. 우린 다 결혼했으니까 알 만한 나이야, 안 그러냐? 그리고, 하느님도 아시지만, 우린 이미 혼혈아가 어떻게 생겼는지 직접 보기도 했지.」

「왜 캘버트 댁은 불태우지 않았죠?」

「캘버트의 둘째 부인하고 그 여자가 부리던 힐턴이라는 양키 감독의 북부 말투 덕분에 집을 건졌지.」 캘버트의 첫째 부인이 죽은 지가 20년이 되었는데도 노마님은 그의 전직 가정교사를 항상 캘버트의 〈둘째〉 부인이라고 불렀다.

「〈우린 진정으로 양키 정신에 공감해요.〉」 길고 가느다란 코를 통해 팽팽 울리는 목소리로 노부인이 캘버트 부인의 말투를 흉내 냈다. 「캐슬린의 얘기를 들으니까, 두 사람은 캘버트 집안이 몽땅 양키들이라고 길길이 날뛰며 맹세를 했다는 구먼. 하지만 캘버트 씨는 윌더네스[8]에서 전사했단 말씀이야! 그리고 레이포드는 거티즈버그에서, 케이드는 버지니아에서 싸웠고. 캐슬린은 어찌나 굴욕감을 느꼈는지 차라리 집 ㅇ 타버리는 편이 훨씬 좋았으리라고 그랬어. 케이드가 고향으로 돌아와서 그런 애기를 들으면 속이 터지리라는 소리도 했지. 하지만 양키 여자하고 결혼해서 남자가 얻는 건 — 그게 전부야. 자존심도 없고, 체면도 없고, 항상 자기 목숨만 부지하려고 생각하지……. 그런데 타라는 놈들이 어떻게 불태우질 않았어, 스칼렛?」

스칼렛은 대답을 하기 전에 잠깐 주춤했다. 그녀는 바로 다음 질문이 〈그리고 식구들은 어떻게 지내? 다정한 너희 어거니는 안녕하시고?〉가 되리라고 예상했다. 스칼렛은 어머니가 죽었다는 얘기를 그들에게 해서는 안 된다고 판단했다. 이토록 동정심이 많은 여자들 앞에서 그녀가 만일 그 말을 하거나, 심지어는 그런 생각만 하더라도, 당장 눈물바다가 터지리라고 스칼렛은 생각했다. 그리고 그녀는 자신에게 눈물을 허락하고 싶지 않았다. 집으로 돌아온 이후로 그녀는 한 번도 속이 시원하도록 울었던 적이 없었고, 일단 울음보를 터뜨렸다가는 지금까지 혹독하게 다져 온 용기가 단숨에 무너질 것만 같았다. 하지만 그녀를 둘러싼 다정한 얼굴들을 둘러보고 스칼렛은, 엘렌의 죽음에 관한 소식을 그들에게 제대로 알려 주지 않는다면 폰테인 댁 여자들이 나중에 절대로 그녀를 용서하지 않으리라는 혼란스러운 생각도 들었다. 카운티에서는 노부인에게서 조금이라도 호감을 샀던 사람이

8 래퍼든 강변의 정글처럼 수목이 울창한 곳으로 그랜트의 북군과 리 장군이 격전을 벌였다.

아주 드물었지만, 엘렌에 대한 할머니의 정성이 얼마나 각별했는지는 스칼렛도 잘 알았다.

「자, 어서 얘기해 봐.」 그녀를 뚫어지게 노려보며 할머니가 말했다. 「이유를 모르겠다는 말은 아니겠지?」

「글쎄요, 난 전투가 끝난 다음 날에야 집에 도착했어요.」 그녀는 대답을 서둘렀다. 「양키들이 이미 다 가버린 다음이었죠. 아버지가 저한테 — 아버지가 해주신 얘기를 들으니까, 수엘렌과 캐린이 장티푸스에 걸려 병이 심하기 때문에 꼼짝도 못 할 처지라고 했더니, 놈들이 집을 태우지 않았다더군요.」

「양키가 그렇게 사람다운 짓을 했다는 얘긴 금시초문인걸.」 침략자들에 관해서 호의적인 얘기를 조금이나마 듣게 되어 섭섭하다는 듯 할머니가 말했다. 「그럼 동생들은 지금도 병이 심해?」

「아, 좋아졌죠. 훨씬 좋아져서 거의 다 나았지만, 기운은 별로 없어요.」 스칼렛이 대답했다. 그러고는 그녀가 두려워했던 질문이 노부인의 입안에서 맴돌고 있음을 깨닫고 스칼렛은 서둘러 무슨 다른 애깃거리를 궁리해 내려고 했다.

「혹시 — 혹시 꾸어 주실 식량 좀 없을지 모르겠는데요. 양키들이 메뚜기 떼처럼 우리 농장을 깨끗하게 쓸어 갔어요. 하지만 만일 댁에서도 식량이 넉넉지 못하시다면 그냥 솔직하게 말씀을 —」

「돼지를 마차에 태워 보내면 쌀이나 굵은 옥수숫가루, 돼지고기, 닭고기 따위 우리들이 가진 거 절반을 보내 줄게.」 갑자기 날카로운 눈초리로 스칼렛을 살펴보며 노마님이 말했다.

「아, 그건 너무 과해요! 정말이지 난 —」

786

「아무 소리 마! 그런 말 듣고 싶지 않으니까. 이웃 좋다는 게 뭐야?」

「너무나 친절하셔서 어떻게 ─ 하지만 이제 전 가봐야 되겠어요. 집에서 기다리는 식구들이 걱정할 테니까요.」

할머니가 갑자기 몸을 일으키더니 스칼렛의 팔을 잡았다.

「너희 둘은 따라오지 마.」 스칼렛을 뒤쪽 현관으로 밀어내며 그녀가 명령했다. 「난 스칼렛하고 단둘이 얘기하고 싶으니까. 층계를 내려가게 날 부축해 다오, 스칼렛.」

젊은 마님과 샐리는 잘 가라고 스칼렛에게 작별 인사를 했고, 머지않아 타라로 놀러 가겠다고 덧붙여 약속했다. 그들은 할머니가 스칼렛과 무슨 얘기를 하고 싶어 하는지 퍽 궁금했지만, 할머니가 마음이 내켜서 스스로 털어놓기 전에는 알아낼 길이 없었다. 늙은 여자들이란 참으로 까다롭다고 젊은 마님은 다시 바느질을 계속하며 샐리에게 귀엣말을 했다.

스칼렛은 말의 재갈을 손에 잡고 서서 답답한 기분을 느꼈다.

「자.」 그녀의 얼굴을 들여다보며 할머니가 말했다. 「타라에 무슨 사고가 생겼니? 너 뭔가 나한테 숨기려고 그러지?」

스칼렛은 늙고 날카로운 눈을 올려다보았고, 눈물을 흘리지 않고도 진실을 얘기할 자신이 생겼다. 폰테인 할머니의 명백한 허락을 받기 전에는 그녀 앞에서 어느 누구도 울어서는 안 되기 때문이었다.

「어머니가 돌아가셨어요.」 그녀가 무감각하게 말했다.

스칼렛의 팔에 얹힌 손이 점점 힘을 주어 움켜잡았고, 노란 눈을 덮은 쪼글쪼글한 눈꺼풀이 깜박였다.

「양키들이 죽였니?」

「장티푸스로 돌아가셨어요. 제가 집으로 돌아오기 하루

전에요.」

「그건 더 이상 생각하지 마라.」할머니가 근엄하게 말했고, 스칼렛은 그녀가 침을 삼키는 소리를 들었다.「그럼 아버지는?」

「아버지는 — 아버지는 온전하질 않아요.」

「그게 무슨 소리냐? 확실하게 얘기해 봐. 병이 나셨어?」

「충격 때문에 — 아버지는 아주 이상해지셨고, 아버지는 제대로 —」

「실성하셨단 소리는 아니겠지. 아버지가 정신 이상을 일으켰다는 말이냐?」

진실을 단도직입적으로 캐묻는 소리를 들으니 스칼렛은 차라리 마음이 놓였다. 그녀로 하여금 울음을 터뜨리지 않도록 동정심을 절제할 줄 아는 노부인은 얼마나 훌륭한 분이던가.

「그래요.」그녀는 둔감하게 말했다.「정신이 나가셨어요. 하시는 행동이 얼빠진 사람 같고, 때로는 어머님이 돌아가셨다는 사실조차 기억을 못 하세요. 아, 노마님, 전에는 어린아이만큼도 참을성이 없었던 분이신데, 아버지가 그토록 끈질기게 어머니를 기다리며 몇 시간이고 그냥 앉아서 기다리시는 모습을 보면 전 견딜 수가 없어요. 하지만 어머니가 돌아가셨다는 걸 아버지가 기억해 내실 때는 더욱 괴로워요. 어머니가 집으로 돌아오시는지 신경을 잔뜩 곤두세우며 귀를 기울이고 꼼짝도 않으며 앉아 계시다가, 가끔 갑자기 벌떡 일어나 집에서 황급히 나가 묘지로 내려가신답니다. 그러고는 얼굴이 온통 눈물범벅이 되어 다리를 질질 끌고 돌아오셔서는, 내가 비명이라도 지르고 싶어질 정도로 자꾸만 자꾸만 똑같은 소리로 〈케이티 스칼렛아, 오하라 부인이 죽었구나. 너희 어머니가 죽었어〉라고 되풀이해서 말씀을 하시는데, 그

788

럴 때마다 난 그 말을 처음 듣기라도 하는 듯 괴로워져요. 그
리고 때로는 밤늦게 아버지가 어머니를 부르는 소리가 들려
오면, 난 잠자리에서 일어나 아버지한테로 달려가서, 어머니
는 검둥이가 아파서 돌봐 주려고 노예 막사로 내려가셨다고
말하죠. 그러면 아버지는 남들을 간호하느라고 어머니가 늘
무리하신다고 야단을 치세요. 그럴 땐 아버지를 다시 잠자리
에 들게 하기가 무척 힘들어요. 아버지는 꼭 어린애 같으시
니까요. 아, 닥터 폰테인이 계시다면 얼마나 좋을지 모르겠
어요! 의사 선생님이라면 아버지를 위해 어떻게라도 손을 쓰
실 테니까요! 그리고 멜라니에게도 의사가 필요해요. 아기를
낳고 산후 몸조리가 제대로 안 되어서 ─」

「멜리가 ─ 아기라고? 그럼 넌 멜리하고 함께 지내?」

「네.」

「멜리가 왜 너하고 함께 사니? 왜 고모님이랑 친척들하고
메이컨으로 같이 가질 않고? 찰스의 누이동생이기는 해도
난 네가 멜리를 조금도 좋아하지 않는다고 생각했는데. 자,
어떻게 된 일인지 나한테 다 얘기해 봐.」

「사연이 길어요, 노마님. 다시 집으로 들어가 앉고 싶지 않
으세요?」

「괜찮아, 서서 들어도 돼.」 할머니가 무뚝뚝하게 말했다.
「그리고 만일 네가 다른 사람들 앞에서 얘기를 하면 다들 울
음을 터뜨리겠고, 그러면 너도 기분이 비참해지겠지. 자, 어
디 얘기를 들어 보자.」

스칼렛은 머뭇거리며 애틀랜타 공방전과 멜라니의 임신부
터 얘기를 시작했지만, 늙고 날카로운 노부인의 시선이 조금
도 위축되지 않고 지켜보는 사이에, 서술하는 내용이 조금씩
발전하면서, 그녀가 겪었던 공포와 용기를 표현할 적절한 어

휘들이 살아나기 시작했다. 속이 울렁거릴 정도로 무더웠던 날 아기가 태어나고, 그녀를 괴롭히던 공포감, 레트가 그들을 남겨 두고 가버린 다음에도 계속해야 했던 탈출 따위의 기억이 하나둘 되살아났다. 스칼렛은 노부인에게 무서운 광란의 암흑과, 적인지 아군인지 알 길이 없어서 무작정 멀찌감치 피해야 했던 화톳불과, 아침 햇살을 받으며 그녀의 시야에 들어왔던 앙상한 굴뚝과, 길가의 죽은 병사와 군마들, 배고픔과, 황량함과, 타라가 불타 버렸을지도 모른다는 두려움을 얘기했다.

「난 그냥 어머니가 계시는 집으로 돌아오기만 하면, 어머니가 무슨 일이든 다 해결해 주시고, 무거운 짐을 벗어 버리게 되리라고만 생각했어요. 그래서 집으로 오던 길에 난 최악의 사태를 이미 겪었다고 생각했지만, 어머니가 돌아가셨다는 말을 듣고서야 무엇이 최악인지를 깨달았어요.」

그녀는 땅바닥으로 시선을 떨구고는 할머니가 입을 열기를 기다렸다. 어찌나 한참 동안 침묵이 흘렀던지 스칼렛은 혹시 할머니가 그녀의 곤경을 이해하지 못한 것이나 아닌지 의아한 생각이 들었다. 마침내 늙은 목소리가 말을 했고, 그녀의 어조는 상냥했고, 누구에게 얘기를 하거나 간에 할머니가 이토록 상냥한 말투를 쓰는 것을 스칼렛은 한 번도 들어본 적이 없을 정도였다.

「애야, 여자란 최악의 사태를 겪고 나면 다시는 아무것도 정말로 무서워하지 않게 되기 때문에, 최악의 사태를 여자가 경험한다는 건 아주 나쁜 일이란다. 그리고 여자가 무엇을 두려워하지 않는다는 건 아주 나빠. 네가 한 얘기를 — 네가 겪은 일을 넌 내가 이해하지 못한다고 생각하겠지? 글쎄, 난 이해를 아주 잘한단다. 내가 네 나이였을 때, 난 밈스 요새 대학

살 사건 직후에 발생한 크리크 봉기[9]를 겪었었지. 그래 — 그랬었어.」그녀는 아득한 목소리로 말했다. 「50여 년 전의 일이었으니까 바로 네 나이였어. 그리고 난 겨우 숲으로 몸을 피해 숨었고, 그곳에 엎드려 우리 집이 불타는 걸 지켜보았고. 인디언들이 내 형제자매들의 머리 가죽을 벗기는 장면도 보았단다. 그리고 난 그곳에 엎드린 채로, 불빛이 내가 숨은 곳을 노출시키지 않도록 기도를 드리는 수밖에 별도리가 없었어. 그리고 그들은 우리 어머니를 밖으로 끌어내더니, 내가 엎드려 몸을 숨긴 자리에서 10미터도 안 되는 곳에서 죽였어. 그러고는 어머니의 머리 가죽도 벗겼지. 그러고는 인디언 한 명이 자꾸만 어머니한테로 되돌아가서 토마호크 도끼로 어머니의 두개골을 찍어 댔어. 어머니는 — 어머니는 날 굉장히 귀여워했는데, 난 그곳에 엎드려 그걸 전부 지켜봤단다. 그리고 아침에 난 가장 가까운 곳에, 50킬로미터나 떨어진 정착촌으로 출발했어. 늪지대를 지나고 인디언들을 피해 그곳까지 도착하는 데는 사흘이나 걸렸고, 나중에 내 얘기를 듣고 사람들은 내가 정신 이상을 일으키리라고 생각했지……. 난 거기서 닥터 폰테인을 만났단다. 그이가 날 돌봐 주었지……. 아, 하기야 그건 50년 전의 일이었고, 내가 아까 말했듯이, 난 이미 최악의 사태를 겪었기 때문에 그 이후로 난 무엇도, 그리고 어느 누구도 전혀 두려워하지 않게 되었어. 그리고 두려움도 모르는 그런 면 때문에 나는 난처한 꼴도 많이 당했고, 많은 행복도 상실했지. 하느님은 여자들이란 소심하고 겁이 많은 존재로 만들어 놓았고, 그래서 두려움을 모르는 여자라면 어딘

9 크리크는 본디 조지아와 앨라배마에 살았던 아메리카 원주민 부족이며, 영토 확장을 하는 중이던 합중국과 1813~1814년에 전쟁을 벌였다. 세미놀족은 크리크족에서 파생했다.

가 자연스럽지 못하다고 사람들은 생각해……. 스칼렛, 사랑하고 싶은 무엇을 아껴서 남겨 둬야 하듯이 — 여자란 두려워해야 할 무엇인지를 꼭 남겨 둬야 하는 법이란다…….」

노마님의 목소리가 점점 희미해졌고, 그러고는 반세기 전에 겪었던 무서운 날을 회상하며 침묵을 지켰다. 스칼렛이 초조하게 서성거렸다. 스칼렛은 할머니가 그녀의 고뇌를 이해하고 혹시 문제를 해결할 무슨 방법이라도 가르쳐 주지 않을까 기대했었다. 하지만 대부분의 늙은 사람들이 그러듯이, 할머니는 남들이 태어나기 전에 벌어졌던 일, 아무도 관심이 없는 사건에 관한 얘기로 혼자 빠져들어 갔다. 스칼렛은 공연히 그녀에게 마음속 얘기를 털어놓았다고 후회했다.

「자, 집으로 가거라, 애야, 식구들이 너 때문에 걱정할지 모르니까.」 할머니가 불쑥 말했다. 「오늘 오후에 마차하고 일꾼 돼지를 보내……. 그리고 언젠가는 네가 짐을 벗을 날이 찾아오리라는 희망은 일찌감치 버려. 그런 날은 오지 않을 테니까. 난 알아.」

그해에는 따뜻한 늦가을 날씨가 11월까지 어물어물 계속되었고, 타라 사람들에게는 따뜻한 날이 곧 즐거운 날이었다. 최악의 상황은 넘겼다. 그들에게는 이제 말이 생겨서, 걷는 대신 타고 다닐 수단이 마련되었다. 고구마와 땅콩과 말린 사과뿐인 단조로운 식단에 변화를 주기 위해 그들은 아침 식사에 계란 지짐을 먹었고, 저녁 식사에는 돼지고기 튀김을 마련하기도 했으며, 어느 식사 때는 닭튀김까지 만들어 잔치 기분을 내기도 했다. 늙은 암퇘지가 드디어 잡혔고, 엄마와 새끼 돼지들은 집 밑에 마련한 우리에 들어가 살며, 즐겁게 꿀꿀거리고 코로 파헤쳐 먹이를 찾았다. 때때로 돼지들이 어찌나 시끄럽게 꿀꿀거렸는지 집 안에서는 얘기를 나누기가 힘들 지경이었지만, 그래도 그것은 유쾌한 소리였다. 그 소리는 날씨가 추워지고 돼지를 잡을 철이 되면, 백인 가족은 신선한 돼지고기를 먹겠고, 흑인 가족은 곱창을 맛보고, 다 같이 무사히 겨울을 날 식량을 의미했다.

스칼렛의 폰테인 댁 방문은 그녀가 기대했던 것보다 훨씬 크게 기운을 북돋아 주었다. 이웃들이 부근에서 여전히 살아가고, 집안의 친구들과 그들의 옛집이 몇몇은 무사히 버티어 냈다는 사실을 알게 돈 스칼렛은, 타라에서 지낸 처음 몇 주일 동안 그녀를 답답하게 짓눌렀던 참담하고도 외롭고 끔찍한 기분을 조금씩 이겨 냈다. 그리고 농장이 군대가 지나간 길목에서 멀리 떨어져 무사했던 폰테인 댁과 탈턴 댁 사람들은 얼마 안 되는 그들의 식량이나마 지극히 너그럽게 나눠 주었다. 이웃이 이웃을 돕는 생활 방식은 카운티의 전통이었고, 그들은 스칼렛에게 나눠 준 식량에 대해서는 한 푼도 받지 않겠다고 하며, 서로 처지가 바뀌게 되면 나중에 그녀도 자기들에게 마찬가지로 해줘야 된다고 말하면서, 내년에 타라가 다시 추수를 하면 물건으로 갚으라고 했다.

스칼렛은 이제 가족을 먹일 식량도 마련했고, 타고 다닐 말도 있었고, 양키 낙오병에게서 돈과 보석도 손에 넣었으며, 이제 가장 필요한 것은 새 옷이었다. 스칼렛은 양키나 남군 어느 쪽에게 말을 빼앗길지도 모르는 처지여서, 새 옷을 사오라고 일꾼 돼지를 남쪽으로 보내면 위험하리라고 판단했다. 하지만 적어도 그녀는 옷을 살 돈과, 여행을 할 말과 마차를 소유했고, 어쩌면 돼지는 잡히지 않고 무사히 여행을 다녀올 가능성도 있었다. 그렇다, 최악의 사태는 넘겼다.

아침에 잠에서 깨어날 때마다 스칼렛은, 날씨가 좋으면 따뜻한 옷이 필요하게 될 불가피한 시기를 하루라도 더 뒤로 미뤄도 되기 때문에, 새파란 하늘과 따뜻한 태양에 대해서 하느님에게 감사를 드렸다. 그리고 따뜻한 날이 하루하루 지남에 따라, 농장에서 창고로 쓸 만한 곳으로 남은 유일한 장소인 빈 노예 막사에는 목화가 점점 더 쌓여 갔다. 밭에는 그녀와 돼지가 어림했던 양보다 목화가 훨씬 많아서, 네 마차는 될 듯싶었고, 거둬들인 목화로 곧 오두막들은 가득 찰 기세였다.

폰테인 할머니의 혹독한 말을 들은 다음에도 스칼렛은 스스로 목화를 딸 생각을 처음에는 하지 않았었다. 이제는 타라의 여주인이 된 오하라 댁 숙녀가 밭에서 노동을 하다니, 생각만 해도 끔찍한 일이었다. 그랬다가는 그녀의 신세가 머리카락이 헝클어진 슬래터리 부인이나 에미와 똑같은 신분이 되리라. 스칼렛은 회복기에 들어선 동생들과 그녀가 집안일을 맡는 반면에 밭일은 흑인들에게 시켜야 되겠다고 계획을 세웠지만, 그러자 그녀는 뜻밖에도 자신의 자존심보다도 훨씬 더 강한 흑인들의 계급 의식에 봉착했다. 돼지와 어멈과 프리시는 밭에서 일을 하라는 지시를 받고는 아우성을 쳤다. 그들은 집안일 깜둥이지, 밭일꾼은 아니라는 소리만 되풀이했다. 특히 어멈이 열을 올려 자기는 마당 일조차 해본 적이 없었노라고 야단이었다. 그녀는 노예 막사가 아니라 로비야르 댁 대저택에서 태어났고, 침대 발치의 짚자리에서 잠을 자며 큰 마님의 침실에서 자랐다. 딜시 혼자만 아무런 반발이 없었고, 그녀가 빤히 노려보는 눈초리에 프리시는 몸을 비비 틀기만 했다.

스칼렛은 그들의 불평 소리를 아랑곳하지 않고 모두들 목화밭으로 몰아넣었다. 하지만 어멈과 돼지가 어찌나 일이 느리고 우는소리를 많이 하는지, 스칼렛은 어멈을 요리나 하라고 부엌으로 다시 돌려보냈고, 돼지는 토끼와 주머니쥐를 덫으로 잡거나 낚시로 고기를 잡아 오라고 숲과 강으로 보냈다. 목화를 따는 일이라면 일꾼 돼지의 체면이 손상도 겠지단, 사냥과 낚시는 얘기가 달랐다.

다음에 스칼렛은 동생들과 멜라니에게 밭일을 시켜 보려고 했지만, 이것도 역시 사정이 여의치가 않았다. 멜라니는 뜨거운 땡볕 속에서 말끔하게, 빠른 솜씨로, 열심히 한 시간 동안 목화를 땄지만, 그러고는 소리 없이 졸도를 해서 한 주일 동안 침대에 누워서 지내야 했다. 화가 나서 눈물을 글썽거리던 수엘렌도 덩달아 기절하는 시늉을 했지만, 스칼렛이 얼굴에 물을 한 바가지 끼얹자 성난 고양이처럼 퉤퉤 뱉으며 의식을 되찾았다. 결국 그녀는 노골적으로 밭일을 거부하기에 이르렀다.

「난 검둥이처럼 밭에서 일을 하지는 못하겠어! 언니는 나한테 그런 일을 시키면 안 돼. 만일 우리 친구들 가운데 누가 이런 얘기를 들으면 어떻게 되겠어? 만일 — 만일 케네디 씨가 혹시 알게 되면 어떡하지? 아, 어머니가 이런 사정을 알았더라면 —」

「너 어머니를 한 번만 더 입에 올리기만 했다간, 수엘렌 오하라, 내가 네 뺨을 불똥이 튀도록 때리겠어.」 스칼렛이 소리쳤다. 「어머니는 농장에서 어느 검둥이보다도 더 열심히 일하셨고, 그건 너도 잘 알잖아, 이 건방진 년아!」

「그렇지 않았어! 적어도 밭에서는 일하지 않으셨다고. 그리고 언니는 나한테 그런 일을 시키지 못해. 난 언니를 아빠한테 일러바치겠고, 그러면 아버지는 내가 일을 안 하게 하실 테니까!」

「너 우리 걱정거리를 아버지한테 가지고 가서 섣불리 귀찮게 해드리기만 했다간 그냥 내버려 두지 않겠어!」 동생에 대한 짜증과 아버지에 대한 두려움 사이에서 갈팡질팡하며 스칼렛이 소리쳤다.

「내가 도와줄게, 언니.」 고분고분한 캐린이 중재에 나섰다. 「수엘렌의 일도 내가 하겠어. 언니는 아직 건강하지 못해서 땡볕에 나가면 안 돼.」

스칼렛은 고마워하며 〈고맙구나, 우리 착한 막내야〉라고 말했지만, 걱정스러운 표정으로 동생을 쳐다보았다. 봄바람에 흩어지는 과수원의 꽃처럼 항상 섬세하고 발그레하고 새하얀 캐린의 피부는 이제 더 이상 분홍빛이 아니었지만, 다정하고 생각이 깊은 그녀의 얼굴에서는 아직도 꽃다운 분위기가 풍겼다. 캐린은 의식을 되찾고 나서, 어머니가 돌아가셨고, 스칼렛은 우악스럽고 사나운 여자로 변했으며, 세상이 달라졌고, 끝없는 노동이 새로운 시대의 질서가 되어 있음을 발견한 이후로, 정신이 나간 듯 말이 없어졌다. 섬세한 성품의 캐린으로서는 스스로 변화에 적응할 능력이 없었다. 무슨 상황이 닥쳤는지 제대로 이해가 되지 않았던 그녀는 시키는 대로 고분고분하게 말을 잘 들으며 몽유병자처럼 타라 농장을 하염없이 돌아다녔다. 그녀는 나약해 보이고 실제로도 연약했지만, 기꺼이 순종하고 남을 잘 돌봐 주었다. 스칼렛이 시키는 일을 끝내고 나면 그녀는 항상 묵주를 손에 들고, 어머니와 브렌트 탈턴을 위해 기도를 드리느라고 입술이 쉴 줄을 몰랐다. 캐린이 브렌트의 죽음을 얼마나 심각하게 받아들였으며, 그녀의 슬픔이 아물지 못했으리라는 걱정 따위는 스칼렛의 염두에 없었다. 스칼렛에게는 캐린이 아직도 〈어린 막내〉여서, 정말로 진지한 사랑을 하기에는 너무 어리다고만 여겨졌다.

한없이 구부리고 일만 했기 때문에 허리가 부러질 듯 쑤시고, 마른 목화 꼬투리를 따느라고 두 손이 거칠어진 스칼렛은, 목화밭의 땡볕에서 잠시 몸을 일으키고는, 수엘렌의 정력적인 힘과 캐린의 다정다감한 성품을 함께 갖춘 동생을 두었더라면 좋았겠다고 생각했다. 캐린은 부지런히 그리고 열심히 목화를 땄다. 하지단 한 시간 동안 힘들여 일하고 난 다음에는, 그런 일을 넉넉히 해낼 만큼 건강을 회복하지 못한 사람은 수엘렌이 아니라 캐린이라는 사실이 분명해졌다. 그래서 스칼렛은 캐린도 집으로 돌려보냈다.

이제 기나긴 밭고랑 한가운데는 딜시와 프리시, 그리고 그녀만이 남았다. 프리시는 게으르게, 발작적으로 잠깐씩만 목화를 따면서, 발이 아프다, 등이 아프다, 배 속이 거북하다, 죽을 지경으로 피곤하다 불평을 그칠 줄 몰랐고, 결국 그녀의 어머니는 목화 줄기를 집어 들고 프리시가 비명을 지를 정도로 회초리질을 했다. 그런 다음에야 프리시는 어머니의 손이 닿지 않을 만큼 멀리 떨어지려고 신경을 써가며 보다 열심히 일했다.

딜시는 지칠 줄 모르고 말도 없이 기계처럼 일했고, 메고 다니는 목화 자루의 무게에 눌려 어깨의 허물이 벗어지고 등이 쑤시던 스칼렛은 딜시가 굉장히 소중한 존재라고 생각했다.

「딜시.」 그녀가 말했다. 「좋은 시절이 다시 돌아오면, 난 딜시가 어떤 행동을 보여 주었는지를 절대로 잊지 않겠어. 딜시는 정말 훌륭한 사람이야.」

청동빛 몸집이 거인이었던 딜시는 다른 흑인들처럼 칭찬을 받으면 기분이 좋아 히죽거리거나 몸을 비비 꼬지도 않았다. 그녀는 무표정한 얼굴을 스칼렛에게 돌리고 점잖게 말했다. 「고마워요, 마님. 하지만 제럴드 주인님 엘렌 마님 나한 테 많이 잘해 줬어요. 제럴드 주인님 내 딸 프리시 샀고 그래 서 나 슬프다 하지 않았고 나 그것 잊지 않아요. 나 인디언 피 받았는데, 인디언들 자기한테 잘해 준다 하는 사람 안 잊 어요. 나 프리시 잘못 죄송하다 생각해요. 아무짝 못 쓰는 애 니까요. 보니까 아버지 닮아 깜둥이 기질만 타고났다 하나 봐요. 저 애 아빠 굉장히 한심했죠.」

목화를 따는 일에서 다른 사람들로부터 도움을 구하는 데 어려움이 많았음에도 불구하고, 그리고 스스로 힘든 일을 하 느라고 지쳤음에도 불구하고, 목화가 서서히 밭에서 오두막 으로 옮겨 감에 따라 스칼렛은 기분이 그만큼씩 좋아졌다. 목화는 어딘가 마음을 가라앉히고 위안을 주는 역할을 했 다. 남부 전체가 그랬듯이 타라는 목화로 부유해졌고, 스칼 렛은 타라와 남부가 붉은 밭에서 다시 일어서리라고 믿을 만 큼 철저한 남부인이었다.

물론 그녀가 거두어들인 목화는 얼마 안 되었지만, 그래도 꽤 쓸 만했다. 목화는 약간의 남부 동맹 돈을 벌어들이겠고, 그런 하찮은 돈이라도 그녀로 하여금 꼭 써야 할 날이 될 때 까지 양키의 지갑 속에 든 합중국 돈과 금화를 숨겨 두는 데 분명히 도움이 되리라고 스칼렛은 믿었다. 내년 봄에 그녀는 남부 동맹 정부가 징용을 해간 빅 샘과 다른 밭일꾼들을 돌 려보내도록 손을 쓰겠고, 만일 정부에서 그들을 풀어 주지 않는다면 스칼렛은 양키 돈을 써서 이웃 농장들로부터 밭일 꾼들을 고용하리라. 내년 봄에 그녀는 심고 또 심어서……. 그녀는 피곤한 허리를 펴고는, 갈색으로 변하는 가을 들판 위로 내년 봄에 곡식이 힘차고 푸르게, 한없이 펼쳐질 광경을 상상해 보았다.

내년 봄! 어쩌면 내년 봄쯤에는 전쟁이 끝나고 좋은 시절이 되돌아올지도 모른다. 그리고 남부 동맹이 이기든 지든 간에, 세상은 훨씬 좋아지리라. 양쪽 군대가 언제 들이닥쳐 약탈을 자행할지 몰라서 끊임없이 걱정해야 하는 위험에 비하면, 무엇이라도 다 좋았다. 전쟁만 끝나면 농장에서는 정직한 삶을 영위하게 되리라. 오, 전쟁이 끝나기만 한다면! 그러면 사람들은 무엇인가 거두어들이게 되리라는 확신을 가지고 곡식을 심게 되리라!

이제는 희망이 보였다. 전쟁은 영원히 계속되지는 않는다. 그녀는 목화를 조금 거두었고, 식량도 마련되었고, 말도 한 마리 장만했그, 적지만 소중한 돈까지 간직해 두었다. 그렇다, 최악의 시련은 끝났다!

제27장

　11월 중순의 어느 날 한낮에 그들은 식탁에 둘러앉아, 어멈이 묽게 탄 옥수숫가루와, 말린 월귤(越橘)에다 사탕수수 엿물로 단맛을 내어 만든 후식을 다 먹어 가던 참이었다. 하늘에는 냉기가, 금년의 첫추위가 감돌았고, 일꾼 돼지는 스칼렛의 의자 뒤쪽에 서서 기분이 좋아 두 손을 비비며 물었다. 「돼지 잡는다 할 때 못 됐나요, 스칼렛 마님?」

　「벌써 내장의 맛이 입에 감치는 모양이로구나, 안 그래?」 활짝 웃으며 스칼렛이 말했다. 「그래, 나도 싱싱한 돼지고기 맛이 입안에 감도니까, 날씨가 며칠만 더 이러면 ――」

　멜라니가 숟가락을 입에 댄 채로 그녀의 애기를 중단시켰다. 「저 소리 들어 봐요, 스칼렛! 누가 이리 오고 있어요!」

　「누구 소리 질러라 하세요.」 돼지가 불안하게 말했다.

　겁을 먹은 심장처럼 빠른 속도로 울리는 말발굽 소리와, 목청을 돋우어 〈스칼렛! 스칼렛!〉 하고 부르는 여자의 비명 같은 목소리가, 상큼한 가을 하늘을 타고 선명하게 들려왔다.

　식탁에 둘러앉은 사람들은 두려움에 휩싸여 잠깐 동안 서로 마주 쳐다보았고, 그러더니 의자를 뒤로 밀치며 한꺼번에 벌떡 일어섰다. 겁을 먹어 찢어지는 듯한 소리로 변하기는 했어도, 그것은 겨우 한 시간 전에 존즈버러에 가는 길에 잠깐 잡담이나 나누려고 타라에 들렀던 샐리 폰테인의 목소리가 분명했다. 이제 그들은 앞을 다투어 앞문으로 와르르 몰려들었고, 머리카락을 뒤로 휘날리고 둥근 모자가 끈에 매달린 채, 거품을 입에 문 말을 몰고 바람처럼 달려 마찻길을 올라오는 샐리를 보았다. 그녀는 말을 세우려고 고삐를 당기지도 않은 채, 미친 듯 그들을 향해 마구 말을 달렸고, 그녀가 온 방향을 가리키느라고 뒤쪽으로 팔을 휘둘렀다.

「양키들이 와요! 내 눈으로 똑똑히 봤어요! 길 아래쪽이에요! 양키들이 ──」

그녀는 말이 앞 층계를 펄쩍 뛰어오르기 직전에야 방향을 돌리려고 겨우 말의 입을 사납게 앞뒤로 당겼다. 말은 몸을 휙 옆으로 돌리더니, 잔디밭을 세 걸음에 껑충껑충 뛰어 건넜고, 샐리는 사냥터에서처럼 1미터 높이의 숲 울타리를 말을 탄 채로 뛰어넘었다. 다음 순간 그들은 뒷마당을 지나 노예 막사의 오두막들 사이로 뻗어 나간 좁다란 오솔길을 내려가며 무겁게 울려 대는 말발굽 소리를 들었고, 샐리는 어느새 밭을 가로질러 지름길로 미모사를 향해 달려갔다.

잠깐 동안 그들은 얼이 빠져 멍하니 서서 침묵을 지켰고, 그러자 갑자기 수엘렌과 캐린은 서로 손가락을 움켜잡고 흐느껴 울기 시작했다. 어린 웨이드는 울지도 못하고 얼어붙은 듯 그 자리에 서서 벌벌 떨었다. 애틀랜타를 떠난 이후로 그가 두려워했던 일이 드디어 벌어졌다. 양키들이 그를 잡으러 달려온다.

「양키들이라고?」 제럴드가 어리벙벙해서 말했다. 「하지만 양키들은 여기를 벌써 다녀갔잖아?」

「하느님의 어머니시여!」 겁에 질린 멜라니의 눈과 시선을 마주치며 스칼렛이 소리쳤다. 짤막한 한순간 동안 그녀의 기억 속에서는 애틀랜타에서 그녀가 마지막으로 보냈던 밤의 공포와 시골의 여기저기 흩어진 황폐한 집들, 그리고 강간과 고문과 살인에 관한 온갖 얘기들이 다시금 생생하게 되살아났다. 그녀는 거실에서 어머니의 바느질 상자를 손에 들고 있던 양키의 모습이 눈앞에 어른거렸다. 그녀는 생각했다. 〈나는 죽는구나. 난 여기서 죽는다고. 그런 일은 다 끝난 줄 알았는데. 나는 죽는다. 난 더 이상 버틸 힘이 없어.〉

그러자 일꾼 돼지가 탈턴 댁으로 심부름을 가려고 안장을 채운 채 고삐를 매어 놓은 말이 그녀의 눈에 띄었다. 그녀의 말! 한 마리뿐인 그녀의 말이다! 양키들은 말과 암소와 송아지를 빼앗아 가리라. 그리고 암퇘지와 새끼들도 ─ 아, 잽싼 암퇘지와 새끼들을 잡으려고 얼마나 많은 시간 동안 그들이 고생했던가! 그리고 그들은 폰테인 댁에서 그녀에게 준 수탉과, 알을 품은 암탉들과, 오리들도 약탈해 가리라. 그리고 식료품 저장실 통 속에 담아 둔 사과와 고구마도. 그리고 밀가루와 쌀과 말린 콩도. 그리고 양키 병사의 지갑에서 찾아낸 돈도. 그들은 닥치는 대로 다 빼앗고, 타라의 사람들은 굶어 죽게 해놓고 가리라.

「놈들에게 내주지는 않겠어!」 그녀가 큰 소리로 외쳤고, 역경을 맞아 갑자기 정신이 이상해져서 헛소리를 시작하지나 않았는지 걱정이 된 그들은 놀란 얼굴을 스칼렛에게로 돌렸다. 「난 굶고 싶지 않아! 놈들에게 내주고 싶지는 않다고!」

「왜 그래, 스칼렛? 무슨 일이야?」

「말! 암소! 돼지들! 놈들에게 그걸 내주면 안 돼! 난 놈들이 가축을 가져가도록 그냥 내버려 두지는 않겠어!」

그녀는 검은 피부가 묘하게 잿빛으로 변한 얼굴로 문간에 몰려서서 웅성거리던 네 명의 흑인에게로 얼른 돌아섰다.

「늪지대로 가야 해.」그녀가 다급하게 말했다.

「어디 늪지대 가요?」

「강가의 늪지대 말이야, 멍청이들아! 돼지들을 늪지대로 끌고 가야 해. 너희들 모두. 얼른. 돼지야, 너하고 프리시는 집 밑으로 기어 들어가서 개들을 몰아내. 수엘렌, 너하고 캐린은 가능한 한 식량을 바구니에 가득 담아 가지고 숲으로 도망가. 어멈, 은식기를 다시 우물에 집어넣어요. 그리고 돼지! 돼지야, 그렇게 멀거니 꾸물거리지 말고 내가 시키는 대로 해! 아버지를 모시고 가. 어디로 가야 하느냐고 묻지 마! 아무 데로나 가란 말이야! 일꾼 돼지하고 같이 가세요, 아빠. 그러셔야 좋은 아빠시죠.」

두려움에 들떠서 경황이 없는 속에서나마 그녀는 또다시 북군의 푸른 군복을 보면 제럴드의 갈팡질팡하는 마음이 어떤 반응을 일으킬지 모르겠다는 걱정을 했다. 스칼렛은 잠깐 멈추고는, 겁에 질려 두 손을 쥐어짜며 멜라니의 치맛자락에 매달려 흐느껴 우는 어린 웨이드를 보았다. 그의 울음소리는 스칼렛의 공포감을 더욱 자극했다.

「난 어떻게 하나요, 스칼렛?」다른 사람들이 훌쩍거리며 울고, 눈물을 흘리고, 정신없이 뛰어다니는 속에서도 멜라니의 목소리는 차분했다. 비록 얼굴은 백지장처럼 창백하고 온몸이 후들후들 떨리기는 했지만, 멜라니의 목소리에 담긴 침착함은 온 집안 식구가 그녀의 명령과 지시를 기다린다는 뜻이었고, 그래서 스칼렛은 마음을 가라앉혔다.

「암소하고 송아지요.」그녀가 재빨리 말했다.「옛 목초지에 풀어 놓았잖아요. 말을 끌고 가서 암소하고 송아지를 늪지대로 몰아넣고 ─」

미처 그녀의 말이 끝나기도 전에 멜라니는, 그녀를 움켜쥔 웨이드의 손을 뿌리치고 앞 층계를 서둘러 내려가서, 널찍한 치맛자락을 끌어올려 잡고는 말을 묶어 둔 곳으로 달려갔다. 스칼렛은 그녀의 앙상한 두 다리와, 펄럭거리는 치마와 속옷을 얼핏 보았고, 멜라니는 짧은 발이 등자보다 훨씬 위로 달랑 올라간 채, 어느새 안장에 올라앉았다. 멜라니는 고삐를 거두어 잡고, 발뒤꿈치를 말의 옆구리에 꽉 붙였고, 그러더니 갑자기 고삐를 당겨 말을 세우며 공포에 질려 얼굴이 일그러졌다.

「내 아기!」 그녀가 소리쳤다. 「오, 내 아기! 양키들이 아기를 죽일 거예요! 아기를 줘요!」

그녀는 안장 손잡이를 잡고 미끄러져 내려오려고 자세를 취했지만, 스칼렛이 소리쳤다.

「어서 가요! 어서 가요! 아기는 내가 돌보겠어요! 어서 가라고 그랬잖아요! 놈들이 애슐리의 아기에게 손을 대도록 내가 그냥 내버려 둘 줄 알아요? 어서 가요!」

멜리는 절망적인 얼굴로 뒤를 돌아다보았지만, 다음 순간 발뒤꿈치로 말을 냅다 걷어차고는, 자갈을 흩뿌리며 목초지로 뻗어 나간 마찻길을 달려 내려갔다.

스칼렛은 〈난 멜리 해밀턴이 가랑이를 벌리고 말을 타는 광경을 내 눈으로 보게 될 줄은 꿈에도 몰랐어〉[10]라고 생각하며 집 안으로 뛰어 들어갔다. 웨이드가 잉잉 울면서, 펄럭거리는 그녀의 치맛자락을 붙잡으려고 애쓰며, 스칼렛의 뒤에 바싹 붙어 따라갔다. 한꺼번에 세 계단씩 층계를 달려 올라가던 스칼렛은, 떡갈나무 바구니를 팔에 걸고 식료품 저장고로 달려가는 수엘렌과 캐린을, 그리고 제럴드의 팔을 사정

10 숙녀는 두 다리를 한쪽으로 모은 옆 타기를 했다.

804

없이 잡아당겨 뒤 포치로 끌고 나가는 일꾼 돼지를 보았다.
제럴드는 어린아이처럼 버티며 못마땅하다는 듯 심술을 부
렸다.

그녀는 뒷마당에서 째지는 듯한 목소리로 어멈이 외치는
소리를 들었다. 「애, 프리시! 너 집 밑 기어들어 젖 뗀 돼지 새
끼 이리 보내! 나 몸 너무 커 저 가로대 사이 못 기어 들어간
다 잘 알잖아. 딜시, 여기 와서 저 형편없는 아이더러 ─」

〈이럴 줄은 모르고 아무도 훔쳐 가지 못하게 집 밑에다 돼
지를 두겠다고 내 딴에는 꽤 머리를 썼지.〉 방으로 뛰어 들어
가면서 스칼렛이 생각했다. 〈그래, 아, 왜 나는 돼지우리를
애초부터 늪지대에다 짓겠다는 생각을 못했을까?〉

그녀는 화장대의 꼭대기 서랍을 벌컥 열고는, 양키의 지갑
이 손에 잡힐 때까지 옷 속을 마구 더듬었다. 허둥대며 그녀
는 바느질 상자에서 외알 보석이 박힌 반지와 다이아몬드 귀
고리를 꺼내 지갑 속에다 쑤셔 넣었다. 하지만 지갑을 어디
에 숨겨야 하나? 이부자리 속에? 굴뚝 꼭대기에? 우물 속에
다 던져 넣을까? 가슴속에 품어? 아냐, 거기는 절대로 안 돼!
가슴 옷을 통해 지갑의 윤곽이 드러날지도 모르고, 양키들이
그것을 보면 그녀를 발가벗기고 몸수색을 하겠지.

〈그런다면 난 차라리 그 자리에서 죽고 말겠어!〉 그녀는
경황없이 생각했다.

아래층에서는 뛰어다니는 발소리와 우는 목소리로 아수
라장이었다. 정신이 없는 속에서도 스칼렛은 멜라니가, 조용
한 목소리의 멜리가, 양키를 쏘아 죽이던 날 그토록 용감했
던 멜리가 곁에 같이 있었으면 좋겠다고 바랐다. 멜리는 다
른 사람 세 명의 몫은 해냈다. 멜리 ─ 멜리가 무슨 말을 했
더라? 아, 그렇지, 아기!

지갑을 꽉 움켜쥐고 스칼렛은 복도를 건너서, 어린 보우가 나지막한 요람에 누워 잠든 방으로 달려갔다. 그녀는 아기를 번쩍 들어 품에 안았고, 아기는 잠이 깨어 자그마한 두 주먹을 흔들며 아직도 졸리어서 침을 흘렸다.

그녀는 수엘렌이 지르는 소리를 들었다. 「빨리 와, 캐린! 가자고! 이만하면 충분하다니까. 아, 애야, 어서!」 뒷마당에서는 미친 듯 꽥꽥거리고 화가 나서 꿀꿀거리는 소리가 났고, 창가로 달려간 스칼렛은 발버둥치는 어린 돼지 새끼 두 마리를 겨드랑이에 한 마리씩 끼고 목화밭을 가로질러 뒤뚱거리며 서둘러 달아나는 어멈을 보았다. 그들의 뒤에서는 역시 돼지 두 마리를 들고 제럴드를 앞으로 몰아대며 검둥이 일꾼 돼지가 따라갔다. 제럴드는 지팡이를 휘두르며 성큼성큼 밭고랑을 건너갔다.

창문으로 몸을 내밀며 스칼렛이 소리를 질렀다. 「암퇘지를 잡아, 딜시! 프리시더러 몰아내라고 해. 어미 돼지를 몰고 밭을 건너가라니까.」

청동빛 얼굴에 난처한 표정을 지으며 딜시가 올려다보았다. 그녀의 앞치마에는 은식기가 가득 담겼다. 그녀는 집 밑을 가리켰다.

「암퇘지 프리시 물었다 해서 그 애 집 아래 갇혔어요.」

〈용맹무쌍한 암퇘지로구나.〉 스칼렛은 생각했다. 그녀는 서둘러 자기 방으로 돌아와 죽은 양키에게서 찾아낸 팔찌와, 브로치와, 초상화와, 컵을 여기저기 숨겨 두었던 곳에서 황급히 꺼내 모았다. 하지만 그것들을 어디에 감춰야 하나? 한쪽 팔에는 어린 보우를 안은 채로 다른 손에 지갑과 장신구들을 들고 가려니까 거추장스러웠다. 그녀는 아기를 침대에 눕히려고 했다.

스칼렛의 품을 벗어나자 아기가 울음을 터뜨렸고, 그러자 희한한 묘안이 그녀의 머리에 떠올랐다. 아기의 기저귀보다 물건을 숨기기에 더 좋은 장소가 어디겠는가? 그녀는 재빨리 아기를 엎어 놓고, 옷을 들어 올리고는, 지갑을 기저귀 속 엉덩이 밑으로 밀어 넣었다. 그랬더니 아기는 더욱 큰 소리로 울었고, 스칼렛은 버둥거리는 아기의 다리에 얼른 삼각 기저귀를 잡아맸다.

〈자.〉 심호흡을 하며 그녀는 생각했다. 〈그럼 늪지대로 가야지!〉

소리를 질러 대는 아기를 한쪽 겨드랑이에 끼고 다른 손으로는 보석을 움켜잡은 채 스칼렛은 위층 복도를 달려 나갔다. 그리고는 갑자기 두려움으로 무릎에서 기운이 빠지며 그녀는 서두르던 걸음을 우뚝 멈추었다. 집 안이 너무나 고요했다! 너무나 무시무시할 정도로 적막했다! 그들은 그녀만 남겨 두고 도망가 버렸을까? 그녀를 위해서는 아무도 기다리지 않았다는 말인가? 스칼렛은 자기 혼자만 남겨 놓고 그들끼리만 가버리라고는 말하지 않았다. 요즈음 같아서는 여자 혼자서 돌아다니다가 무슨 일을 당할지 전혀 예측도 못할 노릇이었고, 더구나 양키들이 몰려오는데 —.

그녀는 조심스러운 소리가 나자 정신이 퍼뜩 들었고, 얼른 몸을 돌려 보니 잠시 잊었던 웨이드가 겁에 질려 어마어마하게 휘둥그레진 눈으로 난간 옆에 쪼그리고 앉아서 기다렸다. 웨이드가 무슨 말을 하려고 했지만, 목구멍에서는 소리가 나오지를 않았다.

「일어나, 웨이드 햄프턴.」 그녀가 재빨리 명령했다. 「일어나서 걸어. 엄마는 지금 널 안고 갈 수가 없으니까.」

겁에 질린 짐승처럼 움츠러든 웨이드는 그녀에게로 달려

가서 어머니의 널찍한 치마를 움켜잡고 얼굴을 그 속에 파묻었다. 스칼렛은 그녀의 다리를 찾으려고 치마폭을 더듬는 아들의 작은 손을 느꼈다. 그녀는 층계를 내려가려다가, 걸음을 옮길 때마다 웨이드가 끌어당기는 손 때문에 거치적거리자, 벌컥 화를 내며 말했다. 「놓지 못하겠어, 웨이드! 나를 놓고 혼자 걸어가란 말이야!」 하지만 아이는 더욱 바싹 달라붙었다.

층계참에 다다라서 보니, 아래층 전체가 그녀에게 와락 달려 올라오는 듯싶었다. 눈에 익은 아늑한 가구들이 그녀에게 〈안녕히! 안녕히!〉라고 속삭이는 것 같았다. 그녀의 목구멍에서는 흐느낌이 치밀어 올랐다. 엘렌이 그토록 열심히 일을 보았던 사무실의 문이 열린 틈으로 스칼렛은 낡은 책상의 한 귀퉁이를 얼핏 보았다. 식당에는 의자들을 이리저리 밀쳐 놓았고, 접시에는 먹다 만 음식이 그대로 남았다. 마룻바닥에는 엘렌이 손수 짜고 물감을 들인 융단이 깔렸다. 그리고 벽에 걸린 로비야르 할머니의 낡은 초상화는 젖가슴을 반쯤 드러내고, 머리를 높다랗게 쌓아 올렸으며, 예리하게 깎아 낸 듯한 콧구멍은 그녀의 얼굴에 지체 높은 여인의 차가운 냉소를 영원히 새겨 놓았다. 그녀가 아주 어렸을 때의 추억을 형성했던 조각들, 그녀의 내면에 가장 깊은 뿌리를 내린 단면들이 그녀에게 작별을 고했다. 「안녕히! 안녕히, 스칼렛 오하라!」

양키들은 이것을 — 남김없이 불태우리라!

이것이 그녀가 마지막으로 보게 될 집의 모습이었고, 잠시 후에 숲이나 늪지대에 몸을 숨기고 그녀가 보게 될 마지막 모습, 연기에 휩싸여 높다란 굴뚝과 함께 불길 속으로 무너지는 지붕 말고는 그녀가 마지막으로 보게 될 모습이었다.

〈나는 너를 버리고 떠날 마음이 없단다.〉 무서워서 이빨을 덜덜거리며 그녀는 생각했다. 〈나는 차마 너를 버리고 발길이 돌아서질 않아. 아버지라면 너를 버리고 떠나지야 않겠지. 아버지는 집 안에 그냥 앉아서 버틸 테니까 태우려면 태워 보라고 그들에게 말했어. 그렇다면, 나도 너를 버리고 떠나지는 못하니까, 그들은 너와 함께 나도 태워 죽여야 하겠지. 나에게는 너밖에 없으니까.〉

그런 결심을 하고 났더니 두려움이 조금 사라졌고, 그녀의 가슴속에는 희망과 두려움이 뭉친 감정의 덩어리만 남았다. 그곳에 꼼짝도 않고 서서 그녀는, 삼나무 길에서 여러 마리의 말이 달려오는 발굽 소리와, 말굴레의 재갈들이 짤그랑거리고 칼집 속에서 군도가 덜커덕거리는 소리, 그리고 〈하마(下馬)!〉라고 명령을 내리는 날카로운 목소리를 들었다. 재빨리 그녀는 옆에 붙어선 아이에게로 몸을 수그리고는, 다급하면서도 이상하게 부드러운 목소리로 말했다.

「나를 붙잡지 말라니까, 얘, 웨이드야! 너 얼른 층계를 달려 내려가서, 뒷마당을 지나 늪지대로 도망가거라. 거기 가면 어멈하고 멜리 고모가 기다리니까. 무서워하지 말고, 애야, 얼른 도망쳐.」

그녀의 어조가 달라지자 아들은 그녀를 올려다보았고, 스칼렛은 그의 눈에서 겁에 질린 토끼 새끼의 표정을 보고 소름이 끼쳤다.

「오, 하느님의 어머니시여!」 그녀는 기도했다. 「아이가 경기를 일으키지 않게 해즈소서! 안 됩니다 ─ 양키들의 앞에서는 그러면 안 됩니다. 우리들이 두려워한다는 걸 그들이 알아서는 안 됩니다.」 그리고 아이가 치맛자락을 더욱 꽉 움켜잡으려고 하니까, 그녀가 또렷하게 말했다. 「너 씩씩하게 행동해야 해, 웨이드. 하찮은 양키들 몇 명에 지나지 않으니까!」

그리고 스칼렛은 그들과 맞서려고 층계를 내려갔다.

셔먼 장군은 조지아를 통과해서 애틀랜타로부터 해안 지방까지 진군[11]하는 중이었다. 그의 푸른 군대가 짓밟고 지나간 뒤에는, 불을 질러 연기에 휩싸인 애틀랜타의 폐허만이 남았다. 그의 앞에는 소수의 조지아 민병대 병력과 향토 경비대 소속인 늙은이와 어린 소년들 이외에는 실질적으로 무방비 상태에 놓인 450킬로미터의 지역이 기다릴 뿐이었다.

띄엄띄엄 비옥한 농장들이 산재한 해안 지역은 여자들과 아이들, 아주 늙은 사람들과 흑인들의 피난처였다. 120킬로미터에 걸친 곡창 지대를 휩쓸고 지나가며 양키들은 노략질과 방화를 계속했다. 수백 채의 집이 불길 속에 사라졌고, 수백 채의 집이 그들의 발길에 짓밟혔다. 하지만 앞쪽 현관으로 몰려들어 오는 북군을 지켜보던 스칼렛에게는 이것이 전국적으로 벌어지는 사태가 아니었다. 그것은 직접 그녀를, 그리고 그녀의 재산을 표적으로 삼고 자행되는 철저히 개인적이고 악랄한 행위였다.

스칼렛은 아기를 품에 안고, 치마폭에 머리를 파묻고 바싹 달라붙은 웨이드와 함께, 층계 밑에서 기다렸고, 양키들은 거칠게 그녀를 밀치고 지나가 떼를 지어 2층으로 올라가고, 가구를 앞쪽 포치로 끌어내서는 속에다 귀중품을 숨기지나 않았는지 파보느라고 총검과 칼로 덮개들을 쑤셔 댔다. 위층에서는 이부자리와 매트리스를 마구 찢어 놓는 바람에 복도에서 깃털들이 마구 날아다니다가 그녀의 머리에 찬찬히 내려앉기도 했고, 공기가 탁해져 숨이 막힐 지경이었다. 그들이

11 셔먼이 서배너까지 진격한 이 유명한 〈바다로의 진군〉은 사실상 남북 전쟁의 마지막 전투였다.

약탈하고, 훔치고, 파괴하는 동안 꼼짝도 못 하고 무기력하게 서서 구경만 해야 했던 그녀의 마음속에 그나마 남았던 어렴풋한 두려움까지도 나중에는 삭막한 분노 때문에 사라졌다.

지휘를 맡은 남자는 안짱다리에 백발이 성성하고 키가 작은 하사관이었으며, 뺨 속에는 큼직한 담배 덩어리를 물고 질겅거렸다. 그는 부하들보다 먼저 스칼렛에게로 와서는, 마룻바닥과 그녀의 치마에 침을 찍찍 뱉으며, 무뚝뚝하게 말했다.

「당신 손에 든 거 이티 내놔요, 아가씨.」

스칼렛은 장신구들을 깜박 잊고 숨기지를 못했으며, 그래서 로비야르 할머니의 초상화에 담긴 차가운 비웃음 못지않게 사나운 코웃음을 치며 손에 든 물건들을 마룻바닥으로 내동댕이쳤고, 뒤이어서 벌어진 살기등등한 아귀다툼을 구경하며 자못 흐뭇한 기분까지 느꼈다.

「그 반지하고 귀고리는 내가 맡아 두죠.」

스칼렛은 아버지가 결혼 선물로 어머니에게 주었던 석류석 귀고리를 꿰어 내려면 아기를 옆구리에 끼어야 했고, 옆어진 자세로 매달린 아기는 얼굴이 새빨개져서 사납게 울었다. 그리고 그녀는 찰스가 약혼 기념으로 그녀에게 주었던 커다란 청옥(靑玉) 반지를 뽑았다.

「그건 던지지 말아요. 나한테 얌전히 넘기라고요.」 두 손을 내밀며 하사관이 말했다. 「저 자식들은 벌써 많이 챙겼으니까요. 뭐 또 없어요?」 그의 눈은 날카롭게 그녀의 가슴을 훑어보았다.

병사가 그녀의 젖가슴으로 밀어 넣는 손길, 그리고 양말 대님까지 더듬거리는 험한 손길을 미리 상상하며 잠깐 동안 스칼렛은 정신이 아득해졌다.

「가진 물건은 그게 전부이지만, 당신들은 희생자를 홀랑 벗기고 몸수색을 하는 게 취미라면서요?」

「아, 당신을 믿기로 하겠어요.」 다시 침을 뱉고 돌아서며 하사관이 유쾌하게 말했다. 스칼렛은 아기를 똑바로 세우고는, 지갑을 감춘 기저귀를 손으로 누르고 달래 주면서, 멜라니가 때맞춰 아기를 낳아 기저귀를 채워서 참으로 다행이라고 하느님에게 감사했다.

그녀는 위층에서 무거운 군화들이 짓밟아 대고, 억지로 가구를 끌어내느라고 마룻바닥에서 삐걱거리고, 사기그릇과 거울이 깨지고, 값진 물건이 하나도 나타나지 않으니까 욕설을 퍼붓는 소리를 들었다. 마당에서는 〈모가지를 쳐! 도망치지 못하게 해!〉라고 시끄럽게 외치고, 암탉들이 결사적으로 꼬꼬댁거리고 오리와 거위들이 꽥꽥거리며 비명을 지르는 소리가 들려왔다. 고통스럽게 울부짖다가 권총을 쏘는 소리와 더불어 갑자기 조용해진 비명을 듣고 스칼렛은 암퇘지가 죽었음을 깨닫고 가슴이 아팠다. 망할 년 프리시! 프리시는 암퇘지를 내버려 두고 도망친 모양이었다. 젖 뗀 새끼 돼지들만이라도 안전하면 좋겠는데! 식구들이 안전하게 늪지대까지 가기만 했다면 좋겠는데! 하지만 알 길이 없었다.

사방에서 소란하게 돌아다니며 소리를 지르고 욕설을 퍼붓는 병사들을 그녀는 조용히 거실에 서서 지켜보았다. 웨이드는 그녀의 치마폭에 손을 넣고 겁에 질려 스칼렛의 다리를 꽉 움켜잡았다. 그녀에게 달라붙은 웨이드의 몸이 떨렸지만, 스칼렛은 그의 마음을 진정시켜 줄 얘기가 머리에 떠오르지를 않았다. 그녀는 애원이나 항의를 하거나 화를 내려고 양키들에게 한마디라도 말을 할 엄두도 나지 않았다. 그녀는 아직 몸을 지탱할 힘이 무릎에 남았으며, 머리를 꼿꼿하게

들 힘이 아직 목에 남았음을 다행이라고만 생각했다. 하지만 수염이 길게 자란 병사들 한 패거리가 온갖 훔친 물건을 잔뜩 들고 뒤뚱거리며 층계를 내려오고, 어느 병사가 손에 든 찰스의 군도를 보았을 때, 그녀는 자기도 모르게 소리를 질렀다.

그것은 웨이드의 칼이었다. 그것은 그의 아버지, 그리고 할아버지의 칼이었으며, 스칼렛은 지난번 생일에 그것을 어린 아들에게 선물로 주었다. 그들은 그때 대단한 행사라도 치르는 듯싶었고, 멜라니는 자부심과 슬픈 추억이 어린 눈물을 흘렸고, 아이에게 키스를 하고는 자라서 아버지와 할아버지처럼 용감한 군인이 되어야 한다고 당부했다. 웨이드는 칼을 큰 자랑으로 여겼고, 걸핏하면 그것을 걸어 놓은 벽 앞의 탁자로 기어 올라가서 칼을 쓰다듬어 보고는 했다. 스칼렛은 혐오스러운 침입자들이 그녀 자신의 소유물을 집에서 훔쳐 가지고 나가는 꼴을 보고도 억지로 참으려고 했지만, 어린 아들의 자랑거리인 이것만은 안 된다. 그녀가 외치는 소리에 어머니의 치마폭에 숨었던 웨이드가 머리를 내밀고는, 격렬하게 흐느껴 울며 용기를 내어 입을 열었다. 한 손을 내밀며 그는 소리쳤다.

「내 꺼!」

「그건 못 가져가요!」 역시 손을 내밀면서 스칼렛이 재빨리 말했다.

「이런, 못 가지고 간다고요?」 키가 작은 군인이 칼을 들고 건방지게 히죽 웃으며 그녀에게 말했다. 「아뇨, 가지고 가도 괜찮아요! 이건 남군의 군도니까요!」

「그게 ― 그게 아니에요. 그건 멕시코 전쟁 때의 군도예요. 그건 가지고 가면 안 돼요. 그건 어린 내 아들 거예요. 그건 저 애 할아버지가 쓰던 칼이라고요! 오, 대위님.」[12] 하사관에게로 돌아서며 그녀가 소리쳤다. 「제발 저 칼을 돌려주라고 하세요!」

승진이 되어 기분이 좋아진 하사관이 앞으로 나섰다.

「그 칼 나 좀 보자, 버브.」그가 말했다.

키가 작은 군인이 마지못해서 군도를 그에게 넘겨주었다. 「손잡이가 순금이라고요.」그가 말했다.

하사관은 손바닥에서 칼을 뒤집어 보더니 손잡이를 햇빛으로 치켜들고는 새겨진 글을 읽었다.

「〈윌리엄 R. 해밀턴 대위에게.〉」그는 희미한 글씨를 읽어냈다. 「〈참모장으로부터. 무공을 기려서. 부에나 비스타[13] 1847년.〉」

「어허, 이봐요.」그가 말했다. 「나도 부에나 비스타 전투에 참가했었어요.」

「어련하시겠어요.」스칼렛이 차갑게 말했다.

「못 믿겠어요? 정말 대단한 전투였답니다. 이번 전쟁에선 그때처럼 치열한 전투가 없었어요. 그러니까 이건 꼬마 녀석의 할아버지 칼이었다 이거죠?」

「그래요.」

「좋아요, 아이더러 가지라고 해요.」손수건에 싼 보석과 장신구만으로도 제법 만족해진 하사관이 말했다.

「하지만 손잡이가 순금이라니까요.」키가 작은 병사가 고집을 부렸다.

「그렇다면 저 여자가 우리들을 더 잘 기억해 주겠지.」하사관이 히죽 웃었다.

12 군대의 계급을 알지 못하는 스칼렛이 〈대위〉라는 호칭을 썼기 때문.
13 재커리 테일러가 승전을 거둔 곳.

스칼렛은 고맙다는 소리도 없이 칼을 받았다. 자신의 소유물을 되돌려 받으며 그녀가 왜 도둑놈들에게 고맙다고 해야 하는가? 키가 작은 기마병이 하사관과 말다툼을 벌이며 아웅다웅하는 동안 스칼렛은 칼을 꼭 쥐었다.

「제기랄, 이놈의 반란자[14]들이 진짜로 나를 잊지 않고 기억할 무언가를 꼭 남겨야 되겠어요.」 아무리 착한 성격이었어도 더 이상 참을성이 없어진 하사관이 결국 발끈해서 〈말 개꾸 그만하고 어디 나가 뒈지기라도 해〉라고 호령하니까, 졸병이 소리를 질렀다. 키가 작은 병사가 집 뒤로 달려 나갔고, 스칼렛은 한결 숨을 돌렸다. 그들은 집에 불을 지르겠다는 얘기가 없었다. 그들은 불을 놓을 테니까 그녀더러 나가 달라는 말도 하지 않았다. 아마도, 아마도 — 병사들이 위층에서 어슬렁거리며 거실로 내려오고, 바깥에서도 들어왔다.

「뭐 좀 건졌어?」 하사관이 물었다.

「돼지 한 마리에 닭하고 오리 몇 마리요.」

「옥수수 조금하고 고구마와 콩도 찾아냈어요. 보아하니 말을 타고 달아난 계집년이 미리 일러 준 모양이에요.」

「제대로 폴 리비어[15] 노릇을 했구먼, 그렇지?」

「글쎄요, 여긴 별게 없군요, 분대장님. 그래도 뭐 좀 건지신 모양이네요. 우리들이 온다는 소식이 사방에 다 퍼지기 전에 어서 자리를 옮기죠.」

「훈제장 밑바닥은 파봤어? 거기 묻어 두는 사람들이 많던데.」

「훈제장은 없어졌어요.」

「깜둥이 오두막들 뒤져 봤어?」

14 *Rebel*. 남군 또는 남군의 동조자에 대한 명칭.
15 보스턴의 은세공업자인데 독립 전쟁 당시 렉싱턴까지 말을 타고 가서 영국군의 진격을 알려 주었다.

「오두막엔 목화 말고는 아무것도 없어요. 거긴 불을 질렀죠.」

짤막한 한순간 스칼렛은 목화밭에서 보낸 길고도 무더운 나날이 눈앞에 선하게 떠올랐고, 잔등의 심한 통증과 어깨의 살이 벗어진 상처의 쓰라림이 느껴졌다. 모두가 헛수고였다. 목화는 없어졌다.

「이건 정말 거덜 난 집이군요, 안 그래요, 아가씨?」

「당신네 군대가 벌써 이곳을 거쳐 갔거든요.」 그녀가 차갑게 말했다.

「맞아요. 우린 9월에 이 부근에 왔었어요.」 손바닥에서 무엇인가 뒤집어 보며 병사 한 사람이 말했다. 「잊어버리고 있었군요.」

스칼렛이 보니 그가 뒤집어 본 물건은 어머니의 금빛 골무였다. 어머니가 멋진 수를 놓을 때 반짝거리며 들락날락거리던 골무를 그녀는 얼마나 자주 보았던가. 스칼렛의 머리에는 골무를 끼었던 가냘픈 손에 얽힌 수많은 쓰라린 추억이 한꺼번에 떠올랐다. 그것이 지금은 낯선 군인의 굳은살이 박인 손바닥에 놓였고, 머지않아 북부로 가서 훔친 온갖 물건을 몸에 걸치고도 자랑스럽게 여기는 어느 양키 여자의 손가락에 끼워지리라. 엘렌의 골무가!

울상을 적군에게 보이지 않으려고 스칼렛은 머리를 수그렸고, 눈물이 천천히 아기의 머리로 떨어졌다. 흐릿해진 눈으로 그녀는 문간으로 향하는 병사들을 지켜보았으며, 하사관이 명령을 내리는 거칠고 커다란 목소리를 들었다. 그들이 떠나가면 타라는 안전하겠지만, 어머니의 추억으로 마음이 괴로웠던 스칼렛은 별로 기쁘지도 않았다. 쩔렁거리는 군도와 말발굽 소리가 멀어져도 그녀는 안도감을 거의 느끼지 못했고, 옷과 담요와 그림과 닭과 오리 그리고 암퇘지 따위 훔친 물건을 잔뜩 들고 병사들이 삼나무 길을 내려가는 동안 그녀는 갑자기 기운이 빠지고 맥이 풀렸다.

그러자 어디서 연기 냄새가 흘러왔고, 긴장감이 풀려 힘이 없어진 스칼렛은 목화 따위에는 관심도 없이 냄새가 흘러온 쪽을 향해 돌아섰다. 식당의 열린 창문을 통해서 그녀는 흑인 오두막으로부터 느릿느릿 피어오르는 연기를 보았다. 저렇게 목화는 사라진다. 저렇게 세금을 낼 돈과 험난한 가을을 그들이 넘기는 데 필요한 돈의 일부도 사라진다. 그러나 그녀는 멀거니 구경만 할 뿐이었다. 그녀는 전에도 불타는 목화를 본 적이 여러 차례여서, 남자들이 열심히 덤비더라도 불을 끄기가 얼마나 어려운지를 잘 알았다. 노예 막사가 집에서 그만큼 멀리 떨어져서 그나마도 천만다행이었다! 오늘은 바람이 불지 않아 타라의 지붕으로 불똥이 날아오지 않으니 그것만도 천만다행이었다!

갑자기 그녀는 사냥개처럼 날렵하게 휙 몸을 돌리고는, 겁에 질린 눈으로 거실 아래쪽 덮개를 올린 복도를, 부엌으로 뻗어 나간 복도의 아래쪽을 노려보았다. 부엌에서 연기가 났다!

복도와 부엌의 중간 어디쯤엔가 그녀는 아기를 눕혀 놓았다. 그리고 또 어디쯤에서인가 그녀는 웨이드의 손을 뿌리치며 그를 벽으로 밀쳐 버렸었다. 그녀는 연기가 자욱한 부엌으로 뛰어 들어갔다. 기침을 하고는, 연기가 매워 눈물을 줄줄 흘리고는 비틀거리며 뒤로 물러났다. 치마로 코를 막으며 그녀는 다시 안으로 달려 들어갔다.

그렇지 않아도 작은 창문이 하나뿐이어서 침침한 데다가 연기가 짙어 시야를 가렸기 때문에 부엌 안은 캄캄했으며, 그녀는 불길이 탁탁 튀고 쉭쉭거리는 소리를 들었다. 한 손으로 눈앞에서 연기를 쫓아가며 가늘게 눈을 뜨고 보니 작은 불길이 벽을 향해 부엌 마룻바닥을 가로질러 기어갔다. 앞이 터진 벽난로에서 타고 있던 장작을 누가 온 방 안에 흩어 버려서, 불쏘시개처럼 바짝 마른 소나무 마룻바닥이 불길을 빨아들이고는 물처럼 다시 뿜어냈다.

식당으로 달려 나온 그녀가 마룻바닥에서 융단을 낚아채는 바람에 의자 두 개가 요란한 소리를 내며 나둥그러졌다.

〈나 혼자서는 절대로 불을 두들겨 끄지 못해 — 절대로, 절대로! 오, 하느님, 도와줄 사람이 필요해! 타라는 끝장이야 — 끝장이야! 오, 하느님! 진짜로 그를 잊지 않고 기억할 무언가를 꼭 남겨야 되겠다던 못된 인간이 한 말은 이걸 의미했어! 오, 차라리 내가 칼을 주어 버렸더라면 얼마나 좋았을까!〉

복도에서 그녀는 칼을 쥐고 구석에 쓰러진 아들을 보았다. 눈을 감은 그의 얼굴에는 느긋하고 평화로운 황홀감이 감돌았다.

〈하느님 맙소사! 아이가 죽었어! 놈들 때문에 겁이 나서 죽은 거야!〉

그녀는 고통스럽게 생각했지만, 그냥 아들을 지나쳐 부엌 문 옆 복도에 항상 세워 두는 식수가 담긴 물통으로 달려갔다.

그녀는 융단의 자락을 물통에 첨벙 담그고는, 크게 심호흡을 한 다음, 다시 연기가 자욱한 방으로 뛰어 들어가 문을 쾅 닫았다. 얼마 동안인지는 모르겠지만 그녀는, 한없이 비틀거리고 기침을 하면서, 빠른 속도로 그녀 뒤쪽으로 뻗어 나가는 불길을 융단으로 두드렸다. 길게 늘어진 치마에 불이 두 번이나 붙었고, 그녀는 손으로 두들겨서 그 불을 껐다. 스칼렛은 핀이 풀려 어깨로 쏟아져 내려온 머리카락이 불에 그슬리는 역겨운 냄새를 맡았다. 몸부림을 치고 날뛰는 수많은 뱀처럼 불길은 그녀를 지나 덮개를 깐 통로의 벽을 향해 달려갔고, 기진맥진한 그녀는 희망이 없다고 생각했다. 그러더니 문이 벌컥 열리고, 바람이 빨아들이는 기운에 휘말려 불길은 더 높이 치솟았다. 문이 쾅 닫혔고, 회오리를 일으키는 연기 속에서, 반쯤밖에는 앞이 안 보이던 스칼렛은, 두 발로 불길을 밟아 대고 무엇인가 시커멓고 무거운 물건으르 마룻바닥을 두드리는 멜라니를 보았다. 스칼렛은 비틀거리는 멜라니를 보았고, 기침을 하는 소리를 들었고, 연기 때문에 눈을 가늘게 뜨고 창백한 얼굴이 딱딱하게 굳어 버린 모습을 얼핏 보았고, 헝겊을 아래위로 휘두르느라고 앞뒤로 곡선을 이루는 멜라니의 자그마한 몸집을 보았다. 또다시 얼마 동안인가 그들은 나란히 서서, 비틀거리며 불을 껐고, 스칼렛은 불길의 선이 짧아진다고 느꼈다. 그러더니 갑자기 멜라니가 그녀를 향해 돌아서서는 힘껏 어깨를 옆으로 후려쳤다. 스칼렛은 연기와 어둠의 소용돌이 속으로 쓰러졌다.

눈을 떴을 때 스칼렛은 멜라니의 무르팍에 편안히 머리를 얹고, 오후 햇살을 환하게 얼굴에 받으며, 뒤쪽 포치에 누워 있었다. 그녀는 손과, 얼굴과, 어깨를 데어 견디기 힘들 정도로 쓰라렸다. 노예 막사에서는 연기가 아직도 무럭무럭 피어올라서 짙은 구름처럼 오두막들을 에워쌌고, 불타는 목화 냄새가 심했다. 스칼렛은 부엌에서 조금씩 모락모락 흘러나오는 연기를 보고 몸을 일으키려고 버둥거렸다.

하지만 그녀를 다시 밀어 눕히며 멜라니가 차분한 목소리로 말했다. 「가만히 있어요, 스칼렛. 불은 꺼졌어요.」

그녀는 안도의 한숨을 짓고 가만히 누워서 잠깐 동안 눈을 감았고, 근처에서 아기가 침을 흘리며 꾸륵거리는 소리와 웨이드가 딸꾹질을 하는 소리를 듣고서야 마음이 놓였다. 그러니까 아이는 죽지 않았다! 그녀는 눈을 뜨고 멜라니의 얼굴을 올려다보았다. 곱슬거리는 머리카락은 연기에 그을렸고, 얼굴은 검댕이 시커멓게 묻었지만, 눈은 흥분감으로 반짝이며 멜라니가 미소를 지었다.

「꼴이 꼭 깜둥이 같아요.」 푹신한 무르팍으로 힘없이 머리를 파묻으며 스칼렛이 중얼거렸다.

「그리고 스칼렛은 검둥이 유랑 극단의 광대 악사 같아요.」 멜라니가 침착하게 대답했다.

「왜 나를 때렸죠?」

「그건, 스칼렛, 등에 불이 붙었기 때문이었어요. 하기야 오늘 당한 일들을 생각하면 진짜로 죽을 고비를 넘긴 셈이지만, 난 스칼렛이 기절을 하리라고는 꿈도 꾸지 못했어요……. 난 가축을 숲까지 안전하게 도피시킨 다음에 당장 돌아왔어요. 스칼렛하고 아기만 남았다는 생각을 하니 죽을 지경이었죠. 혹시, 양키들이 해치지 않았어요?」

「강간을 당했느냐는 뜻으로 묻는 거라면, 아니에요.」 일어나 앉으려고 버둥거리며 스칼렛이 말했다. 멜라니의 무르팍이 푹신하기는 했지만, 그녀가 누운 포치는 전혀 편안하지를 못했다. 「하지만 그들은 모조리, 모조리 훔쳐 갔어요. 우린 몽땅 다 잃었어요 — 이봐요, 뭐가 좋아서 그렇게 싱글벙글해요?」

「우린 서로를 잃지 않았고, 우리 아이들도 무사하고, 우리들이 기거할 집도 말짱해요.」 멜라니가 명랑하고 흥겨운 목소리로 말했다. 「그리고 지금으로서는 그만하면 충분하죠 — 저런, 보우가 오줌을 쌌어요! 보아하니 양키들이 아기의 여벌 기저귀도 빼앗아 갔겠군요. 아기가 — 스칼렛, 아기의 기저귀 속에 도대체 무엇이 들어갔나요?」

그녀는 갑자기 겁이 나서 아기의 엉덩이로 손을 밀어 넣더니 지갑을 꺼냈다. 잠깐 동안 그녀는 생전 처음 보는 굴건이라도 된다는 듯 지갑을 물끄러미 쳐다보았고, 그러더니 폭소를 터뜨리고 또 터뜨렸다.

「스칼렛이 아니고서는 아무도 이런 생각을 해내지 못했을 거예요.」 그녀가 소리를 지르더니 스칼렛의 목을 두 팔로 와락 껴안고 키스했다. 「세상에서 스칼렛처럼 엉뚱한 올케는 처음 봐요!」

스칼렛은 워낙 지쳐서 저항할 힘이 없었기 때문에, 그리고 칭찬하는 말이 그녀의 기분에 푸근한 위안이 되었기 때문에, 그리고 연기가 자욱하고 컴컴한 부엌에서 시누이에 대한 훨씬 가까운 우애의 감정이 생겨났기 때문에, 포옹을 그대로 받아 주었다.

〈이런 정도는 인정해도 되겠어.〉 그녀는 마지못해서 생각했다. 〈필요할 때면 항상 곁을 지켜 주는 여자라고 말이야.〉

제28장

　살인적인 서릿발과 더불어 매서운 날씨가 갑자기 찾아왔다. 싸늘한 바람이 문지방 밑으로 스며들었고, 헐거운 유리창들은 단조롭게 짤그랑거리며 흔들렸다. 썰렁한 나무에서는 마지막 낙엽이 졌고, 소나무만 뿌연 하늘을 배경으로 삼아 옷을 걸친 채로 시커멓고 추운 모습을 드러냈다. 바퀴 자국이 깊게 파인 시뻘건 길은 돌덩이처럼 단단하게 얼어붙었고, 굶주림은 바람을 타고 조지아를 휩쓸었다.

　스칼렛은 폰테인 할머니와 나누었던 대화를 씁쓸하게 되새겼다. 이제는 여러 해가 지난 옛날처럼 여겨지는 두 달 전의 그날 오후에, 그녀는 자기에게 일어날 만한 최악의 사태를 이미 겪었노라고 노부인에게 말했었는데, 그것은 마음속 깊은 곳에서 우러난 진심이었다. 그런데 이제는 그것이 소녀의 과장된 얘기처럼 여겨졌다. 셔먼의 군대가 두 번째로 타라를 거쳐 가기 전에 그녀는 식량과 돈을 좀 장만했었고, 그녀보다 사정이 좋은 이웃들의 도움도 기대했었으며, 봄이 올 때까지 버틸 만큼의 목화도 거두어들였다. 이제는 목화도 없어졌고, 식량도 없어졌고, 먹을거리를 구할 길이 없었으므로 돈도 소용이 없었고, 이웃 농장들은 그녀보다도 더 심한 곤경에 처했다. 적어도 그녀에게는 암소와 송아지, 몇 마리의 젖 뗀 새끼 돼지와 말이 남았지만, 이웃들은 숲 속에 숨기거나 땅속에 파묻었던 얼마 안 되는 물건 이외에는 건진 것이 없었다.

탈턴 댁 저택인 패어힐은 주춧돌만 남고 홀랑 타버려서, 탈턴 부인과 네 딸은 농장 감독의 집에서 기거했다. 러브조이 근처의 먼로 댁 저택도 역시 폐허가 되었다. 미모사에서는 목조 툇간(退間)이 타버렸고, 저항력이 강하고 두꺼운 치장 벽토와 물에 적신 담요와 이부자리로 미친 듯 덤벼든 폰테인 댁 여자들과 노예들 덕택에 안채만큼은 겨우 건졌다. 캘버트 댁 저택은 양키 감독인 힐턴이 중간에 나섰기 때문에 또다시 화를 면했지만, 농장에는 가축 한 마리, 가금 한 마리, 곡식 한 톨도 남겨 놓지 않았다.

타라와 카운티 어디에서나 가장 심각한 문제는 식량이었다. 대부분의 가족들은 가을에 거두어들인 고구마와 땅콩에서 남은 여분과 숲에서 사냥하는 짐승 이외에는 아무것도 없었다. 그래도 가진 식량이 있으면 그들은 보다 풍족했던 시절에 그랬듯이 불우한 친구들과 나누어 썼다. 하지만 얼마 안 가서 나누어 쓸 것이 하나도 없어졌다.

타라 사람들은, 사냥이나 낚시를 나간 일꾼 돼지가 운이 좋을 때면, 토끼와 주머니쥐와 메기를 잡아서 먹었다. 또 어떤 날에는 우유 조금과, 히코리 호두와, 구운 도토리와, 고구마가 전부였다. 그들은 항상 배가 고팠다. 스칼렛은 어디로 눈을 돌려도 내미는 손과 애원하는 눈초리만 마주쳤다. 자기도 마찬가지로 배가 고팠던 까닭에 그녀는 그들을 보기만 해도 미칠 지경이었다.

소중한 우유를 너무 많이 마셔 없애기 때문에 스칼렛은 송아지를 잡으라고 명령했으며, 그날 밤에는 너도나도 싱싱한 송아지 고기를 어찌나 많이 먹었던지 한 사람도 안 빼놓고 배탈이 났다. 그녀는 돼지 새끼를 한 마리 잡아야 되겠다고 판단했지만, 어미로 키우고 싶은 욕심에 하루하루 자꾸만 뒤로 미루었다. 새끼 돼지들은 너무나 작았다. 지금 잡으면 새끼는 별로 먹을거리가 없었지만 조금 더 살려 둔다면 훨씬 더 많아질 터였다. 합중국 지폐로 식량을 구할 방법을 알아보라고 일꾼 돼지를 말에 태워 외부로 내보내는 일이 바람직한지 어쩐지를 놓고 그녀는 밤마다 멜라니와 따져 보았다. 하지만 말을 징발당하고 돼지가 돈을 빼앗길까 봐 걱정이 되어 단념했다. 그들은 어디에서 양키들이 출몰하는지를 알 길이 없었다. 그들은 1천 킬로미터나 멀리 가버렸을지도 모르고, 바로 강 건너에 숨었는지도 모를 일이었다. 한번은 절망감에 빠진 나머지 스칼렛은 직접 식량을 구하기 위해 말을 타고 길을 나서려고 했지만, 온 식구가 양키들이 무서워 발작적으로 법석을 부리는 바람에 계획을 포기했다.

일꾼 돼지는 먹을거리를 구하려고 먼 곳까지 뒤지고 찾아다니며, 때로는 밤이 새도록 집으로 돌아오지를 않았고, 스칼렛은 그가 어디를 갔었는지 묻지도 않았다. 때때로 그는 사냥한 동물을 가지고 돌아왔지만, 때로는 옥수수 몇 개나 말린 콩 한 자루를 가지고 왔다. 언젠가는 숲 속에서 발견했다고 하면서 수탉 한 마리도 가지고 왔다. 식구들은 입맛을 다셔 가며 수탉을 맛있게 먹었지만, 콩이나 옥수수를 훔쳤듯이 닭도 돼지가 훔쳤으리라는 사실을 분명히 알았기 때문에 죄의식을 느꼈다. 그런 일이 있은 지 얼마 안 되던 어느 날 밤, 그는 식구들이 잠든 다음 한참 후에 스칼렛의 방으로 와서 문을 두드리고는, 작은 산탄총을 맞아 엉망이 된 발을 멋쩍어하며 내보였다. 스칼렛이 붕대를 감아 주는 동안에 그는 파예트빌에서 어느 닭장으로 들어가려다가 발각되었다고 거북스럽게 설명했다. 스칼렛은 누구네 집 닭장이었는지는 묻지를 않았고, 눈물을 글썽거리며 돼지의 어깨를 가볍게 토닥거려 주었다. 흑인들이란 가끔 화를 돋우고, 미련하고, 게으르기는 했지만, 마음속에는 돈으로 계산하기 어려은 충성심을 간직해서, 식탁에 음식이 떨어지지 않도록 하기 위해서는 자신의 목슴까지 내걸 정도로 주인인 백인과의 일체감을 보여 주고는 했다.

다른 때였더라면 돼지의 좀도둑질은 심각한 문제여서 어쩌면 채찍을 닺았어야 마땅했는지도 모른다. 옛날 같았더라면 그녀는 적어도 그를 심하게 꾸짖어야만 했을지도 모른다. 「늘 기억해야 한다, 얘야.」 엘렌이 말했었다. 「너는 네가 돌보라고 하느님께서 맡겨 주신 검둥이들의 육체적인 안녕뿐 아니라 도덕적인 면에 대해서도 책임을 져야 한다. 너는 그들이 어린아이나 마찬가지고, 아이들처럼 그들 자신으로부터 그들을 지켜 줘야만 한다는 책임감을 깨달아야 하고, 항상 그들에게 훌륭한 본보기가 되어야 한단다.」

하지만 지금 스칼렛은 그런 훈시는 뒷전으로 돌려놓았다. 그녀가 실질적으로 도둑질을 부추겼다거나, 어쩌면 그녀보다도 궁핍한 사람들로부터 일꾼 돼지가 도둑질을 해오는지도 모른다는 생각이 이제는 더 이상 양심의 문제가 되지 못했다. 사실상 어떤 문제의 도덕성도 그녀에게는 가볍게만 여겨졌다. 처벌이나 꾸중 대신에 그녀는 돼지가 총을 맞았다는 현실을 안타깝게 생각할 따름이었다.

「좀 더 조심해야 되겠어, 돼지야. 우린 너를 잃고 싶지 않아. 네가 없으면 우린 어떻게 하지? 넌 대단히 훌륭하고 성실했으니까, 다시 돈을 좀 벌게 되면 난 너한테 큼직한 금시계를 하나 사서, 거기에다 〈잘했도다, 훌륭하고 성실한 하인아〉라는 성서 구절을 새겨 주겠어.」

칭찬을 듣자 돼지는 빙그레 미소를 지으며, 붕대를 감은 다리를 슬그머니 문질렀다.

「그렇게 말씀 굉장히 좋아 들려요, 스칼렛 마님. 돈 언제 다시 벌겠다 같아요?」

「그건 모르겠지만, 돼지야, 난 돈을 언젠가는, 어떻게 해서든지 벌겠어.」 비통한 눈물을 글썽거리며 격렬한 표정으로 스칼렛이 굽어보자 그는 불안하게 몸을 움츠렸다.「언젠가는, 전쟁이 끝나고 나면, 난 언젠가는 돈을 굉장히 많이 벌겠고, 그러면 난 절대로 다시는 배고프거나 추워하지 않으며 살겠어. 우린 아무도 다시는 추워하거나 굶주리지 않을 거야. 우린 다들 멋진 옷을 입고 날마다 닭튀김을 먹고 ―」

그러더니 그녀는 입을 다물었다. 그녀 자신이 만들었으며 엄격하게 실시하던 타라의 가장 준엄한 규칙은, 과거에 그들이 먹었던 좋은 음식이나 그럴 기회가 주어진다면 지금 무엇을 먹고 싶다는 얘기를 어느 누구도 절대로 해서는 안 된다는 것이었다.

돼지가 방에서 슬그머니 나갔고, 그녀는 침울하게 멍하니 허공을 응시했다. 이제는 흘러가 사라진 지난날에는 삶이 참으로 복잡했으며, 미묘하고도 난처한 문제들이 워낙 많았었다. 그녀는 애슐리의 사랑을 받으려고 머리를 써야 했고, 애를 태우는 10여 명의 애인을 붙잡아 둬야 하는 문제도 간단하지가 않았다. 행동 규범에 어긋나기 때문에 어른들에게 숨겨야 할 자질구레한 잘못도 적지 않았고, 샘이 많은 처녀들을 비웃어 주거나 회유하고, 옷감이나 의상의 유행에 신경을 써서 선택하고, 여러 가지 머리 모양을 시도해 보고, 아, 그렇게 결정해야 할 일이 너무나, 너무나 많았다! 지금은 삶이 놀라울 정도로 단순했다. 지금 중요한 문제라고는 오로지 굶어 죽지 않도록 충분히 식량을 구하고, 얼어 죽지 않도록 옷을 마련하고, 지붕이 심하게 새지만 않으면 그만이었다.

바로 이 무렵부터 스칼렛은 어떤 악몽을 꾸기 시작했는데, 그러고는 여러 해 동안 똑같은 악몽이 그녀를 집요하게 따라다니며 꿈에 나타나고 또 나타나고는 했다. 항상 그대로 되풀이되는 꿈은 사소한 부분까지도 전혀 내용이 다르지 않았지만, 꿈에 대한 공포는 악몽을 꿀 때마다 더욱 심해졌고, 다시 같은 꿈을 경험하게 되리라는 두려움은 깨어 있는 동안에도 그녀를 괴롭혔다. 스칼렛은 처음 꿈을 꾸었던 날을 생생하게 잘 기억했다.

며칠째 차가운 비가 내렸고, 집은 바람이 새어 들어와 춥고 눅눅했다. 벽난로의 장작은 젖어서 연기가 났고 별로 열기를 내지 못했다. 고구마가 떨어졌고, 일꾼 돼지가 놓은 덫과 낚시에는 아무것도 걸려들지를 않았기 때문에, 아침 식사 후에는 우유 이외의 먹을거리가 하나도 없었다. 내일 당장 굶지 않으려면 돼지 새끼 한 마리를 잡아야만 할 처지였다. 긴장하고 굶주린 얼굴들이, 검고 흰 얼굴들이 그녀를 물끄러미 쳐다보면서 말없이 음식을 마련해 달라고 요구했다. 스칼렛은 말을 빼앗길 위험을 무릅쓰더라도 무엇인가를 사오도록 일꾼 돼지를 내보내야만 할 처지였다. 그리고 설상가상으로, 웨이드는 인두염(咽頭炎)이 걸리고 열이 나서 몸이 펄펄 끓었지만, 의사나 약이 없었다.

굶주린 몸으로 아이를 돌보느라고 지친 스칼렛은 웨이드를 봐달라고 멜라니에게 맡기고 침대에 누워 잠깐 잠을 청했다. 발이 얼음처럼 차가워서 잠이 오지 않아 그녀는 몸을 뒤채고 비척거렸으며, 두려움과 절망에 마음이 짓눌렸다. 다시금 그녀는 생각했다. 〈나는 어떻게 해야 하나? 나는 어디에 의지해야 하나? 나를 도와줄 사람이 세상에 아무도 없다는 말인가?〉 세상의 편안한 삶은 다 어디로 갔을까? 그녀에게서 짐을 떠맡을 사람, 현명하고 강한 사람은 왜 아무도 없는가? 그녀는 짐을 걸머져야 마땅한 사람이 아니었다. 그녀는 어떻게 짐을 져야 할지를 알지 못했다. 그러다가 그녀는 불안하게 얕은 잠이 들었다.

그녀는 코앞으로 가져가도 손이 안 보일 정도로 짙은 안개가 소용돌이를 일으키는 황량하고도 낯선 나라에서 정처 없이 헤매었다. 발밑의 흙은 당장 꺼질 듯 불안했다. 그곳은 귀신이 출몰하는 땅이었고, 무시무시한 정적에 휩싸여 고요했고, 여기에서 갈 길을 알지 못했던 그녀는 한밤중에 길을 잃은 아이처럼 겁이 났다. 그녀는 뼛속까지 춥고 배가 고팠으며, 주변의 안개 속에서 술렁이는 형체들이 어찌나 무서웠는지 비명을 지르려고 했지만, 목구멍에서 소리가 나오지를 않았다. 안개 속에는 손가락들이 뻗어 나와 그녀의 치마를 움켜잡으려 했고, 불안하게 출렁이는 땅속으로 스칼렛을 끌고 내려가려 했는데, 소리 없이 움직이는 그것은 말 없는 유령의 무자비한 손이었다. 그러자 그녀는 부옇고 침침한 안개 속 어디엔가 안식처가 기다리고, 따스한 피난처와 도움의 손길이 그녀를 기다린다는 느낌을 받았다. 하지만 그곳은 어디였나? 유령의 손들이 그녀를 낚아채어 수렁 속으로 끌어내리기 전에 스칼렛은 그곳에 다다르게 되려나?

어느새 그녀는 정신없이 달리기 시작했고, 비명을 지르고 울면서, 허공과 축축한 안개를 잡으려고 두 팔을 내두르며,

미친 듯 안개 속을 달렸다. 안식처는 어디였을까? 그녀의 손에 잡히지는 않았지만 그것은 거기에, 어디엔가 숨어서 그녀를 기다렸다. 그곳에 다다르기만 한다면 얼마나 좋으랴! 그곳에 다다르기만 하면 그녀는 안전하리라! 하지만 공포감으로 다리에서는 기운이 빠졌고, 스칼렛은 배가 고파서 쓰러질 지경이었다. 그녀는 좌절감에 빠져 절규했고, 잠에서 깨어 보니 멜라니가 걱정스러운 얼굴로 굽어보며 그녀를 흔들어 깨우던 참이었다.

그녀가 굶은 채로 잠자리에 들기만 하면 꿈은 어김없이 되찾아왔다. 그런데 이제는 굶는 일이 예사였다. 그따위 꿈은 무서워할 이유가 전혀 없다고 열심히 스스로에게 다짐했지만, 스칼렛은 잠자리에 들기가 두려울 정도로 무서웠다. 안개 속에서 헤매는 꿈에는 그렇게까지 그녀에게 겁을 줄 만큼 심각한 내용이 하나도 없었다. 겁을 낼 이유가 전혀 없었지만, 그래도 안개가 자욱한 땅에서 밑으로 떨어진다고 생각하면 너무나 겁이 났기 때문에 스칼렛은 멜라니하고 같이 잠을 자기 시작했고, 그녀가 다시 악몽에 시달리느라고 신음하고 경련을 일으키면 멜라니가 흔들어 깨워 주고는 했다.

긴장감에 시달린 그녀는 얼굴이 창백해지고 야위었다. 통통하고 예쁘던 모습이 얼굴에서 사라지고, 광대뼈만 우뚝 솟아 눈꼬리가 올라간 초록빛 눈이 사나워져서, 굶주려 어슬렁거리며 헤매는 도둑고양이 같은 인상을 주었다.

〈그런 꿈을 안 꾸더라도 낮 동안 겪는 고생만도 악몽 같은데.〉 그녀는 좌절감에 빠져 생각했고, 잠자리에 들기 직전에 먹으려고 그녀 몫의 하루 음식을 모아 두는 새로운 버릇이 들었다.

성탄절 무렵에 프랭크 케네디와 병참부의 대원 몇 명이 군대에 조달할 식량과 가축을 구하려고 타라까지 말을 타고 올라왔지만, 물론 헛수고였다. 보아하니 보다 적극적인 봉사를 하기에는 너무 초라한 몰골이라고 여겨질 만큼 절름거리고 숨이 가빠 하는 말을 타고 나타난 이들 패거리는 누추한 무뢰한 같은 모습이었다. 타고 온 말이나 마찬가지로 그들은 불구의 몸이 되어 전방 근무에서 탈락되었고, 프랭크 이외에는 모두들 팔이 없거나, 눈알이 하나 빠졌거나, 관절이 뻣뻣하게 굳어 버린 몸이었다. 그들은 대부분 양키 포로에게서 빼앗은 푸른 외투를 걸쳤고, 그래서 순간적으로 타라 사람들은 셔먼의 병사들이 다시 돌아왔다고 착각할 정도였다.

그들은 농장에서 밤을 지냈는데, 솔잎이나 딱딱한 방바닥이 아닌 푹신한 곳이나 집에서 잠을 자본 지도 몇 주일 만에 처음이었으므로, 마룻바닥에 깔아 놓은 벨벳 융단에 다리를 길게 뻗고 누워 응접실에서 자게 된 그들은 호강을 한 셈이었다. 수염이 지저분하고 옷이 너덜너덜하기는 했어도 그들은 교양이 있는 남자들이어서, 여자들에게 유쾌한 잡담과 농담과 찬사의 말을 잔뜩 늘어놓았고, 성탄절 전야를 커다란 집에서, 오래전 옛날에 그랬듯이 아름다운 여인들에게 둘러싸여 지내게 되어 매우 기쁘다고 했다. 그들은 전쟁에 관해서는 진지하게 얘기하지 않으려고 했으며, 여자들을 웃기려고 터무니없는 거짓말도 했고, 약탈을 당해 썰렁해진 집에 처음으로 기쁨을, 오래간만에 처음으로 맛보게 된 즐거운 분위기를 마련해 주었다.

「집에서 파티를 열던 옛날하고 비슷해졌어, 안 그래?」 수엘렌이 즐거워서 스칼렛에게 속삭였다. 수엘렌은 애인이 다시 집으로 찾아왔기 때문에 하늘에라도 오른 듯한 기분이었고, 프랭크 케네디에게서 눈을 떼지 않았다. 병을 앓고 난 이후에 계속 야윈 몸 그대로였음에도 불구하고, 수엘렌이 그만하면 상당히 예뻐 보였기 때문에 스칼렛은 놀랐다. 수엘렌의 두 뺨은 홍조를 띠었고, 눈에서는 온화한 광채가 났다.

〈정말로 저 남자를 좋아하는 모양이로구나.〉 스칼렛은 혐오감을 느끼며 생각했다. 〈그리고 저 애는 비록 프랭크처럼 늙어 빠지고 꼬장꼬장한 남자나마 제 남편이 생기면 사람값을 좀 할지도 모르지.〉

캐린도 약간의 활기를 되찾아서, 그날 밤에는 몽유병자 같은 표정이 눈에서 어느 정도 가셨다. 그녀는 그들 가운데 한 병사가 브렌트 탈턴과 아는 사이였고 그가 전사했을 때 같이 있었음을 알고는, 저녁 식사가 끝난 다음 단둘이서 긴 대화를 나눠야 되겠다고 마음먹었다.

저녁 식사 때는 멜라니가 수줍음을 극복하고 거의 활기찬 태도까지 보여 그들 도두를 놀라게 했다. 그녀는 웃고 농담을 했으며, 진심은 아니었겠지만 애꾸눈 병사에게 상냥한 애교까지 부렸고, 병사는 야단스럽게 예절을 지켜 가며 그녀의 호의에 기꺼이 보답했다. 사람이건 짐승이건 수컷이 함께하는 자리에서라면 늘 고통스러운 수줍음에 시달리던 멜라니였으므로, 스칼렛은 그런 처신이 그녀에게는 정신적인 노력과 육체적인 노력이 다 같이 필요했으리라고 믿었다. 더구나 그녀는 건강도 썩 좋지 못한 몸이었다. 그녀는 이만하면 튼튼해졌다고 고집을 부리며, 심지어는 딜시보다도 일을 많이 했지만, 스칼렛은 그녀가 여전히 병을 앓고 있음을 알았다. 물건을 들 때면 그녀는 얼굴에서 핏기가 사라졌고, 힘든 일을 하고 나면 다리가 더 이상 몸을 지탱하지 못하겠다는 듯 갑자기 주저앉는 버릇도 그대로였다. 하지만 오늘 밤 그녀는 수엘렌과 캐린처럼 병사들이 성탄절을 즐겁게 보내도록 온

갖 노력을 다 기울였다. 손님들을 반가워하지 않았던 사람은
스칼렛 혼자뿐이었다.

군인들은 그들이 배급으로 받은 군용 식량인 옥수수 볶음
과 옆구리 살코기에다가, 어멈이 말린 콩과, 졸여서 말린 사
과와, 땅콩을 곁들여 그들 앞에 차려 놓은 저녁 식사를 맛보
고는, 이렇게 훌륭한 식사는 몇 달 만에 처음이라고 감탄했
다. 스칼렛은 그들이 먹어 대는 모습을 보고는 마음이 퍽 불
안해졌다. 스칼렛은 그들이 한 입씩 삼킬 때마다 당연히 속
이 상하기도 했지만, 새끼 돼지 한 마리를 잡았다는 사실을
행여나 그들이 눈치챌까 봐 안절부절못했다. 잡은 새끼 돼지
는 지금 식품 창고에 걸어 놓았는데, 그녀는 만일 누구라도
손님들에게 새끼 돼지 얘기를 하거나, 늪지대 우리 속에 죽은
돼지 말고도 몇 마리 더 안전하게 숨겨 두었다는 비밀을 입
밖에 꺼내기만 했다가는 눈알을 뽑아 버리겠다고 식구들에
게 험악한 표정으로 다짐해 두었었다. 굶주린 남자들은 새끼
돼지 한 마리쯤은 한 끼에 몽땅 다 먹어 치우겠고, 살아 있는
돼지들 얘기를 들었다가는 군대에서 쓴다고 징발해 갈지도
모를 노릇이었다. 그녀는 또한 암소와 말 때문에도 걱정이
태산이었고, 목초지 아래쪽 숲 속에 매어 두지 말고 늪지대
에 숨겼더라면 좋았으리라고 뒤늦게 후회했다. 병참부에서
가축을 끌고 가면 타라는 도저히 겨울을 넘길 희망이 없었
다. 가축은 다시 구할 길이 없으리라. 군대에서 무엇으로 병
사들을 먹여 살리느냐 하는 문제라면 그녀가 알 바는 아니었
다. 그럴 능력이 있는지는 모르겠지만 ── 군대는 군대가 알
아서 먹여 살려야 한다. 그녀로서는 이곳 식구들만 먹여 살
리는 데도 이만저만한 고생이 아니었다.

병사들은 후식으로 배낭에서 〈꽃을대 빵〉[16]을 몇 개 꺼내

놓았는데, 이[虱]에 대해서만큼이나 웃기는 얘기가 많았던 남군의 유명한 군용 식량을 스칼렛이 직접 보기는 지금이 처음이었다. 빵은 비비 뒤틀린 나무를 불에 새까맣게 태운 막대기처럼 보였다. 병사들은 그녀더러 어디 한번 씹어 보라고 권했는데, 시키는 대로 스칼렛이 깨물어 봤더니, 연기로 새까맣게 그은 껍질 속에는 소금 맛조차도 들어가지 않은 싱거운 옥수수빵이 전부였다. 군인들은 그들이 배급 식량으로 받은 거친 옥수숫가루를 물에다 풀어서, 어쩌다 손에 들어오면 소금도 쳐서는, 꽂을대 빵에 지저분하게 발라서 화톳불에 구워 먹는다고 했다. 얼음사탕처럼 딱딱하고 톱밥처럼 맛이 없어서 스칼렛은 한 입 깨물어 본 다음 얼른 빵 막대기를 되돌려 주었고, 옆에서 지켜보던 사람들이 요란하게 웃어 대었다. 그녀는 멜라니와 시선이 마주쳤고, 두 사람의 얼굴에서는 똑같은 생각이 역력하게 표정에 드러났다……. 〈이런 식량밖에 먹지 못하면서 어떻게 그들이 전투를 계속하겠는가?〉

그만하면 식사는 즐거웠고, 멍한 정신으로 식탁의 상석에 앉은 제럴드까지도 희미한 의식의 뒤편에서 기억을 되살려 어설픈 미소를 지으며 그럭저럭 주인으로서의 예의를 차렸다. 병사들은 얘기를 계속했고, 여자들은 미소를 짓고 아양을 떨었지만, 피티팻 고모에 관한 소식을 물어보려고 갑자기 프랭크 케네디에게로 시선을 돌렸던 스칼렛은 그의 얼굴에 나타난 표정을 보고 흠칫해서 무슨 말을 꺼내려 했는지를 잊어버렸다.

그의 시선은 수엘렌에게서 떠나, 어린아이처럼 어리둥절해진 제럴드의 눈과, 융단이 없어져 썰렁한 마룻바닥과, 장식품들이 모조리 사라진 벽난로의 선반과, 양키들이 대검으로

16 딱딱하고 질기다는 뜻으로 붙인 이름.

갈기갈기 찢어 축 늘어진 가구 씌우개 헝겊과 삐져나온 용수철들, 그리고 찬장 위에 놓인 깨진 거울과, 약탈자들이 거쳐 가기 전에 그림을 걸었던 벽에 남은 허연 정사각형 윤곽들과, 식탁의 초라한 음식과, 얌전하게 깁기는 했지만 낡은 여자들의 옷차림과, 밀가루 자루로 만들어 준 웨이드의 짧은 바지 따위를, 방 안의 광경을 하나하나 둘러보았다.

프랭크는 전쟁 전에 그가 알았던 타라를 회상했으며, 그의 얼굴에는 괴로운 표정이, 지치고 삭막한 분노의 표정이 드러났다. 그는 수엘렌을 사랑했고, 스칼렛과 캐린을 좋아했고, 제럴드를 존경했고, 농장을 순수한 마음으로 사랑했다. 셔먼이 조지아를 휩쓸고 지나간 후에 프랭크는 보급품을 수집하기 위해 이곳저곳으로 말을 타고 돌아다니며 소름이 끼치는 수많은 광경을 보아 왔지만, 지금 그가 둘러본 타라처럼 마음을 아프게 했던 곳은 없었다. 그는 오하라 집안을 위해서, 특히 수엘렌을 위해서 무엇인가 해주고 싶었지만, 그가 도와줄 일이 전혀 없었다. 스칼렛이 그와 시선이 마주쳤을 때 프랭크는 연민에 차서 수염을 기른 얼굴을 자기도 모르게 설레설레 흔들고 혀를 찼다. 프랭크는 그녀의 눈에서 분노한 자부심의 불길을 보았고, 당황해서 얼른 식탁의 접시로 시선을 떨구었다.

여자들은 새로운 소식을 듣고 싶어서 안달이었다. 애틀랜타가 양키들의 손에 떨어진 이후로 벌써 넉 달이 지나 우편 업무는 중단되었고, 그들은 어디에 양키들이 주둔했고, 남군이 전투를 어떻게 해나가고, 애틀랜타와 옛 친구들은 어떻게 되었는지 전혀 소식이 깜깜했다. 업무 때문에 사방으로 돌아다니던 프랭크는, 메이컨 북쪽이라면 애틀랜타까지 어디를 가나 아는 사람과 친척이 많았으므로 신문이나 마찬가지였

고, 신문들이라면 빼놓기 십상인 자질구레하고 개인적인 애
깃거리까지 곁들여서 소식을 알려 주었으므로, 흥미가 진진
하기로는 오히려 신문보다 훨씬 나은 셈이었다. 그는 곁눈질
을 하다가 스칼렛에게 들켜 당황한 표정을 감추려고, 서둘러
온갖 다채로운 소식을 늘어놓기 시작했다. 남부 동맹 병력은
북군이 서배너로 진격한 다음 재차 애틀랜타를 탈환했지만,
셔먼의 군대가 철저히 불태워 버렸기 때문에 전혀 쓸모가 없
는 곳이 되었다고 프랭크는 그들에게 설명했다.

「하지만 애틀랜타는 내가 떠나던 밤에 다 타버린 줄 알았
는데요.」어리둥절해서 스칼렛이 소리쳤다. 「난 우리 편 군인
들이 그곳을 태운 줄 알았어요!」

「오, 아니에요, 미스 스칼렛」 기겁을 해서 프랭크가 소리쳤
다. 「우리 군대가 우리 도시에 불을 지르는 일은 절대로 없습
니다! 당신이 떠날 때 보았다는 불길은 양키들이 아군에게서
노획하기를 원하지 않았던 창고와 보급품들, 그리고 주물 공
장과 탄약을 태워 버린 거예요. 하지만 그게 전부였죠. 셔먼
이 도시를 점령했을 때는 집과 상점들이 고스란히 남아 있었
어요. 그래서 북군은 병력을 그런 건물에 수용했고요.」

「사람들은 어떻게 되었나요? 혹시 북군이 — 혹시 그들이
죽이지는 않았나요?」

「좀 죽이기는 했지만 — 총으로 죽이진 않았어요.」애꾸
눈 병사가 음울하게 말했다. 「애틀랜타로 진군해 들어가자
셔먼은 곧 시장에게 시민을 한 명도 남기지 말고 철스시키라
고 지시했어요. 그런데 떠날 기력이 없는 늙은 사람들과, 자
리를 옮겨서는 안 되는 병자들, 그리고 몸이 — 왜 있잖아요,
역시 이동하려 안 되는 여자들이 무척 많았어요. 그리고 그
는 수백 명이나 되는 그들을, 엄청나게 심한 폭우 속으로 몰

아내어 러프 앤드 레디 근처의 숲 속으로 쫓아 버리고는, 그들을 와서 데리고 가라는 전갈을 후드 장군에게 보냈어요. 굉장히 많은 사람들이 그런 심한 학대와 폐렴을 견디지 못해서 죽었죠.」

「오, 하지만 왜 그런 짓을 했을까요? 그들은 아무런 해도 끼치지 않았을 텐데요.」 멜라니가 소리쳤다.

「셔먼은 그의 장병과 말들이 도시에서 휴식을 취하도록 할 생각이었어요.」 프랭크가 말했다. 「그리고 그는 장병과 군마로 하여금 그곳에서 11월 중순까지 쉬게 하고는 갑자기 떠났어요. 그리고는 떠날 때 온 도시에 불을 질러 몽땅 태워 버렸죠.」

「오, 설마 모조리 태우지야 않았겠죠!」 여자들은 믿어지지 않는다는 듯 소리쳤다.

그토록 사람들이 붐비고, 군인들이 그토록 많았으며, 그들이 잘 알았던 번화한 도시가 사라졌다니, 상상이 가지 않는 일이었다. 나무 그늘의 아름다운 집들, 화려한 상점과 멋진 호텔, 그것들이 없어지다니 말도 안 되는 소리였다! 그곳에서 태어났고 고향이라고는 그곳밖에 모르던 멜라니는 당장이라도 울음을 터뜨릴 것만 같았다. 타라 다음으로 애틀랜타를 가장 사랑했던 스칼렛 역시 마음이 무거워졌다.

「글쎄요, 거의 다 없어진 셈이죠.」 그들의 얼굴에 나타난 표정 때문에 기분이 언짢아진 프랭크가 서둘러 내용을 수정했다. 그는 여자들을 불안하게 만들기를 좋아하지 않았으므로 애써 즐거운 표정을 보이려고 했다. 불안해하는 여자들을 보면 그는 항상 덩달아 불안해지고, 어쩔 줄을 몰랐다. 그는 가장 심한 내용은 차마 해줄 엄두가 나지 않았다. 그런 얘기는 다른 사람에게서 듣게 그냥 내버려 두자.

그는 애틀랜타로 다시 진군해 들어간 병력이 보았던 광경을, 잿더미 위로 시커멓게 솟아오른 굴뚝만 즐비한 광활하고도 끝없는 폐허와, 벽돌이 무너져 산더미처럼 쌓이고, 반쯤 타다 만 쓰레기 더미로 막혀 버린 길거리와, 불에 타서 죽어 가는 고목들과, 숯이 된 나뭇가지들이 차가운 바람에 꺾여 땅바닥으로 떨어지던 광경은 그들에게 얘기하고 싶지가 않았다. 그는 그런 광경을 보고 얼마나 기가 막혔었는지를 기억했고, 도시의 폐허를 보고 남군 병사들이 얼마나 화가 나서 욕설을 퍼부었는지를 기억했다. 그는 묘지를 약탈한 끔찍한 얘기를 들으면 여자들이 충격을 절대로 극복하지 못할 듯 싶어서, 그들이 그런 얘기는 영원히 듣지 못하게 되기를 바랐다. 찰리 해밀턴과 멜라니의 어머니와 아버지가 그곳에 묻혔다. 그때 보았던 묘지의 광경은 아직도 프랭크에게 악몽을 가져다주었다. 죽은 사람들과 함께 묻은 보석을 찾아내려고 양키 병사들은 지하 납골당을 부수고 무덤을 파헤쳤다. 그들은 시체를 훼손하고, 관에서 금이나 은으로 만든 이름을 새긴 명찰과, 은으로 만든 장식과 손잡이를 떼어 냈다. 산산조각이 난 관들 사이에 여기저기 집어 던진 해골과 시체들은 너무나 참혹해 보였다.

그리고 프랭크는 개와 고양이들 얘기도 그들에게 하지 않았다. 여자들은 애완동물이라면 끔찍하게 생각했다. 하지만 그토록 무자비하게 주인들이 쫓겨나는 바람에 집을 잃게 된 수천 마리나 되는 동물들의 굶주린 몰골을 보고, 고양이와 개들을 사랑했던 프랭크는 묘지를 보았을 때만큼이나 심한 충격을 받았다. 동물들은 겁이 나고, 춥고, 굶주렸기 때문에 탐욕스러워지고, 산짐승들처럼 사나워져서, 강한 놈은 약한 놈을 공격하고 약한 놈은 더 약한 놈이 죽기를 기다렸다가 잡아먹었다. 그리고 폐허가 된 도시의 겨울 하늘에서는 음흉한 콘도르 새들이 우아하게 날아다녔다.

프랭크는 여자들의 기분을 전환시킬 무슨 흐뭇한 소식이 혹시 없을까 해서 곰곰이 생각해 보았다.

「아직 그대로 무사한 집들도 좀 남았어요.」 그가 말했다. 「다른 집들하고 멀리 떨어진 널찍한 터에 지어 불길이 옮겨 붙지 않은 집들 말이에요. 그리고 교회와 메이슨 회관[17]은 다 말짱해요. 그리고 상점 몇 군데도 무사하고요. 하지만 시내 상점가하고 철도변의 모든 지역하고 파이브 포인츠는 ─ 그래요, 시내는 대부분 흔적도 안 남고 사라졌어요.」

「그렇다면 말이에요.」 스칼렛이 쓸쓸하게 말했다. 「철도 아래쪽 찰리가 나한테 남겨 준 창고도 없어졌나요?」

「철도에 가까운 곳이었다면 없어졌겠지만 ─」 갑자기 그는 미소를 지었다. 왜 그는 이 생각을 여태 못 했었을까?「기뻐해요, 아가씨들! 여러분의 피티 고모님 집은 아직 온전해요. 피해를 좀 받기는 했지만, 화는 면했죠.」

「아, 어떻게 무사했나요?」

「글쎄요, 벽돌로 지은 건물인 데다가, 애틀랜타에서 슬레이트 지붕을 한 집도 아마 그곳뿐인 모양이어서, 불똥이 튀었어도 불이 붙지 않았나 봐요. 그런 데다가 시내의 북쪽 끝에서 제일 가장자리에 위치한 집이었고, 그쪽 방향에서는 불이 그렇게 심하지도 않았어요. 물론 그곳을 막사로 썼던 양키들 때문에 결딴이 나기는 했지만요. 놈들은 굽도리 널하고 마호가니 계단 난간까지 뜯어다 땔감으로 썼지만, 아! 집은 쓸 만해요. 지난 주일에 메이컨에서 미스 피티를 만났더니 ─」

17 상호 부조와 우애를 목적으로 하는 비밀 결사 프리메이슨 회원들이 모이던 곳인데, 비밀 단체이면서도 집회 장소는 공개적이었다.

「고모님을 만났어요? 어떻게 지내시는데요?」

「다 무사하시죠. 무사하시답니다. 집이 그대로 남았다는 말씀을 드렸더니 고모님은 당장 집으로 돌아가야 되겠다고 결정을 내리셨어요. 그러니까 뭐예요, 집으로 돌아오도록 늙은 검둥이 피터가 고모님을 그냥 놔둔다면 말이죠. 메이컨을 불안한 곳이라고 생각했기 때문에 많은 애틀랜타 사람들이 벌써 돌아왔답니다. 셔먼은 메이컨을 점령하지 않았지만, 머지않아 윌슨[18]의 특공대가 그곳에 들이닥치리라고 모두들 겁을 내는데, 윌슨은 셔먼보다도 더 흉악하죠.」

「하지만 집도 없는데 그들이 온다는 건 바보 같은 짓이잖아요! 어디서들 살죠?」

「미스 스칼렛, 그들은 천막이나 판잣집이나 통나무 오두막을 지어 놓고 거기 들어가 살기도 하고, 얼마 안 되지만 아직 말짱한 집에서는 예닐곱 가구가 함께 기거해요. 뿐만 아니라 그들은 재건하려고 애를 쓰죠. 그러니까, 미스 스칼렛, 그들이 바보 같다는 말은 하지 마세요. 당신도 애틀랜타 사람들이 어떤지는 나만큼이나 잘 알잖아요. 그들은 찰스턴 사람들이 찰스턴을 사랑하듯이, 그들의 도시에 대해서 강한 애착을 느끼니까, 양키들이 불을 좀 질렀다고 해서 호락호락 물러설 사람들이 아니에요. 애틀랜타 사람들이란 — 미스 멜리에게 양해를 구해 말씀드리겠습니다만 — 애틀랜타에 대해서라면 노새만큼이나 고집불통이에요. 난 애틀랜타라는 도시가 굉장히 오만하고, 잘난 체하는 인상을 주는 곳이라고 늘 생각해 왔던 터라, 왜들 그렇게 그곳을 좋아하는지 납득이 안 가요. 하기야 난 시골 태생이라서 어떤 도시도 좋아하

18 James H. Wilson. 셰리든의 기병 군단에서 지휘관으로 복무했고 전투가 종식된 다음 메이컨에 진군했던 장군.

지 않기는 하지만요. 그리고 한마디 더 하자면, 제일 먼저 돌아오는 사람들이 정말로 똑똑한 사람들입니다. 시내에서는 집을 다시 지으려고 쓸 만한 물건은 서로 먼저 건지려고 온통 야단들이니까, 뒤늦게 돌아오는 사람들은 집을 지을 막대기나 돌멩이, 벽돌 한 장도 구하지 못할 거예요. 그저께만 해도 난 외바퀴 수레를 끌고 벽돌을 주우러 나온 메리웨더 부인과 미스 메이벨과 그 집 늙은 검둥이 여자를 봤어요. 그리고 미드 부인은 의사 선생님이 돌아와서 도와준다면 통나무 오두막을 지을 생각이라고 그러더군요. 애틀랜타가 아직 이름이 마서스빌이었을 때, 처음 그곳에 와서도 통나무 오두막에서 살았고, 다시 그런 생활을 하더라도 견딜 만하리라고 그랬어요. 물론 농담 삼아 그냥 해본 소리였겠지만, 어쨌든 그들의 각오가 어느 정도인지는 그 말을 들으면 알 만하죠.」

「난 그들의 기백이 대단하다고 생각해요.」 멜라니가 자랑스럽게 말했다. 「그렇게 생각하지 않아요, 스칼렛?」

제2의 고향으로 선택했던 도시에 대해 엄숙한 기쁨과 자부심으로 마음이 뿌듯해지면서 스칼렛은 머리를 끄덕였다. 프랭크의 말마따나 그곳은 오만하고 잘난 체하는 인상을 주는 곳이었고, 그렇기 때문에 스칼렛은 애틀랜타를 좋아했다. 그곳은 오래된 다른 도시들처럼 편협하고 인습에 젖지도 않았고, 그녀와 어울릴 만큼 건방진 활력으로 넘쳤다. 〈나는 애틀랜타와 닮았어.〉 그녀는 생각했다. 〈불을 지르는 정도로는 양키들이 나를 거꾸러뜨리지 못하니까.〉

「만일 피티 고모님이 애틀랜타로 돌아오실 생각이라면, 우리들도 돌아가서 고모님하고 같이 지내는 게 좋겠어요, 스칼렛.」 꼬리를 물고 스칼렛의 머릿속에서 떠오르던 생각을 중단시키며 멜라니가 말했다. 「혼자 계시면 무서워서 돌아가실 테니까요.」

「하지만 어떻게 내가 이곳을 떠난단 말이에요, 멜리?」 스칼렛이 화를 내며 물었다. 「그렇게 가고 싶다면 혼자 가요. 말리진 않을 테니까요.」

「오, 난 그런 뜻으로 얘기한 게 아니에요, 스칼렛.」 당황해서 낯을 붉히며 멜라니가 소리쳤다. 「내가 그렇게 몰인정한 소리를 하다니! 물론 스칼렛은 타라를 떠날 처지가 아니고 — 아마도 고모님은 피터 아저씨하고 쿠키가 돌봐 드리겠죠.」

「멜라니가 가서는 안 될 이유는 없어요.」 스칼렛이 퉁명스럽게 꼬집어 말했다.

「내가 올케를 혼자 남겨 두고 떠나지 않으리라는 건 스칼렛도 알잖아요.」 멜라니가 대답했다. 「그리고 난 — 난 올케가 없으면 무서워서 그냥 죽어 버릴 거예요.」

「마음대로 해요. 하지만 난 애틀랜타로 돌아갈 생각이 추호도 없어요. 사람들이 집을 몇 채만 지었다 하면 당장 셔먼이 돌아와서 다시 태워 버릴 테니까요.」

「셔먼은 돌아오지 않습니다.」 프랭크가 말했고, 그는 태연한 체하려고 애를 썼지만, 머리가 저절로 수그러졌다. 「셔먼은 조지아를 횡단해서 해안까지 갔어요. 서배너가 이번 주일에 함락되었는데, 들려오는 얘기로는 양키들이 사우스캐롤라이나로 올라간다더군요.」

「서배너가 함락되었다고요!」

「그래요. 그렇죠. 서배너는 함락될 수밖에 없었어요. 동원할 만한 사람은 모조리 — 다리를 옮겨 놓을 기운이라도 남은 사람이라면 모조리 동원했지만, 서배너를 지키기엔 어림도 없었죠. 밀레지빌에 대한 양키들의 공격이 임박했을 때는, 아무리 나이가 어리더라도 군사 학교의 생도들을 전원 소집했고, 심지어는 신병을 조달하려고 주의 교도소까지 열어 주었다는군요. 예, 그럼요, 그들은 싸울 용기만 보이면 어떤 죄수라도 풀어 주었고, 전쟁이 끝날 때까지 살아남으면 그들에게 사면을 내리겠다고 약속했어요. 어린 생도들이 도둑들과 살인자들과 함께 나란히 줄지어 행군하는 장면을 상상하면 난 소름이 끼쳐요.」

「죄수들을 풀어 주다뇨!」

「자, 미스 스칼렛, 불안해할 필요는 없어요. 그들은 이곳에서 멀리 떨어진 곳에서 싸우고, 더구나 그들은 군인 노릇을 훌륭하게 해내죠. 도둑이라고 해서 훌륭한 군인이 되지 말라는 법은 없어요, 안 그래요?」

「난 그건 잘한 일이라고 생각해요.」 멜라니가 나지막한 목소리로 말했다.

「글쎄요, 난 그렇게 생각하지 않아요.」 스칼렛이 쌀쌀하게 말했다. 「그러지 않아도 사방에서 설치고 돌아다니는 도둑이 넘쳐 나서, 양키들뿐 아니라 ──」 그녀는 때맞춰 입을 다물었지만, 남자들이 웃었다.

「양키들뿐 아니라 우리 병참부 요원들도 나쁜 짓을 많이 하죠.」 그들이 말끝을 맺어 주었고, 그녀는 낯을 붉혔다.

「하지만 후드 장군의 군대는 어디로 갔나요?」 멜라니가 황급히 말을 가로막았다. 「틀림없이 후드 장군이라면 서배너를 지켜 냈을 텐데요.」

「무슨 얘기예요, 미스 멜라니.」 프랭크는 깜짝 놀라서 한심하다는 듯 꾸짖는 투로 말했다. 「후드 장군은 그쪽으로는 아예 가지도 않았어요. 양키들을 조지아에서 끌어내려고 테네시에서 전투를 벌였으니까요.」

「그리고 그의 알량한 계획이 어떤 결과를 가져왔는지 보라고요!」스칼렛이 비꼬아 말했다. 「그는 우리들을 보호해 줄 병력이라고는 학생들과 죄수들과 향토 경비대만 남겨 놓 았고, 그래서 저주를 받아 마땅한[19] 양키들이 우릴 마구 짓밟 도록 그냥 내버려 두었잖아요.」

「애야.」몸을 일으키며 제럴드가 말했다. 「너 신성 모독을 범했어. 엄마가 알면 상심하실 텐데.」

「저주받아 마땅한 양키들 맞아요!」스칼렛이 열을 올려 소 리쳤다. 「그리고 난 그들에게 어울리는 적절한 다른 말을 찾 아낼 재주가 없어요.」

엘렌의 이름이 튀어나오자 모두들 멋쩍은 기분이 들었고, 대화가 갑자기 중단되었다. 멜라니가 또다시 대화의 가닥을 잡으려고 했다.

「메이컨에 가셨을 때 인디아하고 허니 윌크스를 만났어 요? 그들은 혹시 — 그들은 애슐리에 관해서 무슨 소식 못 들었다고 하던가요?」

「보세요, 미스 멜리, 아시겠지만 만일 내가 애슐리 소식을 들었다면, 난 메이컨에서 곧장 이리로 말을 타고 달려와서 얘기해 드렸을 거예요.」프랭크가 꾸짖듯 말했다. 「아니에요, 그들은 아무 소식도 못 들었다지만 — 보세요, 애슐리 때문 에 조바심은 하지 마세요, 미스 멜리. 남편 소식을 들은 지 오 래되었다는 건 나도 알지만, 포로수용소에 갇힌 사람한테서 소식을 기대할 수야 없는 노릇이죠, 안 그래요? 그리고 양키 포로수용소는 우리 수용소만큼 사정이 나쁘지는 않아요. 뭐 니 뭐니 해도 양키들은 먹을 게 넉넉하고, 약과 담요도 충분 하대요. 그들은 처지가 — 포로들을 먹이는 건 고사하고 우

---

19 damn은 신성 모독을 범하는 욕설이어서 당시 여자들은 물론이요 남 자들도 점잖은 사람은 입에 올리기를 삼갔다.

리조차 먹을 식량도 없는 아군하곤 달라요.」

「양키들이야 물자가 어련히 많겠어요.」 화가 잔뜩 난 멜라니가 소리쳤다. 「하지만 포로들한테는 주지 않아요. 그들이 베풀 줄 모른다는 건 당신도 알잖아요, 케네디 씨. 당신은 내 기분이 좋아지라고 공연히 그런 소리를 하시죠. 그곳 북쪽에서 우리 장병들이 얼어 죽고, 굶주리기도 하고, 의사와 약이 없어 죽어 간다는 얘긴 누구나 다 아는데, 그건 양키들이 우리들을 너무나 미워하기 때문이죠! 오, 양키들을 모조리 세상에서 그냥 싹 쓸어버렸으면 좋겠어요! 오, 난 애슐리가 이미 ─」

「그런 소리 하지 말아요!」 목이 메어 스칼렛이 소리쳤다. 애슐리가 죽었다는 말을 아무도 입 밖에 내지 않는 한 그녀의 마음속에는 그가 살았다는 희망이 끈질기게 남겠지만, 만일 그런 말을 들으면 스칼렛은 바로 그 순간에 애슐리가 죽으리라는 기분이 들었다.

「보세요, 월크스 부인, 남편 걱정은 하지 마세요.」 애꾸눈 병사가 위로의 말을 했다. 「나는 제1차 매너서스[20] 전투에서 포로로 잡혔다가 나중에 교환이 되었는데, 수용소에서 지낼 때는 닭튀김과 핫 비스킷에다 좋은 음식만 먹고 ─」

「난 당신이 거짓말쟁이라고 생각해요.」 어렴풋한 미소를 지으며 멜라니가 말했는데, 그녀가 남자 앞에서 밝은 성품을 드러낸 경우를 스칼렛이 목격하기는 이번이 처음이었다. 「본인은 스스로 어떻게 생각하시나요?」

「나도 그렇게 생각합니다.」 애꾸눈 병사가 다리를 철썩 때리고 웃으며 말했다.

20 셰넌도어 계곡과 워싱턴·리치먼드를 연결하는 분기점으로 불런 근처에 위치하며, 북군에서는 불런 전투, 남군에서는 매너서스 전투라고 불렀다.

「모두들 응접실로 오시면 내가 성탄절 노래를 몇 곡 불러 드리겠어요.」화제를 바꾸고 싶어서 멜라니가 말했다. 「양키들도 피아노만큼은 들고 가질 못했죠. 조율이 엉망이겠죠, 수엘렌?」

「끔찍해요.」즐거운 기소를 프랭크에게 던지며 수엘렌이 대답했다.

하지만 그들이 모두 방에서 나가는 사이에 프랭크가 뒤로 처져서 스칼렛의 소매를 잡아당겼다.

「조용히 얘기 좀 할까요?」

두려운 한순간, 스칼렛은 그가 가축에 관해서 물어보려는 줄 알고 걱정이 되었고, 그럴듯한 거짓말을 어서 생각해 내야 되겠다고 마음을 단단히 먹었다.

다른 사람들이 방에서 모두 나간 다음에 그들은 불 옆에 섰고, 지금까지 프랭크의 얼굴을 장식했던 거짓된 명랑함이 사라졌으며, 스칼렛의 눈에는 그가 노인처럼 보였다. 그의 얼굴은 타라의 잔디밭에서 바람에 불려 굴러다니는 낙엽처럼 메마르고 흙빛이었으며, 삐죽삐죽한 샛노란 수염은 엉성하고 희끗희끗했다. 그는 어색하게 수염을 만지작거리며 헛기침을 해서 목청을 가다듬은 다음에야 입을 열었다.

「어머니 일은 정말 안됐어요, 미스 스칼렛.」

「제발 그 얘기는 하지 마세요.」

「그리고 아버님은 — 아버지가 그렇게 되신 건 대체 언제부터……?」

「그래요, 아버지는 — 아버지는 아시다시피 정신이 온전치 못하세요.」

「어머님을 정말 굉장히 아끼셨죠.」

「오, 케네디 씨, 제발 우리 그 얘기는 —」

「미안합니다, 미스 스칼렛.」 그러더니 그는 초조하게 서성거렸다. 「사실은 아버님께 꼭 드릴 말씀이 있었는데, 지금 보니까 그래 봤자 소용이 없겠어요.」

「혹시 내가 도와 드리면 될지 모르죠, 케네디 씨. 보시다시피, 이제는 내가 가장 노릇을 하니까요.」

「글쎄요, 저 말이죠.」 얘기를 꺼내며 프랭크는 다시 초조하게 수염을 만지작거렸다. 「사실은 말이죠 — 글쎄요, 미스 스칼렛, 난 미스 수엘렌을 달라고 아버님께 부탁을 드릴 생각이었어요.」

「아니, 그렇다면.」 재미있다는 듯 스칼렛이 놀란 목소리로 외쳤다. 「당신은 수엘렌에게 청혼하겠다는 얘기를 아직까지도 아버지한테 하지 않았다는 말이에요? 몇 년 동안이나 동생에게 구애를 해놓고서요!」

낯을 붉히고 당황해서 어색하게 웃는 그의 전체적인 인상은 수줍고 겸연쩍어하는 소년 같았다.

「글쎄요, 혹시 — 혹시 수엘렌이 날 받아 줄는지 알 수가 없어서요. 난 나이가 수엘렌보다 너무 많고 — 게다가 젊고 잘생긴 총각들이 워낙 많이 타라를 찾아오기 때문에 그만 —」

〈흥!〉 스칼렛은 생각했다. 〈그건 수엘렌이 아니라 다 날 쫓아다니던 총각들이었다고요!〉

「그리고 난 지금도 수엘렌이 혹시 날 받아 줄지 자신이 없어요. 난 한 번도 청혼을 한 적이 없지만, 동생은 틀림없이 내 마음을 알기는 하겠죠. 난 생각하기를 — 난 오하라 선생님께 사실대로 말씀드리고 허락을 받을 생각이었어요. 미스 스칼렛, 난 지금 돈이 한 푼도 없습니다. 이런 얘기를 꺼내는 걸 용서해 주시기 바랍니다만, 전에는 돈이 굉장히 많았었는데, 지금 내가 가진 재산이라고는 내 말하고 몸에 걸친 옷이 전부예요. 아시다시피 난 입대할 때, 내가 소유했던 땅을 거의 다 팔아 버리고 그 돈으로 남부 동맹 채권을 샀는데, 이제는 채권의 가치가 어떻게 되었는지는 당신도 잘 아십니다. 그건 인쇄하지 않은 종이 값에도 못 미치죠. 그리고 어쨌든 양키들이 내 누이동생 집에 불을 질렀을 때 그나마 다 타버려서 지금은 채권도 가지고 있질 않아요. 한 푼도 없는 처지에 내가 미스 수엘렌을 달라고 청하는 건 뻔뻔스러운 짓인 줄도 잘 알지만 — 글쎄요, 어쩌다 보니 이렇게 되었군요. 앞으로 전황이 어떻게 돌아갈지는 빤하단 생각이 들어요. 내가 보기엔 꼭 세상의 종말 같기만 하군요. 우리들이 확신을 가질 만한 대상이 하나도 없고 — 그래서 만일 우리들이 약혼을 한다면 나에게는 굉장히 마음이 놓이는 일이겠고, 수엘렌에게도 어쩌면 위안이 되지 않을까 하는 생각이 들었어요. 약혼만큼은 무언가 확실한 일이니까요. 내가 그녀를 돌볼 능력을 갖출 때까지는 결혼을 하자고 청하지 못하겠습니다만, 미스 스칼렛, 그게 언제가 될지 알 길이 없군요. 하지만 미스 스칼렛은 참된 사랑을 얼마나 소중하게 생각하는지 모르겠습니다만, 다른 점은 몰라도 그런 면에서는 미스 수엘렌에게 내가 분명히 보답을 하겠습니다.」

그가 마지막 말을 하면서 보여 준 소박한 품위는 우습기는 하면서도 스칼렛의 마음을 움직였다. 도대체 세상에서 수엘렌을 사랑하는 남자가 존재한다는 가능성이 그녀로서는 납득이 가지 않았다. 스칼렛에게는 동생이 이기적이고 불평불만이 심한 괴물이오, 철저한 심술쟁이라고밖에는 표현할 길이 없었다.

「그래요, 케네디 씨.」 그녀가 상냥하게 말했다. 「별로 어렵지 않은 일이로군요. 아버지한테는 내가 잘 말씀을 드리겠어요. 아버지는 벌써부터 당신을 퍽 아끼던 터였고, 수엘렌이 당신과 결혼을 하리라고 기대해 왔으니까요.」

「지금도 그러신가요?」 행복감이 얼굴에 넘치며 프랭크가 소리쳤다.

「그렇고말고요.」 저녁 식탁 너머로 제럴드가 얼마나 자주 수엘렌에게 〈도대체 일이 어떻게 돌아가는 거야, 이 아가씨야! 네 열렬한 애인께서는 아직도 청혼을 하지 않았다는 얘기냐? 그 친구 생각이 어떤지 내가 직접 물어보기라도 해야 되겠니?〉라고 민망하게 고함을 지르고는 했었는지를 기억하고 웃음을 감추며 스칼렛이 대답했다.

「동생에게는 제가 오늘 밤에 물어보겠어요.」 얼굴에 경련을 일으키고 그녀의 손을 잡아 흔들며 그가 말했다. 「당신은 정말 좋은 분이에요, 미스 스칼렛.」

「동생을 내가 당신한테 보내 드리겠어요.」 응접실 쪽으로 가면서 스칼렛이 미소를 지었다. 멜라니가 연주를 시작하려는 참이었다. 피아노는 처량할 정도로 음정이 맞지 않았지만 어떤 현은 제법 소리가 괜찮았고, 멜라니는 목청을 돋우어 「들으라 천사, 찬미하는 소리를!」을 선창했다.

스칼렛은 얼핏 걸음을 멈추었다. 전쟁이 그들의 삶을 두 차례나 휩쓸었고, 이렇게 감미로운 옛 성탄절 찬송가를 부르면서도 지금 그들이 굶어 죽기 직전의 황폐한 나라에서 살아간다는 사실이 도저히 믿어지지가 않아서였다. 갑자기 그녀는 프랭크에게로 돌아섰다.

「당신이 보기에는 꼭 세상의 종말 같다고 그러셨는데, 그게 무슨 뜻이죠?」

「솔직하게 말씀드리겠습니다.」 그는 천천히 말했다. 「하지만 내가 하는 얘기를 듣고 당신이나 다른 여자 분들이 놀라지 않기를 바라요. 전쟁은 오래 계속되지 못할 겁니다. 병력을 보충할 신병이 전혀 없고, 탈주병이 자꾸 늘어나서 —— 군에서 시인하는 숫자보다 탈주병이 훨씬 많아요. 아시겠지만, 병사들은 그들의 가족이 굶어 죽어 간다는 사실을 알기 때문에 그들과 떨어져 지낼 마음이 없고, 그래서 그들은 가족을 먹여 살리겠다고 고향으로 돌아가죠. 나로서는 그들을 탓할 입장이 아니지만, 어쨌든 그래서 군사력이 자꾸 약해집니다. 그리고 군대는 식량이 없으면 싸우질 못하는데, 우린 식량이 전혀 없어요. 식량을 구하는 일이 내가 맡은 임무이기 때문에 난 실정을 잘 알아요. 아군이 애틀랜타를 재탈환한 이후에 난 이 지역을 여기저기 안 가본 데가 없습니다만, 어치새 한 마리를 넉넉히 먹일 만큼도 식량이 없어요. 남쪽 서배너로 5백 킬로미터를 내려가 봐도 다 똑같아요. 사람들은 굶주리고, 철도는 파괴되고, 새 소총도 전혀 없고, 탄약도 다 떨어지고, 군화를 만들 가죽도 없습니다……. 그러니까, 아시겠지만, 종말이 코앞에 닥쳤어요.」

하지만 사라져 가는 남부 동맹의 희망보다는 식량이 귀해졌다는 말이 스칼렛의 마음을 더 무겁게 했다. 그녀는 옷을 지을 옷감과 식량을 구해 오라고 돼지에게 말과 마차를 주어, 금화와 합중국 돈을 가지고 시골을 뒤지고 돌아다니라고 내보낼 생각을 했었다. 하지만 만일 프랭크의 얘기가 사실이라면 ——.

하지만 메이컨은 아직 함락되지 않았다. 틀림없이 메이컨에는 식량을 구하는 일이 가능하리라. 병참부 요원들이 안전하게 멀리 가버린 다음에 그녀는 소중한 말을 군인들에게 빼앗길 위험을 무릅쓰고서라도 당장 메이컨으로 돼지를 출발시키리라.

「좋아요, 우리 오늘 밤 언짢은 얘기는 하지 말기로 해요, 케네디 씨.」 그녀가 말했다. 「당신은 어머니가 쓰시던 작은 사무실에 가서 앉아 기다리고, 그러면 내가 수엘렌을 보낼 테니까 당신은 — 그래요, 둘이서 잠시나마 조용한 시간을 갖도록 해요.」

얼굴을 붉히고 미소를 지으며 프랭크는 방에서 슬그머니 빠져나갔고, 스칼렛은 그의 뒷모습을 지켜보았다.

〈지금 당장은 동생과 결혼을 못 하겠다니 얼마나 답답한 일인가.〉 그녀는 생각했다. 〈결혼만 시킨다면 당장 입이 하나 줄어들 텐데.〉

제29장

　이듬해 4월, 지리멸렬한 옛 부대의 잔류 병력에 대한 지휘권을 되돌려 받은 존스턴 장군은 사우스캐롤라이나에서 항복했고, 전쟁이 끝났다. 하지만 종전 소식은 두 주일이 지난 다음에야 타라에 전해졌다. 타라에는 할 일이 워낙 많아서 자질구레한 소식을 들으려고 나돌아 다니며 시간을 낭비해도 될 만한 사람이 아무도 없었고, 이웃들도 그들 못지않게 바빠서 서로 찾아다니는 기회가 별로 없었기 때문어 소식이 늦게 전해졌다.

　봄철 밭갈이가 한창이었고, 일꾼 돼지가 메이컨에서 구해온 목화와 채소 씨도 심었다. 돼지는 옷감과 씨앗과 가금과 햄과 베이컨과 옥수숫가루를 짐마차로 한가득 구해서 싣고 무사히 돌아온 이후로는 어찌나 자랑을 늘어놓고 으스대는지 여행을 다녀온 다음에는 거의 아무짝에도 쓸모가 없어졌다. 아슬아슬하게 모면한 여러 차례의 위기와, 타라로 돌아오기 위해 그가 지나온 위험한 샛길과 시골 길들, 인적이 드문 우회로와 옛날 오솔길들, 그리고 수레가 못 다니는 좁다란 다리에 관한 얘기를 그는 끝도 없이 두고두고 되풀이했다. 그가 길에서 헤맸던 다섯 주일이 스칼렛에게는 고뇌의 기간이었다. 하지만 그가 여행에 성공했다는 다행한 사실이 기뻤고, 그녀가 주었던 돈을 기특하게도 돼지가 꽤 많이 남겨 가지고 와서 어찌나 흐뭇했던지 그녀는 집으로 돌아온 돼지를 한마디도 꾸짖지 않았다. 그녀는 돼지가 그토록 많은 돈을 남겨 가지고 돌아온 까닭이 가금과 식량은 대부분 돈을 주고 사 온 물건이 아니기 때문이리라고 의심했다. 돼지는 마침 우연히 지나가게 된 길가에 아무도 안 지키는 닭장이나 쉽게 들어갈 만한 훈제장이 눈에 띄었다면, 마님의 돈을 써야 할 이유가 당치 않다고 생각했으리라.

식량이 좀 마련되고 나니까 이제 타라에서는 사람답게 살아가던 과거의 생활을 비슷하게나마 되찾으려는 부지런한 노력이 시작되었다. 해야 할 일이, 너무나 많은 일이, 해도 해도 끝나지 않는 일이 모든 사람 앞에서 기다렸다. 금년에 새로 씨를 뿌리려면 작년에 말라 죽은 목화 줄기를 제거해야만 했고, 밭일이 몸에 배지를 않아 반발하던 말은 마지못해서 쟁기를 질질 끌며 밭을 갈았다. 채소밭에서는 잡초를 뽑고 씨를 뿌려야 했으며, 땔나무를 베어 와야 했고, 양키들이 닥치는 대로 태워 버린 가축우리와 몇 킬로미터에 걸친 울타리도 다시 올려야 했다. 토끼를 잡으려고 돼지가 놓아둔 덫은 하루에 두 번씩 가서 확인하고, 강물에 담가 둔 낚싯줄은 새 미끼로 자주 갈아 주었다. 그들은 잠자리를 정돈하고, 마루를 쓸고, 음식을 요리하고, 설거지를 하고, 돼지와 닭들에게 사료를 주고, 달걀을 거두어들였다. 암소는 젖을 짜고 나서 늪지대 근처에 풀어 놓아 꼴을 뜯게 했는데, 양키들이나 프랭크 케네디의 부하들이 다시 찾아와서 끌고 갈까 봐 하루 종일 누가 망을 서야 했다. 어린 웨이드까지도 할 일을 맡았다. 아침이면 그는 여봐란 듯 물통을 들고 나가서 불쏘시개로 쓸 나뭇가지나 나뭇조각을 주워 모았다.

항복했다는 소식을 전해 준 사람은 전쟁터에서 제일 먼저 고향 카운티로 돌아온 폰테인 댁 청년들이었다. 아직 군화를 신고 다니던 알렉스는 걸어서 왔고, 맨발이었던 토니는 안장도 없이 노새를 타고 돌아왔다. 폰테인 집안에서는 토니가 항상 제일 실속을 차리는 사람이었다. 햇볕과 비바람 속에서 4년 동안이나 살아왔던 그들은 야윈 얼굴이 어느 때보다도 시커멓고 몸도 훨씬 강인해졌으며, 검고 험악한 수염을 길러 가지고 돌아와서인지 퍽 낯설어 보였다.

어서 집으로 가서 가족을 만나고 싶어 조바심하던 그들은 미모사로 돌아가는 길에 잠깐 동안만 타라 농장에 들러 여자들에게 키스를 하고 항복 소식을 전했다. 다 끝났다고, 다 끝장났다고 말하던 그들은 별로 자세히 얘기를 하고 싶은 마음도 없고 관심도 없는 듯싶었다. 그들은 미모사가 불탔는지 아니면 무사한지만 알고 싶어 했다. 애틀랜타에서 남쪽으로 내려오는 동안 다 타버리고 굴뚝만 남은 친구들의 집을 보았기 때문에, 그들의 집만이 무사하기를 바란다면 지나친 욕심이리라 솔직히 생각했다고 그들은 말했다. 반가운 소식을 듣고서야 그들은 안심이 되어 한숨을 내쉬었고, 양키들이 온다고 알려 주러 샐리가 미친 듯 말을 타고 달려왔다가 숲 울타리를 얼마나 기차게 뛰어넘었는지를 스칼렛이 얘기하자 그들은 허벅지를 손으로 치며 웃었다.

「씩씩한 여자야.」 토니가 말했다. 「그런데 조가 전사하다니, 정말 운이 되게 나빴어. 혹시 씹는담배 없어요, 스칼렛?」

「토끼 담배[21]밖에 없어요. 아버지는 그걸 옥수수 속대에

21 향기로운 미국산 상록수인 발삼나무*balsam wood*를 뜻하는데, 가끔 담배 대용품으로 썼다.

넣어 피우시죠.」

「난 아직 그렇게까지 몰락하지는 않았는데.」 토니가 말했다. 「하지만 머지않아 그런 신세가 되겠지.」

「디미티 먼로는 별일 없나요?」 열을 올리면서도 약간 거북한 태도로 알렉스가 물었고, 스칼렛은 그가 샐리의 여동생에게 호감을 가졌었다는 사실을 희미하게 기억했다.

「오, 그럼요. 지금은 파예트빌에서 아주머니와 함께 살아요. 그들의 러브조이 집이 타버렸다는 소식은 들었겠죠? 그리고 나머지 식구들은 메이컨으로 갔고요.」

「알렉스가 묻고 싶었던 얘기는 말이죠, 디미티가 혹시 향토 경비대의 어느 용감하신 대령님하고 결혼이라도 하지 않았느냐, 이거예요.」 토니가 약을 올렸고, 알렉스는 그에게 눈을 부라렸다.

「물론 결혼은 안 했죠.」 스칼렛이 재미있다고 웃으며 말했다.

「차라리 결혼을 했더라면 더 좋을지도 몰라요.」 알렉스가 침울하게 말했다. 「도대체 어떻게 저주받아 마땅할 — 실례했어요, 스칼렛.[22] 하지만 검둥이들이 해방되어 다 가버리고, 가축도 없어지고, 호주머니에는 돈 한 푼 없는 처지에 어떻게 여자더러 결혼해 달라고 청혼하나요?」

「디미티가 그런 데 신경을 쓰는 여자가 아니라는 건 아시잖아요.」 스칼렛이 말했다. 그녀가 디미티를 도와주는 셈 치고 칭찬을 한 까닭은 알렉스 폰테인이 스칼렛의 애인이었던 적이 한 번도 없었기 때문이었다.

「염병할 놈의 — 이런, 또 실수를 했군요.[23] 욕하는 버릇을 어서 고쳐야지 그렇지 않았다가는 보나마나 할머니한테 한

---

22 843면 각주 19번 *damn*에 관한 설명 참조.
23 전쟁터를 다녀와서 말투가 험해졌음을 뜻한다.

바탕 두들겨 맞겠어요. 난 어떤 여자한테도 비렁뱅이와 결혼해 달라고 청할 용기는 없어요. 여자는 아무렇지도 않게 생각할지 모르겠지만, 난 마음에 걸리니까요.」

앞 포치에서 스칼렛이 청년들과 얘기를 나누는 사이에 멜라니와 수엘렌과 캐린은 남군이 항복했다는 소식을 듣고는 곧 집 안으로 슬그머니 말도 없이 들어가 버렸다. 집을 향해서 타라의 뒤쪽 들판을 가로질러 지름길로 청년들이 가버린 다음에, 안으로 들어간 스칼렛은 엘렌의 작은 사무실 소파에 모여 앉아서 여자들이 함께 흐느껴 우는 소리를 들었다. 전쟁이 끝났고, 그와 더불어 그들이 사랑하고 소망했던 찬란하고 아름다운 꿈이, 그들의 친구와 연인과 남편을 빼앗아 가고 그들의 가족을 거지로 만든 남부의 대의명분이, 이제는 모두가 다 끝장이었다. 절대로 멸망하지 않으리라고 그들이 생각했던 대의명분은 영원히 멸망해 버렸다.

하지만 스칼렛에게는 눈물을 흘릴 이유가 없었다. 항복 소식을 처음 듣는 순간 그녀는 이런 생각을 했다 ― 하느님, 감사합니다! 이제는 암소를 빼앗기지 않으리라. 이제는 말도 안전하다. 이제 우리는 우물에서 은식기를 꺼내도 되고, 식탁에서는 나이프와 포크를 사용하게 되리라. 이제 나는 식량을 구하려고 마차를 몰고 시골로 돌아다니면서도 두려워할 필요가 없어졌다.

얼마나 마음이 놓이는 일인가! 절대로 다시는 말발굽 소리를 듣고 놀라서 벌떡 일어설 필요가 없으리라. 절대로 다시는 캄캄한 밤중에 잠이 깨어 숨을 죽이고 귀를 기울이면서, 그녀의 귀에 들려왔던 소리 ― 마당에서 재갈이 딸그락거리고, 말들이 발을 구르고, 양키들이 거칠게 소리쳐 명령을 내리는 소음이 현실인지 아니면 그저 환청(幻聽)이었는지 궁금해하는 일도 없으리라. 그리고 무엇보다도, 타라는 안전했다! 그녀가 가장 두려워했던 악몽도 이제는 절대로 현실이 되어 찾아오지를 않으리라. 스칼렛이 잔디밭에 서서, 사랑하는 사람의 집에서 연기가 구름처럼 피어오르는 광경을 지켜보거나, 지붕이 무너질 때 불길이 치솟아 오르는 소리를 듣게 될 일은 절대로 없으리라.

그렇다, 대의명분은 죽었지만, 그녀는 전쟁이란 본디 어리석은 짓이라고 벌써부터 생각했었으며, 평화가 훨씬 좋았다. 그녀는 남부 동맹의 국기가 게양대를 타고 올라갈 때 눈물을 글썽거린 적도 없었고, 「딕시」가 울려 나오더라도 온몸이 짜릿한 기분을 느낀 적이 한 번도 없었다. 궁핍한 생활과, 속이 뒤집히는 간호사 노릇과, 공방전의 공포와, 지난 몇 달 동안의 굶주림 따위를 그녀가 견뎌 낸 까닭은, 대의명분을 위해서라면 어떤 고생이라도 참아 내겠다고 말하던 사람들의 광신적인 신념 때문은 결코 아니었다. 그런 세상은 끝났고 다 흘러가 버렸으며, 그녀는 종말이 왔다고 통곡할 생각은 없었다.

다 끝났다! 그토록 끝이 없다고만 여겨졌던 전쟁, 청하지도 않았고 원하지도 않았던 전쟁은 그녀의 삶을 두 동강으로 잘라 버렸고, 어찌나 뚜렷하게 단절을 시켰던지 자유분방했던 다른 시절은 기억조차 하기 힘들었다. 스칼렛은 연약한 초록빛 모로코가죽[24] 덧신을 신고 라벤더 향기가 그윽한 주름 장식 치마를 입었던 예쁜 시절을 머릿속에서 다시 그려 보면서 이제는 아무런 마음의 동요도 일으키지를 않겠지만, 그렇다고 해서 다시 그런 여자로 되돌아갈 희망은 없었다. 카운티 전체를 발밑에 두고 군림했으며, 그녀의 명령을 받들 노예가 1백 명에 이르고, 타라의 부유함이 벽처럼 등 뒤에 버

24 무두질한 염소 가죽, 제본용으로 많이 쓰였다.

856

티고 섰고, 사랑이 지나쳐 그녀가 원하는 온갖 욕망을 다 충족시켜 주려는 부모를 두었던 스칼렛 오하라. 애슐리에 관한 경우 이외에는 어떠한 욕구도 만족시키지 못했던 적이 한 번도 없었고, 응석받이로 자라 무엇이나 다 제 마음대로 했던 스칼렛 오하라.

4년이라는 기간이 구불구불 이어져 나가던 기나긴 과정의 어디에서인가, 무도용 덧신을 신고 향낭을 몸에 지녔던 소녀는 슬그머니 퇴장해 버렸고, 스칼렛은 어느새 잔돈을 헤아리며 여러 가지 막일에 두 손을 맡긴 여자가, 초록빛 눈초리가 날카로워진 여자가, 그녀가 딛고 선 불굴의 붉은 흙 이외에는 폐허로부터 아무것도 물려받지 못한 여자가 되었다.

복도에 서서 그녀는, 여자들이 흐느껴 우는 소리에 귀를 기울이며, 마음속으로 계획을 세우느라고 바빴다.

〈우린 목화를 훨씬 많이 심어야 해. 난 내일 씨앗을 더 사 오라고 돼지를 메이컨으로 보내야 되겠어. 이제는 양키들이 목화를 태워 버리지 않겠고, 우리 군대에서도 그건 필요로 하지 않을 테니까. 그래! 금년 가을에는 목화 값이 틀림없이 하늘 높은 줄 모르고 치솟겠지!〉

그녀는 작은 사무실로 들어갔고, 소파에서 흐느껴 우는 여자들은 거들떠보지도 않으면서 책상에 앉아 깃털 펜을 집어 들고는, 수중에 남은 현금에서 목화씨를 더 구입할 비용을 계산했다.

〈전쟁은 끝났어.〉 그녀는 생각했고, 거센 행복감이 밀어닥치자 자기도 모르게 깃털 펜을 떨어뜨렸다. 전쟁은 끝났고, 애슐리가 ― 만일 살았다면 애슐리가 집으로 돌아오리라! 그녀는 패배한 대의명분의 죽음을 애도하는 와중이 혹시 멜라니가 그런 생각을 해보기라도 했을지 궁금했다.

〈머지않아 우린 편지를 받을 텐데 — 아냐, 편지가 아니지. 우린 편지를 받을 길이 없어. 하지만 머지않아서 — 아, 어떻게 해서든 그이는 우리들한테 소식을 전하겠지!〉

하지만 하루하루가 지나고 몇 주일이 되었어도, 애슐리에게서는 소식이 오지 않았다. 남부의 우편 사무는 미덥지가 못했고, 시골 지역에는 통 손이 미치지를 못했다. 가끔 애틀랜타에서 오는 여행자가 이곳에 들러 그들에게 돌아오라고 눈물로 애원하는 피티 고모의 편지만 전해 줄 따름이었다. 하지만 애슐리에게서는 아무 소식도 없었다.

남부가 항복한 이후로 스칼렛과 수엘렌 사이에서는 말을 놓고 끊임없는 암투가 치열하게 계속되었다. 양키들에 대한 두려움이 없어진 지금, 수엘렌은 부쩍 이웃들을 방문하고 싶어졌다. 지난날의 즐거운 사교 생활이 그리워지기도 했고, 또한 외롭기도 했던 수엘렌은 별다른 이유가 없었어도 카운티의 다른 이웃들이 타라 못지않게 고생을 한다는 사실이나마 확인하고 마음을 놓기 위해서라도 꼭 친구들을 찾아가 보고 싶었다. 그러나 말은 일을 해야 했고, 숲에서 통나무를 끌어오고, 밭을 갈고, 돼지가 식량을 구하러 타고 다니느라 바빴다. 따라서 말은 일요일이면 목초지에서 풀을 뜯으며 쉴 권리를 톡톡히 벌어 놓은 셈이었다. 스칼렛은 그렇게 이웃들을 찾아보고 싶다면 걸어서 가라고 수엘렌에게 쏘아붙였다.

작년까지만 해도 평생 1백 미터 이상은 걸어 본 적이 한 번도 없었던 수엘렌은 그렇게 먼 곳을 걸어갈 생각을 하면 암담하기만 했다. 그래서 그녀는 집에서 떠나지 못한 채 투정만 늘어놓고, 울기도 했고, 그러다가 결국 지나친 말이 입에서 튀어나오고 말았다. 「아, 어머니가 살아 계시기만 하다면 이렇게까지 하진 않았겠지!」 그 말이 떨어지자마자 스칼렛은 오랫동안 별러 왔던 대로 따귀를 갈겼는데, 뺨을 어찌나 세게 맞았던지 수엘렌은 비명을 지르며 침대로 쓰러졌고, 집 안에서는 온통 야단법석이 벌어졌다. 이때부터 수엘렌은, 적어도 스칼렛이 보이는 자리에서라면, 우는소리를 삼갔다.

말을 쉬게 해주고 싶다던 스칼렛의 뜻은 진심이었지만, 그것은 절반 정도만 진실이었다. 나머지 절반은 남부가 항복을 한 다음 처음 한 달 동안 그녀가 카운티를 돌아다니며 이웃들을 차례로 방문했을 때, 옛 친구들과 옛 농장들의 모습을 보고 크게 상심했기 때문이었다.

샐리가 열심히 말을 달렸던 덕택으로 그나마 폰테인 댁은 형편이 가장 나았지만, 그것도 다른 이웃들의 절망적인 처지와 비교할 때의 얘기일 따름이었다. 폰테인 할머니는 다른 사람들을 지휘하며 불을 두들겨 끄고 집을 건졌던 그날 일으켰던 심장 마비로부터 완전히 회복되지를 못했다. 노의사 폰테인은 잘린 팔이 서서히 아물어 가는 중이었다. 알렉스와 토니는 서투른 솜씨로 쟁기와 호미를 들고 밭에 나가 일했다. 스칼렛이 소리쳐 불렀더니 그들은 울타리 가로대 너머로 손을 내밀어 그녀와 악수를 했고, 삐걱거리는 엉성한 그녀의 마차를 보고 웃었는데, 쓸쓸하고 검은 그들의 눈은 그녀뿐 아니라 그들 자신도 비웃는 표정이었다. 스칼렛이 그들더러 옥수수 씨앗을 팔라고 했더니, 그들은 그러마고 하고는 농장의 골칫거리들에 대한 푸념을 늘어놓기 시작했다. 그들에게는 닭 열두 마리와, 암소 두 마리에 돼지 다섯 마리, 그리고 전쟁터에서 끌고 온 노새가 전 재산이었다. 돼지 한 마리가 얼마 전에 죽었다면서, 그들은 다른 놈들까지 잃을까 봐 격정이었다. 어떤 넥타이가 유행에 가장 잘 어울리느냐 하는 정도 이상으로 인생에 대해서 심각한 문제를 생각해 본 적이 없는 멋쟁이들이었던 그들의 입에서 돼지를 걱정하는 그런 진지한 얘기를 듣고 스칼렛은 웃음을 터뜨렸지만, 그녀의 웃음 역시 씁쓸했다.

미모사에서는 가족이 모두 나와 그녀를 반겨 맞았고, 옥수수 씨앗은 팔지 않고 그냥 주겠다고 고집했다. 그녀가 탁자에다 합중국 지폐를 내놓았더니 널리 알려진 폰테인 집안의 급한 성미가 폭발했고, 그들은 돈을 못 받겠다고 단호하게 거부했다. 스칼렛은 옥수수를 받은 다음 아무도 모르게 샐리의 손에 1달러짜리 지폐 한 장을 슬그머니 쥐여 주었다. 샐리는 여덟 달 전 스칼렛이 처음 타라의 고향 집으로 돌아왔을 때 인사를 하던 모습하고는 전혀 다른 사람이 되어 버렸다. 그때는 샐리의 얼굴이 창백하고 슬퍼 보이기는 했지만, 그래도 어딘가 들뜬 분위기를 풍겼었다. 그러나 항복과 더불어 모든 희망이 박탈되기라도 해서였는지 이제는 그나마의 들뜬 분위기조차 사라졌다.

「스칼렛.」 돈을 움켜쥐면서 그녀가 속삭였다. 「그래서 우린 무엇을 얻었나요? 우리들은 도대체 왜 싸웠을까요? 오, 가엾은 나의 조! 오, 가엾은 나의 아기!」

「우리들이 왜 싸웠는지 난 모르겠고, 그런 얘기는 관심도 없어요.」 스칼렛이 말했다. 「그리고 흥미도 없고요. 난 전쟁에 관심을 가졌던 적이 한 번도 없었어요. 전쟁은 남자들의 일이지 여자들은 상관할 일이 아니에요. 지금 나의 관심거리는 훌륭한 목화의 수확뿐이죠. 자, 이 돈으로 어린 조에게 옷이라도 사줘요. 정말이지 아이에게는 새 옷이 시급해요. 알렉스하고 토니가 아무리 호의를 베풀어도 난 이 농장에서 옥수수를 그냥 빼앗아 가고 싶지는 않거든요.」

청년들은 마차까지 스칼렛을 따라와서, 아무리 누더기를 걸치기는 했어도 깍듯이 예의를 갖추고, 변덕스러운 폰테인 사람들의 쾌활함을 보이며 그녀를 부축해 태웠지만, 마차를 몰고 미모사에서 멀어져 가는 사이에 궁핍한 그들의 모습이 눈앞에 어른거리자, 스칼렛은 치를 떨었다. 그녀에게는 가난과 궁핍이 지긋지긋했다. 다음 식사 때 먹을 음식은 어디에서 구해야 하는 따위의 걱정은 하지 않아도 좋을 정도로 부유한 사람들을 만난다면 얼마나 즐거울까!

케이드 캘버트는 파인 블룸 농장의 집에서 만났는데, 보다 행복했던 시절에 그녀가 그토록 자주 춤을 추러 왔었던 낡은 집의 층계를 올라가면서, 스칼렛은 그의 얼굴에 서린 죽음을 보았다. 그는 앙상하게 야위었고, 무릎에 목도리를 두르고 양지쪽의 안락의자에 기댄 채로 누워 기침을 했지만, 그녀를 보자 얼굴이 환하게 밝아졌다. 그녀에게 인사를 하기 위해 몸을 일으키려고 하면서, 그는 감기에 걸린 모양이라고 말했다. 너무 자주 비를 맞으며 잠을 잤기 때문이라고 그랬다. 하지만 곧 나을 테니까 집안일을 돕게 되리라고도 했다.

대화를 나누는 소리를 듣고 집에서 나온 캐슬린 캘버트는 오빠의 머리 위로 스칼렛과 시선이 마주쳤는데, 스칼렛은 그녀의 눈에서 앞으로 어떻게 될지 다 안다는 듯 뼈아프게 절망하는 표정을 읽어 냈다. 케이드 자신은 잘 몰랐어도 캐슬린은 알았다. 파인 블룸은 무질서해 보였고, 잡초가 무성하게 우거졌으며, 밭에서는 자연생 소나무들이 보이기 시작했고, 집은 너저분하고 일그러졌다. 캐슬린은 야위고 긴장한 얼굴이었다.

그들 두 사람은 양키 계모와, 네 명의 어린 이복 여동생과, 양키 감독과 함께 조용하고 이상한 느낌을 주는 집에서 머물렀다. 스칼렛은 타라의 감독이었던 조너스 윌커슨만큼이나 힐턴을 좋아하지 않았었지만, 여유만만하게 앞으로 나서서 신분이 동등한 사람처럼 인사를 건네는 그가 지금은 더욱 못마땅하게 생각되었다. 전에는 윌커슨이나 마찬가지로 그는 겸손함과 교만함이 뒤섞인 그런 태도를 보였었지만, 캘버트 씨와 레이포드가 전쟁터에서 죽었고 케이드가 병든 지금, 그는 겸손한 태도라고는 전혀 보이지가 않았다. 둘째 캘버트 부인은 검둥이 하인들로부터도 아예 존경을 받지 못했던 처지였었으니 백인에게서 존경을 받기란 더욱 어림도 없는 일이었다.

「무척 친절하게도 힐턴 씨께서는 어려운 시기에 같이 지내면서 우리들을 돌봐 주었어요.」 입을 다문 의붓딸을 힐끗 쳐다보며 캘버트 부인이 말했다. 「무척 친절하셨죠. 셔먼의 군대가 이곳에 쳐들어왔을 때 우리 집을 힐턴 씨가 어떻게 두 번씩이나 건져 주었는지 아마 얘기를 들었을 거예요. 돈이 떨어지고 케이드도 전쟁터로 떠난 마당에 우리들이 어떻게 견뎌 냈을지 정말 암담했지만 ―」

케이드의 창백한 얼굴이 붉어졌고, 캐슬린은 긴 속눈썹을 내리깔며 입을 꽉 다물었다. 양키 감독에게 신세를 졌다는 처지가 괴로워서 그들의 영혼이 무기력한 분노에 휘말려 몸부림치고 있음을 스칼렛은 알았다. 캘버트 부인은 당장이라도 울음을 터뜨릴 눈치였다. 그녀는 무엇인지 실수를 범한 모양이었다. 그녀는 항상 실수만 거듭했다. 아무리 조지아에서 20년 동안이나 살았어도 그녀는 남부인들을 통 이해하지 못했다. 그녀는 의붓자식들에게 해서는 안 되는 말이 무엇인지를 전혀 알지 못했지만, 그녀가 무슨 말이나 행동을 하더라도 그들은 항상 계모에게 고분고분할 따름이었다. 그녀는 자기가 낳은 아이들을 데리고 그녀와 같은 사람들이 사는 북부로 가서, 목에 힘이나 주는 남부의 아리송하고 서먹서먹한 사람들을 앞으로는 보지 않으리라고 마음속으로 작정한 모양이었다.

이렇게 이웃들을 방문하고 나니 스칼렛은 탈턴 댁 사람들을 만나 보고 싶은 생각이 전혀 없어졌다. 이제는 네 명의 아들도 죽었고, 집은 불타 버렸고, 식구들은 감독의 비좁은 오막살이에 얹혀사는 신세였던지라, 스칼렛은 그들을 찾아갈 엄두가 나지 않았다. 하지만 전쟁터에서 돌아온 탈턴 씨를 찾아가 환영해 주지 않는다면 그것은 이웃으로서 올바른 도리가 아니라고 수엘렌과 캐린이 재촉하고 멜라니가 부추기는 바람에, 어느 일요일에 그들은 함께 집을 나섰다.

탈턴 댁 방문은 최악의 나들이였다.

폐허만 남은 집의 옆으로 마차를 타고 올라가던 그들은 낡은 승마복을 입고, 겨드랑이에 채찍을 끼고, 방목장을 둘러싼 꼭대기 가로대에 올라앉아 침울하게 허공을 물끄러미 응시하는 비어트리스 탈턴을 보았다. 그녀의 옆에는 말을 훈련시키던 키가 작은 안짱다리 흑인이 쪼그리고 앉았는데, 그의 표정도 여주인 못지않게 음울했다. 한때는 까불며 뛰노는 망아지들과 한가한 씨암말들로 가득하던 방목장이 이제는 노새 한 마리, 패전 후에 탈턴 씨가 타고 집으로 돌아온 노새 한 마리 말고는 텅 비었다.

「내 귀여운 자식들이 다 없어졌으니 정말이지 이제는 무얼 하며 지내야 할지 모르겠어.」 울타리에서 내려오며 탈턴 부인이 말했다. 낯선 사람이라면 그녀가 죽은 네 아들 얘기를 하는 줄 알았겠지만, 타라의 여자들은 그녀가 말을 생각하고 있음을 알았다. 「아름다운 내 말들이 다 죽었어. 하지만, 아,

우리 불쌍한 넬리만이라도 살았다면 얼마나 좋을까! 그런데 이곳에는 형편없는 노새 한 마리 말고는 아무것도 없다고. 형편없는 노새 한 마리뿐이라니까.」뼈만 앙상한 짐승을 화가 나서 쳐다보며 그녀가 되풀이해서 말했다. 「혈통 좋은 내 귀여운 자식들이 지내던 방목장에다 노새를 넣어 두다니, 이건 그들의 추억에 대한 모욕이야. 노새란 자연스럽지 못하게 태어나는 짐승이니까, 노새의 번식을 법으로 금해야 해.」

무성한 수염으로 완전히 얼굴 모습이 달라진 짐 탈턴이 감독의 집에서 나와 여자들을 키스로 반겨 맞았고, 꿰맨 옷을 걸친 붉은 머리의 네 딸이 그의 뒤를 따라 앞을 다투어 나왔고, 10여 마리의 검거나 황갈색인 사냥개들은 귀에 선 목소리를 듣고는 마구 짖어 대며 문으로 뛰어나왔다. 온 집안 식구가 억지로 꾸며 낸 명랑함을 과시했는데, 이것은 미모사의 침울함이나 파인 블룸의 죽음처럼 음산한 분위기보다도 더욱 뼛속 깊은 아픔을 주었다.

탈턴 댁 식구들은 요즈음 손님이 너무 안 찾아오니까 그들에게서 세상 소식을 듣고 싶다면서 꼭 저녁을 먹고 가라고 붙잡았다. 그곳의 분위기가 답답했기 때문에 스칼렛은 눌러앉고 싶은 생각이 전혀 없었지만, 멜라니와 두 동생은 더 오래 있고 싶어서 안달이었고, 그래서 네 사람은 저녁 식사 때까지 남아 그들에게 내놓은 고기와 말린 콩을 조금씩만 먹었다.

초라한 음식 때문에 웃음이 터져 나오기도 했고, 탈턴 댁 딸들은 궁한 대로나마 옷을 고쳐 입은 애기를 하면서 마치 지극히 재미있는 농담이라도 나누는 듯 깔깔거렸다. 멜라니도 그들의 애기에 어느 정도 맞장구를 쳐가며 예기치 않았던 쾌활함을 보이고는 타라에서 겪은 시련을, 고생스러웠던 갖가지 사건을 가볍게 농담으로 넘기며 애기해서 스칼렛을 놀라게 했다. 스칼렛은 거의 입이 떨어지지도 않았다. 한가하게 돌아다니고, 담배를 피우고, 장난을 치던 덩치 큰 탈턴 댁네 아들이 없으니까 방 안이 텅 빈 기분이었다. 스칼렛까지도 그곳이 텅 비었다고 느낄 정도였으면, 이웃들에게 억지로 미소를 지어 보이던 탈턴 댁 사람들에게는 그곳이 어떻게 느껴졌으려나?

식사를 하는 동안 캐린은 별로 말이 없었지만, 식사가 끝나자 그녀는 슬그머니 탈턴 부인의 옆으로 가서 뭐라고 귀엣말을 했다. 탈턴 부인의 표정이 바뀌었고, 캐린의 가냘픈 허리를 끌어안는 그녀의 입술에서는 미묘한 웃음이 사라졌다. 그들은 방에서 나갔고, 더 이상 잠시도 이곳에서 버티기가 힘겹다고 느낀 스칼렛은 그들을 따라갔다. 스칼렛이 보니 그들은 정원을 지나 길을 내려가서 묘지로 향했다. 그렇다, 그녀는 이제 와서 혼자 집으로 발걸음을 돌릴 수가 없어졌다. 그것은 너무나 무례한 짓이리라. 하지만 캐린은 용감해지려고 그토록 애쓰는 비어트리스를 도대체 무슨 생각으로 네 아들이 묻힌 곳으로 끌고 가려 하는가?

삼나무 밑에 벽돌로 막아 놓은 묘지에는 두 개의 대리석 묘비를 새로 세웠는데, 어찌나 새것인지 빗물에 튄 붉은 흙이 묻은 자국도 없었다.

「지난 주일에 가져왔어.」 탈턴 부인이 자랑스럽게 말했다. 「탈턴 씨가 메이컨으로 가서 마차로 실어 왔지.」

비석! 비석을 세우려면 얼마나 많은 비용이 들었을까! 갑자기 스칼렛은 탈턴 댁 사람들이 처음에 생각했던 만큼 가엾게 여겨지지가 않았다. 그토록 식량이 귀할 뿐 아니라 구하기조차 어려운 시기에 비석 때문에 소중한 돈을 낭비하는 사람이라면 동정을 받아야 할 자격이 없었다. 그리고 비석에는 저마다 몇 줄의 글을 새겨 넣었다. 새긴 글이 많을수록 돈은 더 많이 들어간다. 온 집안 식구가 몽땅 미친 모양이었다! 그리고 세 아들의 시체를 집으로 운반하는 데에도 엄청난 돈이 들었으리라. 그들은 보이드는 시체는커녕 행방조차 찾지 못했다.

브렌트와 스튜어트의 무덤 사이에 세운 돌에는 이런 글을 새겨 놓았다. 〈그들은 살았을 때 사랑스럽고 쾌활했으며, 죽음에 임해서도 그들은 헤어지지 않았다.〉

또 다른 비석에는 보이드와 톰의 이름이 새겨졌고, 〈*Dulce et —*〉[25]로 시작되는 라틴어 문장을 곁들였지만, 파예트빌 여자 고등학교에서 라틴어를 배우지 않으려고 요령만 피웠던 스칼렛으로서는 무슨 말인지 전혀 알 길이 없었다.

비석에 그렇게 많은 돈을 들이다니! 그렇다, 그들은 어리석었다! 그녀는 자기 돈이 낭비되기라도 한 듯 화가 났다.

캐린의 눈에서 묘한 광채가 났다.

「멋있어 보여요.」 첫 번째 비석을 가리키며 그녀가 속삭였다.

캐린이야 저것이 멋있다고 생각하리라. 그녀는 감상적이기만 하면 무엇을 봐도 감동했다.

「그래.」 탈턴 부인이 말했는데, 목소리가 부드러웠다. 「우린 저 글이 아주 잘 어울린다고 생각했어. 처음에는 스튜어트가, 그리고 그 애가 떨어뜨린 깃발을 집어 든 브렌트가 — 그렇게 그들은 거의 동시에 죽었어.」

마차를 타고 타라로 돌아가는 길에, 스칼렛은 얼마 동안 침묵을 지키며 여러 집에서 그녀가 보았던 광경들을 생각했고, 지나간 옛날 저택마다 손님들이 찾아오고, 돈이 넘쳐 나

25 로마인들이 전사한 병사의 비석에 써주던 〈나라를 위해 죽는 것이 얼마나 아름답고 보람 있더냐〉라는 말의 첫 구절.

고, 노예 막사에는 흑인들이 잔뜩 모여 살고, 잘 가꾼 밭에는 목화가 만발했던 찬란한 시절의 카운티가 문득 머리에 떠올랐다.

〈1년만 더 지나면 저 밭에는 온통 작은 소나무들이 무성하겠지.〉 그녀는 생각했고, 빙 둘러싼 숲을 보고 몸을 부르르 떨었다. 〈검둥이들을 거느리지 않고 살아가려면 그럴 수밖에 별도리가 없어. 검둥이들이 없으면 아무도 큰 농장을 꾸려 나가지 못하고, 많은 밭을 경작하기도 불가능할 테니까 들판이 다시 숲으로 변하고 말 거야. 아무도 목화를 깊이 심지를 못하면, 그러면 우리들은 어떻게 하나? 시골 사람들은 어떻게 될까? 도시 사람들이야 그럭저럭 꾸려 나가겠지. 그들은 옛날부터 그런 일을 하지 않고도 잘 살아왔으니까. 하지만 우리 시골 사람들은 세월을 백 년이나 거슬러 올라가서, 작은 오두막에 살며 겨우 몇 에이커의 땅을 파먹고 근근이 살아가던 시절의 개척자들과 똑같은 신세가 되고 말아.〉

그녀는 냉정하게 생각했다. 〈아니지. 타라는 그렇게 되지는 않아. 내 손으로 혼자서 밭을 몽땅 갈아야 하더라도 말이야. 이곳이 도두, 조지아 주가 모두 다시 숲으로 변하더라도 난 타라를 포기하지 않겠어. 그리고 난 비석을 세운답시고 돈을 낭비하거나 전쟁 때문에 슬퍼하느라고 시간을 낭비할 생각은 없어. 어떻게 해서든지 우리들은 이겨 내야 해. 남자들이 다 죽지만 않았다면 우리들은 틀림없이 다시 일어서겠지. 그러니까 검둥이들을 잃은 게 가장 괴로운 문제가 아냐. 남자들, 젊은 남자들을 잃은 게 가장 큰 문제라고.〉 그녀는 탈턴 댁 네 아들과, 조 폰테인과, 레이포드 캘버트와, 먼로 댁 형제들과, 그녀가 사상자 명단에서 읽었던 파예트빌과 존즈버러 청년들의 이름을 다시 생각했다. 〈남자들이 그렇게 많

이 죽지만 않았더라면 우린 어떻게든 꾸려 나가겠지만 ─〉

또 다른 생각이 그녀의 머리에 떠올랐다 ─ 만일 내가 재혼을 한다면 어떻게 될까. 물론 그녀는 다시 결혼할 생각이 없었다. 한 번만으로도 확실히 충분했다. 더구나 그녀가 원하던 남자라고는 오직 애슐리뿐이었고, 혹시 아직 살았더라도 그는 다른 여자하고 결혼한 몸이었다. 하지만 그래도 만일 재혼을 하겠다고 작정한다면 어떻게 될까. 그녀와 결혼하겠다고 나설 남자는 어디 있을까? 그런 생각만 해도 그녀는 끔찍했다.

「멜리.」 그녀가 말했다. 「남부 여자들은 어떻게 될까요?」

「그게 무슨 소리예요?」

「그냥 궁금해서 그래요. 그들은 어떻게 될까요? 그들과 결혼할 남자들이 아무도 없잖아요. 그래요, 멜리, 남자들이 다 죽어 버렸으니까 남부에는 처녀로 늙어 죽을 여자가 수천 명은 되겠죠.」

「그리고 아이들도 태어나지 못하고요.」 그것이 가장 중요한 문제라고 생각한 멜라니가 말을 덧붙였다.

마차의 뒷자리에 앉은 수엘렌도 보아하니 그런 생각을 많이 했던 모양이어서, 그녀는 갑자기 울기 시작했다. 그녀는 성탄절 이후로는 프랭크 케네디의 소식을 듣지 못했다. 우편 업무가 신통치 않아서인지, 아니면 그가 그냥 수엘렌을 희롱만 하다가 관심이 없어졌는지 그녀로서는 알 길이 없었다. 아니면 전쟁이 끝나 갈 무렵 마지막 며칠 사이에 죽었는지도 모른다! 캐린과 인디아 윌크스의 경우처럼 남자가 전사를 했다면 적어도 죽어 간 사랑이라는 명목 때문에 체면이 좀 살겠지만, 약혼자가 차버렸다면 전혀 그렇지를 못했으므로, 그에게 수엘렌이 버림을 받기보다는 차라리 남자가 죽은 편이 훨씬 나았다.

「얘, 정말이지 좀 조용하지 못하겠니!」스칼렛이 말했다.

「그래, 언니야 그런 소릴 할 만도 하지.」수엘렌이 흐느껴 울었다.「언니는 결혼도 했었고, 아이도 낳았고, 그리고 남자들한테 언니가 인기였다는 걸 누구나 다 아니까. 하지만 난 뭐냔 말이야! 전혀 원하지 않았으면서도 노처녀가 된 나한테 언니는 야단이나 치고 심통만 부리잖아. 난 언니가 미워 죽겠어.」

「조용하라니까! 걸핏하면 질질 짜는 사람들을 내가 얼마나 싫어하는지는 너도 잘 알잖아. 생강빛 수염의 남자는 죽지도 않았으려니와, 틀림없이 다시 찾아와서 너하고 결혼할 테니까 두고 봐. 프랭크 케네디는 그 이상은 머리가 돌아가지도 않는 위인이라고. 나 같으면 차라리 노처녀가 되면 됐지 그런 남자하고는 결혼하지 않겠다.」

마차 뒷좌석에서는 얼마 동안 침묵이 흘렀고, 캐린은 언니를 위로하느라고 손으로 토닥거려 주면서, 그녀가 탈턴과 나란히 마차를 타고 이곳 외딴길을 돌아다니던 3년 전을 회상하느라고 멍하게 정신이 나간 표정이었다. 그녀의 아득한 눈에서는 광채가, 환희가 빛났다.

「아.」멜라니가 서글프게 말했다.「우리 멋진 총각들이 다 없어졌으니 남부는 어떻게 될까요? 그들이 죽지만 않았다면 남부는 앞으로 어떤 세상이 됐을까요? 우리들에게는 그들의 용기와 정력과 두뇌가 필요해요. 스칼렛, 어린 아들을 둔 우리들은 죽어 간 남자들의 뒤를 이어 가도록 그들처럼 용감한 남자로 자식을 키워야 해요.」

「그런 남자들은 절대로 다시 나타나지 않겠죠.」캐린이 나지막이 말했다.「그들의 뒤를 이을 사람은 아무도 없어요.」

그리고 그들은 집에 다다를 때까지 침묵을 지켰다.

　그로부터 얼마 후 어느 날 해 질 녘에 캐슬린 캘버트가 타라로 찾아왔다. 귀가 축 늘어지고 다리를 절름거리며, 스칼렛으로서는 여태껏 본 적이 없을 정도로 처량한 몰골의 노새에 옆 안장을 얹어 타고 온 캐슬린은 그녀가 타고 온 짐승만큼이나 처량한 모습이었다. 그녀의 옷은 그전 같으면 집안일을 하는 하녀들이나 입었을 그런 종류의 빛이 바랜 면포였고, 나들이 모자는 노끈으로 턱 밑을 잡아맸다. 그녀는 앞 포치까지 노새를 타고 올라왔지만 내리지는 않았고, 저녁노을을 구경하던 스칼렛과 멜라니는 그녀를 만나려고 층계를 내려갔다. 캐슬린은 입을 열기만 하면 얼굴이 당장 산산조각으로 부스러질 듯, 스칼렛이 찾아갔던 날의 케이드처럼 창백해서, 핼쑥하고, 연약하고, 굳은 표정이었다. 하지만 그녀는 허리가 꼿꼿했고, 머리를 높이 쳐든 채 그들에게 목례를 했다.
　스칼렛은 그녀와 캐슬린이 레트 버틀러 얘기를 귀엣말로 나누었던 월크스 댁 바비큐 파티 날이 갑자기 머리에 떠올랐다. 작고 까만 벨벳 덧신의 끈을 자그마한 발목에 매고, 향기로운 장미꽃을 장식 띠에 꽂고, 파란 오건디를 화려하게 차려입었던 그날의 캐슬린은 얼마나 예쁘고 싱싱했던가. 그런데 지금 빳빳한 자세로 노새에 올라앉은 그녀에게서는 옛 시절의 모습이라고는 자취도 보이지를 않았다.
　「고맙지만 난 노새에서 내리지 않겠어.」 그녀가 말했다. 「내가 결혼한다는 얘기나 알려 주려고 찾아온 거니까.」
　「뭐라고!」
　「누구하고요?」
　「캐시,[26] 얼마나 멋진 일이야!」

「언제요?」

「내일요.」 캐슬린이 조용히 말했고, 그녀의 목소리를 듣자 그들의 얼굴에서는 들뜬 미소가 사라졌다. 「난 내일 존즈버러에서 결혼하지만, 아무도 오라고 초청하지 않겠다는 걸 알려 주려고 왔어.」

그들은 얼떨떨한 표정으로 그녀를 올려다보고, 침묵을 지키며, 그녀가 한 말을 새겨 보았다. 그리고 멜라니가 입을 열었다.

「우리들이 아는 사람이에요, 캐슬린?」

「그래요.」 캐슬린이 쌀쌀하게 말했다. 「힐턴 씨죠.」

「힐턴 씨요?」

「그래요, 우리 집 감독 힐턴 씨 말이에요.」

스칼렛은 〈저런!〉이¹라는 말조차 나오지를 않았지간, 갑자기 멜라니를 내려다보고 캐슬린은 나지막하고도 험악한 목소리로 말했다. 「만일 멜라니가 울음을 터뜨린다면 난 견디지 못할 거예요. 난 죽고 싶으니까요!」

멜라니는 아무 말드 없이, 등자에 낀 캐슬린의 자그마한 발을, 집에서 만든 엉성한 신발을 신은 그녀의 발을 어루만졌다. 그녀는 머리를 푹 수그렸다.

「그리고 어루만지지도 말아요! 난 그것도 못 참겠어요.」

멜라니가 손을 치웠지만, 머리는 아직도 들지 않았다.

「자, 난 가야 되겠어. 그걸 알려 주려고 찾아왔을 뿐이니까.」 핼쑥하고 나약한 표정을 다시 짓고 그녀는 고삐를 잡았다.

완전히 어리벙벙해졌지만, 그래도 어색한 침묵을 깨뜨릴 무슨 말을 찾으려고 더듬거리며 스칼렛이 물었다. 「케이드는 어때?」

26 캐슬린의 애칭.

「머지않아 죽을 모양이야.」 캐슬린이 쌀쌀하게 말했다. 그녀의 목소리에는 아무런 감정도 없는 듯싶었다. 「그리고 오빠가 죽은 다음에 누가 나를 돌보아 줄 건지 하는 걱정이 없어지면, 그러니까 내가 자리를 잡으면, 오빠는 좀 안심하고 편한 마음으로 죽어도 되겠지. 계모하고 아이들은 내일 북부로 영영 떠나거든. 그래, 이제 난 가야 되겠어.」

멜라니는 얼굴을 들었고, 캐슬린의 삭막한 눈과 시선이 마주쳤다. 멜라니의 속눈썹에는 맑은 눈물이 맺혔고, 동정심이 어렸으며, 멜라니의 눈을 보자 캐슬린은, 울지 않으려고 애를 쓰는 용감한 아이가 뒤틀린 미소를 지을 때처럼, 입술이 일그러졌다. 캐슬린 캘버트가 —— 부유한 농장주의 딸인 캐슬린이, 카운티에서 스칼렛 다음으로 어느 처녀보다도 애인이 많았던 캐슬린이 노예 감독하고 결혼을 한다는 현실이 아직도 납득이 가지 않았던 스칼렛은, 도대체 무엇이 어떻게 돌아가는지 얼떨떨하기만 했다.

캐슬린이 허리를 숙이고 멜라니는 발돋움을 했다. 그들은 키스했다. 그러더니 캐슬린은 고삐를 힘껏 후려치고는 늙은 노새를 타고 가버렸다.

눈물을 줄줄 흘리며 멜라니는 그녀의 뒷모습에서 눈길을 거두지 않았다. 스칼렛은 아직도 멍한 표정으로 그녀가 사라진 쪽을 물끄러미 쳐다보았다.

「멜리, 저 애가 미쳤을까요? 캐슬린이 그 남자를 사랑할 리가 없잖아요.」

「사랑한다고요? 오, 스칼렛, 그런 끔찍한 말은 비치지도 말아요. 오, 가엾은 캐슬린! 가엾은 케이드!」

「그런 소리 그만해요!」 짜증이 나기 시작한 스칼렛이 소리쳤다. 자기보다 멜라니가 항상 사태 파악을 훨씬 잘한다는 생각이 들어서 그녀는 기분이 나빴다. 캐슬린이 처한 곤경이 그녀에게는 재난이라기보다는 신기한 사건처럼 여겨졌다. 양키 백인 쓰레기와 결혼한다고 생각하면 물론 즐거울 리가 없었겠지만, 뭐니 뭐니 해도 여자란 농장에서 혼자 살 수는 없는 노릇이어서, 남편의 도움을 받아서 꾸려 가야 했다.

「멜리, 내가 지난번에 했던 얘기 그대로잖아요. 처녀들은 결혼을 하기는 해야 되는데, 결혼할 남자가 하나도 없어요.」

「뭐 꼭 결혼해야 할 필요는 없어요! 노처녀로 산다는 건 조금도 부끄러운 일이 아니에요. 피티 고모님을 봐요. 오, 난 차라리 캐슬린이 죽는 걸 보고 싶어요! 케이드도 차라리 동생이 죽었으면 좋겠다고 생각하겠죠. 이건 캘버트 집안의 종말이에요. 그 여자의 아이들 ― 그들이 낳게 될 아이들이 어떻게 될지 생각해 봐요. 오, 스칼렛, 돼지더러 얼른 말에다 안장을 얹으라고 시켜서. 스칼렛이 캐슬린을 따라가서 우리들하고 같이 살자고 그래요!」

「하느님 맙소사!」 마치 타라 농장에 와서 얹혀살라는 제안을 당연하게 여기는 듯한 멜라니의 태도에 놀란 스칼렛이 소리쳤다. 스칼렛은 한 사람을 더 먹여 살릴 마음이 추호도 없었다. 그녀는 솔직히 그렇게 말하려고 했지만, 멜라니의 비통한 얼굴을 보고는 입을 다물어 버렸다.

「캐슬린은 여기 와서 살려고 하지 않을 거예요, 멜리.」 그녀는 표현을 바꿔서 말했다. 「그건 멜리도 잘 알잖아요. 자존심이 너무 강해서 그런 호의라면 자선 행위라고 생각하겠죠.」

「맞아요, 그 말이 맞아요!」 길 아래쪽에서 사라져 가는 붉은 먼지의 작은 구름을 지켜보며 멜라니가 풀이 죽어 말했다.

〈저는 나하고 몇 달이나 같이 지내면서도 얹혀산다는 생각이 전혀 머리에 떠오르지도 않았겠지.〉 시누이를 빤히 쳐다보며 스칼렛이 냉정하게 생각했다. 〈그리고 그런 생각은 앞으로도 통 안 하겠고. 멜라니는 전쟁을 겪고도 달라지지 않는 그런 여자여서, 마치 아무 일도 없었다는 듯 — 마치 우리들이 아직도 크로이소스[27]만큼이나 부자여서, 먹을 것이 너무 많아 어떻게 처리해야 할지를 모르겠고, 그러니 손님들이 몰려와도 걱정할 필요가 없다는 듯, 제멋대로 생각하고 행동을 하는구나. 보아하니 평생 죽을 때까지 내가 저 여자를 먹여 살려야 할 모양이야. 하지만 난 캐슬린까지 떠맡고 싶진 않아.〉

27 리디아의 마지막 왕인데 교역으로 치부했고, 많은 전설을 남겼다.

제30장

　평화가 찾아온 그해 무더운 여름부터 타라에서는 갑자기 고립 상태가 끝났다. 여름 이후 여러 달 동안, 수염이 길게 자라고 누더기를 걸쳤으며 발이 부르튼 사람들이, 하나같이 굶주리고 허수아비처럼 앙상한 사람들이 끊임없이 타라의 붉은 언덕을 고생스럽게 올라와서, 그늘진 앞쪽 층계에서 잠시 쉬게 해달라고, 먹을거리나 하룻밤 잠자리를 베풀어 달라고 부탁했다. 그들은 걸어서 고향으로 돌아가는 남군 병사들이었다. 철도는 존스턴의 잔류 병력을 노스캐롤라이나에서 애틀랜타로 실어다 부려 놓았고, 그들은 애틀랜타에서부터 걷는 순례를 시작했다. 존스턴의 장병들이 파도처럼 한 차례 지나간 다음에는 버지니아 군단의 지친 귀환병들이 도착했고, 다음에는 서부 병력의 장병들이 이제는 폐허로 변했을지 모르는 집과, 흩어졌거나 죽었을지도 모르는 가족을 찾아 남쪽으로 내려갔다. 그들 대부분은 걸어서 왔고, 재수가 좋은 몇몇은 항복 조건에서 개인이 소유해도 좋다고 허락을 받은 말이나 노새를 타고 왔는데, 뼈만 앙상한 그들의 말과 노새는 가축이나 짐승에 대해서 아무것도 모르는 사람이 봐도 머나먼 플로리다와 남부 조지아까지는 절대로 가지 못하리라는 생각이 드는 야윈 동물이었다.

고향으로 돌아간다! 고향으로 돌아간다! 병사들의 머릿속에는 한 가지 생각뿐이었다. 어떤 사람들은 말없이 슬퍼했으며, 또 어떤 사람들은 즐거워하고 고생 따위는 우습게 생각했지만, 아무튼 그들로 하여금 견디도록 지탱해 주는 힘은 모든 것이 끝났으며, 이제는 고향으로 돌아간다는 한 가지 생각뿐이었다. 비참한 생각을 하는 사람은 드물었다. 비참한 마음은 여자들과 늙은 사람들이나 느끼는 감정이었다. 그들은 훌륭하게 싸웠고, 불가피하게 패배했으며, 그들이 싸웠던 깃발 밑에서 기꺼이 밭을 갈고 평화롭게 정착해서 살고 싶어 했다.

고향으로 돌아간다! 고향으로 돌아간다! 그들은 전투나 부상, 수용소 생활이나 장래 따위, 다른 얘기는 하나도 하고 싶지가 않았다. 나중에 그들은 자기들이 치른 전투를 회상하고, 자식과 손자들에게 그들이 저지른 못된 짓과 약탈 행위와 돌격에 대해서, 굶주림과 강행군과 부상을 당한 경험에 대해서 얘기를 하겠지만, 지금은 그러지 않았다. 어떤 사람들은 팔이나 다리나 눈이 하나 없었고 일흔 살까지 살게 되면 비가 올 때마다 쑤셔 댈 부상을 입은 사람도 많았지만, 그런 문제는 나중에야 어찌 되었든 지금은 아무렇지도 않게 여겼다.

늙었거나 젊었거나, 말이 많거나 과묵하거나, 부유한 농장주이거나 얼굴이 창백한 크래커이거나 간에, 그들은 누구나 다 두 가지 공통된 대상에게, 이와 이질 때문에 시달렸다. 남부 동맹 병사들은 온몸에 끓는 이에 대해서는 워낙 길이 잘 들어서 아무 신경도 쓰지 않고 무관심하게, 심지어는 여자들 앞에서도 거침없이 긁어 대곤 했다. 여자들이 고상하게 〈하

876

혈(下血)〉이라고 부르던 이질로 말할 것 같으면, 이등병에서 장군에 이르기까지 누구나 다 공평하게 이질로 시달리는 듯싶었다. 반쯤 굶어 죽다시피 하며 보낸 4년, 형편없거나 영글지도 않았거나 반쯤 부패한 급식을 받아먹으며 보낸 4년 동안에 그들은 배 속이 헐었고, 타라를 거쳐 간 장병들은 만성적인 이질로부터 회복을 하는 중이거나 심하게 시달리는 중이었다.

「남군 전체 다 본다 하면 배 속 성한 군인 하나 없어요.」 그런 병에 제일 잘 듣는 치료제로 엘렌이 쓰던 나무딸기 뿌리의 쓴 조제약을 끓이느라고 불 위로 허리를 숙이고 땀을 흘리며 어멈이 암담하게 말했다. 「우리 군인들 진 이유 무엇이다 생각하니까 양키들 때문이다 아니었나 봐요. 배 속 나빠졌다 때문이에요. 배 속 흐물흐물 녹는다 그러면 아무도 못 버텨요.」

어멈은 내장의 상태에 관한 어리석은 질문을 하느라고 시간을 낭비하는 대신, 한 사람도 빼놓지 않고 모조리 그들에게 약을 먹였고, 한 사람도 빼놓지 않고 모조리 그들은, 아마도 머나먼 그들의 고향에서 약숟가락을 들이밀었던 다른 어느 근엄하고 검은 얼굴과 검은 손을 기억하면서, 일그러진 표정으로 그녀가 주는 약을 얌전히 받아 마셨다.

〈길동무〉[28] 문제에서도 어멈은 마찬가지로 엄격했다. 이가 몸에서 들끓는 병사들은 어멈이 아무도 타라에 발을 들여놓지 못하게 했다. 그녀는 병사들을 무성하게 우거진 덤불 뒤로 그들을 끌고 가서, 군복을 벗기고는 물 한 대야와 독한 잿물 세숫비누를 주고 몸을 씻게 하고는, 알몸을 가리게 누비이불과 담요를 준 다음, 그들의 옷을 가져다 커다란 빨래 가마솥

28 이[蝨]를 뜻한다.

에 넣고 삶았다. 그런 짓은 병사들에게 굴욕감을 준다고 식구들이 아무리 열을 올리며 따져도 어멈은 막무가내였다. 어멈은 오히려 여자들이 그러다가 혹시 제 몸에서 이를 발견하게 되면 그보다 더 굴욕을 느끼는 꼴은 없으리라고 반박했다.

병사들이 거의 날마다 들이닥치게 되자 어멈은 그들에게 침실을 사용하게 허락했다고 불평했다. 어멈은 그녀가 모르는 사이에 이가 도망쳐 퍼지지나 않았을까 해서 늘 안절부절이었다. 이 문제를 두고 말다툼을 벌이기가 싫었던 스칼렛은 두꺼운 벨벳 융단이 깔린 응접실을 공동 숙소로 사용하도록 내놓았다. 어멈은 엘렌 마님의 융단을 군인들이 깔고 자게 허락했다는 신성 모독적인 짓을 놓고도 역시 시끄럽게 잔소리를 했지만, 스칼렛은 뜻을 굽히지 않았다. 그들은 어디에서인가 자야 했다. 그러고는 패전 이후 여러 달이 지나는 사이에, 깊고도 폭신한 잠을 잔 흔적이 융단에서 나타나기 시작했으며, 조심성이 없는 남자들의 박차에 파이거나 발뒤꿈치에 닳아 해진 자리에서는 결국 굵직한 씨실과 날실이 일어났다.

그들은 틈만 나면 병사들에게 열심히 애슐리 얘기를 물어보았다. 수엘렌은 신경을 곤두세우고 늘 케네디 씨 소식을 물었다. 하지만 병사들 중에는 그들 얘기를 들은 사람이 아무도 없었고, 그들은 행방불명이 된 사람에 관한 얘기는 하고 싶어 하지도 않았다. 그들 자신이 살았다는 것만으로도 그들은 만족했고, 이름도 없는 무덤에 묻혀 영원히 집으로 돌아가지 못할 수천 명을 생각할 여유는 없었다.

이렇듯 실망할 때마다 식구들은 멜라니의 용기를 북돋아 주려고 애썼다. 물론 애슐리는 수용소에서 죽지는 않았어요. 그랬다면 어느 양키 군목이 벌써 편지를 보냈겠죠. 물론 그는 고향으로 돌아오는 중이겠지만, 수용소는 너무나 먼 곳이잖아요. 그래요, 맙소사, 기차를 타고 오더라도 며칠씩이나 걸리는 먼 길이니까, 만일 이 사람들처럼 애슐리가 걸어서 돌아온다면……. 왜 그이는 편지를 하지 않았을까요? 그렇지, 멜라니, 요즈음 우편 사정이 어떤지는 잘 알잖아요 ― 체신 업무가 소통되는 지역에서조차도 무척이나 불확실하고 엉망이래요. 그리고 혹시 ― 혹시 집으로 오는 길에 그이가 죽었을지도 몰라요. 그랬다면, 멜라니, 어느 양키 여자가 틀림없이 우리들에게 편지로 알려 줬겠죠! ……양키 여자라고요! 흥! ……멜리, 이봐요, 양키 여자들 중에도 착한 사람은 많아요. 아, 그럼요, 많고말고요! 어디를 가도 착한 여자가 하나도 없는 민족을 하느님이 창조하셨을 리가 없겠죠. 스칼렛 언니는 그때 새러토가에서 우리들이 만났던 정말로 착한 여자를 기억할 텐데, 스칼렛 언니, 그 얘기를 멜리한테 해줘야지!

「착하다니! 어림도 없는 소리!」 스칼렛이 대답했다. 「검둥이들을 추적하는 사냥개를 몇 마리나 기르느냐고 그 여자가 나한테 물었었어! 나도 멜리하고 동감이야. 남자건 여자건 간에, 난 마음씨 좋은 양키는 한 번도 본 적이 없어. 하지만 울지 말아요, 멜리! 애슐리는 고향으로 돌아올 테니까요. 걸어서 오려면 시간이 오래 걸리고, 그리고 어쩌면, 어쩌면 신발을 안 신었는지도 몰라요.」

그러자 애슐리가 맨발이라는 생각을 하니, 스칼렛은 울음이 나오려고 했다. 다른 병사들이야 누더기를 걸치고, 발은 자루와 융단 조각으로 동여매고 절룩거리며 걸어도 괜찮지만, 애슐리만큼은 그래서는 안 된다. 그는 멋진 옷을 입고 번쩍거리는 군화를 신고, 모자에는 깃털을 달고, 발걸음이 활기찬 말을 타고 고향으로 돌아와야 한다. 이런 병사들처럼 애슐리가 초라한 꼴이 되었다고 생각하니, 그것은 스칼렛에게는 최악의 굴욕이었다.

6월의 어느 날 오후, 그해에 처음으로 수확한 반쯤 익은 수박을 자르는 일꾼 돼지를 열심히 지켜보느라고 타라의 식구들이 뒤 포치에 모여 앉았을 때, 그들은 앞쪽 마찻길에서 자갈을 튕기는 말발굽 소리를 들었다. 프리시가 하느작거리며 앞문 쪽으로 발걸음을 옮기는 사이에, 뒤에 남은 사람들은 만일 찾아온 사람이 군인이라면 수박을 숨겨야 하느냐 아니면 두었다가 저녁 식사 때 같이 먹어야 하느냐는 문제를 놓고 열을 올리며 따졌다.

멜리와 캐린은 군인 손님에게도 한몫 나눠 줘야 한다고 속삭였지만, 수엘렌과 어멈의 지원을 받던 스칼렛은 돼지더러 어서 수박을 감추라고 이를 악물면서 말했다.

「바보 같은 소리들 말아요! 그러잖아도 우리들 먹기에도 넉넉하지 못한데, 걸신들린 군인이 밖에 두세 명 와 있다면 우린 아무도 맛조차 보지 못하겠죠.」 스칼렛이 말했다.

마지막 판단을 어떻게 내려야 할지 잘 몰라서 돼지가 작은 수박을 움켜쥐고 서서 기다리려니까 프리시가 지르는 소리가 들려왔다.

「전지전능 하느님! 스칼렛 마님! 멜리 마님! 빨리 와요!」

「누군데?」 층계에서 벌떡 일어나 멜리와 나란히 현관을 지나 달려 내려가며 스칼렛이 소리쳤고, 다른 사람들이 그들의 뒤를 따랐다.

애슐리! 그녀는 생각했다. 아, 혹시 ─.

「피터 아저씨요! 피티팻 고모네 피터 아저씨요!」

그들은 앞쪽 포치로 달려 나갔고, 털이 빠진 꼬리에 누비 조각을 붙잡아 맨 늙은 말에서 내리는 백발의 늙은이를 보았는데, 피티 고모의 집에서 폭군으로 군림하는 키다리 흑인이었다. 검고 넓적한 그의 낯익은 얼굴에서는 위엄을 잃지 않으려는 노력이 역력했지만, 억지로 찡그린 이마에는 옛 친구들을 만난 기쁨으로 주름이 깊게 파였고, 늙어서 이빨도 없는 입은 기분이 좋은 사냥개처럼 헤벌어졌다.

모두들 층계를 달려 내려가 그에게 인사를 했고, 흑인과 백인을 가리지 않고 그와 악수를 하며 질문을 퍼부었지만, 멜리의 목소리가 누구보다도 컸다.

「고모님이 아프신 건 아니겠죠, 안 그래요?」

「왜 아니다 그러겠어요, 마님. 하느님 맙소사, 건강 엉망하게 지내셔요.」 피터가 대답을 하면서 처음에는 멜리를, 그러고는 스칼렛을 준엄한 눈으로 응시했기 때문에 그들은 갑자기 죄의식을 느꼈지만, 왜 그러는지 이유는 알 길이 없었다. 「미스 피티 건강 안 좋고 두 젊은 마님 굉장히 섭섭하다 그러고, 솔직한 얘기 한다 그러면 나도 마찬가지 섭섭해요!」

「보세요, 피터 아저씨! 도대체 무슨 ──」

「엉터리 핑계 갖다 붙인다 소용없어요. 미스 피티 두 사람 집에 와라 편지 쓰고 또 쓰고 못 했나요? 두 사람 기껏 답장에 여기 낡은 농가 할 일 많다 해서 집에 못 온다 그러면 미스 피티 편지 쓴다 그리고 운다 나 자꾸 봤어요.」

「하지만 피터 아저씨 ──」

「미스 피티 무섭다 그렇게 야단하는데 혼자 놔둔다 어떻게 두 사람 마음 편안하나요? 피티 마님 혼자 산다 말하는 거 한 번 없었다 나 잘 알고 두 사람 마찬가지 잘 알고, 메이컴²⁹ 갔다 돌아온 다음 항상 조그만 신발 벌벌 떨기만 해요. 미스 피티 그러는데 그렇게 고생할 무렵 두 사람 고모 버렸

<hr>

29 메이컨의 잘못된 발음.

다 무조건 이해 안 가는 거 나더러 아는 대로 그냥 얘기하라 그랬어요.」

「이봐요, 시끄러워요!」 타라를 〈낡은 농가〉라고 하는 소리를 듣고 벌써 비위가 상했던 어멈이 쏘아붙였다. 도시에서 자란 무식한 검둥이라서 농가와 농장의 차이도 모르는 모양이었다. 「우리 안 고생 하는 줄 알아요? 우리 여기 스칼렛 마님 당장 멜리 마님 안 필요하다 믿어요? 왜 피티 고모 조금이라도 도움 필요하다 하면 오빠 도움 못 청해요?」

피터 아저씨는 기가 죽은 눈초리로 쳐다보았다.

「여러 해 전 헨리 주인님 발 뚝 끊었다 하고 지금 시작한다 우리 너무 늙었어요.」 그는 웃음을 참으려고 애쓰는 젊은 여자들에게로 돌아섰다. 「친구들 절반 죽었다 하고 다른 절반 메이컴 산다 하고, 란타[30] 양키 군인들 득시글 쓰레기 같은 자유 깜둥이들 득시글 그런데, 불쌍한 미스 피티 혼자 그냥 놔둔다 두 젊은 마님 부끄럽다 알아야죠.」

두 여자는 가능한 한 엄숙한 얼굴로 훈계를 받아 주려고 애를 썼지만, 그들을 꾸짖고 힘으로라도 억지로 애틀랜타로 다시 끌고 오라고 피티 고모가 피터를 보냈으리라는 생각을 하니까, 그들은 주체할 길이 없었다. 그들은 서로 어깨를 잡고 매달리며 폭소를 터뜨렸다. 당연한 일이었지만, 일꾼 돼지와 딜시와 어멈은 그들이 사랑하는 타라의 명예를 훼손시킨 자가 무시를 당하는 꼴을 보자 요란하게 웃음을 터뜨렸다. 수엘렌과 캐린이 킬킬거렸고, 제럴드의 얼굴에도 희미한 미소가 떠올랐다. 피터 이외에는 모두들 웃었고, 그는 점점 화가 치밀어 큼직하고 볼품없는 한쪽 발에서 다른 발로 체중을 옮겨 실으며 안절부절못했다.

30 애틀랜타의 흑인식 발음.

「당신 어디 잘못되었다 그런가요, 깜둥이 양반?」 어멈이 히죽 웃으며 물었다. 「당신 너무 늙어 자기 마님 하나 돌본다 못 해요?」

피터가 화를 벌컥 냈다.

「너무 늙었다 그랬어요! 나 너무 늙어요? 그거 말씀 아닙죠! 나 항상 그랬고 지금 역시 미스 피티 넉넉하게 돌본다 해요. 그리고 우리 메이컬 피난길 간다 하면서 내가 못 돌봐 했나요? 양키들 메이컴 쳐들어왔고 미스 피티 자꾸자꾸 기절 많이 할 때 나 못 돌봐 했나요? 그리고 란타에 모시고 돌아온다 하면서 여기 이 말 나 구했고 돌아오는 길 미스 피티 은식기하고 미스 피티 아버지 은식기 나 보호한다 못 했나요?」 자신을 옹호하면서 피터는 허리를 한껏 폈다. 「나 돌본다 얘기하고 싶었다 아니에요. 나, 본다 그러는 거 얘기해요.」

「어떻게 누가 봐요?」

「나 하는 얘기 미스 피티 혼자 산다 하는 모양 사람들 어떻게 보나 그런 말이에요. 사람들 처녀 혼자 산다 그러면 수군수군 얘기 많아요.」 피터가 얘기를 계속했고, 그의 말을 들어 보면 피티팻이 피터의 머릿속에서는 아직도 통통하고 매혹적인 열여섯 살 난 아가씨여서 못된 구설수로부터 보호해야 된다고 생각하는 품이 빤했다. 「그리고 나 사람들 미스 피티 욕한다 원하지 않아요. 그래요, 마님……. 그리고 그냥 말동무 삼는다 해서 셋방 들이는 거 나 역시 안 좋아요. 나 그 말 분명히 해드렸어요. 〈혈육 일가친척 있는 한 그러지 못해요.〉 나 그랬어요. 그리고 지금 혈육 일가친척 미스 피티 싫다고 해요. 미스 피티 어린아이 같고 ─」

그 말을 듣고 스칼렛과 멜리는 더욱 큰 소리로 웃어 대며 층계에 주저앉았다. 멜리는 너무 웃다가 결국 눈물을 닦아

냈다.

「가엾은 피터 아저씨! 웃어서 미안해요. 정말 진심으로 미안해요. 그러지 말아요! 용서해 주세요. 어쨌든 미스 스칼렛하고 나는 지금 집으로 갈 사정이 못 돼요. 봐서 목화를 딴 다음 9월쯤이면 갈지도 모르겠어요. 저 뼈만 앙상한 놈에다 우리들을 태워 끌고 오라고 고모님이 아저씨를 여기까지 보냈나요?」

멜라니의 질문을 받자 피터는 갑자기 입이 딱 벌어졌고, 쪼글쪼글하고 검은 얼굴에는 죄의식과 초조감이 덮였다. 거북의 머리가 등딱지 속으로 들어가듯 재빨리, 빼물었던 그의 아랫입술이 정상적으로 되돌아갔다.

「멜리 마님, 아마 나 늙어 간다 그래선지 고모님 나 보낸 이유 잠깐 까맣게 잊어버렸는데, 그거 중요한 심부름이다 그래요. 나 멜리 마님 받아라 편지 가지고 왔어요. 미스 피티 우편 안 믿고 아무도 안 믿고 나만 믿어 편지 전하라고 ──」

「편지요? 나한테요? 어디서 온 거예요?」

「글쎄요, 마님, 이건 ── 미스 피티 나더러 그러는데, 〈이봐, 피터, 너 멜리 마님한테 소식 차근차근 얘기해〉라고만 했고, 나 말하길 ──」

멜리가 가슴에 손을 얹고 층계에서 일어섰다.

「애슐리! 애슐리! 그이가 죽었어!」

「아뇨, 마님! 아뇨, 마님!」 너덜너덜한 저고리의 호주머니들을 더듬거리며 비명처럼 날카롭게 언성을 높여 피터가 소리쳤다. 「그분 살았다 했어요! 여기 편지 그분 보냈죠. 고향 오신다고요. 그분 ── 하느님 맙소사! 멜리 붙잡아요, 어멈! 내가 돕는다 ──」

「마님한테 손댄다 말아요, 멍텅구리 영감아!」 멜라니의 축 늘어진 몸이 땅바닥으로 쓰러지지 않도록 붙잡느라고 비틀거리며 어멈이 호통쳤다. 「망할 놈 고릴라 같은 검둥이! 차근차근 말 잘했어요! 너, 돼지야, 마님 발 잡아. 캐린 아씨, 머리 똑바르게 해요. 응접실 소파 갖다 눕혀요.」

스칼렛을 제외한 모든 사람이 기절한 멜라니에게 몰려들자 소동이 벌어졌고, 저마다 놀라서 소리를 지르고, 물과 베개를 가지러 집 안으로 달려 들어갔고, 잠깐 동안 마당에는 스칼렛과 피터 아저씨 두 사람만 남았다. 편지 얘기를 듣는 순간 벌떡 일어난 스칼렛은 그대로 얼어붙은 듯 꼼짝 않고 서서, 힘없이 편지를 흔들어 대는 흑인 노인을 멍하니 쳐다보았다. 체면을 상한 그의 얼굴은 어머니에게 야단을 갖은 아이처럼 처량한 표정이었다.

잠깐 동안 그녀는 움직이지도 못하고 말도 나오지 않았으며, 마음속에서는 〈그이는 죽지 않았어! 그이가 고향으로 돌아오는 중이야!〉라고 소리를 질렀지만, 그러면서도 그녀는 기쁨이나 흥분을 느끼지 않았고, 그저 얼이 빠져 움직이지를 못할 따름이었다. 애원하고 호소하는 피터 아저씨의 목소리가 아득하게 먼 곳에서 들려오는 듯싶었다.

「우리들 친척 되는 메이컴 고향 윌리 버 주인님, 그분 미스 피티에 편지 갖다 줬어요. 윌리 주인님하고 애슐리 주인님하고 똑같은 감옥 같이 살았대요. 윌리 주인님 타고 다닌 말 있어서 고향 빨리 왔어요. 하지만 애슐리 주인님 걸어서 오니까 ―」

스칼렛은 그의 손에서 편지를 낚아챘다. 편지의 수신인이 멜리라고 피티 고모의 글씨로 적어 놓았지만, 그렇다고 해도 스칼렛은 조금도 주저하지 않았다. 그녀는 편지를 찢어 열었고, 피티 고모가 동봉한 쪽지가 땅바닥으로 떨어졌다. 봉투

속에서는 더러운 호주머니에 오랫동안 넣고 다녀서 구겨지고, 가장자리가 너덜너덜하고 더러운 종잇조각이 접힌 채로 나왔다. 거기에는 애슐리의 글씨로 주소가 적혔다 —〈애틀랜타의 미스 세라 제인 해밀턴 댁, 또는 조지아 주 존즈버러의 열두 참나무 집 조지 애슐리 윌크스 부인 귀하.〉

그녀는 떨리는 손으로 편지를 펴서 읽었다.

「사랑하는 당신, 난 당신이 기다리는 고향으로 돌아가오.」

눈물이 얼굴을 타고 줄줄 흘러내리는 바람에 그녀는 도저히 편지를 읽어 내기가 어려웠고, 기쁨을 가누지 못할 정도로 마음이 부풀어 올랐다. 그녀는 편지를 가슴에 꼭 껴안고 포치 계단을 달려 올라가 현관을 지나서, 의식을 잃은 멜라니 주위에 모여 서로 거치적거리며 사람들이 법석을 부리는 응접실을 거쳐 엘렌의 사무실로 들어갔다. 그녀는 문을 닫아 잠그고는 푹 꺼진 낡은 소파로 몸을 던지더니, 울다가 웃다가 하면서 편지에 키스를 했다.

「사랑하는 당신.」 스칼렛이 속삭였다. 「난 당신이 기다리는 고향으로 돌아가오.」

애슐리에게 날개가 돋아나지 않는 한 일리노이에서 조지아까지 오려면 몇 주일이나 심지어는 몇 달이 걸리리라는 사실은 상식이었지만, 그래도 타라의 삼나무 길에 병사가 나타날 때마다 그들은 가슴이 마구 뛰었다. 수염이 길게 자란 허수아비들 가운데 누가 애슐리일지 모를 노릇이어서였다. 그리고 애슐리가 아니라고 해도, 병사는 어쩌면 그에 관한 소식을 알거나, 그에 관한 피티 고모의 편지를 가지고 왔을지도 모른다. 그래서 백인과 흑인 가족은 모두 발소리가 날 때마다 앞 포치로 몰려 나갔다. 군복이 저만치 나타나기만 해

886

도 장작더미와, 목초지와, 목화밭에서 그들이 달려 나오곤 했다. 편지가 도착한 이후 한 달 동안 그들은 일손을 거의 놓아 버린 상태였다. 어느 누구도, 특히 스칼렛은, 그가 도착할 때 집 밖에 나가 있기를 원하지 않았다. 그리고 자신이 할 일을 게을리 하면서 다른 사람들더러는 열심히 일하라고 고집하기도 어려웠다.

하지만 여러 주일이 느릿느릿 흘러가도 애슐리는 돌아오지 않았고, 아무 소식도 없었다. 그래서 타라는 과거의 일상 생활을 되찾았다. 아무리 그리워하는 마음도 한계가 있었다. 돌아오는 길에 그에게 무슨 사고가 생겼을지도 모른다는 불안한 두려움이 스칼렛의 마음에 스며들었다. 록 아일랜드는 참으로 머나먼 곳이었고, 수용소에서 석방되었을 때 그는 몸이 허약했거나 병에 걸렸을지도 모른다. 그리고 그는 돈이 없었고, 남부 동맹 군인들이 미움을 받는 땅을 터벅거리며 지나와야 했다. 애슐리가 어디쯤 왔는지만 알았더라면 그녀는, 가족들이 굶어 죽더라도 돈을, 가진 돈을 한 푼도 안 남기고 그에게 보내서, 기차를 타고 빨리 고향으로 돌아오도록 손을 썼으리라.

〈사랑하는 당신, 난 당신이 기다리는 고향으로 돌아가오.〉

그가 편지에 쓴 글이 처음 눈에 들어왔을 때 왈칵 기쁨이 한꺼번에 몰려드는 바람에, 스칼렛은 그 말을 애슐리가 그녀를 찾아 고향으로 돌아온다는 의미로 받아들였다. 보다 냉정한 이성을 되찾은 지금 생각하니 그것은 멜라니에게로, 요즈음 즐거워서 노래를 부르며 집 안을 돌아다니는 멜라니에게로 돌아온다는 뜻이었다. 때때로 스칼렛은 멜라니가 왜 애틀랜타에서 아이를 낳다가 죽지 않았을까 하는 모진 생각도 했다. 죽었다면 만사가 완벽해졌으리라. 그랬다면 그녀는 얌전히 기다렸다가 애슐리와 결혼하고, 보우에게는 훌륭한 계모가 되리라. 그런 생각이 머리에 떠올랐을 때 스칼렛은, 진심으로 그런 마음을 먹지는 않았노라고 하느님께 변명을 했지만, 그렇다고 서둘러 기도를 드리지는 않았다. 그녀는 더 이상 하느님이 무섭지 않았다.

병사들은 홀로, 아니면 짝을 지어, 때로는 10여 명이 함께 찾아왔고, 그들은 하나같이 다 배가 고팠다. 스칼렛은 메뚜기 떼에 시달리는 편이 훨씬 좋으리라고 절망적으로 생각했다. 그녀는 풍요의 시대에 한창 꽃을 피웠던 친절한 대접이라는 오랜 풍습이 못마땅했고, 높은 신분이거나 미천한 사람이거나 간에 어느 나그네라도 하룻밤 묵으며 자신과 말이 배불리 먹고, 주인이 베푸는 지극한 환대를 받고서 다시 길을 떠나게 하는 풍습을 그래서 또다시 저주했다. 스칼렛은 그런 시대가 영원히 흘러가 버렸다고 믿었지만, 다른 식구들이나 병사들은 그렇게 생각하지 않아서, 뜨내기 병사들을 오랫동안 기다려 온 손님처럼 환영했다.

끝을 모르는 귀환병의 행렬이 지나가는 사이에 그녀의 마음은 굳어졌다. 그들은 타라의 식구들이 먹을 식량을, 허리가 휘어질 지경으로 그녀가 오랫동안 기나긴 밭고랑에서 고생을 하며 가꾼 채소를, 끝없이 먼 거리를 마차로 가서 구해온 식량을 마구 먹어 치웠다. 식량을 마련하기는 언제나 힘이 들었고, 양키의 지갑에서 나온 돈도 영원히 가지는 않는다. 이제는 합중국 지폐 겨우 몇 장과 금화 두 개만 남았다. 굶주린 남자들의 무리를 왜 그녀가 맡아서 먹여 살려야 하는가? 전쟁은 끝났다. 그들은 위기로부터 그녀를 지켜 주려고 다시는 싸우지 않으리라. 그래서 그녀는 일꾼 돼지더러 군인들이 집에 머물 동안에는 식탁을 검소하게 차리라고 명령했다. 하지만 이 명령은 보우가 태어난 이후 줄곧 몸이 튼튼하지 못했던 멜라니가 돼지를 설득해서, 자기 접시에는 음식을 놓은 시늉만 하고, 그 몫을 군인들에게 주도록 한다는 사실을 스칼렛이 눈치채기 전까지만 지켜졌다.

「그러면 안 돼요, 멜라니.」 그녀가 꾸짖었다. 「멜라니 자신도 반쯤은 병든 몸이고, 식사량을 늘리지 않았다가는 다시 자리에 눕게 되고, 그러면 우리들이 간호를 해야 하잖아요. 남자들은 굶게 내버려 둬요. 그들은 별일 없을 테니까요. 그들은 4년 동안이나 버텨 왔으니까 조금 더 버틴다고 해도 상관없어요.」

멜라니가 그녀에게로 돌아섰고, 그녀의 평온한 눈에서 스칼렛이 생전 처음 보는 꾸밈없는 감정이 풍겼다.

「오, 스칼렛, 나를 꾸짖지 말아요! 내가 그렇게 하도록 그냥 내버려 둬요. 그것이 나한테 어떻게 도움이 되는지를 스칼렛은 몰라요. 내 몫을 어느 불쌍한 남자에게 줄 때마다 난, 어쩌면 북쪽의 어느 길 어디에서인가 어떤 여자가 저녁 식사에서 자기 몫을 나의 애슐리에게 주고, 그래서 그이가 나를 찾아 고향으로 돌아오게 도와줄지도 모른다는 생각을 해요!」

〈나의 애슐리.〉

〈사랑하는 당신, 난 당신이 기다리는 고향으로 돌아가오.〉

스칼렛은 아무 말도 못 하고 시선을 피했다. 그런 이후로는, 비록 그들이 한 입 먹을 때마다 스칼렛이 속으로 퍽 못마땅하게 여겼을지는 모르겠지만, 그래도 손님이 머물 때면 식탁에 음식이 더 많이 나온다는 사실을 멜라니는 깨달았다.

병사들이 여행을 계속하지 못할 정도로 건강이 악화되면 스칼렛은, 별로 친절하고 예의 바른 태도까지는 보이지 않았어도, 그들을 침대에 눕도록 허락했는데, 그런 병사들이 무척 많았다. 병자가 한 사람 묵으면 먹어야 할 입이 하나 더 늘어남을 의미했다. 누구인가는 그를 간호해야 했고, 그러면 울타리를 세우거나, 김을 매거나, 호미질을 하거나, 밭갈이를 할 일손이 하나 줄어드는 셈이었다. 언젠가는 얼굴에 노란 솜털이 막 돋아나기 시작한 어느 소년을 파예트빌로 말을 타고 가던 병사가 앞 포치에 내버렸다. 의식을 잃고 길가에 쓰러진 소년병을 발견한 군인은 그를 안장에 가로 얹어 가장 가까운 집인 타라로 싣고 왔다. 여자들은 소년병을 보고 틀림없이 셔먼의 군대가 밀레지빌로 진군할 때 군사 학교에서 소집된 어린 생도이리라고 짐작했지만, 그가 의식을 되찾지 못하고 죽은 후에 호주머니를 뒤져 봤어도 신분을 확인할 정보가 하나도 나오지를 않았다.

그는 분명히 훌륭한 가문의 미소년이었으며, 수염이 길게 자란 남자가 마당으로 들어설 때마다 그녀와 멜라니가 터무니없는 희망을 품고 하나같이 열심히 지켜보듯, 남쪽 어디에서인가는 어떤 여자가 길을 지켜보며, 저 소년병 아들이 어디쯤 왔으며 언제 고향으로 돌아올지 영원히 궁금해하리라. 그들은 가족 묘지에 오하라 댁 세 어린 아들이 묻힌 옆자리에다 생도를 묻었고, 돼지가 무덤을 흙으로 채우는 동안 멜라니는 낯모르는 사람들이 키가 큰 애슐리의 시체를 지금 어디선가 저렇게 묻고 있지나 않을까 궁금해하면서 심하게 울었다.

윌 벤틴이라는 또 다른 병사도 이름을 알 길이 없었던 소년과 마찬가지로 전우의 안장에 얹혀 의식을 잃은 채로 도착했다. 윌은 폐렴으로 중태였고, 그를 침대에 눕히며 여자들은 이 병사도 머지않아 소년과 나란히 묘지에 묻히리라고 걱정했다.

그는 남부 조지아 크래커처럼, 얼굴에 병색이 완연한 말라리아 환자 같았으며, 머리카락이 엷은 분홍빛이며, 기진맥진한 푸른 눈은 혼수상태에서도 맑게 빛나며 인내심을 보였다. 한쪽 다리는 무릎에서 잘려 나갔고, 뭉툭한 끝은 거칠게 깎은 나무 의족을 맞춰 끼웠다. 바로 얼마 전에 그들이 매장했던 소년이 농장주의 아들이었음이 분명했듯이 그는 보나마나 크래커였다. 그런 판단이 어떻게 이루어지는지를 여자들은 알 길이 없었다. 분명히 윌은 타라를 찾아온 수많은 훌륭한 신사보다 더 지저분하지도 않았고, 털이 더 나지도 않았고, 몸에 이도 더 들끓지는 않았다. 혼수상태에서 그가 사용한 언어는 분덕히 탈턴 댁 쌍둥이들이 쓰는 말보다 맞춤법이 더 틀리지도 않았다. 하지만 잡종인 말과 순종인 말을 가려내듯, 본능적으로 그가 자기들과 같은 계층이 아님을 그들은 알았다. 하지만 그런 사실을 알면서도 그들은 그를 구하려는 노력을 조금도 아끼지 않았다.

양키 포로수용소에서 1년을 지내느라고 몸이 바싹 마르고, 잘 맞지 않는 나무 의족을 달고 먼 길을 터벅터벅 걸어오느라고 지쳐 버린 그는, 폐렴과 싸울 힘이 별로 남지 않았고, 며칠씩이나 침대에 누워 신음하면서, 다시금 싸움터로 나가 전투를 치르는 악몽을 꾸었다. 단 한 번도 그는 어머니나 아내나 누이나 사랑하는 여자의 이름을 부르지 않았고, 캐린은 그것이 걱정이었다.

「사람이란 가족이 있어야 해.」 그녀가 말했다. 「그런데 저 병사는 온 세상에 아는 사람이 한 명도 없는 모양이야.」

몸은 호리호리했어도 강인했던 덕택에, 간호를 열심히 했더니 그는 건강을 회복했다. 주위를 완전히 의식하게 된 그의 엷은 푸른빛 눈은 어느 날 그의 곁에 앉아 아침 햇살을 받아 금발 머리를 반짝이며 묵주 신공을 드리는 캐린을 보게 되었다.

「그렇다면 결국 당신은 꿈이 아니었군요.」 억양이 없고 무감각한 목소리로 그가 말했다. 「너무 폐가 되지 않았는지 모르겠어요.」

회복기는 오래갔고, 그는 말없이 누워 창밖의 태산목들을 내다보고, 어느 누구에게도 별로 귀찮게 굴지를 않았다. 좀처럼 당황하지 않는 평온한 침묵 때문에 캐린은 그를 좋아했다. 그녀는 무덥고 긴 오후 내내 그의 곁에 앉아 아무 말도 없이 부채질을 해주었다.

요즈음 캐린은 별로 할 말이 없어서, 살아 있는 귀신처럼 조심조심 돌아다니며, 힘이 자라는 데까지 맡은 일만 다 해냈다. 그녀는 기도를 무척 많이 해서, 스칼렛이 문을 두드리지 않고 방으로 불쑥 들어가 보면 항상 침대 옆에 무릎을 꿇은 캐린의 모습을 보게 되었다. 기도로부터 도움을 기대할 만한 시기는 이미 지나갔다고 믿었던 스칼렛은 그런 모습을 보면 짜증이 났다. 만일 그들을 이토록 벌하는 것이 하느님의 뜻이라면, 그런 하느님에게는 기도를 드려도 아무 소용이 없었다. 스칼렛에게는 종교란 흥정을 치르는 행사에 지나지 않았다. 그녀는 하느님이 청을 들어주면 착하게 행동하겠다고 하느님에게 약속했었다. 그런데 스칼렛이 생각하기에는 하느님이 계속해서 계약을 어겼고, 그래서 이제는 하느님에게 진 빚이 하나도 없었다. 그리고 낮잠을 자거나 옷을 꿰매야 할 시간에 무릎을 꿇고 앉은 캐린을 볼 때마다 그녀는 캐린이 맡은 일을 게을리 한다는 생각이 들었다.

월 벤틴이 의자에 일어나 앉을 만큼 회복된 다음 어느 날 오후 그에게 그런 얘기를 했던 그녀는, 월이 무감각한 목소리로 하는 말을 듣고 깜짝 놀랐다. 「그냥 못 본 체하세요, 미스 스칼렛. 그러면 캐린이 마음의 위안을 받으니까요.」

「위안을 받아요?」

「예, 캐린은 당신 어머니와 그 남자를 위해서 기도를 드리니까요.」

「그 남자가 누구예요?」

그는 조금도 놀라지 않고, 모랫빛 속눈썹 밑의 엷은 푸른 눈으로 그녀를 쳐다보았다. 그는 무엇에도 놀라거나 흥분하지 않는 사람 같았다. 어쩌면 그는 예기치 않던 일을 너무나 많이 당했기 때문에 다시는 영원히 놀라지 않게 되었는지도 모를 일이었다. 동생의 머릿속에서 무슨 생각이 오가는지를 스칼렛이 알지 못한다는 사실조차도 그에게는 묘하게 여겨지지를 않았다. 그는 캐린이 낯선 그에게 얘기를 함으로써 위안을 얻는다는 사실이나 마찬가지로, 그것도 당연하게 받아들였다.

「게티즈버그에서 죽은 브렌트 뭔가 하는 청년, 캐린의 애인 있잖아요.」

「캐린의 애인이라고요?」 스칼렛이 쏘아붙였다. 「캐린의 애인이라니, 어림도 없는 소릴! 브렌트하고 그의 형은 내 애인이었어요.」

「알아요, 캐린한테서 그런 얘기는 들었어요. 하지만, 그렇기는 해도, 당신이 그를 거부한 다음에 그는 캐린의 애인이 되었고, 마지막 휴가로 고향에 돌아왔을 때 그들은 결혼을 약속했어요. 캐린은 마음에 두었던 남자가 오직 브렌트 한 사람뿐이었고, 그래서 그를 위해 기도를 드리면 위안을 받는다고 그랬어요.」

「보세요, 얼토당토않은 소리 그만해요!」 아주 자그마한 질투의 작살에 쯸린 스칼렛이 말했다.

그녀는 뼈만 남은 호리호리한 남자를, 어깨가 구부정하고 머리카락은 분홍빛이 돌고 차분한 눈은 좀처럼 동요를 일으키지 않는 청년을 호기심에 찬 눈으로 쳐다보았다. 그러니까 그는 스칼렛이 알아내려고 신경조차 쓰지 않았던 사연들을, 그녀 자신의 집 안에서 벌어지는 비밀들을 알았다. 그러니까 줄곧 기도만 드리며 캐린이 침울해하던 이유는 그것이었다. 글쎄, 캐린은 극복하리라. 애인이 죽거나, 그렇다, 심지어는 남편이 죽어도 많은 여자들이 슬픔을 극복했다. 스칼렛은 분명히 찰스를 잊어버렸다. 그리고 그녀는 전쟁 때문에 세 번이나 미망인이 되었으면서도 아직도 남자들의 시선을 끄는 애틀랜타의 한 여자를 알았다. 스칼렛이 그런 얘기를 했더니 윌은 머리를 저었다.

「미스 캐린은 다르죠.」 그가 단호하게 말했다.

윌은 그토록 말이 없으면서도 남의 얘기를 깊이 이해하며 귀를 기울여 주었기 때문에 같이 얘기를 나누기가 즐거운 상대였다. 스칼렛은 김을 매고, 호미질을 하고, 씨를 뿌리거나 돼지들을 살찌우고, 암소가 새끼를 치는 따위 어려운 문제들을 그에게 얘기했고, 윌은 남부 조지아에 작은 농토와 흑인 두 명을 소유했기 때문에 훌륭한 조언자 노릇을 해주었다. 윌은 그의 노예들이 해방되었으며, 농토에는 잡초와 어린 자연생 소나무들이 무성하리라는 것을 알았다. 그의 혈육으로서는 단 한 명뿐이었던 누이도 몇 년 전에 남편과 함께 텍사스로 이주했으므로 그는 완전히 홀몸이었다. 그렇기는 해도 그는 이런 일들을 그가 버지니아에서 잃은 다리만큼이나 개의치 않는 듯싶었다.

그렇다, 흑인들이 자꾸만 투덜거리고, 수엘렌이 잔소리를 늘어놓으며 울어 대고, 제럴드는 엘렌이 어디 갔느냐고 걸핏하면 물어보는 사이에 고된 하루하루를 보내고 난 다음이면, 스칼렛에게는 윌이 큰 위로가 되었다. 그녀는 윌에게 무슨 얘기라도 다 털어놓았다. 심지어 그녀는 윌에게 양키를 죽인 얘기까지도 했으며, 그가 짤막하게 〈잘했어요!〉라고 반응을 보였을 때는 자랑스러워서 표정이 밝아지기까지 했다.

하찮은 신분에 노예도 겨우 두 명밖에 두지 않았기 때문에 처음에는 그를 멀리했던 어멈을 포함해서, 결국은 모든 식구들이 골칫거리를 털어놓기 위해서 윌의 방으로 찾아들었다.

집 안을 절름거리며 돌아다닐 정도가 되자 그는, 쪼갠 떡갈나무로 바그니를 만들거나 양키들 때문에 망가진 가구를 고치는 따위 일로 손을 돌렸다. 그는 나무를 깎는 솜씨도 훌륭했고, 어린 그가 가지고 놀 유일한 장난감을 파주었기 때문에 웨이드는 항상 그의 곁에 붙어 다녔다. 집 안에서 시간을 보낼 때면 윌이 어멈만큼이나 아이들을 잘 돌보았고, 악악 울어 대는 백인이나 흑인 아기들을 달래는 솜씨도 멜라니 이외에는 누구도 그를 능가할 사람이 없었으므로, 웨이드와 두 아기를 맡겨 두고 볼일을 보러 나가도 스칼렛은 마음이 놓였다.

「당신들은 나한테 굉장히 잘해 줬어요, 미스 스칼렛.」 그가 말했다. 「당신들하고는 아무 관계도 없는 낯선 사람인 나한테 말이에요. 난 당신들한테 걱정을 많이 끼쳤고, 그래서 당신들한테 상관이 없다던, 난 여기 머물면서 여러분이 한 고생에 대한 보답을 좀 했다고 여겨질 때까지 일을 도와주고 싶어요. 인간은 그의 생명이 대한 보답을 무엇으로도 충분히 할 수가 없기 때문에, 난 절대로 빚을 다 갚지는 못하겠지만요.」

그래서 그는 계속 머물렀고, 서서히, 눈에 띄지 않게, 타라의 살림을 꾸려 가는 부담 가운데 큰 부분이 스칼렛의 어깨에서 윌 벤틴의 뼈만 남은 어깨로 넘어갔다.

9월이 왔고, 목화를 수확할 때가 되었다. 윌 벤틴은 초가을 오후의 쾌적한 햇살을 받으며, 앞 계단에서 스칼렛의 발치에 앉아, 파예트빌 근처에 새로 문을 연 조면 공장(繰綿工場)에서 솜을 틀면 값을 얼마나 엄청나게 돈을 많이 받는지를, 무감각한 목소리로 한가하게 한없이 설명했다. 하지만 조면 공장 주인에게 두 주일 동안 말과 마차를 빌려 주기만 한다면, 조면 비용을 4분의 1로 줄이기가 어렵지 않다는 사실도 그는 오늘 오후 파예트빌에서 알아냈다. 그는 스칼렛과 의논할 때까지는 흥정을 마무리 짓지 못하겠다며 뒤로 미루고 돌아왔다.

그녀는 지푸라기를 씹으며 포치 기둥에 기댄 그의 호리호리한 몸매를 쳐다보았다. 어멈이 자주 말했듯이, 윌은 의심할 나위 없이 하느님이 내려 주신 존재였고, 그가 없었다면 지난 몇 달 동안 타라 사람들이 어떻게 살았을지 의아한 생각이 자주 들곤 했다. 그는 말을 많이 할 때도 없었고, 조금이라도 정력을 과시한 적도 없었으며, 주변에서 벌어지는 어떤 일에도 별로 관심을 보이지도 않는 듯싶었지만, 타라 사람들에 대해서는 무엇이나 다 훤히 알았다. 그리고 그는 일도 잘했다. 그는 말없이, 꾸준하게, 그리고 유능하게 일했다. 비록 다리는 하나만 남았어도 그는 일꾼 돼지보다도 일솜씨가 빨랐다. 그리고 그는 돼지에게도 일을 시키는 방법을 알았는데, 그것은 스칼렛이 보기에는 대단한 재주였다. 암소가 산통(産痛)이 걸리거나 말이 이상한 병에 시달려 잘못했다가는 영원히 그들을 포기할 지경이 되면, 윌은 며칠 밤씩 잠도 자지 않고 곁에서 돌봐 그들의 생명을 구해 냈다. 그가 장사에 능한 사람이라는 점도 스칼렛의 존경심을 샀는데, 그는 아침에 사과와 고구마와 다른 채소 두 통을 마차에 싣고 나가면, 그녀로서는 절대로 구하지 못하리라고 생각되는 씨앗과 옷감과 밀가루와 다른 일용품들을 챙겨 가지고 돌아왔다.

그는 서서히 한 가족으로서의 신분을 얻게 되었고, 제럴드의 방에 붙은 작은 화장실의 간이침대에서 잠을 잤다. 그는 타라를 떠나겠다는 말을 전혀 비치지도 않았고, 윌이 떠난다고 할까 봐 걱정이 되어 스칼렛은 그에게 먼저 물어보지 않으려고 조심했다. 때때로 그녀는 만일 그가 조금이라도 줏대와 배짱이 있는 남자라면, 집이 없어졌더라도 당연히 고향으로 돌아갔으리라고 생각했다. 하지만 그런 생각을 하면서도 스칼렛은 그가 무한정 눌러앉기를 열심히 기도했다. 집에 남자가 함께 사니까 정말로 편했다.

그녀는 또한 캐린이 만일 생쥐만큼이라도 지각이 제대로 박힌 여자라면 어떻게 해서든지 윌의 관심을 끌도록 노력해야 된다고 생각했다. 만일 캐린과 결혼하게 해달라고 그가 스칼렛에게 청했다면, 그녀는 당연히 윌을 고맙게 생각했으리라. 물론 전쟁 전이었다면 분명히 윌은 구혼자로서의 자격이 모자랐다. 그는 가난뱅이 백인은 아니었지만, 농장주 계층과는 거리가 멀었다. 그는 평범한 크래커에 지나지 않았고, 소규모 농사를 짓는 신분이었고, 교육은 어느 정도만 받다가 말았고, 걸핏하면 맞춤법이 틀리고, 오하라 집안 여자들이 남자들에게서 익히 보아 왔던 고상한 어떤 예절은 알지도 못했다. 사실 스칼렛은 그가 신사라고 부를 만한 바탕을 조금이라도 갖추었나 눈여겨보았지만, 그렇지 못하다고 판단했다. 멜라니는 그를 맹렬히 옹호해서, 윌처럼 마음이 착하고 남들을 아끼는 사람이라면 누구라도 훌륭한 태생이 분명하리라고 믿었다. 자기 딸이 그런 남자하고 결혼한다는 상상만 해도 엘렌은 기절하고 말았겠지만, 지금 그녀의 삶은 현실적인 필요에 의해 엘렌의 가르침과는 너무나 거리가 멀어졌기 때문에, 스칼렛은 그런 걱정은 하지도 않았다. 남자는 드물었고, 여자라면 누구인가하고 결혼을 해야 했으며, 타라에는 남자가 필요했다. 하지만 기도서에 점점 더 몰입하고 현실 세계와의 접촉을 날마다 상실해 가는 중이었던 캐린은 윌을 형제처럼 다정하게 대했으며, 일꾼 돼지나 마찬가지로 그를 아무렇지도 않게 생각했다.

〈만일 내가 자기한테 해준 일들에 대해서 조금이라도 고마워하는 마음이 있다면 캐린은 그와 결혼하고, 함께 이곳에서 떠나 줘야 해.〉 스칼렛은 화가 나서 생각했다. 〈하지만 천만의 말씀, 얘는 자기를 진지하게 생각해 준 적이 전혀 없었을지도 모르는 한심한 남자 때문에 넋이 빠져 허송세월만 보낸단 말이야.〉

그래서 윌은 그녀가 알지 못하는 어떤 이유 때문에 타라에 남았고, 스칼렛은 그가 자기에게 남자 대 남자로 대하는 사무적인 태도가 즐겁기도 하고 도움도 되었다. 그는 정신이 몽롱한 제럴드에게 깍듯한 존경심을 보여 주었지만, 그가 참된 집안의 가장으로 대한 사람은 스칼렛이었다.

당분간 식구들이 아무런 교통수단도 없이 지내야 하는 불편함을 뜻하기는 했지만, 그래서 스칼렛은 말을 빌려 주자는 윌의 제안을 받아들였다. 이런 사실을 알게 되면 수엘렌이 특히 슬퍼하리라. 윌에게 볼일이 생겨서 마차를 몰고 존즈버러나 파예트빌로 갈 때 그와 함께 타고 나가는 기회가 그녀에게는 가장 큰 기쁨이었다. 식구들의 옷 가운데 제일 좋은 것들을 골라 입고 모양을 낸 그녀는 옛 친구들을 만나고, 카운티의 온갖 소식을 듣고는, 다시금 타라의 오하라 아가씨가 된 기분을 느꼈다. 수엘렌은 농장을 벗어나고, 채소밭에서 김을 매거나 이부자리를 정돈할 줄을 모르는 사람들과 어울려 기분을 돌릴 기회를 절대로 놓치려고 하지 않았다.

우리 〈고상한 아가씨〉께서는 두 주일 동안 바람을 못 쐬고 지내셔야 하겠고, 우리들은 그녀가 투정하고 징징거리는 소리를 듣고 참아 줘야 되겠지, 스칼렛은 생각했다.

멜라니가 아기를 안고 베란다로 나와서 그들과 어울렸고, 마룻바닥에다 낡은 담요를 펴놓고는 그 위에서 어린 보우가 기어 다니도록 내려놓았다. 애슐리의 편지가 도착한 이후로 멜라니는 노래가 저절로 나올 정도의 화사한 행복감과 초조한 그리움 사이를 오가며 시간을 보냈다. 하지만 행복하거나 울적하거나 간에 그녀는 너무나 야위었고, 너무나 핼쑥했다. 그녀는 아무 불평도 없이 자기에게 주어진 몫의 일을 해냈지만, 몸은 항상 병을 앓았다. 노의사 폰테인은 그녀의 좋지 못한 건강 상태를 부인병이라고 진단하고는, 보우를 낳아서는 절대로 안 되는데 낳았다고 말해서, 닥터 미드와 똑같은 견해를 밝혔다. 그리고 그는 아이를 하나라도 더 낳으면 그녀가 죽으리라고 솔직하게 말했다.

「오늘 내가 파예트빌에 나갔을 때 말이에요.」 윌이 말했다. 「난 진짜 예쁜 걸 발견했고, 여러분이 흥미를 느끼리라고 생각해서 그걸 집으로 가지고 왔어요.」 그는 검은 바지 호주머니 속을 더듬거리더니, 캐린이 나무껍질로 빳빳하게 안을 대고 사라사로 만들어 그에게 선물로 준 지갑을 꺼냈다. 윌은 지갑에서 남부 동맹의 지폐를 한 장 뽑아 들었다.

「당신은 남부 동맹의 돈이 예쁘다고 생각하는지 모르겠지만, 윌, 난 정말이지 그렇게 생각하지 않아요.」 남부 동맹의 돈을 보기만 해도 화가 치밀어 올랐던 스칼렛이 퉁명스럽게 말했다. 「우린 아버지의 옷 가방 속에 그런 돈을 9천 달러나 모아 두었는데, 방에 바람이 새어 들어오지 못하게 다락방에 난 구멍들을 그 돈으로 발라 버리자고 어멈이 나한테 졸라 대는 중이에요. 그리고 난 그렇게 할 생각이고요. 그러면 돈이 그나마 쓸모가 생기는 셈이죠.」

「〈죽어서 흙이 된 오만한 카이사르여〉.」 구슬픈 미소를 지으며 멜라니가 말했다. 「그러지는 말아요, 스칼렛. 웨이드를 위해서 그걸 보관해 둬요. 뒷날 아마도 아들은 그 돈을 자랑스럽게 여길지도 모르니까요.」

「글쎄요, 난 오만한 카이사르 얘기는 모르겠어요.」 윌이 참을성을 보이며 말했다. 「하지만 내가 보여 준 돈은 방금 당신이 웨이드에 관해서 한 얘기와 일맥상통하는 데가 있어요, 미스 멜리. 그건 이 지폐의 뒷장에 붙여 놓은 한 편의 시 때문이죠. 미스 스칼렛이 시를 별로 좋아하지 않는다는 건 나도 알지만, 이것만은 흥미를 느끼리라고 생각했죠.」

그는 지폐를 뒤집었다. 뒷장에는 집에서 만든 묽은 잉크로 쓴 조잡한 갈색 포장지 조각을 풀로 붙여 놓았다. 윌은 헛기침을 해가며 목청을 가다듬고는, 더듬거리며 천천히 읽어 내려갔다.

「시의 제목은 〈남부 동맹 지폐의 뒷장에 부치는 글〉입니다.」 그가 말했다.

하느님이 창조하신 이 땅과 그 밑으로 흐르는 물에서도
이제는 아무 가치를 지니지 못하더라도
사라져 간 한 민족의 상징으로 삼아서
이것을 간직하라, 다정한 친구여, 그리고 보여 주어라.

애국자의 꿈에서 탄생한 자유와
폭풍우에 휘말려 결망한 한 민족에 대해서
이 하찮은 돈에 적힌 얘기에 귀를 기울이려는
사람들에게 이것을 보여 주어라.

「오, 얼마나 아름다운 시예요! 얼마나 감동적이고요!」 멜라니가 소리쳤다. 「스칼렛, 다락방에 바르라고 돈을 어멈한테 주면 절대로 안 돼요. 그건 단순한 종이가 아니고, 시에서 얘기한 그대로 〈사라져 간 한 민족의 상징〉이에요!」

「멜리, 감상적인 소리는 하지 말아요. 종이는 종이이고, 우린 종이가 넉넉하지도 못한 데다가, 난 다락방에 구멍이 났다고 어멈이 투덜거리는 소리를 듣기에도 지쳤어요. 난 웨이드가 자란 다음에는 남부 동맹의 쓰레기보다는 합중국 지폐를 잔뜩 모아서 주고 싶어요.」

언쟁이 벌어지는 동안 지폐로 담요 위에 앉은 어린 보우에게 장난을 치던 월은, 손으로 이마를 가리며 머리를 들고는, 마찻길 아래쪽을 내려가보았다.

「또 손님이로군요.」 햇빛 때문에 눈을 찡그리며 그가 말했다. 「군인이 찾아왔어요.」

스칼렛은 그의 시선을 따라 눈을 돌리고는, 삼나무 밑으로 천천히 가로수 길을 올라오는 사람을, 수염이 길게 자란 남자를, 북군과 남군의 군복을 섞어 입은 누더기 차림의 남자를, 지쳐서 머리를 푹 숙이고 다리를 천천히 끌며 오는 낯익은 남자의 모습을 보았다.

「난 이제 군인들은 다 치렀나 보다 하고 생각했었는데.」 그녀가 말했다. 「이번에는 배가 너무 고픈 사람이 아니었으면 좋겠어요.」

「배야 고프겠죠.」 윌이 짤막하게 말했다.

멜라니가 몸을 일으켰다.

「딜시더러 식사할 사람이 하나 더 늘었다고 얘기를 해줘야 되겠어요.」 그녀가 말했다. 「그리고 어멈더러 저 불쌍한 사람의 옷을 다짜고짜로 벗기지 말라고 미리 일러두고 —」

그녀가 어찌나 갑자기 말을 멈추었는지 이상한 기분이 들어서, 스칼렛은 멜라니를 쳐다보려고 시선을 돌렸다. 멜라니는 목구멍이 찢어지는 고통을 막아 보려는 듯 야윈 손으로 목을 움켜잡았고, 스칼렛은 그녀의 하얀 살갗 밑에서 마구 뛰는 핏줄이 눈에 보인다고 생각했다. 그녀의 얼굴이 더욱 창백해졌고, 눈은 어마어마하게 커졌다.

멜라니가 기절을 하려고 그러는구나. 벌떡 일어나서 그녀의 팔을 잡으며 스칼렛은 생각했다.

하지만 어느새 멜라니는 그녀의 손을 뿌리치고 계단을 내려간 다음이었다. 자갈을 깐 길을 따라 그녀는 새처럼 가볍게 깡충깡충 뛰며, 빛이 바랜 치맛자락을 뒤로 나부끼고 두 팔을 내민 채, 날아가는 새처럼 달려 내려갔다. 그러자 스칼렛은 어떤 영문인지를 깨닫고 아찔한 충격을 받았다. 그녀가 포치의 기둥에 몸을 기대려고 비틀거리며 뒷걸음치는 사이에, 남자는 더럽고 노란 수염으로 뒤덮인 얼굴을 들고 우뚝 걸음을 멈추더니, 이제는 너무 지쳐서 한 발자국도 더 걸음을 옮겨 놓을 힘이 없어서인지, 그냥 서서 집 쪽을 쳐다보았다. 그녀의 가슴이 뛰다가 멈추고, 그러고는 다시 두근거리기 시작하는 동안에, 멜리는 두서없이 뭐라고 소리를 지르며 누추한 군인의 품으로 몸을 던졌고, 그는 그녀에게로 머리를 수그렸다. 황홀감에 휘말려 스칼렛이 두 발자국 앞으로 달려 나갔지만, 윌이 그녀의 치맛자락을 손으로 붙잡고 당기자

멈칫했다.

「방해하지 말아요.」 그가 조용히 말했다.

「이거 놔요, 바보 같으니라고! 이거 놓으라니까요! 애슐리 가 돌아왔어요.」

그는 손을 풀어 주지 않았다.

「저 여자의 남편이에요, 안 그래요?」 윌이 차분하게 말했 고, 환희와 강렬한 분노의 혼란 속에서 그를 내려다본 스칼렛 은, 조용하고도 깊은 그의 눈에 담긴 이해와 연민을 보았다.

제4부

제31장

1866년 1월의 추운 어느 날 오후에, 스칼렛은 사무실에 앉아 왜 그녀와 멜라니 그리고 애슐리가 애틀랜타로 가서 함께 살 수가 없는지에 대해 벌써 열 번째로 설명을 하는 편지를 피티 고모에게 썼다. 피티 고모가 첫 구절만 읽고는 이번에도 또다시 〈하지만 난 혼자 살기가 무섭단 말이야!〉라고 우는소리를 하는 편지를 보내리라고 빤히 예상했기 때문에, 스칼렛은 짜증을 부리며 편지를 썼다.

그녀는 손이 시려 잠깐 멈추고 두 손을 비볐고, 발을 감싼 낡은 누비이불 속으로 두 발을 더욱 깊이 쑤셔 넣었다. 덧신 바닥은 닳아 없어지다시피 해서 융단 조각을 대고 기웠다. 융단 조각은 발이 마룻바닥에 직접 닿지는 않게 해주었지만, 별로 따뜻하지는 못했다. 오늘 아침에 윌은 징을 새로 갈아 박으려고 말을 끌고 존즈버러로 갔다. 말은 새 신발을 바꿔 신는데 사람의 발은 마당의 개처럼 그냥 벗고 살아야 하니 세상 한번 희한하다고 스칼렛은 한심하게 생각했다.

그녀는 계속해서 편지를 쓰려고 깃털 펜을 집어 들었지만, 뒷문에서 윌이 들어오는 소리를 듣고 멈추었다. 사무실 밖 복도에서 그의 나무 의족 소리가 쿵쿵 들려오더니 우뚝 멈춰

섰다. 스칼렛은 그가 들어오기를 잠깐 기다렸지만, 윌이 아무 인기척도 내지를 않자, 소리쳐 불렀다. 추워서 귀가 새빨개지고, 분홍빛 머리카락이 헝클어진 그는 안으로 들어와 서서, 재미있다는 듯 어렴풋한 미소를 입가에 띠고, 그녀를 내려다보았다.

「미스 스칼렛.」 그가 물었다. 「현금을 얼마나 가지고 계신가요?」

「내 돈을 바라고 나와 결혼이라도 해볼까 하는 생각이 들었나요, 윌?」 약간 퉁명스럽게 그녀가 말했다.

「아닙니다, 부인. 그저 알고 싶어서요.」

그녀는 왜 그러느냐는 표정으로 그를 노려보았다. 윌은 진지한 얼굴은 아니었지만, 하기야 그는 진지한 표정을 짓는 적이 별로 없는 남자였다. 하지만 그녀는 무엇이 잘못되었다는 기분을 느꼈다.

「금화로 10달러요.」 그녀가 말했다. 「양키의 돈에서 남은 액수죠.」

「글쎄요, 부인, 그런 정도로는 모자라겠군요.」

「뭐가 모자라요?」

「세금요.」 그가 대답했고, 절뚝거리며 벽난로로 가더니, 그는 허리를 구부리고 빨개진 두 손을 내밀고 불을 쬐었다.

「세금요?」 그녀가 되풀이해서 말했다. 「하느님 맙소사, 윌! 세금은 벌써 냈어요.」

「그래요, 부인. 하지만 세금을 덜 냈다고 그러더군요. 오늘 존즈버러에 가서 들은 소리죠.」

「하지만, 윌, 난 이해를 못 하겠어요. 그게 무슨 소리죠?」

「미스 스칼렛, 그만큼 고생을 하셨는데 정말이지 또 걱정을 끼쳐 드리기는 싫지만, 말씀을 안 드릴 수가 없군요. 부인은 지난번에 낸 액수보다 훨씬 많은 세금을 내야 한답니다. 그들은 타라에 엄청난 세금을 매겼는데, 틀림없이 카운티에서 최고로 높은 액수 같아요.」

「하지만 벌써 세금을 냈는데 또 내라고 하면 말도 안 돼요.」

「미스 스칼렛은 존즈버러에 자주 나가지를 않았는데, 그런 편이 오히려 다행이죠. 그곳은 요즈음 여자들이 드나들 만한 곳이 못 되니까요. 하지만 만일 자주 가셨더라면 스캘라웩[31]이나, 공화당원이나, 카펫배거[32]처럼 굉장히 험악한 부류들이 판치는 세상이 되었다는 걸 아셨을 거예요. 그런 놈들을 보면 화가 치밀어 속이 터질 지경이죠. 그런가 하면 길거리에서 깜둥이들이 백인을 밀쳐 대질 않나 ──」

「하지만 그게 우리 세금과 무슨 상관인가요?」

「설명을 해드리겠어요, 미스 스칼렛. 무슨 이유에서인지는 모르겠지만 그놈들은 타라가 마치 목화를 1천 마차나 생산하는 것처럼 세금을 잔뜩 올려놓았어요. 그래서 내가 술집을 기웃거리고 돌아다니며 나도는 소문을 들어 보았는데, 부인이 추징 세금을 내지 못하게 되는 경우를 노려, 타라를 주 장관의 이름으로 공매 처분할 때 누군가 헐값으로 사들이려는 꿍꿍이속을 꾸민다더군요. 그리고 당신이 세금을 못 내리라는 건 누구나 다 빤히 잘 알죠. 타라 농장을 탐내는 작자가 누구인지는 아직 모르겠어요. 알아낼 길이 없더군요. 하지만 내 생각엔 미스 캐슬린하고 결혼한 힐턴이라는 소심한 친구

---

31 *Scallawags*. 남북 전쟁 후 공화당에 가담한 남부의 백인을 일컫는 말로, 민주당원이 욕설로 쓰던 표현이었다.

32 *Carpetbaggers*. 남북 전쟁 후 남부로 내려온 떠돌이 정치가, 협잡꾼, 돈벌이를 노리는 뜨내기 따위의 사람들인데, 대부분 카펫으로 만든 큼직한 가방을 가지고 다녀서 그런 별명이 붙었다.

가 내막을 아는 눈치던데, 내가 슬쩍 떠보려고 했더니 녀석이 좀 기분 나쁘게 웃더군요.」

월은 소파에 앉아 뭉툭하게 잘려 나간 다리를 손으로 문질렀다. 날씨가 차면 다리가 쑤셨고, 나무 의족에는 받침을 잘 대지도 않았으려니와, 편안하지도 않았다. 스칼렛은 험악한 눈으로 그를 쳐다보았다. 타라의 죽음을 알리는 조종을 울리면서도 그의 태도는 너무나 태연하기만 했다. 주 장관의 공매 처분에서 팔리다니? 그들은 어디로 가야 하나? 그리고 타라가 남의 손으로 넘어가다니! 그렇다. 그것은 상상도 못할 상황이었다!

그녀는 타라가 무엇인가를 생산하게끔 도모하는 일에 너무 몰두한 나머지 바깥세상에서 벌어지는 상황은 거의 신경도 쓰지 않았다. 존즈버러와 파예트빌에 볼일이 생기면 무엇이나 다 월과 애슐리가 맡아서 처리해 주었으므로, 스칼렛은 농장을 떠날 일이 별로 없었다. 그리고 전쟁이 터지기 전에도 아버지가 늘어놓던 전쟁 얘기에는 귀를 기울이지도 않았던 그녀였지만, 지금도 역시 저녁 식사를 마친 후 식탁에 둘러앉아 〈재편입〉[33]이 시작되었다고 사람들이 주고받는 얘기 따위는 듣는 둥 마는 둥이었다.

속셈이 빤히 드러날 정도로 재빨리 공화당으로 돌아선 남부인 스캘라웩과, 전쟁이 끝난 다음 그들의 초라한 소유물을 카펫 가방 하나에 모두 꾸려 넣고 콘도르 독수리들처럼 몰려 내려온 양키 카펫배거들에 관해서는 물론 스칼렛도 잘 알았다. 그리고 그녀는 노예 해방청에서 몇 차례 불쾌한 경험을 겪기도 했다. 그녀는 또한 해방된 어떤 노예들이 꽤나 건방

33 *Reconstruction.* 남북 전쟁 이후 남부 여러 주를 합중국으로 복귀시키던 기간.

지게 설치리라는 예상도 했었다. 스칼렛은 여태까지 건방진 노예라고는 한 번도 본 적이 없었으므로, 그런 예상이 현실로 나타나리라고는 거의 믿지 않았다.

하지만 윌과 애슐리가 짜고서 그녀에게는 일부러 하지 않은 얘기들도 많았다. 전쟁의 재난에 뒤이어 훨씬 더 혹독한 재편입 시기의 재앙이 밀어닥쳤지만, 두 남자는 집에서 그런 얘기가 혹시 나오더라도 놀랄 만한 세부적인 내용은 입에 올리지 않기로 합의해 두었다. 그리고 스칼렛이 그나마 신경을 써서 그들의 얘기에 귀를 기울였던 때라도, 그들이 한 말은 대부분 한쪽 귀로 들어가서 다른 쪽 귀로 흘러나가 버렸다.

그녀는 남부가 정복된 지역 취급을 받으며, 정복자들의 정책에는 앙갚음을 하려는 기미가 뚜렷하다고 애슐리가 하던 얘기를 들었다. 하지만 스칼렛에게는 그런 얘기가 들어 봤자 아무짝에도 쓸모없는 내용이었다. 정치란 남자들의 분야였다. 그녀는 남부가 다시 일어서도록 북부에서 그냥 내버려 두지는 않으리라고 윌이 하는 얘기도 들었다. 그래, 하기야 남자들이란 항상 바보 같은 문제들을 놓고 걱정하지, 스칼렛은 생각했다. 그녀만큼은 양키들에게 한 번도 패배를 당하지 않았고, 이번에도 그런 꼴은 보지 않으리라고 다짐했다. 그저 묵묵히 일만 하고 양키 정부 따위는 걱정하지 않으면 그만이었다. 누가 뭐라고 해도 전쟁은 끝났다.

경기의 규칙들이 달라졌으며, 정직한 노동은 더 이상 정당한 대가를 받지 못한다는 사실을 스칼렛은 알지 못했다. 조지아는 지금 사실상 계엄령 통치를 받는 중이었다. 양키 군인들이 사방에 배치되어 주둔했고 노예 해방청은 업무를 완전히 장악해서 규칙을 그들에게 맞도록 닥치는 대로 뜯어고쳤다.

게으르고 흥분한 노예 출신 흑인들을 관리하기 위해서 연방 정부가 조직한 해방청은 노예들을 수천 명씩 농장에서 마을과 도시로 끌어들였다. 해방청은 빈둥거리며 게으름이나 피우는 그들을 먹여 살리며 옛날 주인들에 대해서 악독한 마음을 먹도록 선동했다. 이 지역 노예청의 책임자는 제럴드의 옛날 노예 감독이었던 조너스 윌커슨이었고, 그의 조수는 캐슬린 캘버트의 남편인 힐턴이었다. 그들 두 사람은, 남부인들과 민주당원들이 흑인을 다시 노예로 만들기에 좋은 기회만 호시탐탐 기다리며, 흑인들이 불우한 운명에서 벗어나는 유일한 희망이라고는 해방청과 공화당이 제공하는 보호에 의존하는 길뿐이라는 소문을 열심히 퍼뜨리며 돌아다녔다.

그뿐 아니라 윌커슨과 힐턴은 어떤 면에서도 흑인은 백인만큼 훌륭하며, 머지않아 백인과 흑인의 결혼도 허락되고, 머지않아 그들의 옛 주인이 소유했던 땅을 재분배하여 모든 흑인은 40에이커의 땅과 노새 한 마리를 받게 되리라는 소문도 퍼뜨렸다. 그들은 백인이 자행했던 온갖 잔혹한 얘기를 늘어놓아 계속해서 흑인들을 자극했고, 그래서 노예와 주인이 다정하기로 옛날부터 이름이 났던 지역에서도 증오와 의혹이 자라나기 시작했다.

해방청은 군대의 지원을 받았고, 정복당한 자들의 처신에 관해 군부에서는 서로 엇갈리는 여러 가지 명령을 내렸다. 걸핏하면 체포를 당하고, 해방청 관리를 윽박지르기만 해도 끌려가는 판이었다. 학교 교육과, 위생 관리와, 양복에 다는 단추와, 생활필수품의 판매, 그리고 거의 모든 일에 관한 군의 명령이 선포되었다. 윌커슨과 힐턴에게는 스칼렛이 행하게 될 어떤 거래에도 간섭하고, 그녀가 팔거나 교환하려는 모든 것에 대해 그들 마음대로 가격을 설정할 힘을 장악했다.

거래는 자기가 맡아서 처리할 테니까 농장이나 알아서 관리하라고 윌이 설득했기 때문에 스칼렛은 다행히 그들 두 남자를 만날 기회가 거의 없었다. 온순한 방법으로 윌은 이런 종류의 어려운 문제를 몇 가지 자기 나름대로 처리했고, 스칼렛에게는 그런 얘기를 전혀 하지 않았다. 꼭 그래야 할 필요가 생기면 윌은 카펫배거나 양키들하고도 어울리고는 했다. 하지만 이제는 그가 처리하기에는 벅찬 문제가 눈앞에 닥쳤다. 추가 세금의 사정액이나 타라를 빼앗기리라는 위험은 스칼렛이 알아야 했고, 그것도 당장 알아야 할 일이었다.

그녀는 번득이는 눈으로 그를 쳐다보았다.

「망할 놈의 양키들!」 그녀가 소리쳤다. 「우리들을 패배시키고 거지로 만들고도 뭐가 모자라서인지 이제는 불한당 놈들을 우리들한테 풀어놓겠다는 수작인가?」

전쟁은 끝났고 평화가 선포되었지만, 양키들은 아직도 그녀에게서 강탈을 계속하고 아직도 그녀를 굶겨 죽일 방법을 알았으며, 그들은 아직도 그녀를 집에서 쫓아내려고 수작을 꾸몄다. 그러니 고난의 여러 달 동안 어떻게 해서든지 봄까지만 견뎌 낸다면 만사가 잘 풀려 나가리라고 생각했던 그녀는 얼마나 어리석었던가. 허리가 부러지라고 고생하면서, 희망이 무너진 한 해를 보내자마자, 윌이 전해 준 기막힌 소식은 최후의 타격이었다.

「아, 윌, 그런데도 우린 뭣도 모르고 전쟁이 끝났으니 이젠 고생이 다 끝났다고 생각했었잖아요!」

「아니죠, 부인.」 윌은 뺨이 푹 꺼지고 턱이 튀어나온 촌스러운 얼굴을 들고 한참 동안 그녀를 빤히 쳐다보았다. 「우리들의 고생은 이제 막 시작된 셈이죠.」

「우리가 더 내야 할 세금이 얼마라고 그러던가요?」

「3백 달러요.」

그녀는 잠깐 동안 얼이 빠져 말도 안 나왔다. 3백 달러라니! 그것은 3백만 달러나 마찬가지 액수였다.

「그렇다면 —」 그녀는 말을 더듬었다. 「그렇다면 — 그렇다면, 우린 어떻게 해서든지 3백 달러를 구해야 되겠군요.」

「그래요, 부인 — 첩첩산중이죠.」

「아, 하지만, 윌! 그들이 타라를 팔아 버리게 놔두면 안 돼요. 그러니까 —」

맑고 엷은 빛깔인 그의 눈은 스칼렛이 상상하지 못했던 깊은 증오와 고통을 드러냈다.

「가만 놔두지 않겠다는 말인가요? 글쎄요, 그들은 타라를 팔고 싶으면 팔고, 무슨 수를 써서라도 틀림없이 팔아 치우고는, 신이 나서 잔치라도 벌이려고 덤비겠죠! 미스 스칼렛, 이런 소리 용서해 주시기 바랍니다만, 이 나라는 완전히 끝장났어요. 카펫배거하고 스캘라윅은 투표를 하지만, 우리 민주당 지지자들은 대부분 투표조차 못 하죠. 조지아 주에서 1865년도의 과세액이 2천 달러 이상이었던 민주당 지지자는 아무도 투표를 못 한답니다. 그러니까 당신 아버님이나 탈턴 씨나 맥레이 댁이나 폰테인 댁 청년 같은 사람들은 제외되죠. 대령으로 참전했던 사람도 투표에 참가를 못 하는데, 미스 스칼렛, 보아하니 조지아에는 남부 동맹의 어느 주보다도 대령이 훨씬 많을 듯싶군요. 그리고 남부 동맹 전선에서 공직에 있었던 사람들도 투표를 못 하고, 그러면 공증인에서 판사에 이르기까지 모조리 해당되는데, 그런 사람이 오죽 많아야죠. 사실 양키들이 만들어 놓은 사면(赦免) 선서라는 걸 보면 전쟁 전에 잠시라도 뭔가 한 자리 했던 사람은 아무도 투표권이 없어요. 똑똑한 사람이나 지체 높은 사람이나 돈

914

많은 사람은 안 돼요.

흥! 그들의 거지 같은 선서를 준수한다면 난 투표를 하게 되겠죠. 난 1865년도엔 돈이라곤 한 푼도 없었고, 대령도 아니었고, 어느 모로 봐도 대단한 인물이 아니었으니까요. 하지만 나는 선서 따위는 하지 않겠어요. 세상이 두 쪽이 나더라도 말이에요! 양키들이 올바르게만 행동했더라면 난 그들이 마련한 충성의 맹세를 했겠지만, 이제는 그럴 마음이 없어졌어요. 난 다시는 투표를 못 하게 될지언정 그들의 선서는 하지 않겠는데 ― 하지만 힐턴이라는 너저분한 인간은 투표권을 얻겠고, 조너스 윌커슨 같은 불한당들이나 슬래터리 집사람들 같은 가난뱅이 백인들이나 매킨토시네 사람들처럼 하찮은 존재들, 그들은 투표를 하게 되겠죠. 그리고 지금은 그런 자들이 설치고 다녀요. 그리고 놈들은 당신에게 특별세를 열 번이라도 부과하고 싶으면 마음대로 그렇게 할 힘이 있어요. 깜둥이가 백인을 죽이고도 교수형을 안 당하는 경우나 마찬가지로 ―」 그는 당황해서 말을 멈추었는데, 러브조이 근처의 어느 외딴 농가에서 홀로 지내던 백인 여자가 무슨 일을 당했는지를 두 사람은 다 기억했다…….「깜둥이들은 우리한테 무슨 짓이라도 다 해도 좋고, 노예 해방청과 군인들은 총으로 그들의 뒤를 밀어주고, 우린 투표를 못 해도 그냥 속수무책일 따름이죠.」

「투표라니!」 그녀가 소리쳤다.「투표라고요! 도대체 투표가 우리들하고 무슨 관계인가요, 윌? 우린 지금 세금이 문제잖아요……. 윌, 타라가 얼마나 훌륭한 농장인지는 누구나 다 알아요. 필요하다면 우린 농장을 저당 잡히면 세금을 낼 돈 정도는 마련하기가 어렵지 않아요.」

「미스 스칼렛, 당신은 어디를 봐도 바보가 아닌데, 그러면서도 가끔 바보 같은 소리를 하죠. 땅을 담보로 잡고 당신한테 조그마한 돈이라도 빌려 줄 사람을 어디서 찾아내겠어요? 당신에게서 타라를 빼앗아 가려는 카펫배거들을 제외하면 누가 나서겠느냐고요? 그래요, 땅은 누구나 다 가지고 있어요. 그런데 모든 땅이 헐값이죠. 당신은 땅을 공짜로 내주면 안 됩니다.」

「난 양키한테서 찾아낸 다이아몬드 귀고리를 가지고 있어요. 그걸 팔면 돼요.」

「미스 스칼렛, 귀고리를 살 만한 돈을 가진 사람이 어디 있겠어요? 사람들은 장식품을 살 돈은커녕 식료품조차 살 돈이 없는데요. 당신이 금화로 10달러를 가지고 있다면, 대부분의 사람들보다는 당신이 훨씬 부자라는 걸 난 맹세라도 하겠어요.」

그들은 다시 잠잠해졌고, 스칼렛은 돌담을 머리로 들이받기라도 한 듯한 기분을 느꼈다. 지난 한 해 동안은 머리로 받아야 했던 돌담이 너무나 많았었다.

「우린 어떻게 해야 하죠, 미스 스칼렛?」

「나도 모르겠어요.」 그녀는 관심조차 없다는 듯 멍청하게 말했다. 지금 눈앞에 닥친 돌담까지는 더 이상 못 견디겠어서 스칼렛은 갑자기 너무나 피곤하다고 느꼈으며, 뼈마디가 쑤셨다. 무엇 때문에 그녀는 기진맥진하도록 일을 하고 투쟁해야 하나? 모든 투쟁의 끝에서는 패배가 숨어서 기다리다가 그녀를 조롱하는 듯싶었다.

「난 모르겠어요.」 그녀가 말했다. 「하지만 아버지한테는 알리지 말아요. 공연한 걱정만 끼쳐 드릴 테니까요.」

「알겠어요.」

「누구한테 이런 얘기 했어요?」

「아뇨, 난 곧장 당신한테로 달려왔어요.」

그렇다, 나쁜 소식이 터지면 누구나 다 곧장 그녀에게로 달려온다고 스칼렛은 생각했고, 그것이 이제는 신물이 났다.

「윌크스 씨는 어디 계시죠? 어쩌면 그분이 무슨 묘안을 짜낼지도 몰라요.」

윌은 차분한 시선을 그녀에게로 돌렸고, 스칼렛은 애슐리가 집으로 돌아온 첫날부터 그랬지만, 그가 그녀의 모든 속셈을 꿰뚫어 본다는 기분을 느꼈다.

「그분은 과수원에 내려가 목책을 쪼개고 계시죠. 말을 마구간에 넣다가 도끼 소리를 들었어요. 하지만 그분도 당신이나 마찬가지로 가진 돈이 없어요.」

「내가 그 사람하고 얘기를 하고 싶다면 해도 되는 거예요, 안 그런가요?」 발목에 둘렀던 누비이불 조각을 차버리고 몸을 일으키며 그녀가 쏘아붙였다.

윌은 불쾌하게 생각하지도 않고 불 앞에서 두 손을 비벼대기만 했다. 「목도리를 두르시는 게 좋겠어요, 미스 스칼렛. 바깥은 추워요.」

하지만 목도리는 위층에 두었고, 애슐리를 만나 그녀의 고민거리를 그에게 넘기려는 욕구가 워낙 다급해서 기다릴 여유가 없었기 때문에, 목도리도 두르지 않은 채로 스칼렛은 그냥 집을 나섰다.

혼자 있을 때 그를 만난다면 얼마나 운이 좋을까! 그가 돌아온 이후에 스칼렛은 애슐리와 단둘이서 얘기를 나눌 기회가 한 번도 없었다. 항상 그의 주변에는 가족이 모여들었고, 항상 멜라니가 곁에서 붙어 다니며 정말로 그가 함께 있는지 확인하려는 듯 자꾸 소매를 만져 보곤 했다. 소유욕을 나타내는 그녀의 행복한 몸짓을 보기만 하면 스칼렛의 마음속에서는 아마도 애슐리가 죽었을지도 모른다고 그녀가 생각했던 여러 달 동안 잠들었던 질투와 증오심이 왈칵 머리를 들었다. 그녀는 애슐리를 어떻게 해서든 꼭 단둘이서만 만나야 되겠다고 결심까지 한 다음이었다. 그와 단둘이서 나누는 얘기를 이번에는 아무도 막지 못하리라.

그녀는 축축한 잡초의 눅눅한 감촉을 발밑에 느끼며 앙상한 가지들 아래로 과수원을 가로질러 지나갔다. 그녀는 애슐리가 늪지대에서 끌어온 통나무를 쪼개 울타리에 쓸 목책을 만드느라고 멀리서 울리는 도끼 소리를 들었다. 양키들이 그토록 신이 나서 태워 버린 울타리를 다시 세우는 힘든 작업은 퍽 오래 걸렸다. 무슨 일이나 다 힘들고 오래 걸리게 마련이었고 그래서 그녀는 만사가 짜증스러웠으며, 이제는 어떤 일이 닥쳐도 신물이 나고 울화가 치밀고 속이 뒤집혔다. 애슐리가 멜라니의 남편이 아니라 그녀의 남편이었더라면, 그를 찾아가서 머리를 그의 어깨에 기대고 울며 그녀의 짐을 애슐리에게 떠맡기고, 그가 최선을 다하는 모습을 지켜보기만 한다면 얼마나 흐뭇할까.

그녀는 찬 바람에 썰렁한 사지를 떠는 석류나무들의 숲을 돌아 나가서, 도끼에 몸을 기대고 손등으로 이마를 씻는 그를 보았다. 그는 다 떨어진 호둣빛 남군 군복 바지에다 제럴드의 셔츠, 보다 살기 좋았던 시절에는 법정 공판일이나 바비큐 파티에만 입고 가던 셔츠를, 지금 입은 사람에게는 어색할 만큼 짧은 주름 장식이 달린 셔츠를 입은 차림이었다. 일을 하다가 더워서 그는 저고리를 나뭇가지에 걸었고, 그녀가 가까이 갔을 때는 쉬는 중이었다.

손에는 도끼를 들고 누더기를 걸친 모습으로 서서 쉬는 애슐리를 보자 그녀의 마음은 운명에 대한 분노와 함께 분출하는 사랑에 휘말렸다. 킈 하나 없이 말끔하고 멋쟁이였던 그녀의 애슐리가 너덜너덜한 차림으로 일하는 모습을 보니까 스칼렛은 속이 상했다. 그의 손은 일을 하기 위한 손이 아니었고, 그의 몸에는 포플린과 훌륭한 아마포 이외에는 아무것도 걸쳐서는 안 되었다. 그는 웅장한 집에 들어앉아, 사람들과 유쾌한 얘기를 나누고, 피아노를 연주하고, 듣기에는 아름답지만 전혀 무슨 소리인지 알아듣기 힘든 글이나 쓰며 살아야 제대로 어울렸다.

스칼렛은 아들이 자루로 만든 앞치마를 둘렀거나 다른 여자들이 낡고 지저분한 무명옷을 걸친 꼴을 봐도 참아 냈고, 어떤 밭일꾼 노예보다 더 힘든 일을 하는 윌을 보고도 참았지만, 애슐리는 그래서는 안 되었다. 지금의 현실 상황에 어울리지 않을 만큼 그는 지나치게 훌륭했고, 그녀에게는 너무나 소중한 사람이었다. 그가 통나무를 쪼개느라고 고통을 받게 하느니보다 그녀는 차라리 자기가 도끼를 잡고 싶었다.

「에이브 링컨은 통나무를 쪼개는 일부터 시작했다더군요.」 스칼렛이 그네게로 다가오자 애슐리가 말했다. 「그러니 내가 얼마나 높은 사람이 될지 상상이나 해봐요!」

그녀는 얼굴을 찌푸렸다. 그들이 당한 곤경에 대해서 그는 항상 이렇게 실없는 소리를 했다. 이런 곤경이 스칼렛에게는 뼈아프게 심각한 문제였고, 때때로 그녀는 애슐리의 말에 화가 나기까지 했다.

그녀는 윌이 전해 준 소식을 간결하고 무뚝뚝한 말투로 애슐리에게 불쑥 얘기했고, 말을 하면서 벌써 안도감을 느꼈다. 틀림없이 그는 무슨 묘안을 제공하리라. 그는 아무 말도 하지 않았지만, 그녀가 몸을 부르르 떨자 저고리를 집어 스칼렛의 어깨에 둘러 주었다.

「어때요?」 그녀가 마침내 물었다. 「우리 어디선가 돈을 구해야 되겠다고 생각하지 않아요?」

「그래요.」 그가 말했다. 「하지만 어디서 구하죠?」

「물어본 사람은 나예요.」 짜증을 부리며 그녀가 대답했다. 짐을 덜어 놓게 되었다는 안도감이 그녀의 마음에서 순식간에 사라졌다. 비록 도울 힘이 없더라도 왜 그는, 비록 〈오, 그것참 안되었군요〉에 지나지 않을지언정, 어떤 위로의 말을 하지 않았을까?

그는 미소를 지었다.

「고향으로 돌아온 이후 지금까지 여러 달 동안, 난 진짜로 돈이 많은 사람이라고는 오직 한 명, 레트 버틀러뿐이라는 얘기를 귀가 아프게 들어 왔어요.」 그가 말했다.

피티팻 고모는 지난 주일에 멜라니한테 보낸 편지에서 레트가 승용 마차와 멋진 말 두 필과 합중국 돈을 호주머니마다 가득 넣고 애틀랜타로 돌아왔다는 얘기를 했다. 하지만 그녀는 레트의 돈은 정직하게 벌어 놓은 재산이 아니라고 암시했다. 피티 고모는 애틀랜타의 많은 사람이 추측한 바와 마찬가지로, 레트가 남부 동맹의 국고에서 수백만 달러의 돈을 교묘하게 빼돌렸다고 믿었다.

「우리 그 사람 얘기는 하지 말기로 해요.」 스칼렛이 퉁명스럽게 말했다. 「그야말로 스컹크 같은 존재니까요. 우린 앞으로 어떻게 될까요?」

애슐리는 도끼를 놓고 시선을 돌렸는데, 그의 눈은 스칼렛이 따라가지 못할 어느 머나먼 나라로 떠나가는 듯싶었다.

「글쎄요.」 그가 말했다. 「난 타라의 우리들뿐 아니라 남부 사람들이 다 어떻게 살아갈지가 궁금하군요.」

그녀는 불쑥 〈다른 남부 사람들이야 지옥으로 가건 말건 그게 어쨌다는 소리예요! 우리들이 어떻게 되겠느냐고 물었잖아요?〉라며 쏘아붙이고 싶었지만, 피곤함이 어느 때보다도 더욱 심하게 억눌렀기 때문에 잠자코 참았다. 애슐리는 전혀 도움이 되어 주지를 못했다.

「결국은 한 문명이 붕괴될 때마다 벌어졌던 상황이 다시 벌어지겠죠. 두뇌와 용기를 타고난 사람들은 극복을 하겠고, 그렇지 못한 사람들은 도태를 당하기 마련이에요. 괴터데머룽[34]을 목격한다는 경험은 비록 마음 편한 일은 아니지만 적어도 흥미롭기는 해요.」

「괴터 뭐요?」

「신들의 황혼이라는 말이죠. 불행히도 우리 남부 사람들은 스스로 신이라고 생각했어요.」

「하느님 맙소사, 애슐리 윌크스! 도태당하게 될 사람들이 바로 우리들 자신인 마당에 거기 그렇게 서서 나한테 쓸데없는 얘기만 늘어놓으려고 하나요!」

분격한 그녀의 짜증스러운 어떤 요소가 그의 이성을 꿰뚫은 듯싶어서, 방황하던 정신을 다시 추스르고 애슐리는, 그녀의 두 손을 잡아 찬찬히 들어 올려 손바닥을 위로 젖히고는, 못이 박인 부분을 들여다보았다.

「이것이 내가 알기로는 가장 아름다운 손입니다.」 양쪽 손바닥에 가볍게 차례로 키스를 하며 그가 말했다. 「이 손이 아름다운 까닭은 힘차기 때문이고, 못이 박인 살 하나하나가 훈장이고, 스칼렛, 물집 하나하나는 용기와 희생이 가져다준 대가예요. 스칼렛의 손은 당신 아버지와 동생들과 멜라니와

34 Götterdämmerung. 북구 신화에 나오는 말로 〈신들의 황혼〉이라는 뜻이며, 옛 신들과 세계의 멸망, 즉 새로운 신족(神族)의 발생을 뜻한다.

아기와 흑인들, 그리고 나, 우리 모두를 위해서 거칠어졌어
요. 스칼렛, 난 당신이 무슨 생각을 하는지 알아요. 당신은
〈살아가야 할 사람들이 위기를 맞은 마당에 현실을 알지도
못하는 바보가 여기 서서 죽은 신들에 대한 헛소리만 늘어놓
는구나〉 이렇게 생각하겠죠. 그렇지 않아요?」

애슐리가 그녀의 손을 영원히 놓지 않기를 바라며 스칼렛
이 머리를 끄덕였지만, 그는 손을 놓았다.

「그러면서도 당신은 내가 도움이라도 될 줄 알고 찾아왔
죠. 글쎄요, 난 도울 힘이 없군요.」

도끼와 통나무 무더기 쪽을 쳐다보는 그의 눈에는 수심이
가득했다.

「우리 집은 없어졌고, 너무나 당연하게 생각해서 내가 소
유했다는 사실조차 의식하지 못했던 돈도 다 없어졌어요. 그
리고 내가 속했던 세계가 없어졌기 때문에 나는 지금의 세상
에서는 아무것도 할 능력이 없어요. 하느님의 은총에 따라
어수룩한 농부나마 되기 위해 열심히 배우는 것 말고는 난
당신을 도울 방법이 없어요, 스칼렛. 그리고 그런 정도로는
당신이 타라를 잃지 않게 돕기에는 역부족이겠죠. 이곳에서
당신에게 신세를 지며 살아가는 우리들의 처지가 얼마나 비
참한지를 내가 의식하지 않는 줄 알겠지만 ― 아, 그래요,
스칼렛, 우린 당신에게 신세를 지며 살아가죠. 당신이 착한
마음으로 나를 위해, 그리고 내 가족을 위해 해준 일들에 대
해서 난 절대로 당신에게 보답할 길이 없어요. 난 날이 갈수
록 그걸 점점 더 통렬하게 느낍니다. 그리고 날이 갈수록 나
는 우리에게 닥친 역경을 이겨 나가는 데 있어서 내가 얼마
나 무기력한지를 점점 더 뚜렷하게 깨달아요 ― 현실로부터
위축되는 나의 저주받을 성격 때문에 날이 갈수록 나는 새로

운 현실을 접하기가 점점 더 힘들어져요. 내가 하는 얘기, 무슨 소린지 알겠죠?」

그녀는 머리를 끄덕였다. 스칼렛은 그가 무슨 말을 하는지 별로 확실히 파악하지는 못했지만, 다음 말을 숨 막히게 기다렸다. 애슐리가 그녀에게서 그토록 멀리 떨어져 나간 듯싶은 순간에 그가 속으로 무슨 생각을 하는지에 대해서 스칼렛에게 얘기해 주기는 지금이 처음이었다. 마치 그녀는 무슨 대단한 발견을 하기 직전처럼 흥분했다.

「벌거벗은 그대로의 현실을 보려고 하지 않는 태도 — 그것은 저주예요. 전쟁이 일어나기 전까지, 삶이란 나에게는 커튼에 비친 그림자 연극 이상의 현실감을 주지 못했어요. 그리고 난 그런 쪽을 더 좋아했고요. 난 사물의 윤곽이 지나치게 선명하면 좋아하지를 않았어요. 약간 희미하고, 약간 지워진 모호함을 난 좋아했으니까요.」

그는 말을 멈추고는 마치 엷은 셔츠 속으로 찬 바람이라도 들어간 듯 몸을 약간 부르르 떨며 희미한 미소를 지었다.

「다시 말하면, 스칼렛, 난 겁쟁이예요.」

그림자 연극과 희미한 윤곽에 관한 그의 얘기는 스칼렛에게 아무 의미도 전달하지 못했지만, 마지막 말은 그녀가 아는 어휘였다. 스칼렛은 그의 얘기가 진실이 아님을 알았다. 그에게는 겁쟁이다운 성품이 없었다. 그의 몸에서 나타나는 매끄러운 윤곽과 선은 용감하고 신사다운 남자들이 몇 대에 걸쳐 물려받은 유산이었고, 스칼렛은 그의 전공 기록을 환히 알았다.

「아니에요, 그렇지 않아요! 겁쟁이라면 어떻게 게티즈버그에서 대포 위로 올라가 병사들의 용기를 북돋아 줄 용기를 발휘했겠어요? 장군님께서 손수 겁쟁이에 대한 편지를 멜라니에게 썼겠느냐고요? 그리고 ──」

「그건 용기가 아닙니다.」 그는 피곤한 목소리로 말했다. 「전투란 샴페인이나 마찬가지예요. 전투는 영웅이나 겁쟁이를 따로 가리지 않고 똑같이 빠른 속도로 취하게 만드니까요. 용감하지 않으면 죽어야 하는 전장에서라면 어떤 바보라도 용감해지게 마련이죠. 내가 한 얘기는 의미가 달라요. 그리고 내가 얘기하는 비겁함이란 첫 포성을 듣자마자 도망치는 행동보다도 훨씬 더 나빠요.」

그의 말은 마치 그런 얘기를 하기가 괴로운 듯 힘겹게 천천히 입에서 흘러나왔고, 그는 멀찌감치 떨어져 서서 슬픈 마음으로 자기가 한 얘기를 쳐다보는 사람 같았다. 만일 다른 누가 그런 식으로 말을 했다면, 스칼렛은 이런 반박을 거짓된 겸손함이나 칭찬을 강요하는 위선이라고 여겨서 혐오감을 느끼며 그냥 흘려버렸으리라. 하지만 애슐리는 진심에서 그런 말을 하는 듯싶었고, 그녀가 눈치채지 못한 표정이 그의 눈에 서렸는데 ── 그것은 두려움도 아니었고 사과하고 싶은 미안함도 아니었으며, 불가피하고도 벅찬 어떤 압박감을 이겨 내려는 긴장의 표정이었다. 겨울바람이 그녀의 축축한 발목을 훑었고, 스칼렛은 또다시 몸을 부르르 떨었지만, 그것은 바람 때문이 아니라 그가 한 말이 그녀의 마음속에서 불러일으킨 두려움 때문이었다.

「하지만, 애슐리, 당신은 무엇을 두려워하나요?」

「오, 말로 형언하기 어려운 대상들이죠. 말로 표현하면 아주 우스꽝스럽게 들리는 그런 관념들이요. 삶이 갑자기 너무나 타산적이 되었고, 삶의 단순한 어떤 현실들을 개인적으로, 너무나 개인적으로 직접 대하게 되었다는 절실함이 가장 두렵다고나 할까요. 이곳에서 흙에 파묻혀 통나무를 쪼개야 한다는 신세를 내가 못마땅하게 여긴다는 뜻은 아니지만, 그것이 상징하는 바가 나는 마음에 걸립니다. 나는 내가 사랑했던 옛 삶의 아름다움이 상실되었다는 현실이 무척 답답해요. 스칼렛, 전쟁이 터지기 전에는 삶이 아름다웠어요. 옛 삶에서는 찬란함이 넘쳤고 — 희랍의 완벽함과 완전성과 조화가 존재했었죠. 어쩌면 누구에게나 다 그렇지 않았을는지는 몰라요. 난 지금에야 그 점을 깨달았어요. 하지만 나에게는 열두 참나무 집에서 산다는 것이, 그 삶이 정말로 아름다웠습니다. 나는 그런 삶에 잘 어울렸어요. 나는 그 삶의 한 부분이었습니다. 그런데 이제 과거의 삶은 사라졌고, 새로운 삶에서는 내가 끼여 들어갈 자리가 없고, 난 그래서 두려워하죠. 이제야 나는 옛날에 내가 보았던 세상이 그림자 연극이었다는 사실을 알게 되었어요. 나는 그림자가 아닌 모든 대상, 그러니까 지나치게 현실적이거나 지나치게 생명력이 넘치는 사람들과 상황들을 꺼렸어요. 나는 그런 요소들이 나의 현실에 끼어들면 못마땅하게 생각했으니까요. 나는 당신도 피하려고 했어요, 스칼렛. 당신은 삶으로 충만했으며, 지나치게 현실적이었던 반면에, 난 그림자와 꿈을 더 좋아할 정도로 겁쟁이였어요.」

「그렇다면 — 그렇다면 — 멜리는 어땠는데요?」

「멜라니는 꿈처럼 부드러웠고, 내 꿈의 한 부분이었어요. 그리고 만일 전쟁만 터지지 않았더라면 나는 열두 참나무 집에 파묻혀 흘러가는 삶을 흐뭇하게 구경만 하고, 현실적인 삶에는 전혀 참여하지 않으면서 행복하게 한평생을 보냈을 겁니다. 하지만 전쟁이 터지고 나니까 참된 삶의 모습이 그대로 내 앞으로 밀어닥쳤어요. 내가 겪은 첫 전투에서 — 스칼렛도 기억하겠지만 난 불런에서 처음 전투에 임했는데 —

거기서 나는 어릴 적 친구들이 갈기갈기 찢겨 나가는 광경을 보았고, 죽어 가는 말이 지르는 비명 소리를 들었고, 내가 쏜 총에 맞은 사람들이 고꾸라지며 입으로 피를 쏟는 장면을 보았고, 속이 뒤집히는 끔찍한 기분을 느꼈어요. 하지만 전쟁에서 내가 겪은 가장 쓰라린 경험은 그런 것들이 아니에요, 스칼렛. 전쟁에서 내가 가장 싫어했던 대상은 내가 같이 생활해야만 했던 사람들이죠.

나는 평생 동안 사람들로부터 나 자신을 은둔시켰고, 몇 명 안 되는 친구들을 세심하게 선택해서 사귀었어요. 하지만 꿈속의 사람들만이 살아가는 나 혼자만의 세계를 내가 창조했었다는 사실을 전쟁이 나에게 깨우쳐 주었어요. 전쟁은 인간이 정말로 무엇인지를 나에게 가르쳐 주었지만, 그들과 어떻게 같이 살아가야 하는지는 가르쳐 주지 않았습니다. 그리고 난 그런 지혜를 절대로 터득하지 못하리라는 걱정이 드는군요. 지금 나는 아내와 아기를 먹여 살리기 위해서 나하고는 아무런 공통점도 없는 사람들의 세계로 뛰어들어 내 길을 개척해 나가야만 한다는 걸 알아요. 당신은, 스칼렛, 정면에서 삶을 향해 달려들어 뿔을 휘어잡고 당신 마음대로 비틀어요. 하지만 지금의 세상에서 내가 들어가 박힐 구석을 찾아내려면 어디로 가야 할까요? 솔직히 얘기하지만 나는 두려워요.」

그녀가 이해하지 못하리라고 지레 맥이 빠진 애슐리가 쓸쓸하게 얘기를 이어 가는 카랑카랑하고 나지막한 목소리에 귀를 기울이며, 스칼렛은 여기저기서 몇 마디씩 낚아서 주워 모아 그가 전하려는 의미가 무엇인지를 파악하려고 애썼다. 하지만 그의 입에서 나온 어휘들은 야생의 새들처럼 그녀의 손을 벗어나 날아가 버렸다. 무엇인가 그를 몰아댔고, 잔인

하게 채찍질을 하며 무엇인가 그를 몰아댔지만, 스칼렛은 그
것이 무엇인지 이해가 안 갔다.

「나 혼자만의 그림자 연극이 끝나 버렸다는 참담한 현실
을 내가 의식하게 된 시점이 언제인지는 나도 모르겠어요,
스칼렛. 아마도 불런 전투에서의 처음 5분 동안이었거나, 내
가 죽인 첫 번째 사람이 땅바닥으로 쓰러지는 모습을 본 순
간이었는지도 모르죠. 어쨌든 그때부터 나는 나의 삶이 다
끝났고, 더 이상 나는 구경꾼으로 살아가지 못하리라는 생각
이 들었어요. 그래요, 나는 한 사람의 배우가 되어 커튼 위에
다 몸짓을 비추기 위해 덧없는 시늉을 계속하는 나 자신을
갑자기 발견했어요. 나의 내면에 담긴 작은 세계는, 나하고
생각하는 바가 다른 사람들, 그들의 행동 규범이 나에게는
호텐토트족[35]의 관습만큼이나 낯선 사람들에게 침범을 당했
고, 한꺼번에 무너져 버렸어요. 그들은 지저분한 발로 내 세
계를 온통 짓밟아 놓았고, 견디기 어려울 정도로 사태가 나
빠졌을 때 내가 피할 단한 곳이라곤 아무 데도 없었어요. 포
로수용소에서 지낼 때 난 이런 생각도 했답니다. 전쟁이 끝
난 다음 나는 옛 삶과 옛꿈으로 되돌아가면 그만이고, 그러
면 또다시 그림자 연극을 구경하게 되리라. 하지만, 스칼렛,
난 되돌아갈 곳이 없어요. 그리고 우리가 당면한 현실은 전
쟁보다도 고통스럽고, 수용소보다도 고통스럽고, 그리고, 나
에게는 죽음보다도 고통스럽고 ─ 그러니까 이렇게, 스칼
렛, 난 두려워하기 때문에 벌을 받는 거예요…….」

「하지만, 애슐리.」 당혹의 진퇴유곡에 빠져서 허우적거리
며 스칼렛이 말문을 열었다. 「당신이 두려워하면 우린 굶어
죽어야 하고 ─ 그러니까 ─ 그러니까, 오, 애슐리, 우린 어

35 남아프리카의 토인.

떻게 해나가게 되겠죠! 잘되리라고 난 믿어요!」

　잠깐 동안 그녀에게로 되돌아온 애슐리의 수정처럼 맑은 회색 눈에서는 휘둥그레진 감탄의 표정이 드러났다. 그러더니 갑자기 그의 두 눈은 다시금 아득해졌고, 스칼렛은 굶주림에 대한 생각을 그가 조금도 하지 않았음을 깨닫고 마음이 무거워졌다. 그들은 항상 서로 다른 언어로 얘기를 나누는 사람들 같았다. 하지만 스칼렛은 그를 너무나 사랑했기 때문에, 지금처럼 애슐리가 뒤로 물러설 때면, 마치 따스한 해가 지고 그녀는 싸늘한 석양 녘 이슬 속에 혼자 남는 느낌이 들었다. 스칼렛은 그의 어깨를 움켜잡아 껴안고는, 애슐리로 하여금 그녀가 피와 살로 이루어진 인간이며, 그가 책에서 읽었거나 꿈을 꾸었던 그런 존재가 아니라는 점을 인식시키고 싶었다. 워낙 오래전 일이기는 하지만, 그가 유럽에서 돌아와 타라 농장의 계단에 서서 그녀를 올려다보며 미소를 지었던 날 이후로, 스칼렛이 계속 갈망해 온 애슐리와의 일체감을 느끼게만 된다면 얼마나 좋겠는가.

　「굶주림은 유쾌한 일이 못 되죠.」 그가 말했다. 「나도 굶주려 봤기 때문에 알지만, 난 그걸 두려워하지는 않아요. 나는 사라져 버린 우리들의 옛 세계가 지녔던 넉넉한 아름다움이 결여된 삶을 직시하기가 두려울 따름이에요.」

　멜라니는 그가 하는 이런 말의 뜻을 알아들으리라고, 스칼렛은 절망적으로 생각했다. 멜리와 애슐리는 걸핏하면 시나, 책이나, 꿈이나, 달빛이나, 황홀한 별 무리 따위 바보 같은 소리를 늘 주고받았다. 집요하게 괴롭히는 굶주림이나, 차가운 겨울바람이나, 타라에서 축출을 당하는 따위, 스칼렛이 두려워하는 현실을 그는 두려워하지 않았다. 애슐리는 그녀가 전혀 알지 못하고 상상도 못 하는 어떤 두려움 앞에서 위축되었다. 하느님의 이름으로 묻겠는데, 황폐한 세상에서 굶주림과 추위와 집을 빼앗긴다는 고통 이외에 도대체 무엇을 두려워해야 한다는 말인가?

그런데도 스칼렛은 열심히 귀를 기울이기만 한다면, 애슐리에 대한 해답을 얻으리라고 생각했었다.

「그런가요!」 스칼렛이 말했는데, 그녀의 목소리에서는 아름답게 포장한 꾸러미를 열어 보고는 텅 비었음을 알아낸 아이 같은 실망감이 엿보였다. 그녀의 어조를 듣고 애슐리는 사과라도 하는 듯 서글픈 미소를 지었다.

「이런 소리를 늘어놓아서 미안해요, 스칼렛. 당신은 두려움의 의미를 모르기 때문에 난 스칼렛을 이해시킬 방법이 없어요. 당신은 심장이 사자처럼 용맹하고, 상상력은 철저히 결여되었는데. 난 그 두 가지 성품이 다 부러워요. 당신은 현실에 맞서기를 조금도 꺼리지 않고, 나처럼 현실에서 도피하려고 하지도 않아요.」

「도피 말인가요!」

그가 한 얘기 가운데 그녀가 이해할 만한 말은 바로 그 한마디뿐인 듯싶었다. 그녀와 마찬가지로 애슐리는 투쟁에 지쳤고, 도피하고 싶었다. 그녀는 숨결이 빨라졌다.

「오, 애슐리」 그녀가 소리쳤다. 「당신 얘기는 틀렸어요. 나도 도망치고 싶어요. 나도 모든 일에 무척이나 지쳤으니까요.」

그는 믿어지지 않아서 눈썹이 치켜 올라갔고, 스칼렛은 흥분해서 뜨거워진 손을 얼른 그의 팔에 얹었다.

「내 말 들어요.」 어휘들이 마구 뒤엉키며 입에서 한꺼번에 쏟아져 나오는 듯 스칼렛은 빠른 속도로 얘기를 시작했다. 「정말이지, 난 세상만사에 너무나 지쳤단 말이에요. 뼛속까지 지쳐서 난 더 이상 견딜 여력이 없어요. 난 식량이나 돈을 구하려고 발버둥을 쳤고, 잡초를 뽑고 호미질도 하고 목화도 땄는가 하면, 심지어는 1분도 더 견디지 못할 정도가 될 때까지 밭을 갈기도 했어요. 정말이에요, 애슐리, 남부는 죽었어요! 죽어 버렸다고요! 양키들하고 해방된 노예들 그리고 카펫배거들이 다 차지해 버려서, 우리들에게는 아무것도 남지를 않았어요. 애슐리, 우리 같이 도망가요!」

그는 스칼렛의 표정을 살펴보려고 머리를 숙이고는, 불타는 듯 새빨개진 그녀의 얼굴을 날카로운 눈으로 쳐다보았다.

「그래요, 우리 도망쳐요 ─ 그들은 다 남겨 두고요! 난 남들을 위해서 일하는 데 신물이 났어요. 누군가 그들을 돌봐 주겠죠. 스스로 자신을 돌보지 못하는 사람들을 돌보는 사람은 항상 나타나게 마련이에요. 오, 애슐리, 당신하고 나, 우리 도망쳐요. 우린 멕시코로 가면 돼요 ─ 멕시코 군대에서는 장교들이 필요하고, 거길 가면 우린 굉장히 행복하게 살 수 있어요. 난 당신을 위해서 일하겠어요, 애슐리. 난 당신을 위해서라면 무엇이라도 다 하겠어요. 당신이 멜라니를 사랑하지 않는다는 건 당신도 스스로 알고 ─」

충격을 받은 표정으로 그가 무슨 말을 하려고 했지만, 스칼렛이 폭포처럼 쏟아 내는 얘기에 휩쓸려 입을 열 틈이 없었다.

「그날 당신은 멜라니보다 나를 더 사랑한다고 그러셨는데, 오, 그날을 당신도 기억하시겠죠! 그리고 당신 마음이 변하지 않았다는 걸 난 알아요! 당신이 변하지 않았다는 걸 난 안다고요! 그리고 조금 전까지만 해도 당신은 멜라니가 한낱 꿈에 지나지 않는다는 말을 했고 ─ 오, 애슐리, 우리 어디로 멀리 떠나요! 난 당신을 굉장히 행복하게 해드리겠어요. 그리고 뭐니 뭐니 해도 말이에요.」 그녀는 표독스럽게 덧붙여 말했다. 「멜라니는 더 이상 아이를 — 폰테인 박사 얘기로는 멜라니가 더 이상 아이를 낳지 못한다고 그랬는데, 나는 당신에게 —」

그는 아플 정도로 그녀의 어깨를 꽉 잡았고, 스칼렛은 숨을 몰아쉬며 말을 멈추었다.

「우린 열두 참나무 집에서의 그날을 잊기로 했잖아요.」

「당신은 내가 그 사건을 언젠가는 잊으리라고 생각하셨나요? 당신은 잊으셨어요? 당신은 나를 사랑하지 않는다는 말을 솔직하게 하실 자신이 있나요?」

그는 심호흡을 한 차례 하더니 재빨리 대답했다.

「그래요. 난 당신을 사랑하지 않아요.」

「그건 거짓갈이에요.」

「비록 거짓갈이라고 해도, 우리는 그런 얘기를 하면 안 돼요.」 음산하게 조용한 목소리로 애슐리가 말했다.

「그렇다면 —」

「만일 내가 멜라니와 아기를 다 미워한다고 해도, 당신은 두 사람을 내가 버리고 떠나리라고 정말 생각해요? 멜라니의 마음을 아프게 하면서요? 친구들에게 신세를 지며 살아가라고 두 사람 다 맡겨 두고요? 스칼렛, 당신 미쳤어요? 당신은 마음속에 의리라는 인식이 조금도 없나요? 당신은 아버지하고 동생들을 버려두고 떠나면 안 돼요. 멜라니와 보우는 내가 책임을 져야 하듯, 당신은 그들에 대한 책임을 져야 하고, 당신이 지쳤건 안 지쳤건 간에 그들은 현실로서 존재하고, 당신은 그들에 대한 짐을 짊어져야 해요.」

「난 그들을 버리고 떠날 마음이 굴뚝같고 — 난 그들이 지겹고 — 그들에게 신물이 났고 —」

애슐리는 그녀에게로 몸을 기울였고, 순간적으로 스칼렛

은 그가 자기를 품에 안으려나 보다 하는 생각에 정신이 번쩍 들었다. 하지만 그는 스칼렛의 팔을 토닥거려 주고 아이를 달래는 듯한 어조로 얘기만 하고 말았다.

「당신이 지치고 힘겨워한다는 건 나도 알아요. 그래서 당신은 이런 얘기를 하는 거예요. 당신은 남자 세 사람이 걸머져야 마땅한 짐을 혼자 떠맡았으니까요. 하지만 난 당신을 도와주겠고 — 나라고 해서 언제까지나 그렇게 서투른 —」

「당신이 나를 도와주는 길은 오직 하나뿐이에요.」 그녀가 무감각하게 말했다. 「그건 나를 이곳에서 먼 곳으로 데리고 가서, 우리들이 어디에서인가 새로운 출발을 하도록, 행복을 찾도록 기회를 마련하는 것이죠. 아무것도 우리들을 여기 붙잡아 두지는 못할 테니까요.」

「아무것도 붙잡아 두지 못하겠죠.」 그는 조용히 말했다. 「아무것도요 — 명예만 아니라면요.」

욕망이 좌절을 당한 그녀는 애슐리를 물끄러미 쳐다보았고, 그녀는 초승달을 닮은 그의 속눈썹이 잘 영근 밀처럼 얼마나 짙고 풍요한 황금빛인지를 새삼스럽게 인식했으며, 맨살을 드러낸 목 위로 그가 머리를 얼마나 꼿꼿하고 당당하게 치켜들었는지를 보았고, 비록 괴이한 누더기를 걸치기는 했지만 날씬하면서도 꼿꼿한 몸매에서는 조상의 핏줄과 위엄이 얼마나 뚜렷하게 드러나는지를 다시금 깨달았다. 아무것도 숨기지 않고 솔직하게 애원하는 그녀의 눈길 그리고 잿빛 하늘 밑 산속의 호수처럼 아득한 그의 눈 — 두 사람의 시선이 마주쳤다.

스칼렛은 그의 눈에서 자신의 엉뚱한 꿈이, 그녀의 미친 듯한 욕망이 패배를 당했다는 사실을 깨달았다.

상심을 하고 맥이 풀린 나머지 스칼렛은 두 손으로 얼굴을 감싸고 울었다. 애슐리는 그녀가 우는 모습을 여태껏 한 번도 본 적이 없었다. 애슐리는 그녀처럼 패기가 넘치는 여자들에게서도 눈물이 나리라는 가능성을 한 번도 믿어 본 적이 없었고, 그래서 따뜻한 자책의 감정이 그의 마음속에서 북받쳐 올랐다. 그는 재빨리 스칼렛에게로 가서, 어느새 그녀를 품에 안고는, 그녀의 검은 머리를 가슴에 누르고 흔들어 주면서 위로했고, 〈우리 스칼렛! 우리 용감한 스칼렛, 이러지 말아요! 당신이 울면 안 돼요!〉라고 속삭였다.

그의 손길이 닿는 순간, 그가 움켜쥔 손아귀에서 자신의 마음이 일으키는 변화를 스칼렛은 스스로 느꼈고, 그가 품에 안은 가냘픈 몸 안에서는 광기(狂氣)와 마력이, 그리고 그를 올려다보는 초록빛 눈에서는 뜨겁고도 부드러운 광채가 발산되었다. 갑자기 침울한 겨울이 사라졌다. 애슐리에게도 반쯤 잊었던 봄이 다시 찾아와서, 푸른 수목이 바스락거리고 속삭이는 화창한 기운이 살아났고, 그의 몸은 자유분방한 시절의 안이하고도 나른한 계절에 느꼈던 젊음의 뜨거운 욕망을 기억해 냈다. 그 후에 찾아왔던 쓰라린 세월은 멀리 사라졌으며, 그의 입술을 향해 올라오며 떨리는 붉은 입술을 애슐리는 보았고, 그는 그녀에게 키스했다.

그녀의 귀에서는 바닷가 조가비를 갖다 대었을 때처럼 묘하게 나지막하고도 우렁찬 소리가 들려왔고, 그러자 스칼렛은 자신의 가슴이 빠르게 두근거리는 쿵쿵 소리를 희미하게 들었다. 그녀의 몸은 애슐리의 몸속으로 녹아 들어가는 듯싶었고, 시간이 정체한 얼마 동안 그들은 한 덩어리가 되었으며, 영원히 만족을 모르는 그의 굶주린 입술은 그녀의 입술을 빨아들였다.

애슐리가 갑자기 그녀를 놓아주자, 스칼렛은 혼자 서서 버

티기가 힘들다고 느끼며, 몸을 지탱하려고 울타리를 꽉 움켜
잡았다. 그녀는 사랑과 승리감이 이글거리는 눈을 들어 그를
쳐다보았다.

「당신은 정말로 나를 사랑해요! 당신은 정말로 나를 사랑
해요! 그렇다고 말하세요 ― 그렇다고 말하세요!」

애슐리의 두 손은 아직도 그녀의 어깨를 놓지 않았고, 스
칼렛은 그의 손이 떨리는 감촉을 느꼈으며, 그녀는 이 떨림
을 사랑했다. 그녀는 들뜬 마음으로 그에게 몸을 내밀었지
만, 애슐리는 그녀를 멀리 밀어내더니, 몽롱하고 아득한 표정
이 흔적도 없이 사라진 눈으로, 투쟁과 절망에 시달리는 괴
로운 눈으로 그녀를 쳐다보았다.

「그러지 말아요!」 그가 말했다. 「그러지 말아요! 만일 당신
이 그러면 난 지금 당신을, 이 자리에서, 차지하고 말아요.」

그녀는 자신의 입술에 닿았던 애슐리의 입술에 대한 기억
이외에는 시간이나 장소나 모든 것을 망각한 채로, 밝고 뜨
거운 미소를 지었다.

갑자기 애슐리는 그녀를 흔들었고, 그녀의 검은 머리카락
이 어깨로 마구 흩어져 쏟아질 때까지 그녀를 흔들었고, 마
치 그녀에 대해서 ― 자신에 대해서 광란의 분노를 느끼는
듯 그녀를 흔들었다.

「우린 이래서는 안 돼요!」 그가 말했다. 「정말이지, 우리들
은 이러면 안 돼요!」

애슐리가 다시 한 번만 더 흔들었다가는 그녀의 목이 부러
지기라도 할 것만 같았다. 머리카락이 스칼렛의 눈앞을 가렸
고, 그의 행동 때문에 그녀는 얼이 빠졌다. 그녀는 몸을 비틀
어 빼고는 그를 노려보았다. 그의 이마에 자그마한 땀방울들
이 맺혔고, 두 주먹은 고통스러운 듯 불끈 쥐었다. 그는 회색

눈으로 뚫어져라고 그녀를 빤히 쳐다보았다.

「이건 다 내 잘못이고 —— 당신 잘못은 하나도 없고, 난 멜라니하고 아기를 데리고 이곳을 떠날 테니까 절대로 다시는 이런 사고가 일어나지 않을 거예요.」

「떠나요?」 고뇌에 빠-진 그녀가 소리쳤다. 「오, 아니에요!」

「그래요, 하느님의 이름으로 맹세하겠어요! 이런 일이 벌어진 다음에도 당신은 내가 이곳에 머물리라고 생각해요? 혹시 이런 일이 다시 벌어지면 ——」

「하지만, 애슐리, 당신은 가면 안 돼요. 왜 당신이 가야만 하나요? 당신은 날 사랑하고 ——」

「내 입을 통해서 꼭 얘기를 들어야만 되겠어요? 좋습니다, 내가 말하죠. 난 당신을 사랑해요.」

애슐리가 갑자기 야수적인 태도로 몸을 내밀며 덮쳐 오자, 스칼렛은 움찔해서 울타리 쪽으로 뒷걸음질을 쳤다.

「난 당신을 사랑하고, 당신의 용기와 집념과 정열과 철저한 무자비함을 사랑해요. 내가 얼마나 당신을 사랑하느냐고요? 어찌나 많이 사랑하는지 조금 전에 난 나하고 내 가족을 보살펴 준 집의 친절을 저버리고, 어떤 남자도 얻지 못했던 지극히 훌륭한 아내를 망각하고, 하마터면 여기 흙바닥에서 당신을 마치 ——」

스칼렛은 흔란한 생각 속에서 허우적거렸고, 고드름이 꿰뚫기라도 한 듯 마음속에서 싸늘한 고통을 느꼈다. 그녀는 더듬거리며 말했다. 「만일 당신이 그런 감정을 느꼈다면, 그러면서도 나를 차지하지 않았다면, 그렇다면 당신은 나를 사랑하는 게 아니에요.」

「난 전혀 당신에게 이해를 시킬 수가 없어요.」

그들은 입을 다물고 서로 물끄러미 쳐다보았다. 갑자기 스칼렛은 몸을 부르르 떨었고, 마치 머나먼 여행에서 돌아온 것처럼, 지금은 때가 겨울이요, 밭들은 썰렁하고 그루터기만 남아 황량하다는 현실을 깨달았으며, 아주 춥다고 느꼈다. 또한 스칼렛은 그녀가 너무나 잘 알았던 옛날의 초연한 얼굴로 애슐리가 되돌아왔고, 그의 얼굴도 역시 겨울이어서, 아픔과 회한으로 쓸쓸해졌음을 깨달았다.

스칼렛은 당장 몸을 돌이켜 그를 남겨 두고 안식처를 찾아 집으로 도망칠 수도 있었겠지만, 너무 피곤해서 움직일 기력이 없었다. 말을 하기조차 힘들고 짜증스러웠다.

「남은 게 하나도 없어요.」 마침내 그녀가 말했다. 「나에게는 아무것도 남지 않았다고요. 사랑할 대상도 없어졌고요. 무엇을 위해서 싸울 대상도 없어요. 당신은 떠나갔고, 타라도 떠나가려고 해요.」

애슐리는 한참 동안 그녀를 쳐다보았고, 그러더니 허리를 굽혀, 땅바닥에서 붉은 흙 한 덩어리를 집어 들었다.

「아니에요, 무언가 남아 있기는 합니다.」 그가 말했고, 옛 미소의 희미한 자취가, 그녀뿐 아니라 자기 자신을 조롱하는 미소가 다시 그의 얼굴로 찾아왔다. 「당신 자신은 모르겠지만, 당신이 나보다도 훨씬 사랑하는 무엇이죠. 당신에게는 아직 타라가 남았어요.」

애슐리는 맥이 풀린 그녀의 손을 잡아 축축한 흙을 쥐여 주고는 그녀의 손가락으로 흙을 감싸고 꼭 눌렀다. 이제는 그의 손, 그리고 그녀의 손에서도 뜨거운 열기가 사라졌다. 스칼렛은 잠깐 동안 붉은 흙을 쳐다보았는데, 흙은 그녀에게 아무런 의미가 없었다. 스칼렛은 그를 쳐다보았고, 그에게는 그녀의 정열적인 두 손, 그리고 어떤 손으로도 찢어 놓기가 불가능한 순수하고 성실한 영혼이 존재함을 어렴풋하게 깨

936

달았다.

　그는 목숨을 잃는 한이 있어도 절대로 멜라니를 버리지 않을 남자였다. 비록 죽음의 날까지 스칼렛 때문에 마음이 불타 버리더라도 그는 절대로 스칼렛을 차지하지 않겠고, 그녀와 거리를 두려고 노력하리라. 스칼렛은 절대로 그의 갑옷을 다시는 뚫고 들어가지 못하리라. 친절이나 성실성이나 명예 따위의 어휘들은 스칼렛보다 그에게 훨씬 더 많은 의미를 지녔다.

　손에 쥔 흙이 차가웠고, 그녀는 다시금 흙을 쳐다보았다.
「그래요.」그녀가 말했다. 「나에게는 아직 이것이 남았어요.」
　처음에는 그 말이 스칼렛에게 아무런 의미도 전달하지 못했고, 흙은 그냥 붉은 흙에 지나지 않았다. 하지만 자기도 모르는 사이에 타라를 둘러싼 붉은 흙의 바다가 그녀의 머리에 떠올랐는데, 타라의 흙은 얼마나 소중하며, 그것을 지키려고 그녀는 얼마나 힘든 투쟁을 벌였고 — 앞으로도 땅을 지키고 싶으면 얼마나 고생스러운 싸움을 치러야 하는지를 새삼스럽게 깨달았다. 스칼렛은 다시금 그를 쳐다보았고, 뜨거운 감정의 홍수가 어디로 사라져 버렸는지 의아한 생각이 들었다. 모든 감정이 증발해 없어졌기 때문에, 스칼렛은 애슐리나 타라에 대해서 생각을 하기는 했지만, 아무것도 느낄 수가 없었다.

　「당신은 떠날 필요가 없어요.」그녀가 또렷한 말투로 얘기했다. 「내가 당신 품으로 몸을 던졌다는 한 가지 이유 때문에 내가 당신들을 굶겨 죽이지는 않을 테니까요. 그런 일은 다시는 없을 거예요.」

　그녀는 몸을 돌리더니, 머리카락을 목덜미에 틀어 붙이고, 울퉁불퉁한 밭을 가로질러 집을 향해 걸어가기 시작했다. 애슐리는 그녀가 멀어져 가는 뒷모습을 지켜보았고, 활짝 편 작고도 가냘픈 어깨를 보았다. 그리고 그녀가 한 무슨 말보다도 애슐리는 그 자세 때문에 그녀를 믿기로 했다.

제32장

　그녀는 아직도 붉은 흙덩어리를 손에 움켜쥔 채로 앞 계단을 올라갔다. 어딘가 굉장히 허전한 분위기를 그녀의 표정에서 어멈의 날카로운 눈이 틀림없이 눈치챌 터여서, 스칼렛은 일부러 뒷문을 피했다. 어멈은 물론 어느 누구도 스칼렛은 만나고 싶지 않았다. 그녀는 누구를 본다거나 누구하고 얘기를 했다가는 더 이상 견디지 못하리라는 기분이 들었다. 무릎에서 기운이 빠진 그녀는 이제 수치심이나 실망이나 고통은 조금도 느끼지 않았고, 마음속의 엄청난 공허감만을 느낄 따름이었다. 그녀는 움켜쥔 주먹 사이로 흘러나올 정도로 흙을 꽉 움켜쥐었고, 앵무새처럼 자꾸 거듭해서 말했다. 「나에게는 아직 이것이 남았어. 그래, 나에게는 아직 이것이 남았어.」

　몇 분 전만 해도 찢어진 손수건처럼 그녀가 서슴지 않고 팽개쳐 버리려고 했던 흙, 붉은 흙 이외에는 아무것도, 그녀에게는 아무것도 없었다. 흙은 이제 다시금 그녀에게 소중해졌고, 무슨 광증에 사로잡혔기에 그녀가 그토록 단단히 흙을 쥐고 있을까 스칼렛은 무감각하면서도 의아한 생각이 들었다. 만일 애슐리가 그녀의 제안을 받아들였더라면 스칼렛은 그와 함께 멀리 떠났겠고, 뒤도 안 돌아보고 가족과 친구들을 버렸겠지만, 그녀는 다정하고 붉은 언덕과 길고 침식된 골짜기와 앙상하고 시커먼 소나무들을 두고 떠난다면, 훗날 무척 마음이 아프리라는 사실을 지금은 허망한 기분 속에서도 알았다. 죽는 날까지 그녀의 머릿속에서는 그런 것들에 대한 추억이 목마르게 떠오르리라. 마음속에서 타라의 뿌리가 뽑혀 버린 허전한 공백은 애슐리라고 해도 채워 줄 수가 없었다. 애슐리는 얼마나 현명하고, 얼마나 그녀를 잘 알았던가! 스칼렛에게 제정신을 차리게 하려면, 그는 축축한 흙을 그녀의 손에 쥐여 주기만 하면 그만이었다.

스칼렛은 현관에서 문을 닫으려고 하다가, 말발굽 소리를 듣고 몸을 돌려 마찻길을 내려다보았다. 하필이면 이런 때 손님이 찾아오다니 정말 견디기 힘든 노릇이었다. 그녀는 얼른 방으로 가서 두통이 일어났다는 핑계를 대야 되겠다고 생각했다.

하지만 승용 마차가 더 가까이 오자 그녀는 어찌나 놀랐는지 몸을 피할 생각을 집어치웠다. 그것은 광택을 내서 번쩍거리는 새 마차였고, 마구도 여기저기 윤을 낸 놋쇠 장식이 달린 신품이었다. 틀림없이 낯선 사람이리라. 그녀가 아는 사람들 중에는 아무도 그토록 멋지고 새로운 마차와 마구 일체를 장만할 돈을 가진 사람이 없었다.

축축하게 젖은 발목에서 치맛자락을 찬 바람에 펄럭이며 그녀는 문간에 서서 지켜보았다. 그러자 집 앞에서 마차가 멈추었고, 조너스 윌커슨이 내렸다. 스칼렛은 타라 농장의 노예 감독이었던 사람이 어떻게 그토록 훌륭한 마차를 타고 왔는지 알 길이 없었고, 그토록 멋진 외투를 걸친 감독의 모습을 보고 어찌나 놀랐는지 잠깐 동안 눈이 믿어지지 않을 지경이었다. 노예 해방청에서 새 일자리를 얻은 후로 그가 상당히 흥청거리며 돌아다닌다는 얘기를 그녀는 이미 윌로부터 들었다. 깜둥이들이나 정부 양쪽을 기웃거리며 사기를 치기도 하고, 사람들에게서 목화를 몰수하고는 그것이 남부 동맹 정부의 목화라고 주장해 가면서 그가 돈깨나 벌었노라고 윌이 말했다. 이런 어려운 시기에 분명히 그는 정직한 방법으로는 그렇게 많은 돈을 벌어들이지 못했으리라.

그런데 지금 그는 이곳에 나타나서, 우아한 마차에서 먼저 내려, 한껏 차려입은 여자의 손을 잡아 부축하여 내려 주었다. 스칼렛은 여자의 옷이 촌스러울 정도로 눈부신 빛깔이라고 한눈에 판단했지만, 그러면서도 탐욕스러운 그녀의 눈길은 옷에서 떨어질 줄을 몰랐다. 멋을 부린 새 옷을 그녀가 구경이나마 했던 것은 한없이 까마득한 옛날이었다. 그렇구나! 금년에는 별로 넓지 않은 버팀살이 유행인 모양이야, 붉은 빛깔의 바둑판무늬 가운을 훑어보며 그녀는 생각했다. 그리고 검정 벨벳 겉외투를 보니, 상의가 얼마나 짧아졌는가! 그리고 모자는 또 얼마나 희한한가! 뻣뻣하게 굳어 버린 빵떡처럼 여자의 머리 꼭대기에 달랑 얹어 놓게 만든 저 모자, 해괴하고 납작하며 빨간 벨벳으로 멋지게 꾸민 저 모자를 보니, 둥근 모자는 틀림없이 유행에서 밀려난 모양이었다. 둥근 모자처럼 턱 밑에다 끈을 잡아매는 대신, 납작한 모자는 뒤쪽으로 흘러내려 묵직한 덩어리를 이룬 뒤통수 아래쪽에 턱 끈을 묶었는데, 어쨌든 저 여자의 머리카락은 빛깔이나 결이 모자하고는 전혀 어울리지 않는다고 스칼렛은 역겨워했다.

여자가 땅으로 내려서서 집 쪽을 쳐다보자, 스칼렛은 하얀 분을 더덕더덕 바른 토끼 같은 얼굴이 어딘가 낯익다그 생각했다.

「저런, 에미 슬래터리로구나!」 너무 놀라서 그녀는 자기도 모르게 말이 입 밖으로 튀어나왔다.

「그래요, 부인, 나예요.」 뻔뻔스럽고 배은망덕한 미소를 짓고 건방지게 머리를 젖히며 층계 쪽으로 오면서 에미가 말했다.

에미 슬래터리! 엘렌이 영세를 해주었던 사생아를 낳은 황갈색 머리의 추잡하고 창녀 같은 계집, 엘렌에게 장티푸스를 옮겨 죽게 했던 에미였다. 옷차림이 지나치게 요란하고, 천박하고, 가난한 백인 쓰레기의 하찮은 나부랭이가 마치 이곳이 자기 집인 양 히죽거리고 으스대며 타라의 층계를 올라오려고 했다. 스칼렛은 어머니가 생각났고, 오한이 일어난 듯 온몸이 떨릴 정도로 강렬하고 살인적인 분노가, 감정이 텅 비었던 그녀의 마음속으로 별안간 왈칵 몰려들었다.

「층계에 발을 올려놓지 마, 쓰레기 같은 년.」 그녀가 소리쳤다. 「이곳에서 나가! 나가라니까!」

에미는 갑자기 입이 딱 벌어졌고, 잔뜩 얼굴을 찌푸리며 뒤따라 올라오던 조너스를 힐끗 쳐다보았다. 화가 났음에도 불구하고 그는 그래도 체면을 지키려고 애를 썼다.

「내 아내한테 그런 식으로 얘기하면 안 됩니다.」 그가 말했다.

「아내라고?」 스칼렛은 경멸이 넘치는 웃음을 터뜨리며 말했다. 「저 여자를 당신이 아내로 맞아야 할 때도 되기는 되었지. 우리 어머니를 죽인 다음에 낳은 다른 새끼들은 누가 영세를 해주었어?」

에미는 〈어머!〉라고 소리치고는 황급히 계단에서 뒷걸음질을 쳐 내려갔지만, 마차로 도망치는 그녀의 팔을 조너스가 거칠게 왈칵 낚아채어 세웠다.

「우린 방문차 ── 친구로서 우호적인 방문을 하려고 여기까지 찾아왔어요.」 그가 호통을 쳤다. 「그리고 옛 친구 사이에 사업 얘기라도 좀 나누고 ──」

「친구요?」 스칼렛의 목소리는 채찍으로 치는 것 같았다. 「우리들이 언제 당신 같은 것들하고 친구였나요? 슬래터리 집안은 우리 집에 빌붙어 살았고, 그에 대한 보답으로 우리 어머니를 돌아가시게 했고 ── 그리고 당신은 ── 당신은 ── 에미가 낳은 아비 없는 자식 때문에 아버지가 당신을 쫓아냈는데, 그건 당신도 잘 알잖아요. 친구들이라고요? 벤틴 씨와 윌크스 씨를 부르기 전에 어서 냉큼 농장에서 나가요.」

그 말을 듣고 에미는, 그녀를 움켜잡은 남편의 손아귀에서 몸을 잡아 빼더니 마차로 도망쳐서, 위쪽이 눈부신 붉은 빛깔이며 빨간 술이 달린 에나멜가죽 장화를 번쩍거리면서 기어 올라갔다.

이제는 조녀스도 스칼렛 못지않게 격분해서 부르르 떨었고, 그의 핼쑥한 얼굴은 성난 수컷 칠면조처럼 새빨개졌다.

「아직도 기개가 당당하시군요, 안 그래요? 어쨌든 난 당신에 관해서는 환히 다 알아요. 난 당신이 변변한 신발조차 없다는 걸 알아요. 난 당신 아버지가 백치가 되었다는 것도 알고 ──」

「당장 이곳에서 썩 나가!」

「오, 당신이 그런 식으로 큰 소리를 칠 날도 얼마 남지 않았어요. 난 당신이 파산했다는 걸 알아요. 난 당신이 세금조차 낼 능력이 없다는 것도 알죠. 그래서 난 농장을 사겠다는 제안을 하려고, 제대로 값을 주고 사겠다는 좋은 제안을 하려고 여길 찾아왔어요. 에미는 이곳에서 살고 싶다는 꿈을 간직해 왔거든요. 하지간 하느님의 이름으로 맹세하겠는데,

이제는 난 당신한테 단 한 푼도 못 주겠어요! 세금 때문에 농장이 매각 처분을 당하고 나면 잘난 체하는 늪지대 출신 당신네 아일랜드 사람들도 이곳에서 누가 과연 주인 노릇을 하게 될지 깨닫겠죠. 그리고 난 이 농장을 자물쇠, 가축, 술통할 것 없이 모조리 사버리고, 가구까지도 몽땅 사서 이곳에서 살 겁니다.」

그러니까 타라를 호시탐탐 노렸던 인물은 바로 조너스 윌커슨 — 그들이 괄시를 당했던 집에 살면서, 과거의 굴욕으로부터 명예를 회복하고 싶어 하는, 무슨 비뚤어진 욕망을 채우고 싶어 하는 조너스와 에미였다. 수염을 잔뜩 기른 양키의 얼굴에다 권총을 들이밀고 쏘아 버렸던 날이나 마찬가지로, 스칼렛은 증오심으로 온몸의 신경이 지끈거렸다. 그녀는 지금 당장 권총이 있었으면 좋겠다고 생각했다.

「나는 이 집을 모조리, 마지막 돌멩이 하나까지 깨뜨려 버리고, 불을 지르고, 구석구석 소금을 뿌리기 전에는 두 사람가운데 누구라도 이 집 문턱에 발을 들여놓는 꼴을 보지 않겠어.」 그녀는 소리를 질렀다. 「나가라니까! 나가!」

조너스는 그녀를 노려보고 또 무슨 말을 하려다가 마차 쪽으로 걸어갔다. 그는 훌쩍훌쩍 흐느끼는 아내 옆으로 기어올라가서 마차를 돌렸다. 그들이 마차를 몰고 출발하자 스칼렛은 그들에게 침을 뱉고 싶은 충동을 느꼈다. 그리고 정말로 침을 내뱉었다. 스칼렛은 천박하고 어린애 같은 짓인줄은 알았지만, 어쨌든 그러니까 기분이 훨씬 좋아졌다. 그녀는 그들이 보는 앞에서 그랬더라면 기분이 훨씬 더 좋았으리라고 생각했다.

깜둥이들 편이나 들어 주는 저주받아 마땅한 자들이 감히이곳에 나타나 그녀의 땅을 놓고 스칼렛에게 건방진 소리를 하다니! 사냥개 같은 조너스는 타라 농장에 대한 값을 제대로 치를 의사가 전혀 없었다. 그는 농장을 사겠다는 구실을 내세워 이곳으로 찾아와 그녀의 눈앞에서 에미와 함께 뽐내고 싶었을 따름이었다. 더러운 스캘라웩들, 형편없이 가난한 쓰레기 같은 백인들이 타라에서 살겠다고 수작을 부리다니!

그러자 스칼렛은 갑자기 공포감에 사로잡혔고, 분노가 가라앉았다. 귀신 속곳 같으니라고! 그들은 정말로 이곳에 와서 살게 될지도 모를 일이었다! 그들이 타라를 사들이지 못하도록 막을 방법이 도대체 아무것도 없었고, 거울과 탁자와 침대, 반짝거리는 엘렌의 마호가니 자단 가구를 그들이 차압하지 못하게 막을 방법이 없었다. 비록 양키 약탈자들에 의해서 흠집이 나기는 했어도 그 물건들은 하나같이 그녀에게 더없이 소중했으며, 그리고 로비야르 집안의 은식기도 마찬가지였다. 그들이 그런 짓을 하도록 난 가만히 앉아서 당하지는 않겠어, 스칼렛은 흥분해서 생각했다. 그렇다, 집에다 불을 싸지르는 한이 있더라도 그렇게는 못 한다! 어머니가 한 번이라도 발을 디뎠던 마룻바닥에는 에미 슬래터리가 한 치라도 절대로 발을 들여놓지 못하리라!

그녀는 문을 닫고, 그 문에 몸을 기댔다. 무척 겁이 났다. 셔먼의 군대가 집 안으로 들어오던 날보다도 그녀는 더 무서웠다. 그날 스칼렛이 두려워했던 가장 끔찍한 일은 그녀가 집 안에 갇힌 채 타라가 불타 버리는 것이었다. 하지만 천박하고 보잘것없는 인간들이 이 집에 들어와서 살며, 마찬가지로 천박하고 보잘것없는 친구들에게 그들이 거만한 오하라 가족을 어떻게 몰아냈는지 자랑을 늘어놓는다면, 그것은 훨씬 더 고통스러우리라. 어쩌면 그들은 흑인들까지도 이곳으로 데리고 와서 같이 먹고 자고 할지도 모른다. 윌이 그녀에

게 해준 얘기로는 조너스가 흑인과 백인이 동등하다는 헛소
리를 꽤나 열심히 늘어놓고, 흑인들과 식사도 같이하고, 그
들의 집을 찾아가기도 하고, 그들을 자기 마차에 태워 어깨
를 끌어안고는 같이 돌아다닌다고 했다.

타라에 대한 이런 결정적인 모욕의 가능성이 머리에 떠오
르자, 그녀는 심장이 어찌나 심하게 뛰는지 숨도 제대로 쉴
수가 없었다. 그녀는 눈앞에 닥친 문제에 정신을 집중하려고
애를 썼으며, 무슨 돌파구를 찾아내려고 했지만, 겨우 정신
을 가다듬기만 하면 다시금 폭발하는 분노와 두려움이 그녀
를 휘둘렀다. 틀림없이 무슨 돌파구가 있고, 그녀에게 돈을
꾸어 줄 사람이 어디엔가 틀림없이 있을 터였다. 세상의 돈
이 몽땅 바람에 날아가 버리고 바닥이 났을 리는 결코 없다.
누구인가는 틀림없이 돈을 움켜쥐고 있으리라. 그러자 그녀
는 애슐리가 웃으며 하던 말이 생각났다.

「돈을 쥐고 있는 사람이라고는 오직 한 사람, 레트 버틀러
뿐이죠.」

레트 버틀러. 그녀는 얼른 응접실로 들어가서 문을 닫았
다. 창 가리개를 내려놓아서 침침한 어둠과 겨울 석양빛이
그녀를 감쌌다. 스칼렛은 방해를 받지 않으며 생각해 볼 시
간이 필요했는데, 아무도 그녀를 이곳에서 찾아낼 생각은 못
하리라. 방금 그녀의 머리에 떠올랐던 묘안은 어찌나 간단했
는지, 스칼렛은 왜 진작 그런 생각을 못 했을까 의아할 정도
였다.

「난 레트에게서 돈을 구하겠어. 그에게 다이아몬드 귀고리
를 팔아야지. 아니면 그에게서 돈을 꾸고, 내가 갚을 때까지
귀고리를 잡아 두라고 하면 될 거야.」

잠깐 동안 그녀는 기운이 빠질 정도로 깊은 안도감을 느

껐다. 그녀는 세금을 내고 조너스 윌커슨을 면전에서 비웃어 주리라. 하지만 이렇게 흐뭇한 생각에 뒤이어서 무자비한 현실이 머리에 떠올랐다.

〈내가 세금을 낼 돈이 필요한 건 금년뿐이 아냐. 내년도 마찬가지고, 내가 죽을 때까지 해마다 세금을 내야 해. 만일 이번에 내가 그럭저럭 세금을 치르고 나면 그들은 나를 몰아낼 때까지 다음에는 점점 더 세금을 올리겠지. 만일 목화를 많이 수확하더라도 그들은 나한테 돈이 한 푼도 안 남을 만큼 세금을 부과하겠고, 아니면 그게 남부 동맹 정부의 목화라고 하면서 공공연히 몰수할지도 몰라. 양키들하고 불한당 같은 놈들이 한편이 되어, 그들이 원하는 대로 나를 궁지로 몰아넣었어. 죽는 날까지, 평생 동안 나는 무슨 방법으로든 그들에게 당하지나 않을까 두려워하며 살아가겠지. 평생 동안 나는 겁에 질려 돈을 긁어모으느라고 고생만 하고, 죽을 지경으로 일을 하겠지만, 그래 봤자 다 헛수고여서, 내 목화도 빼앗기겠고……. 겨우 세금이나 내겠다고 3백 달러만 빌려 온다면 그건 미봉책에 지나지 않아. 내가 원하는 바는 곤경에서 영원히 벗어나고 — 그래서 내일, 그리고 내달, 그리고 내년에는 나한테 무슨 일이 닥칠까 하는 따위의 걱정을 하지 않으며 잠자리에 들고 싶다는 거야.〉

그녀의 머리는 쉬지 않고 재깍재깍 돌아갔다. 그녀의 두뇌 속에서는 냉정하고 논리적인 계획이 펼쳐졌다. 스칼렛은 가무잡잡한 피부와는 대조적으로 이빨이 새하얗게 반짝이고, 냉소적인 검은 눈으로 그녀를 어루만지고는 했던 레트를 생각했다. 그녀는 공방전이 끝나 가던 무렵 어느 무더운 날 밤, 애틀랜타 피티 고모의 집 포치에서, 여름의 어둠 속에 반쯤 몸이 잠긴 채 앉아 있던 그의 모습이 머리에 떠올랐고, 그가

〈나는 지금까지 원했던 어떤 여자보다도 훨씬 더 당신을 원하고 — 난 어떤 여자를 위해 기다렸던 것보다 당신을 위해 더 오랫동안 기다려 왔어요〉라고 말하며 팔을 잡았던 그의 손에서 느껴진 열기를 다시금 느꼈다.

〈난 레트와 결혼하겠어.〉 스칼렛은 차분하게 생각했다. 〈그러면 난 다시는 돈 때문에 걱정을 안 해도 돼.〉

다시는 돈 걱정을 하지 않고, 타라가 안전해지며, 가족이 먹을거리와 옷 걱정을 하지 않아도 되고, 그녀가 다시는 돌담에 부딪혀 멍이 들지 않아도 된다는 생각을 하니, 천국의 희망보다도 감미로운 기쁨, 오, 이토록 복된 기쁨!

그녀는 굉장히 늙은 기분이 들었다. 처음에는 세금에 관한 놀라운 소식으로 시작해서 애슐리, 그리고는 마지막으로 조너스 윌커슨에 대한 그녀의 살인적인 분노에 이르기까지, 오늘 오후의 여러 사건은 그녀에게서 감정을 고갈시켰다. 그렇다, 그녀의 마음속에는 아무런 감정도 남지를 않았다. 만일 무엇인가를 느끼는 능력이 철저히 고갈되지만 않았더라면 그녀의 마음속에서는 무엇인가, 이런 계획이 머릿속에서 형태를 갖추어 가는 동안 무엇인가 반발했을 텐데, 그것은 스칼렛이 세상에서 어느 누구보다도 레트를 더 미워했기 때문에 당연히 느껴야 하는 반발이었다. 하지만 그녀는 아무것도 느낄 능력이 없었다. 그녀는 겨우 생각만 할 따름이었으며, 그것도 아주 실질적인 생각만 했다.

〈길에서 우리들을 버리고 그가 떠났던 날 밤에 난 그에게 좀 심한 소리를 했지만, 난 그런 일쯤은 레트가 잊어버리게 만들 자신이 있어.〉 남자를 매혹시키는 자신의 힘을 아직도 자신하며 그녀는 경멸하는 마음으로 생각했다. 〈그 사람 앞에서 내가 시치미를 떼면 그만이지. 난 항상 그를 사랑했지만 그날 밤에는 그저 흥분하고 겁이 나서 그랬을 따름이라고 그가 생각하도록 만들겠어. 오, 남자들이란 워낙 잘난 체하는 존재들이어서, 조금만 칭찬을 해주면 무슨 말이든지 모조리 믿는다니까……. 난 그를 손에 넣을 때까지는 타라에서 우리들이 어떤 궁지에 몰렸는지 전혀 상상도 못 하도록 막아야 해. 오, 그가 비밀을 알았다가는 큰일이 나지! 우리들이 얼마나 가난한지 어렴풋이 눈치만 채더라도 그는 내가 원하는 대상이 자기가 아니라 돈이라는 사실을 알게 될 테니까. 하기야 피티 고모도 이곳 사정이 이렇게까지 심한 줄은 모르니까, 레트도 도저히 알아낼 길이 없겠지. 그리고 결혼을 하고 나면 그는 꼼짝없이 우리들을 도와주겠고. 그는 아내의 가족이 굶어 죽게 그냥 내버려 둘 남자가 아니거든.〉

그의 아내. 레트 버틀러 부인. 그녀의 냉정한 생각 밑에 깊이 파묻혔던 어떤 역겨움이 힘없이 잠시 꿈틀거리다가는 잠잠해졌다. 그녀는 찰스와의 짤막한 신혼 생활 동안에 그녀를 더듬거리던 그의 손길과, 그의 어색한 태도와, 납득이 가지 않았던 그의 감정 따위 난처하고도 역겨운 일들이 ― 그리고 웨이드 햄프턴이 생각났다.

〈난 지금은 그런 생각을 하고 싶지 않아. 그런 건 결혼부터 하고 난 다음에 걱정하겠어…….〉

레트와 결혼을 한 다음에. 종이 울리듯 기억이 되살아났다. 등골이 오싹해졌다. 그녀는 또다시 피티 고모의 집 포치에서의 그날 밤이 생각났고, 그녀에게 청혼을 할 생각이냐고 레트에게 물어보았던 일이 생각났고, 정말로 얄밉게 웃으며 그가 〈난 결혼을 좋아하는 남자가 아니니까요〉라고 했던 말이 생각났다.

만일 그가 아직도 결혼할 생각이 없다면 어쩌나. 그녀가 아무리 매력과 책략을 동원하더라도 그가 결혼을 안 하겠다고 버티면 어쩌나. 만일, 오 생각만 해도 너무나 끔찍한 일이었지만! ── 만일 레트가 그녀를 완전히 잊어버리고 어떤 다른 여자를 쫓아다닌다면 어쩌나.

〈나는 지금까지 원했던 어떤 여자보다도 훨씬 더 당신을 원하고…….〉

스칼렛은 손톱이 손바닥을 파고들 정도로 주먹을 꽉 쥐었다. 〈만일 그가 나를 잊었다면, 난 그가 다시 나를 기억하게끔 만들겠어. 난 그가 다시금 나를 원하도록 만들겠어.〉

그리고 만일 그가 결혼을 하고 싶지 않으면서도 그녀를 변함없이 원한다면, 돈을 긁어낼 방법은 그래도 있었다. 어쨌든 그는 언젠가 스칼렛더러 그의 정부가 되어 달라고 청했었다.

침침한 응접실의 잿빛 어둠 속에서 스칼렛은 그녀의 영혼을 가장 강하게 속박하는 세 가지 관계 ── 엘렌의 추억과, 그녀가 믿는 종교의 가르침, 그리고 애슐리에 대한 사랑과 짧고도 치열한 투쟁을 벌였다. 스칼렛은 평온하고도 까마득히 먼 천국에서까지도 틀림없이 어머니가 딸의 머릿속에서 오가는 계략을 흉악하다고 생각하리라는 사실을 알았다. 그녀는 간음이 대죄임을 알았다. 그리고 그녀는 애슐리를 사랑하면서도 그런 마음을 먹는다면 그것은 매음이나 마찬가지라고 생각했다.

하지만 이런 걱정들은 그녀의 무자비하게 냉정한 이성과 절망의 채찍에 쫓겨 밀려났다. 어머니는 죽었고, 어쩌면 죽음은 최악의 상황까지도 용납할지 모를 일이었다. 종교는 지옥의 불이라는 고통을 동원하여 간음을 금했지만, 만일 타라를 구하고 가족이 굶어 죽지 않도록 구하기 위해 스칼렛이 온갖 수단을 다 쓰지 않으리라고 교회가 믿는다면 ── 그렇다, 죄

따위는 교회가 걱정하게 내버려 두자. 그녀는 가만히 앉아서 당하고 싶지는 않았다. 적어도 지금은. 그리고 애슐리는 — 애슐리는 그녀를 원하지 않았다. 아니다, 그는 그녀를 원했다. 그녀의 입에 닿았던 따스한 입술의 감촉이 남긴 기억이 그녀에게 진실을 일깨워 주었다. 하지만 그는 절대로 그녀를 데리고 멀리 도망칠 남자가 아니었다. 이상하게도 애슐리와 도망친다는 행위가 조금도 죄로 여겨지지 않았지만, 레트하고는 —.

겨울날 저녁의 어두컴컴한 황혼 속에서 그녀는, 애틀랜타가 함락되던 밤에 시작되었던 기나긴 여로의 끝에 이르렀다. 그 길을 떠났을 때의 스칼렛은 제멋대로 굴고, 이기적이고, 경험도 없는 소녀여서, 젊음이 넘치고, 감정이 따스하고, 삶 때문에 쉽게 당황했었다. 길의 끝에 이른 지금 그녀에게는 그런 소녀 시절에서 아무것도 남지를 않았다. 굶주림과 힘든 일, 두려움과 끊임없는 긴장감, 전쟁의 공포와 재편입에 따른 공포는 그녀에게서 따스함과 젊음과 부드러움을 송두리째 앗아 갔다. 그녀 존재의 알맹이 둘레에는 딱딱한 껍질이 형성되었고, 끝없이 길기만 했던 여러 달 동안 조금씩 조금씩, 껍질은 한 켜 그리고 또 한 켜 두꺼워졌다.

하지만 바로 얼마 전까지만 해도 그녀로 하여금 버티며 앞으로 나아가도록 만든 희망이 두 가지 남았었다. 그녀는 전쟁이 끝났으니까 삶이 서서히 옛 모습을 되찾으리라는 희망을 간직해 왔었으며, 또 하나는 애슐리가 돌아오면 삶이 어떤 의미를 지니게 되리라는 희망이었다. 이제는 그 두 가지 희망이 다 사라졌다. 타라의 앞마당에 나타난 조너스 윌커슨의 모습을 보자, 스칼렛은 그녀에게는 그리고 적어도 남부 사람들에게는 전쟁이 절대로 끝나지 않았다는 사실을 깨달았다. 가장 참혹한 싸움이, 가장 무자비한 보복이 막 시작되려는 참이었다. 그리고 애슐리는 어떤 감옥보다도 견고한 어휘들 속에 영원히 갇힌 몸이었다.

평화는 그녀에게 실망을 안겨 주었으며, 애슐리도 그녀에게 실망을 가져다주었고, 두 가지 실망이 같은 날 그녀를 찾아왔고, 그것은 마치 껍질의 마지막 빈틈이 메워지고, 마지막 켜가 굳어진 셈이었다. 그녀는 폰테인 할머니가 그렇게 되어서는 안 된다고 경고했던 인간이 되었고, 최악의 사태를 경험했기 때문에 두려워할 대상이 완전히 없어진 그런 여자가 되었다. 그녀는 삶도, 어머니도, 사랑의 상실도, 남들의 견해도 두렵지가 않았다. 오직 굶주림에 관해서 그녀가 꾸었던 악몽만이 두려움을 주었다.

옛 시절 그리고 옛 스칼렛에 그녀를 속박시키던 모든 관계와 결별하자고 마침내 마음을 굳히고 나니까 이제는 묘한 해방감이, 묘하게 경쾌한 기분이 그녀를 사로잡았다. 그녀는 결정을 내렸고, 하느님에게 감사할 일이었지만, 그래서 두려움을 느끼지 않았다. 그녀는 잃어야 할 대상이 없었고, 그래서 결심을 굳힌 터였다.

레트를 설득하고 결혼에 성공만 하게 된다면 만사가 완벽해지리라. 하지만 만일 그녀의 뜻대로 안 된다면, 그렇다, 어쨌든 그녀는 그래도 꼭 돈을 긁어내고야 말리라. 그녀는 잠간 동안 정부 노릇을 하려면 어떻게 해야 잘하는 것일까 하고 막연한 호기심을 느끼며 궁금해했다. 워틀링이라는 여자와 그가 살림을 차렸다고 사람들이 그러던데, 레트는 스칼렛에게도 애틀랜타에다 살림을 차리자고 고집할까? 그녀를 애틀랜타에서 살게 하려면 그는 대가를 많이 치러서, 타라에 그녀가 없다는 데 대한 결손을 충분히 메울 정도의 돈을 내야 하리라. 스칼렛은 남자들의 삶에 대해서 모르는 부분이 너무 많고 무지했기 때문에, 앞으로 어떤 상황이 벌어질지를 알 길이 없었다. 또 그녀는 아기를 낳아야 하는지 여부도 궁금했다. 아기를 낳는다는 것은 분명히 끔찍한 일이었다.

〈난 지금은 그런 생각을 안 하겠어. 그건 나중에 생각해야지.〉 그러고는 결심이 흔들릴까 봐 그녀는 마음이 내키지 않는 생각은 머릿속에서 멀리 쫓아 버렸다. 그녀는 식구들에게 오늘 밤에 애틀랜타토 가서 돈을 꾸어 오도록 해보고, 필요하다면 밭을 저당 잡히겠다고 둘러댈 생각이었다. 그들이 그렇지 않다는 진실을 알아내게 될 못된 날이 닥칠 때까지는 그들에게 더 이상 얘기를 해줄 필요도 없었다.

적극적으로 행동을 취하겠다는 생각을 하며 그녀는 머리를 높이 들고, 어깨를 활짝 폈다. 이것은 쉬운 일이 아님을 그녀는 알았다. 전에는 레트가 그녀에게 청하는 쪽이었고, 그녀는 우세한 입장이었다. 지금은 그녀가 거지였고, 거지는 어떤 상황에서도 조건을 내세울 처지가 못 되었다.

〈하지만 난 거지로서 그를 찾아가지는 않겠어. 난 은혜를 베푸는 여왕처럼 갈 테야. 그 사람은 절대로 모를 테니까.〉

스칼렛은 창문 사이에 걸린 높다란 거울로 가서 머리를 높이 치켜들고 자신의 모습을 비춰 보았다. 그리고 그녀는 도금을 하고 금이 간 거울 속에서 낯선 여자를 보았다. 그녀는 1년 만에 처음으로 자신의 모습을 보는 듯싶었다. 그녀는 아침마다 얼굴이 깨끗하고 머리가 단정한지 확인하려고 거울을 힐끗 보기는 했지만, 다른 일들 때문에 늘 바삐 쫓기던 몸이어서 자신의 모습을 눈여겨본 적이 없었다. 하지만 저 낯선 여자! 야위고 뺨이 푹 꺼진 저 여자는 분명히 스칼렛 오하라가 아니었다. 스칼렛 오하라의 얼굴은 예쁘고, 귀엽고, 활기가 넘쳤다. 그녀가 노려보는 저 얼굴은 전혀 예쁘지도 않았고, 그녀가 생생하게 기억하는 매력도 전혀 갖추지 않았다. 그녀의 얼굴은 창백하고 긴장했으며, 눈꼬리가 올라간 초록빛 눈 위의 까만 눈썹은 겁이 난 새의 날개처럼, 잔뜩 놀라서 하얀 살갗으로부터 치솟았다. 그녀의 얼굴에는 딱딱하게 굳어 버린 쫓기는 표정만이 남았다.

〈난 그를 사로잡을 만큼 예쁘지를 않아!〉 다시금 절망에 빠지며 스칼렛은 생각했다. 〈난 야위었어 ─ 오, 난 너무나 말랐어!〉

그녀는 뺨을 토닥거려 보았고, 바스크 가슴 옷 위로도 뚜렷하게 느껴지는 쇄골도 미친 듯 만져 보았다. 그리고 젖가슴도 너무 작아서, 거의 멜라니의 젖가슴만큼이나 작았다. 스칼렛은 그런 속임수를 동원하는 처녀들을 항상 경멸했었으면서도 이제는 자기도 가슴이 더 커 보이게끔 주름 장식을 달아야만 했다. 주름 장식을 달다니! 그러자 또 다른 문제가 생각났다. 옷이었다. 그녀는 자신이 입은 옷을 내려다보고, 꿰맨 치마폭을 두 손으로 활짝 펼쳤다. 레트는 유행에 따라 옷을 멋지게 입는 여자들을 좋아했다. 그녀는 상을 치르고 난 다음 처음으로 입었던 주름 장식이 달린 초록빛 드레스를, 레트가 구해서 갖다 준 깃털이 달린 초록빛 둥근 모자를 곁들여 입었던 드레스를 생각하며 아쉬움을 느꼈고, 그가 흡족해하며 늘어놓았던 찬사가 생각났다. 그녀는 또한 에미 슬래터리의 납작한 빵떡모자와 꼭대기가 빨갛고 술이 달린 장화와, 빨간 바둑판무늬 드레스가 생각나자, 증오심이 부러움으로 더욱 날카로워졌다. 그것들은 야하기는 했지만 새것이고, 유행을 따랐기 때문에 확실히 눈길을 끌기는 했다. 그리고, 오, 스칼렛은 얼마나 눈길을 끌고 싶어 했던가! 특히 레

954

트 버틀러의 눈길을! 낡은 옷을 걸친 그녀를 본다면 그는 타라에서 형편이 잘못 돌아간다는 눈치를 금방 채게 되리라. 하지만 그가 알아서는 안 된다.

목이 앙상하고, 눈은 굶주린 고양이 같고, 너덜너덜한 옷을 걸친 주제에 애틀랜타로 가서 말만 하면 그가 호락호락 끌려오리라고 생각했으니, 그녀는 얼마나 어리석은가! 가장 아름다운 옷을 소유했고, 가장 아름다웠을 때도 그에게서 청혼을 받아 내지 못했으면서, 어떻게 그녀는 추하고 초라한 지금의 모습으로 그에게서 청혼을 받기를 바라는가? 만일 미스 피티의 얘기가 맞다면, 그는 틀림없이 애틀랜타에서 어느 누구보다도 돈이 많겠고, 좋은 여자 나쁜 여자 따질 필요도 없이 아마도 가장 아름다운 여자들을 마음대로 골라잡았으리라. 그러나 대부분의 아름다운 여자들에게 없는 무엇인가를 나는 가지고 있는데 ─ 그건 이렇게 단단히 다져 먹은 마음이지, 그녀는 앙칼지게 생각했다. 그래, 만일 좋은 옷 한 벌만 구한다면 ─.

타라에는 좋은 옷이 없었고, 두 번 뒤집어 꿰매지 않은 옷도 없었다.

〈다 틀렸어.〉 울적한 마음으로 마룻바닥을 내려다보며 그녀는 생각했다. 그녀는 수많은 장병들이 그 위에서 잤기 때문에 이제는 낡아 빠지고, 발에 긁혀서 찢어지고, 얼룩이 난 이끼처럼 초록빛인 엘렌의 벨벳 융단을 보았고, 융단을 보니까 타라도 그녀만큼이나 너덜너덜해졌다는 사실을 의식하게 되어 더욱 가슴이 답답해졌다. 어두워지는 방 전체가 마음을 울적하게 만들었고, 창가로 간 그녀는 유리창을 들어 올리고, 덧문의 빗장을 풀어 겨울 석양의 마지막 빛이 방으로 들어오게 했다. 그녀는 창문을 닫고는 머리를 벨벳 커튼에 기대고 음침한 목초지 너머로 시커먼 삼나무들이 자라는 묘지 쪽을 건너다보았다.

이끼처럼 초록빛인 벨벳 커튼은 뺨에 닿아 까칠까칠하면서도 보드랍게 느껴졌고, 그녀는 고양이처럼 커튼에 기분 좋게 얼굴을 비벼 댔다. 그러더니 갑자기 그녀는 커튼을 노려보았다.

잠시 후에 그녀는 무거운 대리석을 위에 덮은 무거운 책상을 잡아끌며 마룻바닥을 가로질러 갔다. 다리에 달린 녹슨 바퀴가 움직이지 않으려고 버티며 삑삑 비명 소리를 냈다. 그녀는 창문 밑으로 책상을 굴리고 가서는, 치마폭을 가다듬어 잡고, 위로 기어 올라가 발돋움을 하고 묵직한 커튼 가로막대로 손을 뻗었다. 막대는 겨우 손이 닿을 정도여서 스칼렛은 신경질적으로 커튼을 휙 낚아챘고, 못들이 나무에서 뽑히며 커튼이 가로 막대째로 몽땅 덜그럭거리고 마룻바닥으로 떨어졌다.

마술의 힘에 의한 듯 응접실 문이 슬그머니 열리더니, 넓적하고도 검은 어멈의 얼굴이 나타났는데, 호기심으로 솔깃해서 주름살마다 지극히 깊은 의혹을 뚜렷하게 드러내는 표정이었다. 책상 위에서 조심스럽게 몸의 균형을 잡고, 치마를 무릎 위까지 걷어 올리고, 당장이라도 마루로 뛰어내릴 자세를 취한 스칼렛을 어멈은 못마땅한 표정으로 쳐다보았다. 흥분했으면서도 당당한 스칼렛의 얼굴을 보고 어멈은 노골적으로 불신감을 내비쳤다.

「엘렌 마님 커튼 무어 할 꿍꿍이예요?」 그녀가 물었다.

「문밖에서 엿본 꿍꿍이속은 또 뭐죠?」 잽싸게 마룻바닥으로 뛰어내려 묵직하고 먼지투성이인 커튼을 거두며 스칼렛이 물었다.

「그거 이거 상관없다 하는 일이에요.」 전투태세를 갖추며 어멈이 반박했다. 「나무에서 가로 막대 냅다 잡아 빼고, 먼지 더러운 바닥 막 떨어뜨리고 엘렌 마님 커튼 그러면 못써요. 엘렌 마님 저 커튼 대단하다 생각했고, 나 그런 식 망쳐 놓는 거 가만히 보겠다 생각 아니에요.」

스칼렛은 초록빛 눈을, 들뜨고 즐거운 표정이 담긴 눈을, 어멈이 한숨을 지으며 자주 회상하는 좋았던 옛 시절의 말썽꾸러기 계집아이처럼 보이는 눈을 어멈에게로 돌렸다.

「다락방으로 얼른 뛰어 올라가서 내 옷본들을 넣어 둔 상자를 갖다 줘요, 어멈.」 어멈을 가볍게 밀어내며 그녀가 소리쳤다. 「난 새 옷을 지어야 해요.」

어멈은 다락방은커녕 어느 곳이라도 90킬로그램이 넘는 육중한 몸을 끌고 뛰어간다는 생각만 해도 그러려니와, 괘씸한 의혹이 어렴풋이 떠오르자 더욱 화가 치밀었다. 그녀는 재빨리 커튼 자락을 스칼렛에게서 낚아채고는, 마치 무슨 성물(聖物)이라도 되는 듯 거대하고 축 늘어진 젖가슴에 끌어안았다.

「엘렌 마님 커튼 갖고 새 옷 만들겠다 궁리한 모양인데, 그거 안 될 일이에요. 내 목숨 끊어진다 하기 전 어림없어요.」

젊은 여주인의 얼굴에서는 어멈이 속으로 〈황소고집〉이라고 부르고 싶은 그런 표정이 잠깐 스쳤고, 그러더니 못마땅한 표정은 어멈으로서는 도저히 저항하기가 어려운 미소로 바뀌었다. 하지만 나이가 많은 어멈은 그런 미소에 넘어가지를 않았다. 그녀는 미스 스칼렛이 얼렁뚱땅 넘기려고 미소를 짓는다는 사실을 알았고, 이번 문제만큼은 절대로 넘어가지 않으리라고 마음을 단단히 먹었다.

「어멈, 그렇게 심술부리지 말아요. 난 돈을 좀 구하려고 애틀랜타로 나갈 생각인데, 새 옷이 필요해서 그래요.」

「새 옷 미스 스칼렛 안 필요해요. 다른 여자들 새 옷 가지고 안 있어요. 여자들 헌 옷 입고, 헌 옷 떳떳이 입는다 그래요. 엘렌 마님 딸이다 하면 떳떳하다 그러면서 누더기 못 입을 이유 없고, 그래도 사람 비단옷 입었다 마찬가지 존경해요.」

황소처럼 고집스러운 표정이 다시금 슬그머니 스칼렛의 얼굴에 나타났다. 이거 세상에, 미스 스칼렛, 나이 더 먹는다 하니까 점점 제럴드 주인님 비슷하고, 엘렌 마님 점점 덜 비슷해지는 거 정말 희한하구나!

「자, 어멈, 이번 토요일에 미스 패니 엘싱이 결혼한다고 피티 고모님이 편지했다는 건 어멈도 알고, 물론 그래서 난 결혼식에 가야 해요. 그리고 난 입고 갈 새 옷이 필요해요.」

「지금 입은 옷 미스 패니 결혼식 드레스 마찬가지 훌륭해요. 미스 피티 편지에 엘싱 집안 굉장히 가난하다 그랬어요.」

「하지만 난 새 옷이 필요해요! 어멈, 우리들에게 얼마나 돈이 필요한지를 어멈은 몰라요. 세금만 해도 ─」

「예, 마님, 나 세금 얘기 다 안다 하지만 ─」

「안다고요?」

「뭐예요, 마님, 하느님 나한테 귀 준 거 들으라 준 거예요, 안 그래요? 더구나 윌 주인님 신경 써 문 닫는다 하는 법 절대로 없는데 말이에요.」

어멈이 엿듣지 않는 얘기가 하나도 없다는 말일까? 스칼렛은 마룻장이 흔들릴 정도로 육중한 몸으로도 엿듣고 싶은 마음만 먹으면 어떻게 어멈이 그토록 들짐승처럼 살금살금 잘도 돌아다니는지 궁금했다.

「그래요, 얘기 다 들었다면 아마 조너스 윌커슨하고 에미라는 여자가 ─」

「예, 마님.」이글거리는 눈으로 어멈이 말했다.

「그래요, 고집 피우지 말아요, 어멈. 난 애틀랜타로 가서 세금을 낼 돈을 구해야 한다는 사정을 모르겠어요? 난 돈을 구해야만 해요. 난 그래야만 한다니까요!」그녀는 자그마한 두 주먹을 서로 마주쳤다.「하느님의 이름으로 맹서하겠는데, 어멈, 그들은 우릴 길바닥으로 쫓아낼 테고, 그렇게 되면 우린 어디로 가죠? 우리 어머니를 돌아가시게 한 쓰레기 같은 에미 슬래터리가 이 집으로 들어와 어머니가 주무시던 침대에서 자겠다고 야단인 마당에, 어머니의 커튼 같은 하찮은 문제를 놓고 말다툼이라도 하자는 얘긴가요?」

어멈은 마음이 불안한 코끼리처럼 체중을 한쪽 다리에서 다른 다리로 옮겨 실었다. 그녀는 자신이 설득에 넘어가고 있다는 막연한 기분이 들었다.

「아니에요, 마님, 나 엘렌 마님 집 쓰레기 들어온다 하는 거, 또 우리 길바닥 쫓겨난다 하는 거 원한다 아니지만 ──」그녀는 갑자기 꾸짖는 눈초리를 스칼렛에게 고정시켰다.「누구한테 돈 구한다 생각에 새 옷 필요하다 그래요?」

「그거요.」흠칫해서 스칼렛이 말했다.「그건 내가 알아서 할 일이죠.」

스칼렛이 어렸을 때 나쁜 짓을 하고는 그럴듯한 핑계를 둘러대려다가 실패할 때면 늘 그랬듯이, 어멈은 그녀를 뚫어지라고 노려보았다. 어멈은 그녀의 마음속을 환히 읽어 냈고, 자신이 계획하는 행동에 대한 죄의식에 처음으로 찔끔해진 스칼렛은 자기도 모르게 눈을 떨구었다.

「그러니까 미스 스칼렛, 돈 꾼다 위해 완전 새 옷 필요하군요. 그렇다 얘기 나 옳게 안 들려요. 그리고 돈 어디서 나느냐 얘기도 못 한다 그거죠.」

「난 아무 얘기도 안 하겠어요.」스칼렛이 짜증스럽게 말했다. 「그건 내가 알아서 처리할 일이니까요. 커튼 이리 내놓고, 옷 만드는 일은 도와주는 거죠?」

「그래요, 마님.」스칼렛의 마음속에서 온갖 의심을 불러일으킬 만큼 고분고분하게 돌변한 태도로 어멈이 조용히 말했다. 「나 옷 만든다 돕고 휘장 공단 안감 가지고 속치마 만들고, 레이스 커튼 가지고 속바지 한 벌 만들겠어요.」

어멈은 벨벳 커튼을 다시 스칼렛에게 넘겨주었고, 영악한 미소가 그녀의 얼굴에 번졌다.

「미스 멜리, 같이 란타에 간다 하나요, 미스 스칼렛?」

「아뇨.」무슨 얘기가 나오려는지 깨닫고 스칼렛이 날카롭게 말했다. 「나 혼자 가요.」

「그거 혼자 생각이죠.」어멈이 단호하게 말했다. 「하지만 나 미스 스칼렛하고 새 옷하고 함께 가요. 그래요, 나 옆에서 잠깐 안 떨어져요.」

스칼렛은 순간적으로 애틀랜타로 가서 덩치가 크고 시커먼 케르베로스[36]처럼 어멈이 뒤에 딱 버티고 서서 눈을 부라리며 감시하는 가운데 그녀가 레트와 대화를 나누는 장면을 상상해 보았다. 그녀는 다시 미소를 짓고 어멈의 팔에다 손을 얹었다.

「어멈, 나하고 같이 가서 도와주겠다는 마음만큼은 갸륵하지만, 어멈이 없으면 도대체 여기 사람들은 어떻게 지내겠어요? 타라는 어멈이 꾸려 나가다시피 하잖아요?」

「허!」어멈이 말했다. 「듣기 좋다 하는 말 나 삶는다 해도 소용없어요, 미스 스칼렛. 나 처음 기저귀 채운다 때부터 미스 스칼렛 속 빤히 알아요. 나 같이 란타 간다 그랬고, 간다

36 그리스 신화에서 지옥문을 지키는, 머리가 셋 달린 개.

그러면 나 가요. 양키들 해방 깜둥이들 잔뜩 우글거리는 도시 스칼렛 혼자 몸 갔다 알면 엘렌 마님 무덤 속 몸부림치셔요.」

「하지만 난 피티팻 고모님 댁에서 지낼 텐데요.」 스칼렛이 다급하게 선수를 쳤다.

「미스 피티팻 훌륭한 여자다 말하고, 모든 일 다 안다 생각 하지만, 안 그래요.」 어멈이 말했고, 면담은 끝났다는 듯 위 풍당당한 태도를 보이며 몸을 돌려 복도로 나갔다. 그녀가 소리쳐 부르니까 마룻장들이 울렸다.

「프리시, 아가! 냉큼 층계 달려 올라간다 해서 다락방 옷본 상자 가지고 오고, 밤새도록 안 걸리게 얼른 가위 찾아와.」

〈정말 난처하게 되었어.〉 풀이 죽어서 스칼렛은 생각했다. 〈사냥개를 뒤에 달고 돌아다니는 셈이니까.〉

저녁 밥상을 치운 다음에 스칼렛과 어멈은 식탁에다 옷본 들을 늘어놓았고, 수엘렌과 캐린은 커튼의 공단 안감을 부지 런히 찢어 냈고, 멜라니는 깨끗한 머리 솔로 벨벳의 먼지를 쓸어 냈다. 제럴드와 윌과 애슐리는 방 안에 둘러앉아 담배 를 피우며, 소란을 떠는 여자들을 쳐다보고 미소를 지었다. 스칼렛이 발산하는 즐거운 흥분감이, 아무도 이해하지 못하 는 어떤 흥분감이 그들을 휘어잡은 듯한 분위기였다. 스칼렛 의 얼굴에 홍조가 돌았고, 눈에서는 환한 광채가 뚜렷했으 며, 그녀는 주체하지 못할 정도로 걸핏하면 웃어 댔다. 그녀 가 이토록 즐겁게 웃는 소리를 들어 본 지도 몇 달 만이었기 때문에, 스칼렛의 웃음은 그들 모두의 마음을 기쁘게 해주었 다. 특히 제럴드가 좋아했다. 바람을 일으키면서 방 안을 돌 아다니는 그녀를 따라가며 지켜보던 그의 눈은 보통 때보다 훨씬 덜 몽롱했고, 딸이 가까이 오기만 하면 흐뭇하게 쓰다듬어 주고는 했다. 여동생들은 무도회에 갈 준비라도 하는 듯 흥분해서, 자기들이 입을 무도복을 만들 때처럼 신이 나서 헝겊을 찢고, 자르고, 마름질을 했다.

스칼렛은 돈을 꾸거나, 필요할 경우 타라를 저당 잡히기 위해서 애틀랜타로 갈 생각이라고 했다. 하지만 따지고 보면 저당을 잡힐 물건이래야 무엇이 있겠는가? 스칼렛은 내년에 수확할 목화로 꾼 돈을 쉽게 갚고도 좀 남으리라고 말했는데, 그녀가 워낙 자신만만하게 얘기를 했기 때문에, 그들은 물어볼 생각조차 하지 않았다. 그리고 돈을 누가 빌려 주겠느냐고 그들이 물었을 때는 그녀가, 〈못된 놈도 자기 누울 자리는 봐둔다〉는 말을 어찌나 짓궂은 투로 했는지, 모두들 웃음을 터뜨리고는 그녀의 백만장자 친구가 누구냐고 놀려 주었다.

「틀림없이 레트 버틀러 선장님이겠군요.」 멜라니가 눈치 빠르게 말했고, 스칼렛이 꼭 그를 〈스컹크 같은 레트 버틀러〉라고 불러 가며 얼마나 미워하는지를 잘 알았던 그들은 멜라니의 엉뚱한 추측을 놓고 한바탕 웃음판이 벌어졌다.

하지만 그 말을 듣고 스칼렛은 웃지를 않았고, 덩달아 웃던 애슐리는 어멈이 재빨리 경계하는 눈초리를 스칼렛에게로 돌리자 갑자기 웃음을 멈추었다.

모처럼 잔치 분위기가 감돌자 마음이 너그러워진 수엘렌은 약간 낡기는 했어도 아직 예쁜 아일랜드 레이스 옷깃을 내주었고, 캐린은 타라의 다른 어느 누구의 신발보다도 상태가 훨씬 양호한 자기 덧신을 신고 가라고 고집했다. 멜라니는 어멈에게 망가진 둥근 모자를 제대로 재생시키는 데 필요한 벨벳 조각을 충분히 달라고 부탁하면서, 늙은 수탉이 재빨리 늪지대로 도망을 치지만 않는다면 청동빛과 흑록색 화려한 깃털을 뽑아 모자에 달겠다고 말해서 다시 한바탕 요란한 폭소가 터졌다.

분주하게 놀리는 손가락들을 지켜보던 스칼렛은, 그들의 웃음소리가 터져 나올 때마다 속으로 경멸하며, 쓸쓸한 마음으로 주변을 둘러보았다.

〈그들은 나한테, 그들 자신에게, 그리고 남부에서 무슨 사태가 벌어지는지 전혀 짐작도 못 해. 온갖 고초를 당하더라도 그들은 아직도 자기들이 오하라 집안이나 윌크스 집안이나 해밀턴 집안이기 때문에 정말 끔찍한 일은 그들 어느 누구에게도 일어나지 않으리라고 굳게 믿지. 검둥이들까지도 그런 식으로 느끼는 판이니까. 오, 그들은 하나같이 바보들이야! 그들은 절대로 진실을 깨닫지 못할 거야! 그들은 항상 그래 왔던 대로 앞으로도 그렇게 살아가겠고, 아무것도 그들이 정신을 차리게 깨우쳐 주질 못해. 멜리는 누더기를 걸치고 목화를 따는가 하면, 심지어는 사람을 죽인 나를 돕기까지 했으면서 조금도 달라지지를 않았어. 그녀는 아직도 고상하고 수줍은 윌크스 부인, 완벽한 숙녀니까! 그리고 애슐리는 죽음과 전쟁을 현장에서 체험하고, 부상을 당해 포로수용소에 갇혀 지내다가, 아무것도 남지 않은 고향으로 돌아왔는데도 여전히, 열두 참나무 집이 그의 뒤에서 당당하게 지켜 주던 시절이나 마찬가지로 변함없는 신사란 말이야. 윌은 달라. 그는 사태가 어떻게 돌아가는지를 알지만, 그렇기는 해도 윌은 가진 것이 애초부터 별로 없었으니까 잃을 것도 별로 없어. 수엘궨과 캐린으로 말하자면 — 모두가 일시적인 현상에 지나지 않는다고 생각해. 머지않아 고생이 다 끝나리라고 생각하기 때문에 그들은 달라진 조건에 대처하려고 하질 않아. 하느님이 특별히 자기들만을 위해 기적이라도 베풀

리라고 믿기 때문이야. 하지만 하느님이 그럴 리가 없지. 이
곳에서 일어날 기적이라고는 내가 레트에게서 일으킬 기적
뿐이라고……. 그들은 달라지지를 않아. 어쩌면 달라질 능력
이 없어서 그러는지도 모르지. 변한 사람이라고는 나뿐이고,
그럴 여유만 주어졌었다면 나도 달라지지 않았을 거야.〉

마침내 어멈은 시침질을 하려고 남자들을 밖으로 내몰고
는 문을 닫았다. 일꾼 돼지는 제럴드를 부축해서 침실로 올
라갔고, 애슐리와 윌은 등불을 밝힌 거실에 남았다. 그들은
얼마 동안 침묵을 지켰고, 윌은 한가하게 새김질하는 동물처
럼 담배를 씹었다. 하지만 그의 얼굴은 전혀 평화롭지가 않
았다.

「애틀랜타에 간다는 얘기 말이에요.」 마침내 그가 느릿느
릿한 목소리로 말했다. 「난 그게 어쩐지 기분이 안 좋아요.
전혀.」

애슐리는 재빨리 윌을 쳐다보고는 곧 시선을 피했는데, 아
무 말도 하지는 않았지만 그의 머리에 집요하게 떠오르는 끔
찍한 의혹을 윌도 느끼는지 궁금한 생각이 들었다. 하지만
그럴 리가 없었다. 윌은 오늘 오후 과수원에서 무슨 상황이
벌어졌었고, 그것이 어떻게 스칼렛을 절망으로 몰아넣었는
지를 알지 못했다. 윌은 레트의 이름이 튀어나왔을 때 어멈
의 얼굴에 나타난 표정을 눈치채지 못했겠고, 더구나 윌은
레트의 돈이나 지저분한 평판에 대해서도 알지 못했다. 애슐
리는 그가 이런 사실들을 알리라고는 생각하지 않았지만, 타
라로 돌아온 이후 그는 윌이 어멈처럼 얘기를 듣지 않아도
사태가 어떻게 돌아가는지를 정확하게 파악하고, 어떤 사건
이 벌어지기도 전에 육감으로 알아낸다는 것을 깨달았다. 정
확히 무엇인지 애슐리로서는 알 길이 없었어도 어딘가 불길

964

한 분위기가 감돌았지만, 그는 스칼렛을 위기로부터 구해 줄 힘이 없었다. 그녀는 그날 저녁 내내 단 한 번도 애슐리와 시선이 마주치지 않았고, 억지로 즐거워하는 딱딱한 태도로 그를 대할 때면 그는 두려움까지 느꼈다. 그를 괴롭히던 의혹은 너무나 끔찍해서 말로 표현할 엄두가 나지를 않았다. 애슐리는 그것이 정말이냐고 그녀에게 물어봄으로써 스칼렛을 모욕할 권리도 없었다. 그는 주먹을 불끈 쥐었다. 그녀에 대해서라면 그에게는 아무런 권리가 없었고, 오늘 오후에 그는 그런 모든 권리를 영원히 스스로 박탈했다. 그는 그녀를 도울 능력이 없었다. 아무도 그녀를 돕지 못했다. 하지만 벨벳 커튼을 자르는 동안 어멈의 얼굴에 나타났던 준엄한 결의가 생각나자 그는 마음이 조금 편해졌다. 스칼렛이 원하건 말건, 어멈은 스칼렛을 보살펴 주리라.

〈이런 일은 다 나 따문에 생겼어.〉 그는 절망에 빠져 생각했다. 〈내가 그녀를 이런 궁지로 몰아넣었으니까.〉

그는 오늘 오후, 그에게서 돌아섰을 때 그녀가 어깨를 활짝 펴고, 고집스럽게 머리를 높이 쳐들었던 모습이 생각났다. 자신의 무기력함 때문에 찢어진 그의 마음, 감탄으로 뒤틀린 그의 마음이 그녀에게로 쏠렸다. 애슐리는 그녀가 사용하는 어휘 중에 〈협기〉 따위의 말은 포함되지 않음을 알았고, 지금까지 알았던 사람들 가운데 그녀가 가장 협기가 넘치는 인간이라고 그가 얘기했다면, 스칼렛이 무슨 말인지 어리둥절해서 멀거니 쳐다보았으리라고 짐작했다. 그녀의 협기를 연상할 때 그가 정말로 훌륭한 미덕을 얼마나 많이 스칼렛에게 부여하는지를 그녀는 이해하지 못하리라는 것도 그는 알았다. 스칼렛이 삶을 현실 그대로 받아들이고, 어떤 장애물이 나타나더라도 강인한 마음으로 삶에 맞서고, 패배를 인정하지 않으려는 결단력을 보이며 싸웠고, 패배가 불가피하다는 사실을 알고 나서도 계속해서 싸웠음을 그는 알았다.

하지만 그는 패배를 인정하지 않고, 틀림없이 비운을 맞을 줄 알면서도 용감했기 때문에 말을 달려 돌진하던 사람들을 4년 동안이나 지켜보았다.

어두컴컴한 거실에서 월을 물끄러미 쳐다보며 그는 어머니의 벨벳 커튼을 걸치고 수탉의 꼬리 깃털을 꽂고 세계를 정복하러 나서는 스칼렛 오하라의 용기와 맞먹는 용기를 어디에서도 본 적이 없다는 생각을 했다.

제33장

    스칼렛과 어멈이 이튿날 오후 애틀랜타에서 기차를 내렸을 때는 찬 바람이 모질게 불었고, 하늘에는 석관(石棺)처럼 짙은 회색 구름이 떼를 지어 몰려다녔다. 도시가 불탄 이후로 역사를 다시 짓지 않았기 때문에, 기차는 정거장 자리였음을 보여 주는 시커먼 폐허에서 몇 미터 위쪽으로 올라가 흙과 잿더미가 쌓인 곳에서 멈추었다. 전쟁 중에는 타라에서 애틀랜타로 돌아올 때면 항상 그들이 마중을 나와 주었던 버릇이 들어서인지, 스칼렛은 피터 아저씨와 피티의 마차가 없나 해서 사방을 두리번거렸다. 그러자 그녀는 멍청한 자신의 행동을 의식하고는 코웃음을 쳤다. 스칼렛이 찾아온다는 예고를 피티 고모에게 하지도 않았으려니와, 노부인이 언젠가 편지에서 우는소리를 늘어놓았듯이, 전쟁이 끝난 다음에 피터 영감이 그녀를 애틀랜타로 데려오기 위해 메이컨에서 겨우 구했던 늙고 형편없는 말도 죽었다고 했으므로, 당연한 일이었지만, 피터는 눈에 띄지 않았다.

    스칼렛은 혹시 그들을 피티 고모의 집으로 태워다 줄 옛 친구나 아는 사람의 마차가 나타나지 않을까 싶어서, 바퀴 자국이 울퉁불퉁 깊게 파인 역 주변의 공터를 둘러보았지만,

흑인이건 백인이건 그녀가 알아볼 만한 사람은 아무도 없었다. 피티가 그들에게 보낸 편지의 내용이 사실이라면, 아마도 그녀의 옛 친구들은 지금 아무도 승용 마차를 타고 다닐 처지가 아니었다. 지금은 살기가 워낙 어려운 시기여서 짐승은커녕 사람도 먹고살기가 힘겨울 지경이었다. 피티 자신도 그렇지만, 친구들은 요즈음 대부분 걸어서 돌아다녔다.

화차에서 짐을 옮겨 싣는 짐마차가 몇 대 눈에 띄었고, 거칠어 보이는 낯선 사람들이 고삐를 잡은 진흙투성이 이륜 경마차도 있었지만, 사륜 승용 마차는 두 대뿐이었다. 하나는 휘장을 올렸고, 지붕을 걷어 내린 다른 한 대에는 멋진 옷차림의 여자와 양키 장교가 함께 타고 갔다. 스칼렛은 양키의 군복을 보자 가쁜 숨을 몰아쉬었다. 피티가 편지에서 애틀랜타에 병력이 주둔했으며, 길거리에는 군인들이 우글거린다고 써 보내기는 했었지만, 처음으로 푸른 군복을 직접 보게 되니까 그녀는 놀랐고 겁이 났다. 전쟁이 끝났으므로 북군 남자가 그녀를 쫓아와서 물건을 빼앗고 모욕하는 일은 없으리라는 사실이 믿어지지가 않았다.

비교적 한산한 기차 주변의 풍경을 보니까, 그녀는 1862년의 어느 날 아침 젊은 미망인으로서 시커먼 상복으로 몸을 친친 감고 미칠 듯한 권태감에 빠져 애틀랜타에 도착했던 때가 머리에 떠올랐다. 그녀는 지금의 공터가 당시에는 짐마차와 승용 마차와 환자 수송 마차로 얼마나 붐볐으며, 고함을 지르거나 욕설을 퍼붓는 마부들과 친구들에게 인사를 하느라고 소리를 지르는 사람들 때문에 얼마나 시끄러웠는지가 생각났다. 스칼렛은 전시의 들뜬 흥분감이 생각나서 한숨을 지었고, 피티 고모의 집까지 걸어가야 할 생각을 하니 다시 한 번 한숨이 나왔다. 하지만 그녀는 일단 복숭아나무 거리에 다다르면 누군가 아는 사람을 만나 마차를 얻어 타게 되기를 바랐다.

그녀가 서서 사방을 둘러보며 두리번거리려니까, 피부가 안장 빛깔인 중년의 흑인이 창막이를 올린 승용 마차를 끌고 그녀에게로 오더니, 마부석에서 몸을 내밀며 물었다. 「마차 찾는다 합니까, 부인? 두 푼 반 내면 란타 아무 곳 다 가요.」

어멈은 잡아먹으려는 듯한 눈초리를 그에게 던졌다.

「이거 전세 마차 맞아!」 그녀가 호통쳤다. 「깜둥아, 너 우리 누군가 알아?」

어멈은 시골 흑인이었지만 태생부터가 시골 흑인은 아니었기 때문에, 정숙한 여자라면 누구라도 집안의 남자가 동반하기 전에는 전세 마차, 특히 휘장을 두른 마차는 절대로 타면 안 된다는 상식쯤은 훤히 알았다. 흑인 하녀가 비록 동행한다고 해도 그런 짓은 관습이 용납하지 않았다. 어멈은 간절한 표정으로 마차를 쳐다보는 스칼렛에게 눈을 부라렸다.

「거기 비켜 이리 와요, 미스 스칼렛! 전세 마차하고 해방 깜둥이! 그래, 잘 어울려.」

「나 해방 깜둥이다 아뇨.」 화를 벌컥 내며 마부가 한마디 했다. 「나 탤벗 노마님 종이고, 여기 이거 마님 마차고, 나 우리 위해 돈 번다 마차 돌아요.」

「어떤 탤벗 마님 말이야?」

「밀레지빌 사는 수재너 탤벗 마님요. 우리 주인님 영감 죽은 다음 여기 왔어요.」

「어떤 여자다 알아요 미스 스칼렛?」

「아뇨.」 아쉬워하며 스칼렛이 말했다. 「난 밀레지빌 사람들은 별로 몰라요.」

「그럼 우리 걸어가자 해요.」 어멈이 준엄하게 말했다. 「어서 마차 끌고 가, 깜둥아.」

어멈은 스칼렛의 새 벨벳 드레스와 둥근 모자와 잠옷을 담은 카펫 가방을 집어 들고, 자신의 소유물을 꾸린 깨끗한 보퉁이를 겨드랑이에 끼고는, 축축한 잿더미가 뒤덮인 널찍한 공터를 가로질러 스칼렛을 몰고 갔다. 마차를 무척 타고 싶기는 했어도 스칼렛은 어멈과 다투고 싶지가 않아서 굳이 따지려고 덤비지를 않았다. 벨벳 커튼을 뜯어 내리다가 어멈에게 들켰던 어제 오후부터 줄곧, 어멈의 눈에는 긴장된 의혹의 표정이 서렸고, 스칼렛은 그것이 마음에 걸렸다. 어멈의 감시를 벗어나기는 좀처럼 어려울 눈치였고, 그래서 그녀는 절대적으로 필요해지기 전에는 어멈의 투쟁적인 혈기를 자극할 생각이 없었다.

그들이 복숭아나무 거리를 향해 좁다란 보도를 따라 걸어가는 동안, 스칼렛은 애틀랜타가 그녀가 기억하는 도시와 너무나 다르고 너무나 황폐한 모습이었기 때문에 슬프기도 했고 자신의 눈이 믿어지지 않기도 했다. 그들은 레트와 헨리 큰아버지가 살았던 애틀랜타 호텔을 지나갔는데, 우아했던 호텔은 이제 시커멓게 탄 벽의 일부만 껍질처럼 남았다. 5백 미터에 걸쳐 철로변을 따라 줄지어 늘어섰던 창고들, 엄청난 양의 군수품을 넣어 두었던 창고들은 새로 짓지를 않았고, 직사각형을 이룬 주춧돌의 자취만 남아 시커먼 하늘 밑에서 음침한 풍경을 이루었다. 길 양쪽에 벽처럼 늘어섰던 건물들의 벽과 차량 격납고가 없어지고 나니까 철로는 썰렁하게 노출되었다. 이곳 폐허의 어디쯤엔가는, 다른 창고들과 식별하기도 어려웠지만, 찰스가 유산으로 남겨 준 터에 지은 그녀의 창고도 폐허가 되었으리라. 창고에 대한 세금을 헨리 큰아버지가 작년에 그녀 대신 냈었다. 언젠가는 그 돈을 그녀가 갚아야 했다. 그것도 역시 걱정거리였다.

복숭아나무 거리로 길모퉁이를 돌아선 그녀는 파이브 포인츠 쪽을 보고는 충격의 비명을 질렀다. 도시가 완전히 잿더미가 되었다는 얘기를 듣기는 했어도 이렇게까지 철저히 파괴된 광경을 그녀는 사실상 전혀 상상도 못 했었다. 그토록 사랑했던 도시는, 그녀의 기억 속에서만큼은, 아직도 멋진 집과 건물이 빽빽하게 들어찬 곳이었다. 하지만 그녀의 눈앞에 펼쳐진 복숭아나무 거리는 낯익은 건물이 모조리 사라져서 마치 지금까지 한 번도 본 적이 없는 곳처럼 생소해 보였다. 전쟁 동안에 그녀가 천 번은 마차를 타고 지나갔으며, 공방전이 벌어졌을 때 머리 위에서 포탄이 터지는 동안 겁에 질려 머리를 숙이고 걸음을 재촉하며 달려갔던 진흙투성이의 거리, 퇴각하던 날 뜨거운 열기와 고뇌 속에서 서두르며 마지막으로 보았던 낯익은 거리가 이제는 어찌나 생소해 보였는지 그녀는 울고 싶은 심정이었다.

비록 불타는 도시에서 셔먼의 군대가 철수하고 남군이 돌아온 이후로 새 건물이 여럿 솟아오르기는 했어도, 파이브 포인츠 주변의 넓고 텅 빈 공터에는 지저분한 쓰레기와 잡초와 덤불들 사이에 아직도 연기에 그을고 깨진 벽돌이 무더기를 이루며 그대로 쌓였다. 그녀가 기억하는 몇몇 건물의 폐허를 지붕이 무너진 벽돌담들 사이로 둔감한 햇살이 비추었고, 유리가 없는 창문은 퀭한 구멍만 남았고, 썰렁한 굴뚝들이 외롭게 솟아올랐다. 여기저기서 포격과 화재를 부분적으로나마 면해서 말끔하게 수리를 한 낯익은 상점들이 시커멓게 불탄 낡은 벽과 대조를 이루었으며, 새빨갛고 시원한 빛깔로 눈부시게 빛나는 새 벽돌을 보고 그녀는 마음이 반가웠다. 새 상점의 진열창과 새 사무실의 창문에서 그녀가 아는 사람의 반가운 이름을 가끔 찾아내기도 했지만, 대부분 낯선 이름이 더 많았고, 특히 생소한 의사와 변호사와 목화 상인들이 내건 자그마한 간판도 수십 개나 눈에 띄었다. 전에는 애틀랜타 사람이라고 하면 거의 다 알았던 그녀로서는, 낯선 이름이 워낙 많이 눈에 띄니까 마음이 답답해졌다. 하지만 스칼렛은 길거리를 따라 새 건물이 여기저기 솟아오르는 광경에 기분이 좋아졌다.

새 건물은 수십 채에 이르렀고, 3층짜리도 여러 곳이었다. 사방에서 건물이 솟아오르는 중이어서, 새로운 애틀랜타에 마음을 적응시키려고 그녀가 길거리를 내려다보려니까, 망치질과 톱질을 하는 유쾌한 소리가 들려왔고, 높다랗게 올라간 발판과 어깨에 벽돌 상자를 메고 사다리를 오르는 사람들도 여기저기 눈에 띄었다. 그토록 사랑했던 거리를 둘러보는 그녀의 눈에 눈물이 약간 글썽거렸다.

〈그들이 너를 불태워 버렸지.〉 그녀는 생각했다. 〈그리고 그들은 너를 완전히 폐허로 만들었어. 하지만 그들은 너를 패배시키지는 못한 거야. 너는 전과 마찬가지로 거대하고 당당하게 다시 일어설 테니까!〉

뒤뚱거리며 걸어오는 어멈의 앞장을 서서 복숭아나무 거리를 따라 걸어가던 스칼렛은, 전쟁이 한창 치열하던 당시나 마찬가지로 길거리가 여전히 사람들로 붐빈다고 깨달았으며, 그토록 오래전에, 처음 피티 고모를 방문하느라고 이곳을 찾아왔을 때 그랬듯이, 부활하는 도시가 분주하게 서두르는 분위기를 의식하자, 피가 끓어오르는 기분을 느꼈다. 남군의 부상병 수송 차량들만 사라졌을 뿐, 그때 못지않게 많은 마차들이 진흙 구덩이 속에서 허우적거렸고, 상점의 목조 차양 앞 고삐를 묶어 두는 말뚝에도 말과 노새들이 그때나 마찬가지로 많았다. 길거리가 사람들로 몹시 붐비기는 했어도 그녀가 본 얼굴들은 머리 위에 걸린 간판들처럼 낯설었고, 험상궂은 인상의 남자들과 옷차림이 야하게 반지르르한 여자들은 대부분 새로 이주해 온 사람들 같았다. 길거리는 벽에 몸을 기대고 빈둥거리거나, 길가에 앉아서 곡마단의 행진을 구경하는 아이들처럼 순진한 호기심을 느끼며 지나가는 차량을 구경하는 흑인들로 시커먼 인상을 주었다.

「해방 풀려난 시골 깜둥이들이에요.」 어멈이 코웃음을 쳤다. 「평생 마차 구경한다 제대로 한번 못 한 녀석들요. 거기다 거만 떤다 하는 꼴 좀 봐요.」

건방진 태도로 그녀를 빤히 쳐다보는 그들이 거만해 보인다고 스칼렛도 공감했지만, 푸른 군복을 보고 다시금 충격을 받은 그녀는 길거리의 흑인들은 잊어버렸다. 시내는 말을 탔거나, 걸어 다니거나, 군용 마차를 탔거나, 길거리에서 거들먹거리거나, 술집에서 비틀거리며 나오는 양키 군인들이 넘쳐흘렀다.

난 저 사람들하고는 절대로 친해지지 않겠어, 두 주먹을 불끈 쥐며 그녀는 생각했다. 절대로! 그러고는 어깨 너머로 말했다. 「어서 서둘러요, 어멈, 이 북새통을 벗어나야 되겠어요.」

「검둥이 쓰레기 내 앞 가로막는 거 걷어차 버리고 당장 쫓아가죠.」 어멈이 대답했고, 그녀 앞에서 약을 올리듯 거치적거리며 서성이던 흑인 청년에게 그녀가 카펫 가방을 휘두르자 놀란 청년이 옆으로 펄쩍 뛰어 비켜났다. 「나 여기 도시 안 좋아요, 미스 스칼렛. 양키들하고 하찮은 해방 녀석들 너무 많아요.」

「이렇게 붐비지 않는 곳으로 나가면 훨씬 좋아져요. 파이브 포인츠를 지나고 나면 별로 나쁘지 않죠.」

그들은 디케이터 거리의 진흙 구덩이를 건너도록 징검다리를 놓은 미끄러운 돌을 골라 밟고 조심스럽게 지나서, 점점 엷어지는 군중 속으로 복숭아나무 거리를 따라 계속해서 걸어갔다. 1864년의 어느 날 미드 박사를 찾으러 달려가다가 숨을 돌리려고 잠깐 쉬었던 웨슬리 교회에 다다르자, 스칼렛은 교회를 쳐다보고는 큰 소리로, 짤막하고 냉정하게 웃었다. 어멈이 늙은 눈에 의심을 가득 품고 그녀를 쳐다보았지만, 스칼렛은 그녀의 호기심을 풀어 주지 않았다. 스칼렛은 그때 양키들에 대한 공포감에 사로잡혔고, 보우가 곧 태어나려고 해서 두려움에 떨었다. 지금 생각해 보니 그녀는 왜 그토록 무서워했으며, 큰 소리가 나기만 해도 어린아이처럼 벌벌 떨었는지 이상하기만 했다. 그리고 양키들과 방화와 패전이 그녀에게는 최악의 경험이라고 생각했었으니, 그녀는 얼마나 어수룩했던가! 엘렌의 죽음과 혼미해진 제럴드의 정신, 그리고 굶주림과 추위에 허리가 부러질 정도로 힘든 일, 불안한 삶의 생생한 악몽에 비하면 그런 것들은 얼마나 하찮았던가! 침공하는 군대 앞에서 용감해지기란 얼마나 쉬운 일이며, 반면에 타라 농장을 위협하는 위기를 타개해 나가기가 얼마나 어려운지를 그녀는 이제야 깨달았다! 그렇다, 그녀는 가난 이외에는 무엇도 절대로 다시는 두려워하지 않으리라.

복숭아나무 거리 위쪽에서 휘장을 두른 승용 마차가 나타났고, 피티 고모의 집까지는 아직도 몇 구간을 더 가야 했으므로 스칼렛은 혹시 아는 사람이 안에 타지나 않았는지 보려고 얼른 길가로 나섰다. 마차가 바로 앞까지 다가오자 그녀와 어멈은 목을 길게 뽑았고, 어느 여자의 머리가 — 멋진 모피 모자를 쓴 여자의 눈부신 붉은 머리가 잠깐 창가에 나타나자, 스칼렛은 미소 지을 준비를 하며 소리쳐 부르려고 했다. 서로 알아보고는 얼핏 미소를 지었지만, 스칼렛은 한 발자국 뒤로 물러섰다. 마차를 타고 나타난 여자는 벨 워틀링이었고, 스칼렛은 못마땅해하며 벌름거리는 그녀의 콧구멍을 얼핏 보았고, 그러즈- 얼굴이 다시 사라졌다. 그녀가 처음 만난 아는 사람이 벨이라니, 참으로 이상한 일이었다.

「저거 누구예요?」 어멈이 수상하다는 듯 물었다. 「저 여자 미스 스칼렛 알고 그래도 인사 안 했어요. 나 평생 머리카락 그런 빛깔이다 처음 봤어요. 탈턴 집안사람들도 그런 머리 없어요. 그거 보니까, 뭐예요, 나 보니까 물들인 머리 같아요!」

「그래요.」 걸음을 재촉하며 스칼렛이 무뚝뚝하게 말했다.

「머리 물들인 여자 사귀나요? 누구냐 나 물었잖아요.」

「저 여잔 여기 사는 나쁜 여자예요.」 스칼렛이 짤막하게 대답했다. 「그리고 나 저 여자하고 친한 사이 아니라고 맹세라도 할 테니까 그런 애긴 이제 그만해요.」

「하느님 맙소사!」 대단한 호기심을 느끼며 마차의 뒷모습을 쳐다보던 어멈은 입을 딱 벌리고 헉헉거렸다. 그녀는 20년 전에 엘렌과 서배너를 떠난 이후로 직업이 나쁜 여자를 한 번도 본 적이 없었고, 벨을 좀 더 자세히 살펴보았더라면 좋았으리라고 퍽 아쉬워했다.

「저 여자 정말 옷 잘 입고 마차 근사하고 마부 또 근사해요.」 어멈이 중얼거렸다. 「우리 착한 사람들 배고프고 다 맨발 사는데, 나쁜 여자 저렇게 잘산다 하니 하느님 무슨 생각하는지 나 모르겠어요.」

「하느님은 벌써 여러 해 전부터 우리들 생각은 안 하기로 작정하셨어요.」 스칼렛이 앙칼지게 말했다. 「내가 이런 말 하는 걸 들으면 무덤 속어 있는 어머니께서 몸부림 치지 는 않으시겠지요.」

그녀는 자신이 벨보다 우월하고 훌륭한 여자임을 믿고 싶었지만, 그럴 수가 없었다. 만일 계획이 잘 들어맞기만 한다면 그녀는 벨과 똑같은 신분이 되고, 같은 남자에게 의지해서 살아갈 처지였다. 그녀는 자신의 결심을 털끝만큼도 후회하지는 않았지만, 올바른 정신으로 현실 문제를 따져 보면 마음이 언짢았다. 〈난 지금은 그런 생각 하지 않겠어.〉 그녀는 속으로 생각하며 걸음을 서둘렀다.

그들은 미드 댁의 집이 위치했던 터를 지나갔는데, 그곳에는 쓸쓸한 돌층계 두 줄만 남았을 뿐이었고, 집 앞길을 따라 올라가면 아무것도 없었다. 화이팅 댁이 있던 자리는 을씨년스러운 터만 남았다. 벽돌로 올린 굴뚝과 주춧돌마저도 사라졌고, 그것들을 거두어 실어 간 자리에는 마차 바퀴 자국이 파였다. 엘싱 댁의 벽돌집은 그대로 남았는데, 지붕과 2층은 새로 올렸다. 엉성하게 손질을 하고 판자 지붕 대신에 거친 널빤지로 지붕을 얹은 보넬 댁 집은 온통 낡아 빠진 인상을 주었지만, 겨우 들어가 살 수는 있어 보였다. 하지만 두 집 다 창문으로 내다보는 얼굴이나 포치에 나와 앉은 사람의 모습이 눈에 띄지 않았고, 스칼렛은 오히려 그런 쪽이 더 편했다. 그녀는 지금 누구하고도 얘기를 나누고 싶지 않았다.

그러자 새로 슬레이트로 지붕을 올린 피티 고모의 집 붉은 벽돌담이 시야에 들어왔고, 스칼렛은 가슴이 두근거렸다. 수리도 못 할 정도로 집이 완전히 파괴되지 않았으면 그만해도 천만다행이었다! 장바구니를 팔에 끼고 앞마당으로 나오던 피터 아저씨는 터벅거리며 오는 스칼렛과 어멈을 보더니 믿어지지 않는다는 듯 검은 얼굴에 벌쭉 미소가 떠올랐다.

저 바보 같은 검둥이 영감을 보니까 어찌나 반가운지 키스

976

라도 해주고 싶구나, 기쁜 마음으로 생각하며 스칼렛이 소리를 질렀다. 「어서 달려가 고모님한테 기절 약병을 갖다 드려요, 피터! 진짜로 내가 찾아온 거니까요!」

그날 밤에는 여전히 옥수수 죽과 말린 콩이 피티 고모 댁의 저녁 식탁에 올랐고, 그것을 먹으면서 스칼렛은 다시 돈을 벌게 되면 이 두 가지 음식은 절대로 식탁에 다시는 올리지 못하게 하겠다고 맹세했다. 그리고 그녀는, 어떤 대가를 치르더라도 다시 돈을 벌고, 타라 농장의 세금을 내는 데 충분한 정도 이상의 돈을 구하겠다고 다짐했다. 어떻게 해서든지 언젠가는, 살인을 저지르는 한이 있더라도, 많은 돈을 손에 넣으리라.

노란 등잔 불빛이 비치는 식당에서 그녀는 피티에게, 혹시 필요한 돈을 찰스의 집안에서 빌릴 가능성은 없을까 하는 마음에서 재정 형편이 어떠냐고 물어보았다. 별로 달갑지 않은 질문이기는 했지만, 애기를 나눌 가족이 찾아와서 기분이 좋았던 피티는, 그런 질문을 하는 스칼렛의 뻔뻔스러운 태도조차도 의식하지 못했다. 그녀는 왈칵 울음을 터뜨리며 자신이 당했던 불우한 사정들을 낱낱이 열거했다. 그녀의 토지와 시내에 있던 부동산과 돈이 어디로 갔는지를 통 모르겠지만, 어쨌든 슬금슬금 다 없어졌다. 적어도 헨리 오빠가 그녀에게 해준 얘기는 그랬다. 헨리는 그녀의 재산세를 낼 능력이 없었다. 그녀가 사는 집 이외에는 모든 재산이 없어졌는데, 피티 고모는 집이 처음부터 자기 소유가 아니었으며, 멜라니와 스칼렛의 공동 소유라는 사실을 염두에 두었던 적이 아예 없었다. 헨리 오빠는 그녀가 지금 사는 집에 대한 세금도 겨우 물어 나가는 처지였다. 그는 피티에게 매달 약간의 생활비를 주었으며, 헨리에게서 돈을 타다 쓰는 절차가 무척 굴욕적이기는 했어도 고모로서는 별다른 도리가 없었다.

「헨리 오빠는 자기가 짊어진 부담이 너무나 크고 세금이 너무나 많기 때문에 어떻게 꾸려 나가야 할지 모르겠다고 그러지만, 물론 그건 거짓말일 테고, 돈을 잔뜩 감춰 두었으면서도 나한테 안 주려고 그러는 거야.」

스칼렛은 헨리가 거짓말을 하지 않는다는 사실을 알았다. 찰스의 재산에 관해서 피티가 그에게서 받은 몇 통 안 되는 편지를 보면 그것은 분명했다. 늙은 변호사 헨리는 창고를 지어 놓은 시내의 부동산 한 덩어리와 집을 건져 웨이드와 스칼렛이 폐허에서나마 무엇인가 건지게 하려고 용감히 투쟁하는 중이었다. 스칼렛은 그녀를 대신해서 그가 세금을 내느라고 큰 희생을 치렀다는 사실도 알았다.

〈헨리 큰아버지는 물론 돈이 하나도 없어.〉 스칼렛이 음울하게 생각했다. 〈그러니까 그분하고 피티 고모는 내 명단에서 제외해야 돼. 레트 이외에는 아무도 안 남았구나. 난 다른 선택의 여지가 없어. 난 그렇게 해야만 해. 하지만 난 지금은 그런 생각을 하지 않겠어……. 난 고모가 레트 얘기를 꺼내도록 유도하고, 그러고는 내일 찾아오도록 그를 초청하게끔 자연스럽게 귀띔을 해야지.〉

스칼렛은 미소를 짓고 두 손으로 피티 고모의 통통한 손바닥을 꼭 잡았다.

「우리 시고모님.」 그녀가 말했다. 「이제 돈 따위 답답한 얘기는 우리 그만하기로 해요. 그런 건 잊어버리고 즐거운 얘기나 하자고요. 그러니까 우리 옛 친구들이 어떻게 지내는지 자세한 소식을 저한테 얘기해 주셔야 해요. 메리웨더 부인하고 메이벨은 어떻게 지내나요? 듣자 하니 메이벨이 좋아하던 키가 작은 크레올[37] 사람이 무사히 돌아왔다더군요. 엘싱 댁 사람들하고, 닥터 미드 부부도 안녕하시고요?」

피티팻은 화제가 바뀌자 표정이 밝아졌고, 아기 같은 얼굴도 웃는 동안에는 경련을 일으키지 않았다. 그녀는 옛 이웃들이 무엇을 하고, 무엇을 입고, 무엇을 먹고, 무엇을 생각하는지 자세히 알려 주었다. 피티는 기가 막혀 말도 안 나온다는 투로, 메리웨더 부인과 메이벨은 르네 피카르가 전쟁터에서 집으로 돌아오기 전에 파이를 구워 양키 병사들에게 팔아 근근이 먹고살았다는 얘기를 했다. 그 꼴을 상상해 보라! 때로는 20여 명의 양키들이 메리웨더 댁 뒷마당에 줄을 지어서서 파이가 다 구워지기를 기다리기도 했다. 이제는 르네가 집으로 돌아오고 나니까, 날마다 르네가 낡은 마차를 양키 병영까지 끌고 가서 케이크와 파이와 크림 비스킷을 군인들에게 팔았다. 메리웨더 부인은 돈을 조금 더 벌면 시내에다 빵집을 차리겠다고 그랬다. 피티는 험담을 늘어놓고 싶은 마음은 없었지단, 〈그래도 어쨌든 나 같으면 굶어 죽으면 죽었지 양키들을 상대로 그런 장사는 하지 않겠다〉고 말했다. 그녀는 군인과 마주칠 때마다 잊지 않고 꼭 경멸의 눈초리를 던졌으며, 가능한 한 모욕적인 태도를 보이며 건너편 길로 건너가곤 했는데, 하기야 날씨가 궂을 때는 그것마저도 상당히 불편하더라고 그녀는 말했다. 스칼렛은 미스 피티팻이라면 남부 동맹에 대한 충성심을 보여 주기 위해서라도, 비록 신발이 진흙투성이가 되더라도 개의치 않고, 어떤 희생도 마다하지 않으리라고 생각했다.

미드 부인과 의사는 양키들이 애틀랜타에 불을 질렀을 때 집을 잃었고, 필과 다르시가 죽고 없는 지금, 그들은 집을 새로 지을 돈도 없으려니와 그러고 싶은 심정도 아니었다. 자

37 르네 피카르를 뜻한다

식과 손자가 없는 가정을 무슨 집이라고 하겠느냐면서, 미드 부인은 절대로 다시 집을 갖고 싶은 생각이 없다고 했다. 그들은 무척 외로웠고, 집의 파괴된 부분을 보수한 엘싱 댁으로 가서 함께 살았다. 화이팅 부부도 그곳에서 방을 하나 얻어 얹혀살았으며, 보넬 부인도 혹시 운이 좋아 집을 양키 장교 가족에게 세를 주게 되면 역시 엘싱 댁으로 이사를 들어갈 계획이었다.

「하지만 비좁아서 어떻게 모두들 끼여 사나요?」 스칼렛이 소리쳤다. 「엘싱 부인하고 패니하고 휴가 ―」

「엘싱 부인하고 패니는 응접실에서 자고, 휴는 다락방에서 잔대.」 친구들의 집안 살림을 환히 꿰뚫는 피티가 설명했다. 「맙소사, 나 이런 얘기는 하고 싶지 않지만 ― 엘싱 부인은 그들을 〈유료(有料) 손님들〉이라고 듣기 좋은 말로 부른다고 하더라.」 피티는 목소리를 낮추었다. 「사실은 하숙을 치는 셈이지만 말이다. 엘싱 부인이 하숙을 친단 얘기야! 그건 끔찍한 일 아니냐?」

「난 훌륭한 일이라고 생각하는데요.」 스칼렛이 퉁명스럽게 말했다. 「나도 타라에서 지난 한 해 동안 공짜로 얻어먹는 손님들 대신에 〈유료 손님〉들을 두었더라면 얼마나 좋았을까 하는 생각이 드는군요. 그랬다면 우린 지금 이토록 가난하지는 않겠죠.」

「스칼렛, 어쩌면 그런 소리를 하니? 인심 좋은 타라 농장에서 돈을 받는다는 걸 생각만 해도 어머니가 무덤 속에서 몸서리를 치시겠구나! 하기야 물론 엘싱 부인이 삯바느질을 맡아다 하고, 패니가 도자기에 그림을 그리고, 휴가 장작을 팔아 푼돈을 벌어도 먹고살기가 어려웠으니 그럴 수밖에 없었겠지. 귀여운 휴가 장작을 팔러 돌아다니는 걸 상상이나 해보라고! 머지않아 훌륭한 변호사가 될 참이었는데 말이야! 우리 청년들이 어떤 꼴로 몰락했는지 생각만 해도 난 눈물이 나와!」

스칼렛은 이글거리는 구릿빛 하늘 밑에 줄줄이 목화를 심어 놓은 타라의 밭에서 일을 하느라고 그토록 쑤시던 허리를 생각했다. 스칼렛은 경험도 없는 그녀가 물집이 부르튼 두 손으로 움켜잡던 쟁기 손잡이의 감촉을 기억했고, 그래서 휴 엘싱이 특별히 동정을 받을 만한 자격은 없다고 느꼈다. 피티는 지나치게 순진한 바보 늙은이였으며, 사방이 온통 폐허뿐이었어도 얼마나 안일하게 살아가는가!

「장작을 팔러 돌아다니는 일이 싫다면 왜 변호사 개업을 안 하나요? 혹시 애틀랜타에는 변호사 업무가 완전 폐업 상태이기라도 한가요?」

「오, 그래, 맞아! 변호사들이야 굉장히 바쁘지. 요즈음에는 서로 고소들을 하느라고 너도나도 야단이니까. 몽땅 다 타버려서 경계선이 없어지고 나니까 모두들 제 땅이 어디서 시작되고 어디서 끝나는지 아무도 모르거든. 하지만 돈을 가진 사람이 아무도 없고 보니 아무리 고소를 해봤자 받아 낼 돈도 없단다. 그래서 휴는 차라리 장사에 매달리기로 했지……. 오, 하마터면 잊어버릴 뻔했구나! 내가 편지에다 그 얘기 썼던가? 패니 엘싱이 내일 밤에 결혼식을 올리는데, 넌 물론 참석해야 되겠어. 여기 와 있다는 걸 알면 엘싱 부인도 네가 참석하기를 굉장히 바랄 테니까. 너 지금 걸친 통옷 말고 다른 옷을 입었으면 좋겠구나. 그게 아주 멋진 통옷이 아니라는 뜻에서 한 소리는 아니지만, 알잖아, 어딘가 좀 낡아 보이는구나. 오, 너 예쁜 통옷을 한 벌 준비했다고? 애틀랜타가 함락된 후로는 이것이 처음으로 열리는 진짜 결혼식이기 때문에 난 무척이나 기쁘단다. 워낙 가난하기 때문에 어디서 그런 돈을 구했는지 모르겠지만, 케이크에 포도주가 나오고 나중에는 무도회도 열린다더라.」

「패니가 누구하고 결혼하는데요? 내 생각엔 댈러스 매클루어가 게티즈버그에서 전사한 후에 ——」

「스칼렛, 넌 패니를 탓해서는 안 돼. 가엾은 찰스를 위해 스칼렛이 그러듯, 모두가 죽은 사람에 대해 정절을 지키는 세상은 아니니까. 가만있자, 남자 이름이 뭐였더라? 난 사람 이름을 통 기억하질 못해서 —— 톰 뭐라고 하던데. 나하고 라그레인지[38] 여학교를 같이 다녀서 난 신랑 어머니를 잘 아는데, 어머니가 라그레인지의 톰린슨 가문이고, 그녀의 어머니는 —— 어디 보자…… 퍼킨스였던가? 파킨스? 파킨슨이었어! 맞아. 스파르타[39] 출신이었지. 아주 훌륭한 집안이지만 역시, 글쎄 —— 내가 이런 소리를 해서는 안 된다는 건 알지만, 패니가 왜 그런 남자하고 결혼해야만 하는지 난 모르겠구나!」

「그 사람 술을 마시거나 아니면 뭐 ——」

「저런, 그건 아냐! 성품이야 나무랄 데가 없지만, 있잖아, 유산탄(榴散彈)으로 아래쪽에 부상을 입어서 다리가 어떻게 되었다던데 —— 그래서 그만 —— 그래서 그만, 글쎄, 이런 표현을 쓰고 싶지는 않지만, 그래서 그만 두 다리를 벌리고 걸어 다녀야 하는 신세가 되었단다. 그래서 그 남자가 걸어 다니는 걸 보면 아주 저속한 인상을 주고, 있잖아 —— 별로 아름답게 보이질 않아. 패니가 왜 그 남자하고 결혼해야만 하는지 난 모르겠어.」

「여자라면 누구하곤가는 결혼해야 하잖아요.」

38 애틀랜타와 콜럼버스 중간에 위치한 도시.
39 오거스타와 메이컨 중간에 있는 소도시.

「정말이지 꼭 그럴 필요는 없어.」신경을 곤두세우며 피티가 말했다. 「난 그럴 필요성을 전혀 느끼지 않았으니까.」

「아니, 고모님! 난 고모님을 두고 한 얘기가 아니에요! 고모님이 얼마나 인기가 대단했었는지는 누구나 다 알고, 지금도 마찬가지죠! 그래요, 칼턴 판사님만 해도 고모님한테 잔뜩 눈독을 들이다가 ─」

「오, 스칼렛, 그런 소리 하지 마라! 바보 같은 늙은이!」다시금 기분이 좋아져서 피티가 킬킬거렸다. 「하지만, 따지고 보면 패니도 굉장히 인기가 좋아서, 훨씬 훌륭한 짝을 구할 여유도 있었고, 내 생각엔 톰 뭔가 하는 사람을 사랑한다고는 믿지 않아. 난 패니가 댈러스 매클루어가 전사한 데 대한 충격을 극복하지 못했다고 믿지만, 하기야 걔는 너하고야 다르지, 스칼렛. 넌 몇십 번이라도 결혼할 기회가 있었으면서도 우리 찰스를 위해 정절을 잘 지켰으니까. 남들은 모두 네가 매정한 요부라고들 하지만, 멜리하고 난 네가 찰스를 잊지 않고 얼마나 정절을 잘 지키는 여자냐고 자주 반박했단다.」

스칼렛은 자질구레한 잡담을 집어치우고, 교묘하게 이 친구에서 저 친구 얘기로 피티를 유도해 나가면서, 어서 레트가 화제에 오르기를 속 타게 기다리기만 했다. 도착한 지 얼마 안 되었는데 다짜고짜로 그녀가 레트 얘기를 물었다가는 절대로 결과가 좋지 못하리라. 그러면 노부인은 차라리 건드리지 않고 넘어가야 하는 방향으로 관심이 돌아갈지도 모를 노릇이었다. 만일 레트가 그녀와 결혼하기를 거부한 다음이라고 해도 피티가 궁금해하며 보낼 시간은 얼마든지 있었다.

얘기를 들어줄 사람이 생긴 어린아이처럼 기분이 좋아진 피티 고모는 신이 나서 계속 수다를 떨었다. 공화당 지지자들이 저지르는 못된 짓들 때문에 애틀랜타에서는 만사가 엉망으로 돌아간다고 그녀는 말했다. 그들의 비행은 그칠 줄을 몰랐고, 가장 곤란한 문제는 그들이 한심한 검둥이들의 머릿속에 불어넣는 몹쓸 관념들이었다.

「나 참 기가 막힐 노릇이지만, 그들은 검둥이들에게 투표를 시킬 작정이야! 너 그렇게 한심한 얘기 들어 봤니? 하기야, 난 잘 모르지만, 가만히 생각해 보면 피터 아저씨는 내가 여태껏 만난 어떤 공화당 지지자보다 훨씬 똑똑하기는 하지만, 물론 피터 아저씨는 바탕이 워낙 훌륭한 사람이라서 투표는 안 하려고 그러겠지. 어쨌든 투표를 생각만 해도 검둥이들은 너무 흥분한 나머지 뭐가 뭔지도 모르게 되어 버렸어. 그리고 어떤 녀석들은 꽤나 건방지게 군단다. 날이 어두워지기만 하면 길거리를 나다니기도 생명이 안전하지를 못하고, 심지어는 대낮에도 녀석들이 길거리에서 여자들을 진흙탕으로 밀어 넣곤 한단다. 그리고 만일 어떤 신사가 나서서 잔소리라도 하려고 하면 그들이 체포해 버리고 ─ 맙소사, 버틀러 선장님이 감옥에 갇혔다는 애길 내가 했냐?」

「레트 버틀러요?」

비록 그것이 놀라운 소식이기는 해도 스칼렛은 그의 이름을 자신이 입 밖에 꺼내야 하는 필요성으로부터 구제해 준 데 대해 피티 고모를 고맙게 여겼다.

「그럼!」 흥분감으로 뺨에 홍조를 띠며 피티는 꼿꼿하게 일어나 앉았다. 「그 사람은 흑인을 죽였다고 해서 감옥에 들어갔고, 어쩌면 교수형을 당할지도 몰라! 교수형을 당하는 버틀러 선장을 상상해 봐!」

잠깐 동안 속이 울렁거려 숨을 몰아쉰 후 스칼렛은 뚱뚱한 노부인을 멍하니 쳐다보기만 했고, 피티 고모는 그녀가 한 말에 대해 워낙 대단한 반응이 나타나자 즐거워서 어쩔 줄을 몰랐다.

「아직 증거를 잡지는 못했지만, 백인 여자를 모욕한 검둥이를 누군가 죽였단다. 그리고 건방진 검둥이들이 요즈음 어찌나 살해를 많이 당했는지 양키들은 무척 당황했어. 그들은 버틀러 선장이 한 짓이라고는 증명할 길이 없지만, 누군가 처벌해서 본보기를 보여 주려고 한다는 게 미드 박사의 얘기야. 의사 선생님 얘기로는, 만일 그들이 버틀러 선장을 교수형에 처한다면, 그것이야말로 양키들이 지금까지 달성한 최초의 훌륭하고 정직한 과업이 되리라고 하지만, 어쨌든 나로서는 모르겠어……. 그리고 버틀러 선장이 여길 찾아와서, 여태껏 한 번도 본 적이 없을 정도로 멋진 메추라기를 나한테 선물로 갖다 주고는, 네 얘기를 잔뜩 물어보면서, 공방전 때 자기가 네 기분을 상해 주었다는 생각이 드는데 아마도 네가 절대로 용서해 주지 않으리라는 말을 하고 간 것이 겨우 한 주일 전이었다는 생각을 하면, 교수형 얘긴 통 믿어지지가 않을 지경이야.」

「그 사람 얼마 동안이나 감옥 생활을 해야 되나요?」

「그건 아무도 몰라. 어쩌면 교수형을 시킬 때까지 가둬 둘지도 모르겠지만, 어쩌면 그가 살인을 했다는 혐의를 결국은 증명하기 어려울지도 모르지. 어쨌든 양키들은 누구인가를 교수형에 처할 기회만 생긴다면 사람들이 죄가 있건 없건 구태여 신경을 쓰지 않아. 그들은 너무나 긴장했어.」 피티가 이상하게 목소리를 낮추었다. 「큐 클럭스 클랜 때문에 말이다. 그곳 카운티에도 클랜 조직이 생겼니? 그래, 틀림없이 그곳에도 생겼을 테지만, 애슐리는 너희들에게 그런 얘기를 전혀 비치지도 않겠지. 클랜 단원들은 비밀을 지키겠다고 서약을 하니까. 그들은 한밤중에 귀신처럼 차리고 나가서 말을 타고

돌아다니며 돈을 훔치는 카펫배거들과 건방진 흑인들을 찾
아가지. 때로는 그냥 그들에게 겁만 주고 애틀랜타에서 떠나
라고 충고를 하지만, 얌전히 굴지 않는 자들은 채찍으로 때
리기도 해.」 피티는 귀엣말로 얘기했다. 「때로는 그들을 죽이
고 큐 클럭스 쪽지를 달아서 눈에 잘 띄는 곳에 시체를 버리
지⋯⋯. 그리고 양키들은 그 문제 때문에 무척 화가 나서 누
구인가를 본보기로 처벌할 속셈이야⋯⋯. 하지만 휴 엘싱한
테서 들은 얘기인데, 양키들은 돈을 어디 숨겨 두었는지를
그가 알면서도 말을 안 한다고 생각하기 때문에, 버틀러 선
장을 함부로 교수형에 처하지는 못하리라는구나. 그들은 버
틀러 선장의 입을 열게 하려고 애를 쓰는 중이지.」
　「돈이라뇨?」
　「너 그 얘기 모르니? 내가 편지에서 너한테 얘기하지 않았
어? 맙소사, 넌 타라에 파묻혀 세상이 어떻게 돌아가는지도
모르면서 살았구나, 안 그래? 우리들은 너도나도 다음 끼니
를 걱정하느라고 정신이 없는 판인데 버틀러 선장이 멋진 말
과 마차를 끌고 호주머니마다 돈을 잔뜩 쑤셔 넣고 이곳에
다시 나타나자, 온 도시가 온통 수군거리고 야단이었단다.
우리들은 이토록 가난한데 남부 동맹에 대해서 항상 고약한
소리만 해대던 투기업자가 돈을 그렇게 많이 가지고 있다니
까 모두들 잔뜩 분개했지. 그가 어떻게 돈을 챙겼는지 알고
싶어서 모두들 전전긍긍했지만, 아무도 ― 나 말고는 아무
도 그에게 물어볼 용기도 없었는데, 내가 물었더니 웃기만
하면서 이런 말을 하더라. 〈빤한 얘기지만, 전혀 정직한 방법
은 아니었죠.〉 너도 알겠지만 그 사람에게서는 진지한 말을
끌어내기가 보통 어려운 일이 아니야.」
　「하지만 물론 봉쇄선을 돌파하고 돈을 벌어서 ―」

「물론, 애야, 그렇게 해서도 좀 벌기는 했겠지. 하지만 그가 실제로 모은 재산에 비하면 그건 한 방울의 물에 지나지 않아. 양키들을 포함한 모든 사람들은 그가 남부 동맹 정부의 소유였던 수백만 달러에 달하는 황금을 어딘가 숨겨 두었다고 믿지.」

「황금이 — 수백만 달러라고요?」

「글쎄, 애야, 남부 동맹의 금이 다 어디로 갔겠니? 누군가 그것을 빼돌렸을 텐데, 틀림없이 버틀러 선장은 그 누군가 가운데 한 사람이겠지. 양키들은 리치먼드를 떠날 때 데이비스 대통령이 가지고 간 줄 알았지만, 불쌍한 양반을 붙잡고 보니 한 푼도 가진 게 없었다잖아. 전쟁이 끝났을 무렵에는 국고에 돈이 하나도 없었고, 봉쇄선 돌파를 하던 몇몇 사람이 빼돌리고는 입을 다물고 쉬쉬한다고 생각하지.」

「황금이 — 수백만 달러라니! 하지만 어떻게 —」

「버틀러 선장은 남부 동맹 정부를 위해 수천 궤짝의 목화를 팔려고 영국과 나소로 싣고 가지 않았니?」 피티가 신이 나서 말했다. 「자기 목화뿐 아니라 정부의 목화도 말이야. 그리고 전시에 영국으로 가져간 목화가 어떤 건지는 너도 알잖아! 부르는 게 값이었어! 그는 정부를 위해 일하던 자우 대행인이었고, 목화를 판 돈으로 총을 사서 우리들을 위해 봉쇄선을 뚫고 무기를 들여오기로 했단다. 어쨌든 그러다가 봉쇄선이 자꾸 좁혀드니까 무기를 들여올 방법이 없어졌고, 목화를 판 돈의 백분의 1도 쓰지를 못하게 되자, 봉쇄선이 트이기를 기다리며 버틀러 선장하고 다른 봉쇄선 돌파자들이 영국의 여러 은행에 수백만 달러를 넣어 두었어. 하지만 그들이 남부 동맹의 이름으로 돈을 예금했을 리는 없겠지. 그들은 개인 명의로 돈을 넣었고, 돈은 아직도 그곳에 있어…… 패전한 이후에 사람들은 걸핏하면 그런 얘기를 하면서 봉쇄선 돌파자들을 심하게 비난했는데, 검둥이를 죽였다고 버틀러 선장을 체포했을 때도 양키들은 분명히 소문을 들은 모양이어서, 돈을 어디 숨겨 두었는지 대라고 그에게 캐물었다는구나. 너도 알겠지만, 우리 남부 동맹의 모든 재산은 이제 양키들의 소유가 되었고 — 적어도 양키들은 그렇게 생각하지. 하지만 버틀러 선장은 아무것도 모른다고 잡아떼고……. 미드 박사는 어쨌든 그를 교수형에 처해야 한다고 그러는데, 도둑이며 모리배인 자에게는 교수형도 너무 싸다는 거지. 애야, 너 왜 그렇게 묘한 표정을 짓지? 너 기절하려고 그러니? 내가 한 얘기가 네 마음에 걸렸어? 버틀러 선장이 한때 네 애인이었다는 건 나도 알지만, 난 두 사람이 벌써 아주 오래전에 헤어졌다고 생각했는데. 개인적인 얘기다만, 난 그런 망나니는 전혀 못마땅하게 여기기 때문에 —」

「레트는 내 친구가 아니에요.」 스칼렛이 겨우 말했다. 「고모님이 메이컨으로 가신 다음, 공방전 동안에 난 그 사람하고 다투었어요. 그 사람 — 레트는 어디 있죠?」

「광장 근처의 소방서에.」

「소방서요?」

피티 고모가 키득거리며 웃었다.

「그래, 소방서에 들어가 있단다. 지금은 양키들이 그곳을 영창으로 사용하지. 양키들은 광장의 시청 주변 여러 막사에서 기거하고, 소방서는 거기서 길거리를 조금만 내려가면 나오는데, 버틀러 선장은 바로 그곳에 갇혔지. 그리고 스칼렛, 난 어제 버틀러 선장에 관한 아주 재미있는 얘기를 들었어. 얘기를 해준 사람이 누구인지는 잊어버렸지만. 너도 잘 알지만 그는 정말 멋쟁이여서 항상 몸단장을 열심히 했는데, 그들은 버틀러 선장을 소방서에 처넣고는 목욕도 안 시켰고, 그런데 그는 날마다 돗욕을 해야 되겠다고 고집을 부렸고, 결국 그들은 감옥에서 그를 풀어 주고 광장으로 데리고 나가, 연대 병력 전체가 같은 물로 목욕을 하던 긴 말구유로 안내했다지 뭐냐! 그리고 그들은 버틀러 선장더러 그곳에서 목욕을 하라고 그랬는데, 그는 싫다면서 양키의 때보다는 차라리 남부의 때를 한 꺼풀 걸친 채로 지내겠다고 하면서 ─」

스칼렛은 쉴 새 없이 즐겁게 떠들어 대는 피티 고모의 목소리를 귀로는 들었지만, 애기의 내용은 머리에 들어오지를 않았다. 그녀의 관심거리는 그녀가 기대했던 이상으로 레트가 부자였으며, 지금은 감옥에 갇혔다는 두 가지 생각뿐이었다. 그가 감옥 생활을 하고 어쩌면 교수형을 당할지도 모른다는 사실은 상황의 국면을 조금쯤 바꿔 놓았는데, 양상이 조금 더 낙관적이라고 해도 좋았다. 레트가 교수형을 당한다는 데 대해서 그녀는 거의 아무런 감정도 느끼지 않았다. 돈의 필요성이 그녀에게는 워낙 다급했고, 그녀는 워낙 필사적이어서, 그가 종국에 어떤 운명을 맞느냐에 대해서는 신경을 쓸 겨를도 없었다. 그뿐 아니라 스칼렛은 교수형 정도로는 그에게 부족하다는 미드 박사의 의견에 반쯤은 동의했다. 이미 패색이 짙어진 대의명분을 위해 싸우러 간답시고, 한밤중에 두 군대 사이에다 오도 가도 못 하게 그녀를 내버려 두고 도망친 남자라면, 누구라도 목을 매달아야 마땅했다……. 만일 그가 수감된 상태에서 어떻게 해서든지 결혼만 하게 된다면, 그가 처형되는 경우에 수백만 달러의 돈이 몽땅 그녀의 것, 오직 그녀 혼자만의 소유가 되리라. 그리고 만일 결혼이 불가능하더라도, 어쩌면 그녀는 레트가 석방된 다음에 결혼하겠다고 약속한다든가 아니면 ─ 오, 무슨 약속이라도 해서 돈을 빌리기가 어렵지 않으리라. 그랬다가 만일 그가 교수형을 당하면, 빚을 영원히 안 갚아도 되리라.

잠깐 동안 그녀는 고맙게도 양키 정부의 도움 덕택에 미망인이 되리라는 생각을 하느라고 상상력에 불을 붙였다. 수백만 달러에 달하는 황금! 그녀는 타라를 수리하고, 일꾼들을 고용하고, 몇 킬로미터에 걸쳐 목화를 심을 돈이 생기리라. 그리고 그녀는 예쁜 옷을 사고, 원하는 음식은 무엇이나 다 먹겠고, 수엘렌과 캐린도 마찬가지였다. 그리고 웨이드는 영양분이 많은 음식을 먹여서 야윈 뺨에 살이 붙겠고, 따뜻한 옷에다 여자 가정 교사도 두고, 나중에는 대학에 진학을 시키고……. 그리고 또 크래커처럼 무식하게 맨발로 자라지도 않으리라. 그리고 훌륭한 의사가 아버지를 돌보겠고, 애슐리는 — 애슐리를 위해서 그녀가 무엇인들 못 하겠는가!

피티팻 고모는 갑자기 독백을 중단하고 의아한 목소리로, 〈왜 그래요, 어멈?〉이라고 물었으며, 꿈에서 깨어난 스칼렛은 앞치마 속에 두 손을 숨기고 문간에 서서, 긴장한 눈으로 뚫어지라고 노려보는 어멈을 보았다. 그녀는 어멈이 언제부터 그곳에 서서, 얼마나 오랫동안 애기를 듣고 지켜보았는지 궁금한 생각이 들었다. 늙은 눈에서 발산하는 광채로 미루어 보아 아마도 처음부터 애기를 다 듣고 지켜본 모양이었다.

「미스 스칼렛 피곤하다 보여요. 나 생각에 잠자리 들어라 더 좋겠어요.」

「나 피곤해요.」 어린애처럼 무기력한 표정으로, 어멈을 마주 노려보고 몸을 일으키며, 스칼렛이 말했다. 「그리고 감기도 오는 모양이고요. 피터 고모님, 내일 고모님하고 같이 인사를 다니러 나가지 않고 그냥 누워서 쉬면 안 될까요? 인사

990

는 언제라도 가면 그만이지만, 내일 밤 패니의 결혼식에는 꼭 가고 싶어서요. 감기가 심해지면 난 결혼식에 못 가잖아요. 그리고 침대에서 하루를 보내면 나에게는 정말로 즐거운 휴식이 되겠어요.」

스칼렛의 드 손을 만져 보고 얼굴을 들여다보면서 어멈은 표정이 약간 걱정스럽게 바뀌었다. 스칼렛은 확실히 몸이 불편해 보였다. 흥분을 자아내던 생각들이 갑자기 물러갔고, 그녀는 얼굴이 핼쑥해지고 몸이 떨렸다.

「손 얼음처럼 차갑다 해요. 침대 들어가고, 그러면 나 강장제 차 끓이고 꿈 빼라 뜨거운 벽돌 갖다 주겠어요.」

「내가 이렇게 몰상식하게 굴다니.」 의자에서 벌떡 일어나 스칼렛의 팔을 토닥거리며 뚱뚱한 노부인이 소리쳤다. 「네 생각은 하지도 않고 그냥 혼자서 수다만 떨었으니 말이다. 애야, 너 내일은 하루 종일 침대에 누워 지내고, 푹 쉬고 난 다음 우리 같이 잡담이나 나누자. 오, 저런, 아니지! 난 너하고 같이 지낼 시간이 없어. 난 내일 보넬 부인에게 문병을 가기로 약속했거든. 보넬 부인은 유행성 감기로 앓아누웠고, 요리사도 같은 병에 걸렸지. 어멈, 어멈이 이렇게 와줘서 난 정말 기뻐. 어멈은 아침에 나하고 같이 가서 일을 꼭 도와줘야 해.」

어멈은 스칼렛을 데리고 컴컴한 층계를 서둘러 올라가면서 손이 차갑다는 둥, 신발이 얇다는 둥 두서없는 말을 투덜거렸고, 스칼렛은 고분고분한 표정을 지으며 꽤나 만족스러웠다. 어멈의 의심을 더욱 누그러뜨려서, 아침에 집에서 나가게만 해놓으면 만사는 뜻대로 되리라. 그러면 그녀는 양키 감옥으로 가서 레트를 만날 작정이었다. 그녀가 층계를 올라가는 동안 천둥이 희미하게 우르릉거리기 시작했고, 기억

에 생생한 층계참에 서서 그녀는 천둥이 공방전 때의 포성과
참으로 비슷하다고 생각했다. 그녀는 몸을 부르르 떨었다.
그녀에게는 천둥이 영원히 대포와 전쟁을 의미했다.

제34장

이튿날 아침에는 가끔씩 해가 나왔고, 시커먼 구름을 빠른 속도로 몰고 다니는 거센 바람은 창문들을 덜커덩 흔들어 대고는 집 주변에서 힘없이 신음했다. 비가 계속 내리련 벨벳 옷과 새 둥근 모자를 망치리라고 걱정했기 때문에 귀를 기울이며 잠도 못 잔 스칼렛은, 그나마 어젯밤의 비가 멈춘 데 대해서 감사 기도를 드렸다. 잠깐씩 반짝 빛나는 햇살을 보게 된 지금, 그녀는 기분이 한껏 부풀었다. 피티 고모와 어멈과 피터 아저씨가 집을 나서서 보넬 부인 댁으로 향할 때까지 가만히 침대에 누워 기운이 없는 체하고 앓는 소리를 내는 짓도 제법 힘들었다. 마침내 앞대문이 닫히고, 부엌에서 노래를 부르던 쿠키 말고는 집 안에 그녀 혼자만 남게 되자 스칼렛은 침대에서 얼른 뛰쳐나와 벽장 옷걸이에 걸어 둔 새 옷을 꺼냈다.

잠을 자고 났더니 기운이 나고 마음도 상쾌해진 그녀는 마음속 밑바닥의 차디차고 단단한 알맹이로부터 용기를 짜냈다. 상대가 누구이건 간에 남자와 지혜를 겨루는 어떤 투쟁을 눈앞에 두었을 때면 그녀는 힘이 치솟았고, 수없이 많은 절망과 싸우며 여러 달을 보낸 다음 드디어 그녀가 스스로 노력해서 거꾸러뜨려야 하는 확실한 적과 맞서리라는 사실을 알게 되자, 그녀는 들뜬 기분을 느꼈다.

도움을 받지 않고 혼자 옷을 입기는 힘이 들었지만 결국은 성공했고, 멋진 깃털을 단 둥근 모자를 쓰고 피티 고모의 방으로 달려간 스칼렛은 기다란 거울 앞에서 옷매무새를 가다듬었다. 그녀는 얼마나 아름다워 보이는가! 수탉의 깃털은 그녀에게서 경쾌한 인상을 살려 냈으며, 둥근 모자의 둔감한 초록빛 벨벳은 그녀의 눈을 놀랄 만큼 밝게, 선녹색 빛깔을 거의 되찾게 도와주었다. 그리고 옷차림은 더할 나위가 없어서, 무척 풍성하고 멋져 보이면서도 아주 점잖은 인상을 주었다! 다시금 예쁜 옷을 걸치니까 기분이 무척 좋았다. 예쁘고 매혹적인 자신의 모습을 확인하니까 정말로 좋았고, 그녀는 충동적으로 몸을 앞으로 수그리고는 거울에 비친 자신의 모습에 키스를 하고, 그러고는 바보 같은 짓에 저절로 웃음이 나왔다. 그녀는 엘렌의 부드러운 페이즐리 목도리를 두를까 잠시 생각했지만, 정사각형 무늬를 이루는 낡고 빛이 바랜 색깔이 새 옷의 이끼색 초록과 어울리지를 않아 약간 초라한 인상을 준다고 판단해서 그만두었다. 피티 고모의 옷장을 열고 그녀는 피티가 일요일 나들이에만 입는 얇은 가을 옷인 검정 포플린 망토를 꺼내 위에다 걸쳤다. 그녀는 구멍을 뚫은 귀에다 타라에서 가지고 온 다이아몬드 귀고리를 걸고는 어떤 효과가 나는지 보려고 머리를 뒤로 젖혔다. 귀고리에서 나는 짤그랑 소리가 듣기 좋고 아주 만족스러워서 스칼렛은 레트의 앞에서는 잊지 말고 자주 머리를 뒤로 젖혀야 되겠다고 생각했다. 귀고리가 춤추듯 달랑거리면 항상 남자의 눈길을 끌게 마련이었고, 여자가 쾌활하다는 인상을 주었다.

퉁퉁한 손에 끼고 나간 한 벌 이외에는 피티 고모가 다른 장갑을 가지고 있지 않아서 정말 유감이었다! 장갑을 끼지 않고서야 어떤 여자도 정말로 숙녀가 된 기분을 느끼기는 어렵겠지만, 스칼렛은 애틀랜타를 떠난 이후로 장갑이라고는 가져 보지를 못했다. 그리고 타라에서 오랫동안 고된 일을 했기 때문에 그녀의 손은 거칠어져서 조금도 예쁘지를 않았다. 어쨌든 손은 별도리가 없었다. 스칼렛은 피티 고모의 작은 물개 가죽 토시를 가지고 가서 맨손을 그 속에 감춰야 되겠다고 생각했다. 스칼렛은 그것이 그녀를 우아하게 가꾸는 마지막 손질이 되리라고 생각했다. 지금 그녀를 보면 가난과 궁핍에 쪼들린 여자라고는 아무도 의심하지 못할 정도였다.

레트가 의심하지 않아야 한다는 것이 중요했다. 다정한 마음 이외에는 어떤 숨은 동기가 그녀에게 없다고 그가 믿게 만들어야만 했다.

부엌에서 쿠키가 남에게는 신경도 안 쓰며 목청을 한껏 높여 노래를 불러 대는 사이에 스칼렛은 발돋움을 하고 층계를 내려가 몰래 집에서 빠져나갔다. 그녀는 속을 환히 꿰뚫어 보는 이웃들의 눈초리를 피하려고 서둘러 베이커 거리를 내려가 아이비 거리에서 잠시 걸음을 멈추고는, 어느 불탄 집 앞의 마차 승강단에 앉아 혹시 그녀를 태워 줄 승용 마차나 짐마차가 지나가지나 않을까 해서 기다렸다. 태양은 서둘러 지나가는 구름들 속에 잠겼다가 나오곤 하면서 따스한 기운이 없는 거짓된 눈부신 빛으로 길거리를 비추었고, 그녀의 속바지에서는 바람에 레이스가 펄럭거렸다. 예상보다도 날씨가 추웠기 때문에 그녀는 피티 고모의 얇은 망토로 몸을 바싹 감싸고는 짜증이 나서 덜덜 떨었다. 양키 부대로 가기 위해 시내를 횡단해서 건 길을 걸어가려고 막 출발하려던 참에 낡아 빠진 짐마차가 한 대 나타났다. 마차를 타고 꾸물거리는 늙은 노새를 몰던 노부인은 입술에 온통 코담배가 묻었고,[40] 세파에 시달린 얼굴에, 우중충하나 둥근 모자를 썼다. 그녀는 시청 쪽으로 가던 길이었고, 마지못해서 스칼렛을 태워 주었다. 하지만 스칼렛이 걸친 새 옷과 둥근 모자와 토시를 노부인이 못마땅하게 생각하는 눈치가 분명했다.

〈이 여자는 내가 화냥년이라고 생각하는 모양이야.〉 스칼렛은 생각했다. 〈하기야 아마 실제로 그런지도 모르지.〉

마침내 그들이 시내 광장에 다다르고, 시청의 높다랗고 하얀 둥근 지붕이 멀찌감치 시야에 들어오자, 스칼렛은 고맙다는 말을 하고 마차에서 내려서는, 노새를 몰고 가는 시골 여자의 뒷모습을 지켜보았다. 혹시 누가 자기를 보지 않았는지 확인하려고 조심스럽게 사방을 둘러본 그녀는 뺨을 꼬집어 혈기가 돌게 한 다음 아플 정도로 입술을 깨물어 붉게 보이도록 했다. 그녀는 둥근 모자를 바로잡고 머리카락을 쓸어 넘기고는 광장을 둘러보았다. 시청이 들어선 2층짜리 붉은 벽돌 건물은 도시가 타버릴 때도 화를 면했다. 하지만 잿빛 하늘 밑에서는 건물이 삭막하고, 어수선해 보였다. 시청 건물이 중앙에 들어선 정사각형의 터에는 진흙이 튀고 지저분한 군대 막사들이 시청을 완전히 둘러싸고 뒤덮다시피 줄줄이 늘어섰다. 어디를 보나 양키 군인들이 어슬렁거리며 돌아다녔고, 불안한 마음으로 그들을 쳐다보던 스칼렛은 용기를 좀 잃었다. 적지인 이곳에서 그녀는 어떻게 레트를 찾아낼 것인가?

그녀는 길거리 아래쪽 소방서가 위치한 곳을 내려다보았는데, 널찍한 반달문은 닫히고 묵직하게 빗장을 질렀으며,

<hr>

40 어떤 사람들은 흡연을 하는 대신 코담배를 입술에 묻혀 놓고 냄새를 맡는 버릇이 있었다.

보초 두 명이 건물의 양쪽 옆에서 왔다 갔다 했다. 레트는 저 안에 있었다. 하지만 그녀는 양키 병사들에게 뭐라고 설명해야 하나? 그리고 그들은 숙녀에게 무슨 말을 할까? 그녀는 어깨를 활짝 폈다. 양키 한 명을 죽일 때도 두려워하지 않았던 그녀였는데, 그냥 말만 하는 정도에 겁을 먹어서야 말도 안 된다.

그녀는 진창이 된 길거리의 징검다리를 아슬아슬하게 골라 밟으며 건너가서 앞으로 나아갔고, 그랬더니 바람 때문에 푸른 외투의 단추를 높이 채운 보초 한 명이 그녀를 붙잡아 세웠다.

「무슨 용무인가요, 부인?」 그의 목소리는 귀에 생소한 중서부의 비음이 섞였지만, 겸손하고 예의를 갖추었다.

「난 저 안에 갇힌 어떤 남자를 만나려고 찾아왔는데 ── 죄수예요.」

「글쎄요, 난 모르겠습니다.」 머리를 긁적거리며 보초가 말했다. 「면회자들에 대해서는 꽤나 까다롭게들 굴어서 ──」 그는 말을 멈추더니 그녀의 얼굴을 날카로운 눈으로 살펴보았다. 「맙소사, 부인! 울지 마세요! 저기 수비대 본부로 가셔서 장교들한테 부탁하세요. 그들은 틀림없이 만나 보게 해줄 테니까요.」

울음을 터뜨리려던 생각이 전혀 없었던 스칼렛은 그에게 미소를 지어 보였다. 그는 담당 위치에서 느릿느릿 왔다 갔다 하던 다른 보초병을 향해 돌아섰다.

「어이, 빌. 이리 와.」

흉악하고 시커먼 수염을 잔뜩 기르고 푸른 외투를 단단히 여미어 입은 덩치가 큰 두 번째 보초병이 진흙 바닥을 지나 그들에게로 왔다.

「부인을 본부로 모셔다 드려.」

스칼렛은 그에게 고맙다는 말을 하고는 보초병을 따라갔다.

「저 징검다리에서 발목을 삐지 않게 조심하세요.」 그녀의 팔을 잡으며 병사가 말했다. 「그리고 치마는 진흙이 묻지 않게 조금 들어 올리면 좋을 텐데요.」

수염 사이로 나오는 목소리도 마찬가지로 콧소리를 냈지만, 병사는 상냥하고 쾌활했으며, 그의 손은 믿음직스럽고 제대로 예의를 차렸다. 세상에, 양키들이라고는 하지만 전혀 나쁜 줄 모르겠어!

「여자 분이 나들이를 하기에는 굉장히 추운 날씨인데요.」 그녀를 안내하는 병사가 말했다. 「멀리서 오셨나요?」

「아, 예, 도시의 반대편에서 왔죠.」 그의 목소리에 담긴 친절함 때문에 마음이 누그러지면서 그녀가 말했다.

「이런 날씨엔 여자 분이 나돌아 다니면 좋지 않죠.」 병사가 나무라는 투로 말했다. 「이런 바람을 쐬면 독감에 걸리기 십상입니다. 여기가 수비대 본부인데요, 부인 — 아니, 왜 그러십니까?」

「이 집 — 이 집이 당신네 본부예요?」 스칼렛은 광장을 향한 아름답고도 낡은 저택을 올려다보고 하마터면 소리를 지를 뻔했다. 전쟁 동안에 그녀는 이곳에서 열린 파티에 자주 참석했었다. 이곳은 멋지고도 화려한 집이었는데, 지금은 — 지붕 위에서 커다란 합중국 국기가 휘날렸다.

「왜 그러시죠?」

「아무것도 아니에요. 그저 — 그저 — 난 전에 여기서 살던 사람들하고 친했거든요.」

「저런, 그것참 안됐군요. 내부를 정말 심하게 뜯어 놓았으니까, 그들이 와서 보면 자기 집인지도 몰라볼 정도예요. 자,

어서 안으로 들어가서서, 부인, 대위님한테 부탁을 하세요.」

그녀는 부러진 하얀 난간을 쓰다듬으며 층계를 올라가서 앞문을 밀어 열었다. 현관은 지하 동굴처럼 컴컴하고 추웠으며, 지금보다 행복했던 시절에는 식당으로 쓰였던 방을 보니, 접히는 문을 닫아 놓고 몸을 기댄 채로 보초가 덜덜 떨었다.

「대위님을 만나러 왔는데요.」 그녀가 말했다.

그는 문을 잡아당겨 열었고, 그녀는 가슴이 마구 두근거리면서, 얼굴은 당황하고 흥분해서 새빨개진 채 방으로 들어갔다. 방 안에서는 오랫동안 목욕을 하지 못한 몸의 역겨운 체취와, 담배 연기와, 습기가 찬 모직 군복과, 가죽과, 연기가 내는 난로에서 타는 장작 냄새가 뒤섞인 답답하고 퀴퀴한 악취가 났다. 벽지가 찢어져 썰렁하게 드러난 벽과, 못에다 줄줄이 걸어 놓은 푸른 외투와, 챙이 늘어진 모자들과, 시끄럽게 타오르는 장작불과, 서류가 잔뜩 쌓인 기다란 책상과, 놋쇠 단추가 달린 푸른 군복 차림의 장교 한 패거리가 그녀에게 어지러운 인상을 주었다.

그녀는 침을 한 번 꿀꺽 삼키고서야 겨우 입을 열었다. 그녀는 양키들에게 자기가 두려워한다는 기미를 보여서는 안 되었다. 그녀는 한껏 아름다운 자태로 지극히 초연한 태도를 보여 줘야만 하고, 마땅히 그래야 했다.

「대위님?」

「나도 계급은 대위가 맞습니다.」 군복 상의의 단추를 풀어 헤친 어느 뚱뚱한 남자가 말했다.

「난 레트 버틀러 선장님이라는 죄수를 면회하려고 찾아왔는데요.」

「또 버틀러야? 인기가 대단한 친구로구먼.」 이빨로 짓씹은 여송연을 입에서 떼어 내며 대위가 웃었다. 「당신 친척인가요, 부인?」

「예 — 그분의 — 여동생이죠.」

그는 다시 웃었다.

「어제도 하나 찾아오더니, 여동생깨나 많구먼.」

스칼렛은 얼굴을 붉혔다. 레트가 가까이하는 그런 계집, 어쩌면 워틀링이라는 여자였는지도 모른다. 그리고 양키들은 그녀도 똑같은 여자로 취급했다. 그것은 참기 힘든 모욕이었다. 비록 타라를 위해서라고 하더라도 그녀는 1분이라도 더 여기서 지체하며 모욕을 당하고 싶지가 않았다. 그녀는 문으로 돌아서서 화를 내며 손잡이를 잡으려고 했지만, 다른 장교 한 사람이 재빨리 그녀의 곁으로 왔다. 그는 면도를 말끔하게 했고 젊었으며, 눈매가 상냥하고 즐거운 인상을 주었다.

「잠깐만 기다리세요, 부인. 여기 불가 쪽으로 따뜻한 자리에 좀 앉지 않으시겠어요? 어디 내가 가서 손을 써보죠. 이름이 어떻게 되시죠? 선장은 어제 찾아왔던 — 여자 분은 만나지 않겠다고 거절했었거든요.」

그녀는 거북해하는 뚱뚱보 대위를 노려보면서, 그가 내준 의자에 털썩 주저앉았다. 착하고 젊은 장교가 외투를 걸치더니 방에서 나갔고, 다른 사람들은 책상의 저쪽 끝으로 가서 자리를 잡더니, 나지막한 목소리로 얘기를 나누고 서류를 만지작거렸다. 그녀는 흐뭇한 기분으로 불을 향해 다리를 뻗고는 발이 얼마나 시린지를 이제야 처음으로 의식했고, 한쪽 덧신 바닥의 구멍이 난 곳에다 골판지 조각을 댈 생각을 왜 못 했는지 후회가 되었다. 잠시 후에 문밖에서 사람들이 웅얼거리는 목소리가 들렸고, 레트가 웃는 소리가 났다. 문이 열리고, 찬 바람이 방으로 휩쓸려 들어오고, 모자는 쓰지 않은 채 기다란 케이프를 아무렇게나 어깨에 두른 레트가 나타났다. 그는 더러웠고, 면도도 못 했고, 넥타이도 매지 않았으며, 옷차림을 제대로 갖추지 못했어도 어쩐지 당당했고, 그녀를 보더니 검은 눈이 즐거워서 깜박거렸다.

「스칼렛!」

그는 그녀의 두 손을 맞잡았는데, 움켜쥐는 그의 손은 항상 그렇듯이 어딘가 화끈하고 생명력이 넘치고 흥분을 자아내는 힘이 느껴졌다. 그가 무엇을 하려는지 미처 스칼렛이 제대로 깨닫기도 전에 레트는 몸을 숙여 그녀의 뺨에다 키스를 했고, 콧수염이 간지러웠다. 그녀가 깜짝 놀라 몸을 빼내려고 하자 레트는 그녀의 어깨를 껴안으며, 〈내 귀여운 꼬마 여동생!〉이라고 말했으며, 마치 그의 포옹에 저항할 처지가 아닌 그녀의 무기력한 상황을 한껏 즐기려는 듯 스칼렛을 내려다보면서 빙그레 웃었다. 그가 차지한 유리한 입장을 생각하니, 스칼렛도 저절로 마주 웃음이 나왔다. 그는 얼마나 못된 남자인가! 감옥에 갇혔어도 그는 털끝만큼도 달라진 데가 없었다.

뚱뚱한 대위는 여송연을 입에 문 채로 즐거운 표정의 장교에게 투덜거렸다.

「너무 심한 위반이야. 저 사람은 소방서 안에서만 지내야 해. 자네도 명령은 알잖아.」

「정말 이러지 말게, 헨리! 그런 헛간 속이라면 부인께서 꽁꽁 얼겠어.」

「그래, 알았어, 알았어! 책임은 자네가 져.」

「내가 보장하겠어요, 여러분.」 그들에게로 몸을 돌리기는 했지만, 아직도 스칼렛의 어깨를 꽉 움켜잡은 채로 레트가 말했다. 「내 ─ 여동생은 내가 탈옥하도록 돕기 위해 톱이나 줄칼 따위는 가지고 오지 않았다고 말이에요.」

그들은 모두 웃었고, 그들이 웃는 사이에 스칼렛은 재빨리 주위를 둘러보았다. 하느님 맙소사, 그녀는 양키 장교 여섯 명이 지켜보는 앞에서 레트와 얘기를 나눠야 하는가? 레트는 그들이 감시를 소홀히 하면 안 될 정도로 위험한 죄수인가? 초조해하는 그녀의 눈길을 알아차린 마음 착한 장교가 어느 문을 밀어 열었고, 그가 들어서자 벌떡 일어서던 두 명의 사병에게 나지막한 목소리로 짤막하게 뭐라고 지시했다. 그들은 소총을 집어 들더니 복도로 나가서 문을 닫았다.

「원하신다면 여기 중대 사무실에 앉아서 얘기를 나누셔도 좋습니다.」 젊은 대위가 말했다. 「그리고 저 문을 박차고 도망칠 생각은 마세요. 병사들이 바로 문 앞에서 대기하니까요.」

「내가 얼마나 위험천만한 인물인지 너도 알겠구나, 스칼렛.」 레트가 말했다. 「고마워요, 대위. 정말 친절도 하시군요.」

그는 아무렇게나 대충 절을 하고는 스칼렛의 팔을 잡아끌어 일으켜 세우더니, 지저분한 중대 사무실로 끌고 들어갔다. 스칼렛이 중대 사무실에 관해서 나중에 기억한 바는 방이 작고 침침했으며, 전혀 따뜻한 기운이라고는 없었고, 털을 뽑지 않은 쇠가죽으로 앉는 자리를 댄 의자들 그리고 손으로 써서 망가진 벽에 압정으로 박아 놓은 서류들이 전부였다.

문을 닫은 다음 레트는 재빨리 쫓아와서 그녀 위로 몸을 구부렸다. 그의 꿍꿍이속이 무엇인지를 잘 알았던 스칼렛은, 얼른 얼굴을 돌리기는 했지만 곁눈질로 그를 쳐다보며, 유혹적인 미소를 지었다.

「나 이래도 당신한테 키스를 하면 안 되나요?」

「착한 오빠답게 이마에다 하세요.」 그녀가 새침하게 말했다.

「고맙지만, 싫은데요. 난 더 좋은 기회를 바라면서 차라리

기다리겠어요.」 그의 시선은 그녀의 입술로 찾아가더니 잠깐 동안 그곳에 머물렀다. 「하지만 날 보러 찾아오다니, 얼마나 고마운 일인가요, 스칼렛! 내가 감금된 이후로 나를 찾아온 점잖은 시민은 당신이 처음인데, 감옥에 갇혀 지내니까 친구들이 아쉬워지는군요. 언제 애틀랜타로 왔죠?」

「어제 오후요.」

「그러고는 오늘 아침에 여길 찾아왔단 말이에요? 이런, 스칼렛, 당신 정성은 보통이 아니군요.」 스칼렛이 지금까지 그의 얼굴에서 한 번도 본 적이 없는 솔직한 기쁨을 나타내는 표정을 처음으로 지어 보이며, 그는 그녀를 내려다보고 미소를 지었다. 스칼렛은 흥분해서 속으로 미소를 지으면서도, 겉으로는 당황한 척하며 머리를 수그렸다.

「물론 당장 달려왔죠. 어젯밤에 피티 고모님이 나한테 당신 얘기를 했고, 난 — 난 얼마나 끔찍한 일인가 하는 생각에 밤에 한잠도 못 잤어요. 레트, 난 너무나 마음이 아프답니다!」

「저런, 스칼렛!」

그의 목소리는 부드러웠지만 떨리는 어조가 밑에 깔렸고, 거무튀튀한 그의 얼굴을 올려다본 스칼렛은, 그녀의 눈에 그토록 익었던 비웃는 장난기나 의혹이 그의 표정에 조금도 나타나지 않았음을 깨달았다. 빤히 쳐다보는 그의 시선에 그녀는 정말로 혼란을 느껴 또다시 눈을 떨구었다. 그녀의 예상보다 상황이 훨씬 잘 돌아가는 중이었다.

「당신을 다시 만나고 그런 말을 들으니까 감옥에도 들어올 만하군요. 그들이 나한테 와서 당신 이름을 댔을 때 난 귀가 믿어지지를 않았어요. 스칼렛도 알다시피, 러프 앤드 레디 근처의 길에서 그날 밤 내가 보여 준 애국적인 행위에 대해서 당신이 나를 용서해 주리라고는 전혀 기대를 못 했으니

까요. 하지만 이건 당신이 나를 용서했다는 뜻으로 받아들여
도 되겠죠?」

그날 밤의 일을 생각하면 그녀는 이렇게 오랜 기간이 흘러
간 다음에도 당장 분노가 치밀어 오르기는 했지만, 감정을
억누르고는 귀고리가 달랑거릴 정도로 머리를 젖혔다.

「아뇨, 난 당신을 용서하지는 않았어요.」 그녀가 말하고는
뾰루퉁한 표정을 지었다.

「또 하나의 희망이 무너졌군요. 이 한 몸을 스스로 나라에
바치기로 작정하고, 프랭클린⁴¹의 눈 속에서 맨발로 전투를
치르고, 당신은 들어 보지도 못했을 정도로 지독한 이질에
걸려 죽을 고생을 치르고 났는데도 말입니다!」

「난 당신이 겪은 — 고생 얘기는 듣고 싶지 않아요.」 아직
도 입술은 삐물었지만 눈초리가 올라간 눈으로 그에게 미소
를 지으며 스칼렛이 말했다. 「난 아직도 그날 밤의 당신을 밉
게 생각하고, 당신을 언젠가는 용서하게 되리라곤 전혀 상상
도 안 했어요. 내가 무슨 일을 당할지도 모르는 판국에 그렇
게 혼자 남겨 두고 떠나다니, 말도 안 돼요!」

「하지만 당신은 아무 일도 없었잖아요. 그러니까, 보시다
시피, 당신에 대한 내 믿음이 정당화된 셈이죠. 난 당신이 무
사히 고향으로 돌아갈 거고, 혹시 어떤 양키가 당신 앞에 나
타나 길을 막으려고 했다가는 오히려 양키에게 하느님의 도
움이 필요하리라고 믿었으니까요!」

「레트, 우리 편이 패전하리라고 빤히 알면서도 마지막 순
간에 입대를 하다니 — 도대체 왜 그런 한심한 짓을 했어요?
그리고 더구나 싸움터에 나가서 총에 맞아 죽는 백치들에 대
해서 그토록 실컷 떠들어 댄 다음에 말이에요!」

41 테네시 주 내슈빌 남쪽에 있는 지명.

「스칼렛, 나 좀 살려 줘요! 그때 일만 생각하면 난 창피해서 죽을 지경이니까요!」

「글쎄요, 나한테 보여 준 태도에 대해서 당신이 부끄럽게 생각한다고 알게 되었으니 기쁘군요.」

「그건 오해예요. 이런 얘기를 하는 게 미안하지만, 난 당신을 버린 데 대해서는 전혀 양심에 거리끼지를 않아요. 하지만 입대를 하다니 ― 광을 낸 장화를 신고, 하얀 아마포 양복에다 무장을 한답시고 결투용 권총 두 자루를 찬 주제에 군대에 들어가겠다는 생각을 하다니 ― 그러고는 장화가 닳아 떨어지고, 외투도 없어지고, 먹을 것도 없이 추운 눈 속에서 머나먼 길을 헤맸다는 생각을 하면……. 내가 왜 탈주를 하지 않았는지는 나도 이해가 안 가요. 처음부터 끝까지 다 완전히 미친 짓이었죠. 하지만 사람의 핏속에는 그런 기질이 흐르나 봐요. 남부인들은 패배가 빤한 대의명분에 대한 저항력이 전혀 없어요. 하지만 내가 내세운 이유들은 신경 쓰지 말아요. 내가 용서를 받았다면 그것만으로 충분하니까요.」

「당신은 용서를 받은 게 아니에요. 난 당신을 비열한 인간이라고 생각해요.」 하지만 그녀는 비열한 인간이라는 말이 사랑하는 사람이라는 듯 다정하게 얘기했다.

「거짓말 말아요. 당신은 날 용서했어요. 그저 달콤한 박애 정신만 내세우며 죄수를 면회하러 오기 위해서 젊은 여자가 양키 보초들을 거쳐야 하는 굴욕을 무릅쓰고 벨벳과 깃털에다, 물개 가죽 토시까지 끼고 잔뜩 모양을 내면서 찾아온다는 건 예삿일이 아니니까요. 스칼렛, 당신은 정말로 아름다워요. 당신이 누더기나 상복 차림이 아니라는 걸 하느님께 감사드려야죠! 난 상복을 걸쳤거나 초라하고 낡은 옷을 입은 여자들이라면 이제 진짜로 신물이 나요. 당신은 루 드 라페[42]를 연상시키는 모습이군요. 어디 한번 잘 보고 싶으니까, 스칼렛, 한 바퀴 빙 돌아 봐요.」

그러니까 레트는 그녀의 옷차림을 눈여겨보았다. 레트 같은 남자라면 물론 눈여겨보는 것이 오히려 당연했다. 그녀는 흥분해서 부드럽게 웃으며 두 팔을 벌리고, 레이스로 장식된 속바지가 살짝 보일 정도로 버팀살이 치켜 올라가도록 발돋움을 하고는, 제자리에서 한 바퀴 돌았다. 무엇 하나도 놓칠 줄 모르는 그의 눈, 그녀로 하여금 항상 소름 끼치게 만드는 시선, 옷을 벗기는 듯한 옛날의 교만한 시선으로 그는 스칼렛을 둥근 모자에서부터 발뒤꿈치까지를 한눈에 훑어보았다.

「아주 부유해 보이고, 아주아주 말끔하군요. 그리고 깨물어 먹고 싶을 정도로 멋있어요. 바깥에 양키들만 없다면 — 하지만 당신은 여기선 상당히 안전해요, 스칼렛. 앉아요. 난 마지막으로 당신을 만났을 때처럼 당신의 약점을 이용하지는 않을 테니까요.」 그는 거짓으로 뉘우치는 시늉을 하느라고 뺨을 손으로 문질렀다. 「정말입니다, 스칼렛, 그날 밤 당신은 약간 이기적이었다고 생각하지 않으시나요? 말을 한 마리 — 더구나 그런 형편없는 말을 훔치느라고 목숨까지 내걸어 가면서, 내가 당신을 위해서 어떤 일을 감행했는지 생각해 봐요! 우리들의 영광스러운 대의명분을 수호하기 위해서 달려가기도 했고요! 그런데 난 그런 고생을 해가면서 무엇을 얻었던가요? 쌀쌀한 말 몇 마디에 따귀를 한 대 철썩.」

그녀는 자리에 앉았다. 대화는 그녀가 바랐던 방향으로 흘러가는 기미가 별로 없었다. 처음 그녀를 보았을 때 그는 무척이나 상냥해 보였고, 스칼렛의 방문을 정말 진심으로 기뻐하는 듯싶었었다. 그는 스칼렛이 잘 알던 비뚤어진 놈팡이

42 유행의 첨단을 걷는 파리의 거리. 상권 제13장 382면 각주 46번 참조.

가 아니라 거의 사람다워 보이기까지 했다.

「당신은 고통을 받으면 항상 그에 대한 대가를 얻어야만 하나요?」

「그야 물론이죠! 당신도 틀림없이 알겠지만, 난 극악무도한 이기주의자니까요. 난 내가 무엇인가를 주면 그에 대해서 항상 대가를 기대합니다.」

그의 말을 듣고 약간 오싹함을 느끼기는 했지만, 그녀는 기운을 내고 다시 귀고리를 짤그랑거렸다.

「오, 당신은 정말 그렇게까지 나쁜 사람은 아니에요, 레트. 당신은 공연히 말로만 그러시는 거예요.」

「정말 당신 꽤 달라졌군요!」 레트가 웃으며 말했다 「어쩌다가 당신은 기독교인이 되었나요? 난 미스 피티팻을 통해 당신 소식을 늘 들었지만, 당신이 여성다운 다정한 면모를 개발했다는 암시는 통 안 해주시던데요. 당신 얘기를 더 해봐요, 스칼렛. 마지막으로 나하고 헤어진 후에 어떻게 지냈죠?」

그가 그녀에게서 걸핏하면 자극했던 지난날의 분노와 반감이 마음속에서 갑자기 들끓어 오르는 바람에 스칼렛은 그에게 통렬한 말을 한마디 당장 뱉어 주고 싶었다. 하지만 그녀는 대신 보조개가 뺨을 파고 들어갈 정도로 미소를 지었다. 그는 그녀 옆으로 의자를 가까이 끌어다 놓았고, 그녀는 몸을 기울여 무의식적으로 그러는 체하면서 그의 팔에다 가볍게 손을 얹었다.

「난 덕분에 잘 지냈고, 이제는 타라에서도 일이 다 잘 풀려가요. 물론 셔먼의 군대가 거쳐 간 직후에는 고생이 막심했지만, 어쨌든 그들은 집에 불을 지르지 않았고, 검둥이들이 늪지대로 몰아넣은 덕턱에 가축은 거의 다 건졌어요. 그리고 지난가을에는 수확이 좋아서 스무 마차나 거두어들였죠. 물론 타라가 생산하던 양에 비하면 사실 그건 아무것도 아니지만, 우린 밭일꾼이 많지를 않거든요. 아버지는 물론 내년에는 수확이 더 많아지리라고 하지만요. 그렇지만 레트, 이제는 시골 생활이 너무나 무료해요! 무도회나 바비큐 파티도 전혀 없고, 사람들은 고생한다는 얘기만 늘어놓으니. 상상해 보세요! 맙소사, 난 그런 생활이라면 진저리가 나요! 결국 지난 주일에는 어찌나 따분한지 더 이상 견딜 수가 없었고, 그래서 아버지는 나더러 여행이나 하며 즐기라고 하셨어요. 그래서 난 옷이라도 몇 벌 지으려고 여길 왔고, 다음에는 찰스턴으로 이모님이라도 찾아갈까 해요. 다시 무도회에 나가게 되면 좋겠어요.」

자, 이만하면 제대로 고상하게 얘기를 잘했겠지! 그녀는 자랑스럽게 생각했다. 별로 부자는 아니더라도 분명히 가난한 여자의 말투로는 들리지 않았으리라.

「당신은 무도복을 입으면 아름다워 보이고, 곤란한 일이지만 그런 사실을 자신도 잘 알아요. 내 생각엔 당신이 방문길에 나선 진짜 이유는 카운티의 총각들은 이미 다 거쳤으니까, 타향에서 싱싱한 상대를 구해 보려는 속셈이겠죠.」

스칼렛은 레트가 지난 몇 달을 외국에서 지냈고, 최근에야 애틀랜타로 돌아왔으리라고 생각하며 감사했다. 그렇지 않고서야 레트가 그토록 한심한 말을 할 리가 없었다. 그녀는 얼핏 카운티의 총각들을, 너덜너덜하고 비탄에 빠진 초라한 폰테인 댁 사람들과, 가난에 허덕이는 먼로 댁 청년들과, 밭을 갈고 울타리에 칠 나무를 쪼개거나 병들고 늙은 가축들을 돌보느라고 바빠서 무도회나 즐거운 연애 따위는 도대체 언제 존재하기나 했었는지조차 잊어버린 존즈버러의 청년들을 생각해 보았다. 하지만 그녀는 이런 기억을 쫓아 버리고는 그의 추측이 옳다는 듯 멋쩍어하며 키득거렸다.

「오, 글쎄요.」 그녀가 못마땅한 어조로 말했다.

「당신은 무정한 여자지만, 스칼렛, 아마 그게 당신 매력의 일부인지도 모르죠.」 그는 낯익은 미소를 지어서 입술의 한쪽 끝이 곡선을 지으며 내려갔지만, 스칼렛은 그것이 그가 자기에게 찬사를 보내는 말임을 알았다. 「하기야 물론 당신은 법으로 허락해서는 안 될 정도로 많은 매력을 자신이 지녔다는 걸 스스로 알죠. 나처럼 닳고 닳은 사람까지도 그것을 느꼈을 정도이니까요. 당신보다 훨씬 아름답고, 분명히 훨씬 더 총명하고, 그리고, 내 나름대로의 생각일지는 모르지만, 훨씬 더 도덕적으로 고결하고 마음도 착한 여자들을 많이 사귀었으면서도 내가, 무엇 때문에 내가 항상 당신을 기억하게 되는지 가끔 의아한 생각이 들고는 했죠. 하지만 어쨌든 난 항상 당신을 기억했어요. 패전 후에 프랑스와 영국에서 지내던 여러 달 동안에도, 당신을 보지도 못하고 소식도 못 들은 채로 수많은 아름다운 여자들과의 교제를 즐기면서도 나는 항상 당신을 기억했고, 당신이 어떻게 지내는지 궁금했어요.」

잠깐 동안 스칼렛은 레트가 자기보다 다른 여자들이 훨씬 아름답고, 총명하고, 마음이 착하다는 소리를 의도적으로 했다는 생각이 들어 화가 났지만, 순간적인 분노는 그가 그녀와 그녀의 매력을 기억했다는 기쁨 때문에 가라앉았다. 그러니까 그는 잊지를 않았다! 그러면 일이 훨씬 쉬워지리라. 그리고 그는 이런 상황에서도 어느 정도는 신사답게, 정말로 훌륭하게 처신했다. 이제 그녀가 해야 할 일이라고는 자기도 그를 잊지 않았다는 암시를 주게끔 화제를 레트에 관한 얘기로 화제를 돌리고, 다음에는 ──.

그녀는 그의 팔을 살그머니 쥐여 주고 다시 보조개를 지었다.

「오, 레트, 나 같은 시골 여자를 놀려 가면서, 당신 참 못하는 소리가 없군요! 그날 밤 나를 버리고 간 다음에 당신이 내 생각을 전혀 안 했다는 걸 난 훤히 알아요. 그렇게 예쁜 프랑스와 영국 아가씨들에 에워싸여 지내시면서, 단 한 번이라도 당신이 내 생각을 했다는 얘긴 꺼내지도 마세요. 하지만 난 당신이, 나에 대한 시시한 얘기나 하는 걸 들으려고 여기까지 먼 길을 찾아온 건 아니에요. 내가 찾아온 건 ─, 내가 찾아온 건 ─ 찾아온 이유는 ─」

「이유는요?」

「오, 레트, 난 당신 때문에 굉장히 걱정이 돼요! 당신 때문에 겁이 나요! 이렇게 무서운 곳에서 그들이 언제쯤 당신을 풀어 줄까요?」

그는 재빨리 그녀의 손을 덥석 잡아서 자기 팔에다 꼭 눌렀다.

「당신이 걱정하는 그대로예요. 내가 언제 나갈지는 알 길이 없어요. 그들이 올가미를 조금 더 늦춰 준 다음이 되겠죠.」

「올가미요?」

「그래요, 보아하니 난 밧줄 끝에 묶여 끌려 나갈 모양이에요.」

「그들이 정말로 당신을 교수형에 처할까요?」

「나에게 불리한 증거를 하나라도 더 찾아내면 그렇게 하겠죠.」

「오, 레트!」 가슴에 손을 없으며 그녀가 소리쳤다.

「당신은 내 죽음을 슬퍼해 주겠어요? 많이만 슬퍼해 준다면, 당신을 내 유언장에 언급하겠어요.」

검은 눈으로 태연하게 웃으며 레트는 그녀의 손을 꼭 잡았다.

유언장! 그녀는 속이 빤히 들여다보일까 봐 황급히 눈을 떨구었지만, 이미 늦은 모양이어서, 그의 눈이 갑자기 의혹으로 번득였다.

「양키들의 얘기로는 내가 유언장을 상세하게 써야만 한다는군요. 현재의 내 재정 상태에 대해 관심을 보이는 사람들이 상당히 많은 모양이에요. 날마다 난 다른 조사단 앞에 끌려 나가서 바보 같은 질문을 받아요. 남부 동맹 정부의 소유였다는 가공의 황금을 내가 빼돌렸다는 소문이 퍼진 모양이더군요.」

「그럼 ― 정말 빼돌리셨나요?」

「그건 너무 심한 유도 질문이로군요! 남부 동맹은 주화가 아니라 지폐만 찍어 냈다는 건 나 못지않게 당신도 잘 알잖아요.」

「그렇게 많은 돈이 다 어디서 나셨어요? 투기를 해서요? 피티팻 고모님이 그러시던데 ―」

「정말 꽤나 꼬치꼬치 캐묻는군요!」

나쁜 사람 같으니라고! 물론 그는 돈이 많았다. 그녀는 그에게 상냥한 말을 해주기가 어려울 정도로 흥분했다.

「레트, 난 당신이 이곳에 갇혀 지낸다니까 무척 마음이 언짢아요. 당신이 풀려날 길은 없다고 생각하세요?」

「〈니힐 데스페란둠〉[43] 이것이 내 좌우명이죠.」

「그게 무슨 뜻이에요?」

「그건 〈글쎄올시다〉라는 뜻이에요, 매혹적이고도 무식한 아가씨.」

43 *Nihil desperandum.* 절망할 일은 없도다.

　그녀는 짙은 속눈썹을 파르르 떨며 그를 올려다보더니 다시 파르르 떨며 눈을 떨구었다.

　「오, 당신은 너무 똑똑하니까 그들에게 교수형을 당하도록 가만히 앉아서 기다릴 사람이 아니에요! 난 당신이 그들을 멋지게 이겨 내고 여기서 무사히 나갈 훌륭한 방법을 생각해 내리라고 믿어요! 그리고 그렇게 되면 ―」

　「그렇게 되면 뭐요?」 더 가까이 몸을 기대 오면서 그가 부드럽게 물었다.

　「글쎄요, 난 ―」 그리고 그녀는 일부러 당황한 표정을 지으며 예쁘게 낯을 붉혔다. 그녀는 숨이 찼고 가슴이 북처럼 두근거렸기 때문에 낯을 붉히기가 어렵지 않았다. 「레트, 난 그날 밤 내가 당신한테 한 말 때문에 ― 아시잖아요 ― 러프 앤드 레디에서 그런 말을 했다는 게 정말로 미안해요. 난, 오, 난 너무나 무섭고 당황했는데 당신은 너무나 ― 너무나 ―」 그녀는 고개를 숙이고, 그녀의 손을 더욱 꽉 잡은 그의 거무스름한 두 손을 내려다보았다. 「그리고 ― 그때 난 당신을 절대로, 절대로 용서하지 않으리라고 생각했어요! 하지만 어제 피티 고모님한테서 당신이 ― 당신이 교수형을 당할지도 모른다는 얘기를 듣고, 갑자기 내가 느낀 기분은 ― 그 기분은 ―」 그녀는 애원하는 눈초리로 힐끗 그의 눈을 올려다보았으며, 그 시선에다 그녀는 마음의 상처를 입은 고뇌를 가미했다. 「오, 레트, 만일 그들이 당신을 교수형에 처하면 난 차라리 죽고 말겠어요! 그러면 난 견디지 못할 테니까요! 아시겠지만 난 ―」 그러고는 그의 눈에서 이글거리는 뜨거운 빛에 더 이상 저항할 자신이 없어졌기 때문에 다시금 눈꺼풀을 파르르 떨며 고개를 수그렸다.

　이러다가는 내가 울음을 터뜨리고 말겠어, 흥분과 의아함

1012

의 혼란 속에서 그녀는 생각했다. 내가 울음을 터뜨려도 괜찮을까? 그러면 더 자연스러워 보일까?

그는 재빨리 〈이런 세상에, 스칼렛, 그렇다면 당신은 ―〉이라고 말하고는, 그녀의 손을 아플 정도로 꽉 잡았다.

그녀는 눈물을 짜내려고 눈을 꼭 감았지만, 그가 키스를 하기 쉽도록 얼굴을 약간 들어 주는 배려를 잊지 않았다. 이제, 조금만 기다리면, 그의 입술이, 그녀가 생생하게 기억하는 입술이, 그녀의 온몸이 나른해지게 만들던 단단하고도 집요한 입술이 갑자기 그녀의 입을 덮으리라. 하지만 레트는 그녀에게 키스를 하지 않았다. 실망감이 묘하게 마음을 어지럽히는 가운데 그녀는 눈을 조금 뜨고 살그머니 그를 훔쳐보았다. 그는 검은 머리를 그녀의 두 손 위로 수그렸고, 스칼렛이 지켜보는 동안 그녀의 한 손을 들어 올려 입을 맞추었고, 다른 손은 잠깐 동안 그의 뺨에 갖다 대었다. 난폭한 행동을 예상했던 그녀는 이런 얌전하고 연인 같은 시늉에 놀랐다. 스칼렛은 그가 어떤 표정을 지었는지 궁금했지만, 머리를 수그렸기 때문에 알 길이 없었다.

그가 갑자기 얼굴을 들고 그녀의 얼굴에 담긴 표정을 살펴볼까 봐 겁이 나서 스칼렛은 얼른 시선을 떨구었다. 그녀는 자신의 마음속에서 소용돌이치는 승리감이 보나마나 눈에 빤히 드러났으리라고 판단했다. 조금만 기다리면 레트는 그녀에게 결혼해 달라고 청하거나 ― 아니면 적어도 그녀를 사랑한다고 고백할 텐데, 그러면…… 속눈썹의 베일을 통해 그녀가 지켜보는 사이에 그는 그녀의 손을 뒤집어 손바닥을 위로 올리더니 거기에도 입을 맞추었고, 그러더니 그는 갑자기 숨을 멈추었다. 시선을 떨군 그녀는 자신의 손바닥을 보았고, 1년 만에 처음으로 자신의 손바닥을 제대로 보았으며,

싸늘하고 철렁한 두려움이 그녀를 사로잡았다. 이것은 보드랍고, 하얗고, 옴폭옴폭 들어갈 정도로 통통하게 살이 찌고, 무기력한 스칼렛 오하라의 손이 아니고, 낯선 사람의 손바닥이었다. 그녀의 손은 막일을 해서 거칠어졌고, 햇볕에 그을어 갈색으로 얼룩졌다. 손톱은 온통 갈라졌고, 손바닥의 살점이 붙은 곳들은 군살로 두툼하게 굳어졌으며, 엄지손가락에는 물집이 아직 반쯤밖에는 아물지를 못했다. 지난달 끓는 비계에 덴 붉은 흠집은 흉하게 번들거렸다. 그녀는 겁에 질린 눈으로 손바닥을 바라보았고, 자기도 모르게 얼른 주먹을 움켜쥐었다.

아직도 그는 머리를 들지 않았다. 아직도 스칼렛은 그의 얼굴을 볼 수가 없었다. 그는 매정하게 그녀의 주먹을 억지로 펴서 빤히 들여다보고는, 다른 손을 들어 올려 말없이 두 손을 나란히 들고는 내려다보았다.

「나를 봐요.」 마침내 그는 머리를 들고 말했는데, 그의 목소리는 아주 조용했다. 「새침한 표정은 집어치우고요.」

마음이 안 내켰지만 그녀는 도전적이고 당황한 표정으로 그의 눈을 마주 쳐다보았다. 그의 시커먼 눈썹이 올라갔고, 눈에서는 광채가 났다.

「그러니까 당신은 요즈음 타라에서 아주 잘 지내고 계시다 그런 말씀이죠? 목화 재배로 돈을 어찌나 많이 벌었는지 이렇게 놀러 다니기도 하고요. 이 손으로 무얼 했나요 ― 밭갈이요?」

그녀는 두 손을 비틀어 빼려고 했지만, 그는 꽉 움켜잡고 엄지손가락으로 못이 박인 곳들을 만져 보았다.

「이건 숙녀의 손이 아니에요.」 그녀의 무르팍으로 손을 놓아주며 레트가 말했다.

「오, 시끄러워요!」 그녀의 감정을 말로 표현할 기회를 얻어 순간적으로 강렬한 안도감을 느끼며 스칼렛이 소리쳤다. 「내가 내 손으로 무엇을 하건 무슨 상관이에요?」

나 같은 바보가 또 있을까, 스칼렛은 화가 치밀어서 생각했다. 피티 고모의 장갑을 빌리거나 훔쳐서라도 끼고 와야 했으리라. 하지만 나는 내 손이 이토록 엉망이리라고는 깨닫지 못했었다. 그의 눈에 띄었다는 것은 당연한 일이었다. 그리고 이제 나는 화를 냈고, 어쩌면 만사를 그르쳤는지도 모른다. 오, 그가 중대한 발언을 하려는 순간에 이런 일이 벌어지다니!

「당신 손이야 물론 나로서는 알 바가 아니죠.」 레트가 냉정하게 말하고는 멍하고 담담한 얼굴로 그가 앉았던 의자로 유유히 걸어갔다.

그러니까 그는 까다롭게 나올 모양이었다. 좋다, 이런 몰락의 궁지로부터 승리를 쟁취하고 싶다면 그녀는 무척 못마땅하기는 하더라도 고분고분하게 그것을 견뎌 내야 하리라. 혹시 그녀가 듣기 좋은 말로 그를 녹여 버리면 그는 ──.

「내 가엾은 손을 두그 그렇게 심한 소리를 하다니, 당신은 참으로 무례한 사람이라고 난 생각해요. 지난 주일에 그만 장갑을 끼지 않고 승마를 나갔다가 손이 망가졌다고 해서 ──」

「승마 좋아하시는구려!」 변함없이 무감각한 목소리로 그가 말했다. 「당신은 그 손으로 일을 했고, 깜둥이처럼 심한 일을 했어요. 뭐라고 대답할 말이 있나요? 타라에서 만사가 잘 돌아간다고 왜 나한테 거짓말을 했나요?」

「보세요, 레트 ──」

「우리 서로 솔직하게 얘기하면 어떨까요. 당신이 찾아온 진짜 이유가 뭐죠? 하마터면 난 당신이 부리는 애교 때문에 무언가 당신이 내 걱정을 해주고 마음 아파한다고 믿을 뻔했지만요.」

「오, 마음이 아파요! 정말이지 ─」

「아니에요, 그렇지 않아요. 그들이 나를 하만[44]보다 더 높이 목을 매달아도 당신은 눈 하나 깜짝하지 않을 여자예요. 험한 일을 했다는 증거가 당신 두 손에 빤히 드러나듯이, 당신의 그런 마음이 얼굴에 빤히 쓰여 있으니까요. 당신은 나한테서 무엇인가를 원하고, 이렇게 연극을 꾸며야만 할 정도로 당신은 절실하게 그것을 원해요. 왜 솔직히 털어놓고 그게 무엇인지 얘기를 못 하나요? 여자들에게서 내가 인정하는 미덕을 한 가지 꼽는다면 그건 솔직함이니까, 솔직했다면 당신은 그것을 성취할 가능성이 훨씬 컸을 거예요. 하지만 그게 아니고, 당신은 귀고리를 딸그랑거리며 찾아와서, 손님을 끌려는 창녀처럼 뾰루퉁하고, 까부는 게 고작이었죠.」

그는 마지막 말을 할 때 목소리를 높이거나 혹은 다른 어떤 방법으로도 특별히 강조하지는 않았지만, 스칼렛에게는 그 표현이 채찍을 맞은 것처럼 아팠고, 절망감에 빠진 그녀는 그로 하여금 청혼을 하도록 만들게 유도하려는 희망이 끝났음을 느꼈다. 다른 남자들이라면 그랬을 테지만, 차라리 자존심이 상해서 화를 벌컥 내거나 그녀를 꾸짖었더라면 스칼렛은 그를 어떻게 해볼 방법을 찾으려고 했으리라. 하지만 음산하게 조용한 그의 목소리가 두려웠고, 너무나도 당황해서 그녀는 다음에 어떤 행동을 취해야 할지를 몰랐다. 비록 그는 죄수였고 옆방에서 양키들이 대기하기는 하더라도 그

44 아하스에로스 왕의 대신으로 유대인들의 적이며, 모르드개를 처형하려고 그가 마련한 사형대에서 교수형을 당했다. 구약 성서「에스델」7장 10절 참조.

1016

녀는 갑자기 레트 버틀러가 마구 날뛰며 해칠지도 모르는 위험한 남자라고 느꼈다.

「아마 내 기억력이 어딘가 잘못되었나 봐요. 난 당신이 나하고 똑같아서, 따로 속셈을 차리지 못하는 행동은 하나도 안 하는 여자라고 명심했어야 하는데요. 자, 어디 봅시다. 당신이 차리려던 꿍꿍이속은 과연 무엇이었을까요, 해밀턴 부인? 내가 청혼이라도 하리라고 생각할 만큼 당신이 잘못 판단하는 따위의 경우는 없었겠죠?」

그녀는 얼굴이 새빨개져서 대답을 하지 않았다.

「하지만 난 결혼을 좋아하는 남자가 아니라고 입버릇처럼 한 말을 당신이 잊었을 리는 없었고요?」

그녀가 입을 열지 않자 레트가 갑자기 난폭하게 말했다.

「잊어버리진 않았겠죠? 어디 대답해 봐요.」

「잊어버리지는 않았어요.」 그녀는 비참하게 말했다.

「당신 정말 대단한 도박사로군요, 스칼렛.」 그가 조롱했다. 「당신은 내가 감금되어 여자들과 같이 지내지 못하니까 지렁이를 본 송어처럼 당신을 덥석 물려고 덤벼들 정도로 궁한 처지가 되었으리라며 도박을 걸었어요.」

아닌 게 아니라 덥석 물어 놓고 나서 무슨 소리야, 마음속으로 화를 내며 스칼렛은 생각했다. 손만 보지 못했더라면 —.

「자, 우린 진실을 대부분 알게 되었고, 당신이 찾아온 이유만 남았군요. 왜 나를 결혼으로 몰고 가기를 원했는지 진실을 나한테 얘기해 주겠다면 들어 봅시다.」

그의 목소리는 은근하고, 거의 약을 올리는 듯한 어조였고, 그녀는 용기를 얻었다. 따지고 보면 아마도 완전히 실패하지는 않았는지도 모른다. 물론 결혼하려는 희망은 완전히 무너졌지만, 절망한 가운데서도 그녀는 기뻤다. 이런 요지부 동의 남자라면 어딘가 무서운 면이 있었고, 그래서 이제는 그와 결혼한다는 생각만 해도 겁이 났다. 하지만 만일 그녀가 똑똑하게 굴고 그의 동정심과 추억을 교묘하게 이용하면, 스칼렛은 돈을 구하게 될지도 모를 일이었다. 그녀는 어린애 같은 애원하는 표정을 지으려고 얼굴을 가다듬었다.

「오, 레트, 당신이 조금만 — 다정하게 해주시면, 나한테 정말로 큰 도움이 될 텐데요.」

「다정하게 대한다 — 그야 더없이 좋은 일이죠.」

「레트, 지난날의 우정을 생각해서라도, 절 도와주셨으면 좋겠어요.」

「그러니까 마침내 막일꾼처럼 손이 험해진 아가씨께서 진짜로 어떤 사명을 띠고 오셨는지를 밝히게 되었군요. 난 〈병든 자와 갇힌 자를 방문하는 일〉이 당신에게는 적당한 역할이 아니어서 걱정이었죠. 원하는 게 뭐예요? 돈인가요?」

그의 퉁명스러운 질문 때문에 완곡하고 감상적인 방법으로 문제에 접근하려던 희망이 사라졌다.

「심술부리지 말아요, 레트.」 그녀가 달랬다. 「난 정말 돈이 좀 필요해요. 난 당신이 3백 달러를 꾸어 주시기를 바라요.」

「드디어 진실이 밝혀졌군요. 사랑을 애기하며 생각은 돈에 가 있고, 진실로 여자다워요! 돈이 그렇게까지 절실하게 필요한가요?」

「오, 그래 — 글쎄요, 뭐 꼭 그렇게 다급하진 않지만 어쨌든 도움은 되겠어요.」

「3백 달러라. 그건 굉장히 많은 돈이죠. 그걸 어디다 쓰려고요?」

「타라 농장의 세금을 내려고요.」

「그러니까 당신은 돈을 꾸고 싶어서 찾아왔군요. 글쎄요,

당신이 그렇게 사무적으로 얘기를 하니까 나도 사무적으로 처리하겠어요. 담보로 뭘 내놓겠어요?」

「담보 뭐요?」

「담보요. 내 투자를 보장해 주는 안전한 증거요. 물론 나는 돈을 그냥 잃어버리고 싶지는 않으니까요.」 그의 목소리는 거의 매끄러울 정도여서, 자칫하면 속아 넘어갈 만큼 부드러웠지만, 그녀는 제대로 눈치를 채지 못했다. 결국은 만사가 멋지게 해결되는 모양이라고 그녀는 판단했다.

「내 귀고리요.」

「난 귀고리에는 관심 없어요.」

「타라를 당신에게 저당 잡히죠.」

「내가 농장을 가지고 뭘 하게요?」

「글쎄요, 그러니까 당신은 — 그러니까 당신은 — 타라는 훌륭한 농장이에요. 그리고 당신은 돈을 잃어버리지 않아요. 내년에 목화를 팔아서 내가 갚을 테니까요.」

「난 별로 그렇게 믿어지지를 않는데요.」 그는 의자에 앉은 채 뒤로 몸을 젖히고는 두 손을 호주머니에 넣었다. 「목화 값이 떨어지는 중이거든요. 워낙 살기가 힘든 때여서 돈이 정말로 궁하죠.」

「오, 레트, 당신은 날 놀리는군요! 당신은 수백만 달러나 가지고 있다면서요!」

그녀를 살펴보는 그의 눈에서는 따뜻한 장난기가 뛰놀았다.

「그러니까 만사가 잘되어 나가고 당신은 돈이 별로 궁하지를 않다고 하셨던가요. 글쎄요, 그런 소릴 들으니까 난 기뻐요. 난 옛 친구들이 다 잘되기를 바라니까요.」

「오, 레트, 제발…….」 그녀는 용기와 자제력이 와해되면서 절망적으로 말문을 열었다.

「목소리를 낮추시죠. 양키들이 당신 얘기를 듣는 걸 원하지 않으시리라고 생각되는데요. 당신의 눈이 고양이 같다고, 어둠 속의 고양이 같다고 혹시 누가 얘기하는 사람 없었나요?」

「레트, 이러지 마세요! 난 돈이 정말로 급히 필요해요. 만사가 잘 돌아간다고 내가 ── 내가 한 얘기는 거짓말이었어요. 만사가 이렇게 엉망일 수가 없어요. 아버지는 ── 아버지는 ── 아버진 당신 정신이 아니세요. 아버지는 어머니가 돌아가신 이후로 머리가 이상해지셔서 전혀 날 도와주지 못하세요. 아버지는 어린애나 마찬가지예요. 그리고 우린 목화밭에서 일할 일꾼이 한 사람도 없고, 먹여 살려야 할 입이 어찌나 많은지, 우리 식구는 열세 명이나 돼요. 그리고 세금 ── 세금이 끔찍하게 많아요. 레트, 난 다 얘기하겠어요. 1년 이상이나 우린 굶어 죽기 직전에 놓여 있었어요. 오, 당신은 몰라요! 당신은 알 리가 없어요! 우린 배불리 먹어 본 적도 없고, 굶주린 배로 잠이 깨거나 굶주린 채로 잠자리에 드는 생활이 너무나 비참해요. 그리고 우린 따뜻한 옷도 없고, 아이들은 항상 춥고 병들어 ──」

「이 예쁜 옷은 어디에서 구했죠?」

「어머니의 커튼으로 만들었어요.」 너무 절망적이어서 수치스러운 사실을 속일 생각조차 못 하고 그녀가 대답했다. 「난 배고픔과 추위쯤은 버티겠지만 이제는 ── 지금은 카펫배거들이 우리 세금을 올렸어요. 그리고 세금은 당장 내야 해요. 그런데 난 5달러짜리 금화 한 개밖에는 가진 돈이 없어요. 난 세금을 낼 돈을 꼭 구해야 해요! 모르시겠어요? 돈을 내지 못하면 난 ── 우린 타라를 잃게 되는데, 우린 농장을 잃어서는 안 돼요! 난 농장을 빼앗겨서는 안 된다고요!」

「아름다운 여자들 앞에서는 사족을 못 쓸 만큼 감수성이 강한 내 마음을 노리는 대신에 ── 왜 처음부터 얘기를 솔직하게 털어놓지 않았나요? 아니에요, 스칼렛, 울지 말아요. 당신은 눈물을 흘리는 기술 이외에는 온갖 수단을 다 부렸는데, 난 울음의 속임수라면 꼴 보기도 싫어요. 당신이 원하던 바가 매력적인 나 자신이 아니라 내 돈이었다는 사실을 알게 된 실망으로 내 감정은 이미 갈기갈기 찢어졌으니까요.」

스칼렛은 레트가 비끄는 말투로 얘기할 때는 ── 다른 사람들뿐 아니라 자신을 비웃느라고 노골적인 발언을 서슴지 않는다는 사실이 기억나서, 황급히 그를 올려다보았다. 그는 감정이 정말로 상했을까? 그는 정말로 그녀를 걱정했었다는 말인가? 그녀의 손바닥을 보았을 때 그는 청혼을 하기 직전이었을까? 아니면 전에도 두 번이나 그랬듯이, 그는 또다시 추잡한 제안을 하려고 그녀를 유도하던 중이었을까? 만일 그가 정말로 그녀를 걱정했다면 스칼렛은 그를 무마할 가능성이 있을지도 모른다. 하지만 사랑하는 사람과는 거리가 먼 태도로, 그녀를 검은 눈으로 훑어보며 레트가 나지막이 웃었다.

「난 당신의 담보가 마음에 안 들어요. 난 농장주가 아니니까요. 제공할 만한 다른 담보물은 없나요?」

그렇다, 드디어 올 것이 왔다. 지금 각오를 해야 한다! 스칼렛은 심호흡을 하고, 애교와 허세 따위는 떨쳐 버리고, 그녀가 가장 두려워하던 대상과 맞붙어 싸우기 위해 불끈 기운을 내며, 그의 눈을 정면으로 마주 보았다.

「나 ── 나를 내놓죠.」

「그래요?」

그녀는 턱의 선이 불끈거리도록 힘을 주었고, 눈에서는 선녹색 빛깔이 밝아졌다.

「공방전 동안에, 피티 고모님 댁 포치에서의 그날 밤 생각나세요? 당신이 말하기를 — 그때 당신은 나를 원한다고 그 랬어요.」

느긋하게 의자에 길게 기대고 앉아 그녀의 긴장한 얼굴을 쳐다보는 그의 검은 얼굴에 나타난 표정은 읽어 내기가 힘들 었다. 눈 속에서 무엇이 번득였지만, 그는 아무 말도 하지 않 았다.

「당신이 말하기를 — 당신은 어떤 여자도 나를 원했던 만 큼 절실하게 원한 적이 없었다고 그랬어요. 만일 아직도 나 를 원하신다면, 날 가지셔도 좋아요. 레트, 난 당신이 시키는 대로 무엇이나 다 할 테니까, 제발 그 돈에 대한 지불 명령서 한 장만 써주세요! 난 약속을 꼭 지키겠어요. 맹세해요. 난 약속을 어기지는 않아요. 원하신다면 약속한 내용을 글로 써 서라도 드리겠어요.」

아직도 갈피를 잡을 길이 없는 묘한 표정으로 그는 스칼 렛을 쳐다보았고, 서둘러 얘기를 하는 동안 그녀는 레트가 재미있어하는지 역겨워하는지 분간할 길이 없었다. 어떤 얘 기라도 좋으니까 그가 무슨 말을 했으면! 그녀는 양쪽 뺨이 화끈거리는 기분을 느꼈다.

「난 돈이 급히 필요해요, 레트. 그들은 우릴 길바닥으로 쫓아 내고, 아버지가 부리던 못된 노예 감독이 농장을 차지하면 —」

「잠깐만요. 내가 왜 아직도 당신을 원하리라고 생각하나 요? 어째서 당신이 3백 달러의 가치가 나간다고 생각하죠? 대부분의 여자들은 그렇게까지 많이 요구하지는 않아요.」

그녀는 얼굴이 온통 새빨개질 정도로 철저한 모욕을 당했다.

「왜 나한테 이러나요? 차라리 농장을 내주고 미스 피티팻 댁에서 살지그래요. 그 집의 절반은 당신 소유잖아요.」

「하느님 맙소사!」 그녀가 소리쳤다. 「당신 바보예요? 난 타라를 내주면 안 돼요. 그곳은 내 고향이라고요. 난 농장을 내놓지 않겠어요. 목숨이 붙어 있는 한은 그렇게 못 해요!」

「아일랜드 사람들은 정말로 지독한 종족이에요.」 의자를 다시 똑바로 세우고 호주머니에서 두 손을 빼며 그가 말했다. 「그들은 너무나 많은 엉뚱한 대상을 지나치게 많이 강조해 왔어요. 예를 들면 땅이 그렇죠. 하지만 세상의 땅이란 어딜 가나 다 마찬가지란 말입니다. 자, 이것 하나는 분명히 밝혀 두기로 하죠, 스칼렛. 당신은 나에게 사업상의 제안을 하려고 찾아왔죠. 3백 달러를 내가 당신에게 주면, 당신은 내 정부가 되겠다는 조건으로요.」

「그래요.」

일단 역겨운 말이 입 밖에 나오고 나니까 그녀는 웬일인지 속이 훨씬 후련했고, 마음속에서는 다시 희망이 머리를 들었다. 그는 〈내가 당신에게 주면〉이라고 그랬다. 무엇인지 굉장히 재미있다는 듯 그의 눈에서는 흉측한 광채가 발산되었다.

「그러면서도 내가 이것과 똑같은 제안을 하는 뻔뻔스러움을 보였을 때는 당신이 나를 집에서 쫓아냈어요. 그리고 당신은 나에게 온갖 심한 욕설을 퍼붓다가, 지나가는 말로, 〈아비 없는 애새끼나 한 무더기〉를 낳고 싶지는 않다고 했죠. 아니죠, 우리 아가씨, 난 그걸 억지로 강요할 생각은 없어요. 난 그저 당신 마음의 유별난 면이 신기할 따름이라고요. 당신은 스스로 즐거움을 얻기 위해서가 아니라 늑대를 문에서 쫓아 버리기 위해서 그러겠다는 얘기죠. 그러니까 어떤 미덕도 가격에 좌우된 문제에 지나지 않는다는 내 주장이 증명된 셈이에요.」

「오, 레트, 어쩌면 그런 소리를 거침없이 하시나요! 나를 모욕하고 싶으시면 얼마든지 그러셔도 좋지만, 돈은 주세요.」

그녀는 이제 호흡이 훨씬 편해졌다. 본디 그런 남자인지라, 레트는 과거에 그녀에게서 당했던 굴욕 그리고 조금 전에 그녀에게 속아 넘어갈 뻔했다는 데 대한 분풀이를 하려고 최대한 그녀를 괴롭히고 모욕하려는 의도가 분명했다. 그렇다, 그녀는 그것을 참아 내야 했다. 그녀는 무엇이라도 참을 각오가 되었다. 타라는 그럴 만한 가치가 충분했다. 잠깐 동안 그녀는 지금이 한여름이라고 했으며, 그래서 오후의 하늘은 푸른 빛깔이었고, 그녀는 졸음이 와서 타라 농장의 잔디밭 푹신한 토끼풀 위에 누워 흐느적거리는 구름의 성들을 올려다보았고, 하얀 꽃들의 향기가 코를 찔렀고, 벌들이 분주하게 날아다니는 유쾌한 윙윙 소리가 귓전에 울렸다. 한낮과 정적 그리고 나선형을 이룬 붉은 밭에서 돌아오는 마차들의 아득한 소리. 가치가 충분했으며, 충분하고도 남았다.

그녀는 머리를 들었다.

「돈을 주시겠어요?」

그는 마치 혼자서 흐뭇해하는 듯싶었고, 입을 열었을 때는 그의 목소리에서 은근한 잔인성이 드러났다.

「아뇨, 못 주겠어요.」 그가 말했다.

잠깐 동안 그녀는 레트의 말이 머리에 들어오지를 않았다.

「주고 싶더라도 줄 처지가 아니거든요. 난 수중에 돈이라고는 한 푼도 없으니까요. 애틀랜타에는 1달러도 없단 말입니다. 그래요, 돈을 좀 마련하기는 했지만, 이곳에는 없어요. 그리고 내 돈이 얼마나 되고, 어디에 감춰 두었는지는 얘기하지 않겠어요. 하지만 만일 돈을 쓰려고 지불 명령서를 끊으려고 했다가는 양키들이 투구풍뎅이를 본 오리처럼 나한테 달려들 테고, 그러면 우리 두 사람 다 그 돈을 만져 보지도 못하게 돼요. 그렇게 되면 기분이 어떻겠어요?」

그녀의 얼굴은 흉하게 시퍼런 빛깔로 변했고, 콧등의 주근 깨들이 갑자기 두드러지게 드러났고, 사람을 죽일 듯한 분노를 터뜨릴 때의 제럴드처럼 입이 씰룩거렸다. 그녀는 벌떡 일어서며 앞뒤가 맞지도 않는 소리를 해댔고, 그 소리에 옆방에서 웅얼거리던 목소리들이 갑자기 잠잠해졌다. 레트는 표범처럼 재빨리 그녀의 옆으로 달라붙어서 묵직한 손으로 입을 틀어막고는, 한 팔로는 그녀의 허리를 꽉 휘감았다. 그녀는 미친 듯 대항하면서 그의 손을 물어뜯으려고 기를 쓰고, 발로 차고, 분노와 절당과 증오와 무너진 자존심에 대한 고뇌로 비명을 지르고 싶었다. 가슴은 터질 듯하고 몸에 꽉 낀 코르셋 때문에 숨통이 막혀 버릴 지경이 된 그녀는, 몸을 구부린 그의 무쇠 같은 팔을 벗어나려고 이리저리 비틀어 댔다. 레트가 어찌나 거칠게 꽉 잡았는지 그녀는 아프기까지 했고, 입을 막은 손이 턱을 무자비하게 죄었다. 햇볕에 그은 그의 얼굴이 하얘지고, 눈을 초조하게 부릅뜬 채, 그는 스칼렛을 번쩍 들어 그의 가슴으로 세차게 끌어올리고는, 몸부림치는 그녀를 무릎에 얹어 붙잡고 의자에 앉았다.

「제발 이러지 말아요, 우리 스칼렛 아가씨! 그만해요! 조용하라고요! 소리를 지르지 말아요. 계속 소리를 질렀다가는 그들이 당장 이리로 들어올 테니까요. 진정하라니까요. 이런 꼴을 양키들에게 구경시키고 싶어요?」

그녀의 이런 모습을 누가 보건 말건 신경조차 쓰고 싶지 않았던 스칼렛은 오직 그를 죽여 버리고 싶은 마음, 불길처럼 치밀어 오르는 증오의 욕망 이외에는 아무 생각도 없었으며, 현기증이 그녀를 덮쳤다. 그녀는 숨을 쉬기가 힘들었고, 레트 때문에 숨이 막혔고, 코르셋은 빠른 속도로 좁혀지며 짓누르는 쇠로 만든 테 같았고, 그녀를 휘감은 그의 팔 때문에 스칼렛은 무방비 상태의 증오와 분노로 떨었다. 그러더니 그의 목소리가 희미하고 가늘어졌으며, 그의 얼굴이 속을 울렁거리게 만드는 안개 속에서 소용돌이를 일으키고 점점 더 무겁게 가라앉더니, 결국 스칼렛의 눈에는 레트가 보이지를 않았고 ─ 그리고 다른 아무것도 보이지 않게 되었다.

의식을 되찾으려고 힘없이 헤엄을 치는 듯한 동작으로 허우적거리던 그녀는 뼛속까지 지치고, 기운이 빠지고, 얼이 빠진 상태였다. 그녀는 둥근 모자가 벗겨진 채로 의자에 누워 정신을 차렸고, 검은 눈으로 불안하게 얼굴을 살펴보면서 레트는 스칼렛의 손목을 찰싹찰싹 때렸다. 마음씨 착하고 젊은 대위는 브랜디 한 잔을 그녀의 입으로 부어 넣으려다가 목에다 엎질렀다. 다른 장교들은 어쩔 줄 몰라서 서성거리며 수군거리고 손을 저었다.

「내가 ─ 아마 내가 기절을 했던 모양이군요.」 그녀가 말했고, 자신의 목소리가 너무 아득하게 들려서 스칼렛은 겁이 났다.

「이걸 마셔요.」 술잔을 받아 그녀의 입술로 내밀면서 레트가 말했다. 그제야 그녀는 어떻게 된 일인지 생각이 나서 힘없이 그를 노려보았지만, 너무 기운이 빠져서 화를 낼 기운도 없었다.

「제발, 나를 생각해서라도요.」

그녀는 꿀꺽 마시고는 목구멍이 막혀 기침을 하기 시작했지만, 레트가 술잔을 다시 그녀의 입으로 내밀었다. 그녀는 깊숙이 술을 삼켰고, 화끈한 액체가 갑자기 목구멍에서 타올랐다.

「이제는 정신이 좀 드는 모양이로군요.」 레트가 말했다. 「여러분 대단히 감사합니다. 내가 처형을 당해야 한다는 소리를 듣고는 견디기가 힘이 들었나 봐요.」

푸른 군복을 입은 패거리는 서성거리며 거북한 표정을 짓더니, 몇 차례 헛기침을 한 다음 우르르 몰려 나갔다. 젊은 대위가 문간에서 잠깐 멈춰 섰다.

「혹시 내가 도와 드릴 일이 또 —」

「고맙지만, 됐어요.」

그가 밖으로 나가더니 문을 닫았다.

「조금 더 마셔요.」레트가 말했다.

「싫어요.」

「마시라니까요.」

그녀는 한 고금 더 끌꺽 삼켰고, 더운 기운이 온몸으로 퍼지기 시작하면서 떨리는 다리에 서서히 힘이 되살아났다. 그녀는 술잔을 밀어내고는 몸을 일으키려고 했지만, 레트가 다시 밀어서 눕혔다.

「나한테 손대지 말아요. 난 가겠어요.」

「아직은 안 돼요. 잠깐 기다리라고요. 또 기절할지 모르니까요.」

「난 당신이 버티고 앉은 이곳에서보다는 차라리 길바닥에서 기절을 하겠어요.」

「길바닥에서 당신이 기절하도록 그냥 놔둘 수야 없죠.」

「보내 주세요. 난 당신을 증오해요.」

그녀의 말을 듣자 레트의 얼굴에 희미한 미소가 다시금 떠올랐다.

「그게 훨씬 스칼렛다운 소리죠. 꽤 정신이 든 모양이군요.」

그녀는 잠깐 동안 긴장을 풀고 누워서 분노의 도움으로 힘을 얻어 보려고 애썼다. 하지만 그녀는 지쳤다. 그녀는 어찌나 지쳤는지 미워할 힘도 없었고, 무슨 일에도 별로 신경을 쓸 정신이 아니었다. 패배감이 그녀의 마음을 납덩이처럼 짓눌렀다. 그녀는 가진 밑천을 몽땅 걸고 도박을 했다가, 몽땅 다 잃었다. 자존심마저도 남지 않았다. 이것이 그녀에게는 마지막 희망의 막다른 골목이었다. 이것이 타라의 종말이었고, 그들 모두의 종말이었다. 한참 동안 그녀는 눈을 감고 누워, 곁에서 씨근거리는 그의 숨소리를 들었고, 브랜디 기운이 서서히 온몸에 퍼져 가짜로 솟아나는 힘과 훈훈함을 느꼈다. 마침내 그녀가 눈을 뜨고 그의 얼굴을 살펴보았을 때는 분노가 다시 머리를 들었다. 그녀의 비스듬한 눈썹이 한꺼번에 밑으로 쏠리며 험한 표정을 지으려니까 레트의 낯익은 미소가 다시 떠올랐다.

「정신이 드는 모양이로군요. 험악한 표정을 보니 알겠어요.」

「물론 난 아무렇지도 않아요. 레트 버틀러, 난 당신이 밉고, 난 당신 같은 비열한 인간은 처음 봐요! 당신은 내가 입을 열자마자 무슨 얘기가 나올지를 처음부터 알았고, 나한테 돈을 주지 않으리라고 이미 작정했어요. 그러면서도 당신은 내가 구차한 얘기를 다 하도록 그냥 내버려 두었어요. 당신은 내 체면을 살려 줄 ─」

「당신 체면을 살려 주느라고 그토록 재미있는 얘기를 하나도 듣지 말았어야 한다는 소린가요? 어림도 없죠. 이곳에서는 재미있는 일이 전혀 없거든요. 난 그토록 흐뭇한 얘기는 한 번도 못 들어 봤어요.」 그는 갑자기 조롱하는 웃음을 터뜨렸다. 웃음소리를 듣고 스칼렛은 둥근 모자를 낚아채어 집어 들고는 벌떡 일어섰다.

그는 스칼렛의 어깨를 얼른 붙잡았다.

「아직 안 끝났어요. 제대로 얘기를 나눌 만큼 정신이 드나요?」

「나가겠어요!」

「보아하니 아무렇지도 않은 모양이로군요. 그렇다면 솔직히 얘기해 봐요. 당신의 도마에 올랐던 생선은 나 혼자뿐이었나요?」 그는 날카롭게 신경을 곤두세운 눈으로 그녀의 얼굴에서 일어나는 변화를 찬찬히 지켜보았다.

「그게 무슨 소리예요?」

「당신이 이런 시도를 하려고 생각했던 대상이 나 한 사람뿐이었느냐고요.」

「그게 당신하고 무슨 상관이죠?」

「당신이 생각하는 것보다 훨씬 상관이 많아요. 당신이 마음대로 가지고 노는 남자들이 또 있나요? 얘기해 봐요!」

「없어요.」

「믿어지질 않는군요. 대여섯 명쯤 후보를 마련해 두지 않았다니, 상상이 안 가요. 틀림없이 당신의 흥미진진한 제안을 받아들일 사람이 누군가 나타날 겁니다. 꼭 그러리라고 확실하게 믿기 때문에 약간의 조언을 해드리고 싶군요.」

「난 당신 조언은 필요 없어요.」

「그래도 난 어쨌든 조언을 하겠습니다. 지금 당장으로서는 내가 당신한테 제공할 거라곤 충고밖에 없으니까요. 이건 좋은 충고니까 귀담아들어요. 남자에게서 무엇인가 얻어 내고 싶을 때는, 나한테 당신이 그랬던 식으로 불쑥 털어놓지를 말아요. 보다 교묘하고, 보다 유혹적인 방법을 쓰도록 노력하셔야죠. 그래야 더 좋은 결과를 얻으니까요. 당신 전에는 그런 방법을 완벽하게 구사했었잖아요. 하지만 조금 아까 나한테 당신이 돈을 꾸어 가기 위해 ― 뭐냐 ― 담보를 제시했을 때는, 당신은 꼭 막대기처럼 뻣뻣해 보였어요. 난 결투용 권총의 가늠자를 통해 나에게서 스무 발자국 떨어진 사람에게서 당신하고 똑같은 눈을 보았는데, 그건 유쾌한 경험은 아니더군요. 그래 가지고서는 남자의 가슴속에서 아무런 열정도 불러일으키지를 못해요. 남자들을 그런 식으로 다루어서는 안 돼요, 우리 아가씨. 당신은 어렸을 때 받은 훈련을 잊어버리고 말았어요.」

「내가 어떻게 처신해야 하는지는 당신 얘기를 안 들어도 잘 알아요.」 풀이 죽어서 둥근 모자를 쓰며 그녀가 말했다. 교수형을 당하기 직전의 처지라면서 레트가, 눈앞에 선 그녀의 불쌍한 꼴을 보고 어쩌면 그토록 유쾌하게 농담을 늘어놓는지, 스칼렛은 의아한 생각이 들었다. 자신의 무감각한 마음 때문에 화가 나기라도 한 듯 레트가 호주머니 속에서 두 주먹을 불끈 쥐었다는 사실도 그녀는 눈치를 채지 못했다.

「기운을 내요.」 둥근 모자의 턱 끈을 매는 그녀에게 레트가 말했다. 「당신은 내가 교수형을 당할 때 구경을 와서, 그 구경을 하면 기분이 훨씬 좋아지겠죠. 나에 대한 지금까지의 온갖 원한, 심지어는 오늘의 사건까지도 분풀이가 될 테니까요. 그리고 난 유언장에다 당신을 언급하겠어요.」

「고맙긴 하지만, 세금을 내야 할 기한이 지나기 전에는 그들이 당신을 교수형에 처하지는 못하겠죠.」 레트 못지않게 갑자기 악의를 품고 그녀가 말했는데, 그녀의 말은 진심에서 우러난 것이었다.

제35장

그녀가 건물에서 나왔을 때는 비가 내렸고, 하늘은 우중충한 납빛이었다. 광장의 병사들은 막사로 몸을 피해서 길거리가 한적했다. 마차가 한 대도 보이지 않았기 때문에, 그녀는 집까지 먼 거리를 걸어가는 수밖에 없다고 생각했다.

터벅터벅 걸어가는 사이에 브랜디 기운이 몸에서 가셨다. 그녀는 찬 바람에 덜덜 떨었고, 차가운 바늘 같은 빗발이 얼굴을 마구 때렸다. 빗발은 피티 고모의 얇은 망토를 순식간에 뚫고 들어와서, 축축해진 망토 자락이 그녀의 몸에 달라붙었다. 그녀는 벨벳 드레스가 엉망이 되었음을 알았고, 둥근 모자에 달린 꼬리 깃털은 타라의 농장 헛간 마당에서 수탉이 비에 젖어 달고 돌아다닐 때나 마찬가지로 축 늘어지고 뒤로 처졌다. 길거리에 깐 벽돌이 깨졌거나 아예 완전히 없어진 곳도 가끔 나타났다. 그런 곳에서는 발목까지 진흙에 푹푹 빠졌고, 덧신이 아교처럼 진창으로 빨려 들어가서, 때로는 홀랑 벗겨지기까지 했다. 신발을 손으로 빼내려고 그녀가 몸을 수그리기만 하면 옷자락이 진흙으로 빠졌다. 그녀는 물이 고인 곳에 이르러도 피할 생각조차 하지 않고, 묵직한 치마를 질질 끌며, 그냥 멍청하게 철벅거리고 걸어 들어갔다.

그녀는 젖은 속치마와 속바지의 차가운 감촉을 발목에서 느꼈지만, 그토록 많은 기대를 걸었던 의상을 망쳐도 신경조차 쓰지 않았다. 그녀는 추웠고, 실망했고, 절망에 빠졌다.

큰소리를 쳐놓고 떠나온 타라로 다시 돌아가 무슨 면목으로 사람들을 대하겠는가? 그들이 저마다 뿔뿔이 어디론가 — 떠나야만 한다는 얘기를 어떻게 한다는 말인가? 붉은 흙의 밭과, 곧게 뻗어 오른 소나무와, 낮은 강가의 시커먼 늪지대와, 삼나무 밑 그늘에 묻힌 어머니의 조용한 묘지, 이들로부터 그녀는 어떻게 발길을 돌리겠는가?

미끄러운 길을 터벅거리며 걸어가는 그녀의 마음속에서는 레트에 대한 증오가 불타올랐다. 그는 얼마나 형편없는 불한당인가! 그녀의 수치심과 굴욕감을 알아 버린 그를 다시는 만나지 않아도 되도록 정말로 그가 교수형을 당하기를 스칼렛은 바랐다. 물론 그는 그럴 마음이 내키기만 했다면 그녀에게 돈을 마련해 주었으리라. 오, 그에게는 교수형 정도로는 모자라다! 옷이 빗물에 흠뻑 젖고, 머리카락은 산발이 되고, 이빨을 덜덜거리는 그녀의 꼬락서니를 지금 레트가 보지 못하는 것만도 천만다행이었다. 그녀의 꼴이 얼마나 흉측해 보이고, 그러니 그는 얼마나 웃어 댈 것인가!

스칼렛이 옆을 지나가면 흑인들이 그녀를 보고 건방지게 히죽거렸고, 그녀가 미끄러져서 진흙탕에 빠지거나, 걸음을 멈추고 숨을 몰아쉬며 덧신을 다시 신고 서둘러 가는 그녀를 구경하며 그들은 자기들끼리 웃어 댔다. 검둥이 고릴라 같은 놈들이, 그들이 감히 나를 보고 웃다니! 타라 농장의 스칼렛 오하라, 그녀에게 감히 그들이 히죽거리다니! 그녀는 잔등에서 피가 줄줄 흘러내릴 때까지 그들을 모조리 채찍으로 때려 주고 싶었다. 그들을 해방시키다니, 백인을 조롱하라고 그들을 해방시키다니, 양키들은 얼마나 흉악한 자들인가!

워싱턴 거리를 걸어 내려가려니까, 길거리 풍경은 그녀의 마음만큼이나 음산했다. 이곳에는 복숭아나무 거리에서 그녀가 보았던 쾌활함이나 분주한 분위기가 전혀 없었다. 이곳에는 한때 대저택들이 많았지만, 다시 지은 집은 몇 채 안 되었다. 연기에 그은 주춧돌과 외롭고 시커먼 굴뚝만 남은 폐허가 자주 나타났는데, 이제는 〈셔먼의 파수대〉라는 별명이 붙어 버린 폐허가 눈에 띨 때마다 그녀는 마음이 아팠다. 집들이 섰던 빈터를 향해서 잡초가 무성한 오솔길이 뻗어 나갔고 ― 잔디밭이었던 곳에는 죽은 잡초가 잔뜩 덮였고, 그녀가 그토록 잘 알았던 이름이 새겨진 마차 승강단이 눈에 띄었고, 고삐를 매는 말뚝에는 이제 다시는 고삐를 묶을 사람이 없었다. 차디찬 바람과 비, 진흙과 앙상한 나무들, 침묵과 고적함. 그녀의 발은 빗물에 푹 젖었고, 집으로 가는 길은 한없이 멀었다!

그녀는 뒤에서 말발굽이 철버덕거리는 소리를 들었고, 피티팻 고모의 망토에 진흙 얼룩이 더 생기지 않도록 피하려고 좁다란 보도에서 뒤로 물러났다. 말과 이륜마차가 천천히 길을 따라 올라왔고, 그녀는 마부가 백인이면 태워 달라고 부탁할 작정으로 시선을 돌렸다. 마차가 가까이 오는 동안 비 때문에 그녀는 시야가 부옇게 흐렸지만, 흙받기 널빤지에서부터 턱까지 방수 외투를 덮고 마차를 모는 사람이 그녀를 쳐다보는 시선을 의식했다. 그의 얼굴은 어딘가 낯이 익었고, 그래서 그녀가 더 자세히 보려고 길로 들어섰더니, 남자가 당황해서 나지막이 기침을 하고는 귀에 익은 목소리로, 기쁘기도 하고 놀란 탄성을 질렀다. 「아니, 이거 미스 스칼렛 아니십니까!」

「오, 케네디 씨!」철벅거리며 길을 건너가, 망토가 더 더러워지건 말건 신경도 쓰지 않고 흙투성이 바퀴에 몸을 기대면서, 스칼렛이 소리쳤다. 「내 평생에 사람을 만나 이렇게 반갑기는 처음이군요!」

그는 그녀의 말에 드러난 뚜렷한 진실함에 기뻐서 낯을 붉혔고, 황급히 마차의 다른 쪽으로 담뱃진을 길게 뿜어 찍 내뱉고는 잽싸게 땅바닥으로 뛰어내렸다. 그는 열심히 그녀의 손을 잡고 악수를 하더니, 우비를 들어 올리고는 그녀가 마차를 타도록 부축했다.

「미스 스칼렛, 도대체 혼자 이런 곳에서 무엇을 하고 계신가요? 요즈음은 길거리를 다니기가 위험하다는 걸 모르십니까? 그리고 옷도 함빡 젖으셨군요. 자, 이 무릎 담요로 발을 감싸세요.」

암탉처럼 혀를 차며 그녀를 부축하느라고 그가 수선을 떠는 사이에 스칼렛은 보살핌을 받는다는 사치에 몸을 내맡겼다. 비록 노총각 프랭크 케네디이기는 해도 남자가 소란을 떨고 혀를 차며 그녀를 꾸짖어 주니까 기분이 저절로 좋아졌다. 레트에게서 잔인한 대접을 받고 난 다음이어서, 그의 태도는 더욱 그녀의 마음을 흐뭇하게 해주었다. 그리고, 오, 집에서 그토록 멀리 떨어진 곳에서 카운티 사람을 만나다니 얼마나 반가운 일인가! 더구나 스칼렛은 그의 옷차림이 말끔하고, 마차도 새것임을 깨달았다. 말은 나이가 어렸고 잘 먹으며 자란 인상을 주었지만, 프랭크는 본디 나이보다 훨씬 더 늙어 보였고, 부하들과 함께 타라를 찾아왔던 성탄절 전야 때보다도 훨씬 늙어 보였다. 그는 야위고 혈색이 누르스름했으며, 누런 눈에서는 눈물이 줄줄 흘렀고, 늘어진 살의 주름 한가운데서 푹 꺼져 들어갔다. 생강빛 수염은 어느 때보다도 듬성듬성해졌으며, 담뱃진으로 거무죽죽 얼룩까지 졌고, 틈만 나면 잡아 뜯기라도 했는지 너덜너덜했다. 하지만 어디에서나 사람들의 얼굴에 가득했던 슬픔과 걱정과 권태의 주름살과는 대조적으로 그의 얼굴은 유쾌하고 기분이 좋아 보였다.

「만나 뵈니 반갑군요.」 프랭크가 다정하게 말했다. 「애틀랜타에 오신 줄은 몰랐습니다. 지난 주일에도 미스 피티팻을 만나 뵈었지만, 오신다는 애기는 전혀 없었는데요, 혹시 ─ 저어 ─ 으흠 ─ 혹시 타라에서 다른 사람은 아무도 같이 오지 않았나요?」

이런 바보 멍청이 같으니라고, 아직도 수엘렌을 생각하는 모양이었다.

「그래요.」 따뜻한 무릎 담요로 몸을 감싸려고 목까지 끌어올리면서 그녀가 말했다. 「나 혼자 왔어요. 피티 고모님한테는 미리 알리지도 않았고요.」

그는 이랴 낄낄 말을 얼렀고, 미끄러운 길을 조심스럽게 골라 디디며 말이 터벅터벅 앞으로 나아가기 시작했다.

「타라의 식구들은 잘들 지냅니까?」

「아, 예, 그저 그래요.」

그녀는 무언가 애깃거리를 생각해 내야 했지만, 말을 하기가 무척 힘들었다. 그녀의 마음은 패배감으로 무거웠고, 〈난 지금은 타라 생각을 하지 않겠어. 난 이토록 심하게 고통스럽지 않을 때, 나중에 생각하고 싶어〉라고 혼자 속으로 다짐하며, 이 따뜻한 담요를 덮고 그냥 누워서 푹 쉬고만 싶었다. 집에 도착할 때까지 그녀가 가끔 한 번씩, 〈정말 좋군요〉라든가 〈당신은 확실히 머리가 좋아요〉라고 건성으로 대꾸만 하면서, 별다른 말을 하지 않고 가만히 듣기만 해도 되게끔,

남자가 혼자 얘기를 계속할 만한 무슨 내용을 화제로 끄집어 내놓기만 하면 그만이겠는데.

「케네디 씨, 당신을 만나서 난 정말 놀랐어요. 내 잘못이긴 하겠지만, 옛 친구들하고 계속 연락도 못 하고, 난 당신이 이곳 애틀랜타로 왔다는 사실조차 몰랐어요. 난 누구한테선가 당신이 매리에타로 갔다는 얘기를 들은 것 같은데요.」

「난 매리에타에서 사업을 하는데, 굉장히 큰 사업이죠.」 그가 말했다. 「내가 애틀랜타에다 자리를 잡았다는 얘기를 수엘렌이 해드리지 않던가요? 내 상점 얘기를 못 들으셨어요?」

수엘렌이 프랭크와 가게 얘기를 수다스럽게 했던 기억이 어렴풋하게 나기는 했지만, 스칼렛은 수엘렌이 하는 얘기에 신경을 쓴 적이 전혀 없었다. 프랭크가 아직도 죽지 않았고, 언젠가는 수엘렌을 데려가서 그녀의 부담을 덜어 주리라는 정도만 알면 충분했었다.

「아뇨, 한마디도 없었어요.」 그녀는 거짓말을 했다. 「가게를 가지고 계시다고요? 당신은 확실히 똑똑한 분이신가 봐요!」

수엘렌이 얘기를 하지 않았다는 소리를 듣고 그는 약간 기분이 상한 표정을 지었지만, 스칼렛이 칭찬을 하는 바람에 다시 얼굴이 밝아졌다.

「그래요, 난 가게를 운영하는데, 그만하면 상당히 훌륭한 점포라고 생각합니다. 사람들은 내가 상인으로서의 천부적인 재능을 타고났다고 그러더군요.」 그는 기분이 좋아서 웃었지만, 캑캑거리고 키득대는 웃음소리가 스칼렛은 옛날부터 비위가 거슬렸다.

잘난 체하는 멍청한 늙은이, 그녀는 생각했다.

「오, 당신은 무엇에 손을 대더라도 성공할 분이에요, 케네디 씨. 하지만 도대체 어떻게 가게를 열게 되었나요? 지난번

성탄절에 만났을 때만 해도 당신은 돈이라곤 한 푼도 없다고 그러셨는데요.」

그는 칼칼한 목청을 가다듬고는 수염을 만지작거리며, 특유의 초조하고도 어색한 미소를 지었다.

「글쎄요, 그건 얘기가 길어져요, 미스 스칼렛.」

하느님 감사합니다! 그녀는 생각했다. 어쩌면 집에 도착할 때까지 그가 얘기를 혼자서 계속하게 될지도 모를 노릇이었다. 그래서 큰 소리로 그녀는 〈그래도 어서 얘기해 보세요!〉라고 재촉했다.

「보급 물자를 구하려고 우리들이 타라를 찾아갔던 때를 기억하시겠죠? 뭡니까, 그로부터 얼마 후에 난 현역 복무를 하게 되었죠. 진짜 전투를 하는 거 말이에요. 나로서는 병참부 일을 더 이상 못 하겠더군요. 군대를 위해서 우리들이 구할 물건이 거의 없다시피 했기 때문에, 미스 스칼렛, 병참부는 별로 필요도 없었고, 난 몸이 멀쩡한 남자가 마땅히 가야 할 곳은 싸움터라고 생각했어요. 그래서 말입니다, 난 얼마 동안 기병대 소속으로 싸웠고, 그러다가 어깨에 미니에 탄[45]을 맞아 관통상을 입었어요.」

그는 아주 자랑스러운 표정을 지었고, 스칼렛이 말했다. 「정말로 끔찍했겠군요!」

「오, 뼈는 다치지 않고 얕은 상처만 입어서, 그렇게까지 심한 부상은 아니었어요.」 그는 섭섭하다는 듯 말했다. 「난 남쪽의 병원으로 후송도 었고, 겨우 회복이 될 무렵에는 양키 약탈자들이 쳐들어왔어요. 세상에, 맙소사, 굉장히 치열했답니다! 우린 제대로 사전 경고를 받지도 못했고, 우리들 가운데 걸을 만한 부상병은 모두 군용 비품과 병원 장비를 이동

45 프랑스군 장교가 발명한 총탄으로, 발사 즉시 펼쳐지는 원추형 탄알.

시키려고 철도까지 운반하는 일을 도왔죠. 우리들이 기차 한 대에 짐을 다 실었을 때쯤에는 도시의 한쪽 끝에서 양키들이 말을 몰아 쳐들어오고, 다른 쪽 끝에서는 우리들이 죽어라고 급히 도망치는 중이었어요. 세상에, 맙소사, 기차 꼭대기에 올라앉아 우리들이 정거장에 남겨 놓고 떠나야 했던 보급품을 양키들이 불태우는 광경을 보니까 굉장히 마음이 아팠습니다. 미스 스칼렛, 그들은 우리들이 철로변에다 거의 1킬로미터에 걸쳐 쌓아 올린 물건에 불을 질러 버렸어요. 우린 겨우 목숨만 건져서 도망쳤고요.」

「너무나 끔찍하군요!」

「그래요, 맞는 말이에요. 끔찍했죠. 그 무렵에는 우리 병력이 애틀랜타로 돌아와 있었고, 그래서 우리가 탈 기차를 이곳으로 보냈던 거예요. 뭡니까, 미스 스칼렛, 전쟁이 끝나기 직전이었고 — 그래요, 사기그릇과 막침대과 매트리스와 담요가 굉장히 많았고, 그건 임자가 없는 물건들이었죠. 법적으로 따지자면 내 생각엔 그것들이 마땅히 양키들의 소유였어요. 항복 조건에 그렇게 규정해 놓았으리라고 난 생각해요. 안 그런가요?」

「그래요.」 스칼렛이 멍하니 말했다. 그녀는 이제 몸이 훨씬 따뜻해지고 조금쯤은 기분이 풀렸다.

「내가 한 짓이 옳은지 어쩐지는 지금까지도 난 잘 모르겠어요.」 약간 못마땅한 듯 그가 말했다. 「하지만 내가 생각하기로는 그런 것들은 양키들에게 전혀 쓸모가 없었어요. 아마 기껏해야 태워 버리기나 했겠죠. 그리고 우리 편 사람들은 그런 물자를 구하려면 꽤 많은 돈을 치러야 할 테고, 아직은 그것들이 당연히 남부 동맹이나 남군의 소유라는 생각도 들었어요. 내 얘기 무슨 소리인지 아시겠어요?」

「예.」

「당신도 나하고 같은 의견이라니까 기쁩니다, 미스 스칼렛. 어떤 면에서 나는 양심의 가책을 받아야 했으니까요. 많은 사람들이 나더러 〈그런 일쯤은 잊어버리게, 프랭크〉 하고 말했지만, 내 마음은 그렇지가 않았어요. 내가 옳지 못한 일을 했다고 생각하면 난 차마 머리를 들고 다닐 수가 없었죠. 당신은 내가 한 일이 옳다고 생각하십니까?」

「물론이죠.」 멍청한 늙은이가 도대체 무슨 얘기를 하는지 한심해져서 그녀가 말했다. 양심과의 투쟁치고는 정말 대단한 투쟁이로구나. 남자가 프랭크만큼 나이를 먹으면, 별로 중요하지 않은 일에는 신경을 쓰지 않도록 훈련이 되었어야 마땅했다. 하지만 그는 항상 불안하게 조바심을 떨고, 노처녀처럼 굴었다.

「당신한테서 그런 말을 들으니까 마음이 기쁘군요. 패전한 후에 나는 은화 10달러 이외에는 가진 돈이 하나도 없었어요. 놈들이 존즈버러에서 무슨 짓을 했고, 그곳에서 내 집과 상점이 어떻게 되었는지는 당신도 잘 알잖아요. 난 도대체 어떻게 살아가야 할지를 몰랐습니다. 하지만 난 파이브 포인츠의 낡은 상점에 지붕을 얹느라고 10달러를 써버렸고, 그러곤 병원 장비를 상점으로 옮겨다 놓고 팔기 시작했어요. 너도나도 침대와 밥그릇과 매트리스가 필요했고, 난 그것들이 내 재산일 뿐 아니라 다른 사람들의 소유이기도 하다는 생각에 싼값으로 팔았어요. 어쨌든 난 거기서 돈을 좀 모았고 물건을 더 사들였는데, 가게가 그런대로 잘되어 나갔어요. 난 경기가 회복되면 돈이 굉장히 잘 벌리리라고 생각해요.」

〈돈〉이라는 말에 그녀는 정신이 번쩍 들어 다시금 그에게로 관심이 돌아갔다.

「돈을 벌었다고 그러셨나요?」

그녀가 관심을 보이니까 그는 눈에 두드러질 정도로 표정이 활짝 피어났다. 형식적인 인사 이상으로 그에게 관심을 보였던 여자들이 수엘렌 이외에는 거의 없었고, 스칼렛 같은 과거의 사교계 여왕이 그의 말에 귀가 솔깃해지다니 그는 마음이 흐뭇하기 짝이 없었다. 그는 얘기를 다 끝내기 전에 집에 도착하지 않도록 조절하느라고 말의 걸음을 늦추었다.

「그렇다고 백만장자는 아니고, 미스 스칼렛, 전에 소유했던 재산에 비한다면 지금 가진 돈은 얼마 안 되죠. 하지만 난 금년에 1천 달러를 벌었어요. 물론 거기서 5백 달러로는 새로 물건을 사들이고, 가게를 수리하고, 세를 내느라고 썼어요. 하지만 5백 달러는 깨끗하게 벌어들였고, 틀림없이 경기가 좋아질 테니까 내년에는 2천 달러쯤 벌어들이게 되리라고 확신해요. 그래요, 벌여 놓은 사업이 또 있는 처지여서, 난 그 돈을 꼭 벌어 놓아야 해요.」

돈 얘기가 나오자 그녀는 귀가 솔깃해졌다. 그녀는 짙고 빳빳한 속눈썹으로 눈의 표정을 베일처럼 감추고는 조금 더 그에게로 바싹 다가앉았다.

「그게 무슨 소리인가요, 케네디 씨?」

그는 웃으며 고삐로 말의 잔등을 철썩 갈겼다.

「사업 얘기를 하니까 아마 내 얘기가 지루하신 모양이로군요, 미스 스칼렛. 당신처럼 아름답고 귀여운 여자는 사업 따위는 하나도 알 필요가 없어요.」

바보 같은 늙은이.

「오, 내가 사업에 대해선 깡통이기는 하지만, 얘기가 너무나 재미있어서 그래요! 부탁이니 나한테 자세한 얘기를 해주시고, 내가 이해하지 못하는 내용은 당신이 설명해 주면 되잖아요.」

「뭡니까, 내가 또 계획하는 사업은 제재소예요.」

「뭐요?」

「통나무를 잘라서 널빤지를 만드는 공장 말이에요. 아직 사들이지는 않았지만, 곧 살 계획이죠. 존슨이라는 남자가 복숭아나무 거리에서 운영하는 제재소를 팔고 싶어 안달이죠. 당장 현금이 좀 필요해서 제재소를 팔고는, 그냥 눌러앉아 주급을 받으면 나 대신 공장을 운영해 주겠다는 조건이에요. 그곳에는 제재소가 별로 없어요, 미스 스칼렛. 양키들이 대부분 다 파괴해 버렸으니까요. 그리고 요즈음에는 목재라면 부르는 게 값이니까, 제재소를 가진 사람이라면 금광을 소유한 셈이라고요. 이곳에서 양키들이 어찌나 많은 집을 불태워 버렸는지 사람들은 살 곳도 충분하지 않고, 모두들 다시 집을 짓느라고 야단들이죠. 그들은 목재를 충분히 구할 길도 없으려니와, 빨리 구하기는 더욱 어려워요. 그러잖아도 헐벗고 굶주린 우리들을 또 뜯어먹으려고 몰려드는 양키와 카펫배거의 등쌀에 시달리고, 검둥이들이 없어서 농사를 짓기가 어려워진 시골 사람들이 이제는 애틀랜타로 마구 쏟아져 들어와요. 장담하겠는데, 애틀랜타는 머지않아 틀림없이 대도시로 성장합니다. 그들은 집을 지으려면 목재가 필요하고, 그래서 난 가능한 한 빨리 제재소를 사들일 계획인데 ─ 글쎄요, 들어올 돈만 제대로 들어오면 당장 살 생각이에요. 내년 이맘때쯤이면 난 돈이 여유가 좀 생길 거예요. 내가 ─ 내가 왜 빨리 돈을 벌려고 이렇게 조바심을 하는지 당신은 알겠죠, 안 그래요?」

그는 낯을 붉히고 다시 키득거렸다. 수엘렌을 생각하는구나, 스칼렛은 역겨워하면서 생각했다.

얼핏 그녀는 3백 달러를 꾸어 달라고 그에게 부탁할까 생각해 봤지만, 맥이 풀려 그만두기로 했다. 그는 당황하겠고, 말을 더듬거리며 변명을 늘어놓기만 하고는, 돈을 빌려 주지는 않으리라. 그는 봄에 수엘렌과 결혼식을 올리기 위해 돈을 버느라고 무척 열심히 일했고, 겨우 모아 놓은 돈을 몽땅 내놓았다가는 결혼식이 무기한 연기될 처지였다. 장차 한 가족이 될 여자에 대한 의무감과 동정심에 호소해서 비록 그녀가 설득에 성공하고 꾸어 준다는 약속을 그에게서 받아 내더라도, 수엘렌이 절대로 승낙하지 않으리라는 사실을 그녀는 알았다. 수엘렌은 사실상 노처녀가 다 되었다는 사실 때문에 점점 더 걱정이 늘었고, 결혼을 연기시킬 장애물을 제거하기 위해서라면 하늘과 땅이라도 옮겨 놓으려고 덤비리라.

징징거리고 불평이나 늘어놓는 계집애가 무엇이 좋아 바보 같은 늙은이는 그녀에게 포근한 보금자리를 마련해 주고 싶어서 저렇게 조바심을 하고 야단일까? 수엘렌은 남편의 사랑을 얻고, 상점과 제재소의 이윤으로 편안하게 살아갈 자격이 없었다. 돈을 조금이라도 손에 넣었다 하면 수엘렌은 차마 눈 뜨고는 못 볼 정도로 교만을 떨기나 하고, 타라를 지켜 나가기 위해서는 단 한 푼도 내지 않으리라. 수엘렌이라면 어림도 없다! 그녀는 타라하고는 자기가 별로 관계도 없다고 생각해서, 예쁜 옷이나 생기고 제 이름에 〈부인〉이라는 칭호만 붙었다 하면, 타라가 세금 때문에 빼앗기든지 홀랑 불에 타서 없어지더라도 서러워하지 않으리라.

수엘렌의 안정된 장래와, 그녀 자신이나 타라가 겪어야 하는 아슬아슬한 미래를 생각하던 스칼렛의 마음속에서는 삶의 불공평함에 대한 분노가 불길처럼 치솟아 올랐다. 그녀의 표정을 프랭크가 볼까 봐 걱정이 된 스칼렛은 황급히 마차밖의 질퍽한 거리로 시선을 돌렸다. 그녀는 가진 것을 모조리 잃게 될 마당에 수엘렌은 ─ 갑자기 그녀는 마음속으로 결정을 내렸다.

프랭크와 그의 가게와 제재소를 수엘렌이 차지하게 내버려 둬서는 안 된다!

수엘렌은 그것들을 소유할 자격이 없었다. 스칼렛 자신이 차지해야 옳으리라. 스칼렛은 타라를 생각해 보았고, 앞 층계 밑에 방울뱀처럼 독을 품고 서서 버티던 조너스 윌커슨이 머리에 떠올랐고, 그녀의 삶이 파멸하는 거센 파도 위에 떠서 그녀는 마지막 지푸라기에 매달렸다. 레트는 그녀를 실망시켰지만, 하느님은 대신 프랭크를 보내 주셨다.

하지만 어떻게 해야 내가 그를 손에 넣을까? 빗속을 멍한 눈으로 응시하며 그녀는 주먹을 꽉 쥐었다. 내가 그로 하여금 수엘렌을 빨리 잊고, 나에게 구혼을 하게끔 만들기가 정말로 가능한가? 레트도 거의 구혼을 하게끔 만들었던 나였으니까, 프랭크를 손에 넣기는 간단하리라! 눈꺼풀을 파르르 떨며 그녀는 시선을 돌려 그를 뜯어보았다. 확실히 미남은 아냐, 그녀는 냉정하게 생각했다. 그리고 그는 이빨도 아주 나쁘고, 입에서는 고약한 악취가 나고, 나한테는 아버지뻘이 될 정도로 나이가 많아. 그뿐 아니라 그는 불안해하고, 겁이 많고, 마음씨가 지나치게 좋은데, 남자로서는 그보다 더 한심한 성품은 찾아보기도 힘들다. 하지만 적어도 그는 신사이고, 레트보다는 이 남자하고 같이 사는 쪽이 나로서는 오히려 견뎌 내기가 쉽겠지. 분명히 나는 그를 다루기가 훨씬 쉬울 테니까. 어쨌든 거지 신세에 따지고 선택할 여유는 없었다.

그가 수엘렌의 약혼자라는 사실쯤은 그녀에게서 아무런

양심의 가책도 자극하지 않았다. 애틀랜타로 레트를 찾아가 게끔 만들었던 철저한 정신적인 몰락을 거친 다음이어서, 동생의 약혼자를 가로채는 정도라면 지금 같은 처지에는 신경조차 쓸 필요가 없는 하찮은 일이었다.

새로운 희망이 머리를 들자 그녀는 허리를 꼿꼿하게 폈고, 발이 시리다는 사실은 당장 잊어버렸다. 눈을 가늘게 뜬 채로 어찌나 끈질기게 그녀가 쳐다보았는지 프랭크는 약간 신경이 곤두서는 눈치였고, 그러자 레트가 했던 말이 생각난 그녀는 재빨리 시선을 떨구었다. 「난 결투용 권총의 가늠자를 통해 나에게서 스무 발자국 떨어진 사람에게서 당신하고 똑같은 눈을 보았는데…… 그래 가지고서는 남자의 가슴속에서 아무런 열정도 불러일으키지를 못해요.」

「왜 그래요, 미스 스칼렛? 추운가요?」

「그래요.」 그녀가 힘없이 대답했다. 「혹시 괜찮으시다면 ―」 그녀는 수줍어하며 머뭇거렸다. 「혹시 괜찮으시다면 내 손을 당신 외투 호주머니에 넣어도 될까요? 너무나 추운 데다가 내 토시가 완전히 젖었거든요.」

「아니 ― 아니 ― 괜찮고말고요! 그리고 당신은 장갑도 끼지 않았군요! 이런, 이런, 당신은 꽁꽁 얼어서 어서 따뜻한 곳으로 가고 싶어 하는 줄도 모르고 나 혼자 잔뜩 떠들어 대기만 했으니, 이렇게 한심한 야만인이 어디 또 있겠습니까. 이랴, 샐리! 그건 그렇고, 미스 스칼렛, 내 얘기만 늘어놓느라고 너무 정신이 팔려서 난 이런 날씨에 무엇을 하려고 당신이 이런 곳까지 나왔는지 미처 물어보지도 못했군요.」

「난 양키들 본부에 갔었어요.」 미처 생각도 해보지 않고 그녀가 대답했다. 그의 까칠한 이마가 놀라서 치켜 올라갔다.

「하지만 미스 스칼렛! 군인들이 ― 그러니까 ―」

<성모 마리아여, 정말 그럴듯한 거짓말이 어서 생각나게 해주세요.> 그녀는 서둘러 기도를 드렸다. 그녀가 레트를 만났으리라고 프랭크가 눈치를 챈다면 좋을 일이 하나도 없었다. 프랭크는 레트가 가장 극악무도한 불한당이어서, 점잖은 여자들이 그와 얘기를 나눈다면 위험하다고 생각했다.

「내가 그곳을 찾아간 이유는 ─ 내가 그곳을 찾아간 까닭은 혹시 ─ 혹시 어느 장교라도 내가 수놓은 자수품을 사서 고향의 아내에게 보낼 사람이 없을까 알아보기 위해서였죠. 난 수를 아주 잘 놓거든요.」

그는 화가 나기도 하고 당황하기도 해서, 어쩔 줄 모르겠는 표정으로 어안이 벙벙해서, 의자에 몸을 길게 기대었다.

「당신이 양키들을 찾아가다니 ─ 하지만 미스 스칼렛! 그래서는 안 됩니다. 세상에 ─ 세상에……. 틀림없이 당신 아버님께서는 모르실 테죠! 틀림없이 미스 피티팻이라던 ─」

「오, 만일 당신이 피티팻 고모님한테 얘기를 하신다면 난 죽어 버리겠어요!」 그녀는 정말로 걱정이 되어 소리쳤고, 울음을 터뜨렸다. 너무나 춥고 비참했기 때문에 울음을 터뜨리기는 무척 쉬웠지만, 효과는 놀랄 정도였다. 그녀가 갑자기 옷을 벗기 시작했더라도 프랭크는 그렇게까지 당황하고 난감해지지는 않았으리라. 그는 혀를 몇 차례 차면서 <저런! 저런!>이라며 중얼거렸고, 어떻게 해야 좋을지 모르겠다는 시늉을 그녀에게 해 보였다. 그녀의 머리를 그의 어깨로 끌어다 대고는 스칼렛을 쓰다듬어 줘야 되겠다는 용감무쌍한 생각이 떠오르기는 했지만, 그는 여태껏 어떤 여자에게도 그랬던 적이 없었기 때문에, 어떻게 해야 되는지도 잘 몰랐다. 그토록 활달하고 아름다운 스칼렛 오하라가 다른 곳도 아닌 여기서, 그의 마차를 타고 울다니. 누구보다도 자존심이 강한 스칼렛 오하라가 양키들에게 수놓은 물건을 팔려고 하다니. 그는 울화가 치밀었다.

가끔 몇 마디씩 뭐라고 울먹이며 그녀는 자꾸만 흐느껴 울었고, 그는 타라의 사정이 퍽 곤란하게 돌아가는 모양이라고 짐작이 갔다. 오하라 씨는 아직도 제정신이 들려는 기미가 안 보였고, 그토록 많은 식구들을 먹일 양식도 충분하지 않다고 그녀는 털어놓았다. 그래서 그녀 자신과 아들을 위해 돈을 좀 벌어 보려고 애틀랜타로 찾아왔다. 프랭크는 다시 혀를 찼고, 스칼렛은 슬그머니 머리를 그의 어깨에 기대었다. 어느 틈에 그녀가 머리를 기대게 되었는지 그는 잘 깨닫지도 못했다. 분명히 그가 머리를 끌어다 놓지는 않았지만, 그녀는 머리를 기대었고, 스칼렛이 가련하게 그의 얄팍한 가슴에 기대고 흐느껴 우니까, 그는 묘한 흥분감을 맛보았다. 그는 스칼렛의 어깨를 어색하게, 처음에는 머뭇거리며 쓰다듬었고, 그녀가 반발을 하지 않으니까 더욱 용기가 나서 열심히 토닥거렸다. 그녀는 얼마나 무력하고, 다정다감하고, 나약한 여자인가. 그리고 자수품으로 돈을 벌어 보겠다고 나선 그녀는 얼마나 용감하고도 한심한가. 하지만 양키들하고 거래를 하다니 ― 그것만큼은 정말 지나쳤다.

「난 미스 피티팻에게는 애기하지 않겠지만, 미스 스칼렛, 대신 당신은 이런 짓을 다시는 하지 않겠다고 나한테 약속해 주셔야 되겠어요. 당신 아버님을 생각하면 그런 짓은 ―」

눈물에 젖은 그녀의 초록빛 눈이 절망적으로 그의 눈길을 찾았다.

「하지만, 케네디 씨, 난 무엇인가 하지 않으면 안 돼요. 난 가엾고 어린 내 아들을 돌봐야만 하고, 이제는 우리들을 보살펴 줄 사람이 아무도 없어요.」

「당신은 용감한 여자입니다.」그가 선언했다.「하지만 당신이 이런 짓을 하면 난 그냥 내버려 두지는 않겠어요. 당신 가족은 창피해서 죽겠다고 할 테니까요.」

「그렇다면 나더러 어떻게 하라는 말이에요?」해결 방법이라면 그가 무엇이나 다 알고, 그래서 그녀는 그의 말을 철저히 따라야 한다고 믿는다는 듯 스칼렛은 글썽거리는 눈으로 그를 올려다보았다.

「글쎄요, 지금 당장은 어째야 좋을지 나도 모르겠군요. 하지만 내가 어떻게 궁리를 해보겠어요.」

「오, 당신이 그래 주시리라고 생각했어요! 당신은 워낙 머리가 총명하니까요 ― 프랭크.」

스칼렛은 지금까지 그를 이름으로 불렀던 적이 한 번도 없었고, 그래서 그는 이 호칭을 유쾌한 충격과 놀라움으로 받아들였다. 가엾게도 스칼렛은 아마도 흥분한 나머지 자기가 말을 실수했다는 사실조차 깨닫지 못하는 모양이었다. 그는 스칼렛에 대해서 아주 상냥해지고, 보호해 주려는 심한 충동을 느꼈다. 수엘렌 오하라의 언니를 위해서 해줄 일이라면 그는 물불을 가리지 않겠다는 각오였다. 그는 빨간 손수건을 꺼내 그녀에게 내주었고, 스칼렛은 눈물을 닦아 내더니, 떨리는 미소를 지어 보였다.

「난 너무나 한심하고 하찮은 바보예요.」그녀가 사과하는 투로 말했다.「제발 날 용서해 주세요.」

「당신은 한심하고 하찮은 바보가 아닙니다. 당신은 아주 용감하고도 착한 여자이고, 굉장히 무거운 짐을 지고 고생하는 중이죠. 보아하니 미스 피티팻은 당신에게 별로 도움이 되지 않을 듯싶군요. 듣자 하니 그녀는 가진 재산을 거의 다 잃었고, 헨리 해밀턴 씨도 형편이 좋지 않은 모양이더군요.

당신이 안식처로 삼아 지낼 만한 집이라도 제공할 여력이 나에게 있다면 얼마나 좋을까요. 하지만, 미스 스칼렛, 이것 한 가지만은 잊지 마세요. 일단 미스 수엘렌하고 내가 결혼하고 나면, 당신하고 웨이드 햄프턴은 언제라도 우리 집에서 지내셔도 좋습니다.」

때는 지금이다! 이런 기회를 마련해서 하늘이 내려 주시다니, 틀림없이 성자와 천사들이 그녀를 보살펴 주려는 모양이었다. 그녀는 짐짓 아주 놀라고 당황한 표정을 짓고는 무슨 말을 하려는 듯 얼른 입을 열었지만, 다시 얼른 다물어 버렸다.

「금년 봄에 내가 당신 동생의 남편이 되리라는 걸 몰랐다는 소리는 하지 마세요.」 불안해하고 흥겨워하며 그가 말했다. 그러더니 그녀의 눈에 고이는 눈물을 보고는 놀라서 물었다. 「왜 그러세요? 미스 수엘렌이 아프기라도 한가요?」

「아, 아니에요! 아니에요!」

「무언가 잘못되었어요. 어서 얘기하세요.」

「오, 난 못 하겠어요! 난 몰랐으니까요! 난 틀림없이 걔가 당신에게 편지를 썼으리라고 생각했는데요. 오, 너무나 매정한 애로군요!」

「미스 스칼렛, 왜 그래요?」

「오, 프랭크, 난 이런 얘기를 할 생각이 아니었지만, 물론 내 생각으로는 당신이 벌써 알았을 테니까 ── 그 애가 당신에게 편지를 썼을 테니까 분명히 ──」

「나한테 무슨 편지를 써요?」 그는 떨고 있었다.

「오, 당신처럼 훌륭한 남자에게 그런 짓을 하다니!」

「무슨 짓을 했는데요?」

「수엘렌이 당신에게 편지를 쓰지 않았어요? 오, 아마 너무 창피해서 당신에게 편지를 못 한 모양이군요. 창피해할 만도 하죠! 오, 그런 몰인정한 동생을 두다니!」

이때쯤 이르자 프랭크는 질문을 하고 싶어도 입이 말을 듣지 않았다. 그는 잿빛이 된 얼굴로, 고삐를 두 손으르 축 늘어뜨려 잡은 채로 앉아서, 그녀를 빤히 쳐다보기만 했다.

「걔는 다음 달에 토니 폰테인하고 결혼하기로 했어요. 정말 미안해요, 프랭크. 내가 이런 소식을 전해야 할 입장이 되다니, 참 미안하군요. 걔는 기다리는 데 너무 지치고, 노처녀가 될까 봐 걱정이 되었거든요.」

프랭크가 스칼렛을 마차에서 부축해 내리는 동안, 어멈은 앞 포치에 서서 그들을 지켜보았다. 머릿수건이 젖었고, 몸을 바싹 여민 낡은 목도리에 빗물이 젖은 얼룩으로 미루어 보아 그녀는 틀림없이 한참 동안 그곳에 서서 기다린 듯싶었다. 주름이 진 검은 얼굴에는 분노와 근심의 빛이 역력했고, 입술이 그토록 튀어나온 어멈의 표정을 스칼렛은 여태껏 본 적이 없었다. 그녀는 재빨리 프랭크를 쳐다보더니 ── 누구인지를 알아보고는 얼굴 표정이 순식간에 달라져서, 기쁨과 당황과 죄의식 비슷한 무엇이 얼굴 전체로 번져 나갔다. 그녀는 즐거운 인사말을 하며 프랭크에게로 뒤뚱거리고 걸어가더니 히죽 웃고는, 그가 손을 잡고 악수를 하자 무릎을 굽혀 절했다.

「고향 사람들 만난다 하니 정말 반가워요.」 그녀가 말했다. 「어찌 지내시나요, 프랭크 주인님? 세상에, 근사하고 멋진 모습이군요! 미스 스칼렛하고 주인님하고 함께 나갔다 알았다면 나 그렇게 걱정 안 했어요. 마님 보살필 사람 같이 있다 아니까요. 나 집에 다시 왔더니 미스 스칼렛 없어졌고, 나 머리 잘라진 닭처럼 정신 홀랑 나갔는데, 쓰레기 해방 깜둥이들 판친다 길거리에 마님 혼자 나가 돌아다닌다 생각했어요. 밖에 외출 나간다 왜 얘기 나한테 안 했나요, 미스 스칼렛? 감기도 걸렸다 하는 몸에!」

스칼렛은 프랭크에게 교활한 눈짓을 보냈고, 그는 아까 들은 나쁜 소식 때문에 잔뜩 상심하기는 했어도, 그녀가 침묵을 명함으로써 그를 즐거운 음모에 가담시키려고 함을 알고는 미소를 지었다.

「올라가서 내 마른 옷 좀 준비해 줘요, 어멈.」 그녀가 말했다.「그리고 따끈한 차하고요.」

「맙소사, 새 옷 통째 망쳐 놓았군요.」 어멈이 투덜거렸다.「나 그 옷 오늘 밤 결혼식 입고 가게 손질 잘하려면 말린다 솔질한다 고생 많겠어요.」

어멈이 집 안으로 들어갔고, 스칼렛은 프랭크에게 몸을 바싹 기대고는 속삭였다.「오늘 저녁 식사 때 꼭 찾아오세요. 우린 너무 외로워요. 그리고 우린 나중에 결혼식에 가기로 해요. 우리들의 보호자 노릇을 해주세요! 그리고 제발 피티 고모님에게는 ― 고모님에게는 수엘렌 얘기를 절대로 하지 말아요. 고모님은 너무나 상심하시겠고, 그것도 내 동생이 그랬다는 얘길 들으면 고모님은 ―」

「오, 난 얘기하지 않겠어요! 난 안 해요!」 생각만 해도 몸이 움츠러드는 듯 프랭크가 황급히 말했다.

「당신은 오늘 나한테 아주 친절하게 해주셨고, 무척 많은 호의를 베푸셨어요. 난 다시 용감해진 기분이에요.」 그녀는 헤어질 때 그의 손을 꼭 잡아 주며 잔뜩 눈꼬리를 쳤다.

문의 바로 안쪽에서 기다리던 어멈은 묘한 눈초리를 그녀에게 던지고는, 헉헉거리며 그녀를 따라 침실로 층계를 올라갔다. 젖은 옷을 몽땅 벗겨 여러 의자에 걸쳐 놓고, 스칼렛을 침대에 눕히고 이부자리를 여며 주면서도 그녀는 침묵을 지켰다. 따끈한 차 한 잔과 두툼한 헝겊으로 싼 뜨거운 벽돌을 가지고 올라온 그녀는 스칼렛을 내려다보더니, 스칼렛으로 서는 여태껏 들어 본 적이 없을 정도로 미안해하는 목소리로 말했다. 「마님, 무슨 속셈 꾸린다 어떻게 어멈까지 얘기 안 하게 되었나요? 얘기했다 그러면 나 여기 란타까지 이런 먼 길 안 쫓아왔어요. 이만큼 늙고 이만큼 뚱뚱하고, 그래서 나 이렇게 못 돌아다녀요.」

「무슨 소리예요?」

「마님, 나 못 속여요. 나 마님 어떤지 잘 알아요. 그리고 조금 아까 나 프랭크 주인님 얼굴 봤고, 나 마님 얼굴 봤고, 나 목사님 성서 환히 안다 마찬가지 아씨 마음속 환히 알아요. 그리고 나 미스 수엘렌 얘기 주인님하고 수군거린다 들었어요. 마님 생각한 사람 프랭크 주인님이다 알았다 했으면 나 여기 쫓아온다 안 했어요.」

「글쎄요.」 담요 밑으로 파고 들어가면서, 스칼렛은 어멈을 따돌리려고 해봤자 소용이 없음을 의식하고는 퉁명스럽게 말했다. 「그럼 누구라고 생각했어요?」

「마님, 나 사정 어떻다 모르지만 어제 마님 얼굴 표정 마음 안 들었어요. 그리고 미스 피티팻 멜리 마님한테 편지에 쓴 얘기 나 기억하는데, 불한당 버틀러 돈 무지하게 많다 그랬고, 나 들은 얘기 안 잊어버려요. 하지만 프랭크 주인님 별로 안 미남 아니다 하지만, 신사예요.」

스칼렛은 그녀를 날카로운 눈으로 쏘아보았고, 어멈은 다 안다는 듯 차분한 눈으로 마주 쳐다보았다.

「그래, 그래서 어떻게 하겠어요? 수엘렌한테 고자질이라 도 할 생각인가요?」

「나 아는 방법 다 해서 프랭크 주인님 기분 좋다 하게 마님 도와드려요.」 스칼렛의 목둘레를 홑이불로 여며 주면서 어멈이 말했다.

마음이 놓여서인지 말을 주고받을 필요가 없다고 생각한 어멈이 수선을 피우며 방 안을 돌아다니는 사이에, 스칼렛은 잠깐 조용히 누워서 숨을 돌렸다. 어멈은 어떤 설명도 요구하지 않았고, 아무런 꾸짖음도 없었다. 어멈은 이해를 하고 침묵을 지켰다. 스칼렛은 어멈에게서 그녀 자신보다도 훨씬 가차 없는 현실주의자의 면모를 보았다. 현명하고 늙고 얼룩진 눈은 세상을 깊이 보았고, 선명하게 파악했고, 아끼는 새끼나 동물이 위험에 처했을 때는 양심에 전혀 거리끼지 않고 행동하는 야만인이나 아이처럼 어멈은 직선적이었다. 스칼렛은 그녀의 아기였고, 그녀의 아기가 원한다면 비록 다른 사람의 소유물이라고 해도 어멈은 기꺼이 그것을 얻도록 도와줄 각오였다. 수엘렌과 프랭크 케네디의 권리쯤은, 속으로 음험하게 키득거리며 웃는 정도 이상은 조금도 염두에 두지 않았다. 스칼렛은 곤경에 처했고, 힘이 자라는 한 최선을 다했으며, 스칼렛은 엘렌 마님의 딸이었다. 어멈은 조금도 주저하지 않고 그녀를 밀어주었다.

스칼렛은 말 없는 지원을 받았고, 추위에 떨며 마차를 타고 집으로 오던 길에 희미하게 깜박이던 희망은, 뜨거운 벽돌로 발이 따뜻해지는 사이에, 불꽃이 되어 타올랐다. 불길은 그녀를 휘감았고, 홍수처럼 휘몰아치는 피가 심장에서 쏟아져 나왔다. 힘이 되살아났고, 두려움을 모르는 흥분감에 그녀는 큰 소리로 웃고 싶었다. 아직은 패배를 당하지 않았어, 그녀는 환희에 차서 생각했다.

「거울을 이리 줘요, 어멈.」 그녀가 말했다.

「어깨 홑이불 꼭 덮어요.」 두툼한 입술에 미소를 짓고 그녀에게 손거울을 넘겨주며 어멈이 명령했다.

스칼렛은 자신의 모습을 보았다.

「내 모습이 유령처럼 창백해 보이는군요.」 그녀가 말했다. 「그리고 머리카락은 말의 꼬리처럼 마구 헝클어졌어요.」

「더 예뻐 보인다 필요하지 않아요.」

「흠…… 비가 아주 많이 오나요?」

「억수 쏟아진다 알잖아요.」

「어쨌든 나를 위해 어멈이 시내를 좀 다녀와야 되겠는데요.」

「이런 비 맞는다 싫어요. 나 안 가는 거예요.」

「아니에요, 어멈이 가든지, 아니면 나라도 가야 해요.」

「무슨 일 바쁘다 하기에 기다려 못 쓰는 건가요? 나 보니까 마님 오늘 하루 그만 돌아다닌다 되겠어요.」

「난 화장수 한 병이 필요해요.」 거울에 비친 자신의 모습을 조심스럽게 살펴보며 스칼렛이 말했다. 「어멈은 화장수로 내 머리를 감기고 헝구어 줘야 해요. 그리고 머리카락을 붙여야 하니까 마르멜로 씨앗 젤리도 한 병 사다 줘요.」

「나 이런 날씨다 속어 마님 머리 못 감긴다 하고, 도 아씨 화냥년 여자처럼 머리 화장수 안 뿌릴 거예요. 내 몸 목숨 살았다 하는 한 그거 못 해요.」

「아니, 해요, 난 하겠어요. 내 손가방을 뒤져 5달러짜리 금화를 꺼내 가지고 시내로 가요. 그리고 ─ 저, 어멈, 이왕 시내에 나가는 길이니까 연지도 한 통 사 가지고 와요.」

「그거 뭐예요?」 어멈이 수상하다는 듯 물었다.

스칼렛은 전혀 쌀쌀한 감정을 느끼지도 않으면서 눈을 부라리고는 어멈을 마주 노려보았다. 어멈을 어느 정도까지 윽박질러야 효과가 나타나는지 그녀로서는 통 알 길이 없었다.

「어멈은 그런 거 신경 쓸 필요 없어요. 그냥 달라고만 그
래요.」

「나 무엇 모르다 하는 거 절대 사지 않아요.」

「좋아요, 그렇게 궁금하다면 알려 주겠는데, 그거 바르는
화장품이에요! 얼굴에 바르는 화장품이요. 두꺼비처럼 퉁퉁
부어서 거기 그렇게 서서 버티기만 하지 말아요. 어서 가요.」

「화장품 바른다 하니!」 어멈이 혀를 찼다. 「얼굴 바른다 하
니! 뭐예요, 나 못 때릴 정도 아직 마님 크지 못했어요! 나 이
런 깜짝스럽다 얘기 처음 들어요! 마님 정신 어디 나간 모양
이에요! 지금 이 순간 엘렌 마님 무덤 속 몸부림친다 하겠어
요! 얼굴 천박하게 칠하다니 ―」

「로비야르 할머니도 얼굴에 칠했다는 거 어멈은 잘 알잖
아요.」

「그래요, 마님. 그리고 속치마 하나만 입어 물 젖으면 몸매
드러나 속다리 다 들여다보이고 그랬지만, 그랬어도 미스 스
칼렛 그런 짓 한다 안 돼요! 노마님 젊을 때 세상 한심한 시
절이지만 지금 세월 달라지고 그러면 ―」

「하느님 맙소사!」 화를 발끈 내고 홑이불을 젖히며 스칼렛
이 소리쳤다. 「어멈은 당장 타라로 돌아가요!」

「내 발 가고 싶다 전에는 아씨 나 타라 가게 못 만들어요.
나 해방됐으니까요.」 어멈이 열을 올려 말했다. 「그래서 나
바로 여기 버틴다 하겠어요. 침대 다시 들어가요. 지금 또 폐
렴 걸려 싶어요? 코르셋 내려놔요! 내려놓으라 하니까요, 마
님. 자, 미스 스칼렛, 이런 날씨 속 마님 어디 못 가요. 하느님
맙소사! 하지만 마님 확실히 아버님 똑같다 보여요! 다시 침
대 들어가요 ― 나 얼굴 바르는 거 사러 간다 안 해요! 그거
마님 사준다 생각하니까 창피해 나 죽고 말아요! 미스 스칼

렛, 마님 굉장히 다정하고 예뻐 보이는데 바르는 거 안 필요
해요. 마님, 나쁜 여자들 말고 아무도 그런 거 안 써요.」

「어쨌든 그런 화장품을 쓰면 효과는 나타나잖아요, 안 그
래요?」

「예수님, 저 말 들어 보세요! 마님, 그렇게 나쁜 말 한다 말
아요! 젖은 양말 내려놓아요. 마님, 마님 직접 그거 산다 나
가면 나 가만히 못 있어요. 엘렌 마님 혼령 나한테 나타난다
할 테니까요. 침대 다시 들어가요. 나 사러 간다 하니까요.
우리들 아무도 모른다 하는 가게 어디 가서 찾아보죠.」

그날 밤 엘싱 부인의 집에서, 패니가 결혼식을 마치고 리
바이 영감과 다른 악사들이 무도회를 위해 악기를 조율하는
동안, 스칼렛은 기분이 좋아서 주변을 둘러보았다. 진짜로
다시 파티에 참석하고 보니 정말 신이 났다. 그녀는 사람들
이 자기를 따듯하게 맞아 주어서 기분이 좋았다. 그녀가 프
랭크의 팔을 잡고 집으로 들어서자, 사람들이 반갑다고 기뻐
하며 스칼렛에게로 몰려들어 키스를 하고, 악수를 나누며 굉
장히 보고 싶었다는 소리를 늘어놓고, 다시는 타라로 돌아가
면 안 된다고 말했다. 남자들은 지난날에 그들의 애를 태우
느라고 스칼렛이 온갖 수단을 다 부렸었다는 사실을, 그리고
여자들은 그들의 애인을 유혹해서 빼앗으려고 그녀가 온갖
교묘한 방법을 동원했었다는 사실을 점잖게 잊어 준 듯싶었
다. 심지어는 전쟁이 끝나 갈 무렵에 스칼렛에게 그토록 냉
정했던 메리웨더 부인과 화이팅 부인과 미드 부인까지도 그
녀의 경박한 처신과 그것을 못마땅하게 여기던 마음을 잊어
버렸고, 그들이 함께 나누었던 패전의 고통을 그녀도 같이
겪었으며, 스칼렛이 피티의 조카며느리이고 찰스의 미망인

이라는 사실만 기억하는 듯싶었다. 그들은 스칼렛에게 키스를 하고, 눈물을 글썽거리며 마음 착한 그녀의 어머니가 돌아가셔서 가슴이 아프다고 상냥하게 얘기하고, 아버지와 동생들은 어떻게 지내느냐고 장황하게 물어보았다. 멜라니와 애슐리의 안부를 물으며 왜 그들도 함께 애틀랜타로 돌아오지 않았느냐고 묻는 사람도 많았다.

환영을 받아 마음이 기쁘기는 했어도 스칼렛은 약간 초조한 기분을 느꼈으며, 그녀가 입은 벨벳 통옷의 모양이 어떨까 하는 불안감을 감추려고 애썼다. 어멈과 쿠키가 불을 피워 놓은 벽난로 앞에서 미친 듯 흔들어 대고, 김이 나는 주전자와 깨끗한 머리 솔로 기를 쓰며 솔질을 하기는 했어도, 드레스는 아직도 무릎까지 축축하게 젖었고, 치맛자락에는 아직도 얼룩이 남았다. 스칼렛은 혹시 누구라도 그녀의 옷이 더럽다고 눈치를 채거나, 이것이 그녀에게는 하나뿐인 나들이옷이라는 사실을 눈치챌까 봐 걱정이 되었다. 그녀는 많은 다른 손님들의 드레스가 그녀보다 훨씬 형편없어 보인다는 사실을 확인하고는 약간 기분이 좋아졌다. 그들의 옷은 너무나 낡았고, 조심스럽게 꿰매고 다리미질을 한 흔적이 역력하게 드러났다. 비록 젖기는 해도 스칼렛의 옷은 그나마 온전하고 새것이었으며, 패니의 하얀 공단 신부복을 제외하고는 사실상 그곳에 모인 사람들 가운데 새 드레스를 입은 사람은 그녀뿐이었다.

엘싱 댁의 생활 형편에 관해서 피티 고모가 그녀에게 해준 얘기가 기억난 스칼렛은 공단 드레스와, 거기다가 다과(茶果)와 실내 장식에 악사들까지 동원할 돈이 어디서 나왔는지 궁금했다. 틀림없이 상당히 많은 돈이 들었으리라. 아마 꾸어 온 돈이거나, 아니면 패니에게 화려한 결혼식을 마련해 주려고 엘싱 가문 전체가 모금을 했는지도 모른다. 고난의 시기에 이런 결혼식을 개최한다는 것은 스칼렛이 보기에는 탈턴 댁 청년들의 비석에 맞먹는 허영의 사치라고 여겨졌고, 그녀는 탈턴 댁 묘지를 방문했을 때나 마찬가지로 동정심은 사라지고 반발심만 느꼈다. 아무렇지도 않게 돈을 내버리던 시절은 다 지나갔다. 옛 시절은 이미 사라진 다음인데, 왜 이들은 옛 시절의 흉내를 내겠다고 자꾸 고집을 부리는가?

하지만 그녀는 순간적인 반발을 코웃음으로 머릿속에서 쫓아냈다. 그것은 그녀의 돈이 아니었고, 스칼렛은 다른 사람들의 어리석음에 대한 짜증 때문에 지금 순간의 기분을 망치고 싶지는 않았다.

알고 보니 신랑은 스칼렛이 상당히 잘 아는 남자였는데, 그는 1863년 어깨에 부상을 당했을 때 그녀가 간호를 맡았던 스파르타 출신의 토미 웰번이었다. 그때 그는 의학 공부를 집어치우고 기병대에 입대했던 젊은이로서, 키가 6척이나 되는 미남 청년이었다. 지금은 엉덩이에 입은 부상 때문에 어찌나 허리가 굽었는지 왜소한 노인처럼 보였다. 그는 걷는 데 좀 불편을 느끼는 모양이었고, 피티 고모가 말했듯이 아주 저속한 인상을 주게끔 다리가 벌어졌다. 하지만 그는 자신의 외모를 전혀 의식하지 않거나 신경을 쓰지 않는 듯싶었고, 어떤 사람에게서도 특별한 배려를 요구하지 않는 그런 태도를 보여 주었다. 그는 의학 공부를 계속하겠다는 희망을 깨끗하게 포기하고 이제는 청부업자가 되어, 새 호텔을 짓는 아일랜드 노동자들을 부렸다. 스칼렛은 그가 그런 몸으로 어떻게 그토록 어려운 일을 해낼까 궁금했지만, 불가피한 상황에 쫓기다 보면 거의 어떤 일이나 다 가능해진다는 사실을 씁쓸하게 의식하며, 아무 질문도 하지 않았다.

무도회를 준비하느라고 의자와 가구를 사람들이 뒤로 밀어내는 동안 토미와 휴 엘싱과 작은 원숭이 같은 르네 피카르가 그녀를 둘러싸고 서서 얘기를 나누었다. 스칼렛이 1862년에 마지막으로 만난 이후로 휴는 변한 데가 없었다. 그는 아직도 야위었고 민감한 청년이었으며, 엷은 갈색 머리가 여전히 이마 위로 늘어졌고, 쓸모없어 보인다고 그녀가 잘 기억하는 섬세한 손도 옛날 그대로였다. 하지만 르네는 메이벨 메리웨더와 결혼하기 위해 휴가를 나왔던 때와는 사람이 달라졌다. 그의 검은 눈에는 아직도 프랑스 사람다운 반짝이는 광채와 삶에 대한 크레올 사람의 열의가 그대로 남았지만, 비록 걸핏하면 웃어 대기는 하면서도, 그의 얼굴에서는 어딘가 전쟁 초기에는 찾아보기 힘들었던 굳어 버린 표정이 엿보였다. 그리고 인상적인 주아브 군복을 입은 그에게서 풍기던 거만하고 우아한 분위기도 완전히 없어졌다.

「뺨이 장미꽃 같고, 눈은 에메랄드 같군요!」 그는 스칼렛의 손에다 입을 맞추고, 프랑스식 억양을 써가며 그녀의 얼굴에 바른 연지에 대한 찬사를 늘어놓았다. 「내가 처음 자선 행사에서 봤을 때처럼 아름다워요. 기억하시죠? 내 바구니에 당신이 결혼반지를 던져 넣었던 일을 난 아직도 안 잊었어요. 하, 그건 용감한 행동이었죠! 하지만 난 당신한테 또 반지가 생길 때까지 별로 오래 안 가리라고 생각했는데요!」

그는 간악하게 눈을 번득이며 팔꿈치로 휴의 옆구리를 쿡 찔렀다.

「그리고 난 당신이 파이 수레를 끌고 다니게 되리라고는 전혀 상상도 못 했죠, 레니[46] 피카르.」 그녀가 말했다. 창피스러운 직업 때문에 면박을 당해서 부끄러워하기는커녕 그는

46 프랑스 이름인 르네의 미국식 애칭.

재미있다는 듯 요란하게 웃어 대고는 휴의 등을 탁 쳤다.

「투셰!」[47] 그가 소리쳤다. 「장모님 메리웨더 부인께서 나한테 그런 일을 하도록 시키셨어요. 나이를 먹으면 경마용 말이나 사육하고, 깡깡이나 치며 살리라고 생각했던 이 몸, 르네 피카르가 생전 처음 손에 잡은 일이 바로 그거예요! 이제 난 파이 수레 끌고 다니는데, 난 그런 일이 좋답니다! 장모님은 남자한테 무슨 일이라도 마음대로 다 시켜요. 그분이 장군을 했더라면 우린 전쟁에서 이겼을 거예요, 안 그런가요, 토미?」

사정이 그렇게 되었구나! 스칼렛은 생각했다. 전에는 미시시피 강을 따라 20킬로미터나 펼쳐진 땅과, 뉴올리언스에 대저택도 가지고 떵떵거렸는데, 이제는 파이를 마차에 실어 끌고 다니며 파는 신세가 되었다니!

「이곳 장모님들이 진두지휘를 했더라면 아마 남군은 양키들을 한 주일 만에 무찔렀겠죠.」 방금 그의 장모가 된 여자의 날씬하면서도 굽힐 줄 모르는 모습으로 슬그머니 시선이 돌아가며 토미가 맞장구를 쳤다. 「그만큼이라도 우리들이 오래 버티었던 까닭은 포기하지 않으려는 여자들이 우리들 뒤에서 버티었기 때문이니까요.」

「절대로 포기할 줄 모르는 여자들이죠.」 휴가 말을 바로잡았는데, 그가 지은 미소는 자부심을 보여 주면서도 약간 뒤틀린 웃음이었다. 「그들의 남자들이 애포마톡스[48]에서 무엇을 했거나 간에, 오늘 밤 이곳에 모인 여자들 중에는 항복했던 사람이 한 명도 없어요. 우리들이 당한 것보다도 그들이 훨씬 더 큰 고통을 받았죠. 적어도 우리들은 전투에서 분풀

47 *Touché*. 명중, 잘했어, 내가 당했구나라는 뜻의 프랑스 말.
48 리 장군이 항복한 곳.

이라도 했잖아요.」

「여자들은 증오로써 분풀이를 했고요.」 토미가 말끝을 맺었다. 「어떤가요, 스칼렛? 남자들이 어느 정도로 몰락했는지를 보면 우리들보다는 여자들이 더 마음이 괴롭겠죠. 휴는 판사가 될 계획이었고, 르네는 유럽의 왕족들 앞에서 깡깡이나 켜고 ──」 르네가 주먹으로 치려고 겨누는 바람에 그는 머리를 숙여 피했다. 「그리고 난 의사가 되려고 했었는데 이제 와서는 ──」

「우리들에게 시간을 달라!」 르네가 외쳤다. 「그러면 나는 남부의 파이 왕이 되리라! 그리고 우리 착한 휴께서는 장작계의 왕이 되고, 그리고 우리 토미는 검둥이 노예들이 아니라 아일랜드 사람들을 노예로 부리게 되고요. 정말 굉장한 변화이고, 정말 재미있는 일이에요! 그리고 당신들, 미스 스칼렛하고 미스 멜라니는 어떻게 되었나요? 당신들은 암소 젖을 짜고, 목화를 따나요?」

「전혀 그렇지 않아요!」 고난을 장난으로 받아들이는 르네의 태도를 이해하기가 어려웠던 스칼렛이 냉정하게 말했다. 「그런 일은 우리 집 검둥이들이 해요.」

「내가 들은 바로는 미스 멜리가 아들 이름을 〈보르가드〉[49]라고 지었다더군요. 가서 그분한테 〈예수〉 이외에는 그것보다 좋은 이름 없다고 하면서 나 르네 피카르가 승인하더라는 말을 전해 주세요.」

그리고 비록 미소를 짓기는 했어도 그의 눈은 멋쟁이 루이지애나 영웅의 이름에 대한 자부심으로 광채가 났다.

「글쎄요, 〈로버트 에드워드 리〉라는 이름도 있잖아요.」 토미가 한마디 했다. 「그리고 난 노장군 보르가드의 명성을 헐

49 섬터 요새에서 양키를 몰아낸 장군. 상권 제1장 15면 8행 참조.

뜯으려는 생각은 없지만 첫아들의 이름은 〈밥[50] 리 웰번〉이
라고 짓겠어요.」

르네는 웃으며 어깨를 추슬렀다.

「난 여러분에게 우스운 이야기를 한 가지 해주겠는데, 이
건 실화랍니다. 그리고 여러분은 크레올 사람들이 용감한 보
르가드와 여러분의 리 장군을 어떻게 생각하는지 잘 아실 거
예요. 뉴올리언스 근처 기차에서 리 장군의 부하였던 버지니
아 출신 남자가 보르가드의 부대 소속인 어느 크레올 사람
을 만났다더군요. 그런데 버지니아 사람이 리 장군께서 어쨌
다 저쨌다 하는 그런 얘기만 자꾸 늘어놓았대요. 그러자 크
레올 남자가 얌전한 터도로 무엇인가 기억해 내려고 이맛살
을 잔뜩 찌푸리더니, 미소를 지으며 이렇게 말하더라는군요.
〈리 장군요! 아, 이제야 생각이 나는군요. 리 장군 얘기로군
요! 보르가드 장군이 그 사람 칭찬 많이 하더군요!〉」

스칼렛은 예의를 지키느라고 같이 웃어 주려고 했지만, 크
레올 사람들이 찰스턴이나 서배너 사람들하고 마찬가지로
건방지다는 점 이외에는 르네의 얘기에서 아무런 의미도 찾
아낼 수가 없었다. 더구나 그녀는 애슐리의 아들은 그의 이
름을 따라야 한다고 항상 믿었다.

아까부터 음을 고르고 줄을 튕겨 보던 악사들이 「댄 터커
영감님」을 갑자기 연주하기 시작했고, 토미가 그녀에게 몸을
돌렸다.

「춤추시겠어요, 스칼렛? 난 변변한 상대가 못 되겠지만 휴
나 르네는 ──」

「감사하지만 사양하겠어요. 난 아직 어머니 상을 치르는
중이니까요.」 스칼렛이 서둘러 말했다. 「난 그냥 앉아서 구경

50 로버트의 애칭.

만 하겠어요.」

그녀는 엘싱 부인과 대화를 나누던 프랭크 케네디를 찾아 내어 이리 오라고 손짓해 불렀다.

「난 저기 반침(半寢)[51]에 들어가 앉아 기다릴 테니까, 당신이 다과를 좀 가져다주신다면, 우린 즐거운 대화를 나눌 기회를 갖게 될 거예요.」 다른 세 남자가 자리를 뜬 사이에 그녀는 프랭크에게 말했다.

포도주 한 잔과 종이처럼 얄팍한 케이크 한 조각을 가져다주려고 그가 황급히 가버린 다음 스칼렛은 거실 끝에 달린 반침으로 들어가 앉아서, 흉한 부분들이 겉으로 나오지 않도록 조심스럽게 치마를 가다듬었다. 다시 그토록 많은 사람을 보고 음악을 듣게 되었다는 흥분 때문에 그녀는 오늘 아침에 레트에게서 당한 굴욕적인 사건들을 깨끗하게 잊었다. 그녀는 레트의 행동과 자신이 겪은 수치심 따위는 내일 생각하겠고, 그러면 또다시 분해서 몸부림을 치리라. 그리고 상처를 받고 얼이 빠진 프랭크의 마음에 그녀가 조금이라도 좋은 인상을 남겼는지도 내일 따져 보리라. 하지만 오늘 밤에는 그러고 싶지 않다. 오늘 밤에는 손끝까지 살아서 생동하고, 온갖 감각이 희망에 잔뜩 부풀어, 그녀는 눈을 반짝이리라.

그녀는 반침에서 거대한 거실을 내다보고 춤추는 사람들을 구경하면서, 전시에 그녀가 처음 애틀랜타로 왔을 때 이 방이 얼마나 아름다웠는지를 기억했다. 그때는 단단한 활엽수를 깐 마룻바닥이 유리처럼 빛나고, 머리 위에서는 수백 개의 자그마한 프리즘이 달린 샹들리에가 속에 켜놓은 수십 개의 촛불에서 저마다 빛을 받아 반사하여, 다이아몬드에서 발산되는 광채처럼 방 안에다 불꽃과 사파이어 빛깔을 흩뿌

51 큰 방에 달린 움푹 들어가고 앞이 터진 작은 방.

렸다. 벽에 걸린 오래된 초상화들은 점잖고 우아한 표정으로, 완숙한 자비심이 감도는 분위기를 머금고 손님들을 굽어 보았다. 푹신한 자단 소파들은 누군가 앉아 달라고 유혹했으며, 가장 큰 소파는 지금 그녀가 자리 잡은 반침 안에 상석으로 모셔 놓았었다. 파티가 열릴 때면 스칼렛은 이런 자리를 가장 좋아했다. 이렇게 상석에 앉아서 보면 거실과 그 너머의 쾌적한 광경이 훤히 보였고, 반짝거리는 작은 술잔과, 마개가 있는 식탁용 포도주 병과, 양념 병과, 납작한 굽이 달린 술잔과, 일곱 갈래로 갈라진 촛대와, 묵직한 은식기로 짓눌린 육중한 찬장과 서랍이 달린 식기 선반이 한눈에 들어왔으며, 스무 명이 함께 앉을 만큼 커다란 타원형 마호가니 식탁, 그리고 벽을 따라 가지런히 늘어놓은 의자들, 다리가 가느다란 스무 개의 의자가 저만치 보였다. 스칼렛은 전쟁이 시작된 초기에 늘 미남 장교를 하나 옆에 앉히고 그 소파에 무척이나 여러 번 자리를 잡고 앉아 바이올린과 콘트라베이스와 손풍금과 밴조 소리에 귀를 기울였고, 왁스를 바르고 윤을 낸 마룻바닥에서 춤추는 발이 사각거리며 미끄러지는 흥겨운 소리를 들었다.

지금은 샹들리에가 불을 켜지 않은 채로 어둡게 매달렸다. 아름다운 샹들리에는 비스듬하게 뒤틀렸고, 이곳에 주둔했던 양키들이 표적으로 삼아 군화를 집어 던지기라도 했는지 프리즘은 대부분 깨진 상태였다. 지금은 석유 등잔과 몇 개의 촛불이 방 안을 밝혔고, 널찍한 벽난로에서 시끄럽게 타오르는 불꽃이 가장 중요한 조명의 원천이었다. 펄럭거리는 벽난로의 불빛 속에서 둔탁하고 낡은 마룻바닥이 수리를 하기가 불가능할 정도로 형편없이 흠집이 나고 갈라진 흉터를 드러냈다. 빛이 바랜 벽지에 남은 허연 사각형들은 한때 그곳에 초상화가 걸렸었다는 증거였고, 크게 갈라진 회벽의 틈은 공방전 동안 집 위에서 포탄이 터져 지붕과 2층의 일부가 떨어져 나갔던 날을 상기시켰다. 케이크와 포도주 병을 늘어놓은 묵직하고 맑은 마호가니 식탁은 썰렁한 식당에서 아직도 버티고 자리를 지켰지만, 여기저기 긁히고 부러진 다리는 엉성한 솜씨로 수선을 한 흔적이 역력했다. 식기장과 은식기와 장식 의자들은 사라졌다. 방 뒤쪽의 프랑스풍 반달 모양의 창문을 덮었던 짙은 황금빛 다마스크 비단 커튼도 없어졌고, 깨끗하기는 하지만 기운 흔적이 뚜렷한 레이스 커튼만 남았다.

스칼렛이 그토록 좋아했던 곡선을 이룬 소파도 없었고, 대신 별로 편안하지 못하고 딱딱하고 긴 의자뿐이었다. 그녀는 춤을 추어도 될 만큼 옷의 상태가 좋아졌기를 바라면서 꼿꼿하게 앉아 가능한 한 우아한 자세를 유지했다. 다시 춤을 추면 더할 나위 없이 좋으리라. 하지만 물론 그녀는 숨찬 릴 춤을 추기보다는 은밀한 반침 안에 앉아서 프랭크를 유도하기가 훨씬 쉬웠으니, 황홀한 표정을 짓고 그의 얘기에 열심히 귀를 기울이는 척하며 더욱 바보 같은 짓을 하도록 그를 부추기기만 하면 그만이었다.

하지만 음악은 확실히 입맛을 당겼다. 그녀의 덧신은 고음으로 울리는 밴조를 튕기며 릴 춤의 피겨[52]를 큰 소리로 부르는 리바이 영감의 커다랗고 펑퍼짐한 발과 박자를 맞춰 속이 타는 듯 굴러 댔다. 두 줄로 늘어선 남자들과 여자들이 춤을 추며 서로 다가서고, 물러가고, 맴을 돌고, 팔을 올려 활 모양을 만드는 동안 발들이 휙휙 미끄러지고, 스쳐 지나가고, 토닥거렸다.

52 춤에서 선회 운동의 한 조를 가리키는 구령.

〈댄 터커 영감님 술에 취했다네 ─〉
(파트너를 돌리고!)
〈불로 자빠져 장작을 걷어찼다네!〉
(아가씨들 가볍게 뛰어넘고!)

　타라에서 지루하고 힘들게 몇 달을 지내고 난 다음이어서, 다시 음악과 춤추는 사람들의 발소리를 들으니 그녀는 기분이 좋았고, 애교를 떨고, 야유를 하고, 조롱하고, 케케묵은 농담이나 큰 소리로 재담을 주고받으며, 희미한 불빛 속에서 웃어 대는 다정하고 낯익은 얼굴들을 구경만 하더라도 즐겁기만 했다. 마치 죽었다가 다시 살아나기라도 한 기분이었다. 마치 5년 전의 즐거웠던 나날이 다시 돌아온 듯 여겨질 정도였다. 만일 그녀가 눈을 감고, 고쳐 만든 낡은 드레스와 여기저기 꿰맨 장화와 기운 덧신을 눈으로 보지만 않는다면, 만일 릴 춤에서 눈에 띄지 않는 청년들의 얼굴만 머릿속에 자꾸 떠오르지 않았다면, 스칼렛은 아무 일도 없었다는 생각이 들지도 모를 노릇이었다. 하지만 식당에서 포도주 병 주변에 무리를 지어 모인 노인들과, 손에 부채를 들지 않은 채 벽 앞에 늘어서서 애기를 나누는 유부녀들과, 깡충깡충 뛰고 몸을 흔들며 춤을 추는 젊은이들을 지켜보려니까, 세상이 굉장히 심한 변화를 겪었으며 낯익은 저 사람들이 유령들인지도 모른다는 싸늘하고도 무서운 생각이 갑자기 그녀의 머리에 떠올랐다.

　그들은 겉으로 보기에는 똑같았지만 사실은 달랐다. 어떻게 된 노릇일까? 그들은 나이를 다섯 살씩 더 먹기만 했을 따름인가? 아니다. 세월이 흘렀다는 이상의 무엇을 그녀는 느꼈다. 그들에게서, 그들의 세계에서 무엇인지 없어졌다. 5년 전에는 안정된 삶이 그들을 어찌나 포근하게 품어 주었는지 그들은 그런 현실을 의식조차 못 했었다. 안식처에 들어앉아서 그들은 삶을 만끽했었다. 이제 그런 삶은 사라졌으며, 그와 더불어 옛날의 흥분감이, 즐겁고 흥겨운 무엇이 바로 앞에서 기다린다는 옛날의 감각이, 그들의 삶에서 빛나던 옛날의 찬란함이 사라졌다.

스칼렛은 자신도 변했음을 알았지만, 그들만큼 달라지지는 않았으며, 그래서 그녀는 혼란을 느꼈다. 그녀는 자리에 앉아 그들을 지켜보았고, 그녀는 그들과 다른 낯선 사람, 마치 다른 세계로부터 왔으며 그들이 알아듣지 못하는 언어를 쓰고, 그들의 언어도 이해하지 못하는 낯선 사람이 된 기분이었다. 그러자 스칼렛은 지금 자기의 기분은 애슐리에 대해서도 느꼈던 바로 그런 기분임을 깨달았다. 그녀의 세계를 이루는 대부분의 사람들이 그들이었지만, 스칼렛은 애슐리나 그와 비슷한 종류의 사람들과 자리를 같이할 때면 그녀로서는 이해가 되지 않는 무엇인가로부터 소외되었다는 기분을 느꼈다.

그들의 얼굴은 별로 달라지지 않았으며 생활 습성도 전혀 달라지지 않았지만, 그녀는 옛 친구들에게는 이제 얼굴과 생활 습성 두 가지만 남았다고 생각했다. 시대를 초월하는 위엄과 영원한 신사도가 아직도 그들에게서 떠나지를 않았고, 그들이 죽을 때까지 영원히 따라다니겠지만, 그들은 무덤으로 가는 날까지 사라지지 않을 슬픔, 말로 표현하지도 못할 만큼 커다란 슬픔을 간직하고 살아가야 하리라. 그들은 목소리를 낮춰 얘기하고, 치열하고, 지쳤지만, 패배를 했으면서도 패배를 모르고, 파멸을 당했지만 그래도 꿋꿋하게 일어서려는 결단력을 지닌 사람들이었다. 그들은 짓눌리고 무기력한 사람들이었고, 정복당한 나라의 시민들이었다. 그들은 사랑했던 조지아 주를 적이 마구 짓밟고, 악당들이 법을 우롱하고, 노예였던 자들이 위험한 존재로 바뀌고, 남자들은 공민권(公民權)을 박탈당하고, 여자들이 모욕을 당하는 꼴을 속수무책으로 구경만 할 따름이었다. 그리고 그들은 무덤을 기억했다.

옛 세상은 낡은 형식들만 제외하고 통째로 달라졌다. 그들에게 남은 유산이라고는 형식이 전부여서, 옛날의 관습은 계속되었고, 반드시 전승되어야만 했다. 그들은 지난 시절에 그들이 가장 잘 알았그 가장 사랑했던 관습들, 여유만만한 생활 양식과, 예의범절과, 인간관계에서의 유쾌한 자유분방함, 그리고 무엇보다도 우선 여자들을 보호하는 남자들의 전통에 열심히 매달렸다. 그들이 배경으로 삼아 성장한 전통에 입각해서, 남자들은 예의 바르고 다정했으며, 여자들이 보아서는 좋지 않은 가혹한 대상들로부터 그들을 지켜 주는 분위기를 마련하는 데 거의 성공했다. 아무리 심한 은둔 생활을 하는 여자라고 해도 지난 5년 동안에 보거나 경험하지 못한 현실이 거의 없어진 지금, 그것은 모순성의 극치라고 스칼렛은 생각했다. 그들은 부상병을 간호했으며, 죽어 가는 사람들의 눈을 감겨 주었고, 전쟁과 방화와 무참한 파괴에 시달렸고, 공포와 패주와 굶주림을 겪었다.

하지만 그들이 무슨 광경을 보았건 간에, 그들이 어떤 미천한 일을 했으며 앞으로 해야만 하건 간에, 그들은 숙녀와 신사의 체면을 그대로 지켜서 유배당한 왕족처럼 비참하고, 초연하고, 무관심하고, 자기들끼리 서로 친절을 베풀고, 다이아몬드처럼 강인하고, 그들의 머리 위에 매달린 깨진 샹들리에의 수정처럼 밝고 깨지기 쉬운 존재들이었다. 옛 시절은 사라졌지만, 그들은 마치 사라진 시절이 아직도 그대로 존재한다는 듯 삶을 영위해 나가서, 매력적인 면모를 과시하고, 여유만만하게 행동하며, 양키들처럼 잔돈 몇 푼 벌어 보겠다고 우르르 몰리거나 달려들지 않겠다는 결심을 했고, 옛 시절의 삶과는 조금도 멀어지지 않겠다고 다짐했다.

스칼렛은 자신도 역시 무척 달라졌음을 알았다. 그렇지 않았다면 스칼렛은 애틀랜타에서 고향으로 돌아간 이후에 했던 일들을 하지 않았겠고, 그렇지 않았다면 지금 악착같이 성공시키려고 마음먹은 짓을 할 생각조차 하지 않았으리라. 그렇지만 그들이 겪는 고생과 그녀의 고생은 어딘가 달랐으며, 그들과 그녀의 차이가 과연 무엇인지 지금 당장은 알 길이 없었다. 아마도 그것은 스칼렛이 못 하겠다고 마다할 일은 하나도 없는 반면에, 이곳 사람들은 차라리 죽으면 죽었지 못 하겠다고 거부할 일이 너무나 많다는 차이인지도 모를 노릇이었다. 아마도 그들은 희망이 없으면서도 삶에 미소를 보내고, 우아하게 절을 하고는 그냥 지나쳐 버린다는 속성이 그녀와의 차이점인지도 모른다. 스칼렛은 차마 그럴 마음이 내키지를 않았다.

그녀는 삶을 무시할 수가 없었다. 그녀는 삶을 살아야만 했고, 그녀의 삶은 워낙 잔인하고 워낙 가혹해서, 그녀로서는 그런 가혹함을 미소로써 슬쩍 넘기려는 엄두가 나지를 않았다. 친구들이 과시하는 다정함과 용기와 불굴의 자부심에서 스칼렛은 아무런 미덕을 인정하지 못했다. 그녀가 그들에게서 본 면목이라고는 현실과 마주쳤을 때 미소만 짓고, 현실을 직시하기를 거부하는 한심한 오만함뿐이었다.

릴 춤을 추느라고 얼굴이 상기한 남녀들을 물끄러미 쳐다보던 스칼렛은 사랑하는 이들의 죽음과, 팔다리가 잘려 나간 남편과, 굶주린 아이들과, 머지않아 잃게 될 광활한 토지와, 그들이 사랑했던 집에서 기거하는 낯선 사람들에 대해서 그들도 그녀와 같은 반응을 느끼며 쫓길까 하는 의아한 생각이 들었다. 하지만 물론 그들도 쫓기는 신세였다. 그녀는 거의 자신의 처지만큼이나 그들의 처지를 환히 알았다. 그들의 손실은 그녀의 손실이었고, 그들의 고난은 그녀의 고난이었으며, 그들의 고민거리는 그녀의 고민거리와 같았다. 그런데도 그들은 같은 걱정거리에 대해서 그녀와는 다른 반응을 보였다. 방 안에서 그녀가 보는 얼굴들은 얼굴이 아니었으며, 그것들은 가면, 절대로 벗겨지지 않는 기막힌 가면이었다.

하지만 그녀가 시달리는 가혹한 현실에 대해서 그들도 마찬가지로 뼈아픈 고통을 겪는다면 — 그리고 실제로 똑같은 고통을 겪으면서도 — 어떻게 그들은 이런 즐거운 분위기와 경쾌한 마음을 변함없이 유지한다는 말인가? 정말이지 왜 그들은 그렇게 처신해야만 할까? 도저히 그들을 납득할 수조차 없게 된 그녀는 막연한 반발을 느꼈다. 스칼렛은 그들과 같아지고 싶지가 않았다. 그녀는 태연하고 무관심한 태도로 폐허가 된 세상을 멍하니 구경만 하고 싶지는 않았다. 그녀는 사냥터의 여우처럼 쫓기는 몸이어서, 심장이 터져 나갈 정도로 달리고 또 달려서, 사냥개들이 쫓아오기 전에 굴에 다다르려고 기를 썼다.

그녀로서는 절대로 몸에 익히기도 쉽지 않았으려니와 익히고 싶지도 않았던 태도로 그들이 손실을 견뎌 냈기 때문에, 그들은 그녀와 달랐기 때문에, 갑자기 스칼렛은 그들이 미워졌다. 스칼렛은 경쾌하게 발을 놀리며 미소를 짓는 낯선 이들을 미워했고, 그들이 잃어버린 무엇에 대해서 긍지를 느끼고 상실을 오히려 자랑으로 여기는 그들을 미워했고, 자부심이 넘치는 바보들을 증오했다. 여자들은 고상한 숙녀처럼 행동했는데, 비록 날마다 막일을 할 팔자이고 다음에는 어디서 옷을 장만해야 할지도 모르기는 했어도 정신적으로는 그들이 숙녀임을 스칼렛은 알았다. 그들은 하나같이 숙녀였다! 하지만 아무리 벨벳 드레스를 입고 머리에 화장수를 뿌렸어도, 아무리 자랑스러운 가문 출신임을 배경으로 삼고 전에는 그녀가 소유했던 부유함을 내세우더라도 스칼렛은 자신이 숙녀라는 기분이 들지를 않았다. 타라의 붉은 흙과 벌인 처절한 대결은 그녀에게서 고상한 귀족 티를 홀랑 벗겨버렸고, 스칼렛은 식탁에 은식기와 수정 그릇이 묵직하게 쌓이고 푸짐한 음식에서 김이 무럭무럭 피어오르기 전에는, 그녀의 말과 마차가 마구간에서 대기하고 기다리게 되기 전에는, 백인이 아니라 흑인의 손이 타라 농장에서 목화를 따게 되기 전에는, 그녀가 다시 숙녀가 된 기분을 절대로 느끼지 못하리라는 사실을 알았다.

〈아!〉 숨을 심호흡을 하며 그녀는 화가 나서 생각했다. 〈그것이 다른 점이야! 비록 가난하기는 해도 그들은 아직도 숙녀라고 느끼는데, 난 그렇질 못해. 이곳 한심한 바보들은 돈이 없이는 숙녀가 못 된다는 사실을 깨닫지 못하는 모양이야!〉

이런 순간적인 각성 속에서도 스칼렛은, 비록 어리석게 여겨지기는 해도, 그들의 태도가 옳음을 막연히 깨달았다. 그런 생각을 하니 스칼렛은 마음이 산란해졌다. 그녀는 자기도 그들과 마찬가지로 느껴야 한다고 알았지만, 그럴 수가 없었다. 그녀는 비록 가난한 신세로 몰락하더라도 태생이 숙녀인 여자는 평생 숙녀라고 그들과 마찬가지로 열심히 믿어야 한다고 알았지만, 지금은 그렇게 믿도록 자신을 설득시킬 마음이 없었다.

지금까지 줄곧 그녀는 태생이 아니라 부유함에 바탕을 두고 양키들이 귀족 행세를 한다고 사람들이 코웃음을 치는 소리를 들어 왔다. 하지만 지금 그녀는, 비록 그것이 이단적인 생각인지는 몰라도, 그녀는 다른 여러 면에서는 잘못이더라도 한 가지 문제에서만큼은 양키들이 옳다고 인정할 수밖에 없었다. 숙녀가 되려면 돈이 필요했다. 만일 딸에게서 그런 소리를 들었다면 엘렌이 기절을 했으리라고 스칼렛은 생각했다. 아무리 심한 가난에 대해서도 엘렌은 절대로 수치심을 느끼지 않았으리라. 수치심! 그렇다, 스칼렛이 느끼던 기분은 바로 그것이었다. 가난해서 겨우 입에 풀칠이나 하고, 괴롭고 궁핍한 신세로 몰락하고, 흑인들이나 해야 마땅한 일을 한다는 수치심 말이다.

그녀는 짜증스럽게 머리를 저었다. 어쩌면 이들의 판단이 옳고 그녀가 잘못인지도 모르지만, 어쨌든 자부심이 넘치는 바보들은 그녀처럼 신경을 집중하고, 심지어는 명예와 훌륭한 가문까지 걸고, 상실한 것을 다시 찾으려고 노력하면서 앞날에 기대를 걸지는 않았다. 돈을 벌려는 아귀다툼에 불을 밝히고 끼어든다는 것이 많은 사람들에게는 체면에 걸맞지 않은 짓이었다. 지금은 험악하고도 고된 시절이었다. 그런 시절을 정복하려면 사람들은 험악하고도 고된 투쟁을 벌여야만 했다. 노골적으로 돈벌이를 목표로 삼는 그런 투쟁에서 — 가문의 전통 대문에 어쩔 도리가 없이 물러서야만 할 사람들이 그들 가운데 많으리라는 사실을 스칼렛은 알았다. 그들은 노골적인 돈벌이와 심지어는 돈 얘기까지도 지극히 저속한 짓이라고 긷었다. 물론 예외가 없지는 않았다. 메리웨더 부인이 빵을 굽는다든가, 르네가 파이 마차를 끌고 돌아다니는 따위, 그리고 휴 엘싱이 나무를 해서 팔러 다니고, 토미는 하청을 맡고, 그리고 프랭크는 약삭빠르게 상점을 열고. 하지만 그들 대부분은 어떠한가? 농장주들은 몇 에이커의 땅을 파헤치며 가난하게 살아가야 하리라. 변호사와 의사들은 옛날 직업으로 되돌아가서 영원히 찾아오지 않는 손님을 기다린다. 그리고 따로 수입이 보장되어서 한가하게 살아가던 나머지 사람들은 어떠한가? 그들은 어떻게 되려나?

하지만 스칼렛은 가난하게 한평생을 살지는 않을 작정이었다. 그녀는 멀거니 앉아서 기적이 찾아와 도와주기를 참고 기다리지는 않을 터였다. 그녀는 삶에 달라붙어, 능력이 닿는 한 삶으로부터 무엇인가 쟁취할 각오였다. 그녀의 아버지는 이민자 청년으로 출발해서 광활한 타라의 땅을 장만했다. 아버지가 해낸 일이라면 그녀 역시 못 해낼 이유가 없었다. 멸망한 대의명분에 인생을 몽땅 걸었고, 어떤 희생이라도 치를 각오였기 때문에 전 재산을 잃었다고 자랑하며 만족하는 사람들하고 그녀는 같지 않았다. 그들은 과거에서 힘을 얻었다. 스칼렛은 미래에서 힘을 찾으려고 했다. 지금은 프랭크 케네디가 그녀의 미래였다. 적어도 그는 상점의 주인이었고, 가진 현금도 많았다. 그리고 만일 그와 결혼하여 돈을 손에 넣기만 한다면, 스칼렛은 타라를 1년 동안 더 꾸려 나가게 되리라. 그런 다음에는 프랭크가 꼭 제재소를 사들여야 한다. 스칼렛은 애틀랜타에서 얼마나 빠른 속도로 재건이 진행되는지를 직접 봐서 알았고, 어떤 경쟁자도 없는 지금 목재업에 손을 대는 사람이라면 누구라도 금광을 차지하는 셈이었다.

전쟁 초기에 봉쇄선 돌파를 해서 그가 번 돈에 관해서 레트가 했던 얘기가 그녀의 머리에, 머릿속 깊은 한구석에서 불쑥 떠올랐다. 그때는 그가 한 말을 이해하려고 스칼렛은 구태여 애쓰지도 않았지만, 이제는 의미가 아주 확실해졌고, 당시에 참뜻을 음미하지 못했던 까닭이 그냥 자기가 어렸기 때문인지 아니면 멍청했기 때문인지 분간이 가지를 않았다.

「문명을 일으킬 때 못지않게 문명의 파괴에서도 큰 돈벌이가 가능해요.」

〈이것이 그가 예견했던 파괴였어.〉 그녀는 생각했다. 〈그리고 그의 말이 옳았어. 일을 하거나, 추구하기를 두려워하지 않는다면 누구라도 돈을 벌 기회가 아직도 많아.〉

스칼렛은 손에 나무딸기 술 한 잔과 접시에 담은 조그마한 케이크 한 조각을 들고 그녀를 향해 마루를 건너오는 프랭크를 보았고, 그래서 미소를 짓는 표정으로 바꾸었다. 타라 농장이 과연 프랭크하고 결혼까지 할 가치가 있느냐 하는 의문은 머리에 떠오르지도 않았다. 스칼렛은 그럴 만한 가치가 충분함을 알았고, 절대로 다시 따져 보지도 않았다.

춤을 추는 어느 여자보다도 자신의 뺨이 훨씬 매혹적으로 발그레하다는 사실을 의식하고, 그녀는 프랭크를 올려다보고 미소를 지으며 술을 천천히 마셨다. 그가 옆에 앉도록 옷자락을 치워 주고 스칼렛은, 한가하게 손수건으로 부채질을 해서, 희미하고 감미로운 화장수의 냄새가 그의 코로 흘러가게 했다. 다른 여자들은 아무도 그런 것을 몸에 뿌리지 않았기 때문에 그녀는 화장수를 뿌렸음을 자랑스럽게 여겼고, 프랭크는 냄새를 의식했다. 발작적인 용기가 난 한순간에 그는 스칼렛에게 장미꽃처럼 발그레하고 향기롭다는 말을 속삭였다.

프랭크가 그토록 수줍어하지만 않는다면 얼마나 좋을까! 그는 겁쟁이 늙은 갈색 산토끼를 연상시켰다. 탈턴 댁 청년들의 신사도와 열정, 아니면 레트 버틀러의 야비한 오만함이라도 그가 갖추었다면 얼마나 좋았을까. 만일 그런 자질을 지니기만 했더라면 그는 아마도 그녀가 새침하게 깜박거리는 눈꺼풀 밑에서 절망이 도사렸음을 알아차릴 만큼은 눈치가 생겼으리라. 보아하니 그는 여자에 대해서는 워낙 모르기 때문에 스칼렛의 속셈을 의심하지도 않았다. 그래서 다행이기는 했지만, 그에 대한 존경심을 자아내는 데는 티끌만큼의 보탬도 되지 못했다.

제36장

　너무나 숨이 막힐 지경이어서 더 이상 그의 열정에 저항할 수가 없을 정도였다고 스칼렛이 낯을 붉히며 그에게 얘기한 소용돌이 같은 구애 과정을 거친 다음, 두 주일 후에 그녀는 프랭크 케네디와 결혼했다.

　기다림의 두 주일 등안 수엘렌에게서 난처하게 불쑥 편지라도 날아와 그의 손에 들어가서 계획을 망쳐 놓지 않기를 기도하고, 암시와 격려에 너무나 둔감한 반응을 보이는 그에 대해서 스칼렛이 밤마다 방 안에서 얼마나 이를 갈며 서성거렸는지를 그는 알지 못했다. 그녀는 동생이 편지를 받기는 좋아하면서도 쓰기는 싫어해서, 서신을 주고받는 면에서는 지극히 형편없는 여자라는 사실을 하느님에게 감사했다. 하지만 그녀는 기나긴 밤이면 빛이 바랜 엘렌의 목도리를 잠옷 위로 잔뜩 여미어 움켜잡고, 차디찬 침실의 마룻바닥을 가로질러 오락가락 서성거리며, 돌발적인 우연이 언제나 존재한다는 사실을 걱정했다. 조너스 윌커슨이 또다시 타라 농장을 찾아왔다가, 그녀가 애틀랜타로 왔다는 말을 듣고는 야단법석을 부리고 호통을 치다가, 결국은 윌과 애슐리가 강제로 몰아냈다는 간략한 편지를 스칼렛이 윌에게서 받았다는 사실을 프랭크는 알지 못했다. 특별세를 꼭 내야 할 마감 날짜가 점점 가까워 온다는 사실을 윌의 편지가 그녀의 마음속에 더 깊이 박아 놓았다. 하루하루가 흘러감에 따라 그녀는 무서운 절망에 쫓겼고, 스칼렛은 모래시계를 두 손으로 움켜잡고는 모래가 다 흘러내리지 않기만을 바랐다.

하지만 스칼렛이 감정 처리를 잘했고, 그녀의 역을 완벽하게 잘해 냈기 때문에 프랭크는 아무런 의심도 하지 않았고, 미스 피티팻의 집 응접실에서 매일 밤 그를 맞아 주고, 상점에 대한 장래의 계획과 제재소를 사게 되면 얼마나 돈을 벌게 될지를 그가 얘기하면, 숨을 몰아쉬고 감탄하면서 귀를 기울여 주는 아름답고 가련하며 젊은 찰스 해밀턴의 미망인이 표면에 드러내는 이상은 아무것도 보지 못했다. 그가 얘기를 할 때마다 눈을 반짝이며 관심과 다정한 공감을 나타내던 스칼렛의 태도는 수엘렌에게서 버림받았다고 생각하는 그의 정신적인 상처에 큰 위안이 되었다. 그의 마음은 수엘렌의 배반으로 좌절해서 쓰라림을 맛보았고, 자신이 여자들에게 매력을 주지 못한다는 사실을 잘 아는 중년 독신자의 수줍고 상처받기 쉬운 자존심은 심한 고통을 당했다. 그는 수엘렌의 배반을 꾸짖기 위해 그녀에게 편지를 쓴다는 생각만 해도 그냥 저절로 위축되어, 그럴 엄두조차 내지 못했다. 하지만 그는 스칼렛에게 수엘렌 얘기를 함으로써 마음이 가벼워지기는 했다. 수엘렌을 헐뜯는 말은 한마디도 하지 않으면서 그녀는 동생이 그에게 얼마나 심하게 했는지 이해가 가며, 정말로 그의 장점을 인정하는 여자라면 얼마나 그에게 잘해 줘야 마땅한지를 프랭크에게 납득시키기가 전혀 어렵지 않았다.

몸집이 자그마한 해밀턴 부인은 무척 예쁘고 볼이 발그레한 여자였으며, 자신의 슬픈 곤경을 생각할 때면 울적하게 한숨을 짓다가도 즐겁게 해주려고 프랭크가 하찮은 농담이라도 할 때면 어느새 작은 은방울이 딸랑거리듯 명랑하고 다정하게 웃어 댔다. 어멈이 깨끗하게 빨아 놓은 그녀의 초록빛 가운은 잘록한 허리와 날씬한 몸매를 완벽하게 드러냈고, 손수건과 머리카락에서 항상 풍기는 은근한 향기는 얼마나 황홀했던가! 그토록 가냘프고 섬세한 여자가 가혹함을 이해하지도 못하는 마음으로 거친 세상에서 의지할 곳도 없이 홀로 살아가다니, 참으로 그것은 부끄러운 일이었다. 이제는 그녀를 보호할 남편이나 오빠도 없었고, 아버지마저도 그녀를 보호하지 못했다. 홀몸인 여자가 살아가기에는 세상이 지나치게 험악한 곳이라고 프랭크는 생각했으며, 스칼렛은 말없이, 그리고 진심으로 그의 견해에 공감했다.

피티의 집 분위기가 즐겁고 마음을 푸근하게 해주었으므로 프랭크는 매일 밤 찾아왔다. 앞문에서 맞아 주는 어멈의 미소는 지체 높은 사람들에게만 보여 주는 미소였으며, 피티는 그에게 브랜디를 탄 커피를 대접하고 수선을 피우며 그의 주변에서 맴돌았고, 스칼렛은 그가 하는 말에 열심히 귀를 기울였다. 가끔 오후에 볼일이 생겨서 나갈 때면 그는 마차에다 스칼렛을 태우고 같이 외출했다. 스칼렛이 끊임없이 바보 같은 질문 ─ 그가 흐뭇해하면서 〈정말 여자다운 소리〉라고 생각할 그런 질문을 자꾸 했기 때문에, 나들이는 언제나 즐거운 행사였다. 사업에 관해서는 그녀가 어찌나 무식했는지 그는 저절로 웃음이 터져 나왔고, 그녀도 덩달아 웃으며 말했다. 「글쎄요, 하기야 나처럼 한심하고 보잘것없는 여자가 남자들의 일을 이해하리라고 기대하기는 어렵잖아요.」

노총각으로 살아온 그는 평생 처음으로 다른 사람보다 자신을 훨씬 고귀한 인간으로 하느님이 창조했으며, 한심하고 의지할 곳도 없는 여자를 보호할 만큼 자신이 강하고 꿋꿋한 남자라고 느꼈다.

마침내 그들이 결혼식을 올리기 위해, 그녀의 자그마하고 온순한 손을 그가 붙잡고, 그녀는 발그레한 볼에 짙고 검은 초승달처럼 속눈썹을 내리깔고 나란히 서게 되었을 때, 프랭크는 아직도 이런 상황이 어떻게 해서 이루어졌는지를 알지 못했다. 그는 다만 평생 처음으로 자기가 어떤 낭만적이고 신이 나는 일을 했다고만 생각했다. 프랭크 케네디, 그는 사랑스럽고 귀여운 여인을 얼이 빠지도록 매혹시켜 마침내 두 팔로 안게 되었다. 그의 기분은 머리가 핑핑 돌아갈 지경이었다.

그들의 결혼식에는 친구나 친척이 아무도 참석하지 않았다. 증인들은 길거리에서 불러들인 낯선 사람들이었다. 스칼렛이 그렇게 하자고 고집을 부렸고, 그래서 존즈버러의 누이동생과 매부를 결혼식에 초청하고 싶었던 그는 마지못해서 양보했다. 그리고 미스 피티의 집 응접실에서 즐거워하는 친구들에게 둘러싸여 신부를 위한 축배를 들며 파티를 열었더라면 그는 더욱 기뻐했으리라. 하지만 스칼렛은 미스 피티를 참석시키자는 얘기조차 꺼내지 못하게 했다.

「우리 두 사람만이요, 프랭크.」 그의 팔을 지그시 누르며 그녀가 애원했다. 「사랑의 도피를 하듯이 말이에요. 난 전부터 도망을 쳐서 결혼하고 싶어 했거든요! 제발, 여보, 나를 위해서요!」

아직도 그의 귀에는 너무나 생소했던 사랑의 호칭과, 그리고 애원하는 표정으로 그를 올려다보던 그녀의 엷은 초록빛 눈에 글썽거리는 눈물에 프랭크는 굴복하고 말았다. 하기야 여자란 감상적인 것들을 꽤나 대단하게 생각하는 존재인지라, 특히 결혼식에 관해서라면, 남자는 신부에게 어느 정도 양보하는 편이 옳았다.

그리고 정신을 차릴 겨를도 없이 그는 결혼식을 마쳤다.

당장 제재소를 사겠다는 희망이 사라진다는 의미였기 때문에 처음에는 마음이 내키지 않았지만, 그녀가 감미로운 말로 내세우던 다급함에 휘말려, 프랭크는 스칼렛에게 3백 달러를 주었다. 어쨌든 그는 스칼렛의 가족이 쫓겨나는 꼴을 구경만 할 처지가 아니었고, 그가 느꼈던 잠시 동안의 절망감은 행복해서 환해진 아내의 얼굴을 보고 곧 누그러들었으며, 자신의 너그러움에 대해서 그녀가 감동하는 사랑스러운 모습을 보고는 완전히 사라졌다. 프랭크는 지금까지 여자가 자기 때문에 감동하는 모습을 본 적이 없었고, 그래서 어쨌든 좋은 일에 돈을 썼다는 판단을 내리게 되었다.

스칼렛은 윌에게 돈을 전해 주고, 자신의 결혼 사실을 알리고, 웨이드를 애틀랜타로 데리고 오라는 세 가지 목적을 위해 당장 어검을 타라로 보냈다. 이틀 후에 그녀는 윌에게서 짤막한 편지를 받고는, 편지를 가지고 다니며 계속 되풀이해서 읽는 사이에 점점 더 기쁨을 느꼈다. 윌은 세금을 냈고, 조너스 윌커슨이 무척 못되게 굴었다고는 했지만 아직까지 다른 위협은 하지 않았다는 소식을 전했다. 윌은 행복하기를 바란다는 말로 편지를 끝맺었는데, 어느 모로 보나 그는 이런 무뚝뚝하고 형식적인 소리를 할 처지가 못 되었다. 스칼렛은 자신이 한 일과, 왜 그래야 했는지를 윌이 이해하고, 탓하거나 칭찬하거나 하는 일은 없으리라고 알았다. 하지만 애슐리는 어떻게 생각하려나? 그녀는 궁금해서 몸이

달았다. 타라 농장의 과수원에서 내가 그에게 그런 말을 한
지가 불과 얼마 안 되는데, 그는 나를 어떻게 생각할까?

그녀는 또한, 철자법도 엉망이고 격렬한 욕설이 가득하며
눈물로 얼룩진 편지를, 그녀의 인격에 대한 사실적인 서술과
독설로 가득해서 그런 소리를 늘어놓은 동생을 절대로 잊지
도 못하고 용서도 하지 못할 편지를 수엘렌에게서 받았다.
하지만 동생의 욕설도 타라가 눈앞에 닥쳤던 위기에서 벗어
나 안전해졌다는 행복감에 비하면 별것이 아니었다.

지금은 그녀의 영구한 집이 타라 농장이 아니라 애틀랜타
라는 사실을 깨닫기가 스칼렛으로서는 어려운 일이었다. 세
금을 낼 돈을 구하지 못해 절망에 빠졌던 나머지 타라 농장
과 그것의 존속을 위협하던 운명 이외에는, 그녀의 마음속에
아무런 다른 생각도 자리를 차지하지 못했다. 결혼식을 올리
는 순간에도 스칼렛은 집을 안전하게 지키려는 데 대해서 자
기가 치르는 대가가 그곳으로부터 영원히 추방당하는 것이
라는 사실을 전혀 생각조차 못 했었다. 일을 저질러 놓은 지
금, 그녀는 뒤늦게 그런 현실 생각을 깨닫고는 몰아내기 어
려운 향수에 사로잡혔다. 하지만 이왕 저질러 놓은 일이었
다. 그녀는 흥정을 끝냈고, 끝까지 그것을 지켜 나갈 작정이
었다. 그리고 타라를 구해 준 프랭크에게 진심으로 고맙게
느낀 나머지, 그녀는 그에게서 따뜻한 애정을 느꼈고, 그녀와
의 결혼을 절대로 후회하지 않게 그에게 잘해 주겠다는 결심
도 했다.

애틀랜타 여자들은 이웃의 일을 자기 자신의 일 못지않게
환히 알았고, 관심은 자기 일보다도 오히려 더 많은 편이었
다. 그들은 프랭크 케네디가 여러 해 전부터 수엘렌 오하라
와 좋아하는 사이임을 알았다. 사실 봄이 오면 그녀와 결혼

1080

하게 되리라는 말을 멋쩍어하면서 프랭크가 했던 터였다. 그래서 스칼렛과의 조용한 결혼식이 발표된 다음에 뒤따른 시끄러운 소문과 경악과 심한 의혹은 놀랄 일도 아니었다. 무슨 수를 써서라도 호기심을 충족시키지 않고서는 배겨 내지 못하던 메리웨더 부인은 그에게 단도직입적으로, 동생과 약혼까지 해놓고 언니와 결혼하는 처사가 도대체 어떻게 된 노릇이냐고 물었다. 그녀는 자기가 그토록 고생해서 얻어 낸 대답이라고는 멍청한 표정뿐이었다고 엘싱 부인에게 털어놓았다. 뻔뻔스럽기로 이름이 날 정도인 메리웨더 부인까지도 스칼렛에게 감히 진실이 무엇인지를 물어보지 못했다. 스칼렛은 요즈음 꽤나 상냥하고 새침해 보였지만, 그녀의 눈에 나타난 흐뭇하고 즐거운 표정을 사람들은 못마땅하게 생각했고, 그럼에도 불구하고 걸핏하면 발끈해서 시비를 벌이려고 했기 때문에, 아무도 그녀를 귀찮게 굴려고 하지 않았다.

그녀는 애틀랜타 사람들이 수군거린다는 것을 알았지만 신경을 쓰지 않았다. 어쨌든 남자하고 결혼한다는 행위 자체는 전혀 부도덕한 일이 아니었다. 타라는 안전했다. 남들이야 제멋대로 떠들라고 하지. 그녀는 신경을 써야 할 다른 문제가 정말로 많았다. 가장 중요한 일은 프랭크의 상점이 돈을 더 벌어들여야만 한다는 사실을 어떻게 교묘한 방법으로 프랭크로 하여금 깨닫게 만드느냐 하는 과제였다. 조너스 윌커슨 때문에 혼이 난 이후로 그녀는 프랭크하고 자기가 앞으로 벌어들일 돈이 어느 정도 확보되기 전에는 절대로 마음이 놓이지가 않았다. 그리고 비록 어떤 긴급한 사태가 닥치지 않는다고 하더라도, 프랭크가 돈을 더 벌어야 내년에 낼 세금을 충분히 저축할 여유가 생긴다. 그뿐 아니라 제재소에 관해서 프랭크가 한 얘기도 그녀의 마음에 단단히 박혔다.

프랭크는 제재소로 굉장히 많은 돈을 벌 계획이었다. 그런 엄청난 값에 목재를 판다면 돈을 못 벌 사람이 없었다. 프랭크에게는 타라의 세금을 내고도 제재소까지 살 돈은 없었기 때문에 스칼렛은 속으로 조바심을 했다. 그리고 그녀는 프랭크가 어떻게 해서든지 돈을 더 벌고, 그것도 이왕이면 빨리 벌어서, 다른 사람이 가로채기 전에 제재소를 사야 했다. 스칼렛은 제재소가 헐값이라는 사실을 알았다.

그녀가 남자이기만 했더라면, 돈을 장만하려고 상점을 저당 잡혀서라도 스칼렛은 제재소를 샀으리라. 하지만 결혼을 한 다음 날 그녀가 은근히 그런 뜻을 암시했더니, 프랭크는 미소를 지으며 예쁘고 작은 머리로 사업 문제 때문에 신경을 쓰지는 말라고 했다. 스칼렛이 저당이 무엇인지 안다는 사실이 놀라운 일이기는 했지만, 프랭크는 처음에는 그냥 재미있다고만 생각했다. 하지만 재미있다는 생각은 어느새 사라졌고, 대신에 결혼 초기에 찾아오는 일종의 충격을 의식하게 되었다. 언젠가 무심코 그는 (조심하느라고 이름을 밝히지 않았지만) 사람들이 그에게서 돈을 꾸어 갔지만 지금 당장은 갚을 능력이 없고, 물론 옛 친구들이나 점잖은 사람들에게는 재촉할 생각도 없노라고 그녀에게 말했다. 나중에 스칼렛이 자꾸만 물어보는 바람에, 프랭크는 공연히 그런 얘기를 했다고 후회했다. 그녀는 지극히 매혹적이고 어린애 같은 태도를 보이면서, 그에게 빚진 사람이 누구이며 액수는 얼마나 되는지 그저 호기심이 날 뿐이라며 캐물었다. 프랭크는 부채 문제를 입 밖에 꺼내기를 무척 꺼렸다. 그는 초조하게 헛기침을 하고 손을 저어 대며, 그녀의 귀엽고 자그마한 예쁜 머리를 들먹이는 짜증스러운 소리만 자꾸 되풀이했다.

바로 그 귀엽고 자그마한 예쁜 머리가 어쩌면 셈에 밝은 머리일지도 모른다는 생각을 프랭크는 곧 어렴풋이 깨닫기 시작했다. 사실은 그의 머리보다도 훨씬 좋을지도 모르겠다는 생각을 하니 프랭크는 마음이 착잡해졌다. 자기 같으면 세 자릿수만 넘어도 연필과 종이가 필요한데, 스칼렛은 복잡한 자릿수까지 머릿속에서 재빨리 덧셈을 해낸다는 사실을 알고 프랭크는 벼락이라도 맞은 기분이었다. 그리고 분수(分數)라는 것도 그녀는 조금도 어려워하지 않았다. 그는 여자가 분수와 사업을 이해한다면 어딘가 어울리지 않는 일이라고 느꼈고, 어쩌다가 우연히 그런 숙녀답지 못한 요소를 이해하게 되었다는 불우한 경우에도, 숙녀라면 그것을 모르는 체해야 옳다고 믿었다. 이제는 결혼하기 전처럼 그녀에게 사업 얘기를 하는 기회가 프랭크에게는 재미있는 일이 못 되었다. 전에는 그런 얘기가 스칼렛으로서는 파악하기 힘들 만큼 그녀의 정신적 영역을 벗어났다고 생각했었고, 이것저것 그녀에게 설명해 주면 즐겁기만 했었다. 그러나 이제 보니 그녀가 아주 훤히 그런 분야를 잘 이해한다는 비밀을 그는 깨달았고, 여자들의 표리부동한 면에 대해서 남성들이 흔히 느끼는 분노를 느꼈다. 거기에다가 여자의 머리가 좋다는 데 대해서 남자들이 흔히 느끼는 환멸도 뒤따랐다.

스칼렛이 그와 결혼을 하려고 속였다는 사실을 프랭크가 결혼 생활을 시작한 후 얼마나 빨리 알아냈는지는 아무도 몰랐다. 어쩌면 천하태평인 토니 폰테인이 볼일이 생겨서 애틀랜타로 찾아왔을 때에야, 진실이 희미하게거나마 그의 머릿속에 떠올랐는지도 모를 일이었다. 어쩌면 결혼 얘기를 듣고 크게 놀란 누기가 존즈버러에서 보낸 편지에서 직접 알게 되었는지도 모른다. 분명히 그는 수엘렌에게서는 알아냈을 리가 없었다. 수엘렌은 그에게 편지라고는 전혀 하지 않았고,

당연한 일이지만 프랭크는 그녀에게 편지를 써서 자신의 입장에 대한 설명을 늘어놓을 처지도 아니었다. 어쨌든 이제 다른 여자와 결혼까지 해놓은 마당에서, 설명해 봤자 무슨 소용이겠는가? 그는 수엘렌이 진실을 절대로 알지 못하기 때문에, 무정하게 자기가 그녀를 버렸다고 항상 미워하리라는 생각을 하면 마음이 몸부림을 치고는 했다. 어쩌면 다른 사람들은 하나같이 그렇게 생각하고 그를 욕할지도 모른다. 분명히 그는 거북한 입장으로 몰리고 말았다. 그리고 남자 체면에 여자한테 홀려 정신이 나갔었다는 소리를 하고 돌아다니기도 난처한 노릇이어서 — 신사라면 아내가 거짓말로 자기를 함정에 빠뜨렸다는 비밀을 광고하기는 거북한 노릇이어서, 그는 자신의 누구에게도 입장을 밝힐 방법이 없었다.

스칼렛은 그의 아내였고, 아내라면 남편의 성실성을 기대할 권리를 누렸다. 그뿐 아니라 프랭크는 스칼렛이 냉정한 마음으로 자기하고 결혼했으며, 그에 대한 애정이 전혀 없다고 믿을 엄두가 나지도 않았다. 남자로서 그가 지닌 자존심은 그런 생각이 오랫동안 머릿속에 머물도록 용납하지 않았다. 스칼렛이 그를 워낙 갑자기 사랑하게 되었기 때문에, 그를 놓치지 않으려는 마음에서 서슴지 않고 거짓말을 했으리라고 믿는 편이 훨씬 기분이 좋았다. 하지만 만사가 너무나 아리송했다. 그는 자기 나이의 절반밖에 안 되는 여자, 그것도 빈틈없이 영리하고 아름다운 여자가 그를 탐탁하게 여기지는 않으리라는 사실을 알았지만, 프랭크는 신사였고, 그래서 온갖 궁금증을 혼자만 마음속에 담아 두었다. 스칼렛은 그의 아내였으므로, 따지고 보면 아무 문제도 해결하지 못할 거북한 질문을 함으로써 그는 그녀를 모욕하고 싶지가 않았다.

그의 결혼 생활이 행복하리라는 기미가 보였으므로 프랭

크는 무엇을 바로잡아 보겠다는 생각도 별로 없었다. 스칼렛은 지극히 매혹적이고 관심을 자아내는 여자였으며, 프랭크는 어떤 면에서나 그녀를 완벽하다고 생각했는데, 다만 ─ 너무나 고집이 세다는 점이 흠이었다. 그녀의 뜻대로만 해준다면 삶이 아주 즐거우리라고 그는 결혼 생활 초기에 깨달았지만, 그러다가 어쩌다 그녀의 비위만 거슬렸다 하면 ─ 마음대로 하도록 해주면 그녀는 어린아이처럼 명랑해져서 웃기도 잘하고, 시시하고 바보 같은 농담도 하고, 무릎에 올라앉아 프랭크가 스무 살은 젊어진 기분이라고 맹세할 때까지 그의 수염을 잡아 비틀고는 했다. 그녀는 예기치 않았을 정도로 다정하고 생각이 깊을 때도 적지 않아서, 그가 밤늦게 집으로 돌아오면 그의 실내화를 불에다 따뜻하게 쬐어서 덥혀 주기도 하고, 그의 젖은 발이나 한없이 계속되는 두통 감기를 놓고 애정을 보이며 수선을 부렸으며, 그가 커피에 설탕을 세 숟가락 넣어 마시고 닭고기 중에서는 모래주거니를 좋아한다는 점도 항상 잊지 않았다. 그렇다, 스칼렛과의 생활은, 그녀의 뜻대로 따라 주기만 한다면, 아주 감미롭고 포근했다.

결혼한 지 두 주일이 되었을 때 프랭크가 독감에 걸리자, 미드 박사는 그에게 침대에 누워서 쉬라고 지시했다. 전쟁이 나던 첫해에 프랭크는 폐렴으로 병원에서 두 달을 보냈고, 그때부터는 늘 또다시 폐렴에 걸릴까 봐 두려움 속에서 살았고, 그래서 담요 석 장을 덮고 땀을 빼며 어멈과 피티 고모가 매 시간 가져다주는, 이것저것 섞어 탄 따끈한 음료를 마시며 누워서 지내는 시간이 즐겁기만 했다.

병은 질질 끌었고, 하루하루가 지날수록 프랭크는 가게가 점점 더 걱정이 되었다. 상점을 맡게 된 점원이 매일 밤 집으로 찾아와서 하루의 거래 내용을 보고했지만, 프랭크는 마음이 놓이지 않았다. 조바심을 하는 그를 보더니, 이런 기회를 기다려 왔던 스칼렛은 서늘한 손을 그의 이마에 얹으며 말했다. 「아니, 여보, 정말이지 자꾸만 이러신다면 난 화를 내겠어요. 내가 시내로 가서 일이 어떻게 돌아가는지 볼 테니까 걱정하지 말아요.」

그래서 그녀는 맥이 빠진 그의 반대를 미소로 짓눌러 놓고는 시내로 나갔다. 신혼 생활 세 주일 동안 그녀는 그의 장부를 보고 돈 문제가 어떻게 돌아가는지를 알아내고 싶어 병이 날 지경이었다. 그가 병상에 누웠으니, 얼마나 기회가 좋은가!

상점은 파이브 포인츠 근처에 위치했으며, 벽돌이 연기에 그은 낡아 빠진 벽과는 대조적으로 새 지붕이 눈부시게 번쩍였다. 거리는 마찻길과 만나는 언저리까지 목조 차양이 덮였고, 여러 기둥을 연결하는 기다란 쇠막대기에 고삐가 묶인 말과 노새들은 찢어진 담요와 누비이불 조각을 등에 덮은 채로, 차가운 안개비 속에서 머리를 떨구고 기다렸다. 시뻘겋게 달아올라 요란한 소리를 내는 난로 주변에 둘러앉아 모래 상자에다 담뱃진을 찍찍 뱉거나 칼로 나무를 깎으며 게으름을 피우는 사람들이 없을 뿐, 상점 안은 존즈버러의 불라드 상점[53]과 거의 비슷했으며, 불라드 상점보다는 훨씬 크고 컴컴했다. 목조 차양이 겨울 햇살을 거의 다 차단해 버려서 내부는 침침하고 지저분했으며, 옆벽에 높다랗게 달린 작고 파리똥으로 얼룩진 창문들을 통해 겨우 미약한 빛이 흘러 들어올 따름이었다. 마룻바닥에는 진흙투성이 톱밥[54]이 깔렸고,

----

53 상권 제1장 41면 각주 12번 참조.
54 미국에서는 바닥 청소에 사용한다.

어디를 봐도 먼지와 흙이 눈에 띄었다. 화려한 옷감과 사기 그릇과 취사도구와 잡화들을 진열하느라고 선반을 층층이 설치한 상점 앞쪽에는 컴컴한 속에서도 그나마 질서가 좀 잡힌 인상이었다. 하지만 칸막이를 한 뒤쪽에서는 혼돈이 판을 쳤다.

그곳에는 마루도 안 깔았고, 온갖 잡다한 재고품이 단단하게 다진 흙바닥 위에 아무렇게나 쌓였다. 침침한 속에서 그녀는 상자와 궤짝에 쑤셔 넣은 상품들과 쟁기와 마구와 안장과 값싼 소나무 관을 보았다. 싸구려 고무나무에서 마호가니와 자단류에 이르기까지, 중고품 가구들이 침침한 어둠 속에서 모습을 드러냈고, 화려하지만 낡아 빠진 능라(綾羅)와 말총으로 짠 가구 덮개가 지저분한 주위 환경과는 어울리지 않게 번쩍거렸다. 마룻바닥에는 사기요강과 대접과 물병 세트들이 지저분하게 흩어졌고, 네 벽을 따라 늘어놓은 긴 통들은 어찌나 속이 캄캄한지, 그녀는 바로 위에다 등잔을 들어 비추고 나서야 속에 담긴 씨앗과 못과 나사와 목수 연장들을 겨우 알아보았다.

〈프랭크처럼 까다롭고 노처녀같이 구는 남자라면 물건들을 훨씬 깔끔하게 정리할 줄 알았는데.〉 더러워진 손을 손수건으로 문지르며 그녀는 생각했다. 〈이곳은 돼지우리 같구나. 이런 식으로 가게를 운영하다니, 말도 안 돼! 이런 물건은 먼지라도 털어 사람들이 잘 보도록 앞에다 내놓기만 하면 훨씬 더 빨리 팔릴 텐데.〉

그리고 재고 상품이 이런 상태라면 장부는 어떤지 직접 보지 않아도 빤한 노릇이었다!

〈난 당장 장부를 확인해야 되겠어.〉 등잔을 집어 들고 가게 앞쪽으로 나가며 그녀는 생각했다. 점원인 윌리는 뒷장이 지저분하고 커다란 장부를 그녀에게 내주면서 몹시 못마땅한 표정을 지었다. 나이가 어리기는 했어도 그는 여자들이란 사업에는 끼어들 존재가 못 된다는 프랭크의 견해에 분명히 공감하는 눈치였다. 하지만 스칼렛은 한마디로 쏘아붙여 그가 입을 열지도 못하게 하고는, 가서 저녁이나 먹으라고 내쫓았다. 그가 못마땅해하는 꼴이 비위에 거슬렸던 스칼렛은 윌리가 없어지자 훨씬 기분이 좋아져서, 시끄럽게 활활 타오르는 난로 옆으로 밑이 갈라진 의자를 끌어다 놓고 한쪽 발을 깔고 앉아 장부를 무르팍에다 펼쳐 놓았다. 저녁 식사 시간이어서 길거리는 한산했다. 손님은 한 사람도 들지 않았고, 상점은 그녀 혼자서 독차지했다.

그녀는 장부를 천천히 한 장씩 넘기며 프랭크가 동판 인쇄를 한 듯 뻣뻣하고 깨끗한 글씨로 써놓은 이름과 숫자를 자세히 살펴보았다. 장부는 예상했던 그대로였으며, 프랭크에게 사업 감각이 결여되었다는 새로운 증거를 보고 스칼렛은 얼굴을 찌푸렸다. 다른 집안 이름도 여럿이었지만 메리웨더 댁이나 엘싱 댁을 포함해서 그녀가 잘 아는 이름들 옆에는 적어도 5백 달러의 빚이, 어떤 사람은 몇 달이나 밀렸다고 밝혀 놓았다. 사람들이 그에게 빚을 졌다고 꺼림칙해하며 프랭크가 밝힌 말을 들었을 때, 스칼렛은 액수가 얼마 안 되리라고 생각했었다. 하지만 이것은!

〈돈을 갚지 못할 처지라면 왜 자꾸만 사가는 거지?〉 그녀는 화가 나서 생각했다. 그리고 그들이 돈을 못 내리라고 빤히 알면서도 왜 그는 계속해서 물건을 팔까? 받아 내려고 들기만 한다면 그들 가운데 많은 사람이 돈을 내겠지. 패니에게 새 공단 드레스와 돈이 많이 드는 결혼식을 마련해 줄 정도라면 엘싱 댁은 확실히 갚을 능력이 있어. 프랭크는 마음이

지나치게 약하기 때문에, 사람들이 그를 이용해 먹는 모양이
야. 〈그래, 여기서 만일 절반만 받아 낸다고 해도, 그는 제재
소를 사고 나서도 나한테 세금 낼 돈을 쉽게 내주었겠지.〉

그러더니 그녀는 생각했다. 〈프랭크가 제재소를 운영한다
고 상상이나 해봐! 귀신 속곳 같으니라고! 가게조차도 마치
자선 단체처럼 운영하는 판인데, 제재소에서 어떻게 그가 돈
을 벌겠어? 한 달도 못 가서 조지아 주 정부로 넘어갈 텐데.
그래, 내가 상점을 프랭크보다 훨씬 잘 운영할 거야! 그리고
난 목재업에 관해서는 하나도 모르기는 하지만, 그래도 프랭
크보다는 훨씬 잘 운영할 자신이 있어!〉

여자가 남자 못지않게, 아니면 보다 훌륭하게 사업을 꾸려
나가리라는 놀라운 생각은, 남자들이 전지전능하고 여자들
은 별로 똑똑하지 못하다는 전통 속에서 자란 스칼렛에게는
혁명적인 개념이었다. 물론 그녀는 그런 관념이 전적으로 진
실은 아님을 알기는 했었지만, 그래도 편리하고 거짓된 그
개념은 아직까지도 머릿속에 박혀 버렸다. 그녀는 스스로 터
득한 놀라운 관념을 지금까지 한 번도 말로 표현했던 적이
없었다. 그녀는 놀라서 입을 약간 벌린 채 묵직한 장부를 무
르팍에 펼쳐 놓고, 꼼짝도 않고 잠자코 앉아서, 타라 농장에
서 고생하던 몇 달 동안에 그녀가 남자 몫의 일을 훌륭하게
해냈다는 생각을 했다. 그녀는 여자란 혼자의 힘으로는 아무
것도 달성할 능력이 없다고 믿으며 자랐지만, 그래도 윌이
찾아오기 전까지는 도와줄 남자가 없이도 농장을 잘 꾸려
나갔다. 그렇다, 그렇다, 그녀는 속으로 투덜거렸다. 아기를
낳고 싶은 경우라면 예외가 되겠지만, 남자들의 도움이 없어
도 세상에서 여자들이 못 해낼 일은 없다고 나는 믿는데 ──
정신이 제대로 박힌 여자라면 누구라도 피할 길이 없기 전에

야 누가 아기를 낳으려고 한다는 말인가.

그녀는 남자 못지않은 능력을 갖추었다는 각성과 더불어, 남자들이 돈을 벌듯이 자기도 돈을 벌어서 그런 사실을 증명하려는 격렬한 자부심이 왈칵 일었다. 그녀 자신의 소유가 될 돈, 어떤 남자에게도 요구하거나 의존하지 않아도 좋을 돈을 그녀는 벌고 싶었다.

「제재소를 살 돈이 나한테 있다면 좋겠어.」그녀는 큰 소리로 말하고는 한숨을 지었다. 「틀림없이 난 제재소로 재미를 볼 텐데. 그리고 난 외상이라면 부러진 나무토막 하나도 안 주겠어.」

그녀는 다시 한숨을 지었다. 자신이 돈을 구할 방법은 어디에도 없었고, 그래서 그런 계획은 따져 볼 여지도 없어졌다. 프랭크는 받아야 할 돈을 무조건 받아 내어 제재소를 사야만 했다. 그것은 돈을 버는 확실한 방법이었고, 그가 제재소를 손에 넣으면 그녀는 상점을 운영할 때보다 훨씬 사업답게 운영하도록 그를 유도할 무슨 길을 틀림없이 찾아내리라.

그녀는 장부의 뒷장을 뜯어내어 몇 달 동안 돈을 갚지 않은 사람들의 명단을 베껴 쓰기 시작했다. 그녀는 집에 돌아가자마자 외상 문제를 놓고 프랭크와 따질 생각이었다. 그녀는 비록 그들이 오랜 친구들이라고 해도, 비록 그들에게 돈을 내라고 재촉하기가 거북한 일이더라도, 그들이 빚을 청산해야만 한다는 사실을 프랭크에게 납득시키리라. 소심한 성격에다 친구들에게서 칭찬 듣기를 좋아하던 프랭크로서는 아마도 그러기를 언짢아하리라. 그는 지나치게 신경이 과민해서, 장삿속을 밝히고 받아 내느니보다는 차라리 돈을 포기하려는 그런 사람이었다.

그리고 아마도 그는 자기에게 돈을 갚고 싶어도 그럴 돈이 아무에게도 없다고 말하리라. 하기야 그것은 사실이기도 했다. 가난이라면 분명히 그녀로서는 처음 듣는 얘기가 아니었다. 하지만 거의 누구나 은식기나 패물을 좀 숨겨 두었거나 약간의 부동산을 악착같이 간직해 왔다. 프랭크는 현금 대신에 그런 것들을 받아 내면 되리라.

스칼렛이 이런 제안을 내놓는다면 프랭크가 얼마나 앓는 소리를 할지 그녀는 쉽게 상상이 갔다. 친구들에게서 땅과 보석을 빼앗다니! 그래, 앓는 소리를 하고 싶다면 실컷 하라고 그러지. 그녀는 머리를 저었다. 프랭크는 우정을 지키기 위해서라면 기꺼이 가난하게 살아갈 각오였는지도 모르지만, 난 못 그러겠다고 얘기할 테야. 프랭크에게는 어느 정도의 적극성이 필요하고, 그렇지 못하면 절대로 출세하지 못하리라. 그리고 나는 그를 출세시키리라! 비록 프랭크로 하여금 그렇게 하도록 만들기 위해서는 내가 집안에서 남자 노릇을 하고 쥐어흔드는 한이 있더라도 그가 꼭 돈을 벌게 하리라.

힘이 들어 일그러진 얼굴로, 이빨 사이에 혀를 물고, 그녀가 분주하게 써 내려가려니까 앞문이 열리더니 찬 바람이 상점 안으로 휩쓸고 들어왔다. 키가 큰 남자가 인디언처럼 가벼운 걸음으로 지저분한 방으로 들어왔고, 그녀가 머리를 들어 보니 레트 버틀러였다.

새 옷에 큰 외투를 걸치고, 묵직한 어깨에 멋진 망토를 두른 그는 눈부신 모습이었다. 두 사람의 시선이 마주치자, 그는 높다란 모자를 벗어 티 하나 없이 깨끗하고 주름을 잡은 셔츠에 손을 대고, 큼직하게 절을 했다. 갈색 얼굴과 대조적으로 새하얀 이빨이 놀랄 만큼 반짝거렸고, 그는 대담한 눈으로 그녀를 샅샅이 훑어보았다.

「친애하는 우리 케네디 부인.」 그녀에게로 걸어오면서 그

가 말했다. 「친애하는 우리 케네디 부인!」 그러더니 그는 유
쾌하게 큰 소리로 웃음을 터뜨렸다.

　처음에 스칼렛은 유령이 상점으로 침입하기라도 한 듯 깜
짝 놀랐고, 그러더니 깔고 앉았던 발을 황급히 빼고는 꼿꼿
하게 일어나 앉아서 그를 싸늘한 눈으로 노려보았다.

　「여기서 무얼 하고 계시죠?」

　「미스 피티팻을 찾아갔다가 당신이 결혼했다는 소식을 듣
고 이렇게 축하하려고 부랴부랴 달려왔어요.」

　그에게 모욕을 당했던 기억 때문에 스칼렛은 창피해서 얼
굴이 새빨개졌다.

　「나를 보겠다는 뻔뻔스러운 마음이 도대체 어디서 났는지
모르겠군요!」 그녀가 소리쳤다.

　「주객이 전도되었네요! 당신이야말로 어떻게 날 대할 면
목이 남았겠어요?」

　「오, 당신은 정말이지 ―」

　「우리 휴전 나팔을 불기로 할까요?」 그는 교만함이 풍기
기는 해도 자신의 행동에 대한 부끄러움이나 그녀의 행동에
대한 비난은 전혀 드러내지 않고, 환하게 눈부신 미소를 지
으며 그녀를 내려다보았다. 자기도 모르게 스칼렛은 미소를
지을 수밖에 없었지만, 그것은 거북하고도 뒤틀린 미소였다.

　「그들이 당신을 교수형에 처하지 않았다니 정말 한심하군
요!」

　「보아하니 다른 사람들도 당신하고 같은 기분을 느끼는
모양이더군요. 이봐요, 스칼렛, 마음을 놓아요. 당신은 쇠꼬
챙이라도 삼킨 표정인데, 그건 당신하고 어울리질 않아요.
분명히 당신은 내가 했던, 뭡니까 ― 나의 하찮은 농담을 잊
어버릴 시간은 충분했겠죠.」

「농담요? 하! 난 절대로 그건 잊지 못해요!」

「오, 아니에요, 당신은 잊을 겁니다. 당신이 이렇게 화가 난 척하는 까닭은, 그래야만 옳고, 체면이 살리라고 생각하기 때문이죠. 나 좀 앉아도 되겠습니까?」

「안 돼요.」

그는 스칼렛의 옆에 놓인 의자에 털썩 앉더니 히죽 웃었다.

「내가 들은 얘기로 미루어 보면, 당신은 나를 위해 두 주일조차도 기다리지를 못했더군요.」 그는 가짜 한숨을 지으며 말했다. 「여자란 정말이지 마음이 잘도 변해요!」

그녀에게서 아무 대꾸가 없으니까 그는 얘기를 계속했다.

「얘기해 봐요, 스칼렛, 친구들 사이니까 — 아주 오래전부터 서로 알았고 아주 친한 친구들 사이니까 물어보겠는데 — 내가 감옥에서 나올 때까지 기다리는 편이 더 현명한 처사가 아니었을까요? 아니면 나하고의 부정한 관계보다는 늙은 프랭크 케네디와의 결혼이라는 매력이 더 마음을 끌었나요?」

그가 조롱하는 말이 그녀의 마음속에서 분노를 불러일으킬 때면 항상 그렇듯이, 그의 뻔뻔스러움 때문에 그녀의 분노는 주체하기 어려운 웃음과 싸움을 벌였다.

「말도 안 되는 소린 하지도 말아요.」

「그리고 얼마 전부터 내 마음에 걸리던 한 가지 호기심이 남았는데, 미안하지만 그것도 만족시켜 주겠어요? 사랑은커녕 애정조차도 없는 남자를, 그것도 한 명에서 그치는 게 아니라 두 사람하고 결혼을 하면서도, 여자다운 거리낌이라든가 섬세한 심리적 위축 따위는 조금도 느끼지 않았나요? 아니면 우리 남부 여성의 섬세한 자질에 대한 내 이해가 잘못이었나요?」

「레트!」

「난 그 해답을 알아요. 여자들이란 나약하고 부드럽고 민감한 존재라는 아름다운 관념은 어릴 적부터 익히 들어 왔지만, 난 여자들이 남자들에게는 알려지지 않은 강인함과 인내심을 지녔다고 항상 믿었습니다. 하지만 뭐니 뭐니 해도, 대륙55의 예의범절에 관한 통념으로는, 서로 사랑하는 남편과 아내의 결합은 아주 나쁜 형태라더군요. 정말이지 아주 나쁜 취향이죠. 난 그런 점에서는 유럽인들의 개념이 옳다고 항상 믿었어요. 편의를 위해서 결혼하고, 쾌락을 위해서 사랑한다는 믿음이요. 그것이 합리적인 제도라고 생각하지 않으십니까? 당신은 내가 생각했던 것보다 훨씬 옛 대륙의 풍습을 따르는군요.」

난 편의를 위해서 결혼하지는 않았어요! 라고 그에게 소리를 질러도 될 만한 입장이라면 얼마나 기분이 좋을까. 하지만 레트는 그녀의 허점을 정곡으로 찔렀고, 상처받은 순결함에 관한 무슨 반박이라도 했다가는 그에게서 가시 돋친 말이나 더 들을 상황이었다.

「정말 거침도 없이 말하시는군요.」 그녀가 냉정하게 말했다. 얼른 화제를 바꾸고 싶어서 그녀가 물었다. 「감옥에서는 어떻게 나오셨어요?」

「어, 그 얘기요!」 애매한 시늉을 하면서 그가 대답했다. 「별로 힘 안 들었어요. 녀석들이 오늘 아침에 석방시키더군요. 난 연방 정부의 의회에서 꽤 높은 자리에 앉은 워싱턴의 어느 친구를 협박하는 교묘한 수단을 채택했거든요. 훌륭한 친구인데 ── 난 열렬한 합중국의 애국자였던 그에게서 소총과 버팀살 치마를 사다가 남부 동맹에다 팔았죠. 내가 어떤 난처한 곤경에 처했는지를 적절한 방법으로 알려 주었더니, 그는

55 유럽을 가리킨다.

서둘러 영향력을 동원했고, 그래서 난 석방되었답니다. 영향력이 크면 만사가 다 해결된다고요. 스칼렛. 당신도 혹시 체포를 당할 경우에 처하면 그걸 잊지 말라고요. 영향력은 만사형통이고, 유죄냐 무죄냐 하는 건 말장난에 지나지 않아요.」
「난 당신이 무죄가 아니라고 맹세하겠어요.」
「그래요, 고통스러운 처지로부터 풀려 나왔으니까 이제는 솔직하게 시인하겠는데, 난 카인 못지않게 유죄랍니다. 흑인을 내가 죽였다는 얘기도 사실이죠. 녀석은 숙녀 앞에서 건방지게 굴었는데, 그럴 때 남부의 신사가 할 일이 또 무엇이겠어요? 그리고 이왕 고백을 시작했으니까 말씀드리겠는데, 난 술집에서 약간 다툰 다음에 어느 양키 기병 대원을 총으로 쐈답니다. 난 그런 사소한 죄를 저질렀다는 혐의를 받은 적이 없으니까, 아마 어떤 다른 가엾은 한 인간이 오래전에 대신 죄를 뒤집어쓰고 교수형을 당했을지도 모를 일이죠.」
그는 자기가 범한 살인 얘기를 어찌나 유쾌해하며 늘어놓았는지, 스칼렛은 등골이 오싹해졌다. 도덕적인 분노의 말이 목구멍까지 치밀고 올라왔지만, 타라 농장의 마구 뒤엉킨 머루나무 초당 밑에 파묻힌 양키가 얼핏 그녀의 머리에 떠올랐다. 그 양키는 스칼렛이 실수로 밟아 죽였을 바퀴벌레 한 마리만큼밖에는 그녀의 양심에 걸리지를 않았다. 자기도 레트만큼이나 죄를 지은 몸이면서, 그녀는 결백한 마음으로 그를 심판할 처지는 결코 아니었다.
「그리고, 이왕 속 시원히 얘기를 털어놓는 김에, (미스 피티팻에게 절대로 얘기하면 안 되지만!) 내가 돈을, 안전하게 리버풀의 어느 은행에 넣어두었다는 지극히 비밀스러운 얘기도 하겠어요.」
「돈이요?」

「예, 양키들이 그토록 궁금해하는 문제의 돈 말입니다. 스칼렛, 내가 당신에게 돈을 안 주려고 했던 까닭은 심술궂은 마음 때문은 전혀 아니었죠. 만일 내가 지불 명령서를 끊었다면, 그들은 어떻게 해서든지 뒤를 캐내겠고, 그랬다가는 아마도 난 돈을 한 푼도 만져 보지 못하게 되었을 거예요. 나로서는 아무 짓도 안 하는 길만이 유일한 희망이었어요. 만일 최악의 사태가 닥치면, 만일 그들이 돈의 행방을 찾아내어 나에게서 빼앗아 가려고 한다면, 난 전쟁 동안에 탄약과 기계를 나한테 팔아먹었던 양키 애국자들의 이름을 모조리 불어 댈 테니까, 내 돈이 상당히 안전하리라는 건 알았죠. 그런 사태가 벌어진다면, 몇 명은 지금 워싱턴에서 높은 자리에 앉아 있으니까, 냄새가 꽤 났을 테죠. 사실 내가 감옥에서 나온 이유도 그들에 관해서 내가 양심적인 얘기를 털어놔야 되겠다는 위협이 통했기 때문이었어요. 난 ─」

「그렇다면 당신은 ─ 당신은 정말로 남부 동맹의 황금을 빼돌렸다는 얘긴가요?」

「몽땅 다 그러지는 않았어요. 하느님 맙소사, 그건 아니죠! 전에 봉쇄선 돌파를 업으로 삼았던 사람들 가운데 나소와 영국과 캐나다에 많은 돈을 숨겨 둔 자들의 수가 쉰 명은 틀림없이 넘을 테니까요. 우린 우리들만큼 요령을 피우지 못한 남부 동맹 사람들에게는 상당히 인기가 나쁘겠죠. 난 거의 50만 정도는 손에 넣었습니다. 생각이나 좀 해보라고요, 스칼렛, 만일 당신이 불같은 성격을 자제해서 또다시 서둘러 결혼만 하지 않았더라면, 지금쯤 당신 손에 들어갔을 50만 달러를요!」

50만 달러. 그토록 많은 돈을 생각하니 스칼렛은 거의 육체적인 병에 가까운 아픔을 느꼈다. 그가 하는 다른 말은 귓전을 스쳐 그냥 흘러가서, 그런 소리는 귀에 들리지도 않았다. 이토록 가혹하고 가난에 시달리는 세상에 그렇게 많은 돈이 존재한다는 사실은 믿기가 힘들 지경이었다. 그토록 많은 돈, 그토록 엄청나게 많은 돈, 그리고 그런 돈을 다른 사람이, 돈이라면 가볍게 생각하고 필요로 하지도 않는 어떤 사람이 소유했다. 그리고 그녀에게는 병들고 나이 많은 남편과, 그녀와 가혹한 세상 사이에 다리를 놓아주는 누추하고, 작고, 하찮은 가게뿐이었다. 레트 버틀러 같은 못된 인간은 돈을 그토록 많이 소유하는 반면에, 그토록 무거운 짐을 져야 하는 그녀에게는 너무나 돈이 없다는 것은 옳지 못한 일이었다. 스칼렛은 멋진 옷차림으로 앞에 앉아 그녀를 놀려대는 그를 증오했다. 그렇다, 그가 똑똑하다고 칭찬함으로써 더욱 그를 교만 방자하게 만들 생각이 그녀에게는 없었다. 스칼렛은 그를 베어 넘길 매서운 말을 찾아내고 싶은 앙칼진 욕망에 사로잡혔다.

「보아하니 당신은 남부 동맹의 돈을 차지한 짓이 정직한 일이라고 생각하는 모양이로군요. 하지만 그렇지 않아요. 그건 어디로 보나 명백한 도둑질이고, 그렇다는 건 당신도 알아요. 나 같으면 그렇게 양심에 걸리는 짓은 안 해요.」

「저런! 오늘은 포도 맛이 굉장히 시군요!」[56] 얼굴을 잔뜩 찡그리며 그가 말했다. 「그런데 내가 그걸 누구한테서 훔쳤다는 얘기인가요?」

정말 누구에게서 돈을 훔쳤는지를 생각해 내려고 애쓰면서 그녀는 잠자코 침묵을 지켰다. 따지고 보면 그는, 프랭크가 소규모로 시작한 사업을 크게 했을 따름이었다.

「그래도 절반은 내가 정직하게 번 돈이에요.」 그가 말을

56 아이소포스 우화에 빗대어 한 말.

이었다. 「그건 자기들의 상품을 팔아 백 퍼센트의 이윤을 남기겠다고 합중국 모르게 뒷구멍으로 팔아먹으려고 혈안이었던 정직한 합중국 애국자들의 도움으로 벌어들인 정직한 돈이랍니다. 그리고 또 일부는 내가 싸게 사들여서 면화를 못 구해 아우성을 치는 영국 공장에 1파운드당 1달러를 받고 팔아서 번 돈이고요. 또 일부는 식품에 투기해서 벌었죠. 내가 고생해서 맺은 결실을 왜 양키들에게 넘겨줍니까? 하지만 나머지 돈이 남부 동맹의 소유였다는 얘긴 사실이에요. 그건 내가 봉쇄선을 뚫고 나가 리버풀에서 엄청난 값을 받고 팔았던 남부 동맹의 면화에서 나온 돈이죠. 목화는 가죽과 소총과 기계를 사들일 자금을 마련하라고 나한테 믿고 맡긴 물건이었어요. 그리고 나도 그런 물건들을 사겠다는 선량한 마음으로 면화를 받았어요. 나는 내 신용도를 높이기 위해서 금을 내 이름으로 영국의 여러 은행에 맡기라는 지시를 내렸어요. 당신도 기억하겠지만, 봉쇄선이 강화되었을 때는 남부 동맹의 어느 항구에서도 배를 빼내거나 침투시킬 방법이 없었고, 그래서 돈은 자연히 영국에 남게 되었어요. 나로서야 어떻게 하겠어요? 멍청이처럼 영국의 은행으로부터 금을 찾아 윌밍턴으로 봉쇄선을 뚫고 들여오려고 노력해 봤어야 할까요? 그러다가 금이 양키들한테 노획되도록 말인가요? 봉쇄선의 경계가 강화되었다는 게 내 잘못입니까? 우리들의 대의명분이 패배했다는 게 내 잘못인가요? 돈은 남부 동맹의 소유였어요. 뭡니까, 그런데 지금은 남부 동맹이 없어졌어요. 어떤 사람들이 하는 얘기를 들어 보면 정말 없어지기나 했는지 믿어지지 않을 지경이지만요. 내가 돈을 누구한테 줬어야 되었겠어요? 양키 정부요? 난 사람들이 나를 도둑으로 생각하는 게 웃기는 일이라고 생각해요.」

그는 호주머니에서 가죽 담뱃갑을 꺼내 기다란 여송연을 하나 뽑아 흐뭇한 표정으로 냄새를 맡으며, 그녀의 대답을 고대한다는 듯 거짓된 초조함을 보이면서 스칼렛을 빤히 쳐다보았다.

염병이나 걸려 버려라, 그녀는 생각했다. 그는 나보다 항상 한 발자국 앞서 간단 말이야. 그의 논리에서는 늘 어딘가 잘못이 드러났지만, 나는 그것이 무엇인지 꼭 집어내기가 어려워.

「그러니까 말이죠.」 그녀가 점잖게 말했다. 「그런 돈은 궁핍한 사람들에게 나눠 줘도 되잖아요. 남부 동맹은 없어졌지만, 동맹의 지지자들이 무척 많고, 가족이 굶주리는 사람들도 많아요.」

그는 머리를 젖히고 무례하게 웃어 댔다.

「그런 위선적인 태도를 취할 때처럼 당신이 매혹적이고 엉뚱할 때는 또 없어요.」 그는 노골적으로 즐거워하며 소리쳤다. 「언제나 진실을 얘기하죠, 스칼렛, 당신은 거짓말을 할 줄 몰라요. 아일랜드 사람들은 거짓말을 하는 실력이 세상에서 제일 형편없어요. 이봐요, 이제는 솔직하게 얘기해요. 당신 애처롭게 죽어 간 남부 동맹에 관해서는 전혀 흥미조차 없었고, 굶어 죽어 가는 남부 동맹 지지자들에 대해서는 더욱 관심이 없었죠. 만일 당신에게 제일 큰 몫을 주지 않고 그 돈을 남들에게 다 주어 버리겠다는 얘기를 내가 입 밖에 꺼내기라도 했다면, 당신은 항의를 하느라고 소리를 질러 댔겠죠.」

「난 당신 돈은 필요하지 않아요.」 냉정하게 위엄을 지키려고 애쓰며 그녀가 말문을 열었다.

「아, 그러신가요! 당신 손바닥은 지금도 그게 무슨 소리냐고 야단일 텐데요. 만일 내가 동전 한 닢만 보여 주더라도 당신은 당장 덤벼들 거고요.」

「만일 나를 모욕하고 내가 가난하다는 걸 비웃기 위해 여길 찾아오셨다면, 어서 가주시는 게 좋겠어요.」자기가 한 말이 훨씬 더 실감이 나는 인상을 주려고 몸을 일으키기 위해 묵직한 장부를 무릎에서 치우면서 그녀가 반박했다. 어느 틈에 그는 먼저 일어나 그녀에게로 허리를 굽히고는 다시 의자로 밀어 앉히며 웃었다.

「얼마나 나이를 더 먹어야 당신은 진실을 들을 때마다 화를 내는 성미를 고치겠어요? 당신은 다른 사람들에 관해서는 진실을 얘기하기를 전혀 꺼리지 않는데, 어째서 자신에 관한 진실된 얘기를 듣기는 마다하나요? 난 당신을 모욕하려는 생각이 아니에요. 난 당신의 취득 본능이야말로 아주 훌륭한 자질이라고 생각합니다.」

그녀는 취득 본능이 무슨 뜻인지는 몰랐지만, 그가 훌륭하다고 칭찬하는 바람에 약간 기분이 풀렸다.

「내가 찾아온 이유는 당신의 가난을 놓고 조롱하려는 생각에서가 아니라, 당신의 결혼 생활이 행복하고 오래가기를 기원하기 위해서였어요. 그건 그렇고, 당신의 탈취 행위를 동생 수엘렌은 어떻게 생각하나요?」

「내 무슨 행위요?」

「동생의 코앞에서 당신이 프랭크를 훔친 행위 말이에요.」

「난 훔친 게 아니고 ―」

「글쎄요, 우리 어휘 문제를 놓고 입씨름을 하지는 말자고요. 동생이 뭐라던가요?」

「아무 말도 없었어요.」스칼렛이 말했다. 그녀가 거짓말을 한다는 사실이 그녀의 떨리는 눈에서 빤히 드러났다.

「동생은 정말로 이해심이 많은 여자로군요. 자, 이제 당신의 가난에 관한 얘기나 들어 봅시다. 별로 오래되지 않은 일이지만 감옥으로 잠깐 당신이 면회를 왔던 때를 생각하면, 나로서는 그런 걸 알아야 할 권리가 확실히 있겠지만요. 프랭크는 당신이 바랐던 만큼 돈이 많지를 않았나요?」

그의 뻔뻔스러움을 피할 길은 없었다. 그냥 참거나, 레트더러 가달라고 하는 수밖에는. 그런데 지금 스칼렛은 그가 가기를 바라지 않았다. 그의 말에는 가시가 돋쳤지만, 그것은 진실의 가시였다. 레트는 그녀가 무엇을 했으며 왜 그런 행동을 했는지를 알았지만, 그렇다고 해서 그녀를 보다 낮게 평가하지는 않는 듯싶었다. 그리고 비록 불쾌할 만큼 무뚝뚝하게 들리기는 했어도, 그가 한 질문들은 친구로서의 관심에서 유발된 듯싶었다. 그녀가 마음 놓고 진실을 얘기할 사람이라고는 레트뿐이었다. 그녀 자신에 대해서 그리고 그녀가 마음속에 간직한 동기에 대해서 누구에게라도 진실을 얘기한 지도 너무나 오래되었기 때문에, 솔직하게 털어놓으면 속이 후련하리라. 그녀가 생각하는 바를 솔직히 얘기할 때마다 다른 사람들은 충격을 받고는 했다. 레트와 얘기를 나누는 기분에 어울릴 만한 비유는 꼭 한 가지, 발이 불편할 정도로 꼭 끼는 덧신을 신고 춤을 춘 다음에 오래 신었던 헌 신발이 주는 편안하고 아늑한 기분에나 견줄 만했다.

「세금을 낼 돈은 구하지 못했나요? 늑대 같은 놈이 아직도 타라 농장의 문간에 버티고 있다는 소린 하지 마세요.」 그의 목소리는 어조가 달라졌다.

그녀는 얼굴을 들어 그의 검은 눈과 시선이 마주쳤고, 그녀로 하여금 처음에는 깜짝 놀라고 어리둥절하게 만들었지만, 나중에는 갑자기 미소를, 요즈음 그녀의 얼굴에 별로 나타나지 않는 매혹적이고도 다정한 미소를 짓게 만든 표정을 보게 되었다. 참으로 심술궂은 인간이면서도 동시에 그는 때때로 무척 훌륭한 남자이기도 했다. 그가 찾아온 참된 이유는, 그녀에게 약을 올리기 위해서가 아니라 그토록 결사적으로 구하려고 애쓰던 돈을 스칼렛이 틀림없이 구했는지 확인하기 위해서였다는 사실을 스칼렛은 이제야 알게 되었다. 석방이 되자마자 곧장, 그는 조금도 서두르는 기색을 보이지 않으며, 혹시 아직도 필요하다면 그녀에게 돈을 꾸어 주기 위해 서둘러 찾아왔음을 그녀는 깨달았다. 그러면서도 그는 스칼렛을 괴롭히며 모욕하고, 혹시 그녀가 따지고 덤비더라도 그런 의도는 전혀 없었다고 부인할 터였다. 그는 아무리 이해하려고 애를 써도 전혀 종잡기가 어려운 남자였다. 레트는 스스로 시인하고 싶은 이상으로 정말 그녀에 대해 걱정했을까? 아니면 그에게는 무슨 다른 동기가 있었을까? 아마도 나중 가능성이 더 크리라고 그녀는 생각했다. 하지만 누가 알겠는가? 그는 가끔 기가 막힐 정도로 이상한 짓을 했다.

「그래요.」 그녀가 말했다. 「문간에서 버티던 늑대는 이제 가버렸어요. 난 ― 내가 그 돈을 구했거든요.」

「하지만 고생은 하셨으리라고 난 믿어요. 손가락에 결혼 반지가 끼워질 때까지 자신을 억제하는 데는 어려움이 없었나요?」

그녀의 처신에 대해서 그가 정확하게 요약한 표현을 듣고 웃지 않으려고 애썼지만, 그녀는 저절로 보조개가 들어갔다. 그는 기다란 두 다리를 편안하게 뻗고 다시 자리에 앉았다.

「그래, 당신의 가난 얘기나 해봐요. 야수 같은 프랭크가 어떻게 돈을 벌겠다고 하며 당신의 판단력을 흐려 놓았던가요? 의지할 곳 없는 여자의 약점을 이용해 먹었다는 데 대해서 그는 흠씬 매를 맞아야 해요. 자, 스칼렛, 다 얘기해요. 당신은 나에게 비밀이 없어야 하죠. 분명히 난 당신의 가장 나쁜 비밀들을 다 아는 사람이니까요.」

「오, 레트, 당신은 가장 형편없는 — 글쎄요, 뭐라고 해야 할지 난 모르겠군요! 아니에요, 그가 꼭 날 속였다고는 하기 어렵지만 —」 갑자기 그녀는 솔직하게 털어놓는 기쁨을 느끼기 시작했다. 「레트, 만일 프랭크가 돈을 받아야 할 사람들로부터 빚을 제대로 받아 내기만 한다면 난 아무 걱정도 안 하겠어요. 하지만, 레트, 그이한테 빚진 사람들이 쉰 명이나 되고, 프랭크는 그들에게 갚으라는 독촉을 못 하는 처지예요. 그이는 그토록 마음이 약하거든요. 신사끼리 그래선 안 된다는 얘기죠. 그리고 우리들이 돈을 받으려면 몇 달이 걸리거나, 아주 영 못 받게 될지도 몰라요.」

「그래, 그게 어때서요? 그가 빚을 받아 낼 때까지 먹고살 돈은 충분하잖아요?」

「그래요, 하지만 — 글쎄요, 사실대로 말씀을 드리자면, 난 당장 돈이 조금 있었으면 좋겠어요.」 제재소가 머리에 떠오르자 그녀는 표정이 밝아졌다. 혹시 —.

「무얼 하려고요? 내야 할 세금이 아직도 남았나요?」

「그게 당신하고 도대체 무슨 상관인가요?」

「상관이 있죠. 당신은 나한테서 돈을 꾸기 위해 접근할 준비를 하는 중이니까요. 오, 난 다양한 접근 방법을 압니다. 그리고 난 그 돈을 — 나의 친애하는 케네디 부인, 얼마 전에 당신이 제공했던 매혹적인 담보가 없더라도 당신에게 꾸어 주겠어요. 물른 당신이 마다하면 안 되겠지만요.」

「당신은 너무나 야비한 —」

「전혀 그렇질 않습니다. 난 그저 당신 마음을 편하게 해주고 싶을 따름이니까요. 그 문제에 대해서 당신이 걱정하리라는 건 나도 알아요. 별로 심하지는 않지만 약간 걱정을 하겠죠. 그리고 난 기꺼이 돈을 빌려 드리고 싶습니다. 하지만 난 당신이 돈을 어디에 쓸 생각인지는 꼭 알아야 되겠어요. 나에게는 그럴 권리가 충분하다고 믿으니까요. 만일 예쁜 옷이나 마차를 사려고 한다면, 기꺼이 돈을 갖다 쓰시죠. 하지만 애슐리 윌크스에게 줄 바지 한 벌이라도 새로 사기 위해서라면, 아마 난 못 꾸어 주겠다고 거부할지도 모릅니다.」

그녀는 왈칵 화가 치밀어서 한참 말을 더듬거린 다음에야 입이 떨어졌다.

「애슐리 윌크스는 나한테서 단 한 푼도 돈을 받은 적이 없어요! 굶어 죽으면 죽었지 그는 절대로 나한테서는 동전 한 닢도 받지 않을 남자이니까요! 그가 얼마나 명예를 존중하고, 얼마나 자존심이 강한 사람인지를 당신은 이해하지 못해요! 하기야 당신 같은 인간이 어떻게 그를 이해할 —」

「우리 또 헐뜯는 얘기는 꺼내지 말기로 해요. 당신이 나를 욕하려고 생각해 낼 어떤 말에도 충분히 맞설 만한 말을 난 몇 가지 정도는 동원할 능력이 충분하니까요. 당신은 잊어버린 모양이지만, 난 미스 피티팻을 통해 당신이 어떻게 지내는지 늘 소식을 들었는데, 그 착하신 분께서는 관심을 보이며 얘기를 들어주는 사람만 나타나면 아는 대로 뭐든지 다 얘기를 털어놓는답니다. 록 아일랜드에서 고향으로 돌아온 후에 애슐리가 줄곧 타라에서 지냈다는 얘기도 들었어요. 당신에게는 신경이 곤두서는 일이겠지만, 그의 아내도 곁에 두고 같이 산다는 현실도 난 압니다.」

「애슐리는 —」

「오, 그래요.」 아무려면 어떠냐는 듯 손을 저으며 그가 말했다. 「애슐리는 나처럼 미천한 존재로서는 이해도 못 할 정도로 고상하시니까요. 하지만 열두 참나무 집에서 당신이 보여 준 다정한 장면을 흥미진진하게 목격한 증인이 나섰다는 점을 제발 잊지 않으시길 바라고, 난 어쩐지 그 후에도 그가 조금도 변하지 않았다는 느낌을 받았어요. 그리고 당신도 마찬가지예요. 내가 제대로 기억하는지는 모르겠지만, 그날 그는 고상한 인간으로서의 면모는 별로 보여 주지 못했어요. 그리고 지금 그가 보여 주는 면모도 별로 좋아 보이지 않는다고 난 생각합니다. 왜 그는 가족을 데리고 나가 일자리를 구하지 못하느요? 타라에는 그만 얹혀살고 말이에요. 물론 내 변덕스러운 일시적인 기분에 지나지 않겠지만, 난 그를 먹여 살리는 데 도움이 되라고 타라 농장에서 쓰도록 보낼 돈이라면 단 한 푼도 도와주고 싶지를 않습니다. 사나이들 사이에는 여자가 먹여 살려도 얌전히 받아먹는 남자들을 일컫는 아주 듣기 나쁜 명칭이 있죠.」

「그런 소리를 어디서 감히 하려고 그래요? 그는 밭일꾼처럼 열심히 일했어요!」 아무리 화가 나기는 했어도 울타리 말뚝을 쪼개던 애슐리의 모습을 기억하면 그녀는 마음이 쓰라렸다.

「그래서 굉장히 귀한 존재다, 이런 얘기겠죠. 거름이니 뭐니 그 사람 일꾼 노릇 한번 잘도 ——」

「그분은 ——」

「아, 예, 나도 알아요. 그는 힘자라는 데까지 최선이야 다 하겠지만, 그래 봤자 별로 도움이 되리라고는 난 상상이 가질 않아요. 당신이 아무리 그래도 윌크스 가문의 사람이라면 절대로 농장 일꾼 노릇은 못 하고, 쓸 만한 일은 무엇 하나 제대로 할 줄 아는 게 없죠. 그런 부류는 순전히 장식적인 존재들이니까요. 그러니까 이제 성난 마음은 진정시키시고 명예와 자부심을 자랑하는 애슐리에 관한 내 야비한 얘기는 넓은 아량으로 받아 주시기 바랍니다. 당신처럼 야멸친 여자들까지도 그런 집요한 환상에 파묻히다니, 정말로 이상한 일이죠. 돈이 얼마나 필요하고, 어디에 쓸 생각인가요?」

그녀가 대답을 하지 않으니까 그가 되풀이해서 물었다.

「어디다 쓰려고 돈이 필요한가요? 그리고 나한테 진실을 얘기할 마음의 준비가 되었는지도 확인해 보도록 해요. 진실은 거짓말만큼이나 효과가 있으니까요. 만일 당신이 나한테 거짓말을 한다면 틀림없이 난 그걸 알게 될 테고, 그러면 얼마나 입장이 거북해질지를 생각해 보면, 진실을 얘기하는 쪽이 더 좋을 거예요. 당신이 나를 싫어한다거나, 성미를 부린다거나, 온갖 암여우 같은 짓을 해도 난 다 참아 주겠지만, 거짓말만큼은, 스칼렛 ― 거짓말만큼은 내가 못 참는다는 걸 절대로 잊지 말아요. 자, 돈은 어디에 쓰려고 그러죠?」

그가 애슐리를 헐뜯는 소리를 듣고 화가 치밀어 올랐던 스칼렛으로서는 어떤 대가를 치르더라도 그에게 침을 뱉고, 돈을 내놓겠다는 제의를 능글맞은 그의 면전에서 보기 좋게 거부하고 싶었다. 잠깐 동안 그녀는 정말로 그럴 생각이었지만, 상식이라는 냉정한 손이 그녀를 자제시켰다. 그녀는 분노를 억지로 참으면서 유쾌하고 근엄한 표정을 지어 보려고 애썼지만, 제대로 되지를 않았다. 그는 의자에 몸을 길게 기대고는 두 다리를 난로 쪽으로 뻗었다.

「세상에서 무엇보다도 내가 즐겁다고 여겨지는 것을 한 가지만 꼽으라면 말이에요.」 그가 말했다. 「그것은 돈 따위 실질적인 문제가 원칙이라는 문제와 대결을 벌이는 상황에서 당신이 정신적인 갈등을 겪는 모습을 구경할 때예요. 물론 당신 마음속에서는 항상 현실적인 면이 이긴다는 걸 알지만, 혹시 언젠가는 보다 나은 본성이 승리하는 날을 보게 되지 않을까 싶어서 난 끝까지 당신 곁을 떠나지 못하고 머뭇거리죠. 그리고 혹시 그런 날이 오게 되면 난 짐을 꾸려 가지고 영원히 애틀랜타를 떠나고 말겠어요. 보다 훌륭한 본성이 언제나 승리를 거두는 여자들이 너무 많다 보니까⋯⋯. 어쨌든, 하던 얘기로 되돌아가죠. 얼마나 많은 돈이, 무엇 때문에 필요한가요?」

「돈이 얼마나 필요할지는 나도 모르겠어요.」 그녀가 심술이 난 어조로 말했다. 「하지만 난 제재소를 사고 싶은데 ─ 그걸 싼값으로 살 기회를 잡았다고 난 생각해요. 그리고 마차 두 대와 노새 두 마리도 필요해요. 난 훌륭한 노새들이 필요하답니다. 그리고 내가 쓸 말과 마차도 마련해야 되겠고요.」

「제재소요?」

「그래요, 그리고 만일 나한테 돈을 빌려 주신다면, 난 이익의 절반을 드리겠어요.」

「내가 제재소로 무얼 하겠어요?」

「돈을 벌죠! 우린 굉장히 많은 돈을 벌게 된다고요. 아니면 꾼 돈에 대한 이자를 기꺼이 지불하겠는데 ─ 그럼 이자는 어느 정도면 좋을까요?

「50퍼센트라면 아주 좋겠다고 여겨지는데요.」

「50퍼센트라뇨 ─ 오, 하지만 그건 농담이시겠죠! 웃지 말아요, 음흉한 사람 같으니라고. 난 진지한 얘기를 했어요.」

「그러니까 내가 웃죠. 남의 눈을 속일 정도로 아름다운 당신의 얼굴에서 어떤 생각이 오가는지를 아는 사람이 나 이외에 누가 또 있는지 궁금하군요.」

「글쎄요, 그게 어쨌단 말이에요? 들어 보세요, 레트, 그리고 내 제안이 당신에게 훌륭한 장사처럼 들리는지 어쩐지 보세요. 프랭크에게서 들은 얘기지만, 복숭아나무 거리에 가면 어떤 사람이 자그마한 제재소를 팔려고 그런다더군요. 무척 급히 현금이 필요하기 때문에 그는 헐값으로 제재소를 팔 생각이죠. 요즈음 이곳에는 제재소가 많지 않은데, 사람들이 너도나도 집을 새로 짓는 걸 보면 — 그래요, 우린 굉장히 비싼 값을 받고 목재를 팔게 된다고요. 지금 주인은 그냥 눌러앉아 봉급을 받으며 제재소 일을 봐주겠다고 그런대요. 프랭크가 나한테 그런 얘기를 했어요. 돈만 넉넉했다면 프랭크는 제재소를 샀겠죠. 내 짐작으로는 세금을 내라고 나한테 준 돈으로 프랭크가 제재소를 살 생각이었던 것 같아요.」

「가엾은 프랭크! 코앞에서 당신이 제재소를 채어 갔다는 얘기를 들으면 그는 뭐라고 할까요? 그리고 내가 돈을 꾸어 주었다는 얘기를, 당신의 평판을 해치지 않고서야 어떻게 설명하겠어요?」

제재소가 벌어들일 돈에만 열중했던 나머지 스칼렛은 그런 생각은 전혀 못 했었다.

「글쎄요, 난 그이한테는 얘길 안 하겠어요.」

「당신이 돈을 숲에 가서 따오지는 않았으리라는 걸 남편이 알 텐데요.」

「난 그이한테 얘기를 하겠어요. 그래요, 예, 난 그이한테 내 다이아몬드 귀고리를 팔았다고 그러겠어요. 그리고 난 귀고리는 당신한테 주고요. 그게 내 담 — 뭐더라 그거 말이에요.」

「난 당신 귀고리는 받지 않겠어요.」

「난 귀고리는 갖고 싶지 않아요. 난 그걸 좋아하지 않아요. 어쨌든 그건 사실 내 물건도 아니죠.」

「누구 물건인데요?」

그녀의 머릿속에서는 타라 주변의 시골에 깊은 정적이 깔렸던 적막하고도 무더운 그날 한낮의 거실에 북군 병사가 죽어 널브러졌던 장면이 어느새 되살아났다.

「그건 어떤 죽은 사람이 ── 나한테 물려줬어요. 그러니까 내 소유인 셈이죠. 그걸 받으세요. 난 갖고 싶지 않으니까요. 난 그것보다 차라리 돈을 갖고 싶어요.」

「하느님 맙소사!」 그는 못 참겠다는 듯 소리쳤다. 「도대체 당신은 돈 이외에는 다른 생각을 할 때가 전혀 없나요?」

「그래요.」 냉정한 초록빛 눈을 그에게로 돌리며 그녀는 솔직하게 대답했다. 「그리고 내가 당한 곤경을 다 겪었다면, 당신도 마찬가지겠죠. 난 세상에서 가장 중요한 게 돈이라는 사실을 알게 되었고, 하느님이 나의 증인이시듯, 난 다시는 돈 없는 처량한 신세가 될 생각은 절대로 없어요.」

그녀는 뜨거운 태양과, 병들어 어지러운 머리를 땅에 대고 느껴 본 보드랍고 붉은 흙과, 열두 참나무 집의 폐허 뒤에 남은 오두막에서 풍기던 흑인 냄새를 기억했고, 그녀의 심장이 고동치는 소리와 더불어 들려오던, 〈나는 다시는 절대로 굶주리지 않겠어. 나는 다시는 절대로 굶주리지 않겠어〉라며 반복되던 소리를 기억했다.

「난 언젠가는 돈을, 굉장히 많은 돈을 벌어서, 갖고 싶은 물건은 뭐든지 다 갖고 말겠어요. 그러면 우리 집 식탁에는 말린 콩이나 옥수수 죽이 다시는 오르지 않겠죠. 그리고 난 예쁜 옷들을 마련할 텐데, 모조리 비단옷이어서 ──」

「모두요?」

「모두요.」 그가 비친 암시[57]에 대해서 구태여 낮을 붉히려고 애쓰지도 않으며, 그녀가 퉁명스럽게 말했다. 「난 양키들이 절대로 나한테서 타라를 빼앗아 가지 못할 만큼 많은 돈

57 비단은 몸의 윤곽을 잘 드러내는 선정적인 옷으로 통했다.

을 벌고 말겠어요. 그리고 타라에 지붕을 새로 얹고, 헛간을 새로 짓고, 밭갈이를 시킬 훌륭한 노새들을 구하고, 당신이 한 번도 본 적이 없을 만큼 많은 목화를 재배하겠어요. 그리고 웨이드는 아쉬움을 느끼며 살아가는 삶이 어떤지를 절대로 알지 못하게 하겠어요. 절대로요! 내 아이는 세상의 모든 것을 다 누리게 하겠어요. 그리고 내 가족은 누구나, 다시는 절대로 굶주리지 않고요. 내 애긴 진담이에요. 한마디도 안 빼놓고요. 당신은 너무나 이기적이고 비열한 사람이기 때문에 이해하지 못하겠죠. 당신은 내 집에서 나를 쫓아내려고 덤벼드는 카펫배거들을 겪어 보지 못했으니까요. 당신은 추위와 누더기의 고생을 당해 보지도 않았고, 굶어 죽지 않으려고 허리가 부러지도록 일을 한 적도 없잖아요!」

그는 조용히 말했다. 「난 여덟 달 동안 남군에서 복무했어요. 난 굶주리기에 그보다 더 좋은 곳은 모르겠는데요.」

「군대요! 흥! 당신은 목화를 따고 옥수수 밭의 김을 매본 적은 없죠. 당신은 지금까지 ─ 날 비웃지 말아요!」

그녀의 목소리가 거칠어지며 언성이 높아지자 그의 손이 다시 스칼렛의 손을 잡았다.

「난 당신을 비웃지 않았어요. 난 당신의 외모와, 실제의 당신이 어떤 사람인지 그 차이점 때문에 웃었어요. 그리고 난 윌크스 댁 바비큐 파티에서 당신을 처음 보았을 때의 기억을 되새겼답니다. 당신은 초록빛 드레스에 초록빛 작은 덧신을 신었고, 온통 남자들에게 둘러싸여 꽤 자신만만했어요. 그때 당신은 1달러가 몇 센트인지도 몰랐으리라고 난 장담해요. 당신의 머릿속에는 오직 한 가지 생각뿐이었는데, 그건 애슐리를 유혹해서 ─」

그녀는 그에게서 손을 잡아 뽑았다.

「레트, 만일 우리들이 조금이라도 사이가 가까워지려면 당신이 애슐리 윌크스 얘기를 그만해야 될 거예요. 당신은 그를 전혀 이해하지 못하기 때문에 우린 그에 관해서라면 항상 의견이 엇갈릴 테니까요.」

「보아하니 당신은 그를 환히 아는 모양이로군요.」 레트가 심술궂게 말했다. 「안 되죠, 스칼렛, 내가 당신에게 돈을 빌려 주는 경우에는, 난 마음대로 어떤 각도에서거나 애슐리 윌크스에 관한 얘기를 할 권리를 간직하고 싶어요. 난 내가 대부하는 금액에 대한 이자를 받는 권리라면 포기하겠지만, 이 권리만큼은 그렇게 못 하죠. 그리고 그 젊은이에 관해서 내가 알고 싶은 것들이 상당히 많아요.」

「난 당신하고 애슐리 얘기는 하고 싶지 않다니까요.」 그녀는 무뚝뚝하게 말했다.

「오, 하지만 하고 싶으실 텐데요! 당신도 아시다시피 난 돈줄을 쥔 사람이에요. 언젠가 부자가 되면 당신도 다른 사람들에게 똑같은 행동을 할 힘을 지니게 되죠. ……당신이 아직도 그를 잊지 못했다는 건 분명한데 ―」

「그렇지 않아요.」

「오, 당신이 그를 옹호하려고 허둥거리는 태도를 보면 너무나 빤하죠. 당신은 ―」

「난 내 친구들이 조롱을 받으면 못 참아요.」

「좋아요, 우리 그런 얘기는 잠깐 제쳐 두기로 하죠. 그 사람은 아직도 당신 생각을 하나요, 아니면 록 아일랜드에서 죽을 고생을 하느라고 잊어버렸나요, 아니면 그의 아내가 얼마나 훌륭한 여자인지 제대로 평가하는 길을 터득하기라도 했나요?」

멜라니의 얘기가 튀어나오자 스칼렛은 숨을 몰아쉬기 시

작했고, 애슐리가 멜라니하고 같이 사는 이유란 오직 명예 때문이라고, 사실대로 숨김없이 외치고 싶은 욕망을 겨우 억눌렀다. 그녀는 얘기를 하려고 입을 열었다가 다시 다물어 버렸다.

「저런. 그러니까 그는 아직도 윌크스 부인을 제대로 평가할 지각이 들지 않았다는 얘긴가요? 그리고 수용소의 혹독한 삶도 당신에 대한 그의 정열을 시들게 하지 못했나요?」

「난 이런 얘기를 할 필요가 없다고 생각하는데요.」

「난 하고 싶어요.」 레트가 말했다. 그의 목소리에는, 스칼렛이 이해하지 못했지만 듣고 싶지 않은 나지막한 어조가 담겼다.「그리고, 하느님의 이름으로 맹세컨대, 난 그 얘기를 하겠고, 당신이 내 질문에 대답해 주기를 기대합니다. 그러니까 그는 아직도 당신을 사랑하나요?」

「글쎄요, 그렇다면 어쩌려고요?」 아픈 곳을 찔려 약이 오른 스칼렛이 소리쳤다.「당신은 그 사람이나, 그가 하는 그런 사랑을 이해하지 못하기 때문에, 난 당신하고 그에 대한 얘기를 나누고 싶지 않아요. 당신이 이해하는 종류의 사랑이라면 기껏해야 ― 뭐예요, 당신이 워틀링이라는 여자 같은 부류하고 나누는 그런 따위겠죠.」

「오.」 레트가 나지막이 말했다.「그러니까 난 육욕의 능력밖에 없다는 얘기인가요?」

「글쎄요, 내 얘기가 사실이라는 건 당신도 알잖아요.」

「이제야 난 이 문제를 당신이 나하고 얘기하기를 꺼리는 이유를 알겠어요. 그의 사랑이 지닌 순수성을 내 더러운 손과 입술이 더럽힐까 봐 그러시는 모양이군요.」

「글쎄요, 예 ― 그런 비슷한 얘기겠죠.」

「난 순수한 사랑에 대해서 흥미를 느끼는데 ―」

「그렇게 야비하게 굴지 말아요, 레트 버틀러. 만일 우리 두 사람 사이에 혹시 무슨 잘못된 일이 조금이라도 일어났었다고 믿을 정도로 당신이 나쁜 사람이라면 —」

「오, 정말 그런 생각은 전혀 머리에 떠오르지 않았어요. 그렇기 때문에 난 이렇게 깊은 흥미를 느낍니다. 도대체 왜 당신들 사이에는 잘못된 일이 전혀 없나요?」

「만일 당신 생각에 애슐리가 —」

「아, 그러니까 순수성을 지키려는 싸움을 벌인 사람은 당신이 아니라 애슐리였군요. 정말이지, 스칼렛, 당신은 그토록 간단히 자신을 던져 버려서는 안 돼요.」

스칼렛은 혼란과 분노를 느끼며, 표정을 읽어 내기가 이려운 그의 매끈한 얼굴을 살펴보았다.

「이런 얘기는 더 이상 하고 싶지도 않고, 난 당신 돈도 필요 없어요. 그러니까 나가세요!」

「아, 아니죠, 당신은 틀림없이 내 돈을 원하는데, 이왕 이렇게까지 얘기가 진전된 바에야 왜 중단합니까? 그토록 순결한 낭만의 얘기를 나눈다고 해도 나쁠 게 없겠죠. 더구나 아무런 잘못도 저지르지 않았다니 말이에요. 그러니까 애슐리는 당신의 마음과 영혼과 숭고한 성품을 사랑한다는 뜻이겠죠?」

스칼렛은 그가 한 말을 듣고 괴로워했다. 그렇다, 애슐리는 바로 그런 관념들 때문에 그녀를 사랑했다. 오직 애슐리 한 사람만이 보았던 아름다움, 그녀의 내면에 깊이 파묻힌 아름다움을 발견하고도, 명예에 속박되어 먼발치서만 그가 사랑한다는 사실을 알았기 때문에, 그런 사실을 알았기 때문에, 그녀는 삶을 인내할 힘을 얻었다. 하지만 그런 요소들은 레트에 의해서, 특히 냉소와 거짓된 부드러움을 머금은 그의 목소리를 통해서 노출되면, 별로 아름답게 여겨지지를 않았다.

「이런 고약한 세상에 그런 사랑이 존재한다는 사실을 알게 되니 난 소년 시절의 이상을 되찾게 되었군요.」 그가 말을 이었다. 「그러니까 당신에 대한 그의 사랑에는 육체적인 면이 하나도 없다는 뜻인가요? 당신 얼굴이 추하고, 피부가 그렇게 하얗지 않았더라도 마찬가지였을까요? 그리고 당신을 품에 안으면 어떤 반응을 보일까, 남자로 하여금 궁금하게 만드는 초록빛 눈이 없었더라도 말입니까? 그리고 나이가 아흔 살 아래라면 누구라도 홀릴 정도로 엉덩이를 흔드는 당신 몸짓은 또 어떤가요? 그리고 입술로 말하자면 — 글쎄요, 난 내 육욕이 주제넘게 나서도록 그냥 내버려 두어서는 안 되겠죠. 애슐리는 이런 면을 하나도 못 보나요? 아니면 보더라도 전혀 마음의 동요를 일으키지 않나요?」

자기도 모르게 스칼렛의 머릿속에서는, 과수원에서 그녀를 껴안았던 애슐리의 두 팔이 떨리고, 절대로 놓아주지 않으려는 듯 그의 입술이 뜨겁게 그녀의 입을 짓누르던 순간이 다시 떠올랐다. 그런 기억이 되살아나자 스칼렛은 얼굴이 새빨개졌고, 레트가 그것을 놓칠 리가 없었다.

「그렇군요.」 레트가 말했는데, 그의 목소리에는 거의 분노에 가까운 어조가 진동했다. 「알겠습니다. 그는 당신의 이성만을 사랑하는군요.」

어떻게 그가 감히, 그녀의 삶이 지닌 소중하고 성스러운 아름다움을 더러운 손가락으로 벌려 헤집어 놓아서, 추악하게 여기도록 만들려 하는가? 냉정하게, 단호하게, 그는 그녀의 마음속에 마지막으로 남은 가치를 파괴하는 중이었고, 그가 알기를 원하는 내용이 곧 입 밖으로 쏟아져 나올 눈치였다.

「그래요, 그이는 그래요!」 애슐리의 입술을 기억 속에서 몰아내며 그녀가 소리쳤다.

「이봐요, 그는 당신에게 이성이 존재하는지조차도 몰라요. 당신에게 그가 매혹된 이유가 만일 이성이었다면, 그 사람은 그토록 ─〈거룩한〉 사랑이라고 해야 될까요? 아무튼 그 사랑을 그대로 간직하기 위해서 그가 그렇게까지 당신에게 저항할 필요는 없지 않았겠어요? 어쨌든 남자는 어느 다른 여인의 이성과 영혼을 흠모하면서도, 명예로운 신사로서 아내에게 성실한 생활을 유지하기가 어렵지 않으므로, 그는 걱정을 하지 않았어도 되었겠죠. 하지만 그는 윌크스 가문의 명예와, 사실이 그렇듯, 당신의 육체에 대한 탐욕 사이에서 갈등하느라고 틀림없이 고민했어요.」

「당신은 당신의 추악한 마음을 기준으로 삼아서 만인의 마음을 판단하려고 해요!」

「오, 당신이 하려는 얘기가 그런 뜻인지는 모르겠습니다만, 난 당신을 탐냈다는 점을 전혀 부인하지 않았어요. 하지만, 하느님 덕분에, 난 명예 따위 문제로 속을 썩이지는 않아요. 나는 원하는 대상이라면 능력이 닿는 한 차지해 버리고, 그래서 난 천사나 악마하고 싸움을 벌이지는 않습니다. 당신은 애슐리에게 그야말로 기쁨의 지옥을 마련해 주었죠. 난 그 사람이 가엾다는 생각까지 들 정도니까요.」

「내가 ─ 내가 그에게 지옥을 마련해 주었다고요?」

「그래요, 당신이오! 당신은 끊임없는 유혹으로 그의 앞에 항상 존재하지만, 그런 부류의 남자들이 대부분 다 그렇듯이, 그는 이곳 사람들 사이에서 이른바 명예라고 통하는 개념을 위해서라면, 아무리 깊은 사랑이라도 포기하죠. 그리고 내가 보기에는 이제 그 가엾은 양반에게는 마음을 훈훈하게 해줄 명예도 없고 사랑도 없어지고 말았군요!」

「그에게는 사랑이 있어요! ……내 얘긴, 그이는 나를 사랑해요!」

「그런가요? 그러면 내가 묻는 질문에 당신이 대답을 하고, 우리 오늘은 이런 정도로 끝내고, 당신은 돈을 가지고 가서 시궁창에다 버리든 어쩌든 마음대로 하세요.」

레트는 몸을 일으키더니 반쯤 피운 여송연을 타구에 던져 넣었다. 그의 동작에서는 어떤 음산하고도 약간 두려움을 주는 요소가, 애틀랜타가 함락되던 밤에 스칼렛이 의식했던 바로 그런 이단적인 자유와 억제된 힘이 느껴졌다. 「만일 그가 당신을 사랑한다면, 그렇다면 도대체 왜 그는 당신이 세금을 낼 돈을 구하러 애틀랜타로 오도록 허락했나요? 난 내가 사랑하는 여자에게 그런 짓을 하도록 그냥 내버려 두느니 차라리 ─」

「애슐리는 몰랐어요! 그이는 내가 무슨 생각을 ─」

「그가 알았어야만 한다는 생각은 혹시 들지 않나요?」 그의 목소리는 야수성을 거의 자제하지 않고 그대로 다 드러내었다. 「당신이 얘기하듯 그토록 사랑한다면, 그는 절망적인 상태에 이르는 경우에 당신이 어떤 행동을 할는지 알았어야 마땅하죠. 그는 당신이 이곳으로, 그것도 하고많은 사람들 가운데 ─ 하필이면 나를 찾아오게 내버려 두기보다는 차라리 당신을 죽여 버렸어야 해요! 하느님 맙소사!」

「하지만 애슐리는 몰랐단 말이에요!」

「누군가 말로 설명해 주기 전에는 이런 일을 짐작조차 하지 못할 정도라면, 그는 당신이나 당신의 고귀한 마음에 대해서는 아무것도 알 리가 없어요.」

그는 얼마나 독선적인 사람인가! 마치 애슐리가 남의 마

음속을 환히 들여다볼 능력을 갖춘 남자이기라도 한 듯 저러
니 말이다! 하지만 애슐리는 그녀를 말렸을 만도 하다고 그
녀는 갑자기 깨달았다. 언젠가는 사정이 달라질지도 모른다
는 암시를 지극히 희미하게나마 그가 과수원에서 했더라면
그녀는 레트를 찾아갈 생각은 전혀 하지도 않았으리라. 다정
한 말 한마디, 심지어는 기차에 탈 때 작별 인사로 어루만져
주기만 했더라도, 그녀는 양심의 가책으로 주춤해서 눌러앉
았으리라. 하지만 그는 명예만 내세울 뿐이었다. 그렇기는
해도 — 레트의 얘기가 과연 옳은가? 애슐리는 그녀의 의도
를 알았어야 할까? 그녀는 이런 불성실한 생각을 얼른 머리
에서 몰아내었다. 물론 그는 짐작조차 못 했었다. 스칼렛이
그토록 부도덕한 무슨 짓을 벌이리라고는 애슐리가 전혀 눈
치도 못 챘으리라. 애슐리는 워낙 고상한 사람이니까 그런
생각은 머리에 떠오르지도 않았으리라. 레트는 그녀의 사랑
을 짓밟아 놓고 싶어서 그럴 따름이었다. 그는 스칼렛에게서
가장 소중한 대상을 파괴하려고 했다. 훗날 상점이 제대로
운영되고 제재소도 잘 돌아가서 그녀가 많은 돈을 버는 날이
오면, 그녀는 그가 자기에게 주었던 모욕과 비참한 굴욕에
대한 보복을 레트 버틀러에게 꼭 하리라고 악착스럽게 생각
했다.

그는 재미있다는 기색을 어렴풋하게 보이며 그녀를 굽어
보았다. 그를 흥분시켰던 감정은 사라졌다.

「어쨌든 그런 문제가 당신하고 도대체 무슨 상관인가요?」
그녀가 물었다. 「그건 애슐리하고 나의 문제이지, 당신하고
는 상관없어요.」

그는 머리를 저었다.

「이것 한 가지는 얘기해 두고 싶군요. 난 당신의 끈기에 대

해서 깊고도 객관적인 찬사를 보내고, 스칼렛, 많은 고통에 짓눌려 당신의 기개가 꺾이지 않기만 바랄 뿐입니다. 타라 농장만 해도 그렇죠. 그것 하나만도 남자가 아니고서는 감당하기 어려운 일이에요. 엎친 데 덮친 격으로 당신의 아버지까지 제정신이 아니에요. 아버지는 절대로 당신에게 아무런 보탬도 되지 않을 겁니다. 그리고 여자들하고 검둥이들도 부담스럽죠. 거기다가 이제 당신은 남편까지 생겼고, 어쩌면 미스 피티팻까지 걸머지게 될지도 모릅니다. 애슐리 윌크스하고 그의 가족을 떠맡지 않더라도 당신에게는 그들만으로도 어깨가 무거워요.」

「애슐리는 내가 떠맡은 게 아니에요. 그는 도움을 —」

「오, 제발 부탁이에요.」 그가 짜증을 내며 말했다. 「우리 그런 얘기는 더 이상 하지 맙시다. 그는 조금도 도움이 되지 않아요. 그는 당신에게 얹혀살고, 죽는 날까지 당신이나 어떤 다른 사람에게 얹혀서 살아가겠죠. 개인적으로 말하자면 난 그 사람 말만 나와도 속이 뒤집혀요. ……돈은 얼마나 필요하신가요?」

스칼렛은 욕지거리가 목구멍까지 치밀고 올라왔다. 그런 온갖 모욕을 퍼붓고 나서, 그녀에게는 지극히 소중한 대상들을 끄집어낸 다음 마구 짓밟아 놓고 나서, 아직도 그는 스칼렛이 그의 돈을 받으리라고 생각했다!

하지만 스칼렛은 참고 그 말을 하지 않았다. 그가 제공한 돈을 코웃음 치며 거절하고는 상점에서 나가라고 명령을 내릴 처지만 된다면 얼마나 좋을까! 하지만 그런 사치는 정말로 부유하고 정말로 생활이 안정된 사람만이 누렸다. 가난하게 살아가는 한 그녀는 이런 상황들을 그냥 참아 내는 도리밖에 없었다. 하지만, 부자가 된 다음에는 — 오, 생각만 해

도 아름답고 흐뭇한 일이었지만! —— 부자가 되고 나면, 그녀
는 원하지 않는 대상은 무엇도 참지 않겠고, 원하는 바는 무
엇이나 다 하겠으며, 마음에 들지 않는 사람들에게는 예절
따위를 지키지도 않으리라.

나는 그들더러 다 나가 죽으라고 말할 터이고, 누구보다도
먼저 레트 버틀러에게 그렇게 말하리라! 그녀는 생각했다.

그런 생각을 하니까 마음이 흐뭇해져서 그녀의 초록빛 눈
에서는 광채가 났고, 입술에서는 희미한 미소가 떠올랐다.
레트도 미소를 지었다.

「당신은 미인이에요, 스칼렛.」 그가 말했다. 「특히 못된 생
각을 하는 동안에 더욱 아름답죠. 그리고 당신의 보조개를
보기 위해서라도 난 당신이 원한다면 노새를 무더기로 사주
겠어요.」

앞문이 열리더니 깃털[58]로 이빨을 쑤시며 점원이 들어왔다.
스칼렛은 몸을 일으켜 목도리로 몸을 여미고는 둥근 모자의
끈을 턱 밑에다 단단히 잡아맸다. 그녀는 결단을 내렸다.

「오늘 오후에 바쁘세요? 지금 나하고 같이 가실래요?」 그
녀가 물었다.

「어디로요?」

「난 당신하고 같이 마차를 타고 제재소로 가보고 싶어요.
혼자서는 마차를 타고 시내를 벗어나지 않겠다고 프랭크한
테 약속했거든요.」

「이렇게 비가 오는데 제재소로 가자고요?」

「그래요, 난 당신의 마음이 달라지기 전에, 지금 제재소를
사고 싶어요.」

레트가 어찌나 큰 소리로 웃었던지 계산대를 지키던 청년

58 펜으로 사용했다.

이 깜짝 놀라서 수상하다는 듯 그를 쳐다보았다.

「당신이 결혼한 여자라는 신분을 잊으셨나요? 케네디 부인이라면 점잖은 집의 응접실에서는 받아 주지도 않을 정도로 버림받은 인간 버틀러하고 같이 마차를 타고 교외로 나가서는 안 될 텐데요. 당신의 평판을 잊었나요?」

「평판 따윈 개의치 않아요! 난 당신의 마음이 달라지거나 내가 사려고 한다는 사실을 프랭크가 알게 되기 전에 제재소를 손에 넣고 싶어요. 그렇게 우물거리지 말아요, 레트. 비좀 내리면 뭐가 어때서요? 어서 가자니까요.」

그놈의 제재소! 제재소 생각을 할 때마다 프랭크는 어쩌다가 그녀에게 얘기를 했을까 자신을 책망하며 투덜거리곤 했다. (하고많은 사람들 가운데 하필이면) 버틀러 선장에게 아내가 귀고리를 팔았고, 남편하고는 의논조차 하지 않고 제재소를 사버렸다는 정도만 해도 기가 막힐 노릇인데, 거기다가 그녀는 제재소의 운영권을 그에게 넘겨주지도 않았다. 제재소 건은 남들이 보기에도 좋지 않은 사건이었다. 그녀가 남편의 판단력을 신뢰하지 않는다는 인상을 줄 테니까 말이다.

그가 아는 모든 남자들이나 마찬가지로 프랭크 역시 아내란 남편의 우월한 지식에 따라야 하고, 남편의 의견을 전적으로 받아들이며, 여자는 자기주장을 해서는 안 된다고 믿었다. 그는 어떤 여자라도 하고 싶은 대로 하도록 그냥 내버려둘 그런 남자였다. 여자란 너무나 우습고 하찮은 존재였고, 그들의 자질구레한 소망을 들어줘 봤자 나쁠 일이 별로 없었다. 천성이 착하고 상냥했던 그는 아내의 청을 거절할 성격이 아니었다. 그는 나약하고 자그마한 여자가 저지르는 바보 같은 짓이라면 흐뭇해하면서 지켜보고는 그녀의 어리석음과 허영을 사랑스러운 말로 꾸짖을 그런 남자였다. 하지만 스칼렛이 노리는 대상들은 상상조차 못 할 정도였다.

예를 들면 제재소가 그렇다. 그의 질문에 다정한 미소를 짓고 대답하면서, 제재소를 그녀가 직접 운영하겠다고 말했을 때, 그는 숨이 막히는 듯한 충격을 받았다. 〈난 목재업에 투신해 보겠어요〉라고 그녀는 말했다. 프랭크는 그 순간의 공포를 절대로 잊지 못하리라. 아내가 사업에 뛰어들다니! 그것은 상상도 못 할 일이었다. 애틀랜타에서는 사업을 하는 여자가 한 명도 없었다. 사실상 프랭크는 어디서이거나 여자가 사업을 한다는 얘기를 한 번도 들어 보지를 못했다. 비록 이렇게 살기가 어려운 시절이어서 식구들을 돕기 위해 어쩔 도리 없이 돈벌이를 해야 하는 불우한 처지를 당했더라도, 그들은 메리웨더 부인처럼 빵을 굽거나, 엘싱 부인이나 패니처럼 사기그릇에다 그림을 그려 넣고 바느질을 하고 하숙을 치거나, 미드 부인처럼 학교에서 가르치거나, 보넬 부인처럼 음악 강습을 하는 따위, 여자답게 조용한 방법으로 생활에 보탬을 주었다. 그들은 돈을 벌기는 했지만 여자가 마땅히 그래야 하듯이 집 안에 머물렀다. 하지만 여자가 가정의 보호를 벗어나 남자들의 거친 세계로 뛰어들어 모욕과 소문의 대상으로 노출되고, 그들과 어깨를 맞대고 사업에서 경쟁을 벌이다니……. 더구나 그녀를 충분히 먹여 살릴 능력을 갖춘 남편을 얻어서, 그럴 필요가 없는데도 말이다!

프랭크는 그녀가 장난을 치거나, 좋은 취향의 농담은 아닐지언정 어쨌든 농담으로 그런 말을 했기를 바랐지만, 아내의 얘기가 진담이었음을 곧 깨닫게 되었다. 그녀는 정말로 제재소를 운영했다. 그녀는 프랭크보다도 일찍 일어나서, 복숭아나무 거리를 마차를 몰아 시내를 벗어났고, 그가 가게 문을 닫고 저녁을 먹으러 피티 고모의 집으로 돌아간 한참 후에까지도 돌아오지 않는 일이 빈번했다. 그녀는 못마땅해하는 피터 아저씨의 보호만 받으며 제재소까지 먼 길을 마차를 타고 갔는데, 그곳 숲에는 해방된 깜둥이들과 양키 뜨내기들이 우글거렸다. 상점 때문에 시간을 몽땅 빼앗겨 프랭크는 그녀와 동행할 짬이 없었지만, 그가 불평이라도 하면 스칼렛은 퉁명스럽게 대답했다. 「만일 내가 미꾸라지 같은 존슨 녀석에게서 잠시라도 눈을 떼었다 하면, 그놈은 목재를 훔쳐다 팔아서 돈을 제 호주머니에 처넣고 말아요. 나 대신에 제재소 운영을 맡겨도 될 훌륭한 사람을 구하고 나면 이렇게까지 자주 나갈 필요가 없어지겠죠. 그러면 난 시내에서 목재를 팔 시간도 날 거예요.」

시내에서 목재를 팔다니! 그것은 최악의 사태였다. 아닌게 아니라 그녀는 제재소에 나가는 대신 자주 하루쯤 시간을 내어 목재를 팔러 돌아다녔고, 그런 날이면 프랭크는 아무도 그를 보지 않게 가게의 컴컴한 뒷방에 숨어 버리고 싶은 심정이었다. 아내가 목재를 팔다니!

그리고 사람들은 아내에 관해서 심한 소리를 주고받았다. 그토록 여자답지 못한 행동을 하도록 허락했다고 해서 아마도 그들은 프랭크 얘기도 수군거리리라. 계산대를 사이에 두고 손님들을 대할 때 그들이 〈나 조금 아까 어디어디서 케네디 부인을 보았어요⋯⋯〉라는 소리를 하면 그는 당황해서 어쩔 줄을 몰랐다. 그녀가 무엇을 하고 돌아다니는지 그에게 알려 주기 위해서 사람들은 수고를 아끼지 않았다. 새로 호텔을 짓는 곳에서 어떤 일이 벌어졌었는지도 그들은 수군거렸다. 토미 웰번이 다른 사람에게서 목재를 좀 사려고 할 때 마침 마차를 타고 지나가다가 거래 현장을 본 스칼렛은, 거친 아일랜드 석공들이 주춧돌을 놓던 공사장 한가운데에 마차를 세우고 내리더니, 토미에게 잘못하면 그가 바가지를 쓰게 되리라는 얘기를 간단하게 해주었다. 그녀는 자기 제재소의 목재가 질도 훨씬 좋고 값도 싸다면서, 그것을 증명하기 위해 머릿속에 외워 두었던 숫자들을 한참 따져 보더니, 즉석에서 당장 그에게 견적을 뽑아 주었다. 얼굴도 모르는 거친 노동자들 속으로 그녀가 나섰다는 짓만 해도 기가 막힐 노릇인데, 그런 정도로 계산을 뽑아낼 만한 능력을 남들 앞에서 보여 주었다는 것은 더욱 곤란한 일이었다. 토미가 그녀의 견적을 받아들이고 주문을 한 다음에도, 스칼렛은 얌전히 그곳에서 얼른 떠나지 않고 노닥거리며 돌아다니다가, 평판이 아주 나쁘고, 왜소하고, 다루기 힘든 남자이며 아일랜드 노무자들의 십장인 조니 갤러거와 얘기를 나누었다. 시내에서는 몇 주일 동안이나 이 소문이 사람들 입에 오르내렸다.

그뿐 아니라, 아내는 실제로 제재소에서 돈을 벌어들였으며, 그토록 여자답지 않은 활동을 통해서 아내가 성공을 거둔다면, 떳떳한 기분을 느낄 남편은 아무도 없으리라. 그런가 하면 그녀는 돈을 전부는커녕 일부도 가게에서 쓰라고 그에게 넘겨주지 않았다. 그녀가 벌어들인 돈은 대부분 타라 농장으로 보냈고, 그녀는 어디어디에 돈을 써야 한다는 한없이 긴 편지를 윌 벤틴에게 써 보냈다. 그리고 스칼렛은 프랭크에게 만일 타라의 수리가 끝나고 나면 담보를 잡고 돈놀이를 할 생각이라고 말했다.

「맙소사! 맙소사!」 그녀의 계획이 생각날 때마다 프랭크는 앓는 소리를 했다. 여자란 담보가 무엇인지조차 알 필요가 없었다.

스칼렛은 요즈음 갖가지 계획을 세웠고, 프랭크가 보기에는 그녀의 계획들이 저마다 날이 갈수록 점점 더 질이 나빠졌다. 심지어 그녀는 셔먼의 군대가 불을 지르기 전에 그녀의 창고가 서 있던 터에 술집을 짓겠다는 얘기도 했다. 프랭크는 금주를 주장하는 사람은 아니었지만, 술집 계획에는 열을 올려 반대했다. 술집 건물을 소유하면 재수가 없고 나쁜 사업이었으며, 집을 매음굴로 세주는 만큼이나 좋지 않은 경우였다. 그것이 어째서 나쁘냐는 설명을 그는 스칼렛에게 제대로 해줄 말주변이 없었고, 그가 서투른 논리를 앞세워 따지려고 하자 그녀가 말했다. 「말도 안 되는 소린 집어치워요!」

「술집에 세를 주면 항상 틀림이 없어요. 헨리 큰아버님이 그러셨죠.」 스칼렛이 그에게 말했다. 「그들은 집세를 꼬박꼬박 잘 내니까, 내 말을 듣도록 해요, 프랭크, 난 팔지 못할 만큼 질이 떨어지는 목재로 돈을 별로 들이지 않고도 술집을 지을 계획이고, 그렇게 지은 건물로 집세를 많이 받으면, 집세로 들어오는 돈과 제재소에서 벌어들이는 돈, 그리고 담보를 잡고 꾸어 준 돈에서 거두어들이는 수입으로 난 제재소를 몇 개 더 살 여유가 생겨요.」

「여보, 제재소라면 당신에겐 더 이상 필요가 없어요!」 기겁을 한 프랭크가 소리쳤다. 「당신이 해야 할 일은 이미 사들인 제재소를 팔아 치우는 거예요. 그것 때문에 당신은 기진맥진하고, 그곳에서 해방된 검둥이들을 쓰느라고 얼마나 고생이 심한지는 당신도 익히 경험하고 ──」

「해방된 노예들은 확실히 쓸모가 하나도 없어요.」 제재소를 팔아 치워야 한다는 그의 암시를 철저히 무시하며 그녀가 맞장구를 쳤다. 「존슨 씨 얘기로는 아침에 출근을 하면 일꾼들이 다 나오기나 했는지 어쩐지 통 알 길이 없다는군요. 이제는 검둥이라면 믿을 수가 없게 되었어요. 하루나 이틀쯤

일을 하고 나면 번 돈을 다 쓸 때까지는 그냥 놀아 버리고, 도대체 언제 그들이 몽땅 갑자기 그만둘지 통 알 길이 없어요. 해방을 시키면 시킬수록 그건 그만큼 더 큰 범죄 행위라고 난 생각해요. 그러면 검둥이들을 망쳐 놓기만 해요. 전혀 일을 안 하는 사람들이 수천 명이나 되고, 우리들이 그나마 제재소에서 일을 시키는 검둥이들은 어찌나 게으르고 무능한지 있으나 마나라고요. 그리고 채찍으로 몇 대 치기는커녕 정신 좀 차리라고 욕이라도 했다가는 노예 해방청에서 투구 풍뎅이를 본 오리처럼 당장 덤벼들어요.」

「여보, 당신 혹시 존슨 씨가 그들을 때려도 그냥 내버려 ──」

「물론 그렇지는 않아요.」 그녀는 화를 내며 반박했다. 「그랬다가는 양키들이 나를 감옥에 잡아넣으리라는 얘기를 내가 방금 하지 않았던가요?」

「당신 아버지는 평생 검둥이에게 채찍질을 한 번도 안 했으리라고 믿어요.」 프랭크가 말했다.

「글쎄요, 꼭 한 번 때렸어요. 하루 종일 사냥을 하고 온 말을 마구간 하인이 문질러 주지 않아서 그랬죠. 하지만, 프랭크, 그때는 사정이 달랐잖아요. 해방된 노예는 또 문제가 달라서, 그들은 채찍질을 흠씬 해줘야 정신이 들 모양이에요.」

프랭크는 아내의 견해와 계획뿐 아니라, 결혼한 다음 몇 달 사이에 보여 준 변모 때문에도 놀랐다. 이것은 그가 아내로 맞아들인 여자, 연약하고 다정하며 여성다운 사람이 아니었다. 구애를 하는 짧막한 기간에 그는, 현실에 대한 반응이 그토록 매혹시킬 정도로 여성적이고, 무식하고, 소심하고, 무기력한 여자는 처음 본다고 생각했었다. 지금은 그녀의 반응이 온통 남성적이기만 했다. 여전히 볼이 발그레하고, 보조개가 들어가고, 예쁘게 미소를 짓기는 해도, 그녀는 말과 행동이 남자 같았다. 그녀의 목소리는 활기차고 단호했으며, 계집애처럼 이랬다저랬다 변덕을 피우지 않고 당장 어떤 결정을 내리고는 했다. 그녀는 자기가 원하는 바가 무엇인지를 잘 알았고, 여성의 특성에 따라 남모르게 우회하는 방법을 택하지 않고 남자처럼 가장 빠른 길을 택해서, 확실하게 목적을 성취하려고 덤벼들었다.

지금까지 줏대가 센 여자들을 프랭크가 본 적이 없다는 얘기가 아니었다. 남부의 어느 도시나 마찬가지로 애틀랜타에도 나름대로, 아무도 섣불리 비위를 거스르지 못할 여장부들이 여럿이었다. 건장한 메리웨더 부인보다 위압적인 여자는 또 없었고, 연약한 엘싱 부인보다 위세가 당당한 여자나, 머리는 백발에 목소리가 상냥하면서도 화이팅 부인보다 자신의 목적을 달성하는 기교가 뛰어난 여자는 또 없었다. 하지만 이들은 뜻을 달성하기 위해 무슨 수단을 동원하든지 간에, 항상 여성적인 방법을 택했다. 그들은 남자들에게 이끌리건 안 이끌리건 간에, 꼭 남자들의 견해만큼은 존중하려고 애썼다. 그들은 남자가 하는 말을 순순히 따르는 듯한 겸양을 보였으며, 바로 그것이 중요한 점이었다. 하지만 스칼렛을 이끄는 사람은 아무도 없고, 오직 그녀 자신뿐이었으며, 남성적인 방법으로 만사를 처리해서 온 도시 사람들이 그녀 얘기를 수군거리기에 이르렀다.

〈그리고 아내가 그토록 여성답지 못하게 처신해도 그냥 내버려 둔다고 내 얘기도 아마 많이들 하겠지.〉 프랭크는 비참하게 생각했다.

그런가 하면 버틀러라는 남자도 문제였다. 피티 고모 집으로 그가 자주 찾아온다는 사실이 그에게는 더할 나위 없는 모욕이었다. 프랭크는 전쟁이 터지기 전, 그와 거래를 하던 시절부터 이미 그를 싫어했었다. 그는 레트를 열두 참나무 집으로 데리고 가서 친구들에게 소개했던 날을 저주했다. 그는 전쟁 동안에 투기를 하느라고 보여 주었던 레트의 냉혹한 행동과, 군대에 가지 않았었다는 사실 때문에 그를 경멸했다. 레트가 여덟 달 동안 남부 동맹을 위해 복무했다는 사실을 아는 사람은 스칼렛 혼자뿐이었는데, 레트는 일부러 걱정스러운 척하며 그가 저지른 〈수치스러운 행동〉을 어느 누구에게도 폭로하지 말라고 그녀에게 부탁했었다. 프랭크가 무엇보다도 그를 경멸하게 된 이유는, 같은 상황에 처했을 때 불로크 제독[59]이나 다른 정직한 사람들은 수천 달러를 남부 동맹의 국고로 반납했는데도 레트는 그가 보관했던 황금을 내놓지 않았기 때문이었다. 하지만 프랭크가 좋아하건 말건 레트는 자주 찾아왔다.

겉으로 그는 미스 피티를 방문하는 듯 행동했고, 그녀는 그렇다고 믿을 만큼밖에는 머리가 돌아가지를 않아서, 레트가 찾아오기만 하면 온갖 수선을 떨고는 했다. 하지만 프랭크는 그가 노리고 찾아오는 대상이 미스 피티가 아니라는 거북한 기분을 느꼈다. 어린 웨이드는 대부분의 사람들에게는 낯을 가리면서도 레트를 무척 따라서 그를 〈레트 아저씨〉라고 불렀고, 프랭크는 그것도 비위가 상했다. 그리고 프랭크는 전쟁 동안 레트가 스칼렛을 동반하고 다녔으며, 당시에 두 사람에 관해서 나돌았던 소문이 자꾸만 머리에 떠올랐다. 그는 요즈음이라면 그런 처신에 대해서 훨씬 심한 얘기가 나돌지도 모른다고 상상했다. 제재소 일을 놓고 스칼렛의 처신에 대해서 그토록 말이 많았는데도 그의 친구들 중에는 그런 얘기를 프랭크에게 전할 용기를 보인 사람이 아무도 없었다.

59 남북 전쟁 당시 영국과 프랑스에서 남부 동맹의 대행인이었다.

하지만 프랭크는 식사와 파티에 그와 스칼렛이 초청되는 횟수가 점점 드물어지고, 그들을 찾아오는 사람도 차츰 줄어들었다는 사실을 의식하지 않을 수가 없었다. 스칼렛은 대부분의 이웃을 싫어했으며, 제재소 일이 너무 바빠 좋아하는 사람들조차 만나려고 들지 않았으므로, 사람들의 왕래가 없더라도 신경을 쓰지 않았다. 하지만 프랭크는 그것을 예민하게 느꼈다.

평생 동안 프랭크는 〈이웃들이 뭐라고 할까?〉라는 두려움을 안고 살아왔으며, 그래서 그는 걸핏하면 예의범절을 무시하는 아내가 유발하는 충격에 대해서 속수무책이었다. 그는 이웃들이 스칼렛을 못마땅하게 여기고, 아내가 여자다움을 저버리게 그냥 내버려 두었다고 해서 그를 경멸하리라고 느꼈다. 프랭크의 관점에서 보면 스칼렛은 남편이 용납해서는 안 될 짓을 정말로 많이 범했지만, 만일 그러지 말라고 명령을 내리거나, 따지고 덤비거나, 심지어는 비판만 해도 그에게는 벼락이 떨어졌다.

〈맙소사! 맙소사!〉 그는 맥이 풀려 생각했다. 〈이렇게 빨리 화를 내고, 또 일단 화를 내면 그렇게 오래가는 여잔 난 처음 보겠어!〉

만사가 지극히 즐거울 때까지도, 집 안을 돌아다니며 콧노래를 부르던 다정하고 장난스러운 아내가, 얼마나 놀라울 정도로 철저하게, 얼마나 빨리 완전히 다른 사람으로 변모하는지를 보면 어안이 벙벙할 지경이었다. 프랭크가 〈나 같으면 그런 경우에는 차라리 ──〉라는 소리만 입 밖에 꺼내도 당장 태풍이 휘몰아쳤다.

그녀의 검은 눈썹이 직각을 이루며 어느새 코 위에서 맞닿았고, 그러면 프랭크는 눈에 띌 정도로 몸을 움츠렸다. 그녀는 타타르 사람 같은 성미에 들고양이처럼 분노에 휘말려서, 그럴 때면 자신이 무슨 말을 하는지, 그리고 그런 말이 얼마나 마음을 아프게 하는지 신경조차 쓰지 않는 듯싶었다. 그런 경우에는 음산한 분위기가 집 안에 서렸다. 그러면 프랭크는 일찍 상점으로 나가서 늦게까지 그곳에서 시간을 보냈다. 피티는 헐떡거리며 굴로 찾아 들어가는 토끼처럼 침실로 뛰어 들어갔다. 웨이드와 피터 아저씨는 마차를 두는 별채로 들어가 숨었그, 쿠키는 부엌에서 나오지도 않고 하느님을 찬송하는 노래를 부르려고 목청을 높이는 것도 삼갔다. 어멈한 사람만이 스칼렛의 성미를 느긋하게 참아 냈는데, 어멈은 제럴드 오하라와 그의 폭발적인 성격으로부터 여러 해 동안 훈련을 쌓은 몸이었다.

스칼렛으로토서는 이우 없이 자주 발끈하는 성미를 부릴 생각은 없었다. 더구나 그가 타라 농장을 구하는 데 도움이 되어 고맙게 여겼으므로, 프랭크를 위해 정말 훌륭한 아내가 되고 싶었다. 하지만 그는 정말로 자주, 그리고 정말 여러 가지 방법으로 그녀의 인내심을 폭발 직전까지 몰고 갔다.

스칼렛은 자기가 멋대로 굴도록 그냥 내버려 두는 남자라면 절대로 존경할 마음이 없었고, 그녀의 앞에서나 또는 다른 사람들 앞에서 달갑지 않은 무슨 상황에 처했을 때 프랭크가 보여 준 소심하고 주춤거리던 태도는 참기 어려울 정도로 그녀의 신경을 자극했다. 하지만 돈 문제도 어느 정도 해결되어서 이제는 스칼렛이 그런 정도는 그냥 넘겨 버리고 행복해질 여유도 충분했지만, 프랭크는 훌륭한 사업가가 못 될 인물일 뿐 아니라 그녀가 훌륭한 사업가로 성공하기를 원치 않는다는 기미를 보여 주는 여러 사건을 겪을 때마다, 끊임없이 새로워지는 분노만큼은 어쩔 도리가 없었다.

그녀가 예상했던 대로 프랭크는 그녀가 강제로 밀어내다시피 할 때까지는 외상값을 받아 내려고 하지도 않았고, 막상 받으려고 나선 다음에도 미안하다는 듯 건성으로 돌아다녔다. 그가 취한 행동은 그녀가 벌기로 작정한 돈을 자신이 직접 벌기 전에는 케네디 집안이 겨우 먹고살아 가는 이상의 삶을 영위하지 못하리라는 사실을 그녀에게 보여 준 결정적인 증거였다. 그녀는 이제, 죽을 때까지, 지저분하고 작은 가게 하나에 매달려 빈둥거리며 살아가는 데 프랭크가 만족하리라고 판단했다. 그들이 얼마나 하찮은 생활 수단에 의존하는지를, 그리고 새로운 재앙들로부터 보호받을 유일한 길이란 오직 돈뿐인 이런 험난한 시대에는 돈벌이가 얼마나 중요한지를 그는 의식하지 못하는 듯싶었다.

프랭크는 전쟁이 터지기 전 편했던 시절에는 사업가로 성공했을지도 모르겠지만, 그녀가 생각하기에는 정말 짜증스러울 정도로 고리타분했고, 옛 시절과 옛날의 생활 방식이 사라지고 난 다음에도 옛날식으로 일을 처리하겠다고 고집을 부렸다. 그는 이런 가혹한 시기에 필요한 적극성이 철저하게 결여되었다. 그렇다, 그녀에게는 적극성이 있었고, 프랭크가 좋아하건 말건 그녀는 그녀의 자질을 발휘할 작정이었다. 그들은 돈이 필요했고, 그녀는 돈을 벌었으며, 돈을 벌기는 힘든 일이었다. 그녀가 생각하기에 최소한 프랭크가 그녀에게 해줄 만한 일이라면, 좋은 결과를 거두는 중이었던 그녀의 계획에 방해가 되지 않도록 조심하는 것뿐이었다.

경험도 없었기 때문에 새 제재소를 운영하기란 그녀에게는 조금도 쉬운 일이 아니었고, 처음보다 지금은 경쟁도 훨씬 심해졌으므로 밤에 집으로 돌아올 때쯤이면 그녀는 지치고, 걱정스럽고, 화가 난 상태이기가 보통이었다. 그리고 프랭크가 미안하다는 듯 헛기침을 하면서 〈여보, 나 같으면 이러지 않겠소〉라든가 〈여보, 나 같으면 그러지 않을 거요〉라고 말하면, 분노를 터드리지 않으려고 그녀가 열심히 자제를 했어야 옳았겠지만, 스칼렛은 자제하지 않을 때가 긿았다. 스스로 용기를 내고 나가서 돈을 벌지도 못하는 주제에 왜 그는 항상 그녀의 잘못만 트집을 잡으려고 그러는가? 그리고 프랭크가 그녀에게 잔소리를 하는 내용은 대부분 너무나 한심스러웠다! 지금 같은 세상에 그녀가 여자답냐 하는 따위가 무엇이 그렇게 대수롭다는 말인가? 더구나 여자답지 않은 그녀의 제재소 운영이 그들에게, 그녀와 가족과 타라 농장, 그리고 프랭크에게도 필요한 돈을 벌어들이는 판에 말이다.

프랭크는 편안하고 조용한 삶을 바랐다. 전시에 양심적으로 복무하는 바람에 그는 건강을 해쳤고, 재산도 날아갔고, 몸도 늙어 버렸다. 그는 이런 손실을 하나도 후회하지 않았고, 4년 동안 전쟁을 치르고 나서 그가 삶으로부터 요구하던 바는 평화와 친절함, 주변 사람들의 사랑과 친구들의 호의가 전부였다. 그는 가정의 평화를 위해서는 대가를 치러야 함을 곧 깨닫게 되었고, 그가 치를 대가란 스칼렛이 무슨 짓을 하고 싶어 하건 마음대로 내버려 두어야 한다는 체념이었다. 그래서, 지쳤기 때문에, 그는 스칼렛의 조건을 수락함으로써 평화를 얻은 셈이었다. 때때로 그는, 쌀쌀한 날 저녁에 앞문을 열고 그녀가 들어오거나, 그의 귀나 코나 어떤 다른 엉뚱한 곳에다 그녀가 키스를 하거나, 따스한 이불 밑에서 밤에 그녀가 졸리다며 머리를 어깨로 디밀 때면, 아내의 기분을 맞춰 준 보람이 충분하다고 생각했다. 스칼렛으로 하여금 마음대로 하게만 해주면 가정생활은 참으로 즐거웠다. 하지만 그가 얻은 평화는 결혼 생활에서 그가 옳다고 믿었던 가치관을 희생한 대가로 얻었기 때문에, 피상적으로만 비슷하고 속은 텅 빈 평화였다.

〈여자란 가정과 가족에게 신경을 더 많이 써야 하고, 남자처럼 설치고 돌아다니면 안 되는데.〉 그는 생각했다. 〈그러니까 만일 아기를 낳기만 하면 —.〉

아기를 생각하고 그는 미소를 지었는데, 그는 아기 생각을 무척 자주 했다. 스칼렛은 아기를 원하지 않는다고 지극히 노골적으로 뜻을 밝혔지만, 하기야 아기란 어서 낳아야 되겠다 싶을 때까지 기다렸다가 나오는 일이 별로 없었다. 프랭크는 아기를 낳기 싫다고 하는 여자들이 많다고 알았지만, 그것은 하나같이 어리석고 두렵기 때문에 하는 소리였다. 일단 낳게만 되면 스칼렛은 아기를 사랑하고, 집에서 지내며 다른 여자들처럼 아기를 기르는 생활에 만족하리라. 그러면 스칼렛은 자연히 제재소를 팔겠고, 그의 고민은 끝나리라. 여자들이 완전한 행복을 얻기 위해서는 아기만 낳으면 그만이었고, 프랭크는 스칼렛이 행복하지 않다는 사실을 알았다. 여자들에게 관해서 비록 아는 바가 없기는 했어도 그는 아내가 때때로 불행하다고 느낀다는 눈치를 채지 못할 정도로 장님은 아니었다.

가끔 그는 밤중에 일어나서 베개에 얼굴을 파묻고 흐느껴 우는 나지막한 소리를 들었다. 처음 그가 잠이 깨어 아내가 흐느껴 우는 바람에 침대가 흔들린다고 느꼈을 때, 그는 놀라서 〈여보, 왜 그래요?〉라고 물었는데, 그랬더니 스칼렛은 화를 벌컥 내며 〈날 그냥 내버려 둬요!〉라고 소리를 질렀다.

그렇다, 아기가 생기면 그녀는 행복해지겠고, 쓸데없이 벌여 놓은 사업으로부터 관심을 돌리게 되리라. 프랭크는 가끔

자신의 처지로서는 굴뚝새 정도라도 얼마든지 만족할 입장
인데, 온통 타오르는 듯하며 보석처럼 빛깔이 영롱한 열대의
새 한 마리를 어쩌다 잡았다는 생각이 들어 한숨을 지었
다. 사실 그에게는 굴뚝새 쪽이 훨씬 좋았으리라.

제37장

　비가 내리던 4월의 어느 날 밤에, 잔뜩 지쳐서 입에 거품을 문 말을 몰고 존즈버러에서 달려온 토니 폰테인이 그들의 집 문을 두드리는 바람에, 그녀와 프랭크는 기겁을 해서 잠이 깨었다. 그러자 넉 달 만에 두 번째로 스칼렛은, 재편입이 의미하는 복합적인 요소가 무엇인지를 뼈아프게 인식했고, 〈우리들의 고생은 이제 막 시작된 셈이죠〉라고 말했을 때의 윌이 어떤 생각을 했었는지를 더욱 완전하게 이해했고, 바람이 휘몰아치는 타라 농장의 과수원에서 〈우리가 당면한 현실은 전쟁보다도 고통스럽고, 수용소보다도 고통스럽고, 고통스럽다〉고 애슐리가 했던 음울한 말의 뜻을 알게 되었다.

　그녀가 재편입을 처음 정면으로 부딪쳤던 때는, 양키들의 도움을 받아 조너스 윌커슨이 그녀를 타라에서 축출할 힘을 갖게 되었음을 깨달았던 순간이었다. 하지만 토니의 방문은 그런 현실을 훨씬 더 무서운 방법으로 그녀에게 깨우쳐 주었다. 토니는 억수처럼 퍼붓는 비와 어둠 속을 뚫고 찾아왔다가, 몇 분 후에는 어둠으로 영원히 사라졌지만, 그렇게 짤막한 시간 동안에 그는 새로운 공포의 장면을 보여 주는 막을, 절대로 다시는 내려오지 않으리라고 그녀가 절망적으로 느껬던 막을 올려놓고 갔다.

그토록 황급히 문을 두드리는 소리가 울리던 밤에, 폭우가 쏟아지는 밤에, 스칼렛은 목도리로 몸을 잔뜩 여미고 층계참에 서서 아래층 거실을 내려다보았는데, 토니의 거무튀튀하고 근심스러운 얼굴이 잠깐 눈에 들어왔고, 그러자 어느새 그는 앞으로 몸을 내밀더니 프랭크가 손에 든 촛불을 입으로 불어 껐다. 그녀는 서둘러 어둠 속을 내려가 축축하고 차가운 토니의 손을 잡았고, 그가 속삭이는 소리를 들었다.「놈들이 날 추적하기 때문에 — 텍사스로 가야 하는데 — 내 말이 죽기 직전이고 — 그리고 나도 굶어 죽을 지경이고요. 애슐리 얘기를 들어 보니까 당신이 — 촛불은 켜지 말아요! 검둥이들도 깨우지 말고요. ……가능하다면 난 두 사람에게 피해를 끼치고 싶지 않아요.」

부엌의 덧문을 닫고 창 가리개를 모조리 창턱까지 내린 다음에야 그는 불을 하나 켜도 좋다고 승낙하고는, 빠른 속도로 두서없이 프랭크에게 얘기를 했고, 그러는 사이에 스칼렛은 분주하게 돌아다니며 그가 먹을 식사를 대충 마련했다.

그는 외투를 입지 않아서 온몸이 비에 흠뻑 젖었다. 그는 모자도 쓰지 않았고, 검은 머리카락은 작은 두개골에 찰싹 달라붙었다. 폰테인 댁 청년들 특유의 쾌활한 표정조차도 사라진 그의 작고 떨리는 눈에서도, 그녀가 가져다준 위스키를 삼켜 버리는 동안, 싸늘한 분위기만 자아낼 뿐이었다. 스칼렛은 피티팻 고모가 위층에서 세상모르고 코를 골며 잠들었음을 하느님에게 감사했다. 이런 유령 같은 꼴을 봤더라면 그녀는 틀림없이 또다시 기절하고 말았으리라.

「망할 놈의 개새 — 스캘라왜 한 놈을 처치했죠.」술을 한 잔 더 달라고 잔을 내밀며 토니가 말했다. 「난 정신없이 말을 달렸고, 얼른 여기서 빠져나가지 않았다가는 목숨을 잃겠지만, 그만한 보람은 있었어요. 예, 보람이 있고말고요! 난 텍사스로 가서 그곳에 숨어서 지낼 생각이죠. 존즈버러에는 애슐리가 나와 같이 갔었는데, 나더러 이곳으로 찾아가라고 했어요. 가서 말을 한 필 더 가져오고, 프랭크, 돈도 좀 필요해요. 여기까지 쉬지 않고 죽어라 달렸더니, 내 말은 거의 죽은 말이나 마찬가지고, 바보같이 난 오늘 집에서 나올 때 지옥에서 도망치는 박쥐처럼 외투나 모자는 물론, 돈 한 푼 없이 나오고 말았어요. 하기야 우리 집에는 돈도 별로 없지만요.」

그는 웃으면서 고깃국물이 허연 꺼풀처럼 엉겨 붙은 차가운 무 잎과 다 식은 옥수수빵에 게걸스럽게 덤벼들었다.

「내 말을 타고 가요.」 프랭크가 차분하게 말했다. 「난 가진 돈이라고는 10달러밖에 없지만, 아침까지 기다리면 ─」

「천만에, 난 기다릴 여유가 없어요!」 황급하지만 유쾌하게 토니가 말했다. 「아마 바로 뒤에서 놈들이 날 쫓아오는지도 몰라요. 난 그렇게 많이 앞서지는 못했으니까요. 애슐리가 날 그곳에서 끌어내어 말에 태우지만 않았더라면 난 아마 멍청하게 그냥 머뭇거리다가 붙잡혀, 지금쯤은 목이 매달렸겠죠. 애슐리는 참 좋은 친구예요.」

그러니까 오늘의 무시무시한 수수께끼에는 애슐리도 관련되었다. 스칼렛은 온몸이 오싹해져서 손으로 목을 잡았다. 양키들이 지금쯤 애슐리를 체포해 놓지는 않았을까? 왜, 왜 프랭크는 이것이 어찌 된 일인지 자초지종을 물어보지 않을까? 왜 그는 토니의 얘기를 그토록 냉정하게, 그토록 당연지사처럼 받아들일까? 그녀는 질문을 하려고 했다.

「무엇이 ─」 그녀는 말문을 열었다. 「누가 ─」

「전에 당신 아버지 밑에서 일하던 노예 감독 ─ 그 망할 놈의 — 조너스 윌커슨 때문이죠.」

「그럼 토니가 — 그 사람 죽었나요?」

「물론이죠, 스칼렛 오하라!」 토니가 발끈해서 말했다. 「내가 누구한테 일단 칼질을 했다 하면, 칼날이 없는 쪽으로 긁어 대기만 하는 정도로 만족하리라고는 생각하지 않으시겠죠, 안 그래요? 그럼요, 제기랄, 갈가리 찢어 놓았어요.」

「잘했어요.」 프랭크가 느긋하게 말했다. 「난 그 친구 전혀 좋아하지 않았으니까요.」

스칼렛은 그를 쳐다보았다. 남편은 그녀가 잘 아는 고분고분한 프랭크, 그토록 간단히 그녀가 못살게 굴었던 남자, 초조하게 수염이나 뜯어 대는 남자가 아니었다. 그에게서는 산뜻하고도 침착한 분위기가 풍겼고, 불필요한 말은 한마디도 없이, 지금의 긴급한 사태에 대처했다. 그는 남자였고, 토니도 남자였으며, 폭력이 관련된 이런 상황은 여자가 참견하지 못할 남자들의 일이었다.

「하지만 애슐리는 — 그분은 —」

「아니에요. 애슐리가 놈을 죽이고 싶어 했지만, 샐리는 우리 형수님이니까 그건 내 권리라고 설명했더니, 결국은 납득했죠. 애슐리는 혹시 윌커슨에게 내가 먼저 당하는 경우를 생각해서 나하고 같이 존즈버러까지 갔었어요. 하지만 내 생각엔 애슐리는 조금도 걱정하지 않아도 되겠어요. 그렇기만 바라요. 옥수수빵에 발라 먹을 잼 좀 없어요? 그리고 내가 가지고 가도록 뭣 좀 싸주시지 않겠어요?」

「얘기를 다 해주지 않으면 난 소리를 지르겠어요.」

「소리를 지르고 싶더라도 내가 떠난 다음에나 질러요. 프랭크가 안장을 놓는 동안 내가 얘기해 줄 테니까요. 망할 놈의 — 윌커슨은 그렇지 않아도 말썽을 많이 피우던 작자였죠. 세금을 놓고 그놈이 얼마나 귀찮게 구는지 직접 당해 보셨잖아요? 그만하면 놈이 못된 짓을 얼마나 많이 저질렀는지 쉽게 짐작이 가겠죠. 가장 나쁜 짓은 검둥이들을 자꾸만 선동했다는 거예요. 내가 검둥이들을 미워하게 될 날이 오리라는 걸 도대체 누가 알았겠어요? 멍청한 검둥이 녀석들은 양키 악당들이 하는 얘기를 모조리 믿고, 우리가 그들에게 해준 일은 몽땅 다 잊어버리죠. 이제는 검둥이들에게 투표권을 주겠다고 양키들이 떠들어 댑니다. 그리고 우리들에게는 투표를 못 하게 하려고 그래요. 맞아요, 남군으로 싸웠던 사람들을 전부 제외시키고 나니까, 이제는 카운티 전체에서 투표권을 박탈당하지 않은 민주당 지지자라고는 한 줌도 제대로 안 되겠어요. 그리고 놈들이 검둥이에게 투표권을 주면 우린 끝장이 나요. 제기랄, 여기는 우리들의 주예요! 조지아 주는 양키들의 소유가 아닙니다! 맙소사, 스칼렛, 그건 참지 못할 일이에요! 그리고 우린 참지도 않겠고요! 또 한 번 전쟁을 일으키는 한이 있더라도 우린 뭔가 손을 써야 해요. 머지 않아 검둥이 판사에 검둥이 입법부 의원들도 나오고 ― 밀림에서 나온 검둥이 유인원들이 ―」

「제발, 어서 하던 얘기나 해요! 토니가 어떻게 했나요?」

「그 빵을 싸기 전에 한 입 더 이리 주세요. 뭡니까, 검둥이 동등권 문제로 윌커슨이 약간 지나치게 설친다는 말이 돌았어요. 아, 그럼요, 그놈은 검둥이 바보들을 모아 놓고 몇 시간씩 그런 얘기를 늘어놓았죠. 그놈이 감히 ― 감히 ―」 토니는 감정을 가누지 못해서 침을 튀기며 말을 더듬었다. 「검둥이들이 ― 그들이 ― 백인 여자와 그럴 권리도 있다는 소리를 했어요.」

「오, 토니, 그럴 리가!」

「하느님의 이름으로 맹세컨대, 그건 사실이에요. 스칼렛이 그렇게 속이 뒤집히는 표정을 짓더라도 무리가 아니죠. 하지만, 제기랄, 스칼렛, 이런 얘기를 처음 듣는 건 아닐 테죠. 이곳 애틀랜타에서도 놈들이 똑같은 소리를 했으니까요.」

「난 — 난 몰랐어요.」

「글쎄요, 프랭크가 스칼렛에게는 그런 얘기를 하지 않았던 모양이군요. 어쨌든 그런 일이 벌어진 이후에 우리들은 윌커슨을 밤에 슬그머니 찾아가서 버릇을 고쳐 줘야 되겠다고 얘기했던 참인데, 우리들이 미처 계획을 실천하기도 전에 — 우리 농장의 노예 십장이었던 검둥이 청년 유스티스를 기억하죠?」

「예.」

「그놈이 오늘 샐리가 저녁 준비를 하는 사이에 부엌문으로 들어와서는 그 — 놈이 샐리에게 무슨 말을 했는지는 모르겠어요. 아마 이제는 절대로 알아내지 못할 테지만요. 하지만 그놈이 무슨 못된 말을 했고, 샐리가 비명을 지르는 소리를 듣고 내가 부엌으로 뛰어 들어가 보니, 그놈이 꼭 암내 맡은 개새끼처럼 취해서 — 실례했어요, 스칼렛. 나도 모르게 그런 상스러운 말이 튀어나왔군요.」

「얘기나 계속해요.」

「난 그놈을 쏘고는 어머니가 샐리를 돌봐 주려고 달려 들어온 다음에 말을 잡아타고 윌커슨을 잡으러 존즈버러로 출발했어요. 그놈 탓이었으니까요. 윌커슨만 없었더라면 망할 놈의 검둥이 바보는 절대로 그런 생각을 하지도 않았겠죠. 그리고 타라 농장을 지나가는 길에 난 애슐리를 만났고, 물론 애슐리는 나하고 동행했죠. 그는 타라 농장을 놓고 그놈이 보여 준 행실 때문에 자기가 윌커슨을 처치해야 된다고 그랬지만, 난 샐리가 죽은 우리 형의 아내이기 때문에 안 된다, 그건 내가 할 일이다 하며 옥신각신 따지면서 길을 갔어요. 그리고 존즈버러에 도착해서 보니까, 하느님 맙소사, 권총도 안 가지고 왔지 뭡니까. 난 총을 마구간에 두고 온 거예요. 어찌나 화가 났었는지 나는 그만 깜박 ──」

그는 잠깐 말을 멈추고 딱딱한 빵을 잘근잘근 씹었고, 스칼렛은 온몸이 오싹해졌다. 폰테인 집안사람들의 살인적인 분노는 이번 사건이 벌어지기 오래전에 이미 카운티의 역사에서 한 부분을 이루었다.

「그래서 난 칼을 가지고 그를 찾아갈 수밖에 없었어요. 난 술집에서 그놈을 찾아냈어요. 다른 사람들이 끼어들지 못하도록 애슐리가 막아 주는 동안에 난 그를 구석으로 몰아넣고, 내가 왜 이러는지를 설명한 다음, 그놈을 쑤셨어요. 그래요, 눈 깜짝할 사이에 다 끝나 버렸죠.」 당시의 장면을 머릿속에서 되새기며 토니가 말했다. 「내가 정신을 차린 것은 애슐리가 나를 말에 태우고 이리로 찾아가라고 일러 주었을 때였죠. 애슐리는 위기에 처했을 때 훌륭한 면을 보여 주는 사람이에요. 침착하게 사리 판단을 잘하니까요.」

프랭크가 큰 외투를 팔에 걸치고 들어와서 토니에게 넘겨 주었다. 프랭크에게는 두꺼운 외투가 그것 한 벌뿐이었지만, 스칼렛은 아무런 불평도 하지 않았다. 그녀는 순전히 남성들만이 관련된 사건과는 자신이 동떨어진 존재라고 믿었다.

「하지만 토니 ── 집에서는 토니가 필요할 텐데요. 만일 토니가 돌아가서 잘 설명하면 틀림없이 ──」

「프랭크, 당신은 바보하고 결혼했군요.」 외투를 입느라고 낑낑거리면서 토니가 히죽 웃더니 말했다. 「스칼렛은 검둥이들이 손대지 못하도록 내가 여자들을 보호했다며 양키들이 보상금이라도 주는 줄 아나 봐요. 아무렴요, 즉결 재판을 거쳐 목을 매다는 정도의 보상은 하겠죠. 나한테 키스를 해줘요, 스칼렛. 프랭크도 기분 나쁘다고 하진 않을 테고, 난 다시는 당신을 만나지 못할지도 모르니까요. 텍사스는 먼 곳이랍니다. 난 섣불리 편지를 쓰는 짓은 안 할 테니까, 우리 집 식구들한테 내가 여기까지는 무사히 왔다고만 알려 줘요.」

스칼렛은 그가 키스를 하도록 그냥 내버려 두었고, 두 남자는 억세게 빗발이 쏟아지는 밖으로 나가 잠깐 동안 뒤쪽 포치에 서서 얘기를 나누었다. 그러자 스칼렛은 갑자기 물을 튀기는 말발굽 소리를 들었고, 토니는 가버렸다. 그녀는 문을 빠끔히 열고는, 헉헉거리면서 비틀거리는 말을 마차를 보관하는 별채로 끌고 가는 프랭크를 보았다. 그녀는 다시 문을 닫고, 무릎을 꺾으며 자리에 앉았다.

그제야 그녀는 재편입이 무엇을 의미하는지를 알았고, 클라웃 바지[60] 차림의 벌거숭이 야만인들에게 집이 포위된 상황과 다를 바가 없다는 사실도 알았다. 그녀가 듣기는 했어도 신경을 써서 귀를 기울이지는 않았던 대화들, 그녀가 방으로 들어서면 반쯤 하다가 말고 주춤하던 남자들의 얘기, 당시에는 그녀가 아무런 중요성도 파악하지 못했던 사소한 사건들, 기운도 없는 피터 아저씨의 보호만 받으며 마차를 타고 제재소로 나가서는 안 된다던 프랭크의 헛된 경고 따위, 최근에 그녀가 거의 신경 쓰지 않았던 많은 사항들이 이제야 왈칵 그녀의 머릿속에서 한꺼번에 되살아났다. 이제야 그것들은 서로 앞뒤가 맞아떨어지며 무시무시한 한 폭의 그림을 이루었다.

흑인들이 꼭대기에 군림했고, 그들의 뒤에는 양키의 총검

60 인디언들이 입는 샅타구니만 가리는 기저귀 같은 하의.

들이 버티고 있었다. 그녀는 죽을지도 모르고, 강간을 당할지도 모르고, 그래도 아무런 조처가 뒤따르지 않을 가능성이 무척 많았다. 그리고 그녀를 위해 복수를 하는 사람은 누구나 판사와 배심원에 의한 재판의 혜택도 없이 양키들의 손에 교수형을 당하리라. 법에 관해서는 아무것도 모르고 범죄의 정황에 대해서는 더욱 관심이 없는 양키 장교들은, 재판을 여는 흉내만 낸 다음, 남부인의 목에다 올가미를 씌우리라.

〈우린 어떻게 해야 하나?〉 절망적인 두려움의 고뇌에 빠져 두 손을 비비 틀며 그녀는 생각했다. 〈집안의 여자들을 보호하기 위해서, 술에 취한 놈팽이와 불한당 같은 스캘라웩을 죽였다고 해서, 토니처럼 착한 청년을 교수형에 처하는 악마들을 어떻게 하겠는가?〉

「그건 그냥 참고 넘어가서는 안 될 일이에요!」 토니가 외친 말이 옳았다. 그것은 참고 넘어가서는 안 될 일이었다. 하지만 무기력한 그들로서는 그냥 참고 견디는 수밖에 다른 도리가 없지 않은가? 그녀는 주체하기 어려울 정도로 떨기 시작했고, 평생 처음으로 스칼렛은 사람들과 사건들을 객관적인 엄연한 사실로서 받아들이고 이해했으며, 무기력하고 겁에 질린 스칼렛은 그녀 자신만이 중요한 존재는 아니라는 진실을 분명하게 깨달았다. 남부의 각처에는 그녀처럼 겁에 질리고 무기력한 여자가 수없이 많았다. 그리고 애포마톡스에서 무기를 놓았던 수많은 남자들이 그들을 보호하기 위해 다시금 총을 들었고, 당장이라도 명령만 떨어지면 목숨을 걸 준비를 갖추었다.

토니의 얼굴에 나타났던 어떤 표정이 프랭크의 얼굴에도 투영되었는데, 애틀랜타의 다른 남자들에게서도 최근에 보았던 비슷한 표정을 그녀는 막연히 의식했어도 구태여 애써서 분석하려고 들지는 않았었다. 그것은 패전한 다음에 전쟁 터에서 고향으로 돌아오는 남자들의 얼굴에서 보았던 지치고 무기력한 표정과는 엄청나게 달랐다. 그들은 고향으로 돌아가는 목적 이외에는 무엇에 대해서도 관심이 없었다. 이제 그들은 다시금 무엇인가 관심을 쏟기 시작했고, 마비되었던 신경이 되살아나는 중이었으며, 옛날의 기백이 타오르기 시작했다. 그들의 내면에서는 냉정하고 무자비한 고통과 더불어 의식이 되살아나려고 했다. 그리고 토니나 마찬가지로 그들은 〈그냥 참고 넘어가서는 안 될 일이다!〉라고 생각했다.

스칼렛은 전쟁 전에는 목소리가 부드럽고 위험한 정열을 지녔으며, 전투가 절망적이던 마지막 시기에는 강인하고 용맹했던 남부의 남자들을 보았다. 하지만 바로 조금 전에 촛불의 불꽃 너머로 빤히 서로를 쳐다보던 두 남자의 얼굴에는 어떤 다른 뜻이, 그녀에게 용기를 불어넣으면서도 두려움을 주는 무엇이, 말로는 표현하지 못할 분노와, 아무것도 막지 못하는 결단력이 드러났다.

처음으로 그녀는 주변의 사람들과 유대감을 느꼈고, 두려움과 아픔과 결의를 통해서 그들과 일체감을 느꼈다. 그렇다, 그것은 참지 못할 일이었다! 남부는 투쟁도 벌이지 않고 그냥 내주기어는 너무나도 아름다운 곳이었고, 흙 속으로 밟아 문질러 넣어야만 기분이 좋아질 정도로 남부인들을 증오하는 양키들에게 짓밟히기에는 너무나도 사랑스러운 땅이었으며, 위스키와 해방감에 취한 못된 흑인들에게 넘겨주기에는 너무나도 소중한 고향이었다.

불쑥 들어왔다가 눈 깜짝할 사이에 떠나가 버린 토니를 생각하면서 스칼렛은, 아버지나 아버지의 가족이 본 관점에서는 살인이 아니었던 살인을 범한 다음 날 밤에 제럴드가 서둘러 아일랜드를 떠났다는 오래된 얘기가 머리에 떠올랐기 때문에, 토니에 대해서 친밀감을 느꼈다. 그녀의 몸에서는 제럴드의 피가, 격렬한 피가 흘렀다. 그녀는 약탈을 하러 왔던 양키를 쏘아 죽였을 때의 뜨거운 기쁨을 기억했다. 그들 모두에게서는 격렬한 피가 위험할 지경으로 표면에 가까이, 상냥하고도 정중한 표면의 바로 밑에서 술렁거렸다. 그들은 누구나, 그녀가 아는 남자들은 누구나, 심지어는 한없이 부드러운 눈의 애슐리와 나이 많고 조바심을 잘하는 프랭크까지도 속마음은 다 그러해서, 필요하다면 살인적이고 언제라도 난폭해질 상태였다. 심지어는 양심조차 없는 못된 인간인 레트까지도 〈숙녀에게 건방지게 굴었다〉고 해서 흑인을 한 사람 죽였다.

빗물을 뚝뚝 흘리고 기침을 하며 프랭크가 돌아오자, 그녀는 벌떡 뛰어 일어났다.

「오, 프랭크, 언제까지 이럴 건가요?」

「양키들이 우릴 증오하는 한 이런 사태는 계속될 거요, 여보.」

「누가 어떻게 해볼 방법도 없나요?」

프랭크는 지친 손으로 빗물에 젖은 수염을 쓰다듬었다. 「우리들이 손을 써야 해요.」

「어떻게요?」

「뭔가 달성하기 전에야 그런 얘기를 해서 뭣 하겠어요? 여러 해가 걸릴지도 모르는 일인데. 어쩌면 — 어쩌면 남부에서는 영원히 이런 상태가 지속될지도 몰라요.」

「아니, 그럴 리가요!」

「여보, 침대로 와요. 당신 추운가 보구려. 덜덜 떨잖아요.」

「이런 일이 언제 다 끝날까요?」

「우리들이 다시 투표권을 찾은 다음이라야 끝나겠죠, 여보. 남부를 위해서 싸웠던 사람들이 남부인과 민주당원을 지지하는 표를 당당하게 투표함에 넣어도 되는 때 말이에요.」

「투표요?」 스칼렛이 절망에 빠져서 소리쳤다. 「양키들이 우리들에게 맞서라고 흑인들에게 독을 불어넣었고 —— 검둥이들은 머리가 돌아 버린 판에, 투표가 무슨 소용이겠어요?」

프랭크는 늘 그렇듯이 참을성을 보이며 설명을 계속했지만, 투표권이 골칫거리를 처리하리라는 관념은 지나치게 의미가 복잡해서 그녀로서는 납득이 가지 않았다. 그녀는 조너스 윌커슨이 다시는 절대로 타라 농장에 위협을 주지 않게 되어 고마운 마음이 들었고, 그래서 토니를 생각했다.

「오, 폰테인 댁 식구들이 불쌍해요!」 그녀가 소리쳤다. 「미모사 농장에는 할 일이 정말로 많은데, 이제는 알렉스만 남았잖아요. 왜 토니는 머리를 좀 써서, 누가 그랬는지 아무도 모르게 밤중에 일을 처리하지 않았을까요? 텍사스로 가지만 않는다면 봄철 밭갈이 때 꽤 큰 도움이 될 텐데요.」

프랭크는 한 팔로 그녀를 감아 끌어안았다. 보통 때였다면 화를 발끈 내며 아내가 뿌리치리라고 예상하는 듯 머뭇거리면서 껴안던 프랭크였지만, 오늘 밤에는 그의 눈에 몽롱한 표정이 담겼고, 그녀의 허리를 감은 팔도 힘찼다.

「지금은 밭갈이보다 훨씬 중요한 일을 해야 할 때라고요, 여보. 그리고 검둥이들에게 겁을 주고 스캘라왝들에게 버릇을 가르쳐 주는 것도 그런 중요한 일들 가운데 하나예요. 토니처럼 훌륭한 청년들이 남아 있는 한, 우린 남부에 대해서는 별로 걱정할 필요가 없어요. 침대로 와요.」

「하지만, 프랭크 ——」

「만일 우리들이 힘을 합치고 양키들에게서 한 발자국도 밀려나지만 않는다면, 우린 언젠가는 승리를 거둘 거여요. 그런 일로 예쁜 머리 썩이지 말아요, 여보. 그런 일은 남자들이 걱정하게 내버려 두고. 어쩌면 우리들의 시대에는 그런 날이 안 올지도 모르지만, 틀림없이 언젠가는 올 테니까요. 양키들은 우리들이 꼼짝도 하지 않으리라고 알게 되면 지쳐서 더 이상 괴롭히지도 않을 테고, 그러면 우린 행복하게 살아가고, 자식들을 키울 훌륭한 세상을 보게 된다고요.」

그녀는 웨이드를 생각했고, 상당한 기간 동안 그녀가 말없이 간직해 온 비밀을 생각했다. 그렇다. 그녀는 증오와 불확실성, 표면 바로 밑에서 술렁이는 폭력과 반발, 가난과 뼈를 갉아먹는 고생과 불안정이 판치는 이런 혼란 속에서는 아이들을 키우고 싶지 않았다. 그녀는 자기가 낳은 아이들이 지금의 상황을 알게 되기를 전혀 원하지 않았다. 그녀는 미래에 기대를 걸어도 되고, 앞에서는 안전한 장래가 기다리며 안정되고 질서가 잘 잡힌 세계를, 그녀의 아이들이 포근함과 따스함과 좋은 옷과 훌륭한 음식만을 알고 살아갈 세계를 원했다.

프랭크는 그런 세상이 투표에 의해서 이루어지리라고 생각했다. 투표라고? 투표가 무슨 상관이라는 말인가? 남부의 선량한 사람들은 절대로 투표권을 다시 찾지 못하리라. 운명이 가져올 어떤 재앙에 맞서서 버틸 만한 확실한 보루는 세상에 오직 한 가지, 돈뿐이었다. 그녀는 재난으로부터 안전하게 보호를 받으려면 돈이, 굉장히 많은 돈이 필요하리라고 열띤 생각을 했다.

불쑥 그녀는 프랭크에게 아이를 낳게 되리라고 말했다.

토니가 피신한 후 몇 주일 동안 피티 고모의 집은 양키 병사들의 가택 수색을 여러 차례 받았다. 그들은 예고도 없이 수시로 집으로 들이닥치고는 했다. 그들은 이 방 저 방으로 우르르 몰려다니며 질문을 하고, 벽장을 열어 보고, 옷 광주리들을 찔러 대고, 침대 밑을 들여다보았다. 군부 당국은 토니가 미스 피티의 집으로 찾아가라는 권고를 받았다는 얘기를 들었고, 아직도 그곳이나 부근 어디에 숨어 지내리라고 확신했다.

그래서 피티 고모는 장병들이 언제 그녀의 침실로 들이닥칠지 알 길이 없어서, 피터 아저씨가 〈흥분 상태〉라고 부르는 불안감에 늘 시달렸다. 프랭크나 스칼렛은 두 사람 다 토니가 잠깐 찾아왔던 얘기를 하지 않았기 때문에, 노부인은 그러고 싶은 마음이 내켰더라도 아무런 정보를 알려 줄 처지가 아니었다. 피티팻이 토니 폰테인을 보았던 적이라고는 1862년 성탄절 무렵 단 한 번뿐이었으므로, 그녀는 오로지 정직한 마음에서 부산하게 항의를 늘어놓기만 했다.

「그리고 그때는 토니가 꽤나 술에 취했었죠.」 도움이 될까 하는 생각에서 그녀는 숨을 몰아쉬며 양키 병사들에게 말했다.

임신 초기여서 입덧이 나고 기분이 울적해진 스칼렛은, 그녀만의 방을 걸핏하면 침범해서 마음에 드는 자질구레한 잡동사니를 집어 가던 푸른 외투를 입은 장병들을 미친 듯이 증오하다가도, 토니가 잡혀서 그들이 한 거짓말이 밝혀질까 봐 미칠 듯이 두려워했다. 그보다 훨씬 하찮은 죄로 감옥에 갇힌 사람들이 수두룩한 판이었다. 만일 그들에게 불리한 진실이 손톱만큼이라도 증명되는 날이면 그녀와 프랭크뿐 아니라 피티까지도 감옥으로 끌려가리라고 스칼렛은 믿었다.

얼마 전부터 워싱턴에서는 아메리카 합중국의 전쟁 부채를 갚기 위해 반란군 재산을 몰수하자는 움직임이 시끄러웠고, 이런 어수선함 때문에 스칼렛은 조심스러운 고뇌 속에서

하루하루를 지냈다. 그뿐 아니라 이제는 군법을 어기는 범법
자의 재산을 몰수한다는 황당무계한 소문이 잔뜩 나돌았고,
스칼렛은 그들이 자유뿐 아니라 집과 가게와 제재소까지 잃
을까 봐 벌벌 떨었다. 그리고 비록 그들의 재산이 군부에 징
발되지 않더라도, 만일 그녀와 프랭크가 감옥으로 끌려간다
면 대신 사업을 돌봐 줄 사람이 없었으므로, 그녀의 재산은
없는 것이나 마찬가지였다.

스칼렛은 그들에게 이런 골칫거리를 가져다준 토니를 증
오했다. 어떻게 그는 친구들에게 그런 짓을 했을까? 그리고
어떻게 애슐리는 토니를 그들에게 보낼 생각을 했을까? 양
키들이 말벌 떼처럼 그녀에게 덤벼든다는 결과를 맞아야 한
다면, 절대로 그녀는 어느 누구도 다시는 도와주지 않으리
라. 그렇다, 그녀는 도움을 필요로 하는 어느 누구에게도 빗
장을 걸고 문을 열어 주지 않을 작정이었다. 물론 애슐리라
면 예외이겠지만. 토니가 잠깐 찾아온 이후로 몇 주일 동안
그녀는 바깥길에서 무슨 소리가 나기만 하면, 토니를 도와주
었기 때문에 텍사스로 도망치려고 탈출하기 위해 찾아온 애
슐리일까 봐 겁이 덜컥 나서 불안한 꿈을 깨고는 했다. 그들
은 자정에 토니가 찾아왔었다는 얘기를 감히 타라 농장에 편
지로 알려 줄 엄두가 나지 않았기 때문에, 애슐리의 처지가
어떤지 스칼렛은 알 길이 없었다. 그들이 편지를 보내면 양
키들이 가로채어 타라 농장까지도 난처한 입장이 될지도 모
를 일이었다. 하지만 여러 주일이 흘렀는데도 나쁜 소식이
전해지지 않자, 애슐리는 어떻게 무사히 넘겼음을 알았다.
그리고 마침내 양키들은 그들을 괴롭히는 짓을 그만두었다.

하지만 이러한 안도감도 토니가 찾아와서 그들의 집 문을
두드렸을 때 시작된 두려움, 공방전 때의 포격에 대한 떨리는

공포보다도 심하고, 심지어는 전쟁 말기 동안의 셔먼의 군대가 몰고 왔던 공포보다도 심한 두려움의 상태로부터 스칼렛을 해방시켜 주지는 못했다. 사납게 비가 내리던 밤 갑작스러운 토니의 출현은 그녀의 눈에서 자비로운 눈가리개를 벗겨 버려서, 그녀로 하여금 삶의 참된 불확실성을 보도록 강요한 셈이었다.

1866년 쌀쌀한 봄날, 자신의 처지를 살펴본 스칼렛은 그녀와 남부 전체가 직면한 상황이 무엇인지를 깨달았다. 그녀는 계획을 세우고 계략을 짤 능력도 갖추었고, 그녀의 집에서 일하던 어느 노예보다도 더 열심히 일하는 능력도 갖추었고, 어떤 고난도 극복하는 데 성공할 능력도 갖추었고, 과거의 삶이 그녀에게 전혀 훈련을 거칠 기회를 마련해 주지 않았던 문제들을 결단력의 힘으로 해결하는 능력도 갖추었다. 하지만 아무리 그렇게 애쓰고 희생하고 머리를 짜낸다고 해도, 그토록 커다란 대가를 치르고 얻어 낸 자그마한 시작들이 어느 순간에 박탈을 당할지 알 길이 없었다. 그리고 혹시 그런 상황을 당하더라도 스칼렛에게는 토니가 그렇게 비관적으로 얘기했던 즉결 재판, 독단적인 권력을 행사하는 군사 재판을 따라야 할 뿐 아무런 다른 법적인 권리가 없었고, 아무런 법적인 보상도 받을 자격이 없었다. 요즈음에는 흑인들만이 권리나 보상을 부여받았다. 양키들은 남부의 기세를 꺾어 놓았고, 그런 상태를 계속해서 유지할 생각이었다. 남부는 거대하고 극악한 손에 의해서 기울어졌고, 한때 그곳을 지배하던 자들은 이제는 전에 그들의 노예였던 자들이 가장 힘이 미약했을 때보다도 더 무력했다.

조지아에는 많은 병력이 주둔했고, 애틀랜타는 주둔 병력이 지나치게 많았다. 여러 도시에서는 양키 군대의 방위 사

령관들이 민간인들을 죽이거나 살릴 권한까지 포함한 절대
적인 권력을 장악했고, 그들은 주어진 권력을 한껏 써먹었
다. 그들은 아무 이유나 갖다 붙이거나 아무런 이유도 없이
시민들을 투옥시킬 권한을 부여받았고, 실제로 그랬으며, 시
민들의 재산을 몰수하고, 교수형에 처하기도 했다. 그들은
사업의 운영 방법이나, 하인들에게 지급해야 할 봉급이나, 공
개 석상에서 또는 개인적으로 피력하는 견해나, 신문에 무슨
기사를 써야 하는지에 관해서 서로 엇갈리는 규칙을 만들어
시민들을 괴롭히거나 궁지로 몰아넣을 수단을 장악했으며,
그런 수단을 실제로 활용했다. 그들은 어떻게, 언제, 어디에
쓰레기를 버려야 하는지를 통제했고, 남군 출신 시민의 딸과
아내가 무슨 노래들을 불러야 하는지도 규정해 놓아서, 「딕
시」나 「멋지고 푸른 깃발」을 불렀다가는 반역죄 못지않게 심
각한 위법 사항으로 다루었다. 그들은 북부에 충성한다는
〈철갑의 맹세〉를 하지 않으면 우체국에서 아무도 편지를 찾
아가지 못한다는 규정을 마련했고, 어떤 경우에는 가증스러
운 철갑의 맹세를 하지 않은 남녀에게는 결혼 허가장의 발부
까지도 금했다.

신문은 어찌나 탄압을 받았는지 군부의 부당한 처사나 약
탈에 대한 공개적인 항의는 어림도 없었고, 개인적인 항의를
하는 자들도 투옥시켜 입을 막아 버렸다. 감옥마다 저명인사
들로 만원이었고, 그들은 언제 재판이 열릴지도 모르는 채
감금 생활을 계속해야 했다. 배심원에 의한 재판과 인신 보
호 영장[61]에 관한 법은 사실상 시행이 정지된 상태였다. 민사
법원은 아직도 그럭저럭 기능을 유지했지만, 그나마도 군대
가 기분 내키는 대로 판결에 간섭할 권리를 장악하고 실제로

61 구속 적부 심사를 하기 위해 피구속자를 법정에 출두시키는 영장.

간섭했기 때문에, 체포당할 정도로 불운한 시민은 사실상 군 당국의 처분에 얌전히 따라야만 했다. 그리고 실제로 체포당한 사람이 무척 많았다. 정부를 비난하는 선동적인 언사를 했다는 혐의를 받거나, 큐 클럭스 클랜과 동조했다는 의심을 받거나, 어느 백인이 자기한테 건방지게 굴었다고 흑인이 진정만 하더라도 투옥되기에 충분한 근거가 되었다. 증거물이나 실제로 증명하는 자료도 필요가 없었다. 고발만 해도 충분했다. 그리고 노예 해방청의 부추김 때문에 조금도 꺼리지 않고 고발하려는 흑인은 어디에서나 나타났다.

흑인들에게는 아직 투표할 권리가 주어지지는 않았지만, 그들에게 투표를 시켜야 한다고 북부에서 결정이 났고, 그들의 표를 북부에 우호적으로 유도해야 되겠다고 역시 빈틈없는 단속을 행했다. 이런 목적을 염두에 두었기 때문에 양키들은 흑인에게 극진히 잘해 주었다. 양키 군인들은 그들이 하고 싶어 하는 어떤 일도 지원했고, 흑인에 대한 어떤 종류의 불평이라도 했다가는 그런 백인은 틀림없이 곤경에 빠지게 마련이었다.

전에는 노예였던 자들이 이제는 주인 노릇을 했고, 양키들의 도움을 받아 가장 밑바닥에서 살아가던 가장 무식한 사람들이 꼭대기로 올라갔다. 흑인 중에서 그나마 신분이 높았던 계층은 자유를 코웃음 치다가 그들의 백인 주인이나 마찬가지로 심한 고통을 받았다. 노예 가운데 가장 높은 계급이었던 수많은 집안일 하인들은 백인 곁에 같이 남아서, 옛날에는 그들보다 낮은 노예들이 맡았던 막일을 했다. 수많은 충성스러운 밭일꾼들도 새로운 자유를 누리지 않겠다고 거부했으며, 말썽을 야기하던 대부분의 쓰레기 해방 깜둥이 무리는 주로 밭일 계층 출신이었다.

노예 시절에는 미천한 흑인은 집안일 흑인과 마당일 흑인으로부터 천대를 받았던 하찮은 존재였다. 엘렌이 그랬듯이, 남부 각지 여러 농장의 안주인은 훈련과 선발 과정을 거쳐 흑인 아이들 가운데 훌륭한 사람을 뽑아 보다 책임이 큰 일을 맡겼다. 밭으로 내보내는 흑인들은 배우려고 하는 열의와 능력이 가장 결여되고, 활기도 가장 없고, 가장 정직하지 못해서 미덥지도 못하고, 지극히 포악하고 야수 같은 자들이었다. 그런데 지금은 흑인 사회 서열에서 가장 밑바닥이었던 미천한 계층이 남부에서의 삶을 비참하게 만들어 놓는 장본인이었다.

노예 해방청을 조종하는 파렴치한 협잡꾼들의 협조를 받고, 거의 종교적이라고 할 만큼 광신적인 북부인들의 증오가 밑에 깔린 열기에 충동을 받아, 과거의 밭일꾼들은 갑자기 막강한 위치로 오르게 되었다. 그런 높은 위치에 올라앉자 그들은 지능이 낮은 동물이 본능적으로 취하는 그런 행동을 했다. 그들로서는 가치를 판단할 능력조차 없는 보석들 사이에 풀어 놓은 원숭이나 어린아이들과 마찬가지로, 그들은 미친 듯 제멋대로 돌아다니며, 파괴에서 얻는 병적인 쾌감 때문이거나 아니면 단순한 무지 때문에 날뛰고 광란했다.

지극히 지능이 모자라는 자들을 포함해서 흑인이라는 호칭을 듣는 사람들 중에서는, 악독한 감정으로 그런 행동을 한 자는 극소수였고, 그런 극소수는 노예 시절에도 〈못된 깜둥이〉들이었기가 보통이었다. 하지만 계층으로서 본 그들은 정신 연령이 어린아이나 마찬가지여서 남의 말에 쉽게 따르고, 오랜 습관에 젖어 명령을 받는 데 길이 들었다. 전에는 백인 주인이 명령을 내렸다. 지금 그들에게는 해방청과 카펫배거라는 새로운 주인 족속이 생겼고, 그들의 명령은 이러했다. 「너희들은 어느 백인 못지않게 훌륭하니까, 그렇게 행동하도록 하라. 투표를 할 권리를 얻어 공화당에 표를 던지기만 하면 당장, 너희들은 백인의 재산을 차지하게 된다. 그들의 재산은 이미 너희 스유가 된 셈이다. 차지할 방법만 보이면 어서 빼앗아 가져라!」

이런 황당한 얘기에 황홀해진 흑인에게는 자유란 영원히 끝나지 않는 들놀이요, 한 주일 내내 계속되는 바비큐 파티이고, 게다가 도둑질과 오만함을 누리는 축제였다. 시골 흑인이 떼를 지어 도시로 몰려들어 농촌 지역은 농사를 지을 노동력이 없어졌다. 애틀랜타는 그런 흑인들로 붐볐으며, 그들에게 가르쳐 준 새로운 이념의 결과로, 나태하고 위험해진 흑인들은 아직도 수백 명씩 몰려들어 왔다. 누추한 오두막에 바글바글 모여 살던 그들 사이에서는 천연두와 장티푸스와 폐결핵이 퍼졌다. 노예 시절에는 마님에게 치료를 받는 데 익숙했던 그들로서는, 자신이나 병든 사람을 어떻게 간호해야 할지 알 길이 없었다. 전에는 노인과 아이들을 돌보는 일을 주인에게 맡기고는 했던 그들로서는, 이제 의지할 곳이 없어진 가족에 대한 책임감이 없었다. 그리고 해방청은 정치적인 일에만 지나치게 골똘한 나머지, 과거의 농장주들처럼 그들을 돌봐 줄 여력이 없었다.

버림받은 흑인 아이들은 겁에 질린 짐승처럼 시내에서 이리저리 돌아다니다가, 인자한 백인을 만나야 겨우 그의 집 부엌에서 일하며 생활하기도 했다. 자식들에게 버림을 받은 시골의 늙은 검둥이들은, 북적거리는 도시로 와서는 얼이 빠지고 겁에 질려, 길가에 앉아 지나가는 숙녀들에게 소리쳤다. 「마님, 부탁이에요 마님, 나 옛 주인님 파예트 카운티 산다 하는데 나 여기 왔다 편지 써주세요. 주인님이 늙은 깜둥이

다시 집 데리고 간다 그럴 거예요. 하느님 맹세하는데 나 이 해방 진절머리 나요!」

그들에게로 몰려드는 엄청난 숫자에 기가 막힌 노예 해방청은 그들이 범한 잘못의 한 부분을 뒤늦게야 깨달았고, 흑인들을 옛 주인에게로 돌려보내려고 애썼다. 그들은 흑인에게 만일 되돌아가더라도 해방된 일꾼으로서 가게 되며, 일당 임금의 액수를 밝힌 문서화한 계약서의 보호를 받으리라고 말했다. 늙은 검둥이들은 기꺼이 농장으로 돌아가서, 가난에 시달리면서도 그들을 쫓아낼 정도로 마음이 모질지 못한 농장주에게 더 무거운 짐이 되었지만, 젊은이들은 애틀랜타에 그냥 남았다. 그들은 어디에서도, 어떤 종류의 일꾼도 되고 싶지 않았다. 배가 부른데 일을 왜 한다는 말인가?

흑인들은 평생 처음으로 한껏 위스키를 마실 권리를 얻었다. 노예 시절에는 저마다, 선물과 더불어 한 방울 얻어 마시던 성탄절 이외에는 전혀 맛볼 기회도 없었던 술이었다. 이제 그들은 해방청 선동자들과 카펫배거들의 사주를 받았을 뿐 아니라 위스키의 자극까지 받았으니, 빈번한 폭행 사건은 불가피했다. 그들 앞에서는 생명과 재산이 안전하지 못했고, 법의 보호를 받지 못하는 백인들은 공포에 시달렸다. 남자들은 길거리에서 술 취한 흑인에게 모욕을 당하고, 집과 헛간은 밤사이에 불타 버리고, 말과 소와 닭은 대낮에도 도둑을 맞고, 온갖 종류의 범죄가 자행되고, 그러면서도 범인이 처벌을 받는 일은 드물었다.

하지만 이런 위험과 추행들은, 많은 경우에는 전쟁 때문에 남자들의 보호를 박탈당했고, 외딴 길가나 한적한 외곽 지대에서 홀로 사는 백인 여자들이 당한 위기에 비하면, 아무것도 아니었다. 여자들이 당한 엄청나게 빈번한 폭행 사건과,

그들의 아내와 딸들의 안전에 대한 끊임없는 공포에 쫓겨, 남부의 남자들은 싸늘하고 치가 떨리는 분노를 느꼈고, 당장 큐 클럭스 클랜이 생겨났다. 그리고 그것이 존재하게 된 비극적인 필연성을 제대로 알지도 못하면서, 북부의 신문들은 야간에 활약하는 이 단체에 대해서 몹시 시끄럽게 떠들어 댔다. 법과 질서의 일반적인 체계가 침략자들에 의해서 무너져 버린 시기에, 범죄에 대한 처벌을 스스로 떠맡아 처리하겠다고 감히 나섰기 때문에 북부는 큐 클럭스 단원을 모조리 색출해서 교수형에 처하려고 했다.

아프리카의 정글에서 나온 지가 겨우 한 세대 될까 말까 한 자들까지도 포함한 많은 흑인들 때문에, 민족의 절반이 총검을 들이대며 통치하려고 다른 절반의 민족을 윽박지르는 기막힌 광경이 이곳에서 벌어지는 중이었다. 흑인들에게는 투표권을 줘야 하고, 과거에 그들의 주인이었던 사람들에게서는 대부분 권리를 박탈해야 한다고 양키들은 주장했다. 남부는 계속해서 기세를 꺾어 놓아야 했고, 백인의 공민권 박탈은 남부의 기세를 죽이는 한 가지 방법이었다. 남부 동맹을 위해서 군인으로 싸웠거나, 관리직을 맡았었거나, 협조와 편의를 제공했던 사람은 대부분 투표가 용납되지 않았고, 공공 기관의 관리를 선발할 때도 제외되었고, 그래서 이곳은 완전히 외부인들의 통치를 받았다. 리 장군이 한 말과 스스로 보여 주었던 본보기를 진지하게 따져 본 사람들은 선서를 하고, 다시 시민이 되어 과거를 잊고 싶었다. 하지만 그들은 선서도 못 하게 금지되었다. 선서를 해도 좋다고 용납된 몇몇 소수의 사람들은, 고의적으로 그들을 굴욕과 잔혹성에 시달리게 만드는 정부에 대한 충성의 맹세 따위는 하지 않겠다고, 코웃음을 치며 열을 올리고 거부했다.

스칼렛은 똑같은 얘기를 너무나 여러 번 거듭해서 들었기 때문에 소리라도 지르고 싶은 심정이었다. 「만일 그들이 점 잖게 굴기만 했더라면, 난 패전 직후에 그놈의 거지 같은 선서를 했겠지. 난 합중국 시민으로 복권이 되는 건 괜찮겠지만, 하느님의 이름으로 맹세컨대, 재편입되고 싶지는 않아!」

이렇듯 초조하게 하루하루를 지내면서, 스칼렛은 두려움에 싸여 어쩔 줄을 몰랐다. 법도 모르는 흑인들과 양키 병사들의 끊임없는 위협은 그녀의 마음을 괴롭혔고, 재산 몰수의 위험은 꿈속에서까지도 항상 그녀를 쫓아다녔고, 스칼렛은 더욱 끔찍한 사태가 닥칠까 봐 무서웠다. 그녀 자신과 친구들, 그리고 남부 전체의 무기력함에 좌절감을 느낀 그녀로서는, 요즈음 토니 폰테인이 그토록 열을 올리며 한 말이 자주 머리에 떠오른다는 것이 조금도 이상한 일이 아니었다.

「맙소사, 스칼렛, 그건 그냥 참고 넘어가서는 안 될 일이에요! 그리고 우린 참지도 않겠고요!」

전쟁과 방화와 재편입에도 불구하고 애틀랜타는 또다시 흥청거리는 도시가 되었다. 여러 면에서 이 도시는 남부 동맹 초기, 역사가 짧고 바쁘게 돌아가던 때와 비슷했다. 길거리에서 떼를 지어 몰려다니는 군인들의 제복이 그때와는 달랐고, 엉뚱한 사람들이 돈을 손에 쥐었으며, 과거의 주인은 고생하고 굶주리는 반면에 흑인들은 여유만만하게 살아간다는 점이 문제일 따름이었다.

조금만 속으로 파고 들어가면 비참한 삶과 공포가 깔렸지만, 바깥으로 드러난 온갖 양상은 폐허로부터 빠른 속도로 재건되어, 분주하게 북적거리며 무럭무럭 자라는 도시의 면모를 보여 주었다. 보아하니 애틀랜타는 상황이야 어떻든 간에 언제나 서둘러야만 하는 곳 같았다. 서배너와, 찰스턴과, 오거스타와, 리치먼드와, 뉴올리언스는 절대로 서두르는 법이 없었다. 서두름은 천박했고, 양키 같은 짓이었다. 하지만 지금은 애틀랜타가 과거의 어느 때, 그리고 앞으로 어느 때보다도 훨씬 천박하고 양키 기질이 두드러질 낌새가 농후했다. 사방에서 새로운 사람들이 떼를 지어 몰려드는 바람에 길거리는 새벽부터 밤까지 북적거리고 시끄러웠다. 양키 장교 부인들과 벼락부자가 된 카펫배거들의 번쩍거리는 승용 마차들은 애틀랜타 사람들의 낡아 빠진 이륜마차에다 흙탕물을 튀기고 돌아다녔으며, 부유한 타향 사람들의 화려한 새 집이 이곳에서 오래 살았던 시민들의 수수한 집들 사이로 비집고 들어섰다.

전쟁을 통해 애틀랜타가 남부의 행정에서 차지하는 중요성이 확실하게 인식되었고, 지금까지 이름도 없던 도시가 이제는 널리, 그리고 멀리까지 알려졌다. 셔먼이 장악하려고 여름 내내 싸웠고 수천 명이 목숨을 잃었던 철도는, 그 철도로 인해서 존재가 시작된 도시의 생명을 다시금 불러일으켰다. 파괴되기 전에도 그랬듯이, 애틀랜타는 또다시 넓은 지역에 걸친 활동의 중심지가 되었고, 반갑거나 달갑지 않은 새로운 얼굴이 거대한 홍수처럼 도시로 쇄도해 들어왔다.

몰려드는 카펫배거들은 애틀랜타를 본거지로 삼아, 역시 이곳으로 새로 모여든 남부의 유서 깊은 가문의 유지들과 길거리에서 함께 어울렸다. 셔먼의 진군 동안에 불타 버린 시골 지역에 살다가, 노예들이 없기 때문에 목화 재배로는 더 이상 먹고살기가 어렵게 된 가족들 역시 애틀랜타에서 살려고 이주해 왔다. 재편입의 횡포가 조지아보다도 더 심했던 테네시와 남북 캐롤라이나에서도 날마다 새로운 정착자들이 들어왔다. 보상금을 바라고 합중국을 위해 싸웠던 아일랜드와 독일의 많은 용병들도 제대를 한 다음 애틀랜타에 정착했다. 4년에 걸쳐 전쟁을 치르는 동안 남부에 대한 호기심이 가득했던 양키 주둔군 장병들의 아내와 가족들도 찾아와서 인구는 더욱 불어났다. 떼돈을 벌어 보려고 온갖 협잡배들이 모여들었고, 시골에서도 흑인들이 수백 명씩 계속해서 몰려왔다.

개척지의 마을처럼 활짝 개방되고, 죄악과 악덕을 감추려는 노력을 전혀 하지 않으며 ── 도시는 우렁차게 자라났다. 밤사이에 술집이 불쑥불쑥 생겨나서 때로는 한 골목에 두세 집이나 되었고, 밤만 되면 길거리는 흑인이건 백인이건 간에 술에 취해서 벽에서부터 길가로, 그러고는 다시 벽으로 비틀거리며 오락가락하는 사람들투성이였다. 컴컴한 길거리와 가로등을 켜지 않은 뒷골목에서는 불량배와 소매치기와 창녀들이 서성거렸다. 도박장들이 흥청거렸고, 총질이나 칼싸움이 벌어지지 않고 그냥 지나가는 밤이 거의 없었다. 점잖은 시민들은 규모가 크고 번창하는 홍등가(紅燈街), 전시보다도 규모가 커지고 훨씬 흥청거리는 매음굴이 애틀랜타에 생겨났음을 알고는 경악했다. 창 가리개를 내린 건물 안에서는 밤새도록 피아노들이 띵똥거렸고, 시끄러운 노래와 웃음소리가 흘러나오다가는 가끔 비명과 총성이 터졌다. 그런 집에 기거하는 여자들은 전시의 창녀보다도 훨씬 대담해서, 뻔뻔스럽게도 창밖으로 몸을 내밀고는 행인들을 불렀다. 그리고 일요일 오후면, 그곳 포주들이 멋지고 칸막이를 한 승용 마차를 타고 중앙로까지 내려오고는 했는데, 안에서는 한껏 차려입은 여자들이 명주 창 가리개를 내린 채 바람을 쐬었다.

포주들 중에서도 벨 워틀링이 가장 악명을 드날렸다. 그녀는 홍등가의 다른 이웃집들이 초라한 토끼장처럼 보이게 할 정도로 커다란 2층 건물을 새로 지어 직접 매음굴을 운영했다. 아래층에는 기다란 바를 설치한 술집이 들어섰는데, 우아하게 유화(油畵)를 여러 폭 걸어 놓았고, 밤마다 흑인 악단이 연주를 했다. 들려오는 풍문에 의하면 위층은 최고급 플러시 천으로 덮개를 씌운 가구와, 묵직한 레이스 커튼과, 금테를 두른 수입품 거울로 장식했다는 얘기였다. 이곳에서 제공하는 10여 명의 젊은 아가씨는 요란하게 화장을 하기는 했어도 바탕이 본디 아름다웠고, 다른 집 여자들보다 훨씬 조용히 처신했다. 적어도 벨의 집에는 경찰이 출동하는 경우가 드물었다.

벨 워틀링의 집에는 애틀랜타의 유부녀들이 은밀하게 귀엣말을 주고받기도 하고, 목사들이 교회에서 설교를 하다가 이를 악물고 힐난하며 죄악의 소굴이라는 조심스러운 어휘를 써서 꾸짖던 특별한 무엇이 존재했다. 벨 같은 유형의 여자라면 그토록 사치스러운 시설을 혼자 힘으로 갖추기에 충분한 돈을 벌 능력이 없었으리라는 사실은 누구나 다 알았다. 그녀에게는 뒤를 밀어주는 사람이 필요했겠고, 그는 돈 많은 인물임이 분명했다. 그리고 레트 버틀러는 그녀와의 관계를 숨길 정도의 체면은 전혀 차리지도 않는 인물이었으므로, 뒤를 밀어주는 사람이 바로 레트라는 추측은 전혀 어렵지 않았다. 벨은 건방진 젊은 흑인이 끄는 폐쇄된 승용 마차를 타고 시내에 나타나서, 부유한 티가 나는 모습을 가끔 보여 주었다. 멋진 한 쌍의 적갈색 말이 끄는 마차를 타고 그녀가 지나가면, 길거리에 돌아다니던 어린 사내아이들이 그녀를 쳐다보고는 신이 나서 속삭였다. 「저 여자 봐! 저 여자가 벨이야! 나 그 여자 빨강 머리 봤다!」

낡은 목재 조각과 연기가 시커멓게 묻은 벽돌로 뜯어 맞춘

집들, 포탄 파편이 잔뜩 박힌 집들과 어깨를 같이하면서, 카펫배거들과 전쟁 모리배들의 멋진 집이 들어섰는데, 그런 집은 두 단(段)으로 경사를 낸 지붕에 박공(博栱)과 탑까지 갖추고, 창문에는 색유리를 끼우고, 잔디밭이 널찍했다. 새로 지은 집들은 밤이면 밤마다 가스등이 창문에서 환히 빛났으며, 춤을 추며 미끄러지는 발과 음악 소리가 밖으로 흘러나왔다. 빳빳하고 환한 빛깔의 비단옷을 입은 여자들이 야회복 차림의 남자들을 동반하고 긴 베란다에서 거닐었다. 샴페인 병의 마개가 퐁퐁 소리를 내며 터졌고, 레이스 식탁보 위에는 일곱 코스의 만찬을 차려 놓았다. 포도주에 담근 햄, 눌러 놓은 오리고기, 거위의 간을 잘게 다져 뭉친 음식, 그리고 제철이거나 아니거나 간에 희귀한 과일도 푸짐하게 내놓았다.

낡은 집들의 초라한 문 뒤에서는 가난과 굶주림이 도사렸는데 — 그들의 고통은 가난과 굶주림을 용감하게 참아야 하는 체면 때문에 더욱 쓰라렸으며, 자부심 때문에 물질적인 궁핍에 대해서 겉으로는 무관심한 태도를 보여야 했기에 그만큼 더 고달팠다. 저택에서 하숙집으로 쫓겨나고, 다시 하숙집에서 뒷골목의 누추한 셋방으로 몰려난 여러 가족이 겪은 아름답지 못한 얘기를 미드 박사는 많이 들었다. 그는 약한 심장과 쇠약함 때문에 고생하는 여자 환자들을 수없이 치료했다. 오랜 굶주림이 문제임을 그는 알았고, 그가 진실을 안다는 사실을 그들 역시 알았다. 폐병이 가족 전체로 침식해 들어가고, 한때는 가난한 백인에게서만 발견되었던 펠라그라[62]가 이제는 애틀랜타의 최상류층 가정에서도 나타났다. 그리고 다리가 가늘고 관절에 힘이 없는 아기들과, 그 아기들한테 먹일 젖이 나오지 않는 어머니도 많았다. 전에는

62 이탈리아 문둥병.

아이가 세상의 빛을 볼 때마다 노의사는 하느님에게 경건한 감사를 드리고 싶은 마음이 생겼었다. 이제는 삶이 그토록 바람직한 은혜가 아니라는 생각이 들었다. 어린 아기들이 살아가기에는 세상이 워낙 험했고, 태어난 후 처음 몇 달 안에 죽어 가는 아기가 무척 많았다.

환한 불빛과 포도주, 바이올린과 춤, 능라(綾羅)와 포플린으로 흥청거리는 으리으리하고 커다란 집들로부터 골목 하나만 돌아서면, 서서히 죽어 가는 죽음과 추위가 도사리고 기다렸다. 정복자에게는 오만과 냉혹함이, 그리고 정복된 사람에게는 정복자에 대한 쓰라린 인내와 증오가 있을 따름이었다.

제38장

　스칼렛은 온갖 역경을 겪었고, 낮이면 앞으로 무슨 일이 벌어지려는지 언제나 두려움 속에서 살았으며, 밤에는 그 두려움과 더불어 잠자리에 들었다. 스칼렛은 토니 때문에 그녀와 프랭크가 이미 양키들의 감시 대상 인물의 명단에 올랐으며, 언제 재난이 닥칠는지 모른다고 믿었다. 하지만 다른 때라면 몰라도 지금만큼은, 머지않아 아기가 태어나겠고, 이제 겨우 제재소가 돈을 벌어들이기 시작하고, 목화를 수확하는 가을까지 타라에 돈을 대줘야 하는 현재의 처지에서는 ― 다시 제자리로 되돌아가면 절대로 안 되었다. 오, 만일 그녀가 전 재산을 빼앗긴다면 어떻게 될까! 미친 세상과 맞서 싸울 무기조차 빈약한 그녀가 처음부터 다시 시작해야 한다는 생각을 해보라! 양키들과 그들이 앞세우는 온갖 논리에 맞서 붉은 입술과 초록빛 눈과 예민하고 얄팍한 두뇌만 가지고 대항해야 하다니. 지나친 공포로 맥이 풀려 버린 스칼렛은 다시 처음부터 새로 시작해야 한다면 차라리 자살해 버리겠다고 생각했다.

　1866년 봄의 폐허와 혼돈 속에서도 그녀는 오직 제재소 일로 돈을 벌어들이는 데만 모든 정력을 다 쏟았다. 애틀랜타에는 돈이 많았다. 재건의 물결은 스칼렛에게 그녀가 바랐던 기회를 제공해 주었고, 그녀는 감옥에만 끌려가지 않는다면 돈을 벌기가 어렵지 않음을 알았다. 그래서 그녀는 온순하고 조심스럽게 처신하고, 모욕을 당하더라도 고분고분했고, 부당한 일도 참아 냈으며, 흑인이나 백인을 가리지 않고 해를 끼칠지도 모르는 사람에게는 절대로 불쾌한 언동을 하지 말아야 되겠다고 거듭거듭 다짐했다. 그녀는 해방된 건방진 흑인들을 누구 못지않게 증오했고, 그녀가 지나갈 때 모욕적인 말을 하고 요탄하게 웃어 대는 소리를 들을 때마다 울화가 치밀어 소름이 끼칠 지경이었다. 하지만 스칼렛은 그들에게 경멸의 눈길조차 던지지 않았다. 자신은 고생을 해야 돈을 벌어들이는 반면에, 힘도 안 들이고 하루아침에 부자가 되는 카펫배거와 스캘라웩을 그녀가 증오하기는 했어도 그들을 모욕하는 말은 입 밖에 내지 않았다. 애틀랜타에는 그녀보다 양키를 더 혐오하는 사람은 아무도 없어서 푸른 군복이 눈에 띄기단 해도 분노로 속이 뒤집힐 지경이었지만, 집안 식구들끼리 은밀하게 이야기를 주고받을 때조차도 그들에 대해서는 입을 놀리지 않았다.

난 바보처럼 허튼소리는 하지 않겠어, 그녀는 마음을 다져먹었다. 다른 사람들이야 옛날과 영원히 돌아오지 않을 남자들의 세상을 그리워하며 가슴 아파하건 말건 상관할 바가 아니었다. 양키들의 통치와 투표권의 상실에 대해서도 다른 사람들이야 분개하든 말든 그녀는 개의치 않았다. 다른 사람들이야 속마음을 솔직하게 털어놓다가 감옥으로 끌려가든 말든, 그리고 큐 클럭스 클랜에 가담했다가 교수형을 당하건 말건 그녀는 알 바가 아니었다. (오, 스칼렛에게는 큐 클럭스라는 조직의 이름이 너무나 끔찍해서, 흑인들만큼이나 무서웠다.) 남편이 조직에 가담했다고 다른 여자가 자랑스러워해도 그녀는 전혀 대수롭게 생각하지를 않았다. 그저 프랭크가 그런 일에 전혀 얽혀 들지 않아서 천만다행일 따름이었다. 다른 사람들이야 그들로서는 어쩔 도리가 없는 갖가지 어려움 때문에 속이 상하고, 분통을 터뜨리고, 계략을 짜고, 계획을 세우든 말든 그녀는 알 바가 아니었다. 긴박한 현실과 알 길이 없는 미래와 비교하면 과거가 무슨 문제란 말인가? 그리고, 하느님께 간구하오니, 6월까지만 아무런 사고가 나지 않고 무사히 지내게 해주시기를!

6월까지만! 그때가 되면 스칼렛은 꼼짝없이 피티 고모의 집에 숨어서 아이가 태어날 때까지 갇혀 살게 될 몸이었다. 벌써부터 어떤 사람들은 몸이 그런 상태인데도 남들 앞에 나타난다고 해서 그녀를 비난했다. 숙녀라면 임신한 몸을 절대로 남들에게 보여 주지 않는다. 벌써부터 프랭크와 피티는 스칼렛 자신을 — 그리고 그들을 — 난처한 입장으로 몰아 넣지 말아 달라고 부탁했으며, 스칼렛은 6월이 되면 일을 중단하겠다고 약속했다.

6월까지만! 6월이 되면 틀림없이 안심하고 맡겨도 될 만큼 제재소의 기반을 닦아 놓게 되리라. 6월만 되면 적어도 재난으로부터 어느 정도 보호를 받을 만큼은 돈을 모으리라. 그래서 할 일은 엄청나게 많았지만 시간이 없었다! 그녀는 하루가 너무 짧다고 탓했으며, 초(秒)를 헤아렸고, 돈을 — 더 많은 돈을 벌기 위해서 정열적으로 분주하게 뛰어다녔다.

소심한 프랭크에게 자꾸 잔소리를 늘어놓은 덕택에 이제는 전보다 훨씬 장사도 잘되었고, 프랭크도 언제부터인가는 밀린 빚을 거둬들이기까지 했다. 하지만 그녀가 희망을 건 곳은 제재소였다. 요즈음의 애틀랜타는 잘려 쓰러진 거대한 나무와 다를 바가 없었지만, 이제는 더 튼튼한 싹이 돋고, 더 울창하게 잎이 피어나고, 더 많은 가지들이 뻗어 나가 새로이 솟아오르는 중이었다. 건축 자재의 수요는 공급이 따라가지 못할 정도로 많았다. 목재와 벽돌과 석재의 값이 치솟았고, 스칼렛은 동틀 녘부터 등불을 밝혀야 할 시간까지 공장을 가동시켰다.

날마다 그녀는 몇 시간을 제재소에서 보내며 온갖 일에 간섭하고, 틀림없이 벌어지리라고 믿어지는 도둑질을 막으려고 최선을 다했다. 하지만 대부분의 시간은 마차를 타고 돌아다니느라고 시내에서 보내면서, 건축업자들이나 청부업자들 그리고 목수들을 만났고, 심지어는 앞으로 건물을 지으려고 계획하는 낯선 사람들까지 찾아가서 오직 그녀의 제재소에서 생산되는 목재만을 사겠다는 약속을 받아 내려고 온갖 감언이설로 아첨을 떨었다.

점잔을 부리며 못마땅한 표정을 짓는 늙은 검둥이 마부의 옆에, 이륜마차를 타고 앉아 무릎 담요를 높이 끌어올려 몸을 감싸고는, 토시를 낀 작은 두 손을 무르팍에 깍지 끼어 얹은 그녀의 모습은, 얼마 가지 않아 애틀랜타에서는 낯익은 광경이 되었다. 피티 고모는 그녀의 불룩한 몸을 감추도록 예쁜 초록빛 짧은 망토와 그녀의 눈에 잘 어울리는 초록빛 빵떡모자를 만들어 주었으며, 사업 때문에 누군가를 찾아갈 때마다 그녀는 이렇게 멋진 옷차림으로 나섰다. 마차에서 내려 그녀의 몸매를 모두 보여 주지만 않는다면, 뺨에 엷게 바른 은은한 색의 연지와 더욱 은은하게 풍기는 화장수 냄새는 그녀를 한 폭의 멋진 초상화처럼 보이게 했다. 그리고 그녀가 미소를 지으며 손짓해 부르면 남자들은 얼른 마차로 뛰어와서, 비가 내리는데도 모자를 벗고 그녀의 사업 얘기에 응해

주었으므로, 마차에서 내릴 필요가 거의 없었다.

목재업이 돈을 벌기에 좋은 기회를 맞았음을 인식한 사람이 스칼렛 혼자만은 아니었지만, 그녀는 경쟁자들을 두려워하지 않았다. 그녀는 어느 누구와도 맞설 능력을 갖춘 자신의 총명함을 의식하고 자랑스럽게 생각했다. 그녀는 제럴드의 피를 이어받은 딸이었으며, 그렇게 물려받은 뛰어난 장사 수완은 지금 그녀가 눈앞에 당면한 필요성 때문에 더욱 무르익었다.

처음 다른 업자들은, 여자가 사업에 뛰어든다는 말을 듣기만 해도 무시해서, 그녀에게 코웃음을 쳤었다. 하지만 그들도 이제는 코웃음을 치지 않았다. 그녀가 마차를 타고 지나갈 때면 그들은 말없이 욕을 했다. 스칼렛은 필요한 경우라면 무척 나약해 보이고 호소하는 듯한 인상을 주어 환심을 살 줄도 알았기 때문에, 그녀가 여자라는 사실이 종종 유리한 여건을 마련해 주었다. 그녀는 가혹한 현실에 쫓겨 달갑지 않은 상황에 처할 수밖에 없는 여인, 용감해 보이면서도 알고 보면 사실은 소심한 숙녀이며, 만일 손님들이 그녀의 목재를 사주지 않는다면 아마 굶어 죽을지도 모를 정도로 무능력하고 귀여운 숙녀라는 인상을 심어 주는 데 아무런 어려움도 느끼지 않았다. 하지만 숙녀 같은 분위기가 소용이 없을 때면 그녀는 냉정한 사업가답게 행동했고, 새로운 고객을 확보하기 위해서라면 손해를 보더라도 기꺼이 다른 경쟁자들보다 싼값에도 팔았다. 그녀는 발각될 염려가 없다고 판단할 경우에는 질이 떨어지는 목재도 좋은 목재와 같은 값에 파는 짓도 서슴지 않았고, 다른 목재상들을 모함하는 짓도 역시 꺼리지 않았다. 불쾌한 진실을 밝히려느까 마음이 내키지 않는다는 듯 온갖 괴로운 표정을 지어 가면서 한숨을 쉬고는, 고객이 될 만한 사람들에게 다른 상점의 목재는 지나치게 비싸고, 썩은 나무를 팔기도 하며, 옹이구멍투성이여서 한심할 정도로 질이 나쁘다는 귀띔도 가끔 했다.

처음에는 이런 식으로 거짓말을 하고 나면 기분이 언짢고 죄의식을 느꼈는데 ─ 거짓말이 너무나 쉽게 그리고 자연스럽게 튀어나왔기 때문에 기분이 언짢았고, 어머니가 알았더라면 뭐라고 말씀을 하셨을까 하는 생각이 얼핏 머리에 떠올랐기 때문에 죄의식을 느꼈다.

거짓말이나 하고 약삭빠른 못된 짓을 하는 딸에게 엘렌이 무슨 말을 할지는 빤했다. 엘렌은 정신이 나갈 정도로 놀라서, 믿지도 않으려 하겠고, 부드러우면서도 뼛속까지 파고드는 가슴 아픈 충고를, 명예와 정직함과 이웃에 대한 의무에 대한 충고를 하리라. 어머니의 얼굴에 나타날 표정이 눈앞에 어른거리자 그녀는 잠시 동안 위축감을 느꼈다. 그러고는 타라에서 고생하던 시절이 생각나서, 이제는 현재의 불확실한 삶 때문에 더욱 강해진 본능, 강인하고 무자비하며 탐욕스러운 본능에 밀려 그런 영상은 지워져 이내 사라졌다. 그녀는 과거의 다른 중대한 여러 고민거리를 넘겨 버렸을 때와 같은 방법으로 양심의 고민도 넘겼으니 ─ 엘렌이 바라던 딸이 되지 못했다는 생각에 한숨을 쉬고, 그녀에게는 입버릇처럼 되어 버린 주문(呪文)인 〈이런 일은 나중에 생각하겠어〉라는 말을 되풀이하고는 훌훌 털어 버렸다.

하지만 그녀는 자기가 사업에 동원하는 방식과 연관 지어 다시는 엘렌 생각을 하지 않았고, 다른 목재상들로부터 고객을 빼앗아 오기 위해 힝하는 계략에 대해 다시는 절대로 후회하지 않았다. 스칼렛은 그렇게 거짓말을 하더라도 자기는 안전함을 알았다. 남부의 기사도가 그녀를 보호하겠기 때문이었다. 남부의 숙녀는 남자에 관해서 거짓말을 해도 괜찮았지만 남부의 신사는 여자에 관해서 거짓말을 해서는 안 되었고, 더구나 여자를 거짓말쟁이라고 말하는 남자라면 더욱 좋지 않게 생각했다. 다른 목재상들은 속으로만 화를 내고, 가족들끼리 둘러앉은 자리에서만 하느님이 케네디 부인을 5분 동안만이라도 남자로 바꿔 놓았으면 고맙겠다고 열을 올려 말했다.

디케이터 도로변에서 제재소를 운영하던 어느 가난한 백인은, 스칼렛만이 지닌 유리한 무기에 도전하여 스칼렛과 싸워 보겠다는 생각으로, 그녀가 거짓말쟁이에 사기꾼이라고 공공연히 떠들고 돌아다녔다. 하지만 숙녀가 아무리 그렇게 여자답지 못한 처신을 하더라도, 훌륭한 가문 출신의 숙녀에 대해서 가난뱅이 백인이 그토록 충격적인 말을 하고 돌아다닌다는 사실에 사람들이 경악했기 때문에, 그런 행동은 도움은커녕 그를 더욱 곤경으로 몰아넣었다. 스칼렛은 그가 쏟아내던 비난을 말없이 점잖게 참아 넘겼으며, 시간이 흐른 다음 그녀는 그와 그의 고객들에게 관심을 집중시켰다. 그녀는 그 목재업자보다 엄청나게 싼 값으로 팔면서, 속으로는 끙끙 앓으면서도 자신의 결백함을 증명하기 위해 어찌나 질이 좋은 목재를 배달했던지, 백인 제재업자는 곧 파산하고 말았다. 프랭크로서는 기가 막힐 노릇이었지만, 그런 다음에 스칼렛은 문제의 제재소를 마음대로 헐값으로 깎아내려서 당당하게 사버렸다.

일단 손에 넣기는 했지만, 제재소를 맡겨도 될 만큼 믿음직스러운 사람을 찾아내기가 난처한 문제였다. 그녀는 존슨 씨 같은 사람은 원하지 않았다. 그녀가 아무리 열심히 감시해도 그녀 모르게 그가 여전히 목재를 팔아먹는다는 사실을 스칼렛은 알았다. 하지만 적당한 사람을 찾아내기는 쉬우리라고 생각했다. 누구나 다 욥의 칠면조[63]만큼이나 가난했고, 거리에 나가면 전에는 부자였지만 지금은 일자리가 없는 사람들이 넘쳐 나지 않는가? 프랭크가 굶주린 어느 퇴역 군인에게 돈을 주지 않거나 피터와 쿠키가 앙상하게 야윈 거지에게 먹을거리를 싸주지 않고 지나가는 날이 하루도 없었다.

하지만 스칼렛은, 그녀로서는 이해가 가지 않는 어떤 이유 때문에, 그런 사람들은 원하지 않았다. 〈난 1년이 지나도록 일거리를 찾지 못한 남자는 원하지 않아.〉 그녀는 생각했다. 〈아직도 평화에 적응하지 못한 사람이라면 나에게도 적응하지 못하겠지. 그리고 그런 남자들은 하나같이 철저한 패배자의 비열한 인상들을 주었어. 나는 레니나 토미 웰번이나 켈스 화이팅, 또는 시먼스 댁 청년들 ── 그런 남자들처럼 똑똑하고 정력적인 사람을 원해. 그들은 패전 직후의 수많은 다른 군인들처럼 무슨 일에도 관심이 없다는 듯한 그런 태도는 보이지 않으니까. 그들은 굉장히 다양한 대상에 관해서 깊은 관심을 보였지.〉

그러나 벽돌 가마를 시작한 시먼스 댁 청년들이나, 아무리 곱슬거리는 흑인 머리라도 여섯 번만 바르면 직모가 된다고 보장하며 어머니가 부엌에서 만든 약을 팔던 켈스 화이팅이, 그녀의 제의에 겸손하게 미소를 짓고는, 고맙지만 사양하겠다고 거절하자 그녀는 크게 놀랐다. 그녀가 접근했던 10여 명의 다른 남자도 똑같은 반응을 보였다. 다급한 나머지 그녀는 보수를 더 주겠다고 제안했지만, 그들은 여전히 스칼렛의 청을 거절했다. 메리 웨더 부인의 조카들 가운데 한 명은 짐마차를 끄는 일이 별로 만족스럽지는 않지만, 그래도 스칼

63 구약 성서의 「욥기」에 나오는 욥은 가난한 의인이었다.

렛 밑에서 일하기보다는 자신의 짐마차를 끄는 편이 좋기 때문에 혼자 힘으로 해보겠다고 건방지게 설명했다.

어느 날 오후 스칼렛은 르네 피카르의 파이 마차 옆에 그녀의 이륜마차를 세우고는 르네에게, 그리고 친구의 마차를 얻어 타고 집으로 가던 불구의 토미 웰번에게 소리쳐 인사를 했다.

「이봐요, 레니,[64] 나한테 와서 같이 일하지 않겠어요? 파이 마차를 끌고 다니기보다는 제재소를 운영하는 편이 더 점잖은 일이겠죠. 내 생각엔 당신이 이런 일을 하면 수치심을 느끼리라는 생각이 들어서요.」

「나야 어디 창피한 줄 아나요.」 르네가 히죽 웃었다. 「존경받을 만한 사람이 어디 남았겠어요? 전쟁이 검둥이들과 함께 날 해방시켜 줄 때까지 난 평생 존경만 받으며 살아왔었어요. 절대로 난 다시는 체면을 찾고 권태감에 시달리는 날은 보지 못하겠죠. 하늘의 새처럼 자유로운 몸이니까요! 난 파이 마차를 끌고 다니면 즐거워요. 난 내 노새도 좋아합니다. 난 우리 장모님의 파이를 사주는 친절한 양키들도 좋아해요. 그래요, 우리 스칼렛, 난 파이계의 왕자가 되어야 합니다. 그것이 내 운명이니까요! 나폴레옹과 마찬가지로 난 내 운명에 순종합니다.」 그는 배우처럼 멋지게 채찍을 휘둘렀다.

「하지만 토미가 출신이 나쁜 아일랜드 석공들 패거리와 아옹다옹할 만한 사람이 아니듯이, 당신도 파이나 팔러 다닐 그런 출신은 아니죠. 내가 제공하는 일자리가 훨씬 ――」

「그렇다면 당신은 제재소를 운영할 그런 출신이라는 얘기군요.」 입가에 경련을 일으키며 토미가 말했다. 「그래요, 난 어머니의 무릎에 매달려 〈나쁜 목재를 주고도 더 많은 돈을

64 제35장 1058면 각주 46번 설명 참조.

벌 기회를 잡으면 절대로 좋은 목재를 내놓지 말라〉고 배워 가며 옹알거리는 어린 스칼렛의 모습이 눈에 선하군요.」

옆에 앉은 르네가 이 말을 듣고 요란하게 웃어 대며 즐거워하고는, 원숭이처럼 생긴 작은 눈을 굴리며 토미의 뒤틀린 잔등을 철썩 때렸다.

「건방진 소리 말아요.」 토미의 말이 전혀 우습다고 생각하지 않았던 스칼렛이 냉정하게 말했다. 「물론 나는 출신이 제재소나 운영할 사람은 아니죠.」

「난 건방지게 굴 생각은 없었어요. 하지만 출신이야 어떻든 간에 당신은 제재소를 운영하는 여자예요. 그리고 그것도 아주 잘 운영하죠. 글쎄요, 내가 보기에는 우리들이 본래부터 뜻했던 일을 하며 살아가는 사람은 지금 아무도 없지만, 그래도 어쨌든 그럭저럭 꾸려 나가리라고 생각합니다. 기대했던 그대로 삶이 풀려 나가지 않는다고 해서 그냥 주저앉아 울기만 하는 사람이나 민족은 바람직하지 못하죠. 진취적인 어느 카펫배거나 한 사람 구해서 데리고 일하시지그래요, 스칼렛? 그런 사람은 어딜 가나 쉽게 구할 텐데요.」

「난 카펫배거 따위는 원하지 않아요. 그들은 시뻘겋게 달궈 놓았거나 못으로 박아 놓은 물건 이외에는 모조리 다 훔쳐 가니까요. 조금이라도 쓸 만한 인간들이었다면 그들은 살던 곳에 눌러앉아 살고, 우리들의 뼈나 발라 먹으려고 여기까지 굴러 오지는 않았겠죠. 난 똑똑하고 정직하고 정력적이면서도 훌륭한 가문 출신의 훌륭한 사람을 원하고 ─」

「욕심이 너무 지나치시군요. 그리고 당신이 주겠다는 정도의 보수로는 그런 사람은 구하지 못해요. 심하게 팔다리가 잘려 나간 사람들은 제외하고요. 당신이 얘기한 그런 자질을 가진 사람은 벌써 어디선가 어떤 일거리라도 맡았을 테니까요. 그들은 정사각형 구멍에 박아 넣은 둥근 나무못처럼 제 자리는 못 찾았는지 모르겠지만, 아무튼 어떤 일거리든 잡기는 했답니다. 여자 밑에서 일을 하기보다는 자기 나름대로 뭔가 하니까요.」

「속을 알고 보면 남자들이란 별로 지각이 있어 보이지는 않아요, 안 그래요?」

「그런지는 모르지만, 자존심은 대단하죠.」 토미가 냉정하게 말했다.

「자존심이라고요! 자존심이란 굉장히 달콤하고, 특히 껍질이 얇아야 더 달고, 머랭[65]을 발라 놓으면 더욱 달콤하죠.」 스칼렛이 신랄하게 쏘아붙였다. 약간 속이 쓰리기는 했겠지만 두 남자는 웃었고, 스칼렛이 보기에는 그들이 남자로서 그녀를 못마땅하게 생각하는 감정으로 함께 결속된 듯싶었다. 그녀가 접근했던 남자들과 앞으로 접근하려고 계획했던 사람들을 재빨리 되새겨 보던 스칼렛은 토미의 말이 옳다고 판단했다. 그들은 저마다 바빴고, 어디선가 열심히 일했고, 전쟁 전에는 도저히 생각조차 못 했을 정도로 열심히 일했다. 자신들이 하고 싶었던 일이나, 가장 하기 쉬운 일이나, 자신의 신분에 알맞은 일은 아니었을지 모르지만, 어쨌든 그들은 어떤 일을 했다. 워낙 고통이 심한 시절인지라 이것저것 가릴 여유가 그들에게는 없었다. 그리고 혹시 그들이 상실한 희망에 대해 서러워하고, 잃어버린 삶을 그리워했더라도, 그런 마음은 그들 자신 이외에는 아무도 몰랐다. 그들은 새로운 전쟁을, 이미 치렀던 전쟁보다 훨씬 힘든 전쟁을 치르는 중이었다. 그리고 그들은 다시 삶에 애착을 느꼈고, 그들의 삶을 전쟁이 두 동강 내버리기 이전에 그들에게 생명력을 불

65 설탕, 달걀 흰자위 따위를 섞어 구워 만들어 파이 따위에 바른다.

어넣었던 긴장감과 격렬함에 애착을 느꼈다.

「스칼렛.」 토미가 거북해하며 말했다. 「당신한테 무례하게 굴고 난 다음에 이런 부탁을 하기는 정말 싫지만, 그래도 부탁해야 되겠어요. 어쨌든 당신에게는 도움이 될 테니까요. 내 매형 휴 엘싱은 장작을 팔러 다니는데, 장사가 신통치 않은 모양이에요. 양키들 이외에는 사람들이 직접 나가서 장작을 구해 오니 말이죠. 그리고 내가 알기로는 엘싱 가족 모두가 무척 고생이 심합니다. 난 — 난 힘이 닿는 데까지 노력하지만, 패니를 부양해야 하고 거기다가 또 스파르타에 내려가면 부양해야 할 어머니와 미망인이 된 누이가 둘이나 되죠. 휴는 착한 사람이고, 당신은 착한 사람을 원했는데, 당신도 알다시피 그는 훌륭한 집안 출신에, 정직하죠.」

「하지만 글쎄요, 휴는 적극성이 별로 없어요. 그렇지 않다면야 장작 장사로 벌써 성공했겠죠.」

토미는 머리를 저었다.

「당신은 사물을 지나치게 까다로운 눈으로 보는 버릇이 있어요, 스칼렛.」 그가 말했다. 「하지만 휴를 다시 생각해 보세요. 더 찾아본다고 해도 별로 신통한 사람은 나오지 않을 테니까요. 난 적극성이 없다는 그의 단점은 열성과 정직함으로 보충된다고 생각해요.」

스칼렛은 더 이상 무례하게 굴고 싶지 않아서 대답을 하지 않았다. 하지만 그녀의 생각에는 적극성보다 훌륭한 자질은 아무것도 없는 듯싶었다.

시내를 샅샅이 뒤지고 돌아다녀도 사람을 구하지 못하고, 성가시게 쫓아다니는 카펫배거들을 떼어 놓은 다음, 그녀는 결국 토미의 제안을 받아들여 휴 엘싱에게 부탁해야겠다고 작정했다. 그는 전쟁 중에는 날렵하고 창의력이 풍부한 장교였지만, 두 차례의 심한 부상을 당하고 4년에 걸쳐 전투를 치르다 보니 이제 창의력이 완전히 고갈되어, 평화 시의 가혹한 삶을 아이처럼 어리벙벙한 마음으로 맞는 듯싶었다. 요즈음 장작을 팔려고 돌아다니는 그의 눈은 길을 잃고 방황하는 개 같은 표정이어서, 그녀가 희망했던 종류의 남자와는 거리가 멀었다.

〈멍청한 사람이야.〉 스칼렛은 생각했다. 〈사업에 대해서는 전혀 아는 바가 없고, 보나마나 둘 더하기 둘 같은 덧셈도 제대로 못하겠지. 그리고 앞으로도 절대로 배우지 못하리라는 생각이 들어. 하기야 그래도 정직한 사람이니까 나를 속이려 들지는 않겠지만.〉

스칼렛은 요즈음 자신은 정직한 면을 거의 보여 주지 않았고, 자신의 경우에는 가치를 인정하지 않으면서도 남들에게서는 정직성의 가치를 높이 평가했다.

〈조니 갤러거가 건축 공사 때문에 토미 웰번에게 붙잡혀 있다니 참으로 섭섭한 일이야.〉 그녀는 생각했다. 〈내가 원하는 사람이 바로 그런 사람인데. 그는 못처럼 단단하고 뱀처럼 교활하지만, 정직하게 행동하는 경우 충분한 대가를 받으리라고 믿으면 당장 정직해질 인물이야. 나는 그를 이해하고, 그는 나를 이해하지. 우린 사업을 같이하면 아주 잘하겠어. 어쩌면 난 호텔 공사가 끝나면 그를 끌어오게 될지도 몰라. 그러니까 그때까지는 휴에게 맡기고, 다른 제재소는 존슨 씨에게 그대로 맡겨 둔다면, 그들이 제품을 만들고 배달하는 동안 나는 시내에 머물면서 판매를 맡을 여유가 생기겠지. 조니를 끌어올 때까지 내가 늘 시내에서만 지내는 사이에 존슨 씨가 도둑질을 한다고 해도 그런 위험쯤은 감수할 수밖에 없겠지. 그가 도둑질만 하지 않는다면 얼마나 좋을

1174

까! 봐서 찰스가 유산으로 남겨 준 대지에서 절반 정도를 잘라 목재 야적장을 만들어야 할까 봐. 나머지 터에다 술집을 짓는다고 해서 프랭크가 그렇게 소리를 지르지만 않았더라면 얼마나 좋을까! 그래, 그이가 어떤 태도로 나오든, 난 충분히 돈만 마련되면 즈시 술집을 지을 테야. 프랭크가 그렇게 신경과민만 아니라면 좋겠는데. 오, 하느님, 하필이면 이럴 때 내가 아이를 낳아야 하다니! 조금 더 지나면 배가 불러 외출도 못 하겠지. 오, 하느님, 아이를 낳을 때가 멀었다면 얼마나 좋을까! 그리고, 오, 하느님, 만일 망할 놈의 양키들이 나를 그냥 내버려 두기만 한다면 정말 좋을 텐데! 만일 ―.〉

만일! 만일! 만일! 삶에는 만일이라는 조건이 워낙 많아서, 어떤 일에서도 전혀 확실성을 기대하기가 어렵고, 안정이라는 인식도 전혀 확실하지 않으며, 전 재산을 다 잃고 또다시 춥고 굶주린 삶을 맞으리라는 두려움이 언제나 도사리고 기다릴 따름이었다. 물론 요즈음 프랭크는 돈을 더 벌어들이기는 했지만, 항상 감기에 걸려 고생하고, 걸핏하면 며칠씩 자리에 누워 지내야만 했다. 만일 그이가 병이 심해 일어나지 못하게 되면 어쩌나! 그렇다! 프랭크에게 큰 기대를 걸고 의지해서는 안 된다. 스칼렛은 자기 자신 이외에는 어느 누구에게도, 어떤 무엇에도 의지해서는 안 되었다. 그리고 그녀가 벌어들이게 될 돈은 처량할 정도로 적게 느껴졌다. 오, 만일 양키들이 와서 몽땅 빼앗아 간다면 그녀는 어떻게 하나? 만일! 만일! 만일!

매달 그녀가 버는 돈의 절반은 타라의 윌에게 보냈고, 일부로는 레트에게서 빌려 온 돈을 갚았고, 나머지는 따로 숨겨 두었다. 어떤 구두쇠라도 숨겨 둔 돈을 그녀처럼 자주 헤아려 본 사람은 없었겠고, 어떤 구두쇠라도 돈을 잃어버릴까 봐 그녀처럼 벌벌 떠는 사람 또한 없었으리라. 그녀는 은행이 파산하거나 양키들에게 몰수를 당할까 봐 겁이 나서 돈을 은행에 맡기지도 못했다. 그래서 그녀는 몸에 지니고 다닐 만큼은 코르셋 속에 넣고 다녔으며, 자그마한 지폐 꾸러미를 집 안 여기저기, 벽난로의 떨어져 나온 벽돌 밑이나, 헝겊 자루[66]나, 성서의 책장 사이에 숨겨 두었다. 그리고 만일 재난이 닥칠 경우에는, 돈을 많이 모으면 모을수록 그만큼 잃게 될 액수도 많아지리라는 생각이 들자, 그녀는 날이 갈수록 성질이 점점 더 급해졌다.

프랭크와 피티와 하인들은 그런 이유를 전혀 눈치채지 못해서, 그녀의 못된 태도가 임신 때문이라고 믿으며, 지나칠 정도의 상냥함을 보이고 그녀의 신경질을 받아 주었다. 프랭크는 임신한 여자에게는 비위를 맞춰 줘야 한다는 얘기를 들었으므로, 자존심은 생각하지도 않기로 하고 아내가 제재소를 운영한다든가, 숙녀라면 그렇게 행동해서는 안 되는 그런 시기에 시내를 돌아다닌다고 해도, 더 이상 참견조차 하지 않았다. 그녀의 행동 때문에 그는 끊임없이 난처한 입장에 처했지만, 얼마 동안은 더 참아 내리라고 작정했다. 아기를 낳은 다음에는, 그가 좋아했던 바로 그런 다정하고 숙녀다운 모습을 스칼렛이 되찾으리라고 그는 생각했다. 하지만 비위를 맞추려고 온갖 노력을 다했음에도 불구하고 그녀는 계속 짜증을 부렸고, 그는 자주 아내가 무엇에 홀린 사람처럼 행동한다는 생각을 하게 되었다.

무엇이 그녀를 사로잡았고, 무엇이 미친 여자처럼 그녀를 몰아댔는지는 아무도 눈치채지 못하는 듯싶었다. 그녀를 홀린 힘은, 출산을 앞두고 집 안에 들어앉기 전에 그녀의 업무

66 바느질하고 남은 헝겊 조각들을 넣어 두는 자루.

를 정리하고, 또다시 그녀에게 재앙이 밀어닥치기 전에 가능한 한 많은 돈을 모으고, 양키의 증오가 파도처럼 밀어닥칠 경우에 대비한 튼튼한 방파제 노릇을 할 현금을 확보하겠다는 욕심이었다. 요즈음 그녀를 지배하는 힘은 오로지 돈에 대한 집념뿐이었다. 어쩌다가 아기 생각을 하더라도 그녀는 때를 잘못 맞추었다는 데 대한 좌절감과 분노만 느낄 따름이었다.

〈죽음과 세금과 출산! 그것들은 편리한 때를 골라서 발생하는 사건은 아니다!〉

한낱 여자의 몸으로 스칼렛이 제재소 운영을 시작했을 때만 해도 애틀랜타 사람들은 아연실색하고 뒤에서 수군거렸지만, 시간이 흐름에 따라 그들은 그녀가 하는 짓에 끝이 없다는 판단을 내렸다. 가혹하다고 할 지경이었던 그녀의 장삿속은, 가엾은 어머니가 로비야르 가문 출신임을 고려하면 참으로 충격적이었고, 그녀가 임신했음을 누구나 다 아는데도 거리를 나돌아 다닌다면 그것은 분명히 점잖지 못한 짓이었다. 아이를 가졌다는 사실을 깨닫는 순간부터 점잖은 백인 여자라면 누구나 다, 그리고 흑인도 거의 다 바깥출입을 전혀 하지 않았고, 따라서 스칼렛이 하고 다니는 꼴로 보면 보나마나 길거리에서 아기를 낳고 말리라고 메리웨더 부인은 화를 내며 떠들어 대었다.

하지만 요즈음 시내에서 나도는 시끄러운 소문에 비하면, 그녀의 처신에 대한 지금까지의 온갖 비난은 아무것도 아니었다. 그것은 스칼렛이 양키들과 거래를 하는 정도가 아니라 분명 그런 일을 즐기는 눈치더라는 소문이었다.

메리웨더 부인을 비롯해서 많은 남부 사람도 북부에서 온 낯선 사람들과 거래를 하긴 했지만, 그들은 이런 일을 싫어 했고, 싫어한다는 점을 노골적으로 드러냈다. 스칼렛 역시 그들을 좋아할 리가 없었지만, 그러나 그녀는 어쨌든 그런 내색을 하지 않고 겉으로나마 좋아하는 듯한 인상이었다. 심 지어 그녀는 양키 장교들을 집까지 찾아가서, 장교 부인들과 같이 차를 들기도 했다. 그녀는 자기 집으로 그들을 초청하 지만 않았을 뿐, 실제로 하지 않은 짓이 없었고, 피티 고모와 프랭크만 아니었다면 그런 행동도 서슴지 않으리라고 애틀 랜타 사람들은 생각했다.

스칼렛은 사람들이 수군거린다고 해도 개의치 않았고, 그 런 데 신경을 쓸 겨를도 없었다. 그녀는 타라 농장을 태워 버 리려 했던 날 양키들을 증오했던 것만큼이나 맹렬히 아직도 북부인들을 증오했지만, 그까짓 증오쯤은 감추기가 어렵지 않았다. 그녀는 돈을 벌고 싶다면 양키들을 상대해서 벌어야 한다는 원칙을 깨달았고, 미소와 감언이설로 그들을 꾀는 방 법이 그들을 자신의 제재소로 끌어들이는 가장 확실한 길임 을 터득했다.

언젠가 훗날, 돈을 많이 벌어 양키들이 발견하지 못할 곳 에 숨겨 둔 다음에, 그때가 되면, 그때가 되면 그녀는 양키들 을 그녀가 어떻게 생각하는지를 솔직하게 얘기하고, 그들을 얼마나 증오하고 혐오하고 경멸하는지를 말하리라. 그러면 얼마나 속이 후련할까! 하지만 그때가 되기 전에는 그들과 사이좋게 지내야 유리하다는 건 지극히 상식적인 일이었다. 그리고 그것이 아무리 위선적이라고 해도, 애틀랜타 사람들 이 아무리 심한 욕을 하더라도, 그녀로서는 상관할 바가 아 니었다.

그녀는 양키 장교들과 친해지기가 땅에 앉은 새를 쏘아 죽이기만큼이나 쉽다는 사실을 깨달았다. 그들은 적대감으로 가득한 땅에 유배된 외로운 유형자들이었고, 점잖은 여자들이 옆을 지나가다가 치마를 옆으로 당겨 여미고는 그들에게 당장 침이라도 뱉을 듯싶은 표정을 짓는 도시에서, 예의 바른 여성과의 교제에 굶주린 남자들이 많았다. 그들에게 상냥한 말을 건네는 여자들이라고는 창녀와 흑인뿐이었다. 하지만 아무리 사업을 하는 여자라고는 해도 스칼렛은 숙녀였고, 그것도 훌륭한 가문의 숙녀였으며, 그녀의 눈부신 미소와 초록빛 눈에 담긴 유쾌한 광채를 보면, 그들은 흥분감을 느꼈다.

이륜마차에 앉아서 스칼렛이 그들과 얘기를 나누고 보조개를 지으며 애교를 부릴 때도, 걸핏하면 그들에 대한 반발심이 어찌나 심하게 치밀어 오르는지, 그녀는 그들의 면전에서 욕설을 퍼붓고 싶은 충동을 억누르기가 힘들었다. 하지만 그녀는 자제했으며, 양키 남자를 마음대로 다루기란 남부 남자를 희롱하기보다 별로 어렵지 않다는 사실을 깨달았다. 하지만 이것은 희롱이 아니라 냉혹한 업무였다. 그녀가 해낸 역할은 곤경에 처한 세련되고 상냥한 남부 숙녀였다. 스칼렛은 고상하고 은근한 분위기로 그녀의 제물과 거리를 유지할 줄 알았지만, 그러면서도 그녀가 보여 주는 태도에서 풍기는 우아함은 양키 장교들르 하여금 케네디 부인을 기억할 때면 일종의 따스함을 느끼게 해주었다.

이 따스함은 사업상 그녀에게 무척 유리하게 작용하는 요소였는데 — 그것은 스칼렛이 의도한 바였다. 애틀랜타에 얼마나 오랫동안 주둔하게 될지 몰랐기 때문에, 수비대의 많은 장교는 아내와 가족을 데려오기 위해 사람을 보냈다. 호텔과 하숙집이 만원이었기 때문에 그들은 작은 집을 지었고, 그들은 이곳에서 어느 누구보다도 그들을 상냥하게 대해 주던 우아한 케네디 부인에게서 목재를 사고 싶어 했다. 벼락부자가 된 많은 카펫배거와 스캘라왝도, 떼돈을 들여 멋진 집과 상점과 호텔을 지으려고 할 때는, 깍듯이 예의를 지키기는 하지만 노골적인 증오보다도 훨씬 사람을 불편하게 만들 정도로 딱딱하고 냉정한 예절을 지키는 남군 출신들보다는, 그녀와 거래를 하는 편이 더 유쾌하다고 생각했다.

스칼렛은 아름답고 매력적이면서도 때로는 마음만 먹으면 대단히 무기력하고 애처로운 인상을 주는 방법을 알았고, 그래서 그들은 기껏해야 줏대도 없는 남편 하나만 의지하고 살아가야 하면서도 자그마한 몸집에 대단한 용기를 보여 주는 여자를 도와줘야겠다는 생각이 들었기 때문에, 기꺼이 그녀의 목재 야적장의 단골손님이 되었고, 내친김에 프랭크의 상점도 자주 드나들었다. 번창하는 사업을 지켜보며 스칼렛은 양키의 돈으로 현재를 안전하게 꾸려 나갈 뿐 아니라, 양키 친구들 덕택에 미래도 보장받으리라고 느꼈다.

그들은 하나같이 남부의 숙녀를 두려워하면서도 흠모하는 듯싶었으므로, 그녀가 원하는 차원에서 양키 장교들과의 관계를 유지하기란 예상했던 만큼은 힘들지 않았지만, 장교 부인들은 그녀가 예상하지 못했던 문제를 야기시켰다. 양키 여자들과의 접촉은 그녀가 바라던 바가 아니었다. 장교 부인들은 꼭 그녀를 만나야 되겠다고 다짐했던 반면에 스칼렛은 그들을 피하려고 했지만, 뜻대로 되지가 않았다. 그들은 남부의 사회 그리고 남부의 여자들에 대한 호기심이 대단했으며, 스칼렛은 그들로 하여금 호기심을 만족시킬 모처럼의 기회를 마련해 주었다. 애틀랜타의 다른 여자들은 그들과 상종하지 않으려 했다. 심지어는 교회에서 만나도 인사조차 나누기를 거부했으므로, 사업 때문에 그들의 집을 방문하게 된 스칼렛은 그들의 소망에 대한 응답처럼 여겨졌다. 어느 양키의 집 앞에서 이륜마차를 세워 놓고 앉아, 집주인과 기둥이며 지붕 판자에 관한 얘기를 나누노라면, 가끔 아내가 나와서 대화에 끼어들거나, 집으로 들어와서 차나 한잔 같이 마시자고 청했다. 그들에게 프랭크의 상점과 거래를 트라고 교묘하게 말을 꺼낼 기회를 항상 노리던 그녀였기 때문에, 아무리 불쾌한 일처럼 여겨졌어도 스칼렛은 거절하는 일이 별로 없었다. 하지만 그들이 물어보는 여러 가지 개인적인 질문 때문에, 그리고 남부에 대해서 일반적으로 그들이 보여 주는 으쓱하고 깔보는 태도 때문에, 스칼렛의 자제력은 심한 고통을 당한 적이 많았다.

『톰 아저씨의 오두막』을 성서 다음가는 진리의 계시로 꼽던 양키 여자들은 도망친 노예를 추적하기 위해서 남부에서 집집마다 한 마리씩 키운다고 믿었던 블러드하운드[67] 애기를 꼬치꼬치 물어보았다. 그러면 스칼렛은 그들에게 평생 블러드하운드는 꼭 한 마리밖에 본 적이 없으며, 그나마도 작고 온순한 개였지 사납고 거대한 놈은 아니었노라 얘기했고, 그러면 북부 여자는 스칼렛의 말을 전혀 믿으려고 하지 않았다. 그들은 농장주들이 노예의 얼굴에 표시하려고 사용했던 무시무시한 낙인을 찍는 쇳덩이와, 농장주들이 노예를 때려 죽이느라고 사용했던 아홉 가닥의 채찍에 관해서도 알고 싶어 했으며, 노예를 첩으로 삼는 관습에 대해서는 아주 고약하고 교양 없는 관심을 나타냈다. 양키 군대가 이곳에 눌러 앉게 된 이후로 애틀랜타에는 혼혈 아기의 수가 엄청나게 늘어났다는 사실을 고려하면, 그녀는 이런 시각의 관심이 특히 못마땅했다.

67 경찰견으로 쓰이는 영국산 사냥개.

그런 편협하고 무식한 소리를 들어줘야만 한다는 분노 때문에 애틀랜타의 다른 여자들이었다면 숨이라도 넘어갔겠지만, 스칼렛은 그런대로 잘 자제했다. 그나마 그녀에게 도움이 되는 요소를 꼽는다면, 그것은 장교 부인들이 그녀에게서 분노보다는 혐오감을 더 자극한다는 점이었다. 누가 뭐라고 해도 어쨌든 그들은 양키였고, 양키들에게서는 그보다 더 기대할 것도 없었다. 그래서 그녀의 고향과 민족, 그리고 그들의 도덕에 대해서 양키 여자들이 몰지각한 모욕을 일삼더라도, 스칼렛은 그냥 흘려버리고 전혀 깊이 새겨듣지 않았기 때문에, 잘 감춰진 냉소 이상의 반응을 보이는 일이 없었다. 하지만 그러다가 결국은, 그녀로 하여금 속이 뒤집힐 정도로 분노하게 만들었고, 물론 그럴 필요조차 없었겠지만 그녀에게 북부와 남부 사이의 틈이 얼마나 넓고 또 그것을 메우기가 얼마나 불가능한지를 보여 준 사건이 일어나고 말았다.

어느 날 오후에 피터 아저씨와 함께 마차를 타고 돌아오는 길에, 스칼렛은 그녀의 제재소에서 구입한 목재로 양키 장교들이 집을 다 지을 때까지 세 장교의 가족이 함께 들어가 사는 집 앞을 지나가게 되었다. 그녀가 마차를 타고 지나가려니까, 길에 나와 서 있던 세 명의 장교 부인이 스칼렛더러 멈추라고 손을 흔들었다. 마차 승강단으로 나온 그들은, 양키들에게서 다른 언행은 웬만하면 용서해 주어도 되겠지만 목소리만큼은 안 되겠다고 그녀로 하여금 항상 느끼게 만드는 억양으로, 스칼렛에게 인사를 했다.

「당신을 꼭 만나고 싶었어요, 케네디 부인.」 메인에서 왔다던 키가 크고 호리호리한 여자가 말했다. 「난 이곳 미개한 마을에 대해서 뭔가 좀 알아보고 싶은데요.」

스칼렛은 애틀랜타에 대해 그런 말로 모욕한 사람을 마음속으로 경멸함으로써 분노를 억제하며 크게 미소를 지었다.
「뭘 도와 드릴까요?」
「우리 집 유모 브리짓이 북부로 돌아갔어요. 깜둥이들과 같이 이곳에서 지내는 생활은 견디지 못하겠다면서요. 그래서 아이들 때문에 난 머리가 돌아 버릴 지경이에요! 어떻게 유모를 구해야 하는지 제발 얘기해 줘요. 어디다 신청해야 할지 모르겠어요.」
「그건 어려운 일이 아니로군요.」 스칼렛이 웃으며 말했다. 「시골에서 갓 들어와 노예 해방청 사람들에게 아직 물들지 않아 버릇이 고약해지지 않은 검둥이를 찾아내기만 한다면, 아마도 가장 훌륭한 하인을 얻은 셈이겠죠. 여기 문간에 서서 지나가는 검둥이 여자들에게 물어보기만 한다면 틀림없이 ―」
세 여자는 화가 발끈 나서 소리를 질러 댔다.
「당신은 내가 우리 아기를 깜둥이한테 맡기리라고 생각하나요?」 메인에서 온 여자가 소리쳤다. 「난 훌륭한 아일랜드 여자를 원해요.」
「애틀랜타에서는 아일랜드 하녀를 구하기 어려울 텐데요.」 냉정한 목소리로 스칼렛이 대답했다. 「내가 직접 체험한 바지만, 난 백인 하녀는 여태껏 한 명도 본 적이 없고, 그런 하녀를 집에 두고 싶은 생각도 없습니다. 그리고 ―」 그녀는 약간 비꼬는 말투를 억제할 생각이 조금도 없었다. 「검둥이는 식인종이 아니며, 꽤 믿을 만하다고 보장하죠.」
「어머, 안 돼요! 우리 집에는 검둥이를 들여놓지 못하겠어요. 생각만 해도 끔찍해요!」
「그들이 내 눈을 벗어나면 무슨 짓을 할지 믿지도 못하겠는데, 하물며 내 아기를 맡기다니!」

스칼렛은 엘렌과, 자기와, 웨이드를 보살펴 주느라고 거칠어진 어멈의 손, 상냥하고 울퉁불퉁하면서도 험한 어멈의 두 손을 생각했다. 검은 손이 얼마나 다정하고 편하게 해주는지, 위로해 주고 쓰다듬고 토닥거리는 손길이 얼마나 정확한지, 그런 손길을 타향 사람들이 어떻게 안단 말인가? 그녀는 코웃음을 쳤다.

「그들을 해방시킨 사람들은 바로 당신들인데 그런 식으로 생각하다니 참 이상하군요.」

「맙소사! 이봐요, 난 그런 일하고는 상관없어요.」 메인에서 온 여자가 웃었다. 「난 지난달 남부로 내려오기 전까지는 깜둥이라면 전혀 본 적도 없고, 다시는 보고 싶지도 않아요. 그들을 보면 소름이 끼치니까요. 난 그들을 믿지도 못하겠고…….」

스칼렛은 꼿꼿하게 앉아서 말의 귀만 뚫어져라 응시하며 피터 아저씨가 조금 전부터 씨근덕거리고 몰아쉬는 숨소리를 의식했다. 메인에서 온 여자가 갑자기 웃음을 터뜨리고 옆에 있는 친구들에게 그를 손가락으로 가리키자 스칼렛은 피터 아저씨에게 더욱 신경이 쓰였다.

「저 늙은 깜둥이가 두꺼비처럼 잔뜩 부어오른 꼴 좀 봐요.」 메인 여자가 킬킬거렸다. 「보아하니 당신이 아끼는 귀염둥이 영감인 모양이군요. 안 그래요? 당신네 남부 사람들은 깜둥이를 어떻게 다뤄야 하는지도 몰라요. 그들의 버르장머리를 당신들이 아주 못쓰게 망쳐 놓았으니까요.」

피터는 숨을 들이마셨고, 쪼글쪼글한 이마에는 깊은 주름살이 파였지만, 눈은 똑바로 앞만 쳐다보았다. 그는 평생 어느 백인에게서도 〈깜둥이〉라는 소리를 들어 본 적이 한 번도 없었다. 같은 흑인들에게서는 들었다. 하지만 백인에게서는 전혀 들어 보지 못했다. 그리고 오랜 세월에 걸쳐 해밀턴 집안의 점잖은 주춧돌 노릇을 했던 피터인데, 그를 믿지도 못하겠다 하고, 더구나 〈귀염둥이 영감〉이라고 하다니!

스칼렛은 자존심이 상처를 받아 떨리기 시작하는 피터의 검은 턱을 보았고, 눈으로 보았다기보다는 느꼈고, 그러자 살인적인 분노가 그녀를 사로잡았다. 그녀는 저 여자들이 남군을 비웃거나, 남부 동맹의 대통령 제프 데이비스를 헐뜯거나, 남부인들이 노예를 살해하고 고문을 일삼는다고 말해도 잠자코 들으면서 속으로만 그들을 경멸했었다. 그렇게 하는 편이 유리하다면 자신의 미덕과 정직성에 대한 모욕까지도 그냥 참고 넘어갔을지도 모른다. 하지만 그들이 바보 같은 소리를 해서 충직하고 늙은 검둥이의 감정을 상하게 했다는 생각을 하면, 그녀는 화약에 성냥불을 갖다 댄 듯 화가 치밀었다. 얼핏 그녀는 피터의 허리띠에 꽂힌 큼직한 마상 권총을 쳐다보았고, 그 권총을 잡아 뽑으려는 충동에 두 손이 근질거렸다. 오만하고 무식하고 건방진 정복자들, 그들은 죽어 마땅했다. 하지만 그녀는 턱의 근육이 불끈 솟아오를 정도로 이를 악물고는, 그들에게 그녀가 양키를 어떻게 생각하는지를 솔직하게 얘기해도 될 때가 아직은 안 되었음을 자신에게 상기시켰다. 언젠가는 하고야 말리라. 하느님에게 맹세컨대, 꼭 그리리라! 하지만 아직은 안 되었다.

「피터 아저씨는 우리들과 한 가족이에요.」 떨리는 목소리로 스칼렛이 말했다. 「또 봅시다. 어서 가요, 피터.」

피터가 어찌나 갑자기 채찍으로 쳤던지 깜짝 놀란 말이 앞으로 불쑥 튀어 나가고 마차가 껑충 뛰어올랐으며, 스칼렛은 메인 여자의 당황한 독소리를 들었다. 「저 여자하고 한 가족이라고 그랬나요? 설다 친척이라는 뜻은 아니겠죠? 저 남자는 피부가 굉장히 검던데.」

그들에게 하느님의 저주가 쏟아져라! 그들을 세상에서 싹쓸어 없애 버려야 한다. 만일 내가 돈만 충분히 벌기만 한다면, 난 그들의 얼굴에다 침을 뱉어 주리라! 난 —.

힐끗 피터를 쳐다본 그녀는 그의 코를 타고 흘러내리는 눈물을 보았다. 그가 당했던 모욕에 대한 슬픔이, 부드러운 격정이 순식간에 밀려들어, 그녀는 눈시울이 뜨거워졌다. 그것은 마치 몰상식하게도 어린아이에게 무자비한 짓을 한 것이나 마찬가지였다. 그녀들이 피터 아저씨의 마음을, 해밀턴 대령과 함께 멕시코 전쟁을 치렀던 피터 — 그의 품에 안겨 죽어 가는 주인을 지켜보았고, 멜리와 찰스를 키웠으며, 경솔하고 어리석은 피티팻을 돌보느라고 피난을 가면서도 보호해 주었는가 하면, 패전 후에는 전쟁으로 짓밟힌 곳을 떠나 메이컨으로부터 그녀를 데려오기 위해 말 한 필을 구했던 피터의 마음을 아프게 했다. 그리고 깜둥이는 믿지 못하겠다고 했다!

「피터.」 그의 야윈 팔을 잡으며 울먹이는 목소리로 그녀가 말했다. 「피터가 울다니, 내가 창피하군요. 왜 신경을 쓰나요? 그들은 한심한 양키에 지나지 않는데요!」

「그 여자들 나 앞에 마치 나 노새 똑같다 해서 못 알아듣는다 떠들었고, 마치 나 아피컨[68]이다 말 안 알아듣는다 하는 것처럼 그랬어요.」 요란하게 코를 훌쩍이며 피터가 말했다. 「그리고 그 여자들 나 깜둥이다 불렀는데, 나 백인 사람들한테 깜둥이다 소리 들은 때 한 번 없고, 그 여자들 나 귀염둥이 영감 그랬고, 깜둥이들 믿지 못한다, 또 그랬어요! 나 못 믿는다 하다뇨! 그래요, 노대령님 돌아가신다 할 때 나더러 말씀하셨어요. 〈여보게, 피터! 나 아이들 잘 돌봐 주게〉 그 말씀

---

68 아프리카 사람, *African*의 흑인식 발음.

하셨어요. 〈어린 미스 피티팻 메뚜기만큼 머리 안 돌아간다 하니까 잘 돌봐 주게.〉 그래서 나 여태까지 오랫동안 미스 피티팻 돌봐 주었고 ─」

「가브리엘 천사가 아니고서야 어느 누구도 그만큼 잘할 수는 없었어요.」 스칼렛이 위로의 말을 했다. 「피터가 없었다면 우린 살아나지도 못했겠죠.」

「그럼요, 마님, 말씀 친절해 고마워요, 마님. 나 그런 줄 알고 마님도 그런 줄 알지만, 양키 사람들 그거 모르고, 또 그거 알겠다 하지도 않아요. 어떻게 그 사람들 우리 사업하고 얽혔나요, 미스 스칼렛? 그들 우리 남부인 이해 못 하는데요.」

스칼렛은 양키 여자들의 면전에서 터뜨리지 못했던 분노로 아직도 속이 부글부글 끓어서 아무 말도 하지 않았다. 두 사람은 잠자코 마차를 타고 갔다. 피터가 코를 훌쩍이는 소리가 멎었고, 아랫입술이 서서히 삐져나오기 시작하더니, 나중에는 놀라울 정도로 불룩 튀어나왔다. 처음에 받았던 마음의 상처가 가라앉고 나니까 이제는 그의 분노가 점점 심해졌다.

스칼렛은 생각했다. 양키들이란 얼마나 한심하고 해괴한 인간들인가! 세 명의 양키 여자는 피터 아저씨가 흑인이기 때문에 귀가 없어서 듣지도 못하고, 그들 자신의 감정과 마찬가지로 연약하고 다치기 쉬운 감정을 흑인은 지니지 않았다고 생각하는 듯싶었다. 그들은 흑인을 어린아이처럼 부드럽게 다루어서, 가르쳐 주고, 칭찬하고, 귀여워하고, 야단도 쳐야만 한다는 사실을 알지 못했다. 그들은 흑인을 이해하지 못했고, 흑인과 주인이었던 사람 사이에 존재하는 관계도 이해하지 못했다. 그러면서도 그들은 흑인을 해방시키겠다고 전쟁까지 벌였다. 그리고 일단 해방시켜 놓은 다음에는 남부인들에게 공포감을 주기 위해 이용하려는 목적 이외에는 그들에게 전혀 신경을 쓰지 않았다. 양키들은 흑인을 좋아하지 않았고 신뢰하지도 않았으며 이해도 못 했지만, 그러면서도 흑인과 어떻게 살아가야 하는지를 남부인들이 알지 못한다고 끊임없이 외쳐 대기만 했다.

검둥이를 믿지 못하다니! 스칼렛은 그들을 대부분의 백인보다 훨씬 더 신뢰했고, 어느 양키보다도 분명히 더 믿었다. 그들에게는 아무리 끊으려고 해도 끊어지지 않고, 아무리 많은 돈을 주더라도 구할 길이 없는 충성과 끈기와 사랑이라는 특성을 지녔다. 그녀는 양키들의 침략을 눈앞에 두고 도망을 치거나, 군대에 들어가 편히 살아갈 길이 제공되었는데도 타라에 그냥 남았던 충직한 몇 명의 흑인이 머리에 떠올랐다. 그래도 그들은 남았었다. 스칼렛은 자기와 나란히 목화밭에서 고된 일을 하던 딜시와, 식구들에게 양식을 마련해 주기 위해 목숨을 걸고 이웃 닭장들을 찾아다니던 일꾼 돼지와, 스칼렛이 나쁜 짓을 못 하게 막으려고 그녀와 함께 애틀랜타까지 따라온 어멈을 생각했다. 그녀는 백인 주인들 곁에 충성스럽게 남았고, 남자들이 전쟁터로 나간 후에는 여주인들을 보호하고, 전쟁의 공포 속에서 그들과 함께 피난을 가고, 부상자들을 간호하고, 죽은 사람들을 매장하고, 가족을 잃어 비탄에 빠진 사람들을 위로하고, 식탁에 올려놓을 음식을 장만하기 위해 일하고, 구걸하고, 훔치기까지 했던 이웃 하인들을 생각했다. 그들은 지금까지도, 노예 해방청이 온갖 희한하고 기막힌 약속을 하겠다고 해도 아랑곳하지 않고 아직까지도, 백인 곁을 떠나지 않고, 노예였을 때보다도 훨씬 더 열심히 일했다. 하지만 양키들은 이런 관계를 이해하지 못했고, 앞으로도 절대로 이해하지 못할 터였다.

「그렇기는 해도 그들이 피터 아저씨를 해방시켜 주었잖아요.」 그녀가 말했다.

「아뇨, 마님! 그들은 나 안 해방시켰어요. 나 그런 쓰레기가 시킨다 하는 해방 원하지 않아요.」 피터가 화를 내며 말했다. 「나 아직 미스 피티 소유다 하고, 죽은 다음 나 당연히 해밀턴 묘지 묻힌다 하겠어요. ……미스 스칼렛 아까 양키 여자들 나 모욕하게 했다 하는 얘기 들으면 우리 미스 피티 화 많이 내요.」

「내가 언제 모욕하게 했다는 얘기예요!」 깜짝 놀라서 스칼렛이 소리쳤다.

「했고말고요, 미스 스칼렛.」 입술을 더욱 삐물면서 피터가 말했다. 「문제는 이거다 하는데, 마님 그렇고 나 그렇고, 우리 양키들 가까이한 일 없다 했으면 아까 여자들 나 모욕 못 했어요. 만일 미스 스칼렛 아까 여자들하고 얘기 안 했다 했으면, 여자들 나 노새 취급 아피컨 취급 못 했어요. 그리고 마님은 왜 나한테 편드는 그것도 안 했죠?」

「내가 왜 편을 안 들어요!」 비난을 받고 마음이 찔린 스칼렛이 말했다. 「피터 아저씨가 우리들하고 한 식구라고 내가 말하지 않았나요?」

「그거 편든다 아니에요. 그거 그냥 사실이니까요.」 피터가 말했다. 「미스 스칼렛, 양키들하고 장사한다 그럴 필요 없어요. 다른 숙녀들 양키 장사한다 그러는 여자 없잖아요. 미스 피티 그런 쓰레기 심부름 한다 절대 없어요. 그리고 아까 여자들 나보고 한 얘기 들었다 하면 미스 피티 안 좋아하시겠죠.」

피터의 비난은 프랭크나 피티 고모나 이웃 사람들이 하던 어떤 얘기보다도 더 스칼렛의 마음을 아프게 했고, 그가 한 말이 어찌나 퉁명스러웠던지 그녀는 이빨이 없는 그의 잇몸이 덜덜거릴 정도로 늙은 검둥이를 붙잡아 흔들어 놓고 싶었다.

피터가 한 말은 사실이었지만 흑인에게서, 그것도 같은 집에서 사는 흑인에게서 그런 얘기를 들으니까 그녀는 더욱 기분이 나빴다. 자기가 부리는 하인에게 멸시를 당한다면 남부인에게는 그보다 심한 굴욕이 또 없었다.

「귀염둥이 영감이다 무슨 소리예요!」 피터가 투덜거렸다. 「그런 소리 나한테서 들었다 하면 미스 피티 이제부터 나 미스 스칼렛 태우고 돌아다닌다 하는 일 원하지 않겠죠. 그럼요, 마님!」

「그래도 피티 고모님은 계속해서 피터 아저씨가 나를 태우고 돌아다니기를 바라세요.」 스칼렛이 단호하게 말했다. 「그러니까 그런 얘기 듣고 싶지 않아요.」

「나 등 심하게 아프다 할 생각이에요.」 피터가 음험하게 경고했다. 「나 지금 굉장히 아파 일어나 앉는다 힘들어요. 나 아프다 하면 우리 마님 나더러 마차 끌고 다니는 일 원한다 하지 않아요. ……미스 스칼렛, 자기 식구들 마님 못마땅하다 생각하면, 양키들하고 백인 쓰레기하고 친하다 하는 얘기 조금도 마님한테 좋다 못 해요.」

피터의 말은 상황을 정확하게 요약했고, 스칼렛은 격분해서 다시 말문이 막혔다. 그렇다, 정복자들은 그녀를 받아 주었지만, 가족과 이웃은 그러지 않았다. 애틀랜타 사람들이 그녀에 대해서 무슨 소리를 하는지 스칼렛은 환히 다 알았다. 그리고 이제는 남들 앞에서 그녀와 같이 돌아다니는 모습을 보여 주고 싶은 생각이 없을 정도로 피터까지도 스칼렛을 못마땅하게 여겼다.

지금까지 그녀는 남들이 무슨 소리를 해도 관심이 없었고, 관심이 없을 뿐 아니라 약간 경멸하기까지 했었다. 하지만 피터의 말을 듣고 나니까 그녀의 마음속에서는 격렬한 반발심이 활활 타올랐고, 수세에 몰린 그녀는 양키들 못지않게 이웃들까지도 갑자기 싫어졌다.

〈내가 무슨 짓을 하든 그들이 왜 상관하는 거야?〉 그녀는 생각했다. 〈그들은 내가 양키들하고 어울리거나 밭일꾼처럼 일하기를 즐기기라도 하는 줄 아는 모양이야. 그들은 그러지 않아도 어려운 내 입장을 더 어렵게 만들어. 하지만 그들이 무슨 생각을 하건 난 신경 안 쓸 테야. 난 그런 걱정은 하지 않겠어. 지금은 그런 걱정을 할 겨를도 없으니까. 하지만 언젠가는, 언젠가는 —.〉

오, 언젠가는! 그녀의 세계가 다시 안정된 다음에는, 그러면 스칼렛은 두 손을 포개고는 뒷전으로 물러나 앉아서, 엘렌처럼 훌륭한 숙녀가 되리라. 숙녀라면 마땅히 그래야 하듯이 그녀는 무기력하고 보호받는 존재가 되겠으며, 그러면 다들 그녀를 용납하리라. 오, 다시 많은 돈을 갖게 되면 그녀는 얼마나 당당해질까! 그렇게 되면 엘렌이 그랬던 것처럼 그녀는 상냥하고 친절한 여자가 되어서, 다른 사람들과의 예절 따위에도 신경을 쓰리라. 밤낮으로 두려움에 쫓기지도 않겠고, 삶은 평온하고 느긋해지리라. 그녀는 아이들과 놀아 주고, 그들의 공부에 귀를 기울일 시간도 갖게 되리라. 무덥고 긴 오후에는 귀부인들이 집으로 찾아오고, 그러면 호박단 속 치마가 바스락거리는 소리, 종려 잎사귀 부채가 산뜻한 율동에 맞춰 팔락거리는 소리를 들으며, 그녀는 차와 맛 좋은 샌드위치와 케이크를 그들에게 접대하고 한가한 잡담을 나누면서 시간을 보내리라. 그리고 고생을 많이 하는 불우한 사람들에게 친절을 베풀어, 가난한 사람들에게는 바구니를 전해 주고, 병자들에게는 수프와 젤리를 갖다 주고, 조금 덜 불우한 사람들은 그녀의 멋진 승용 마차에 태워 바람을 쐬게 해주리라. 그녀는 어머니나 마찬가지로 참된 의미에서 남부 숙녀가 되리라. 그러면 누구나 다 엘렌을 사랑했듯이 다들 그녀를 사랑하겠고, 그녀의 마음이 얼마나 너그러운지를 얘기하겠고, 스칼렛을 〈자비로우신 귀부인〉이라고 부르리라.

사실은 너그럽고, 자비롭고, 친절해지려는 욕망이 그녀에게 전혀 없음을 아무리 스스로 의식하기는 하더라도, 미래에 대한 이런 상상이 주는 기쁨은 조금도 줄어들지 않았다. 그녀가 원하던 바는 그런 자질을 지녔다는 평판이 전부였다. 하지만 그녀의 두뇌 조직은 워낙 엉성해서인지 그런 미세한 차이를 식별할 능력이 없었다. 언젠가 그녀에게 돈이 많을 때, 사람들이 스칼렛을 받아들이기만 한다면 그것으로 충분했다.

언젠가는! 하지만 지금은 아니었다. 그녀에 대해서 누가 무슨 소리를 하건 지금은 상관이 없었다. 지금은 훌륭한 숙녀가 될 여유가 없었다.

피터는 그가 했던 경고를 실천에 옮겼다. 피티 고모는 정말로 흥분 상태에 빠졌고, 피터의 통증은 하룻밤 사이에 얼마나 엄청나게 심해졌는지 다시는 마차를 몰지 않았다. 그때부터 스칼렛은 혼자 마차를 타고 돌아다녔으며, 그러자 없어지기 시작했던 굳은살이 다시 손바닥에 박였다.

그리하여 봄철은 한 달 한 달 흘러갔고, 시원한 4월의 비가 걷히더니 푸른 5월의 훈훈한 향기가 하늘에 가득했다. 매주일 걱정거리와 더불어 힘든 업무의 연속이었고, 불러 오는 배가 점점 더 거북해졌고, 식구들은 그녀에게 점점 더 친절하고 더할 나위 없이 고분고분해졌으며, 그래서 그녀를 몰아대는 힘이 무엇인지에 대해서 스칼렛은 더욱 철저하게 장님이 되었다. 불안과 투쟁이 계속되던 기간 동안 그녀를 제대로 이해했고, 의지가 되었건 사람이라고는 오직 한 사람뿐이었는데, 그가 바로 레트 버틀러였다. 방금 지옥에서 튀어나온 악마처럼 심술궂고 변덕이 심한 남자이면서도, 하고많은 사람들 가운데 그가 이런 면모를 보여 주었다니 참으로 묘한 일이었다. 하지만 그는 스칼렛이 어느 누구에게서도 전혀 구하지 못했고, 레트에게서는 더욱 기대도 하지 않았던 동정심을 그녀에게 베풀었다.

그는 전혀 아무런 설명도 없이 뉴올리언스를 다녀오느라고 자주 애틀랜타를 떠났지만, 스칼렛은 그의 여행이 어느 한 여자 — 또는 여러 여자와 관련이 있다고 확신하고는 은근히 질투를 느꼈다. 하지만 피터 아저씨가 그녀를 위해 마차를 몰지 않겠다고 거부한 후에는 레트가 애틀랜타에 머무는 기간이 점점 더 길어졌다.

시내에 머무는 동안이면 그는 〈현대 여성〉[69] 주점 위층에 마련한 방에서 도박을 하거나, 애틀랜타 사람들로 하여금 그가 상종하는 패거리보다도 유난히 그를 더 혐오하게 만들었던 그런 돈벌이를 위한 계략을 짜느라고, 벨 워틀링의 술집에서 부유한 양키들이나 카펫배거들과 어울려, 술을 마시고 얘기를 하며 대부분의 시간을 보냈다. 스칼렛이 임신한 동안 남자 손님이 방문했다던 크게 격분했을지도 모르는 피티와 프랭크의 감정을 존중해서인지, 요즈음에는 레트가 집으로 찾아오는 일도 없었다. 하지만 스칼렛은 거의 날마다 그를 자연스럽게 만났다. 제재소가 위치한 복숭아나무 거리와 디케이터 도로의 한적한 길을 따라 지나가노라면, 그가 마차를 타고 슬그머니 나타나고는 했다. 그럴 때면 항상 그는 고삐

69 *Girl of the Period*. 19서기에 경박한 처녀를 일컫던 말.

를 당겨 말을 세운 뒤 그녀와 얘기를 나누었고, 때로는 자기 말을 이륜마차의 뒤에 매고 마차를 몰아서 그녀가 볼일을 봐야 할 곳들을 함께 한 바퀴 돌기도 했다. 겉으로는 그런 내색을 하지 않았지만 요즈음 그녀는 쉽게 피곤함을 느꼈고, 그가 대신 고삐를 잡으면 항상 고맙게 생각했다. 그는 시내로 다시 들어오기 전에 눈치껏 그녀와 헤어졌지만, 그들이 자주 만난다는 소문은 널리 퍼졌고, 그래서 스칼렛이 범하는 해괴한 처신에 대한 긴 목록에 새로운 얘깃거리를 보태게 되었다.

그녀는 이런 만남이 혹시 단순한 우연이 아닐지도 모른다는 의혹이 가끔 머리에 떠올랐다. 여러 주일이 흐르고, 흑인들의 횡포 때문에 시내에 긴장감이 고조되어 갈 무렵에, 그들의 만남은 더욱 빈번해졌다. 하필이면 그녀의 모습이 가장 흉측한 지금 그는 왜 스칼렛을 그토록 열심히 쫓아다니는 것일까? 혹시 그가 전에 조금이라도 그런 마음을 품었었는지는 모르겠지만 분명히 지금은 그녀에 대한 엉큼한 욕심이 그에게 없었고, 과거에 그랬었다는 사실조차 이제는 의심이 가기 시작했다. 양키 감옥에서 그들이 벌였던 기가 막힌 장면에 대해서 그가 농담으로라도 얘기를 꺼냈던 적도 벌써 여러 달 전의 일이었다. 그는 애슐리와 그에 대한 스칼렛의 사랑은 전혀 입에 올리지도 않았고, 〈그녀를 탐낸다〉는 의미가 담긴 어떤 지저분하고 상스러운 소리도 없었다. 그녀는 잠든 개는 그냥 내버려 둬야 상책이라고 생각했기 때문에, 왜 자주 만나게 되는지 설명을 해달라는 요구도 하지 않았다. 그리고 결국 스칼렛은 레트가 도박 이외에는 별로 할 일도 없고 애틀랜타에는 마음에 드는 친구들도 거의 없기 때문에 그저 말동무가 아쉬워 자기를 쫓아다닌다고 판단했다.

이유야 어쨌든 스칼렛은 그가 말동무 노릇을 해줘서 무척 반가웠다. 그는 고객을 잃었다거나, 누가 빚을 잘 안 갚는다거나, 존슨 씨가 어떤 방법으로 돈을 빼돌린다거나, 휴가 어떻게 무능하다고 한탄하는 그녀의 얘기를 잠자코 들어주었다. 프랭크라면 그저 흐뭇하게 미소를 짓겠고, 피티는 놀란 표정을 지으며 〈어머니!〉 소리를 연발하고 말았겠지만, 그녀가 거둔 승리에 대해서 레트는 박수를 보냈다. 부유한 양키들이나 카펫배거들과 친한 사이였던 그가 손님들을 자주 그녀에게 보낸다고 스칼렛은 확신했지만, 그는 도와준 일이 없다고 한결같이 부인했다. 스칼렛은 그가 어떤 인간인지를 잘 알았고 전혀 믿지도 않았지만, 덩치 큰 검은 말을 타고 그늘진 길모퉁이를 돌아 나타나는 그의 모습을 보면 기뻐서 항상 마음이 가벼워졌다. 레트가 마차로 기어 올라와 그녀에게서 고삐를 받아 쥐고, 짓궂은 말을 몇 마디 던지면 스칼렛은 다시 젊어지고 매혹적인 여자가 된 듯 마음이 기뻤고, 온갖 걱정거리와 계속해서 불러 오는 배쯤은 아예 의식하지도 않았다. 그녀는 이기적인 속셈이나 진실된 견해를 감추려고 신경을 쓰지 않고도 레트와는 거의 모든 얘기를 마음 놓고 했으며, 프랭크와 얘기를 나눌 때처럼 할 얘깃거리가 떨어지는 일도 없었다. 그리고 그녀는 솔직해야만 하는 순간이 닥치면, 애슐리하고 얘기를 나눌 때도 가끔은 말문이 막히고는 했었다. 하지만 물론 그녀가 애슐리와 대화를 나눌 때는 명예 때문에 해서는 안 될 말이 상당히 많았고, 그런 말의 압력에 눌려 다른 얘기까지 막혀 버리기가 일쑤였다. 어떤 이유에서인지는 모르겠지만 언제부터인가 그녀 앞에서 점잖게 행동하기로 작정한 레트는 요즈음 마음에 위안이 되는 친구였다. 더구나 요즈음은 친구가 거의 없었기 때문에 그녀에게는 무척 큰 위안이 되었다.

「레트.」 피터 아저씨에게서 최후통첩을 받은 후 얼마 안 되어 그녀는 화를 벌컥 내며 물었다. 「이곳 사람들은 왜 나를 이렇게까지 비열하게 대하고, 왜 그런 소리들을 할까요? 나를 카펫배거와 똑같이 취급하니 말이에요! 난 내 일에만 신경을 썼지 잘못한 일도 없는데 ―」

「만일 당신이 잘못한 일이 하나도 없다면 그건 당신이 그럴 기회를 얻지 못했기 때문이고, 아마 사람들이 그런 사실을 희미하게나마 깨달았는지도 모르죠.」

「오, 제발 진지한 태도로 얘기하세요! 사람들 때문에 난 정말로 속이 상해요. 난 그저 돈만 조금 벌려고 했을 뿐인데 ―」

「당신이 한 일이라고는 다른 여자들과 달라지려던 노력뿐인데, 그렇다면 약간의 성공을 거둔 셈이죠. 전에도 내가 얘기했었지만, 그건 어느 사회에서도 용서받지 못할 확실한 죄랍니다. 유별나면 저주받게 마련이에요! 스칼렛, 당신이 제재소 운영에 성공했다는 사실 자체가 성공하지 못한 모든 남자에 대한 모욕이에요. 기억하시겠지만, 점잖은 여자가 머물러야 할 곳은 가정이지, 이런 분주하고 잔혹한 세상에 관해서는 아무것도 알아서는 안 돼요.」

「하지만 만일 내가 집 안에만 머물러 지내려고 했다면, 나에게는 머무를 만한 집조차 아예 없어졌겠죠.」

「그렇다면 당신이 자부심을 가지고 품위를 지키며 굶어 죽었어야 마땅하다는 의미겠군요.」

「오, 말도 안 되는 소린 그만둬요! 하지만 메리웨더 부인을 봐요! 그녀는 양키들에게 파이를 팔아먹는데, 그건 제재소 운영보다도 더 나쁘고, 엘싱 부인은 바느질을 하고 하숙을 치는가 하면, 패니는 아무도 사기를 원하지 않으면서도 그녀를 돕기 위해 남들이 억지로 사줘야 할 만큼 형편없는 사기

그릇에 그림을 그리고 ─」

「당신은 내 애기의 요점을 알아듣지 못했어요, 우리 귀염 둥이. 그들은 성공하지 못했고, 그래서 남부인으로서의 남자들이 간직한 뜨거운 자존심에 거슬리지 않았어요. 그러면 남자들은 〈가엾고 착하고도 어리석은 여자들 같으니라고, 정말 고생도 많구나! 그래, 그들에게 내가 도움이 된다고 생각하게 해줘야 되겠어〉라는 말을 할 핑계를 여전히 간직하니까요. 그리고 당신이 열거한 여자들은 일을 해야 한다는 필연성을 즐거워하지도 않아요. 그들은 여자에게는 어울리지 않는 부담으로부터 해방시켜 줄 어떤 남자들이 나설 때까지만 일을 할 생각이라고 남들한테 부지런히 알리죠. 하지만 보아하니 당신은 일하기를 좋아하고, 어떤 남자도 당신을 위해 일을 대신 처리하도록 가만히 내버려 두지도 않겠고, 그러니까 아무도 당신을 가엾게 여기지 않아요. 그리고 당신의 그런 면을 애틀랜타 사람들은 절대로 용서하지 못합니다. 누구를 동정하면 아주 기분이 좋아지거든요.」

「당신도 가끔씩이나마 진지해졌으면 좋겠어요.」

「이런 동양 속담을 들어 봤습니까? 〈개가 짖어도 행차는 지나간다〉는 말이요. 남들이야 짖건 말건 그냥 내버려 둬요, 스칼렛. 보아하니 당신 행차를 막을 방애물은 하나도 없을 듯싶군요.」

「하지만 내가 돈을 조금 번다고 해서 왜들 그렇게 못마땅해하나요?」

「사람이란 무엇이나 다 소유하기가 불가능해요, 스칼렛. 지금처럼 숙녀답지 않은 방법으로 돈을 벌면서 어디를 가나 사람들의 쌀쌀한 눈초리를 받든가, 아니면 가난하지만 품위를 지키고 살면서 친구를 많이 두든가 양자택일을 해야죠.

당신은 선택을 했잖아요.」

「난 가난하게 살지는 않겠어요.」 그녀는 재빨리 대꾸했다. 「하지만 ─ 그건 올바른 선택이겠죠, 안 그래요?」

「만일 당신이 가장 원하는 목적이 돈이라면, 그렇죠.」

「그래요, 난 무엇보다도 돈을 원해요.」

「그렇다면 당신은 불가피한 선택을 한 셈이죠. 하지만 당신이 원하는 대부분의 대상들이 그렇듯이, 여기에도 형벌이 따르게 마련이에요. 그건 외로움이라는 형벌이죠.」

그의 말을 듣고 스칼렛은 잠깐 동안 입을 다물었다. 레트의 말은 사실이었다. 가만히 생각해 보니까 그녀는 외로웠는데, 그것은 그녀와 가까이 지내는 여자가 없다는 외로움이었다. 전쟁 동안에 그녀는 마음이 울적할 때면 엘렌을 만나면 되었다. 엘렌이 죽은 다음에는, 비록 타라 농장에서 힘든 일을 한다는 사실 이외에는 그녀와 멜라니 사이에 아무런 공통점이 없기는 했어도, 항상 멜라니가 그녀 곁을 지켰었다. 피티 고모는 자질구레한 잡담 몇 가지 이외에는 삶에 대한 아무런 의식이 전혀 없는 여자였으므로, 지금 그녀에게는 아무도 없었다.

「내 생각엔 ─ 내 생각으로는.」 그녀는 머뭇거리며 말문을 열었다. 「여자들과의 관계에서는 난 항상 외로웠던 셈이에요. 애틀랜타 여자들이 나를 싫어하는 이유란 내가 돈을 벌기 때문만은 아니에요. 어쨌든 그들은 무조건 나를 좋아하지 않아요. 어머니 말고는 진정으로 나를 좋아했던 여자는 아무도 없었어요. 내 동생들까지도요. 왜 그런지는 모르겠지만, 전쟁 전에도, 내가 찰리하고 결혼을 하기 전에도, 여자들은 내가 하는 행동이라면 무작정 용납하지 않는 눈치였고 ─」

「윌크스 부인을 잊어버렸군요.」 짓궂게 눈을 번득이며 레

트가 말했다. 「그녀는 당신이라면 뭐든 다 좋다는 식이던데
요. 살인만 빼놓고는 아마 당신이 하는 일은 뭐든지 다 좋다
고 할 여자라고나 할까요.」

스칼렛은 〈살인까지도 납득했었지〉라고 냉정하게 생각하
고는 경멸의 웃음을 지었다.

「오, 멜라니 말인가요!」 그녀가 말했고, 그러더니 구슬프
게, 〈까투리만큼도 지각이 없는 여자니까 멜리가 나를 납득
하는 유일한 여자라고 해도 분명히 그건 내가 잘났기 때문은
아니에요. 조금이라도 제정신이 박힌 여자라면 ―〉 그러더
니 그녀는 조금쯤 당황해서 입을 다물었다.

「조금이라도 제정신이 박힌 여자라면 몇 가지 진실을 깨달
았겠고, 그래서 못마땅해했으리라는 얘기로군요.」 레트가 말
끝을 맺었다. 「글쎄요, 물론 그거야 나보다 당신이 더 잘 알
겠죠.」

「오, 당신의 집요한 기억력과 못된 태도가 얄미워요!」

「마땅히 그래야 하겠지만 난 얼토당토않은 당신의 무례함
을 침묵으로 넘겨 버리고, 아까 하던 얘기로 돌아가겠어요.
이걸 결정해야 합니다. 만일 당신이 유별나게 행동하면, 당
신은 같은 또래의 사람들뿐 아니라 부모의 세대와 자식들 세
대로부터도 고립됩니다. 그들은 절대로 당신을 이해하지 못
하고, 당신이 무슨 행동을 하더라도 충격을 받아요. 하지만
조부모라면 아마도 당신이 자랑스럽게 생각되어, 〈핏줄은
못 속이겠구먼〉이라 말하겠고, 당신 손자들은 부러워서 한
숨을 지으며 〈우리 할머니는 틀림없이 엉뚱한 분이셨나 봐〉
라는 소리를 하겠고, 그들은 당신을 닮으려고 애를 쓰겠죠.」

스칼렛은 그의 얘기가 재미있어서 웃음이 나왔다.

「가끔 당신도 올바른 소리를 할 때가 있긴 있군요! 우리

로비야르 할머니가 그런 셈이죠. 내가 못된 짓을 하기만 하면 어멈은 늘 할머니 얘기를 들고 나와요. 할머니는 고드름처럼 차가웠고, 당신과 타인들의 예절에 대해서 무척 엄격했으면서도 당신은 세 번이나 결혼하셨고, 할머니 때문에 결투가 벌어진 일도 허다했고, 연지를 칠하고는 충격적일 만큼 깊이 파인 옷을 입었고 드레스 속에는 다른 옷이라고는 하나도 — 뭐예요, 그러니까 — 별로 안 입으셨다는군요.」

「그리고 당신은 어머니처럼 되고 싶다며 입버릇처럼 떠들면서도 할머니를 굉장히 좋아했겠군요! 우리 할아버지 중에도 버틀러 집안 쪽으로 해적이 한 분 계셨어요.」

「아무리! 널빤지로 걸어가게[70] 하는 그런 해적이요?」

「그렇게 해서 돈만 생긴다면야 아마 사람들더러 널빤지로 걸어가라고 했겠죠. 어쨌든 할아버지가 돈을 꽤 많이 벌었던 덕택에 우리 아버지는 상당한 부자가 되었어요. 하지만 식구들은 항상 말조심을 하느라고 할아버지를 〈선장님〉이라고 부른답니다. 내가 태어나기 오래전에 할아버지는 술집에서 벌어진 싸움판에서 돌아가셨죠. 할아버지께서는 거의 언제나 술에 취해 지내셨고, 술만 들어갔다 하면 당신이 은퇴한 선장님이시라는 걸 깜빡 잊어버리시고, 자식들의 머리가 쭈뼛해지는 그런 회고담을 늘어놓곤 하셨던 판이라, 얘기할 필요도 없겠지만, 할아버지가 돌아가시니까 자식들은 굉장히 안심하고 숨을 돌렸답니다. 하지만 나는 할아버지를 존경했고, 우리 아버지는 명예를 밝히는 몸가짐에, 독실한 신앙의 가르침을 따르던 점잖고 인정이 많으신 분이었으므로, 나는 아버지보다는 오히려 할아버지 쪽을 더 많이 닮으려고 애썼

70 뱃전에 내민 널빤지 위로 눈을 가린 채 걸어가게 해서 포로를 바다에 떨어뜨려 죽이던, 17세기경 해적들의 처형 방법을 두고 한 말.

고 — 그래서 보시다시피 요 모양 요 꼴이 되었답니다. 메리 웨더 부인과 그들의 알량한 자식들이 지금 당신을 용납하지 않는 이유와 마찬가지로, 당신 자식들도 당신을 납득하지 못하리라고 난 확신해요. 강인한 개성을 가진 사람의 자식이 보통 그렇듯이, 당신 아이들은 아마도 연약하고 새침한 성격이 될지도 모르죠. 그리고 아이들에게는 더욱 나쁜 일이지만, 다른 어머니들이 다 그렇듯이 당신은 자신이 겪었던 고생을 아이들은 절대로 겪지 않게 해야겠다고 결심을 했을지도 모르죠. 그런데 그게 다 잘못된 생각이에요. 고생은 인간을 만들기도 하고, 꺾어 버리기도 합니다. 그러니까 당신은 자식을 건너뛰고 손자들에게 인정을 받게 될 날을 기다려야만 해요.」

「난 우리 손자들이 어떤 아이들이 될까 궁금해요.」

「〈우리〉라는 말로 당신은 당신하고 내가 같은 손자를 두게 되리라는 뜻을 암시할 생각인가요? 그래서야 되나요, 케네디 부인!」

말을 실수했다고 문득 의식한 스칼렛은 얼굴이 새빨개졌다. 그녀가 부끄러움을 느낀 이유는 레트의 장난스러운 농담 때문만은 아니어서, 스칼렛은 배가 불룩한 자신의 몸을 갑자기 다시금 의식했다. 그녀의 신체적인 상태를 어떤 방법으로라도 암시하는 말을 두 사람 가운데 아무도 비친 적이 없었고, 스칼렛은 그와 같이 돌아다닐 때면 날씨가 더운 날에도 무릎 담요를 겨드랑이까지 올리고는, 여자들이 보통 그러듯이, 그렇게 가리면 전혀 불룩한 배가 드러나지 않으리라고 믿어서 스스로 자위해 왔었는데, 이제는 자신의 몸에 대해서 발끈 솟아오르는 분노와, 레트가 비밀 꼴 알기 때문에 느끼는 수치심으로 갑자기 속이 뒤집혔다.

「당신, 마음이 추잡하고 야비한 사람, 마차에서 내려요.」 떨리는 목소리로 그녀가 말했다.

「그렇게는 못 하겠는데요.」 그는 차분하게 반박했다. 「당신이 집에 도착하기 전에 날이 저물겠고, 다음 샘터 근처에는 천막과 판잣집에서 검둥이들이 모여 사는 새로운 동네가 생겼는데, 내가 들은 바로는 고약한 검둥이들이라니까, 화를 잘 내는 큐 클럭스로 하여금 오늘 저녁에 잠옷을 걸치고는 말을 타고 달려가게 만들 이유를 당신이 제공해야 할 까닭은 없다고 생각하는데요.」

「내려요!」 고삐를 당기며 소리를 지르던 그녀는 갑자기 구역질이 치밀어 올라왔다. 그는 재빨리 말을 세우고, 깨끗한 손수건 두 장을 건네주고는, 능숙한 솜씨로 그녀의 머리를 마차의 옆으로 기울였다. 새로 잎이 돋아난 나무들 사이로 나지막하게 기울어진 오후의 햇살이, 잠깐 동안 황금빛과 초록빛의 소용돌이를 일으키며, 빙글빙글 돌았고, 스칼렛은 속이 울렁거렸다. 속이 가라앉은 다음에 스칼렛은 머리를 두 손으로 거머쥐고 심한 굴욕감 때문에 울었다. 입덧 자체가 여자의 기를 죽일 정도로 끔찍한 뜻밖의 사건이었지만 ── 그녀는 남자 앞에서 토했을 뿐 아니라, 그렇게 토함으로써 자신이 임신했다는 굴욕적인 사실이 확연히 노출되었다. 스칼렛은 그를 다시는 마주 쳐다보지 못하리라고 느꼈다. 하필이면 하고많은 사람들 중에서 그와 함께 있을 때, 여자에 대한 존경심이라곤 전혀 없는 레트와 함께 있을 때 이런 일을 당하다니! 그의 입에서 절대로 잊지 못할 정도로 추잡하고도 짓궂은 농담이 튀어나오리라고 예상하며 그녀는 울었다.

「바보같이 이러지 말아요.」 그가 조용히 말했다. 「그리고 창피하다면서 울면 당신은 진짜 바보예요. 이봐요, 스칼렛, 어린애처럼 굴지 말아요. 당신의 임신은 삼척동자도 다 아니까, 당연히 나도 알았으리라고 생각하지 않았나요?」

그녀는 놀란 목소리로 〈그렇군요〉라고 엉겁결에 말하고는 새빨개진 얼굴을 두 손으로 더욱 단단히 가렸다. 임신이라는 말 자체가 그녀에게는 끔찍하게 여겨졌다. 프랭크는 그녀의 임신을 거북해하면서 〈당신 상태〉라는 표현을 썼고, 제럴드는 그런 문제를 언급해야 할 때는 완곡하게 〈집안 문제〉라고 말하는 버릇이 있었고, 여자들은 품위를 지키며 임신을 〈난처한 상황〉이라고 했다.

「당신이 더운 무릎 담요를 쓰고 앉아 그렇게 숨도 못 쉬고 헉헉거리는 꼴을 다 보았는데도 내가 모르리라고 생각했다면 당신은 어린애예요. 물론 난 알았어요. 그렇지 않고서야 당신 생각에 내가 왜 ―」

그는 갑자기 입을 다물었고, 그들 사이에는 침묵이 흘렀다. 그는 고삐를 집어 들고 말에게 끼랴 낄긱 채찍질을 했다. 그는 계속해서 조용히 얘기했는데, 말끝을 길게 느릿느릿 끄는 그의 목소리가 유쾌하게 들려왔고, 잔뜩 수그린 스칼렛의 얼굴에서는 붉은빛이 약간 사라졌다.

「난 당신이 이렇게 충격을 받을 줄은 몰랐어요, 스칼렛. 난 당신은 머리가 깬 사람이라고 생각했는데, 실망했어요. 당신의 내면에 아직도 얌전한 면이 남았다는 얘기가 가능할까요? 그런 얘기를 입에 올렸으니 나는 신사가 아니리라고 생각되는군요. 그리고 임신한 여자들과 같이 다니면 당연히 거북해해야 옳은데도 그렇지 못하다는 점에서 나는 신사가 아니라고 인정하겠어요. 난 임신한 여자들을 정상적인 사람으로 간주하기 때문에, 다른 남자들처럼 허리 부분만 피하고는 땅바닥이나, 하늘이나, 우주의 아무 곳이라도 쳐다보다가는,

지극히 점잖지 못한 짓이라고 내가 늘 생각해 왔지만, 나중에는 — 슬그머니 그곳으로 시선을 던지는 그런 위선적인 행동을 하지 않아도 괜찮다고 믿어요. 내가 왜 그런 짓을 해야 합니까? 지극히 정상적인 일인데요. 유럽 사람들은 우리들보다 훨씬 지각이 있습니다. 그들은 임신부들에게 임신 사실을 축하한답니다. 난 그런 정도까지 하라고 제안할 생각은 없습니다만, 우리들처럼 진실을 무시하려는 태도보다야 그들이 훨씬 합리적이라고 생각하죠. 그것은 정상적인 현상이며, 여자들은 마치 죄라도 범한 듯 문을 닫아걸고 뒤로 숨어 버리는 대신, 오히려 임신을 자랑스럽게 생각해야 됩니다.」

「자랑스럽다뇨!」 목이 졸린 듯한 목소리로 그녀가 소리쳤다. 「자랑스럽다니 — 기가 막혀!」

「아기를 가졌다는 게 자랑스럽지 않아요?」

「오, 하느님 맙소사, 아니에요! 나는 — 난 아기를 싫어해요!」

「그러니까, 프랭크의 아기가 싫다는 얘기겠죠?」

「아뇨 — 누구의 아기라도 마찬가지예요.」

또다시 말이 헛나갔음을 깨닫고 스칼렛은 잠깐 동안 다시 구토가 났지만, 그의 목소리는 마치 그녀의 말을 듣지 못했다는 듯 거침없이 계속되었다.

「그렇다면 우린 다르군요. 난 아기를 좋아해요.」

「아기를 좋아한다고요?」 그의 말에 어찌나 놀랐는지, 자신의 거북한 입장조차 망각하고, 그녀는 머리를 들고 소리쳤다. 「당신은 한심한 거짓말쟁이예요!」

「난 아기를 좋아하고, 그들이 자라서 어른들처럼 생각하는 습관과, 어른들처럼 거짓말을 하고 속이고 추잡해지기 전까지는 아이들을 좋아합니다. 이런 얘기가 당신 귀에는 생소하게 들리겠죠. 웨이드 햄프턴이 사내구실을 제대로 못하기는 하지만, 그래도 내가 개를 좋아한다는 걸 당신도 알잖아요.」

레트의 말이 사실이라고 생각한 스칼렛은 갑자기 신기하다는 생각까지 들었다. 그는 웨이드와 놀기를 좋아하는 듯싶었고, 자주 선물도 갖다 주기까지 했다.

「이렇게 무시무시한 얘기가 이왕 화제에 올랐고, 당신은 머지않은 장래에 아기를 낳으리라고 시인한 판이니까, 나는 여러 주일 전부터 하고 싶었던 얘기를 — 두 가지만 하겠어요. 첫 번째는, 당신 혼자 마차를 타고 돌아다니면 위험하다는 얘기죠. 그건 당신도 알잖아요. 그런 얘기는 자주 들었을 테니까요. 혹시 강간을 당하지 않을까 하는 위험을 개인적으로 고려하지 않는다면, 그에 따른 결과를 각오해 두셔야 되겠어요. 당신의 고집 때문에 신사도를 지키는 시민들이 당신에 대한 보복을 하느라고 검둥이 몇 명의 목을 매달아야 하는 난처한 사태가 벌어질지도 모릅니다. 그러면 양키들이 그들을 덮치고, 아마 누구인가는 역시 교수형을 당하겠죠. 여자들이 당신을 싫어하는 이유들 가운데 하나가, 당신의 처신 때문에 아들이나 남편이 목매달려 죽을지도 모른다는 두려움이리라는 생각을 해본 적은 없었나요? 그뿐 아니라, 만일 큐 클럭스가 더 많은 흑인들에게 손을 댄다면, 셔먼이 저지른 짓은 천사처럼 여겨질 정도로 양키들이 애틀랜타를 괴롭힐지도 모릅니다. 난 양키들이라면 손바닥 보듯이 환히 잘 아니까, 내 짐작은 틀림없어요. 이런 말을 하기는 창피하지만, 그들은 나를 자기들과 한패라고 생각해서, 난 그들이 마음 놓고 털어놓는 얘기를 다 듣게 되죠. 그들은 또다시 애틀랜타를 몽땅 태워 버리고, 열 살이 넘은 남자는 모조리 교수형에 처하는 한이 있더라도 큐 클럭스는 꼭 뿌리를 뽑겠다는 생각이에요. 그러면 당신도 피해를 받겠죠, 스칼렛. 당신은 돈을 잃을지도 모르니까요. 그리고 일단 초원에 불이 붙었다 하면, 그런 불은 걷잡을 방법이 없어요. 재산의 몰수, 자꾸 오르는 세금, 의심을 받는 여자들에게 부과하는 벌금 따위 — 난 그들이 내놓은 별의별 구상을 다 들었습니다. 큐 클럭스는 —」

「당신은 큐 클럭스 단원을 한 사람이라도 아나요? 혹시 토미 웰번이나 휴나 —」

그는 짜증스럽게 머리를 저었다.

「그걸 내가 어떻게 압니까? 난 변절자고, 배반자고, 스캘라왜그인데요. 나 같은 사람이 그걸 어떻게 알겠냐고요? 하지만 나는 양키들에게 의심받는 사람들이 누구인지는 좀 알고, 한 번이라도 아차 실수를 했다간 그들은 틀림없이 교수형을 당합니다. 당신 때문에 이웃들이 교수대로 끌려가더라도 당신은 눈 하나 깜짝하지 않을 여자라는 건 나도 알지만, 제재소를 빼앗긴다면 섭섭해하리라고 믿습니다. 당신 얼굴에 나타난 고집스러운 표정을 보니 나를 믿지 않는 눈치고, 내 말은 헛소리나 마찬가지라고 생각한다는 걸 알겠어요. 그러니까 내가 할 얘기라곤 당신이 권총을 항상 지니고 다녀야 하며, 그래서 애틀랜타에 머물 때는 당신 마차를 내가 몰도록 노력하겠어요.」

「레트, 정말로 당신은 — 그럼 당신은 나를 보호하려고 —」

「그래요, 우리 아가씨, 널리 알려진 나의 기사도 정신 때문에 난 당신을 보호하게 되었죠.」 그의 검은 눈에는 조롱하는 빛이 드러났고, 지금까지의 진지한 기색이 한꺼번에 사라졌다. 「그리고 그래야 했던 이유는 무엇이었을까요? 그것은 당신에 대한 내 깊은 사랑 때문이었습니다, 케네디 부인. 그래요, 나는 말없이 당신을 애타게, 목마르게 그리워했고, 먼발치서 당신을 숭배했지만, 애슐리 윌크스 선생과 마찬가지로 명예를 지킬 줄 아는 남자였던지라, 그런 감정을 숨겼을 뿐이죠. 슬프게도 당신은 프랭크의 아내이고, 나는 명예 때문에 이런 얘기를 할 마음이 내키질 않았어요. 하지만 윌크스 선생의 명예까지도 가끔 한 번씩은 금이 가듯이, 나도 내 비밀의 정열을 털어놓고 ―」

「오, 제발, 그런 소리는 하지 마세요!」 레트가 그녀를 마치 주제넘은 바보 취급을 하면서 빈정댈 때면 늘 그렇듯이 약이 잔뜩 오른 스칼렛은, 애슐리와 그의 명예가 더 이상 입에 오르기를 바라지 않았기 때문에, 그의 말을 가로막았다. 「나한테 하고 싶다던 다른 여기는 무엇인가요?」

「무슨 소리예요! 난 사랑으로 찢어진 마음을 얘기하려는데, 당신은 화제를 바꾸려고 하나요? 좋습니다, 다른 얘기는 이거예요.」 그의 눈에서는 조롱하는 빛이 사라졌고, 그의 얼굴은 다시 어둡고 차분해졌다.

「난 당신이 타고 다니는 말을 어떻게 처리했으면 좋겠어요. 저 말은 고집이 세고, 입이 쇠처럼 질겨요.[71] 이런 말을 몰고 다니려면 기운이 빠져요, 안 그래요? 그래요, 만일 이놈이 갑자기 질주를 한다고 해도 당신으로서는 어쩔 도리가 없죠. 그리고 만일 웅덩이에 빠지기라도 하면, 저 말 때문에 당신 아기, 그리고 당신도 죽을지 모릅니다. 당신은 지극히 무거운 재갈 쇠를 구하든지, 아니면 입의 감각이 훨씬 예민하고 얌전한 말과 바꿔 주려는 내 뜻을 허락해 주시죠.」

그녀는 매끄럽고 담담한 그의 얼굴을 올려다보았고, 갑자기 짜증스러움이 자취를 감추었고, 심지어는 임신에 관한 대화에서 느꼈던 어색함도 사라졌다. 조금 전에 그녀가 차라리

71 말의 입에서 근육이 질겨지면 고삐를 당겨도 반응이 없어진다.

죽고 싶다는 심정을 느꼈을 때 그는 스칼렛의 마음을 편하게 해주는 친절함을 베풀었다. 그리고 지금 그는 더욱 친절해져서, 말에 대해서도 많은 관심을 보였다. 스칼렛은 그에 대한 고마움이 왈칵 치밀어 올랐으며, 이왕이면 레트가 항상 이런 식으로 행동하면 얼마나 좋을까 의아한 생각이 들기까지 했다.

「아닌 게 아니라 저 말을 몰기가 꽤 힘이 들어요.」 그녀는 얌전히 말했다. 「때로는 고삐를 너무 당겨서 밤새도록 팔이 쑤시기도 하죠. 말에 대해서는 당신이 가장 좋은 방법으로 처리해 주세요, 레트.」

그의 눈이 짓궂게 반짝였다.

「아주 상냥하고 여성적인 말처럼 들리는군요, 케네디 부인. 보통 때의 당신이 보여 주는 당당한 위세하고는 거리가 멀어요. 글쎄요, 당신을 제대로 다루는 솜씨만 조금 발휘하면 당신은 당장 친친 감겨 오는 덩굴과 같아지죠.」

그녀는 얼굴을 찡그렸고, 또다시 화가 났다.

「지금 당장 마차에서 내리지 않으면 채찍으로 치겠어요. 내가 왜 당신 같은 사람을 참아 주는지 — 왜 내가 당신한테 잘해 주려고 그러는지 나도 모르겠어요. 당신에게는 예의라는 게 조금도 없는데 말이에요. 당신에게는 도덕도 없고요. 당신은 기껏해야 그저 — 그래요, 어서 내려요. 진담이에요.」

하지만 그가 마차에서 내려 뒤쪽에 묶어 두었던 말의 고삐를 풀고 노을이 깔린 길에 서서 안타까운 듯 히죽 웃었을 때쯤에는, 마차를 몰고 가던 그녀도 저절로 빙그레 미소가 떠올랐다.

그렇다, 그는 거칠었고 교활했으며, 그와 이렇게 상종한다면 안전하지 못한 짓이었고, 경계를 게을리 하다가는 어느 순간에 그가 손에 움켜쥔 지극히 둔탁한 무기가 언제 지극히 예리한 칼날로 바뀔지 전혀 알 길이 없었다. 하지만 누가 뭐라고 해도, 그와 함께 있으면 마치 — 그렇다, 마치 남몰래 마시는 한 잔의 브랜디처럼 짜릿했다.

지난 몇 달 사이에 스칼렛은 브랜디의 쓸모를 터득했다. 이륜마차를 타고 기나긴 시간을 보내고 난 다음, 비에 젖어 쑤시고 경련이 일어나는 몸으로 늦게 집으로 돌아올 때면, 꼬치꼬치 캐내기를 좋아하는 어멈의 눈을 피하려고 자물쇠로 채워 놓은 화장대 끅대기 서랍 속에 숨겨 둔 술병 생각 이외에는, 아무것도 그녀의 기운을 북돋아 주지 못했다. 점잖은 여자라면 머루술 이외에는 아무것도 마시지 않으리라고 철석같이 믿었던 닥터 미드는 임신한 여자가 술을 마시면 안 된다는 경고를 그녀에게 할 생각조차 못 했었다. 물론 결혼식에서 샴페인 한 잔 정도를 마시거나, 심한 감기로 자리에서 일어나지도 못할 때 따끈한 토디[72] 정도는 예외였다. 물론 정신 이상을 일으켰거나 이혼을 한 여자들이 적지 않았고, 수전 앤서니[73]에게 공감해서 여자도 투표를 해야 한다고 믿는 여자들도 존재하듯이, 술을 마셔서 집안에 영원히 수치를 남기는 여자들도 없지는 않았다. 하지만 아무리 스칼렛을 못마땅하게 생각했어도 의사는 그녀가 술을 마시리라고까지는 전혀 의심하지 않았다.

스칼렛은 저녁 식사 전에 아무것도 타지 않은 브랜디를 한 잔 마시면 무척 도움이 되고, 커피를 그냥 씹거나 화장수로 양치질을 하면 언제라도 술 냄새가 없어진다는 요령을 알아냈다. 남자들은 마음 내키는 대로 언제든지 술을 마시고는

---

72 상권 제14장 461면 각주 105번 참조.
73 Susan B. Anthony. 미국의 전국 여성 선거권 협회 회장이었다.

비틀거릴 정도로 취해도 괜찮은데 왜 여자들이 술을 마시면 그렇게들 한심하게 구는가? 때때로, 프랭크가 옆에 누워 코를 골아서 그녀는 좀처럼 잠이 오지 않거나, 가난이 두렵고 양키들이 무섭고 타라가 그리워지고 애슐리도 보고 싶어 찢어질 듯 마음이 아파 몸을 뒤챌 때마다, 그녀는 브랜디 병이 없었더라면 자기는 미쳐 버렸으리라는 생각도 했다. 그리고 유쾌하고도 훈훈한 기운이 핏줄 속으로 은근히 스며들면 걱정거리들은 희미하게 사라지기 시작했다. 세 잔을 마시고 나면 그녀는 항상 〈난 그런 일은 내일 생각하겠어〉라고 자신을 위로할 여유가 생겼다.

하지만 어떤 밤에는 브랜디조차도 그녀 내면의 아픔을, 제재소들을 잃을지도 모른다는 두려움보다도 훨씬 강한 아픔을, 다시 타라 농장을 보고 싶다는 아픔을 가라앉혀 주지 못했다. 소음과 새로운 건물들, 무수한 낯선 얼굴의 도시, 좁다란 거리에서 군중이 붐비고 마차와 말들이 북적거리는 애틀랜타가 가끔 그녀를 질식시키는 듯싶었다. 그녀는 애틀랜타를 사랑했지만, 오, 타라의 포근한 평화로움과 그곳 전원의 고요함, 주변의 붉은 밭들과 시커먼 소나무들! 오, 아무리 고생스럽더라도 다시 그곳으로 돌아가기만 한다면 얼마나 좋으랴! 그리고 애슐리의 곁으로 가고, 그저 그를 쳐다보기만 하고, 그의 목소리를 듣고, 그의 사랑을 의식함으로써 기운을 얻어 살아가고! 그들이 잘 지낸다는 멜라니의 편지를 받을 때마다, 밭갈이와 씨뿌리기와 목화가 자라는 데 대한 보고를 하는 월의 짤막한 연락을 받을 때마다, 그녀는 새삼스럽게 다시 고향으로 돌아가고 싶은 그리움에 휩싸이고는 했다.

난 6월에는 고향으로 돌아가겠어. 그 무렵에는 이곳에서

나는 아무것도 못 할 테니까. 두어 달 집에 가서 지내야지, 이
런 생각을 하면 그녀는 마음이 한껏 부풀어 올랐다. 6월이
되자 스칼렛은 정말로 고향으로 돌아가기는 했지만, 그것은
그녀가 그리워하던 귀향은 아니었으니, 그달 초순에 제럴드
가 죽었다는 짤막한 전갈을 윌이 보냈기 때문이었다.

제39장

　기차가 많이 연착하는 바람에, 스칼렛이 존즈버러에 도착했을 때는 6월의 짙은 푸른 빛깔의 땅거미가 전원에 길게 내리깔리는 중이었다. 마을에 남은 상점과 집들은 등불을 켜놓아 노란 불빛을 흘렸지만, 빛을 밝힌 곳은 얼마 안 되었다. 포격으로 부서졌거나 불탄 중심가의 건물들 사이에는 여기저기 빈 공간이 썰렁하게 드러났다. 지붕에 포탄 구멍이 뚫리고 벽이 반쯤은 날아가 버린 황폐한 집들이 시커먼 모습으로 그녀를 물끄러미 쳐다보았다. 불라드 상점의 목조 차양 바깥에는 안장을 채운 말 몇 필과 작업용 노새들이 고삐에 묶여 있었다. 먼지가 이는 황톳길은 텅 비어 죽은 듯 고요했으며, 마을에서 들려오는 소리라고는 거리를 한참 내려가야 나타나는 술집으로부터 해 질 녘의 고요한 바람에 실려 흘러오던 몇 마디의 환호성과 술 취한 사람들의 웃음소리뿐이었다.

　존즈버러 역은 전투 중에 타버린 이후로 복구되지 않은 채, 같은 자리에다 그냥 목조 대피소만 만들어 놓아서, 날씨가 나빠도 바람을 막아 줄 벽이 없었다. 스칼렛은 대피소의 지붕 밑으로 들어가서, 의자랍시고 갖다 놓은 여러 개의 나무통[74]뿐이어서, 그녀는 하나를 골라 술통에 걸터앉았다. 그녀는 윌 벤틴을 찾으려고 거리를 아래위로 둘러보았다. 그는 이곳으로 그녀를 마중 나와 기다리겠다고 했었다. 제럴드가 죽었다고 하는 그의 무뚝뚝하고 짤막한 전갈을 받은 그녀가 첫 기차를 타그 오리라는 계산은 윌도 충분히 했을 테니까 말이다.

그녀는 어찌나 서둘러 왔는지, 자그마한 카펫 가방에는 잠옷 한 벌과 칫솔 하나만 꾸려 넣어, 갈아입을 속옷조차도 없었다. 스칼렛은 몸에 맞춰 상복을 지어 입을 겨를도 없었으므로, 미드 부인에게서 빌려 입은 검은 드레스가 몸에 꽉 끼어 거동이 불편했다. 더구나 요즈음 미드 부인은 야윈 반면 스칼렛은 더욱 배가 불렀던 터라, 옷이 무척 불편했다. 제럴드의 죽음으로 인해 슬픔에 빠졌음에도 불구하고, 그녀는 자신의 모습이 어떤 인상을 줄지를 걱정했고, 역겨운 마음으로 그녀의 몸을 내려다보았다. 본래의 몸매는 완전히 사라졌고, 얼굴과 발목은 퉁퉁 부었다. 지금까지는 자신의 모습에 대해 별로 신경을 쓰지 않았었지만, 한 시간 안에 애슐리를 만나게 될 지금은 굉장히 걱정이 되었다. 아무리 상심하기는 했어도 그녀는 다른 남자의 아기를 임신한 몸으로 그를 대한다는 생각을 하니 마음이 켕겼다. 스칼렛은 그를 사랑했고, 애슐리도 그녀를 사랑했으며, 원하지 않았던 배 속의 아기는 이제 그들의 사랑을 배반하는 증거처럼 느껴졌다. 날씬한 허리의 선도 사라지고 경쾌한 발걸음도 사라진 모습을 애슐리에게 보여 주기가 싫었어도, 이제 스칼렛으로서는 피할 길이 없는 일이 되고 말았다.

그녀는 초조하게 발을 굴렀다. 윌은 그녀를 마중하러 나왔어야 했다. 물론 그녀는 불라드 상점으로 찾아가서 윌이

74 여기서는 보통 5~10갤런들이 술통을 의미한다.

어떻게 되었는지 알아보고, 만일 그가 나올 형편이 아니라는 얘기를 듣게 되면 타라까지 마차로 태워다 달라고 누구에게든 부탁해도 될 처지였다. 하지만 그녀는 불라드 상점은 가고 싶지가 않았다. 때가 토요일 밤이었으니, 아마도 카운티 남자들의 절반은 그곳에 왔으리라. 스칼렛은 몸매를 감추기는커녕 오히려 두드러져 보이게 하는, 몸에 잘 맞지도 않는 검정 드레스 차림으로 그곳에 나타나고 싶지는 않았다. 그리고 그녀는 제럴드를 동정하며 사람들이 애도하는 친절한 얘기도 듣고 싶지 않았다. 그녀는 동정을 원하지 않았다. 그리고 그녀는 혹시 누구라도 아버지의 이름을 입 밖에 꺼내기라도 했다가는 울음이 터져 나올까 봐 걱정이었다. 그리고 그녀는 울지 않으려고 했다. 만일 울음을 터뜨렸다 하면, 마치 애틀랜타가 함락되고 레트가 컴컴한 길에서 그녀를 내버려두고 떠나던 끔찍한 밤에 말의 갈기에다 얼굴을 파묻고 울었을 때처럼, 그녀는 마음이 찢어지는 듯 아파서 비참한 눈물을 도저히 멈추지 못하리라는 생각이 들었다.

그렇다. 울지 않으리라! 그녀는 소식을 들은 이후에 자주 그랬듯이, 자꾸만 목구멍으로 치밀어 오르는 어떤 응어리를 느꼈지만, 울어 봤자 이제는 아무 소용이 없었다. 그래 봤자 그녀는 혼란하고 나약해질 따름이었다. 어째서, 오, 어째서 윌이나 멜라니나 동생들은 제럴드가 앓는다는 편지를 보내지 않았을까? 스칼렛은 필요하다면 애틀랜타에서 의사를 데리고 첫 기차를 타고 타라로 가서 아버지를 간호했으리라. 그들은 — 그들은 하나같이 바보였다! 스칼렛이 없으면 그들은 무슨 일이건 하나도 제대로 할 줄을 모른다는 말인가? 몸이 하나뿐인 그녀는 동시에 두 곳에서 일할 수는 없었고, 그들을 위해 애틀랜타에서 그녀가 최선을 다했다는 사실은 하느님도 다 알고 계시다.

아직도 윌이 모습을 보이지 않으니까 초조하고 조바심이 난 그녀는 나무통 위에 앉아 몸을 꼬았다. 그는 어디에서 무엇을 하는가? 그러자 뒤쪽 철로에서 불에 타다 남은 나무토막이 밟혀 으스러지는 소리가 났고, 몸을 돌린 그녀는 귀리 한 자루를 어깨에 메고 철로를 건너 마차를 세워 둔 곳으로 오는 알렉스 폰테인을 보았다.

「세상에! 이게 누구예요, 스칼렛?」 고통의 표정이 담겼던 시커멓고 작은 얼굴에 온통 기쁨이 넘쳐, 자루를 던져 버리고 그녀의 손을 잡으려고 달려오면서, 그가 소리쳤다. 「이렇게 만나다니 정말 기뻐요. 난 대장간에서 말에게 편자를 박던 윌을 만났어요. 기차가 연착하니까 시간이 충분하리라고 생각한 모양이에요. 내가 뛰어가서 그를 데리고 올까요?」

「예, 제발 그래 주세요, 알렉스.」 슬픈 중에서도 미소를 지으며 그녀가 말했다. 카운티에서 아는 얼굴을 다시 보니까 스칼렛은 기분이 좋았다.

「오 — 저기 — 스칼렛.」 아직도 그녀의 손을 잡은 채로 그는 어색하게 말문을 열었다. 「아버님 참 안됐어요.」

「고마워요.」 알렉스가 차라리 그런 말을 하지 않았기를 바라며 그녀가 대답했다. 그의 말을 듣고 그녀는 혈색 좋은 제럴드의 얼굴과 고함을 지르는 목소리가 갑자기 생생하게 느껴졌다.

「이런 말이 조금이라도 위안이 될지는 모르겠지만, 스칼렛, 이곳에 사는 우리들은 그분을 굉장히 자랑스럽게 생각했어요.」 손을 떨구면서 알렉스가 말을 이었다. 「그분은 — 뭡니까, 그분은 군인처럼, 군인다운 기백으로 돌아가셨다고 우리들은 생각합니다.」

그런데 이것은 또 무슨 소리일까, 그녀는 혼란을 느끼기 시작했다. 군인이라니? 아버지가 누군가의 총에 맞아 돌아가셨나? 토니가 그랬듯이 아버지가 스캘라웩들과의 싸움에 말려들었나? 하지만 그녀는 더 이상 얘기를 듣고 싶지 않았다. 아버지 얘기를 하면 당장 울음이 터지겠고, 그녀는 윌과 함께 마차를 타고 낯선 이들이 아무도 보지 않는 시골로 들어설 때까지는 차마 울면 안 되었다. 윌은 상관이 없었다. 그는 형제나 마찬가지였다.

「알렉스, 난 그런 얘기는 듣고 싶지 않은데요.」 스칼렛이 무뚝뚝하게 말했다.

「충분히 이해하겠어요, 스칼렛.」 분노의 시커먼 피가 얼굴로 몰리며 알렉스가 말했다. 「만일 내 누이동생이 그랬다면 난 ― 알잖아요, 스칼렛, 난 아직까지 어느 누구에게도 가혹한 말을 한 적이 없지만, 내 개인적인 생각으로는 누군가 수엘렌에게 호된 매질이라도 해야 된다는 생각이 들어요.」

도대체 이제는 그가 무슨 엉뚱한 소리를 하는가, 그녀는 의아한 생각이 들었다. 아버지의 죽음과 수엘렌이 무슨 관계가 있다고?

「이곳에서는 수엘렌에 대해서 누구나 다 똑같은 감정을 느끼고, 이런 소리를 해서 미안합니다만, 그녀의 편을 들어 주는 사람이라고는 윌 한 사람뿐인데 ― 하기야 물론 미스 멜라니도 마찬가지지만, 그녀는 워낙 성녀여서 남들의 나쁜 점이라고는 전혀 ―」

「난 그런 얘기는 듣고 싶지 않다고 그랬잖아요.」 그녀가 싸늘하게 말했지만, 알렉스는 물러설 기미를 보이지 않았다. 그는 마치 그녀의 무례함을 이해한다는 듯한 태도였고, 스칼렛은 그것이 비위에 거슬렸다. 그녀는 집안 식구에 대한 나쁜 소문을 그녀가 몰랐다는 사실을 그가 눈치채게 하고 싶지도 않았다. 왜 윌은 자세한 얘기를 편지로 알려 주지 않았을까?

그녀는 알렉스가 자기를 빤히 쳐다보지 않기를 바랐다. 스칼렛은 알렉스가 그녀의 상태를 눈치챘다고 느꼈으며, 그래서 난처했다. 하지만 땅거미 속에서 그녀를 쳐다보던 알렉스는 스칼렛의 얼굴이 어찌나 달라졌는지, 자기가 어떻게 그녀를 알아보았는지 신기하다는 생각이 들었다. 아마도 그녀가 곧 아이를 낳을 테니까 그런 모양이었다. 그럴 때면 여자들은 정말로 악마 같은 인상을 주었다. 그리고 물론 그녀는 오하라 노인 때문에 두척 상심했으리라. 그는 스칼렛을 유난히 귀여워했었다. 하지만, 아니다, 그보다 깊은 변화가 스칼렛에게서 엿보였다. 사실 그녀는 마지막으로 알렉스가 보았을 때보다 훨씬 좋아 보였다. 지금은 적어도 하루 세 끼 식사는 제대로 하는 사람 같았다. 그리고 무엇에 홀린 짐승 같은 표정이 조금은 그녀의 눈에서 사라졌다. 두려워하고 절망적이던 눈이 이제는 냉혹해졌다. 심지어는 미소를 지을 때조차도 어딘가 위압적이고, 자신만만하고, 단호한 분위기가 감돌았다. 그녀는 틀림없이 프랭크와 즐거운 인생을 살아가는 모양이었다! 그렇다, 그녀는 달라졌다. 그녀는 여전히 미인이기는 했지만 얼굴에서 풍기던 예쁘고 달콤한 부드러움이 사라졌으며, 전지전능하신 하느님보다도 그녀 앞의 남자가 세상만사에 대해서 더 많이 안다는 듯 비위를 맞추려고 얌전히 올려다보던 태도는 완전히 사라졌다.

하기야 이제는 누구나 다 변하지 않았던가? 알렉스는 자신이 걸친 츠한 옷을 내려다보았고, 늘 그러듯 씁쓸한 표정을 지었다. 도대체 어머니가 무슨 돈으로 수술을 받겠으며, 죽은 조의 어린 아들은 어떻게 교육하고, 노새 한 마리를 더

사들일 돈은 어디서 구해야 하나 궁리를 하며 잠을 못 이루는 밤이면, 가끔 그는 전쟁이 아직도 계속되기를 바랐고, 이왕이면 전쟁이 영원히 계속되기를 바랐다. 전쟁 당시에 그들은 어떤 운명이 앞에서 기다리는지를 몰랐었다. 비록 옥수수빵에 지나지 않더라도 군대에서는 항상 무엇이든 먹는 걱정은 하지 않았고, 명령을 내릴 부하도 거느렸으며, 해결이 불가능한 개인적인 문제에 봉착해야 한다는 괴로운 인식이 전혀 없었고, 죽음 이외에는 군대에서 신경을 쓸 일이 하나도 없었다. 그런가 하면 디미티 먼로도 문제였다. 알렉스는 그녀와 결혼하고 싶었지만, 이미 그가 부양해야 할 가족이 워낙 많고 보니 결혼을 하기도 어려운 처지였다. 그는 디미티를 정말로 오랫동안 사랑해 왔고, 이제 그녀의 뺨에서는 장밋빛이, 그리고 눈에서는 기쁨이 서서히 사라져 갔다. 만일 토니가 텍사스로 도피할 필요만 없었다면 얼마나 좋았으랴. 남자가 한 사람만 집에 더 있더라도 상황이 달라졌으리라. 성미가 급하고 사랑스러운 어린 동생은 빈털터리 신세로 서부 어디에선가 숨어서 지내리라. 그렇다, 그들은 모두가 달라졌다. 그리고 달라졌으면 또 어떻다는 말인가? 그는 무겁게 한숨을 쉬었다.

「난 토니를 위해 당신하고 프랭크가 해준 일에 대해서 고맙다는 말도 아직 못 했군요.」 그가 말했다. 「토니가 피신하도록 도와준 사람은 당신들이었어요. 안 그런가요? 아주 고마운 일이었죠. 난 토니가 텍사스에서 무사하게 지낸다는 얘기를 남의 입을 통해서 들었어요. 난 당신에게 편지를 써서 직접 물어보기가 겁이 났지만, 혹시 ― 당신이나 프랭크가 토니에게 꾸어 준 돈은 없나요? 그렇다면 난 그 돈을 갚고 싶은데 ―」

「오, 알렉스, 제발 그만해요! 지금은 그런 얘기 하지 말자고요!」 스칼렛이 소리쳤다. 오래간만에 처음으로 그녀에게는 돈이 아무런 의미도 없어졌다.

알렉스는 잠깐 동안 침묵을 지켰다.

「내가 윌을 데리고 오겠어요.」 그가 말했다. 「그리고 우린 모두 내일 장례식에 가겠어요.」

그가 귀리 자루를 집어 들고 돌아서려니까, 바퀴가 흔들거리는 마차가 옆길에서 비틀거리면서 나오더니, 찌걱거리는 소리를 내고 그들에게로 왔다. 윌이 마부석에서 소리쳤다. 「늦어서 미안합니다, 스칼렛.」

어색하게 마차에서 내려온 그는, 스칼렛에게로 터벅터벅 걸어오더니, 허리를 굽혀 그녀의 뺨에 키스했다. 윌은 지금까지 한 번도 그녀에게 키스를 했던 적이 없었고, 이름을 부를 때는 꼭 앞에다 〈미스〉라는 명칭을 붙였지만, 이런 새로운 태도에 놀라기는 하면서도 그녀는 마음이 흐뭇해지고 무척 즐거웠다. 윌은 조심스럽게 그녀를 바퀴 위로 들어 올려 마차에 태웠고, 밑을 내려다본 스칼렛은 윌이 끌고 온 마차가 애틀랜타를 탈출할 때 타고 왔던 바로 그 찌그덕거리는 낡은 마차임을 깨달았다. 마차가 어떻게 이렇게 오랫동안 부서지지 않고 견뎌 왔을까? 윌이 마차를 아주 잘 간수한 모양이었다. 마차를 보고 그날 밤이 머리에 떠오르자 그녀는 약간 울렁거리는 기분을 느꼈다. 그녀가 신발을 신지 못하거나, 피티 고모의 식탁에 음식을 장만해 올려놓지 못하는 한이 있더라도 그녀는 타라 농장에 꼭 새 마차를 마련해 주고, 이것은 태워 버리도록 하리라.

처음에는 윌이 입을 열지 않았고, 스칼렛은 그것이 고마웠다. 그는 너덜너덜한 밀짚모자를 마차의 뒷좌석에 집어 던지고는 말에게 낄낄 혀를 찼고, 그들은 출발했다. 윌은 옛날과 전혀 변함없이 호리호리하고 키가 컸으며, 머리카락이 불그 레하고, 눈이 맑고, 짐을 끄는 짐승처럼 참을성이 많았다.

그들은 마을을 뒤로하고 타라 농장으로 가는 붉은 흙길로 꺾어 들었다. 하늘의 한 귀퉁이에는 아직도 희미하게 분홍빛 노을이 머뭇거렸고, 깃털처럼 두툼한 구름은 황금빛과 지극 히 엷은 초록빛으로 물들었다. 시골 석양의 적막함은 기도를 드릴 때처럼 차분한 분위기를 내려 주었다. 지난 여러 달 동 안 멀리 떠나 타향에서, 상큼한 시골 공기와 밭갈이를 하느 라고 갈아엎은 흙과, 여름밤의 감미로움으로부터 멀리 떠나 서, 어떻게 그녀가 참고 살아왔는지 스칼렛은 신기하게 생각 했다. 축축하고 붉은 흙의 냄새가 어찌나 좋고 정다우며, 어 찌나 다정했던지, 그녀는 마차에서 내려 한 움큼 움켜쥐고 싶 었다. 도랑이 파인 붉은 길의 양쪽으로 마구 뒤엉켜 휘장처 럼 드리운 인동덩굴의 푸른 잎은, 비가 온 다음이면 늘 그렇 듯이, 향기가 코를 찌를 지경이었으니, 그것은 세상에서 가 장 감미로운 향기였다. 그들의 머리 위로는 한 무리의 칼새 가 빠른 속도로 날개를 치면서 빙글빙글 돌며 날아갔고, 가 끔 깜짝 놀란 토끼 한 마리가, 하얀 꼬리를 솜털 오리 분첩처 럼 까딱거리며, 길을 건너 쪼르르 달려갔다. 붉은 땅에서 튼 튼하게 저절로 자라 솟아오르는 푸른 수풀이 늘어선 밭들 사 이로 지나가는 동안, 그녀는 목화 농사가 풍년임을 확인하고 기분이 좋아졌다. 온 세상이 얼마나 아름다운가! 늪 바닥에 서 피어오르는 부드러운 회색 안개, 붉은 흙과 무럭무럭 자 라나는 목화, 푸른 곡선들이 줄지어 늘어서고, 저 멀리 뒤에 서 음산한 벽처럼 시커먼 소나무들이 솟아오르는 주름진 밭 들을 잊은 채로, 어떻게 그토록 오랫동안 그녀는 애틀랜타에서 아무렇지도 않게 지냈을까?

「스칼렛, 당신이 집에 다다르기 전에 ― 해야 할 얘기를 다 해주고 싶은데, 오하라 선생님 얘기를 하기 전에 ― 난 어떤 문제에 대해서 당신의 견해를 하나 묻고 싶어요. 이제는 당신이 이 집안에서 가장이라는 생각이 들기 때문이죠.」

「무슨 일인데요, 윌?」

그는 잠깐 동안 맑고 진지한 시선을 그녀에게로 돌렸다.

「난 수엘렌과 결혼하려는데 당신이 승낙해 주셨으면 해서요.」

너무 놀라서 뒤로 자빠질 뻔했던 스칼렛은 의자를 꽉 움켜잡았다. 수엘렌과 결혼을 하다니! 스칼렛은 프랭크 케네디를 그녀가 가로챈 후에 어느 누구도 수엘렌과 결혼하리라는 생각은 전혀 해본 적이 없었다. 누가 수엘렌을 탐내겠는가?

「그렇게 됐군요, 윌!」

「그럼 스칼렛은 개의치 않는다고 생각해도 될까요?」

「개의치 않는다고요? 그럼요, 하지만 ―. 세상에, 윌, 당신 때문에 난 숨이 넘어갈 뻔했어요. 당신이 수엘렌하고 결혼한다고요? 윌, 난 당신이 처음부터 캐린한테 호감을 가진 줄 알았는데요.」

윌은 말에서 눈을 떼지 않고 고삐를 탁 쳤다. 그의 옆얼굴은 달라지지 않았지만, 스칼렛은 그가 가벼운 한숨을 지었다고 생각했다.

「아마 그랬는지도 모르죠.」 그가 말했다.

「그런데요, 캐린이 당신을 받아 주려고 하지 않던가요?」

「난 물어본 적도 없어요.」

「오, 윌, 당신은 바보예요. 캐린한테 물어보세요. 걔는 수엘렌의 두 명 몫은 돼요!」

「스칼렛, 당신은 타라에서 벌어졌던 많은 사건을 아직 몰라요. 지난 몇 달 동안 당신은 우리들한테 많은 관심을 쏟는 호의를 보여 주지 않았으니까요.」

「그랬겠죠, 안 그래요?」 그녀는 발끈 화를 냈다. 「도대체 내가 애틀랜타에서 무얼 하며 지냈다고 생각하나요? 네 마리의 말이 끄는 승용 마차를 타고 돌아다니며 무도회에나 드나들었다고 생각해요? 내가 매달 돈을 보내지 않았던가요? 난 세금을 내고, 지붕을 수리하게 하고, 새 쟁기와 노새들을 사주지 않았나요? 내가 ―」

「세상에, 그렇게 자제심을 잃고 아일랜드 기질을 드러내지는 마세요.」 그는 태연하게 말을 가로막았다. 「당신이 한 일이야 누구보다도 내가 잘 아는데, 그건 남자 두 사람 몫의 일이었어요.」

약간 기분이 풀려서 그녀가 물었다. 「그렇다면, 무슨 생각에서 그런 말을 했나요?」

「글쎄요, 당신은 우리들이 살 집을 지켜 주고, 식량이 떨어지지 않도록 보살펴 주었는데, 난 그걸 부정하지는 않겠지만, 스칼렛은 이곳 타라에서 살아가는 사람들에 대해서는, 그들이 저마다 무슨 생각을 하는지는 별로 신경을 쓰지 않았어요. 난 당신을 탓하고 싶지는 않습니다, 스칼렛. 당신은 원래 그런 사람이니까요. 당신은 다른 사람의 머릿속에서 어떤 생각이 오가는지에 대해서는 별로 신경을 써본 적이 없어요. 하지만 내가 당신에게 하려는 얘기는, 소용이 없으리라고 판단했기 때문에 난 캐린에게 한 번도 물어보지 않았다는 점이에요. 캐린은 나에게는 꼬마 여동생과 마찬가지였고, 그녀는 세상의 어느 누구보다도 나한테는 숨김없이 얘기한다고 생각하죠. 하지만 캐린은 사랑했던 청년의 죽음을 전혀 극복하지 못했고, 앞으로도 언제까지나 극복하지 못할 눈치예요. 그리고 이제는 캐린이 찰스턴의 수녀원으로 들어갈 생각을 한다는 얘기를 해드려도 되겠군요.」

「농담하시는 거예요?」

「글쎄요, 난 당신이 놀라시리라고 벌써부터 예상했으니까, 내가 부탁하고 싶은 바는, 스칼렛, 이 문제를 놓고 캐린과 언쟁을 벌이거나 야단을 치거나 비웃지 말아 달라는 것뿐입니다. 가도록 그냥 내버려 두세요. 그녀가 그토록 원하니까요. 캐린은 마음의 상처를 입었어요.」

「하지만, 맙소사, 귀신 속곳 같으니라고! 마음의 상처를 입은 사람이야 얼마든지 많지만, 그들이 다 수도원으로 도망치지는 않았어요. 나를 봐요. 나도 남편을 잃었어요.」

「하지만 당신은 마음의 상처를 입지는 않았어요.」 월이 차분하게 말하고는 마차 바닥에서 밀짚 하나를 집어 입에 물고 천천히 씹었다. 월의 말에 스칼렛은 기가 꺾였다. 아무리 불쾌하더라도 누가 진실을 얘기할 때면, 그녀는 근본적인 정직함의 힘에 밀려, 언제나 진실을 수긍하지 않을 수가 없었다. 그녀는 캐린이 수녀가 된다는 개념에 스스로 익숙해지려고 애쓰며 잠깐 동안 침묵을 지켰다.

「캐린을 나무라지 않겠다고 약속해 주세요.」

「오, 글쎄요, 약속하죠.」 그러더니 스칼렛은 새로운 이해와 약간의 놀라움을 보이며 그를 쳐다보았다. 월은 캐린을 사랑했었고, 그녀의 편을 들며 보다 편히 떠나가도록 해줄 만큼 지금도 사랑했다. 그러면서도 그는 수엘렌과 결혼할 생각이었다.

「그런데 수엘렌 얘기는 또 뭐죠? 당신은 개한테는 관심이 없어요, 안 그래요?」

「오, 아니에요, 어떤 면에서는 관심이 많다고 해야겠죠.」
밀짚을 입에서 빼더니 마치 그것이 무척 신기한 물건이기라
도 한 듯 자세히 살펴보면서 말했다. 「수엘렌은 당신이 생각
하듯이 그렇게 못된 여자가 아니에요, 스칼렛. 난 우리들이
잘 어울린다고 생각해요. 단지 수엘렌에게 문제가 있다면 그
건 남편과 아이들이 필요하다는 건데, 그건 여자라면 누구나
다 필요로 하죠.」

바퀴 자국이 심하게 파인 울퉁불퉁한 길에서 마차가 덜컹
거리는 몇 분 동안 두 사람은 침묵을 지켰다. 스칼렛의 머릿
속은 분주했다. 표면으로 드러난 이유보다 훨씬 깊은 무엇
이, 보다 깊고 훨씬 중요한 무슨 이유가 없이는 마음씨 착하
고 부드러운 윌이 불평과 잔소리가 심한 수엘렌과 결혼하려
고 할 턱이 없었다.

「당신은 나한테 진짜 이유는 얘기해 주지 않았어요, 윌. 만
일 내가 정말로 집안의 가장이라면, 난 참된 이유를 알아야
해요.」

「그래요.」 윌이 말했다. 「그리고 난 당신이 이해하리라고
생각합니다. 난 타라 농장을 떠나고 싶지가 않아요. 타라가
나에게는 고향이나 마찬가지고, 스칼렛, 내가 알게 된 유일
한 고향이라서, 돌멩이 하나하나에 이르기까지 모두 사랑합
니다. 난 그곳이 내 집이라고 생각하며 열심히 일해 왔어요.
그리고 사람이란 어디엔가 정성을 쏟다 보면 그것을 정말로
사랑하게 돼요. 내 얘기가 무슨 뜻인지 아시겠죠?」

그녀는 윌이 하는 말의 의미를 알았고, 자신이 가장 사랑
하는 대상을 윌도 사랑한다는 말을 듣자 그녀의 마음으로부
터 훈훈한 사랑이 파도처럼 그에게로 밀려 나갔다.

「그리고 난 이런 생각이 들었어요. 당신 아버님도 돌아가

셨고, 캐린이 수녀가 되고 나면 이곳에 남는 사람은 저하고 수엘렌 단 두 사람뿐인데, 그러면 물론 나는 수엘렌과 결혼하지 않고는 타라에서 살기가 어려우리라고 말입니다. 사람들이 뭐라고 수군거릴지 아시잖아요.」

「하지만 — 하지만 윌, 멜라니하고 애슐리도 있는데 —」

애슐리의 이름이 튀어나오자 그는 속마음을 헤아리기 어려운 맑은 눈을 돌려 그녀를 쳐다보았다. 스칼렛은 윌이 자기와 애슐리에 관해서 환히 알고 이해하며, 비난도 하지 않고 동조도 하지 않는다는 옛 인식이 되살아났다.

「그들은 머지않아 떠납니다.」

「떠나요? 어디로요? 타라는 당신의 집일 뿐 아니라 그들의 집이기도 한데요.」

「아니에요, 타라는 그들의 집이 아닙니다. 바로 그것이 애슐리의 마음을 괴롭혔어요. 타라는 그의 집이 아니고, 그래서 그는 그곳에 살면서 식객 노릇만 한다고 느끼죠. 그는 아주 형편없는 농부이고, 자신도 그걸 잘 알아요. 아무리 최선을 다하더라도, 그는 본디 태생이 농사를 지을 사람이 아니고, 그건 스칼렛도 나만큼이나 잘 알아요. 그는 장작을 패다가 발등을 찍기가 십상이에요. 그는 어린 보우만큼도 쟁기를 똑바로 가누질 못하고, 작물이 어떻게 자라는지에 관해서 그가 모르는 내용을 적어 놓으면 책 한 권은 되겠어요. 그건 그 사람 잘못이 아니죠. 그저 태생이 다를 뿐이에요. 그리고 남자이면서도 여자한테 빌붙어 타라 농장에 살면서 별로 해주는 일도 없다는 게 마음에 걸리기도 하고요.」

「빌붙어 산다뇨? 혹시 그분이 그런 말을 한 번이라도 —」

「그래요, 그런 말은 한마디도 안 하죠. 애슐리가 어떤 사람인지는 당신도 알잖아요. 하지만 난 알아요. 어젯밤, 당신

아버님 때문에 우리들이 밤샘을 하는 동안 난 그에게, 내가
수엘렌한테 청혼을 했으며 그녀도 수락했다는 얘기를 했죠.
그랬더니 애슐리의 말이, 타라 농장에 눌러앉아 지내니까 무
척 거북했었고, 게다가 이제 오하라 선생까지 돌아가셨으니,
사람들이 나하고 수엘렌 때문에 수군거리는 헛소문을 막기
위해서라도 자기와 미스 멜리가 계속해서 머물러야 한다고
생각했었는데, 결혼 얘기를 들으니 이제는 마음이 놓인다고
했어요. 그러더니 그는 타라를 떠나 일자리를 구할 생각이라
고 하더군요.」

「일자리요? 무슨 일자리요? 어디서요?」

「그가 무엇을 하려는지는 나도 정확히 모르지만, 북부로
가겠다는 얘기를 했어요. 뉴욕에 사는 친구가 그곳 은행에서
일하지 않겠느냐는 편지를 보내왔다더군요.」

「오, 안 돼요!」 그녀는 마음의 밑바닥으로부터 소리쳤고,
느닷없는 외침에 윌은 아까와 같은 표정으로 그녀를 쳐다보
았다.

「어쩌면 애슐리가 북부로 가는 편이 두루두루 다 좋겠다
는 생각도 들어요.」

「아니에요! 난 그렇게 생각하지 않아요.」

그녀의 머릿속은 분주하게 돌아갔다. 그러면 다시는 애슐
리를 못 보게 될지도 모른다. 비록 여러 달 동안 애슐리를 만
나지 못했고, 과수원에서의 숙명적인 추태를 벌인 이후로는
그와 단둘이 얘기를 나눈 적이 한 번도 없었지만, 그래도 그
녀는 그를 생각하지 않았던 날이 하루도 없었고, 그가 그녀
의 집에서 기거했기 때문에 늘 흐뭇했었다. 그녀는 돈을 보낼
때마다 한 푼 한 푼이 애슐리의 삶을 훨씬 편하게 해주리라
는 생각에 언제나 마음이 즐거웠었다. 그는 물론 농부로서는

전혀 쓸모가 없는 남자였다. 애슐리는 보다 훌륭한 일을 하기 위해 태어난 사람이라고 그녀는 자랑스럽게 생각했다. 그는 지배자로 군림하고, 대저택에서 살고, 멋진 말을 타고, 시를 읽고, 흑인들을 부리기 위해서 태어났다. 이제는 저택과 말과 흑인들도 없어졌고, 책도 별로 없다고 해도, 그것은 상관이 없는 일이었다. 애슐리는 밭갈이를 하거나 통나무를 쪼개려고 태어난 사람이 아니었다. 타라 농장을 떠나려는 그의 결심도 무리는 아니었다.

하지만 스칼렛은 그가 조지아를 떠나도록 그냥 내버려 두고 싶지가 않았다. 필요하다면 프랭크를 못살게 굴어서라도, 지금 계산대에서 일하는 청년을 쫓아내고 애슐리에게 일자리를 주고 싶었다. 하지만, 그렇지 않다 — 애슐리는 쟁기를 들 사람도 아니었지만, 상점에서 계산이나 할 사람도 아니었다. 윌크스 집안에서 상점 점원이 나오다니! 오, 그것은 어림도 없는 일이었다! 틀림없이 무슨 묘안이 나와야 할 텐데 —. 그렇다, 제재소라면 되겠다! 제재소 생각이 떠오르자 어찌나 마음이 놓였는지 스칼렛은 미소를 지었다. 하지만 애슐리가 그녀의 제안을 받아들일까? 애슐리는 그것도 역시 자선 행위라고 생각하려나? 스칼렛은 오히려 애슐리가 그녀에게 호의를 베푸는 인상을 주도록 교묘하게 일을 꾸며야만 했다. 그녀는 존슨 씨를 해고한 다음 제재소를 애슐리에게 맡기고, 새 제재소는 휴가 운영하도록 하리라. 그녀는 애슐리에게 프랭크가 건강이 나쁘고 상점 일에 쫓겨 자기를 돕지 못한다고 얘기하고는, 자신의 임신 상태가 그의 도움을 필요로 하는 또 하나의 이유라고 애원하리라.

스칼렛은 지금과 같은 처지에 그의 도움이 없다던 도저히 일을 꾸려 나가지 못한다는 점을 어떻게 해서든지 그에게 납득시켜야만 했다. 그리고 만일 애슐리가 일을 맡겠다고만 하면, 제재소의 수익금 절반을 그에게 내놓을 생각이었고 — 그저 그를 곁에 두기 위해서라면 무엇이라도, 그의 얼굴에 환히 떠오르는 미소를 보기 위해서라면 무엇이라도, 그가 아직도 그녀를 사랑한다고 증명하는 표정이 자기도 모르게 눈에 드러나는 순간을 포착할 기회를 얻기 위해서라면, 그녀는 무엇이라도 제공할 용의가 있었다. 하지만 그녀는 사랑의 말을 고백하도록 그를 강제로 몰아대는 일은 절대로, 절대로 다시는 없겠고, 그가 사랑보다도 훨씬 소중하게 생각하는 바보 같은 명예를 저버리게 하려고 다시는 절대로 그를 설득하려 들지 않으리라고 스스로 다짐했다. 어떻게 해서든지 스칼렛은 이러한 새로운 각오를 그에게 은근히 전달하지 않으면 안 되었다. 그렇지 않으면 그는 지난번의 난처한 사건처럼 또다시 묘한 상황이 벌어질까 봐 걱정이 되어 거절할지도 모른다.

「난 애슐리가 애틀랜타에서 일하도록 어떻게든 손을 써보겠어요.」그녀가 말했다.

「글쎄요, 그건 당신하고 애슐리가 알아서 처리할 문제겠죠.」이렇게 말하더니 윌은 밀짚을 다시 입에 물었다. 「이랴, 셔면. 그건 그렇고요, 스칼렛, 부탁해 두고 싶은 문제가 또 하나 있어요. 난 당신이 수엘렌에게 화를 내면 가만히 앉아서 구경만 할 입장이 아닙니다. 수엘렌이 한 짓은 벌써 벌어진 일이고, 당신이 동생의 머리를 모조리 쥐어뜯어 대머리를 만들어 놓는다고 해도 오하라 선생님이 다시 살아나시지는 않아요. 그뿐 아니라 수엘렌도 제 딴에는 잘하는 짓이라고 생각하며 그랬으니까요.」

「그러지 않아도 난 그 얘기를 물어보려고 했어요. 수엘렌이 뭐가 어쨌다는 얘기죠? 알렉스도 수수께끼 같은 소리를 하면서 누군가 수엘렌에게 호된 매질이라도 해야 된다고 그랬어요. 무슨 짓을 했기에 그래요?」

「그래요, 사람들은 수엘렌 때문에 무척 화가 났어요. 오늘 오후에 존즈버러에서 만난 사람들은 하나같이 수엘렌을 만나기만 하면 찢어 죽이겠다고 야단이었지만, 아마 때가 되면 다 잊겠죠. 자, 수엘렌한테 화를 내지 않겠다고 약속하세요. 난 오늘 밤 오하라 선생님의 유해를 모셔 놓은 응접실에서 말다툼이 벌어지는 꼴은 차마 못 보겠어요.」

말다툼이 벌어지는 꼴은 차마 못 보겠다니! 스칼렛은 화가 나서 생각했다. 이 남자는 마치 타라 농장이 벌써 자기 소유라도 된 듯한 말투로구나!

그러자 스칼렛은 응접실에 안치되었다는 제럴드가 생각났고, 그녀는 갑자기 비통하게 흐느껴 울기 시작했다. 윌은 한쪽 팔로 그녀의 어깨를 감아 편안하게 바싹 끌어안고는, 아무 말도 하지 않았다.

둥근 모자가 옆으로 비뚤어지고 머리를 그의 어깨에 기댄 채로, 어둑어둑해지는 길을 덜커덩거리며 천천히 내려가는 사이에, 스칼렛은 지난 2년 동안 아버지가 보여 주었던 모습을, 영원히 들어오지 않을 아내를 기다리느라고 물끄러미 문을 응시하던 정신이 혼미한 노신사를 잊었다. 그녀는 대신 머리카락이 갈기처럼 하얗고 말끔하여, 유쾌하게 소리를 지르고, 장화 발로 쿵쿵 땅바닥을 구르고, 어리숙한 농담을 늘어놓고, 마음이 너그러우며, 활력이 넘치고 정력적인 노인을 기억했다. 그녀는 이제, 어린 시절에 그녀를 안고 안장에 앉히고는 말을 달려 울타리를 뛰어넘고, 그녀가 못된 짓을 하면 엎어 놓고 엉덩이를 때려 주고, 그러다가 그녀가 울기라도 하면 덩달아 울면서 조용하라고 동전을 주던 허세가 심하던 아버지를, 세상에서 가장 훌륭하다고 그녀가 믿었던 남자를 회상했다. 스칼렛은 한 번도 제대로 마음에 들었던 적이 없는 선물을 잔뜩 가지고 찰스턴과 애틀랜타에서 집으로 돌아오던 아버지를 회상했고, 존즈버러에서 공판이 벌어지던 날, 고주망태가 될 정도로 취한 채 한밤중에 돌아와 유쾌한 목청을 한껏 돋우어 「푸른 옷을 입고」를 노래하던 아버지가 머리에 떠오르자, 눈물 어린 희미한 미소를 지었다. 그러고는 이튿날 아침 멀쩡한 정신으로 어머니를 대하면 아버지가 얼마나 멋쩍어했던가. 그러나 아버지는 이제 어머니와 함께였다.

「아버지가 편찮으시다고 왜 나한테는 알려 주지 않았나요? 난 당장 쫓아와서 ─」

「전혀 앓거나 하시지는 않으셨어요. 자, 내 손수건 받으시고, 그럼 다 얘기해 드리죠.」

애틀랜타에서 손수건 한 장도 안 가지고 온 그녀는 윌의 손수건에 코를 풀고는 다시 그의 팔에 몸을 기댔다. 윌은 얼마나 훌륭한 남자인가. 그는 흥분을 하는 적이 전혀 없었다.

「그래요, 자초지종은 이랬어요, 스칼렛. 당신은 우리들에게 꼬박꼬박 돈을 보냈고, 애슐리하고 나는, 그래요, 우린 세금을 내고, 노새와 씨앗을 비롯해서 자질구레한 물품, 그리고 돼지와 닭도 몇 마리 사들였어요. 미스 멜리는, 그래요, 닭을 아주 잘 쳤어요. 미스 멜리는 정말 훌륭한 여자입니다. 글쎄요, 어쨌든, 타라 농장에 필요한 물건들을 사고 나면 다른 데 쓸 돈이라고는 별로 남지를 않았지만, 우린 아무도 불평하지 않았어요. 수엘렌만 제외하고 말입니다.

미스 멜라니하고 미스 캐린은 집에서만 지내느라고 낡은 옷을 입고도 자랑스럽게 생각했지만, 당신도 아시다시피 수엘렌은, 스칼렛, 수엘렌은 끝까지 궁핍한 생활에 길들여지지 않았어요. 내가 존즈버러나 파예트빌로 데리고 갈 때마다 수엘렌은 낡은 옷을 입기가 늘 마음에 걸렸나 봐요. 특히 카펫배거들의 몇몇 숙 — 여자들이 항상 화려하게 차려입고 활개를 치며 돌아다니는 꼴을 보면 더욱 기분이 나빴던 모양입니다. 노예 해방청에서 일하는 망할 놈의 양키들이 거느린 마누라들은 옷차림 한번 정말 요란하더군요! 어쨌든 카운티의 숙녀들은 가장 초라한 옷을 입고 시내로 나가더라도 전혀 개의치 않으며, 오히려 그런 차림을 자랑스럽게 생각한다고 과시하는 마음을 일종의 명예로운 처신으로 여겼어요. 하지만 수엘렌은 그렇지 않았죠. 그리고 승용 마차에 말까지 원했어요. 스칼렛은 그런 마차를 타고 다닌다고 지적하면서요.」

「내가 타는 건 승용 마차가 아니라 낡은 이륜마차예요.」 스칼렛이 화를 내며 설명했다.

「글쎄요, 어쨌든 마찬가지였어요. 이런 얘기도 해두는 편이 좋겠다고 생각되는데, 당신이 프랭크 케네디와 결혼했다는 사실을 동생은 끝까지 극복하지 못했고, 나도 그녀를 탓하기는 하면서도, 글쎄 잘 모르겠군요, 당신도 알다시피 동생에게 그런 짓을 한다는 건 비열한 속임수였으니까요.」

스칼렛은 그의 어깨에서 몸을 일으켜 세우고는 당장이라도 덤벼들 방울뱀처럼 격분한 표정을 지었다.

「이봐요, 비열한 속임수라고요? 당신 말 좀 조심해 주셨으면 고맙겠어요, 윌 벤틴! 그 사람이 수엘렌보다 나를 더 좋아한 걸 어떻게 하란 말이에요?」

「당신은 똑똑한 여자예요, 스칼렛, 그리고 내 생각엔, 그래요, 당신은 프랭크가 당신을 더 좋아하게 유도하는 요령을 알았겠죠. 여자들에게는 언제라도 그럴 능력이 있으니까요.

하지만 난 당신이 그를 은근히 유혹했으리라고 생각해요. 당신은 일단 마음만 먹으면 원하는 대로 해치우는 사람이기는 하지만, 어쨌든 그는 수엘렌의 애인이었어요. 그래요, 당신이 애틀랜타로 떠나기 한 주일 전에 수엘렌은 그에게서 편지를 받았는데, 그는 달콤한 얘기를 그녀에게 늘어놓았고, 돈을 조금만 더 모으면 결혼해야 되겠다고 했어요. 수엘렌이 편지를 보여 주었기 때문에 나도 그런 내용을 알아요.」

그가 한 말이 진실임을 알았고, 아무 할 말이 생각나지도 않았기 때문에, 스칼렛은 침묵을 지켰다. 그녀는 하고많은 사람들 가운데 윌에게서 심판을 받으리라고는 전혀 예상하지도 못했었다. 뿐만 아니라 프랭크에게 그녀가 한 거짓말에 대해서도 스칼렛은 전혀 양심에 거리끼는 바가 없었다. 애인을 지킬 능력이 없는 여자라면 남자를 빼앗겨도 할 말이 없었다.

「이봐요, 윌, 그런 치사한 소리 마세요.」 그녀가 말했다. 「만일 수엘렌이 프랭크하고 결혼했으면 걔가 타라 농장이나 우리들 가운데 누구를 위해 한 푼이라도 돈을 썼으리라고 생각해요?」

「난 아까 스칼렛은 마음만 먹으면 그대로 해내는 여자라고 말했죠.」 조용한 미소를 지으며 윌은 그녀에게로 시선을 돌렸다. 「그래요, 우린 프랭크의 돈을 한 푼도 구경조차 못 했으리라고 생각해요. 하지만 그렇다고 해도 책임을 면할 길은 없어서, 그건 야비한 속임수였고, 혹시 목적에 의해서 수단을 정당화하려고 하더라도 그건 내가 알 바는 아니고, 또 내가 뭐라고 탓하겠어요? 하지만 아무튼 수엘렌은 그때부터 줄곧 심술을 부렸어요. 수엘렌은 나이가 많은 프랭크를 별로 신통하게 여기지는 않았던 눈치지만, 어쨌든 그녀의 허영심이 좌절을 당했고, 자기는 이곳 타라에 파묻혀 사는데 당신은 애틀랜타에서 좋은 옷에 마차를 굴리며 잘산다고 하면서, 걸핏하면 트정이었죠. 당신도 알다시피 수엘렌은 파티나 사람들을 찾아다니고 화려한 옷을 입기를 좋아해요. 난 수엘렌을 비난할 생각은 없어요. 여자들이란 다 그러니까요.

어쨌든 한 달쯤 전 수엘렌을 데리고 존즈버러로 나간 길에, 내가 볼일을 보는 동안 만나고 싶은 사람들을 만나라고 했더니, 집으로 데리고 오면서 보니까 그녀는 생쥐처럼 잠잠하기는 했어도, 당장 터져 버리기라도 할 듯 흥분한 상태였어요. 난 혹시 누가 곧 아기를 낳으리라는 소문이라도 알아낸 모양이라고 — 아니면 무슨 재미난 소문이라도 들었나 보다 하는 생각에, 별로 신경도 쓰지 않았어요. 수엘렌은 한 주일가량 잔뜩 흥분해서 어딘가에 정신이 팔려 별로 달도 없이 집 안을 돌아다녔어요. 수엘렌은 미스 캐슬린 캘버트를 만나러 갔었는데 — 스칼렛도 미스 캐슬린 얘기를 들으면 아마 눈물이 펑펑 쏟아지겠죠. 가엾은 아가씨, 좀스러운 양키 힐턴하고 결혼하느니 차라리 죽어 버리는 편이 나을 뻔했어요. 그놈의 양키가 땅을 저당 잡혔다가 빼앗겨서 떠나야만 할 신세가 되었다는 소식은 들으셨나요?」

「아뇨, 난 그런 얘기는 듣지 못했고 알고 싶지도 않아요. 난 아버지 얘기를 듣고 싶어요.」

「그래요, 난 지금 아버님 얘기를 하려던 참이에요.」 윌이 참을성을 보이며 말했다. 「캘버트 집엘 갔다 온 수엘렌은 우리들이 힐턴을 잘못 판단했다고 말했어요. 수엘렌은 그에게 힐턴 씨라고 즌칭어까지 붙이면서 똑똑한 남자라고 하는 바람에, 우린 그냥 웃어넘기고 말았어요. 그러더니 수엘렌은 오후면 아버님을 모시고 산책을 나가는 버릇이라도 생긴 듯

싶었고, 난 밭에서 집으로 돌아오다가 묘지 둘레의 담장 위에 아버지와 나란히 올라앉아 열심히 무슨 얘기를 하며 손을 흔들어 대는 수엘렌을 자주 보았어요. 영감님은 어리둥절한 듯 그녀를 멍하니 쳐다보며 머리를 설레설레 흔들기만 했고요. 아버님이 어떤지는 잘 아시잖아요, 스칼렛. 아버님은 점점 더 정신이 흐려지셔서, 결국은 당신이 지금 어디에 계신지도 모르고, 우리들이 누구인지도 거의 알아보지 못하실 정도가 되었어요. 언젠가는 수엘렌이 어머님의 무덤을 손으로 가리키니까, 아버님이 울음을 터뜨리시더군요. 그리고 수엘렌이 잔뜩 기분이 좋아 흥분한 표정으로 집으로 들어오기에, 난 한마디 해줘야 되겠다는 생각에 이렇게 말했답니다. 〈미스 수엘렌, 도대체 당신은 왜 불쌍한 아버님을 괴롭히고, 일부러 어머니 얘기를 자꾸 끄집어내나요? 아버님은 아주머니가 돌아가셨다는 걸 거의 의식하지도 못하고 계신데, 당신이 자꾸 일부러 깨우쳐 주고 있잖아요.〉 그랬더니 그녀는 머리를 젖히고 웃어 대더니 말했어요. 〈당신 일에나 신경을 써요. 내가 지금 꾸미는 계획에 대해서 언젠가는 고맙게 생각할 날이 올 테니까요.〉 미스 멜라니는 수엘렌이 무슨 계략을 꾸미겠다는 얘기를 지난밤 자신에게 하더라고 나한테 얘기했지만, 수엘렌이 진심으로 그런 생각을 하지는 않으리라고 말했어요. 수엘렌의 계획은 생각만 해도 마음이 심란해져서, 우리들 어느 누구에게도 차마 얘기하지 못했다고 그랬어요.」

「무슨 계획인데요? 도대체 본론은 언제 얘기할 생각이죠? 이제 집까지 절반은 왔어요. 난 아버지 얘기를 듣고 싶어요.」

「얘기하려고 그러잖아요.」 윌이 말했다. 「그리고 집이 워낙 가까워졌으니까, 설명을 끝낼 때까지 여기서 마차를 잠시 세워야 되겠어요.」

그가 고삐를 당겼고, 말이 히힝거리며 멈춰 섰다. 그들은 매킨토시 땅의 경계를 표시하는 고광나무 숲의 제멋대로 무성하게 우거진 산울타리에서 멈추었다. 시커먼 나무들 밑을 둘러본 스칼렛은 고요한 폐허 위로 솟은 높다랗고 으스스한 굴뚝을 겨우 알아보았다. 스칼렛은 윌이 아무 곳이라도 다른 장소에서 멈츠었더라면 좋았겠다고 생각했다.

「글쎄요, 수엘렌의 계략에서 요점을 따져 보면, 양키들로 하여금 그들이 태워 버린 목화와, 쫓아 버린 가축과, 부숴 놓은 울타리와 헛간에 대한 배상을 물게 한다는 거죠.」

「양키들요?」

「얘기 못 들으셨나요? 양키 정부는 남부의 합중국 동조자들에게는 손해를 입은 재산에 대해서 배상을 해주거든요.」

「물론 나도 얘기는 들었어요.」 스칼렛이 말했다. 「하지만 그게 우리들하고 무슨 상관인가요?」

「수엘렌의 말에 의하면, 상관이 많죠. 내가 존즈버러로 데리고 갔던 날 수엘렌은 우연히 매킨토시 부인을 만났고, 잡담을 나누던 중에 수엘렌은 매킨토시 부인이 입은 멋진 옷에 자꾸 시선이 끌리게 되었고, 그래서 자연히 옷 얘기를 물어보게 되었답니다. 그랬더니 매킨토시 부인은 무척 뽐내면서, 어떤 방법으로든 남부 동맹에 협조와 편의를 제공한 바가 전혀 없는 충성스러운 합중국 동조자인 그녀 가족의 재산을 파괴했다고 연방 정부에 남편이 청구를 신청했다는 말을 했어요.」

「매킨토시 집 사람들이야 어느 누구에게도 협조와 편의를 제공한 적이 없죠.」 스칼렛이 쏘아붙였다. 「스코틀랜드계 아일랜드 사람이니 알 만하잖아요!」

「글쎄요, 그럴지도 모르죠. 난 그들을 잘 몰라요. 어쨌든 정부에서 그들에게 준 돈은, 글쎄요 ― 몇천 달러인지는 잊어버렸어요. 하지만 상당한 액수였죠. 그래서 수엘렌이 일을 벌이기 시작한 겁니다. 우리들이 그냥 웃어넘기고 말겠거니 생각했기 때문에 그녀는 한 주일 내내 속으로 궁리만 하고 우리들에게는 아무 얘기도 하지 않았어요. 하지만 누구에게 인가 꼭 얘기는 해야 되겠어서 그녀는 미스 캐슬린을 찾아갔고, 그러자 망할 놈의 백인 쓰레기 힐턴이 새로운 묘안을 가르쳐 주었어요. 그는 당신 아버님이 미국에서 태어나지도 않았고, 전쟁에 나가 싸우지도 않았으며, 군대에 나갈 아들도 없었고, 남부 동맹에서 어떤 관리직도 맡지 않았었다고 주장하도록 일일이 손꼽아 주었습니다. 힐턴은 오하라 선생님이 충성스러운 합중국의 동조자였다고 어떻게든 둘러댈 방법이 있다고 했어요. 힐턴의 그런 못된 생각을 듣고 집으로 돌아온 수엘렌은 오하라 선생님을 설득하기 시작했어요. 스칼렛, 목숨을 걸고 맹세컨대, 아버님은 수엘렌이 도대체 무슨 얘기를 하는지 거의 알아듣지도 못했어요. 수엘렌이 노렸던 점이 바로 그것이어서, 아버님이 무엇인지도 모르면서 굳센 충성의 맹세를 하길 바랐죠.」

「아버지가 굳센 충성의 맹세를 하다니!」 스칼렛이 소리쳤다.

「글쎄요. 지난 몇 달 동안 아버님은 정신이 극도로 희미해지셨고, 내 생각엔 수엘렌이 그래서 기대를 걸었던 모양이에요. 정말이지 우린 누구도 전혀 의심하지 않았어요. 우린 수엘렌이 뭔가 일을 꾸민다는 정도만 짐작했지, 양키들에게서 15만 달러를 받아 낼 방법이 있는데도 딸들이 거지꼴로 살아가도록 내버려 두었다고 아버지를 비난하며, 돌아가신 어머님을 들먹이리라고는 꿈도 못 꾸었어요.」

「15만 달러라니.」 마음속에서 맹세에 대한 공포가 사라지며 스칼렛이 중얼거렸다.

그것은 얼마나 많은 돈인가! 항상 합중국 정부를 지지했고, 적에게는 협조와 편의를 절대로 제공한 바가 없다고 진술하는 선서에 서명을, 합중국 정부에 대한 충성의 맹세에 서명을 하면 그 돈이 저절로 굴러 들어온다! 15만 달러라고! 하찮은 거짓말을 하는 대가로 그토록 많은 돈이 생기다니! 그렇다, 그녀는 수엘렌을 탓하고 싶지가 않았다. 하느님 맙소사! 누군가 수엘렌에게 호된 매질이라도 해야 된다고 알렉스가 한 말이 그것을 뜻했다는 말인가? 찢어 죽이겠다고 했다는 카운티 사람들의 얘기는 또 무엇을 의미하는가? 그들은 모두가 바보였다. 그만한 돈이 생긴다면 그녀는 무엇이든 다 하리라! 그만한 돈이라면 카운티의 어떤 사람이라도 무엇이나 다 할 수가 있었다. 그런데 그따위 하찮은 거짓말이 무슨 문제라는 말인가? 누가 뭐라고 해도, 그것을 얻어 내는 방법이야 어떻든, 양키들에게서 긁어내는 돈이라면 무엇이나 다 정당한 돈이었다.

「어제, 정오쯤에 애슐리하고 내가 통나무를 패는 사이에, 수엘렌이 마차를 끌어내더니 아버님을 태우고는 아무런 얘기도 없이 읍내로 나갔어요. 그게 다 무슨 꿍꿍이속인지 짐작을 하기는 했지만, 미스 멜리는 수엘렌이 정신을 차리도록 기도를 드리고는, 우리들에게 아무 얘기도 하지 않았죠. 미스 멜리는 진짜로 수엘렌이 그런 짓을 하리라고는 믿지 않았으니까요.

무슨 일이 벌어졌었는지를 난 오늘에야 얘기를 들었어요. 한심한 친구 힐턴은 읍내의 다른 스캘라왝과 공화당원들과 꽤 잘 통하는 편이었고, 만일 그들이 오하라 선생님께서 충성스러운 합중국 사람이라고 슬쩍 눈을 감아 주고, 아일랜드 사람이어서 군대에 나가 싸우지도 않았다는 둥 수작을 벌여

추천서에 서명만 해준다면 수엘렌이 그들에게 돈을 좀 주기로 약속했는데, 얼마나 주기로 했는지는 모르겠습니다. 하여간 당신 아버님이 하실 일이라고는 선서를 하고 서류에 서명만 하면 끝이었고, 그러면 청구서가 워싱턴으로 날아가죠.

그들은 굉장히 빠른 속도로 선서를 읽어 치웠고, 아버님은 아무 말씀도 안 하셨고, 그렇게 일이 잘되어 나가더니, 결국 서명을 할 때가 되었죠. 그러자 영감님은 잠깐 정신이 드는지 머리를 설레설레 흔드셨어요. 내 생각엔 아버님은 무슨 일이 벌어지는지 영문을 잘 모르시기는 했지만, 마음이 내키지 않으셨던 것 같은데, 수엘렌은 항상 아버님을 설득하는 방법이 나빴거든요. 어쨌든 수엘렌은 고생만 죽도록 하고 일이 그렇게 되고 나니까 화가 잔뜩 났죠. 수엘렌은 아버님을 사무실에서 모시고 나와 마차에 태우고 길을 오르락내리락하며, 자식들을 호강시켜 줄 방법이 이렇게 확실한데 고생만 시킨다면서, 아버지 때문에 어머님이 무덤 속에서 울고 계시다는 말을 했어요. 사람들 얘기에 의하면 아버님은 마차에 앉아서, 어머님 얘기가 나오면 항상 그러시듯, 어린아이처럼 우셨다더군요. 읍내 사람들이 그들을 지켜보았고, 무슨 일인지 궁금한 알렉스 폰테인이 사정을 알아보려고 갔지만, 수엘렌이 남의 일에 참견하지 말라고 그에게 험한 말을 퍼붓자, 그는 화가 나서 가버렸어요.

어디서 그런 생각이 떠올랐는지는 모르겠지만, 오후에 수엘렌은 브랜디 한 병을 구해 가지고 오하라 선생님을 다시 사무실로 모시고 가서는, 아버님에게 술을 따라 드리기 시작했어요. 스칼렛, 타라 농장에는 딜시가 만드는 머루술과 나무딸기 술이 조금 있을 뿐, 독한 술은 전혀 없었고, 오하라 선생님은 그런 술에 익숙하지 못하셨어요. 아버님은 정말 취하셨고, 수엘렌이 두어 시간 동안이나 따지며 잔소리를 늘어놓았더니, 아버님은 포기하시고 그래, 네가 원한다면 뭐든지 다 서명을 하마고 그러셨습니다. 그들은 다시 서약서를 꺼냈고, 아버님이 펜을 막 서류로 가져가는 순간에 수엘렌이 실수를 하고 말았죠. 이런 말을 한 거예요. 〈이젠 됐어요. 앞으로는 슬래터리 집안이나 매킨토시 집안 사람들이 우리들 앞에서 더 이상 잘난 체하지는 못하겠죠!〉 그래요, 스칼렛, 슬래터리 집안사람들은 양키들이 불을 지른 초라한 오두막에 대해서 엄청난 액수를 청구했고, 에미의 남편이 그들의 청구를 워싱턴까지 통과되도록 손을 써주었어요.

사람들 얘기를 들어 보니, 수엘렌이 그들의 이름을 입 밖에 꺼낸 순간, 아버님은 꼿꼿하게 몸을 일으키시더니, 어깨를 활짝 펴시고는 날카롭게 수엘렌을 노려보셨다더군요. 완전히 정신이 돌아온 아버님이, 〈슬래터리하고 매킨토시네 사람들이 이런 서류에 서명했다는 말이냐?〉 하고 물으시니까, 불안해진 수엘렌은 그랬다고 했다가는 다시 아니라면서 말을 더듬었고, 그러자 아버님이 냅다 소리를 지르셨어요. 〈이것봐, 망할 놈의 오렌지 당원하고 하느님의 저주를 받아 마땅한 가난뱅이 백인이 이런 데다 서명을 했느냔 말이야?〉 그랬더니 힐턴이라는 작자가 능글맞게 이런 소리를 했습니다. 〈그렇습니다. 선생님, 그들은 서명을 했고, 당신도 타게 되겠지만, 돈을 한몫 단단히 받아 냈죠.〉

그러자 영감님은 황소처럼 고함을 지르셨어요. 알렉스 폰테인은 길거리 아래쪽의 술집에서 고함 소리를 들었다고 하더군요. 그리고는 아버님이 굵직한 아일랜드 사투리로 〈그럼 네놈들은 타라 출신의 오하라 가문이 망할 놈의 오렌지 당원과 그놈의 가난뱅이 백인 따위와 한 족속이라고 생각했단 말이냐?〉 하고 소리를 지르셨어요. 그러더니 아버님은 서류를 두 조각으로 찢어 수엘렌의 얼굴에 팽개치고는, 〈넌 내 딸년이 아니다!〉라고 버럭 고함을 지르고는, 눈 깜짝할 사이에 사무실에서 나오셨어요.

알렉스는 황소처럼 길거리로 뛰쳐나오시는 아버님을 보았다고 하더군요. 알렉스 얘기로는 당신 어머님이 돌아가신 이후 처음으로 영감님께서 제정신을 찾으신 것 같았다는군요. 아버님은 술에 취해서 비틀거리며, 고래고래 소리를 지르고, 마구 욕설을 퍼부으셨답니다. 알렉스는 그처럼 멋진 욕설은 처음 들어 봤다고 말했어요. 알렉스가 타고 간 말이 마침 그곳에 있었는데, 당신 아버님은 무턱대고 말에 오르시더니, 목구멍이 칼칼해질 지경으로 구름처럼 먼지를 일으키며 마구 몰아대면서, 숨이 턱에 찰 정도로 욕설을 퍼부으셨어요.

어쨌든 해 질 녘에 애슐리하고 나는 굉장히 걱정이 되어 앞 층계에 앉아서 길을 내려다보고 기다렸어요. 미스 멜리는 위층 침대에서 울기만 하고, 우리들한테는 도대체 아무 얘기도 하지 않으려고 했어요. 얼마 후에 우린 누군가 길을 질주해 내려오고, 누가 여우 사냥이라도 하는 듯 고함을 지르는 소리를 들었고, 애슐리가 이렇게 말하더군요. 〈별 희한한 일도 다 보겠군요! 저건 전쟁 전에 오하라 선생님이 우리 집을 찾아오실 때 들어 본 그런 소리예요.〉

그러자 우린 목초지 끝 저 멀리서 그분이 말을 타고 달려오시는 걸 봤습니다. 그곳의 울타리를 그냥 뛰어넘어 오신 모양이었어요. 그러고는 세상에 두려울 바가 도대체 무엇이겠느냐는 듯 한껏 목청을 돋워 노래를 부르시며 아버님은 전속력으로 언덕을 질주해 올라오셨어요. 난 아버님 목소리가 그렇게 우렁찬 줄은 몰랐어요. 아버님은 〈낮은 마차를 타고 가는 페그〉를 부르시면서 모자로 말을 후려쳤고, 말은 미친 듯 달렸어요. 아버님은 꼭대기까지 거의 다 올라오셨는데도 고삐를 당기지 않으셨고, 우린 아버님이 목초지의 울타리를 뛰어넘으시려는 걸 알고는 깜짝 놀라 벌떡 일어섰고, 그러자 아버님이 소리를 지르셨어요. 〈이걸 보라고, 엘렌! 내가 이걸 넘을 테니까 보란 말이야!〉 하지만 말은 울타리 앞에 다다르자 뛰어넘지 못하고 우뚝 멈춰 섰고, 당신 아버님은 말의 머리 위로 넘어서 날아가셨어요. 아버님은 조금도 고통을 느끼지 않으셨습니다. 우리들이 달려갔을 때는 이미 돌아가신 다음이었으니까요. 목이 부러지신 것 같았어요.」

스칼렛이 무슨 말을 하도록 잠깐 동안 기다리다가, 그녀가 아무 말이 없자, 윌은 고삐를 집어 들었다. 〈이랴, 셔먼〉 하면서 그가 채찍을 후려치자 말은 집으로 출발했다.

〈하권에 계속〉

열린책들 세계문학 **149** 바람과 함께 사라지다 중

옮긴이 안정효 1941년 서울에서 태어났다. 서강대학교 영문학과를 졸업한 뒤 「코리아 헤럴드」 기자, 한국 브리태니커 편집부장 등을 역임했다. 지은 책으로 『하얀 전쟁』, 『은마는 오지 않는다』, 『헐리우드 키드의 생애』 외 다수의 소설 작품과 『안정효의 오역 사전』, 『걸어가는 그림자』, 『인생 4계』, 『글쓰기 만보』 등이 있다. 니코스 카잔차키스의 『최후의 유혹』, 『영혼의 자서전』, 『오디세이아』, 『전쟁과 신부』, 갸브리엘 가르시아 마르케스의 『백 년 동안의 고독』, 버트런드 러셀의 『권력』, 알렉스 헤일리의 『뿌리』, 조르지 아마두의 『가브리엘라, 정향과 계피』, 저지 코진스키의 『잃어버린 나』 등 150권가량의 작품을 번역했으며, 제1회 한국번역문학상과 제3회 김유정 문학상(『악부전』)을 수상했다.

지은이 마거릿 미첼 **옮긴이** 안정효 **발행인** 홍예빈·홍유진
발행처 주식회사 열린책들 **주소** 경기도 파주시 문발로 253 파주출판도시
전화 031-955-4000 **팩스** 031-955-4004 **홈페이지** www.openbooks.co.kr
Copyright (C) 주식회사 열린책들, 2010, *Printed in Korea*.
ISBN 978-89-329-1149-6 04840 ISBN 978-89-329-1499-2 (세트)
발행일 2010년 12월 30일 세계문학판 1쇄 2024년 5월 10일 세계문학판 15쇄

이 도서의 국립중앙도서관 출판예정도서목록(CIP)은 서지정보유통지원시스템 홈페이지(http://seoji.nl.go.kr)와 국가자료공동목록시스템(http://www.nl.go.kr/kolisnet)에서 이용하실 수 있습니다.(CIP제어번호:CIP2010004581)